李新宇学术文集

肆

重申“五四”精神

李新宇 著

山西出版传媒集团 北岳文艺出版社
BEIYUE LITERATURE & ART PUBLISHING HOUSE
·太原·

图书在版编目(CIP)数据

李新宇学术文集 / 李新宇著. —太原:
北岳文艺出版社,2020.5
ISBN 978-7-5378-6179-3

Ⅰ. ①李… Ⅱ. ①李… Ⅲ. ①中国文学-文学研究-
文集 Ⅳ. ①I206-53

中国版本图书馆CIP数据核字(2020)第057363号

李新宇学术文集·重申“五四”精神

李新宇◎著

项目负责人
范 戈

责任编辑
范 戈

封面设计
张永文

印装监制
郭 勇

出版发行:山西出版传媒集团·北岳文艺出版社
地址:山西省太原市并州南路57号
邮编:030012
电话:0351-5628696(发行部) 0351-5628688(总编室)
传真:0351-5628680
网址:http://www.bywy.com E-mail:bywycbs@163.com
经销商:新华书店
印刷装订:山西人民印刷有限责任公司

开本:710mm ×1000mm 1/16
总字数:2688千字
总印张:159.5
版次:2020年5月第1版
印次:2020年5月山西第1次印刷
书号:ISBN 978-7-5378-6179-3
总定价:498.00 元(全6卷)

2008年，在南京大学

作者部分书影

刊载作者学术文章的部分刊物

目 录

第一辑

第二辑

第三辑

第四辑

第一辑

旧战场上的寻思

——《重申“五四”精神》导言之一

寂寞新文苑，平安旧战场。
两间余一卒，荷戟独彷徨。

当鲁迅写下这首诗的时候，那场轰轰烈烈的伟大运动刚刚过去不久。如今，八十年风吹雨洗，旧战场只能更旧，新文化营地四面楚歌：一方面是新旧炮火的轰击，一方面是轻蔑的超越与快乐的遗忘。据说，这都是智者的选择，而且顺应着世界潮流。在即将告别这个充满邪恶和灾难而又显示着正义和生机的世纪而迎接未知的21世纪的时候，我清楚地知道有许多更为重要的问题需要思考，然而，却对“五四”无法忘怀，依恋之情使我再次走入旧战场，在久久的徘徊与沉思中，我与鲁迅对话，与胡适对话，与陈独秀对话……一个念头再也无法驱赶：重申“五四”精神。

也许这是我的保守吧！面对八十年前的旧战场，我固执地认为：文化变革是中国现代化进程中一个不可或缺的决定性环节，而且是经济变革和政治变革的最后保证。因此，从文化角度来寻求社会发展和人的解放之路，对于民主共和的政治革命已经成功之后的中国人来说，毫无疑问是知识分子清醒而正确的选择。在洋务运动和辛亥革命的基础上发生的五四新文化运动把20世纪中国推向了文化革命的高潮，从而真正开始了与世界全面接轨的伟大努力。正是在这个意义上，五四新文化运动才成为中国告别前现代社会而迈向现代社会的一次庄严誓师。一代接受西方现代思想影响并获得了自身独立性的知识分子以崇高的使命感努力从各种枷锁中解放出来，草创了中国现代文化基地，勾画了一幅中国现代化的蓝图，启示了中国人生存和发展的新的可能性。回顾“五四”以来的历史，可以说，中国的全部进步和希望都与五四新文化运动给予的精神饲养密切相关；全部曲折和教训也都与“五四”新文化精神的丢失密切相关。当历史走过各种曲折而再次谋求现代化之际，歧路和坦途在历史的图表上已经得到清楚的显示，先驱们的声音在经历各种曲折之后更加发人深省。因此，在20世纪末的今天，面对全球化的新语境，虽然超越的呼叫总是具有特别的诱惑力，虽然谁也无权制止各种新旧势力对“五四”的清算和消解，但是，只要中国还处于现代化的历史进程中，只要中国人不想永远拒绝自由、平等、民主的现代社会秩序以及它所保障的个人的价值、尊严和权利，就没有理由忘记五四新文化运动留下的精神遗产。

一

重申“五四”精神，首先因为它面临挑战。在20世纪末的中国，“五四”面临各种新旧思潮的冲击和围困。这种挑战首先来自新生的保守主义。在一些人的眼里，“五四”不但很不光彩，而且罪大恶极：过激主义、民族文化虚无主义、全盘西化、矫枉过正、造成了传统的断裂、割断了中国文化的血脉……这种种指控当然一点也不新鲜，自五四新文化运动发生的那一天开始，就一直没有停止过。原因非常简单，因为重估一切价值、倡导科学与人权、鼓吹人的自由、支持女性解放、高呼“救救孩子”，这一切都与古老的传统格格不入，因而必然导致各种自觉和不自觉的抵抗和反攻。纵观“五四”高潮过后的历史，文化保守主义时起时伏，始终未曾真正消失过。如果考察其思想和理论，主要观点是从1921年梁漱溟的《东西文化及其哲学》到1935年王新命等十教授的《中国本位的文化建设宣言》，再到1958年张君劢、唐君毅、牟宗三、徐复观等《为中国文化敬告世界人士书》所展示的：西方文化的主要成就在于处理人与自然的矛盾，要解决的只是人的物质生活需求；中国文化的奥义在于解决人和人的矛盾，要解决的是人的精神的和谐和安适；二者互有长短，未来的文化建设不能离开本土传统。而“五四”打倒孔家店，全面反传统，把自己灿烂的文化弃之不顾，而从西方捡来一堆低劣的垃圾，导致后患无穷……其实，许多论点都是“五四”一代人所反复批驳过的，在鲁迅、胡适等人的笔下问题本一目了然：中国重精神，而精神文明之差、精神压抑和扭曲之惨烈，堪为世界之最；中国推崇道德，而道德水准之低也是有目共睹；一种声称致力于安顿人们的精神的文化，却制造了世界上最强大的精神枷锁。新儒学特别看重的宋明理学体系之周密的确是中国任何一种传统学说所无法比拟的，但是，只要看一看“存天理，灭人欲”和“饿死事小，失节事大”，就足以明了它的伟大与周密用于何处。然而，在一些人的眼里，似乎文化比生命更加重要，过去比未来更重要，守旧比创新更重要。只要它是传统，无论“吃人”与否，都必须保卫并发扬光大。试图从宋明理学的道德心性之“内圣”开出现代民主科学之“外王”，无疑是痴人说梦，其目的不过是使某些传统获得现实的合法性。

本来，“五四”早已被遗忘多年。但在结束十年动乱之后，在进入80年代的门槛上，一些知识分子于苦难和血污中探寻民族的出路，与改革开放相伴随，有了回归“五四”的呼声和各种实践活动，因而使80年代成了一个充满理想和激情的文化变革年代。但是，这个年代是短暂的，在进入90年代之后，保守成为时髦，各种新旧保守主义在弘扬传统的大旗之下迅速集结，尊孔的浪潮一浪高过一浪，传统与现代化的关系成为一个热闹话题，似乎中国的现代化并不需要批判传统，似乎现代社会的一切都可以从传统中得来。一些人认为，在中国现代化过程中，儒学是不可缺少的思想资源。特别是在社会失序、道德失范和心理失衡的转型期，儒学更是实现重新整合的精神力量。大力弘扬儒学传统之际，就很容易发现“五四”的罪恶：批判旧伦理，不读中国书，把儒学看作现代化的对立物而加以扫荡，甚至用白话破坏了美妙的母语……扼腕叹息之余，就要“反思”和批判“五四”，而且出现了一种新的说法：文化发展的规律是三十年河东，三十年河西，20世纪是西方文化的世纪，21世纪将是东方文化的世纪。因此，中国现在需要的不是像“五四”那样从西方拿来，而是向全球传经送宝。在未来的世纪里，全世界都将到中国朝圣，跪伏在中国圣人和皇帝的面前山呼万岁……这是一幅多么美妙的情景！如果没有“五四”，这一天也许早就到来了。于是，“五四”真是罪大恶极！

回答这样的问题也许的确没有必要，因为它只是一厢情愿的天真想象。

但是，当它作为一种潮流汇入大众文化而被广泛接受时，当一种梦呓经过多级放大而被广泛传播时，它对时代的影响就不容忽视了。

更为重要的是，20世纪末的新国粹主义获得了东亚四小龙所谓“儒家资本主义”在经济发展方面的支持。东亚社会发展的实践使儒学与现代化的关系不再仅仅是一个理论假设或价值信仰的问题，而是得到了社会实证。应该说，那种努力从古代经典中找出几句能够适应现代化的孔孟语录便认定儒学是现代化动力的做法是没有说服力的。但是，面对“儒家文化圈”现代化的社会实践证据，严肃的学者就没有理由不给予足够的重视。既然在东方传统文化的基础上照样可以建成现代社会，既然拒绝西方现代价值照样可以建设现代化，既然“社会第一，个人第二”，不要自由和民主也照样可以“现代化”，五四新文化运动就毫无疑问是多此一举。不仅如此，就连辛亥革命也是多余的，因为慈禧太后和大清帝国的王公大臣们是并不反对在某些层面现代化的。“亚洲价值”的提出毫无疑问意在宣告所谓“儒家文化圈”的现代化有其自己的价值观念和文化特色，有一条不同于西方的现代化之路，因而可以保持亚洲特色，可以拒绝“全球价值”。从李光耀的《文化即命运》，到“东方汤因比”马赫布巴尼的《太平洋之路》，都在试图证明这条道路的可行性。尽管有金大中等指出这是一种“亚洲反民主价值观的神话”[①]，但在东亚某些国家仍然大有市场，在我们这里尤其受欢迎。那么，是提倡以儒学为核心的“亚洲价值”还是提倡以自由民主为核心的“全球价值”？这是事关全球化进程的问题，涉及后发达国家现代化道路的选择，也涉及现代化是否存在不同模式和现代性概念是确定的还是不确定的等问题。对于东亚和中国来说，“文化即命运”还是“民主即命运”？如果真是“文化即命运”，我们倒是省力了，无需奋斗也无需变革，原地不动即可，充其量是把旧物找出来修补一下，或者重新镀金或油漆。如果真能那样，倒正好证明亨廷顿文明冲突理论的卓见。但是，觉醒的中国人愿意为“文化”而永居苦海吗？愿意世界因“文化”而壁垒重重吗？愿意让所谓“文化”成为腐朽的体制与规范的藏身之地吗？在中国，这一切都与“五四”密切相关：“五四”所进行的文化革命是现代化的必由之路还是多此一举的迷途？它给20世纪的中国带来

①金大中：《文化是命运吗？——答李光耀》，美国《外交》季刊1994年第11—12号。

的是什么？这些问题是需要回答也值得回答的。

回顾80年代末以来“五四”的遭遇，重要的还不只是各种保守主义的冲击，而且在于被冠以“新启蒙”的知识分子群体的复杂表现。从80年代开始，中国知识分子由于种种原因而在文化上制作了一只橡皮口袋。像政治上平反冤假错案使整人者与被整者坐到同一条板凳上一样，文化上的这只口袋使各种相互矛盾和冲突的东西并排置放在一起，而且通通贴了“现代”的标签。它反映着一种调和折中的文化时尚，起因显然与对过去年代斗争哲学的反弹有关。然而，调和意味着妥协，各种杂物统统装进现代性的口袋，也意味着对现代性的大打折扣。这种思潮严重影响了80年代末以来对“五四”的反思。在一些人那里，所谓反思已经完全成了妥协和后退的同义语，在一些人那里，则成了反戈一击的同义语。在反思中，李泽厚的观点是有代表性的。他认为“五四”是“对传统的分析批判在理论上是比较肤浅的，例如废除汉字便既不可能，也无必要。这种口号显然并不科学，尽管当时提倡科学，它反映的也是一种情绪。又例如鲁迅反对读中国书，而事实上他还是读的，他对中国文化的了解也是很渊博而深刻的。对‘五四’的许多口号要作科学的分析”[①]。由此可见，人们是如何退回到了当年鲁迅所回答过的低层次的问题。作为80年代最有影响的学者和思想家，李泽厚在很多问题上都不像一个思想者，而像一个幕僚，像一个实际操作者。他往往轻车熟路地运用着实用主义政治家的思维，首先进行的是可行性的思考而不是合理性和科学性的思考。这种思维使他从“五四”的立场上大踏步后退。他的“西体中用”说正是在“儒家资本主义”的启发之下从“五四”的立场上后退和折中的产物。如果真是“西体中用”，也许是一个不错的方案，但从他把“天地君亲师”改为“天地国亲师”的做法，却足以看到，他事实上很难走出旧“体”的羁绊。在现实前提下考虑是否可行，在矛盾中提取折中的方案，这是中国的一种传统。无论严复还是梁启超，都不是不知道自由和民主之重要，却还是不主张公民的权利和个人的自由。这并不是因为他们认为“不应该”，而是因为他们认为“不实际”，即与中国国情不符。无论孙中山还是蒋介石，阻挠民主制度的实行，拒绝把自由还给人民，其理由都不是自由民主

①李泽厚：《五四的是是非非》，《走自己的路》，安徽文艺出版社1994年，第512页。

不好，而是国民没有运用民主权力的能力。在这一点上，只有鲁迅、胡适、陈独秀等“五四”一代人，与他们的思维绝然不同。

面对从西方引进的现代社会理想与中国既有国情的矛盾，是努力克服各种障碍而使理想实现，还是因为传统造就的国情而放弃理想或调整理想？这是两种不同的态度。前者是理想主义，后者是实用主义。为被接受而修改和调整理想，结果必然使其失掉了本来的美质而成为与固有旧机器相适应的一个零部件。“五四”新文化先驱们不是国情论者。他们并非没有看到他们所追求的“人国”与“吃人”的国情之间的矛盾，但他们的选择是为了美好的理想而改造旧国情，而不是为适应国情而改变理想。他们所做的这一切，已经被我们这个时代的知识分子所遗忘。努力继承“五四”精神的人们也在自觉不自觉地背离“五四”精神中最具光辉的部分。

由于这种妥协和折中，在各种思潮对“五四”发起强大攻势的时候，中国启蒙知识分子失掉了声音。考查实际情况，启蒙知识分子并没有在流失与分化中完全消失于外洋或商海。但是，学界很少听到他们理直气壮的回答。守护“五四”的人们为“五四”做着如此的辩解：“五四”没有要打倒孔家店，没有全盘反传统，没有主张不读中国书，没有主张废除汉字，没有……“五四”的过激、片面、反传统似乎已经无法为之辩护，需要寻找的是他们并不过激的表现，是他们与传统的种种联系，是他们继承传统的功绩。于是，中国现代文学研究界也开始努力把胡适、鲁迅、陈独秀都解释为中国传统文化的继承者和发扬者，努力发现他们身上的儒家文化传统或道家文化传统。鲁迅与孔子、鲁迅与传统文化、新文学与儒家文化、新文学与道家文化……成为一时的热门话题。这些课题当然有着不可完全抹杀的意义，但值得注意的是，人们张罗着让新文化先驱与他们所否定的传统握手言和，让反传统的斗士穿起传统的服装，其作用不仅仅是为他们在长长的历代先贤之末添加几个牌位，而是从另一个方面消解“五四”精神。

二

在90年代的中国，后现代思潮已经是一个无法回避的现象。尽管中国仍然处于向现代社会艰难行进的途中，但并不排除的确已经出现后现代文化因素。20世纪末的中国在许多方面都是开放的，一些国外的新思潮能够及时在中国传播。因此，西方的“现代性问题”也成为中国的问题，而且适应中国国情而产生出具有中国特色的后现代学说。这种“中国后学”显然没有形成自己完整的思想体系和价值系统，也缺少新儒学那种雄厚的根基，但这并不影响它作为现代性的消解力量而对“五四”新文化精神构成挑战。

考察中国后学的思想资源，利奥塔、福柯、德里达等对启蒙理性、知识和权力、科学主义、知识分子转型等一系列问题的反思毫无疑问为其提供了直接的启示。同时，这些思想之所以顺利地被中国后学所接受，并在中国得以广泛传播，一个重要的原因是它与中国改革开放之前的意识形态本属同源，而且其中一些东西还是60年代从中国出口的极“左”思潮。因此，在一些人那里，就有点出口转内销的亲切感。根据所谓后现代的观点，科学是罪恶的帮凶，理性也导致了罪恶，知识是权力的同谋，现代性是万恶之源，文艺复兴以来关于人的主体的设计更是一个虚幻的梦想。在这种思潮的影响下，一些人以新时代大众文化的代言人自居，批判现代性，否定启蒙，嘲弄知识分子，抨击精英文化，于是，“五四”与80年代首当其冲，成为被攻击的靶的。他们对五四新文化运动进行全面的质疑，要揭穿“五四”启蒙主义及其科学、民主、理性和关于人的种种神话。

对“五四”的否定又分三个层次：一是否定其世界化的方法论和价值取向；二是批判其接受的西方价值观念和知识模型；三是嘲弄其知识分子的启蒙角色和社会承担。用有中国特色的后现代观点看，通过世界化而实现现代化的方法论本身就是错的，因为那是对本民族文化主体性的漠视，是一种文化的严重不自信，而且追求来自西方的现代化本身就是错的。在他们看来，理性是一种神话，启蒙理性已经由批判封建主义的思想武器变为巩固资本主义制度的意识形态，完成了由启蒙理性向国家理性的转化。在这样一种新的目光的观照之下，科学和民主由于自身蕴含的矛盾而可能导致邪恶，启蒙主义的崇高内涵因其与权力共谋而不再闪光。“五四”接受的恰恰是西方文艺复兴和思想启蒙运动以来的启蒙理性、科学民主和关于人的神话。中国后现代嘲笑“五四”的“启蒙神话”，致力于终结和解构它的宏大叙事。在他们看来，“五四”知识分子和80年代的知识分子都是狂妄的，不自量力的。所以，他们嘲笑启蒙知识分子充当“文化英雄”和“文化导师”的迷梦，并以“知识分子死了”的宣言来终结启蒙知识分子。他们的资源来自国外，在法国政府发言人号召知识分子就法国经济与社会问题发表见解时，利奥塔发表《知识分子的坟墓》一文说：那些以普遍主体自居并进而对社会进行全面指导的知识分子属于过去的时代，而不属于这个时代。这个时代高度发展的科学技术已经结束了那种历史，那种社会全能型的知识分子已经进入了坟墓，代之而起的是专业型的知识分子，他们从事自己的专业活动，而不承担人类共同体的责任。[①]中国后现代以此为依据批判启蒙知识分子，认为他们没有理由继续存在。他们的这种批判直接指向80年代的精英文化和启蒙话语，并以溯源的形式把矛头指向“五四”。任何人都不得不承认，鲁迅、胡适、陈独秀等人的确关心得太多，没有只是守在自己的专业岗位。80年代知识分子也是如此，许多人都是超出了自己的专业领域而关心种种社会问题。知识分子的这种表现也许的确讨厌，所以，反启蒙和“知识分子死了”的宣传可以得到广泛传播。

在后现代思潮中，特别需要注意的是赛义德的后殖民主义理论及其中国化的后果。作为非西方的西方学者，赛义德认为后冷战时期西方的文化策略是一种后殖民主义。这种殖民主义的特点是在东西方文化交流中对东方落后民族和国家持一种友好而温情脉脉的态度，但是，它仍然是一种文化殖民。他认为这种方式可以使东方在西方文明的快感抚摸下俯首就范，以西方文化模式改变东方文化，并由此形成全球范围内的后殖民语境。非常明显，它所反映的是西方非主流文化从民族主义和文化相对主义的立场出发而对全球化趋势的一种抵抗。赛义德在提醒那些被西方“快感抚摸”的东方国家警惕西方的文化殖民，防止它的友好所具有的和平演变功能。中国人对此应该并不陌生。但是，这种建立在文化相对主义基础上的理论却与国人的民族文化中心主义和防止和平演变的需求一拍即合。赛义德的理论在中国大陆引起了积极的响应。反抗西方中心主义，抵抗全球化过程中西方话语对东方的入侵，拒绝承认后发达国家在现代化过程中转换民族传统的必要性，反对把西方现代化模式看作一个普遍的模式……这些20世纪中国保守主义者的梦想成为90年代（特别是1993年赛义德《文化和帝国霸权主义》出版之后）中国后

①《后现代性与公正游戏——利奥塔访谈、书信录》，上海人民出版社1997年。

学的文化使命。按照后殖民主义的文化逻辑，中国人接受后殖民主义的思想方法，应该是站在边缘立场对汉民族中心主义进行解构，然而，中国后学拿来后殖民主义的理论，却是用于证明重返中心的可能，用于“抵抗文化侵略”、用中华性取代现代性。在这种理论观照之下，启蒙就不仅仅是一种神话，而且意味着文化买办和协助文化侵略，现代化的过程也就是确立西方霸权的过程，追求现代性则意味着接受文化殖民。那么，五四新文化运动必然成了为实现西方文化霸权而在中国展开的一场文化殖民运动，五四新文化运动的领袖们则成了西方文化的代理人和经销商，具有了文化汉奸的性质。即使善意地理解，也是鲁迅等人思想糊涂，“上了西方传教士的当”。

从质疑现代性到弘扬中华性，有中国特色的后现代终于与新保守主义合而为一，对“五四”新文化形成了前后夹攻之势。

与后现代文化思潮一起对“五四”启蒙主义构成挑战的，还有所谓“大众文化”“日常生活”和“民间—市民范式”。90年代中国发展是迅速的，在一片现代性尚未建立而且萌芽不断被铲除的土地上，却在一夜之间建立起消费社会的文化逻辑。虽然这种“建立起”的完成时态本身就具有虚假性，但生活的表象却足以证明它的客观存在。在国外社会变动和新的研究成果的影响下，“市民”和“民间”成为90年代大陆学界常用的概念。一些并不完全赞同后学理论的人也往往以此为出发点怀疑启蒙范式，而对“市民社会”和“民间”投以青睐。“市民社会”这一概念的起源可以一直追溯到苏格兰启蒙运动。亚当·弗格森等曾经用这个词指代18世纪新商业经济的来临。在黑格尔那里，它包容了资本主义市场的需求体系和体制。进入20世纪之后，葛兰西开始更多地用它标示意识形态空间。更值得注意的是，在苏联集团最后的一段时间里，一些知识分子开始把市民社会这个词作为一种抵抗现存体制的旗帜，用它包容了各种独立于当时国家权威之外的力量。按照一般的看法，今天市民社会最重要的理论来源是来自捷克的社会学家伊内斯特·格尔纳（Ernest Gellner）。他的著作《自由的状况——市民社会及其敌人们》对西方战胜苏联的原因进行探讨，不把西方的胜利归结为民主制度的胜利，而归结为市民社会的胜利，因为在80年代末的波兰、捷克和罗马尼亚等地，一般人关心的主要不是社会制度和意识形态，而是希望过上像西方百姓一样美好的生活。因此，市民社会成为经济自由和政治自由共同的容器。

因为这一发现，90年代的学界对市民社会给予了高度的重视。虽然我们完全有理由认同格尔纳的担心：“那个为低效率带来死讯的要命的天使也并不总是为自由服务的。”[①]但是，这并不影响人们对市民社会和日常生活给予足够的热情。

这种热情在文学界产生了“民间—市民范式”。按照一般的解释，“民间—市民范式”其实是一个比其他范式出现更早的范式，它的标本就是鸳鸯蝴蝶派，但由于受“五四”启蒙主义的影响，却被视为不登大雅之堂的通俗文学。1949年以后，实际上形成了“阶级斗争—革命范式”独步文坛的局面。“文革”以后，人们开始反思“革命范式”给文学造成的种种盲点和误区，于是出现了“启蒙范式”的重振。“自‘伤痕文学’始到‘文化寻根小说’止，新时期文学始终流贯着知识精英们的‘启蒙情结’。1993年开始的‘人文精神’讨论，实际上仍然是‘启蒙范式’在文学理论上的后续表现；不过，此时它的对手已经不是‘革命范式’，而是转为王朔小说在新历史条件下加以承传的‘民间—市民范式’了。”[②]按照一些人的说法，90年代应该是“民间—市民范式”的时代。这一范式最值得注意的思想依据之一是启蒙与革命一样，都破坏了市民社会，破坏了民间文化空间。这种思想除了受上述历史巨变的影响之外，还与法国学者白吉尔的著作《1911—1937：中国资产阶级的黄金时代》有关。应该承认，该书在研究中国城市文化和现代城市资产阶级方面是卓有成就的。然而，通过中国现代化进程的研究，白吉尔批判了“启蒙”的范式和“革命”的范式，提出了“市场”和“民间”等新范式。该书使人看到的是：启蒙和革命打乱了清末以来一直向前发展着的现代化进程。她的着眼点显然主要是经济指标，经济的发展需要市场，而革命和启蒙却破坏了市场，也破坏了市民社会及其文化空间。这一论点是90年代中国学界有关清末民初历史重新认识的一个基本理论前提，也是文化界“民间社会”思考的前提。按照白吉尔的见解，启蒙、革命和国家不仅阻碍了中国经济的迅速增长，而且扼杀了民主化的萌芽。白吉尔的研究是严肃而认真的，她占有大量能够说明自己论点的材料。然而，值得思考的是：中国现代

①佩里·安德森：《文明及其内涵》，《读书》1997第11期。

②《编者的话》，《上海文学》1995年第10期。

化的进程只要有曾国藩和李鸿章们的努力就已经足够了吗？康有为、梁启超、袁世凯、黎元洪、宋教仁、陈独秀、胡适和鲁迅们的努力都是有害无益的吗？致力于政治现代化和文化现代化的努力都是有害无利的吗？这些问题如果得不到回答，“五四”将被悬置在历史的被告席上。

三

在相当长的一段时间里，“五四”在外表上一直闪闪发光，但是，发光之处却不一定是其真正价值之所在。在“五四”过后漫长的时代风雨中，它往往被解释为民族主义的，也常被解释为民粹主义的，而且被解释为俄国十月革命在中国的延伸。它的面目日益模糊，半个世纪之后，我们所面对的已经是一个承载了过多的积垢和油漆因而不易辨认的“五四”，也是一个被反复曲解和误解的“五四”。

20世纪末中国人对80年前的新文化运动已经缺乏了解。历史的遮蔽效果显著，非常态文化环境中成长的一代人在不可靠的历史叙述基础上形成的对“五四”的认识，在今日已经结出苦涩的果实。正如一些人并不了解鲁迅而凭历史给予的印象而对鲁迅极为反感一样，许多人并不了解“五四”，却对“五四”极为反感。原因不难理解，由于历史给“五四”披上种种外套，当人们对某种外套反感时，就难免对披这外套者施以攻击。既然充满罪恶和灾难的历史被挂接到“五四”身上，“五四”就成了罪恶之源。在20世纪末的中国，“五四”遭受种种责难，其实是在代人受过。原因就在于人们相当普遍地对五四新文化运动、五四学生运动都同样缺乏了解。

在一些学者眼里，“五四”应该为20世纪中国的一系列灾难负责。他们往往没有进行深入的思考，就在“五四”与“五四”之后的各种悲剧之间建立了因果关系。在20世纪末各种复杂的潮流中，人们对于整个20世纪中国的激进主义神话开始了反思和批判。这些反思与批判者往往把激进主义与“五四”启蒙精神画了等号，并且忽略了文化激进主义与政治激进主义的区别，把与专制传统紧密结合的政治激进主义与“五四”及其现代性追求作一体化处理。包括十年“文化大革命”，也被看作“五四”的继续。似乎一切悲剧都是因为“五四”和现代化导致的。这里显然存在着严重的误解。事实上，没有什么证据可以证明20世纪的各种问题都是现代性问题，也没有什么可以证明一切问题都源自现代化焦虑，更没有什么可以证明各种悲剧与五四新文化运动有必然联系。反现代化的思想和抵抗现代化的运动在20世纪的东方和西方比比皆是。从德国到俄国，从俄国到朝鲜，从俄国到中国，从中国到红色高棉，都出现过对全面现代化的大规模的抵抗，并且导致了悲剧性结果。把希特勒当作启蒙运动的结果，把“文革”当作“五四”的结果，显然都是同样的误解。法兰克福学派的某些人反思二战，把希特勒看作启蒙运动的结果，却不曾想一想，罗斯福与丘吉尔是否也是启蒙运动的结果，空间是前者能代表启蒙运动的结果还是后者更能代表思想启蒙运动的结果？对中国而言，更应该清楚的是，悲剧的发生并非别无选择，走向死谷之时并不是没有清醒的警告。当问题发生的时候，我们不去倾听清醒的声音；在悲剧酿成之后，却从根本上怀疑人类的理性，把罪责归之于启蒙和现代性，归之于现代知识分子，这看上去是在反思现代性，事实上却是在给邪恶披上合法化外衣。其实，人们应该清楚，一些问题的发生并不是因为有了“五四”，而是因为丢掉了“五四”的精神！因此，一些历史事件不能简单地归之于“五四”，“五四”不能为自身被放逐之后的历史悲剧负责。

把“五四”拿来与“文革”陪绑，从80年代中期的寻根运动已经开始。一些寻根文学的倡导者认为正是从五四运动到“文化大革命”这一历史过程全面地批判传统文化，造成了中国文化传统的断裂。他们把五四新文化运动与60年代的“文革”看作同样性质的事件。[①]这暴露了一些青年作家历史知识的欠缺，也透露了思维方式的局限。他们有感于亲身经历的历史对文化的破坏，追根溯源而指向了“五四”，把“文革”看作“五四”的产物，看作反传统和西化的，而没有对“五四”文化与当代文化的复杂关系做深入的思考。

这种误识之所以在80年代中期之后的中国普遍存在，与海外学者的影响密切相关。从80年代开始，由于本土资源的缺乏，学界对西方汉学表现了足够的重视。但是，海外汉学对中国的问题的研究却往往因为没有切身的感受而更多停留于表面现象。在80年代，林毓生的《中国意识的危机》对

①阿城：《文化制约着人类》，《文艺报》1985年7月6日。

中国大陆的影响不可低估。杜维明等海外新儒学家的影响也不能低估。然而，他们无论有多么大的不同，在把“五四”与“文革”联系在一起这一点上，他们是共同的。林毓生认为“这两次文化革命的特点，都是要对传统观念和传统价值采取疾恶如仇、全盘否定的立场”[①]。杜维明等更是把“五四”和“文革”一样看作是中国传统文明的摧毁力量。他们都注目于二者之间共有的表象，而没有能够对“五四”和“文革”的关系进行深入的考察。这就影响了因为长期贫血而失掉了思想能力的大陆思想界对“五四”与“文革”关系的认识，导致一些人把“五四”与“五四”之后的文化看作一个同质的整体。

然而，这两场“文化大革命”的性质是相同的吗？问题不难回答：前者革命的对象是专制主义和与专制制度相匹配的文化传统，武器是从西方拿来的科学与人权，目标是巩固民主共和制度和实现人的解放，让中国人也能获得人的价值、尊严与权利；后者虽然在表面上也在激烈反传统，但主要扫荡的恰恰不是旧文化而是新文化，巩固的恰恰是“五四”所批判的专制主义的意识形态。从根本上说，前者是现代的，后者是前现代的，二者之间，尖锐对立而难以相容。

必须注意的是，20年代后期开始的文化新潮已经不是五四新文化运动的继续，而是对五四新文化运动的一次再革命。无论是“革命文学运动”还是“民族文艺运动”，都显示着“五四”过后旧文化的回潮，其直接结果是干扰和冲击了五四新文化运动的发展，导致了新文化的边缘化和旧文化的回归。新文化在“五四”高潮过后的这种命运几乎是注定的。因为就文化选择来说，“五四”的选择与孙中山及其继承者的选择大相径庭，与以农民为主体的劳动大众的意识也相去甚远，因此，矛盾和冲突不可避免。胡适曾经站在新文化的立场思考“新文化运动与国民党”，看到的是国民党的反动。鲁迅南下广州而又很快离开，看到的也是革命策源地的文化旧而不新。新文化运动最显著之处就在于认为中国传统不能适应现代化的要求，所以要对其进行彻底批判。国民党却一直高唱着“抵抗文化侵略”的民族主义调子，强调民族固有的道德和光辉灿烂的精神文明，试图以“忠孝仁爱信义和平”的传统

①林毓生：《中国意识的危机》，贵州人民出版社1986年，第2页。

来整合人们的思想。事实上，孙中山对新文化运动的态度一直是矛盾的。对于“五四”，他所看重的只是宣传动员的经验，对于新文化运动的方向，却一直持否定态度。孙中山的文化思想更接近鲁迅、胡适们所反复批判的国粹主义。在他的著作中，到处可见这样的见解：“我们中国四万万人不但是很和平的民族，并且是很文明的民族。近来欧洲盛行的新文化，和所讲的无政府主义与共产主义，都是我们中国几千年以前的旧东西。”[①]获得政权以后的蒋介石等人更充分地发挥了这种立场。正因为这样，才引起了胡适的强烈反感，在继鲁迅与创造社的论战之后打响了又一场“五四”新文化的保卫战。胡适对国民党文化立场的指控证据充分：国民党不仅高谈“王道”、高谈“精神文明”、恢复“孔子纪念日”，而且标榜三民主义“继承尧舜以至孔孟而中绝的仁义道德”，“以中国固有的伦理哲学和政治哲学的思想为基础”[②]，而且大搞偶像崇拜，试图以三民主义统一人们的思想，这一切都与五四新文化运动的方向背道而驰。

“五四”新文化至此已成为涓涓细流，不再占有主流地位。到了抗日战争时期，救亡压倒启蒙，大众化代替化大众，“五四”精神已经难有立足之地。正如十年前钱谷融先生说的：“当时的先驱者们，是那样的意气风发，斗志昂扬，眼看着在他们的努力下，一个前所未有的伟大时代就要降临到沉睡多年、死气沉沉的中华大地上来了。但不幸的是，由于种种原因，先驱者的努力，并没有能长久持续下去。过了不多久，《新青年》团体就解体了，新文化战线发生了分化，战友们的目标不一致了。‘五四’新文化和新文学运动的灿烂之花，还没有结成丰硕之果，就忽然凋零了。”[③]

四

在种种新学和后学看来，“五四”早已失掉意义，需要的只是批判和解构。但是，摆在我们面前的现实是：“五四”提出的问题并没有解决，“五

①《孙中山选集》，人民出版社1956年，第666页。

②戴季陶：《孙文主义之哲学的基础》，民智书局1925年。

③钱谷融：《个性、启蒙、政治》，《社会科学家》1989年第1期。

四”的任务并没有完成，我们还处于现代化的进程中。在这种情况下，“五四”精神是否已经到了寿终正寝的时候？

由于各种原因，20世纪末的中国学界到处可见这样的描述：在过去的年代里，知识分子曾经以“启蒙”“主体”为旗帜，以启蒙导师自居，拥有话语霸权；而在今天，主体已经丧失了价值根基，启蒙成了一个过时的“神话”，知识分子已经边缘化，而且已经死了，文化的溃败和幻灭似乎已是不争的事实。作家们纷纷告别知识分子的启蒙话语立场，而以“平常心”“世俗情怀”相标榜，好像启蒙很丑恶，因而避之唯恐不及；知识分子很不光彩，因而赶紧以嘲弄知识分子表明自己并非知识分子的同伙。启蒙立人曾经是以鲁迅为代表的“五四”知识分子的神圣使命，但在世纪之交的大陆文坛，启蒙已被涂抹得荒唐可笑。时髦的批评家在反复强调：知识分子必须放弃启蒙主义立场，改变居高临下的导师姿态，必须进行自我反省和角色自我调整。在一些人的观念中，以“五四”为标志的启蒙主义已经失去思想的活力，失掉了现实的针对性。因为中国已经不需要现代性，中国大众已经不需要知识分子启蒙，中国的未来已经不需要知识分子。

这一切都建立在对当前时代和中国社会的认识基础上。冷战时代基本结束之后，世界的确发生了巨大的变化。福山乐观地宣告历史已经终结，亨廷顿充满忧虑地提醒人们关注文明的冲突。在大陆学人的笔下，近来也常常看到这样的表述：“在今天这个资本主义全球化的时代，商品化的问题更加突出。特别是资本主义全球市场化、商品化，已经全面渗透到第三世界和地球的每个角落……”[①]“1989年，一个历史性的界标。将近一个世纪的社会主义实践告一段落。两个世界变成了一个世界：一个全球化的资本主义世界。……中国的启蒙主义面对的已经是一个资本化的社会：市场经济已经日益成为主要的经济形态，中国的社会主义经济改革已经把中国带入全球资本主义的生产关系之中。在资本主义化的过程中，国家及其功能也相应地发生了虽然不是彻底的，但却是极为重要的变化。资本主义的生产关系已经造就了它自己的代言人，启蒙知识分子作为价值创造者的角色正面对深刻的挑战。……中国的现代化或资本主义的市场经济是以启蒙主义作为它的意识形

①刘康等：《后殖民主义批评：从西方到中国》，《中外文化与文论》1997年第4期。

态基础和文化先锋的。正由于此，启蒙主义的抽象的主体性概念和人的自由解放的命题在批判过去的社会主义尝试时曾经显示出巨大的历史能动性，但是面对资本主义市场和现代化过程本身的社会危机却显得如此苍白无力。”①

这是近年来国内学界的一种认识。告别启蒙立场和呼唤知识分子角色转型也大多由此而来。因为中国已经纳入全球化，启蒙已经不再需要，启蒙知识分子就该寿终正寝。但是，这种见解起码有两点值得怀疑：一、中国是否真的已经纳入全球化体系之中，全球化程度究竟如何？二、是否只要建立了市场经济，别的就不再需要了？中国人是否应该满足于吃饱穿暖，是否被宰割无需多想？

面对学界对于中国全球化程度的认识，我总有几分怀疑：中国的市场化已经完成了吗？中国已经进入全球化体系之中了吗？众所周知，由于各种复杂的原因，中国的市场化进程是困难的。由于政治和文化等各方面的因素制约，市场规则难以推行，市场的畸形和病态难以克服。不错，中国已经开始努力发展市场经济，但是，市场经济进入正常轨道却仍然非常艰难，而且，因为不被限制的权力之手，市场经济的出现并不意味着市场社会的建成；中国的确开始日益深入地加入到世界市场的竞争之中，从而使得内部的生产和社会机制的改造也必须在市场制度的规约之下进行，但是，这一切都还是极为有限的，市场规则并没有规约中国的整个社会生活，它离真正进入世界还有一段相当艰难的路程。

在一些人的描述下，启蒙知识分子退出历史舞台是必然的，因为启蒙主义的主体性概念和人的自由解放在批判前现代的意识形态时是有威力的，面对市场经济和现代化过程本身的危机，它却无能为力。这种分析是不能让人信服的。因为市场化并不导致启蒙必要性的丧失，恰恰相反，中国特殊的现代化过程使启蒙的任务更为迫切。当前中国现代化的问题当然不仅仅是“人文精神的失落”能够概括得了的，更不仅仅是所谓道德危机和精神文明的危机，而是社会转型期政治与经济、文化协调发展所遇到的问题和障碍。必须清楚：现代化不只是一个经济和技术的指标，更不只是市场经济，它是一个包括经济、政治、文化在内的系统工程。如果各方面不能协调发展，就不可

①汪晖：《当代中国的思想状况与现代性问题》，《文艺争鸣》1998年第6期。

能有真正意义上的现代化，因而也就不能避免种种问题的出现。从某种意义上说，一些所谓“现代性问题”并不是现代性自身的问题，而是现代性遭遇抵抗和扭曲而导致的问题。在这个问题上，国内外普遍存在着一个误解，似乎现代化是可以打折扣的，现代性是可以随意解释和修改的，事实上，现代性应该是确定的，否则，我们就可以宣布中国在秦王嬴政手里已经完成了现代化，标志就是万里长城的修建。众所周知，那样做的结果只能是对现代性意义的取消。

常识告诉我们，有了市场经济并不意味着现代化的实现。人们应该能够认识到，在国有或公有资产股份化或私有化等经济体制改革的同时，政治体制的改革是必需的，没有政治体制的保障，就无法保障公平的竞争，也无法避免不公平的再分配现象。仅仅依靠市场自身的发展并不能保证这些问题的解决。在这个意义上，我们不能不重视关于“文化即命运”与“民主即命运”的争论，而在我看来，无论文化即命运还是民主即命运，都明确地昭示着人们：在经济正大踏步现代化而政治和文化却不能协调发展的情况下，不是不再需要启蒙知识分子，而是特别需要启蒙知识分子。

在中国后学看来，“五四”之所以过时，启蒙主义之所以可笑，原因就在于已经置身于市场和大众传媒支配之下的消费主义社会，而在这样的社会里，大众不需要启蒙导师。然而，正因为传媒可以随时制造着大众的声音，社会才更需要启蒙知识分子清醒的声音。尽管众声喧哗给声音的传播增加了困难，但困难并不意味着不需要，而是对启蒙知识分子提出了更高的要求。

有人嘲笑“‘五四’神话”，有人讽刺“说不完的‘五四’”。是的，“五四”的确还没有说完，因为中国还没有发展到“五四”已经不必提起的时候。无论作为一种方法论还是一种价值体系，“五四”可能不是最好的，但是，在20世纪中国的历史和现实中，还没有更好的。所以，在结束这个世纪而进入下一个世纪之际，我为自己选择了这样一项工作：重申“五四”精神。

何谓“知识分子”？

论及“五四”，无法回避“中国现代知识分子”。要谈“现代知识分子”，首先要弄清什么是“知识分子”。

在当代中国，“知识分子”是一个常用概念，但是，很少有人认真思考它的内涵。在世纪之交中国学界关于知识分子的讨论中，有人对“知识分子”深恶痛绝，有人对“知识分子”一往情深，其原因比较复杂，但也常常透露出这样的现象：冲突双方所说的“知识分子”并非同一类人。

所以，在讨论知识分子问题之前，有必要先对我们社会提供的常识有一个基本的认识。

这是最流行的《现代汉语词典》对“知识分子”的解释：

> 具有较高文化水平、从事脑力劳动的人，如科学工作者、教师、医生、记者、工程师等。

值得说明的是，这个定义从《现代汉语词典》最初的1965年试用本，到1978年的第1版、1983年的第2版、一直到1996年的修订本，几百次印刷，都没有任何改变。《汉语大词典》中多了一点内容，是以“有一定的科学文化知识”替代“具有较高的文化水平”，意思大致相同。这代表着中国大陆的流行观点。在这里，知识分子是根据知识水平和职业特征划分出来的一个群体。“有知识”和“从事脑力劳动”是其突出的特征。

但是，这一解释显然存在一些问题。“有一定的科学文化知识”或“具有较高文化水平”都是非常模糊的标准。谁没有“一定的科学文化知识”呢?中学生没有吗?小学生没有吗?正因为这样,50年代把上过中学甚至上过小学的都算知识分子,而现在的组织人事部门掌握的标准是具有大专以上学历。到底文化水平到达什么程度算是知识分子呢?教育日益普及,是不是标准也要日益提高?同时,“从事脑力劳动”也很难作为一条界线使用。严格地说,单纯的体力劳动和单纯的脑力劳动都是极为少见的。众所周知,工人和农民被看作体力劳动者,但无论做工还是种田,都显然离不开脑力,离不开一定的科学文化知识。随着高等教育的普及和科学技术的发展,传统意义上的体力劳动者日益被机械(包括机器人)代替,劳动更多地依靠脑力而不是体力。如果人们都具有了较高的学历,并且都成了脑力劳动者,大家就都成了知识分子吗?

学界关心的显然并非如此意义上的知识分子。在“文革”后的中国语境中,谈论“落实知识分子政策”或“提高知识分子地位”时,所指一般是上述意义的“知识分子”,但在谈论“知识分子人格”或“知识分子的精神立场”时,在宣称“知识分子死了”时,所指却已发生了变化。从后者的意义上说,高学历的脑力劳动者不一定就是知识分子;而工农当中也并非没有知识分子。

那么,什么是知识分子呢?

人们一般认为知识分子有两个起源。一个是19世纪的俄罗斯。尼·别尔嘉耶夫在《俄罗斯思想》一书中说:“知识分子是一个不切实际的阶级,这个阶级的人们整个地迷恋于理想,并准备为了自己的理想去坐牢、服苦役以至于被处死。”[①]他认为俄罗斯知识分子的始祖是拉吉舍夫,当拉吉舍夫在《从彼得堡到莫斯科的旅行》中说“看看我的周围——我的灵魂由于人类的苦难而受伤”时,俄罗斯知识分子就诞生了。从俄罗斯知识分子看,公共关怀显然是重要的特征,关心人民的疾苦,关心国家的命运,关心社会的公平和正义,而且为理想而甘愿付出牺牲。从某种意义上说,它显示的是某种贵族精神,因为终日为衣食奔波的人们是很难那样去思考、那样去行动的。从十二月党人到民粹派的优秀分子,都显示了这种品质。包括十二月党人的妻

①尼·别尔嘉耶夫:《俄罗斯思想》,生活·读书·新知三联书店1995年,第25页。

子们，那种为理想、为爱情而勇往直前的精神令人肃然起敬。

另一个起源是法国的德雷福斯案件。1894年，弗莱德·德雷福斯无辜被捕，在毫无证据的情况下被判无期徒刑，这件事使富有正义感的人们感到无法容忍，奋起展开了一场斗争。1898年1月，著名作家左拉在《震旦报》（亦译《黎明报》）发表致共和国总统的公开信，报纸主编克雷孟梭给它冠以大字标题《我控诉!》，猛烈抨击军方出于某种政治目的而公然侵犯人权和亵渎法律的行为。左拉的文章激励了千千万万有良知的人们，纷纷加入了主持正义的行列。这一事件被看作法国知识分子诞生的标志。

无论俄罗斯还是法国，“知识分子”都不仅仅意味着“具有一定的文化水平”和“从事脑力劳动”。他们强调的是公共关怀，是对文明、正义、公道和自由的承担。中国大陆之外的学者对此也早有类似的认识。殷海光在《中国文化的展望》中说：“一个真正的知识分子必须‘只问是非，不管一切’。他只对他的思想和见解负责。他根本不考虑一个时候流行的意见，当然更不考虑时尚的口头禅；不考虑别人对他的思想言论的好恶情绪反应；必要时也不考虑他的思想言论所引起的结果是否对他有利。一个知识分子为了真理而与整个时代背离不算稀奇。旁人对他的恭维，他不当作‘精神食粮’。旁人对他的诽谤，也不足以动摇他的见解。世间的荣华富贵，不足以夺去他对真理追求的热爱。世间对他的侮辱迫害，他知道这是人间难免的事。依这推论，凡属说话务求迎合流俗的读书人，凡属立言存心哗众取宠的读书人，凡属因不耐寂寞而不能抱真理到底的读书人，充其量只是读书的人，并非知识分子。”①

从中不难看出，学者着重强调的是正义、良知和公共关怀。然而，这些表述仍然是不够的。鲁迅在《关于知识阶级》中曾经这样谈论知识分子：“先前俄国皇帝杀革命党，他们反对皇帝；后来革命党杀皇族，他们也起来反对。问他怎么好呢？他们也没办法。所以在皇帝时代他们吃苦，在革命时代他们也吃苦。”对这一现象的原因，鲁迅解释说：“知识和强有力是冲突的，不能并立的；强有力不许人民有自由思想。”知识破坏着“强有力”的权威，瓦解着人们的顺从和迷信。因而与“强有力”是矛盾的。在这种矛盾

①殷海光：《中国文化的展望》，中国和平出版社1988年，第583—584页。

中，知识阶级将如何选择？鲁迅回答说，“要是发表意见，就要想到什么就说什么。真的知识阶级是不顾利害的，如想到各种利害，就是假的，冒充的知识阶级”。他认为知识阶级“对于社会永不会满意的，所感受的永远是痛苦，所看到的永远是缺点，他们预备着将来的牺牲，社会也因为有了他们而热闹，不过他的本身——心身方面总是痛苦的”[①]。在《文艺与政治的歧途》一文中，他又说：“文艺和革命原不是相反的，两者之间，倒有不安于现状的同一。”但是，文艺与政治却必然处于冲突的状态，原因是“政治家最不喜欢人家反抗他的意见，最不喜欢人家要想，要开口”，而文艺家却偏偏喜欢思想，而且喜欢开口。他说：“政治想维系现状使它统一，文艺催促社会进化使它渐渐分离；文艺虽使社会分裂，但是社会这样才进步起来。”[②]需要注意的是，这里所说的文艺不是一般意义上的文艺，而是启蒙的文艺；这里所说的文学家也不是一般意义上的文学家，而是知识分子。鲁迅对知识阶级颇有微词。然而，他的不满正因为心目中有一种知识分子标准。

从文明发展中的角色位置确认知识分子是非常重要的。正是文明前驱的这一角色决定了知识分子的本质，也决定了知识分子的命运。

知识分子需要具备几个前提条件：一、占有较丰富的知识资源；二、具有独立的人格而不依附于权势；三、具有自由的思想而不迷信传统与权威；四、有公共关怀，具有道德勇气和社会良知。但是，这还不够，知识分子的独特性并不在于他们掌握的知识和运用知识和符号的能力，也不在于他们的道德人格，而是在于他们在文明发展中的功能。知识分子最根本的特征还在于两点：一、对既有秩序、规范和知识体系的质疑和批判；二、对未知领域和新的可能性的探索。

人类不断地创造文明，却也常常创造出禁锢自身的锁链。人类文明是不断发展的，然而，文化的惰性也是明显而可怕的。一般人总是不自觉地接受着社会已经形成的生活方式、思维方式和价值观念。因此，文明的发展就需要一种力量，它不断地掀动传统的积淀，不断对既有的规范进行质疑，并提供新的可能性。这种力量只能来自一小部分人。他们不仅是知识的拥有者和

①《鲁迅全集》第8卷，人民文学出版社1981年，第187—191页。

②《鲁迅全集》第7卷，人民文学出版社1981年，第118—119页。

运用者，不仅是继承者和传播者，而且是批判者与创造者。文明需要发展，发展需要批判既有和探索未知。这些不断批判和探索并因此为人类提供前沿文化的人就是真正意义上的知识分子。

人们常常不自觉地对一些事物做出判断，却不曾考虑用以进行判断的价值尺度是否合理。因为一般人只是被动地生活于传统和习俗之中，通过个人社会化而接受既有的一切，却没有反省的习惯，也没有反省的能力。只有一少部分人不同，他们有清醒的自我意识，能够对一切进行反省。他们是价值的审视者，是行动的自觉者，是有能力对自身的全部行为做出解释并进行评判的人，因而也是能够对自己的思想进行思想，对自己的判断做出判断的人。因此，他们不像一般人那样被习俗、规范和社会意识形态所淹没，而是能够对其进行审查、质疑和扬弃，因而能够脱离传统、教条和权威去设计更为合理的标准。这些人就是知识分子。

正因为这样，知识分子不可能全盘接受任何权威，也不可能全盘接受任何传统。即使一些规范必须遵守，在他们那里，也不被认为是神圣不可改变的。

因为批判者和探索者的位置，知识分子必然是非主流的，因而与现实秩序总是存在着某种紧张关系。应该正视这种紧张关系，因为正是它证明着知识分子自身的存在。当然，这种紧张关系在不同的环境中也有不同的情况：在自由的空间里，因为批判和探索的自由已有法律保障，所以不构成与权力的对抗，而且批判本身成为社会不断优化过程中不可缺少的机制，知识分子所面临的主要问题是前倾观念难以被大众和社会接受；而在缺少思想和言论自由的空间里，知识分子的批判和探索则往往直接威胁着权力行为的合法性，威胁着权势者对民众的奴役和愚弄，所以，知识分子往往首先面临着权力的压制和扼杀。

然而，对于知识分子而言，仅有批判是不够的。一味强调知识分子的批判职能和反体制特征也是一种误区。20世纪中国现代知识分子的不成熟就常常表现为只知道批判而不知道有所守护，流于盲目反抗而失于目标的选择。因此，知识分子并不意味着时时处处与体制对立，也不意味着拒绝支持政府。

知识分子并不能保证自己判断的正确，也不能保证提供美好的前景，更不一定有能力在批判现实的时候拿出建设未来的可行性方案。知识分子常常存在乌托邦倾向，这是其本质特征决定的。从这个意义上说，知识分子的自由思想并不能保证对人类社会无害，但是，因为有自由的批评，健康的社会有能力制约乌托邦的有害实践。

何谓“现代知识分子”?

本来，知识分子也许不应该有现代与非现代之分。它本来就是现代的产物，古代并没有“知识分子”这一称谓。但是，中国人有个习惯，一旦接受一个新的概念，总会沿着“古已有之”的思路去寻找目标，并且为之重新命名。于是，就有了“中国古代知识分子”这样的称谓，并且非常流行。既然如此，就需要对“现代知识分子”进行必要的界定。

什么是“现代知识分子”？既然我们已经讨论过什么是“知识分子”，剩下的关键词就是“现代”。“现代”一词常被滥用，它的含义常常模糊不清。从常用的情况看，它常被用来指“现时代”，也就是眼下的时代，但更多的时候用于历史分期，表示与“古代”“前现代”具有不同时代属性和特征的时代。可是，作为历史分期所使用的“现代”也伴随着一些问题：

首先，不同的国家和地区并非同时进入现代，而是不同的国家有不同的现代起点。考察各国的现代史可以发现，英国的现代从1688年的光荣革命开始，美国是从1776年《独立宣言》发表开始，法国是从1789年大革命爆发算起，日本是从1868年明治维新算起……这种情况告诉我们，在英国进入现代一百多年之后，法国才进入现代，而在美国人建成现代国家一百年的时候，日本人才刚刚跨入现代的门槛。有的国家早已进入现代，有的国家刚刚进入现代，有的国家则迟迟不能进入现代，有的国家现代化进行得顺利，有的国家步履艰难，有时前进了还会倒回来，这是很长一段时间里世界整体现代化的基本图景。所以，当我们使用现代社会、现代国家、现代体制、现代文化和现代知识分子等概念时，不能不注意名实是否相符，不能不注意我们谈论的对象是否真的具有现代的属性。

其次，具体到中国的现代史和现代化进程，也有一些值得注意的问题。比如，中国的现代从何算起？众所周知的标准答案是从1919年的五四运动算起。1840年前是古代；1840年至1919年是所谓近代；1919年至1949年是所谓现代。但是，考察不同时期不同著作的表述，却会发现人们并未严格遵守这种划分。原因不仅是不同学科的人们关注着不同的事件，而且在于各学科的人们都常常不免有些困惑。因为就中国现代化的历程而言，1919年的五四运动并不是多么大的事件，一群学生上午游行，向政府提出拒绝在巴黎和约上签字的要求，政府最终倾听民众呼声，顺应学生的意愿而没有在和约上签字，它有什么理由成为历史的界碑呢？它的划时代意义的确需要费力气进行复杂的论证。中国的现代史从何算起更为合适？如果考察中国现代化的起点，社会学家相当普遍地认定1840年，即鸦片战争，即李鸿章所谓"三千年未有之变局"的开始。从起点算起显然太早，因为社会还不具备多少现代性因素。如果考察现代化的终点，也就是现代化完成的时间，中国的现代化还在路途上，远远没有完成。不仅中国如此，即使是现代化程度最高的欧美国家，按照哈贝马斯的说法，也还是"未完成的现代性"，那么，以现代化的终点作为现代史的起点显然是不可能的。那么，现代史的起点只能是现代化进程中的某个重要的标志性事件，也就是像英国光荣革命、美国独立、法国大革命、日本明治维新那样的事件。如果那样的话，中国1840年以来的历史上没有哪个事件比辛亥革命更重要，如果是以1911年10月10日作为中国现代史的起点，学者们大概没有多少异议。但是，流行的说法却是以"五四"作为标志，这就出现了种种问题。

无论表述有多少问题，都不影响简单的命名和称谓。在一般情况下，人们往往把活动于中国现代历史场景中的知识分子称作"中国现代知识分子"。也就是说，"五四"时期、30年代、40年代的知识分子都是现代知识分子。然而，因为现代化仍在进程中，知识分子作为群体与仍在这个进程中，不同个体的面貌与质地大不相同，虽然同样生活于现代，但这些"有一定科学文化知识"并"从事脑力劳动"的人并不一定都具有现代意识和现代人格特征。所以，就有了一个问题：某某是真正的现代知识分子，某人还算不上现代知识分子。这是当前学界常见的一种表述。也就是说，现代知识分子不仅是生活在现代，还需要具有现代的特征。那些借住在现代的前现代人士是不能被称为现代知识分子的。

这样一来，“现代知识分子”就成了一个严格的概念，它的标识不只是活动的时间，而且是本身的性质。那么，“现代知识分子”的“现代”意味着什么？或者说，是什么决定着一个知识分子“现代”或者不“现代”？

李慎之先生在《什么是中国的现代学术经典》一文中曾经指出，中国传统学术与现代学术有个清晰的“界标”。他认为这个界标就是“梁启超与严复诸先贤之后的‘五四’先贤为我们找出来的‘民主’与‘科学’”。他说：“科学思想是我们中国学术自从轴心时代起就缺乏或者极不发达的，经清末的诸位先驱发现之后亟需补课的；民主思想也可以说是我们自古以来所没有的（从孟子到黄宗羲的民本主义毕竟不是民主主义），然而它却是培养科学思想之所必需，因此两者缺一而不可。自从清末逐渐酝酿，到‘五四’时期经陈独秀提出要拥护德先生（德谟克拉西，即民主）与赛先生（赛因斯，即科学）的大声疾呼而成为不刊之论。从此以后，凡是朝这个大方向努力的，就是现代学术，与这个大方向相违背的，就不是现代学术。”[①]我认为，这同样可以作为识别知识分子是否“现代”的识别标准。

根据这样一个标准，一些人虽然生活在现代，但只要思想观念停留在古代，缺乏最基本的现代观念，他们就只能是“生活于现代的旧文人”，而不能算是“现代知识分子”。比如，一个人如果支持专制而反对民主，致力于愚民政策的推行而抵制科学思想的传播，他就不是现代知识分子。

根据这样一个标准，一些人可能曾经是现代知识分子，但随着时间的发展，后来不再是现代知识分子；有的人可能本来不是知识分子而因为种种原因而成了知识分子。因为历史和个人都不是直线发展的，常常会从现代大踏步后退。尽管它只是暂时的，不可能长久，但在后退的时间里，一些人却会追随时代而失掉曾经具有的现代知识分子特征。这时候，如果仍然把他们称作现代知识分子，就会搞乱了思想文化的一些界限。

论及这个问题，我们不能不面对20世纪末的中国学界相当流行的一种观点：现代性是一个不确定的概念。这句话还有它的另一半：现代化没有固

①李慎之、何家栋：《中国的道路》，南方日报出版社2000年，第197页。

定的模式。我愿意承认现代化没有固定的模式，因为也许真的可以“条条大路通罗马”。但是，目标应当是确定的，否则，我们将不知道什么是“现代”。因此，无论现代性的概念有多少不确定的内容，其最基本的东西应该是确定的。这个基本的东西常常被概括为“民主”和“科学”，人们对五四新文化运动的精神也大都如此概括。但我认为这种概括仍然不够。因为“民主”与“科学”仍然不是最终目的。“五四”一代人之所以追求民主与科学，原因是它能够带来人的解放，带来人的自由、尊严和权利保障。在五四新文化运动中，陈独秀最先提出的口号并非“科学与民主”，而是“科学与人权”，后来由他自己改为“科学与民主”。做此改动的原因尚待考证，但简单推测也不会有大错：一是二者并不矛盾，民主正是人权的基本保障；二是人权与科学是不对称的，而科学和民主却分别相对于迷信与专制，都是人的解放和人权保障的手段。

当前学界对现代性的讨论存在着一个值得注意的问题：似乎现代性是一个可以无限扩大的橡皮口袋，什么东西都可以装进去，甚至以抵抗现代化为目的的历史运动都被当作现代性问题。所谓“反现代性的现代化思想”就是突出的例子。之所以出现这样的问题，原因就在于忽略了“人”这一现代性的基本点。忘记了现代性是以个人权利为核心的。

因此，谈论“现代”的历史必须注意：世界现代化运动是在文艺复兴运动以来的人学基础上产生的。现代性也是在文艺复兴和思想启蒙运动形成的人学思想基础上形成的。离开了这一基础，就根本谈不到现代性。现代化也是如此，它是在人的自由和权利这一基本出发点上开始的一个系统工程，包括经济的市场化、政治的民主化和文化的开放性等各方面的具体内容，但是，只要离开了人的自由、尊严和权利保障，无论工业化程度多高，无论经济发展多快，无论建成多少万里长城、阿房宫那样的伟大工程，都不能说是已经建成了现代文明。无论是木牛流马还是人造卫星、核武器，都不能证明其文明已经属于现代。

中国学界在这个问题上有各种误区。因为离开了人的根本立场，现代化往往被简单地理解为工业化、经济增长、先进的技术或者民族国家，甚至像数苹果一样一个一个论个数，似乎现代化可以割裂开来，只要某几个方面，而不要另一些方面。这种错误在于不清楚现代化是一个相互联系而不可分割的系统工程这一常识。按照现代化的基本理论，现代化是一种社会整体变迁，它以经济为中心，但决不仅仅是经济运动，而是涉及政治、法律、道德、文化、社会组织结构、人的心理结构等多领域的全面发展过程。现代化是多角度的，全方位的社会变迁，涉及人类活动的一切领域。人们对现代化的叙述当然是不同的，布莱克在《现代化的动力》一书中是分理智、政治、经济、社会和心理来阐述的。亨廷顿则从心理、智力、人口、社会、经济、政治六个方面进行阐述。但一般来说，它应该包括经济上的市场化、政治上的民主化、宗教信仰的自由化、文化发展的多元化、生活方式上的世俗化等主要内容。那种仅仅把现代化理解为经济发展的观点是片面的，因为它是社会结构整体性的变迁，其内部各项因素有机关联，相互牵制，并不是可以分解的。现代化过程中的任何一项内容遭到忽视，或者由于某种原因而不能同步发展，都必然要拖住其他因素的后腿，影响现代化的整体推进。许多国家改革的艰难都已经证明了这一点。那种试图在前现代的文化基础或者政治基础上建成现代化的企图都必然以失败告终。

走向现代化的道路可以是不同的，因为不同的国家和民族有不同的基础和起点。但是，现代化的目标是相同的，衡量是否“现代”的指标必然是一个普适指标。比如：经济关系的市场化，政治制度的民主化，文化规范的人性化，以及教育的普及，人权的保障等等。这些毫无疑问是共同的标准。如果没有一个共同的标准，就无法避免有人会在没有固定模式和概念不确定的口号下弄出“奴隶主义现代化”或“封建主义现代性”。

必须强调的是：人类现代文明是以人为目的为最高价值尺度的文明，它的根本标志是一切服从人权的保障。无论是社会，还是知识分子，如果离开了这一点，就还不具备现代的特征。

什么是“新文化运动”？

什么是“新文化运动”？这是“五四”当时就已经引起讨论的问题，但是，当时的人们心知肚明，今天的人们却并不明晰。究其原因，除了后来的种种遮蔽和遗忘之外，也与新文化运动的当事人有关，他们从不同的角度解释过这场运动，却没有对其历史意义和基本性质做出明确的回答。这就难免给远距离了解历史的后来者造成认识的困难，导致各式各样的误解，同时，也给根据需要而曲解这一运动留下了可乘之机。在时间的隧道里，这笔注定要被长期征引的遗产离我们越来越远，但历史已经证明，遮蔽和误解并不能随着岁月流逝而自行脱落。因此，对这个问题的回答不应该继续拖延。本文不打算追求全面与完整，仅从三个不同的角度进行必要的考察。这三个角度是：中国的现代化历史，中国与世界文明主流，新文化运动的价值选择与努力方向。

一

五四新文化运动究竟在中国历史上占有一个什么样的位置？应该如何为之准确定位？要回答这个问题，考察它对历史的影响固然重要，但我以为，考察它发生的动因更为重要。新文化运动究竟因何而发生？发动者的动机是什么？目的又是什么？不弄清这些问题，就很难为新文化运动准确定位。

基本的历史事实应该是不难理清的：五四新文化运动不是政治变革的舆论前奏，而是政治变革之后的文化补课。由于种种原因，这段历史虽然远去不过八十年，但人们对它的认识却早已模糊不清。人们谈到“五四”，习惯于把它与其后的历史联系在一起，而忽视了它与此前历史的紧密联系，但无法否认的基本事实是，它与此前历史的联系更为密切。从这个意义上说，与其说它是一段历史的开端或前奏，不如说它是一段历史的完成环节。

众所周知，中国现代化的道路是从器物和经济层面开始的，它的第一步就是以洋务运动为代表的经济和技术层面的变革。其主要成果是修铁路，开矿山，办工厂，开启了中国的工业化进程，带来了经济发展的现代模式。第二个阶段是以戊戌变法和辛亥革命为代表的政治变革。和平改革的戊戌变法以失败告终，却促使更多的人走向了革命，辛亥革命终于终结了几千年的帝制，为中国带来了一个全新的民主共和国。但是，从某种意义上说，辛亥革命的确是一场条件不甚成熟的革命，中华民国这个亚洲最先出现的民主共和国也的确是一个早产的婴儿。革命在缺少充分准备的情况下忽然到来，匆匆催生了一个现代国家，却不可能为这个崭新的国家准备下新型的管理者和合格的现代公民。所以，虽然在民主共和的体制之下，人们的行为模式却远非共和国公务员和公民的关系模式，而是不可避免地继续上演着帝制时代“为王牧民”的官员与千百万草民的旧戏。

换句话说，当时中国的情形是：一场政治革命成功了，民主共和国的体制在革命风雨中诞生，但是，从上到下都不习惯这种新的国体和政体。一方面，作为共和国的总统、总理、总长和各级管理者们，大都刚刚摘去大清帝国的顶戴，很难迅速由皇帝的臣子转变成为现代国家的管理者。包括那些作为清王朝专制统治反抗者的革命党人，也大多不熟悉现代国家的政治规则。因此，共和国很难迅速走上国家管理的现代轨道，而是不自觉地就会按照专制王朝的旧例行事。另一方面，作为理论上已经享有国家主权的国民，绝大多数并不知道自己已经由皇家的子民变成国家的主人，因而既不清楚公民的权利，也不清楚公民的义务，更不知道应该如何对待自己选举并花钱雇佣的国家领导人和各级政府的官员。他们仍然以草民自居，习惯于自居奴隶的地位。就像鲁迅笔下的阿Q走上大堂时一样，官员们并不让他下跪，但他还是跪下了。总之，当时的中国已经建立起现代的政治体制，而人们的思想观念、行为规范和行为方式却与之相去甚远。

新文化运动正是在这样一个历史背景下发生的。它适应时代的要求而发生，进行的是一场思想文化方面的补课运动。

关于这一点，可以从两个方面清楚地看到：一是陈独秀和《新青年》集团对当时国情的认识；二是他们面对现实而选择的位置和承担的职责。

新文化运动是如何认识当时中国国情的呢？陈独秀在《旧思想与国体问题》中说：

> 自从辛亥年革命以来，我国行了共和政体好几年，前年筹安会忽然想起讨论国体问题，在寻常道理上看起来，虽然是很奇怪，鄙人当时却不以为奇怪。袁氏病殁，帝制取消，在寻常道理上看起来，大家都觉得中国以后帝制应该不再发生，共和国体算得安稳了，鄙人却又不以为然。鄙人怀着此种意见，不是故意与人不同，更不是倾心帝制舍不得抛弃，也并不是说中国宜于帝制不宜于共和。只因为此时，我们中国多数国民口里虽然是不反对共和，脑子里实在装满了帝制时代的旧思想，欧美社会国家的文明制度，连影儿也没有。所以口一张，手一伸，不知不觉都带君主专制臭味；不过胆儿小，不敢像筹安会的人，堂堂正正地说将出来，其实心中见解，都是一样。袁世凯要做皇帝，也不是妄想；他实在见得多数民意相信帝制，不相信共和，就是反对帝制的人，大半是反对袁世凯做皇帝，不是真心从根本上反对帝制。①

他还指出：即使那些创造共和、再造共和的人物，也往往并不知道共和是什么，而是满脑子装的都是帝制时代的旧思想。因此，中国很难避免帝制再次复辟，也很难保证民主共和的健康发展。这就是当时中国的国情。

李大钊在《新的！旧的！》一文中指出：“中国人今日的生活全是矛盾生活，中国今日的现象全是矛盾现象。”他举了一系列例子：过年了，刚过新年，又过旧年；贺年的人，有的鞠躬，有的跪拜；黄昏走在北京的街头，既有旧时代的更夫，又有新时代的巡警；制定宪法，一面规定信仰自由，一面规定“孔教为修身大本”；关于婚姻，一方面订立禁止重婚的刑律，一方面却保留纳妾的习俗……李大钊认为，这种矛盾现象的原因是“新旧之间，

---

①陈独秀：《旧思想与国体问题》，《新青年》第3卷第3号。

纵的距离太远，横的距离太近，时间的性质差得太多，空间的接触逼得太紧”[①]。

高一涵在《非“君师主义”》中也说：

> 共和政治，不是推翻皇帝，便算了事。国体改革，一切学术思想亦必同时改革；单换一块共和国招牌，而店中所卖的，还是那些皇帝“御用”的旧货，绝不得谓为革命成功。法国当未革命之前，就有卢梭、福禄特尔、孟德斯鸠诸人，各以天赋人权平等自由之说，灌入人民脑中；所以打破帝制，共和思想，即深入于一般人心。美国当属英的时候，平等自由民约诸说，已深印于人心，所以甫脱英国的范围，即能建设平民政治。中国革命是以种族思想争来的，不是以共和思想争来的；所以皇帝虽退位，而人人脑中的皇帝尚未退位。所以入民国以来，总统之行为，几无一处不摹仿皇帝。皇帝祀天，总统也礼天；皇帝尊孔，总统也尊孔；皇帝出来地下敷黄土，总统出来地下也敷黄土；皇帝正心，总统也要正心；皇帝身兼“天地君亲师之众责”，总统也想“身兼天地君亲师之众责”。这就是制度革命思想不革命的铁证。[②]

按照现代的国家理念，政府官员与普通百姓是平等的，政府官员是百姓雇佣来为他们管理国家公共事务的。百姓拿钱养活了他们，他们当然应该为百姓做事。但是，新生的共和国却从上到下都缺少这样的现代国家理念。吴景超写过一篇《平等谈》，揭示了当时社会的实际状况。文章写到，辛亥革命那一年他才十岁，满耳朵听到的都是推翻清室、创造共和。他问他的老师：“我们为什么要推翻清室，创造共和呢?”面对一个十岁孩子的问题，他的老师做了很好的回答：“清朝是个专制政体，那些王公大人，都要仗他的势力来欺压平民，平民受他的欺负，谁也不敢作声。共和国却不然，以前那些什么阶级，什么贵族，都完全消灭了，凡是中国的国民，在法律上个个都是平等，没有什么我比你尊，你比我卑的。”吴景超说他因此而欢迎共

---

①李大钊：《新的！旧的!》，《新青年》第4卷第5号。

②高一涵：《非“君师主义”》，《新青年》第5卷第6号。

和。然而，若干年后，他作为北京大学学生，却发现那个理想远远没有实现。他在文章中列举了几件事：一次是他坐车到东城拜访朋友，路上遇到警察命令他停车，原来是大总统从那条路上经过，就禁止一般人通行。又一次是他在上海火车站，看到站台上有军乐队，还有五六十个戴礼帽穿马褂的人，原来是县长要到南京去见省长，县里的头面人物都到车站去送行。面对如此种种，吴景超说：“都是前清的规矩，不过现在没有更改就是了。”[①]

正是在这种情况下，《新青年》选择了启蒙，开始进行新文化运动。

新文化运动是从《新青年》的创办开始的，之所以一开始就面对青年而不是其他群体，目的就在于为中华民国培养现代公民。在陈独秀看来，头脑僵化的老年人已经无法指望，而青年毕竟思想活跃，有着较强的可塑性，即使无法避免旧思想的污染，也还有刷新的希望。他对青年提出了六条要求，显然是试图重新塑造青年的人格。

新文化运动初期，陈独秀不谈政治，胡适也打定主意二十年不谈政治，钱玄同、刘半农、鲁迅、周作人等都不过问政治，这一切不是偶然的。不谈政治并非因为这些人对政治不感兴趣，更不是因为他们不关心政治，而是因为在他们看来，政治问题不是当时的首要问题。虽然他们清楚地看到共和国的政治生活有种种弊端，但他们知道，问题不在政治制度，也不是单靠更换官员所能够解决的。正因为这样，他们才不参与当时政治上的斗争，一心致力于解决思想文化上的问题。

从新文化运动发生的原因以及陈独秀等人的言论看，作为一场思想文化补课，新文化运动是为维护辛亥革命的成果而进行的。论及辛亥革命，一些人开口就是辛亥革命的“失败”，其实，辛亥革命说不上“失败”。终结帝制，创建共和，什么革命能够取得如此的成功？至于新生共和国必然面对的艰难和曲折，本不足为怪，因为全新的政治制度不可能一蹴而就。一个新生儿诞生于肮脏而险恶的环境之中，因为营养不良而多灾多病，是应该加倍爱护他，还是冷言诋毁他，或试图扼杀他？新文化运动选择了前者，《新青年》集团是民主共和国的补天派，他们爱惜这个来之不易的共和体制，不愿看到它因为不合国情而夭亡，因而要改变中国文化以适应新生的民主共和国。

①吴景超：《平等谈》，《新潮》第1卷第5号。

从这个意义上说，判断新文化运动的激进与保守也并非简单的事，它在文化上显然是激进的，但在政治上却是保守的。因为他们的动机和目的都是维护已经建立的政治体制，是补台而不是拆台，是建设而不是破坏。对于已经建立的共和体制而言，曾经要以革命的方式对其进行改造的是杨度、康有为、辜鸿铭、张勋等人；而陈独秀等人却一心捍卫既有的体制，充当了民主共和国的卫士。当他们发现中国传统与共和国体冲突时，他们选择了保卫共和的立场。他们思考的不是民主共和是否适应中国国情，而是中国国情是否适应民主共和，所以，他们不像康有为、杨度、辜鸿铭、张勋那样试图改变现代政治体制以适应中国国情，而是要努力改变中国国情以适应现代政治体制。他们守护的是刚刚出现在世界东方的民主政治婴儿，维护的是民主共和的政治理想。说到底，《新青年》集团都是理想主义者。理想主义者与实用主义者大不相同的是，实用主义者总是顺应国情而改变理想，而理想主义者却是为了理想而改造国情。他们要通过自己的努力避免共和国因为文化传统的强大而扭曲本来的品格。正因为这样，陈独秀一再表示："我们要诚心巩固共和国体，非将这班反对共和的伦理文学等等旧思想，完全洗刷得干干净净不可。否则不但共和政治不能进行，就是这块共和招牌，也是挂不住的。"①

鲁迅也曾一再感叹：中华民国已经不再是中华民国了。因为在他的心中，有一个真正的中华民国。改造国民性，就是要创造一种与真正的民国相适应的文化。在1925年写给许广平的信中，鲁迅说过："说起民元的事来，那时确是光明得多，当时我也在南京教育部，觉得中国将来很有希望。自然，那时恶劣分子固然也有的，然而他总失败。一到二年二次革命失败之后，即渐渐坏下去，坏而又坏，遂成了现在的情形。其实这也不是新添的坏，乃是涂饰的新漆剥落已尽，于是旧相又显了出来。使奴才主持家政，哪里会有好样子。最初的革命是排满，容易做到的，其次的改革是要国民改革自己的坏根性，于是就不肯了。所以此后最要紧的是改革国民性，否则，无论是专制，是共和，是什么什么，招牌虽换，货色照旧，全不行的。"②

---

①陈独秀：《旧思想与国体问题》，《新青年》第3卷第3号。

②《鲁迅全集》第11卷，人民文学出版社1981年，第31页。

这段话有两层意思值得注意：一是显示了鲁迅的启蒙立场：认定只要国民性不改，就难免“招牌虽换，货色照旧”。二是它显示了鲁迅对新生共和国的深情。民国元年的光明记忆在鲁迅作品中多次出现，并非因为个人情感而产生的错觉，而是的确曾经呈现过一个美好的开端。仅从《临时约法》看，也是中国最现代的一份宪法草案，不仅宣布“中华民国主权属于国民全体”，而且把人民的种种权利写入宪法，明文规定不受侵犯。面对这样一个新国家，无论鲁迅还是胡适、陈独秀，考虑的都是如何进行一场思想文化补课，去捍卫她，巩固她，而不是颠覆她。

作为政治革命之后的一场思想文化补课，新文化运动是中国现代化全过程中的一个重要环节，也是从经济改革（洋务运动）到政治改革（从百日维新到辛亥革命）再到文化改革的全过程的最后一个环节。这个环节不可缺少，却需要漫长的过程和艰苦的努力，因而也需要特别的耐心。

遗憾的是，人们常常缺少这样的耐心。

二

五四新文化运动的一个显著标志是对本土传统的批判。对于传统而言，这种批判无疑是有破坏性的，但五四新文化运动的目标却不是破坏，而是建设。因此，在否定旧文化的同时，必然要致力于新文化的建设。当批判者对传统发起批判的时候，心中已经有一种设计：世界化。从这个意义上说，五四新文化运动是中国与世界文明主流全面接轨的运动，也是一场中国文化的世界化运动。

新文化运动一开始就是主张世界化的。《新青年》创办伊始，陈独秀就对青年提出了“世界的而非锁国的”要求。他竭力倡导世界化，强调世界潮流不可抗拒的大势，指出抗拒世界潮流的危险，努力使中国进入世界潮流之中。在东西两种文明的冲突中，是让中国传统适应世界潮流，还是让世界潮流适应中国国情，这是冲突的一个焦点。一些人要拒绝接受西方文明，理由常常是它不适合中国国情。陈独秀批判中国传统，理由却常常是它不适合世界潮流。他批评一些人的“闭户造车”行为是“欲以周礼考工之制，行之欧美康庄，其患将不止不合辙已也”[①]。在陈独秀那里，“行之欧美康庄”已经是无需讨论的前提。正因为这样，新文化运动从发生到轰轰烈烈的高潮形成，都在努力推进中国文化的世界化。1919年1月，《新潮》在新文化运动高潮中创刊，《发刊旨趣书》中明确把“导引此‘块然独存’之中国同溶于世界文化之流”作为“第一责任”。[②]

考察新文化运动主要成员的言论，可以发现一个突出的特点：他们的言说往往是在比较中进行的，一方面是批判中国传统文明，一方面是赞美西方现代文明。透过这种比较，不难发现他们对西方现代文明的衷心向往，也不难发现其比较的动机：希望中国文化变得像西方现代文明一样。因为他们意识到，要摆脱中国固有的非人的生活状态，就要学习西方，除此之外别无出路。在开放的背景上，他们确立了一系列新的观念，这些观念源自西方，与中国传统观念大不相同。他们以这些观念衡量并要求中国现实，就是要中国与现代世界接轨。他们的这种要求可以说贯彻于新文化运动的方方面面。陈独秀说：“自西洋文明输入吾国，最初促吾人之觉悟者为学术，相形见绌，举国所知矣；其次为政治，年来政象所证明，已有不克守缺抱残之势。继今以往，国人所怀疑莫决者，当为伦理问题。此而不能觉悟，则前之所谓觉悟者，非彻底之觉悟，盖犹在惝恍迷离之境。”西化的政治体制需要西化的价值观念和伦理原则，这是陈独秀等人的一种基本认识。他说：“吾人果欲于政治上采用共和立宪制，复于伦理上保守纲常阶级制，以收新旧调和之效，自家冲撞，此绝对不可能之事。盖共和立宪制，以独立平等自由为原则，与纲常阶级制为绝对不可相容之物，存其一必废其一。”[③]胡适认为中国人需要一种新的觉悟，这种新觉悟就是要学会照镜子，学会反省，学会认错。“今日的第一要务是要造一种新的心理：要肯认错。要大彻大悟地承认自己百不如人。第二步便是死心塌地地去学人家。”[④]在近半个世纪的历史上，鲁迅的西化色彩是常常被努力遮盖或抹淡的。其用意非常明显，作为革命文化旗手

①陈独秀：《敬告青年》，《青年杂志》第1卷第1号。

②傅斯年：《发刊旨趣书》，《新潮》创刊号。

③陈独秀：《吾人最后之觉悟》，《青年杂志》第1卷第5号。

④《胡适文集》第4卷，北京大学出版社1998年，第28页。

的鲁迅不能有西化之嫌。其实，鲁迅与陈独秀、胡适等人一样，选择的是西化之路。之所以这样，原因也在于本土文化中缺少他想要的东西，建设现代文明需要模仿西方。鲁迅关于“青年必读书”的主张为许多人所无法理解，其实很简单：告别中国固有的文明，接受西方的现代文明。鲁迅从来不隐瞒自己认为西方文化胜过中国文化的观点。他说：“与其崇拜孔丘、关羽，还不如崇拜达尔文、易卜生；与其牺牲于瘟将军、五道神，还不如牺牲于Apollo。”[①]钱玄同在《随感录二十八》中说：“既在二十世纪建立民国，便该把法国、美国做榜样。一切‘圣功’‘王道’，‘修、齐、治、平’的鬼话，断断用不着再说。”[②]由此可见，世界化可谓新文化运动的共识。

对于《新青年》集团而言，世界化就是西化。因为尽管谁都知道非洲也是世界的一部分，朝鲜、缅甸、阿富汗也是世界的一部分，但对20世纪的中国人来说，世界化决不意味着非洲化或朝鲜化，走向世界也决不意味着走向阿富汗或伊拉克。1919年5月4日，在学生爱国运动爆发的当天，陈独秀以《公同管理》为题在《每周评论》20号上发表文章说：“我们中国若免不得亡国的运命，宁可亡在欧美列国手里，不愿亡在日本手里。联合亚洲的黄人，抵抗欧美的白人的鬼话，我们绝对不相信。因为黄人待黄人，比白人待黄人还要残狠十倍。”由此可见，虽然日本是东方现代化的排头兵，但在陈独秀等人的眼里，仍不是文明发展的榜样。因为在《新青年》集团看来，只有西化才是真正的现代化。陈独秀说：“世界各国，无东西今古，但有教化之国，即不得谓之无文明；惟地阻时更，其质量遂至相越。古代文明，语其大要，不外宗教以止残杀，法禁以制黔首，文学以扬神武。此万国之所同，未可自矜其特异者也。近世文明，东西洋绝别为二。代表东洋文明者，曰印度，曰中国。此二种文明虽不无相异之点，而大体相同，其质量举未能脱古代文明之窠臼，名为‘近世’，其实犹古之遗也。可称曰‘近世文明’者，乃欧罗巴人之所独有，即西洋文明也，亦谓之欧罗巴文明。移植亚美利加，风靡亚细亚者，皆此物也。”[③]在这里，我们可以看到新文化运动的领袖们的

①《鲁迅全集》第1卷，人民文学出版社1981年，第333页。

②钱玄同：《随感录二十八》，《新青年》第5卷第3号。

③陈独秀：《法兰西人与近世文明》，《青年杂志》第1卷第1号。

一种基本认识：无论东方还是西方，古代文明是基本相同的，但近代以来形成了巨大的差别，西方文明发生变化而进入“近世文明”；东方文明却仍然没有走出古代的窠臼。因此，文明的东西差异在历史的坐标上就是古今差异，所以，西化就是现代化。

在西方现代文化与中国传统文化的冲突中，抵抗西化的力量曾经打出“保存国粹”的旗号。事实上，“保存国粹”是一个妥协后的口号，它的意义已经不在抵抗西化，而是在西化已经无法抵抗的情况下试图保留某些中国特有的东西。换句话说，它所抵抗的已经不是一般的西化，而只是全盘西化。因此，对国粹派的批判就意味着不给旧国粹留有任何残存的空间，也就意味着中国文化必须充分世界化。在对国粹派的批判中，鲁迅是最为引人注目的。面对国粹派的主张，他说：“什么叫‘国粹’？照字面看来，必是一国独有，他国所无的事物了。换一句话说，便是特别的东西。但特别未必定是好，何以应该保存？譬如一个人，脸上长了一个瘤，额上肿出一颗疮，的确是与众不同，显出他特别的样子，可以算他的‘粹’。然而，据我看来，还不如把这‘粹’割去了，同别人一样的好。”[①]拒绝世界化的人们有一种论调是这样的：“我们要特别生长；不然，何以为中国人！”这种论调是以民族性抵抗世界性的重要理路，从“五四”至今一直存在。鲁迅认为这是要自绝于世界。他说：“许多人所怕的，是‘中国人’这名目要消灭；我所怕的，是中国人要从‘世界人’中挤出。”[②]

另一个现象是：五四新文化运动的领袖人物大多反对调和折中，反对中西融合之说。在东西方文化冲突中，一些人提出了“撷精取粹”“熔于一炉”、中外结合、中西合璧的主张。新文化运动的领袖们却坚决反对这种主张，而且表现非常决绝。陈独秀说：“记者非谓孔教一无可取，惟以其根本的伦理道德，适与欧化背道而驰，势难并行不悖。吾人倘以新输入之欧化为是，则不得不以旧有之孔教为非。倘以旧有之孔教为是，则不得不以新输入之欧化为非。新旧之间，绝无调和两存之余地。吾人只得任取其一。”[③]面对

①《鲁迅全集》第1卷，人民文学出版社1981年，第305页。

②同上书，第307页。

③陈独秀：《答佩剑青年》，《新青年》第3卷第1号。

调和折中的论调，鲁迅揭示说：“‘西哲’的本领虽然要学，‘子曰诗云’也要昌明。换几句话，便是学了外国本领，保存中国旧习。本领要新，思想要旧。要新本领旧思想的新人物，驮了旧本领旧思想的旧人物，请他发挥多年经验的老本领。一言以蔽之：前几年谓之‘中学为体，西学为用’，这几年谓之‘因时制宜，折中至当’。”鲁迅认为“世界上决没有这样如意的事”。他的态度是“All or Nothing!”[①]胡适说：“为什么要反对调和呢？因为评判的态度只认得一个是与不是，一个好与不好，一个适与不适，——不认得什么古今中外的调和。调和是社会的一种天然趋势。人类社会有一种守旧的惰性，少数人只管趋向极端的革新，大多数人至多只能跟你走半程路。这就是调和。调和是人类懒病天然趋势，用不着我们来提倡。”[②]

“五四”之所以反对调和折中，首先出于策略性的考虑。陈独秀做过一个比喻：“譬如货物买卖，讨价十元，还价三元，最后结果是五元。讨价若是五元，最后的结果，不过二元五角。社会上的惰性作用也是如此。”[③]鲁迅也说过：“中国人的性情是总喜欢调和，折中的，譬如你说，这屋子太暗，须在这里开一个窗，大家一定不允许的。但如果你主张拆掉屋顶，他们就会来调和，愿意开窗了。没有更激烈的主张，他们总连平和的改革也不肯行。”[④]胡适是这样说的：“我是主张全盘西化的。……古人说：‘取法乎上，仅得其中；取法乎中，风斯下矣。’这是最可玩味的真理。”[⑤]他们的策略不过是要充分世界化。既然发现了更优越的文明，就应该努力更多地接受，即使最终也不能与世界全面接轨，至少不应预先就打折扣。

其实，任何人都知道，“百分之百”意义上的全盘西化是不可能的，与世界全面接轨的努力也并非方方面面都要西化。无论现代化、西化还是世界化或今日所说的全球化，其实有其根本与关键之处。进入20世纪之后，尤其是到了“五四”时期，要全面拒绝西方文明已经不可能。无论生活的哪一个层面，

①《鲁迅全集》第1卷，人民文学出版社1981年，第336页。

②胡适：《新思潮的意义》，《新青年》第7卷第1号。

③陈独秀：《调和论与旧道德》，《新青年》第7卷第1号。

④《鲁迅全集》第4卷，人民文学出版社1981年，第13—14页。

⑤胡适：《编辑后记》，《独立评论》第142期。

中国都在迅速西化。电灯代替蜡烛，汽车代替轿子，西装代替了长袍马褂……这种变化应该说是相当普遍的，已经很少有人拒绝，因为就连慈禧太后也喜欢一些洋玩意儿，普通百姓也知道电灯比豆油灯亮得多。但是，一个现象出现了：一些领域的西化非常容易，一些领域的西化非常困难。困难之处往往并非因为人们不接受，而是因为人为的阻挠。如果考察那些受到阻挠的领域，就会发现一般不是日常生活领域，而是一些人的特权之所在，同时也是关系到国民个人的自由、尊严和权利的关键。如果与世界接轨，一些人可能失掉特权；如果按照传统办，特权就可以保留下去。涉及这些领域，世界化就要遭到拒绝，理由是中国的特殊国情。对此，陈独秀曾经悲愤地写道："呜呼！欧洲自力抗自由新思潮之梅特涅挫败以来，文明进化，一日千里，吾人狂奔追之，犹恐不及。乃袁世凯以特别国情之说，阻之五年，不使前进，国人不惜流血以除此障碍矣；不图袁世凯二世，又以国粹礼教之说，阻吾前进，且强拽之逆向后行。国人将何以处之？法律上之平等人权，伦理上之独立人格，学术上之破除迷信，思想自由，此三者为欧美文明进化之根本原因，而皆为尊重国粹国情之袁世凯一世、二世所不许。长此黑暗，其何以求适二十世纪之生存？"[①]尽管袁世凯们总是以中国国情特别为由拒绝接受真正的民主共和，但新文化运动却仍然要极力推进，在这些根本之处实现世界化。

三

论及五四新文化运动的根本特性，人们往往首先想到的是民主与科学。之所以如此，源自陈独秀的《本志罪案之答辩书》。陈独秀说："本志同仁本来无罪，只因为拥护那德谟克拉西（Democracy）和赛因斯（Science）两位先生，才犯了这几条滔天的大罪。要拥护那德先生，便不得不反对孔教、礼法、贞节、旧伦理、旧政治。要拥护那赛先生，便不得不反对旧艺术、旧宗教。要拥护德先生，又要拥护赛先生，便不得不反对国粹和旧文学。"[②]据此，可以说五四新文化运动是倡导民主与科学的运动。

---

①陈独秀：《袁世凯复活》，《新青年》第2卷第4号。

②陈独秀：《本志罪案之答辩书》，《新青年》第6卷第1号。

然而，这一解释虽然在“五四”之后的历史上被广泛接受，但显然并不令人满意。胡适说过：“这话虽然很简明，但是还嫌太笼统了一点。假使有人问：‘何以“要拥护德先生，又要拥护赛先生，便不得不反对国粹和旧文学”呢?’答案自然是：‘因为国粹和旧文学是同德赛两先生反对的。’又问：‘何以凡同德赛两先生反对的东西都该反对呢?’这个问题可就不是几句笼统简单的话所能回答的了。”[①]胡适的思考展开了一个值得认真讨论的话题。因为民主与科学本身并不具有先验的神圣性，它的合法性也是需要论证的。而且，民主与科学只是新文化运动为实现其目的而选择的途径，并非最终目的。无论作为一种主义、制度还是思想方法，民主与科学都只是手段，陈独秀也是把它作为手段来看的：“我们现在认定，只有这两位先生，可以救治中国政治上、道德上、学术上、思想上一切的黑暗。”[②]这本身就是一种合法性论证。只有对其进行这样的论证，才能回答为什么选择民主与科学而不选择专制与蒙昧的问题。

可是，胡适并没有沿着这个方向去回答“何以同德赛两先生反对的东西都该反对”这一提问，而是在另一个层面上展开了论述。他说：“据我个人的观察，新思潮的根本意义只是一种新态度。这种新态度可叫作‘评判的态度’。”而评判的态度就是“凡事要重新分别一个好与不好”。他告诉人们：对于世俗相传下来的制度风俗，要问“这种制度现在还有存在的价值吗?”对于古代遗传下来的圣贤教训，要问“这句话在今日还是不错的吗?”对于社会上公认的行为与信仰，要问“大家公认的，就不会错了吗? 人家这样做，我也该这样做吗? 难道没有别样做法比这个更好，更有理，更有益的吗?”在胡适看来，新思潮的意义就在于这种“评判的态度”，而“评判的态度”就是尼采所说的“重新估定一切价值”。[③]如果沿着这个思路，本可以直接进入对民主与科学及其与之相对抗的中国传统的评判，但胡适只是提供了一种方法，并没有接着进行论证。胡适把新思潮的意义概括为“研究问题，输入学理，整理国故，再造文明”。在这里，前面三项都是手段，目的是

①胡适：《新思潮的意义》，《新青年》第7卷第1号。

②陈独秀：《本志罪案之答辩书》，《新青年》第6卷第1号。

③胡适：《新思潮的意义》，《新青年》第7卷第1号。

“再造文明”。因此，新文化运动也可以说是一场再造文明的运动。

倡导民主与科学的运动与再造文明的运动，二者并不矛盾，因为提倡科学和民主正是要“再造文明”，而再造的新文明则以民主与科学作为显著标识。

在文明重建运动中，目的标识非常重要，否则就容易失掉本质的规定性，甚至因为失掉明确的目标而走向歧途。比如把新文化的性质定义为反帝反封建，就抽掉了积极的建设目标，使结果无法预料。因为慈禧太后和义和团都反对帝国主义，奴隶主也是反封建的。如果只是高举反帝的旗帜，就无法避免闭关锁国和拒绝先进文化的可能；如果只是高举反封建的旗帜，也无法排除实现奴隶制的可能；同时高举反帝反封建的旗帜，也无法避免关起门来搞奴隶制的可能。只有把民主和科学写在旗帜上，才可以避免专制主义和蒙昧主义。所以，我们完全可以把两者合并，说五四新文化运动是再造以民主与科学为主要标志的新文明的运动。

然而，进一步的问题仍然需要回答：为什么要“再造文明”？因为人们完全可以反问：中华民族有五千年的历史，传统文明光辉灿烂，为什么需要“再造”？新文明并不能因其“新”而自然获得合法性，旧文明也并不能因为其“旧”而自然丧失合法性。新的并不一定就是好的，“再造文明”的合法性并非无需证明。

那么，为什么要“再造文明”呢？回答当然是旧文明不好。旧文明怎么不好？新文化运动的明确回答是：“吃人。”新文化运动系统审视了传统文明，对其方方面面进行了重估，如：孔教问题、伦理问题、贞操问题、婚姻问题、父子问题、教育问题，等等。在这种重新估价中，新文化运动对传统文明做出了否定的结论，并且认定传统文明犯有“吃人”的罪恶。借助人类健康文明的参照，他们发现了中国人几千年生存秩序中的血腥，发现了传统文明对人的自由、尊严与权利的剥夺，发现了种种传统的枷锁对人性的扭曲和扼杀。于是，他们要掀翻几千年的“人肉筵宴”，结束“暂做稳了奴隶”和“想做奴隶而不得”两样时代循环的历史。他们要让每一个人都能意识到自己的自由、尊严与权利，让中国人也能像人一样自由而尊严地活着。

新文化运动要以西方近代文明作为建设的蓝本。那么，西方近代文明有什么好？根据陈独秀在《敬告青年》中的回答，欧洲近代历史是一部“解放的历史”，“破坏君权，求政治之解放也；否认教权，求宗教之解放也；均产说兴，求经济之解放也；女子参政运动，求男权之解放也。”“解放云者，脱离夫奴隶之羁绊，以完其自主自由之人格之谓也。我有手足，自谋温饱；我有口舌，自陈好恶；我有心思，自崇所信；绝不认他人之越俎，亦不应主我而奴他人。盖自认为独立自主之人格以上，一切操行，一切权利，一切信仰，唯有听命各自固有之智能，断无盲从隶属他人之理。”[①]在这篇文章中，陈独秀提出“科学与人权并重”。人们大多只记得陈独秀说过民主与科学，其实，在创办《新青年》之际，他提出的是人权与科学。在《法兰西人与近世文明》中，他认为“近代文明之特征，最足以变古之道，而使人心社会划然一新者”，首先是“人权说”。[②]他对东方文化与西方文化进行比较，结论是肯定西方文化而否定东方文化，肯定的内容是：“举一切伦理、道德、政治、法律、社会之所向往，国家之所祈求，拥护个人之自由权利与幸福而已。思想言论之自由，谋个性之发展也。法律之前，个人平等也。个人之自由权利，载诸宪章，国法不得而剥夺之，所谓人权是也。人权者，成人以往，自非奴隶，悉享此权，无有差别。……国家利益，社会利益，名与个人主义相冲突，实以巩固个人利益为本因也。”[③]正因为这样，告别中国东洋传统而走向西方文明，就可以给人带来自由、尊严和权利的保障。

从这个意义上说，五四新文化运动既是一场人的解放运动，也是一场争取个人权利的运动。

1920年4月1日，陈独秀曾经写下这样一段话：“新文化运动影响到军事上，最好能令战争止住，其次也要叫他做新文化运动的朋友不是敌人。新文化运动影响到产业上，应该令劳动者觉悟他们自己的地位，令资本家要把劳动者当作同类的‘人’看待，不要当作机器、牛马、奴隶看待。新文化运动影响到政治上，是要创造新的政治理想，不要受现实政治的羁绊。譬如中国的现实政治，什么护法，什么统一，都是一班没有饭吃的无聊政客在那里造谣生事，和人民生活、政治理想都无关系，不过是各派的政客拥有各派的

①陈独秀：《敬告青年》，《青年杂志》第1卷第1号。

②陈独秀：《法兰西人与近世文明》，《青年杂志》第1卷第1号。

③陈独秀：《东西民族根本思想之差异》，《青年杂志》第1卷第4号。

军人争权夺利，好像狗争骨头一般罢了。他们的争夺是狗的运动。新文化运动是人的运动；我们只应该拿人的运动来轰散那狗的运动，不应该抛弃我们人的运动去加入他们狗的运动！”[①]这段话内容指涉相当复杂，但中心结论却掷地有声：“新文化运动是人的运动！”人的运动，既是人的解放运动，也是争取个人价值、尊严和权利的运动。

①陈独秀：《新文化运动是什么?》，《新青年》第7卷第5号。

从“新民”到“立人”

——“五四”启蒙思潮的形成

由于新保守主义与后现代主义思潮的影响，批判启蒙理性和告别启蒙立场成为20世纪末中国思想文化界的一种时髦，五四新文化运动因其启蒙主义而受到了来自各方面的指控。考察批判者和告别者对启蒙的指控，主要表现在两个方面：一、在一些人眼里，启蒙即文化殖民，是在帮助西方进行文化侵略，破坏民族的文化传统，使中国沦为西方文化的殖民地；二、在另一些人眼里，启蒙等同于政治动员和社会教化，因而成为20世纪种种苦难和罪恶的根源。要回答如此指控，就不能不对“五四”启蒙主义的形成及其本来面目进行认真的清理。

一

从19世纪中期开始，无情的事实已经宣告了以专制政治为核心构成的中国主体文明的失败。尽管许多人仍然沉浸于中央大国的美梦中发出种种梦呓，但政治、经济、军事、外交等各方面的全面失败却已无情地唤醒着不愿沉迷到底的人们。如何摆脱现实的困境，成为觉醒者思考和探索的中心问题。于是，有了一系列社会变革和思想文化嬗变。“五四”启蒙思潮显然无法离开这一历史大背景。因此，国内学界对思想启蒙运动的讨论往往从西学东渐开始，甚至追溯到明末中国思想的某些裂变[①]，但是，无论是中国传统思想框架中的某些不和谐音响，还是洋务派“师夷之长技以制夷”的富国强兵战略，都显然与“五四”启蒙思潮相去甚远。一般说来，在思想上与“五四”新文化派关系密切的是维新派。因为从严复的“开民智”和梁启超的“新民说”，到五四新文化运动的“改造国民性”，至少在表面上一脉相承。所以，本章的讨论从维新派“新民”思想开始。

面对甲午海战暴露的一系列问题，严复等人终于认识到，只是依靠坚船利炮并不能解决中国的问题，强国之途需要标本并治，进行经济、政治、文化的全面变革。在对西方社会深入研究的基础上，严复指出：“是以今日要政，统于三端，一曰鼓民力，二曰开民智，三曰新民德。”[②]几年之后，戊戌变法的失败使维新派思想家进一步认识到了开发民智、改造国民精神的重要性。流亡中的梁启超把“新民”当作中国社会变革的当务之急，开始了一场引人注目而且意义深远的“新民”运动。

如果我们以中国传统思想为参照去考察“新民”学说的异质因素，可以比较清楚地看到，在寻求走出困境之路时，梁启超等人已经触及自由、民主和人权这一现代社会的根本。严复在《辟韩》中就曾以“天赋人权”的学说张扬自由思想，鼓吹“民之自由，天之所畀也”。他已经看到西方国家的富强与人的自由意志之间的联系，感觉到人的自由对于历史发展的重大意义。康有为也曾接触过西方的自由观念，赞美“人人自立，不复待人”的独立人格[③]。梁启超等人已经意识到，中国的灾难并非因为礼崩乐坏或对传统权威的背叛，而是恰恰由于中国人对于传统权威的迷信，在于失掉了人格的独立和思想的自由。变法运动中的梁启超已经部分地接受了自由、民主和平等的思想，变法失败之后，他的言论中更是不时出现自由和权利的概念。他曾接受穆勒的思想影响，思考关于自由的问题，也曾接受卢梭的民主学说，认为民主不仅可以用以改变中国的政治专制，而且可以改造国民精神。因为变法

①丁守和主编的《中国近代启蒙思潮》即从1840年开始，萧萐父与许苏民的《明清启蒙学术流变》则从16世纪30年代开始。

②《严复集》第1卷，中华书局1986年，第27页。

③《康有为全集》第2卷，上海古籍出版社1987年，第802页。

失败之后对大多数人麻木不仁和随风倒伏的深切感受，他一步步走向西方思想主流，以至在1900年给康有为的信中写道：“中国数千年之腐败，其祸及于今日，推其大源，皆必自奴隶性而来，不除此性，中国万不能立于世界万国之间。而自由云者，正使人自知其本性，而不受钳制于他人。今日非施此药，万不能愈此病。”在这里，我们看到了梁启超对自由的高度重视。在《新民说》中，他承认人格的独立、思想的自由和平等权利对于社会进步的重要性，对个人权利进行过精彩的辩护：“一部分之权利，合之即为全体之权利，一私人之权利思想，积之即为一国家之权利思想。故欲养成此思想，必自个人始。”“国民者一私人之集结也，国权者一私人之权利所团成也。……其民强者谓之强国，其民弱者谓之弱国。”[①]并且深深感叹中国权利思想之薄弱。

这些学说已经与“五四”启蒙主义者的努力在表面上呈现着某种相似性。然而，需要注意的是：在梁启超那里，“新民”还只是手段，强国才是目的。他虽然思考关于人的自由和权利等一系列问题，但这只是他思考国家命运的副产品。他的新民思想是从国家本位出发的，而不是从个人本位出发的。他的“新民”活动的目的是国家而不是个人。因此，在他的全部论述中，被反复强调的是“民”而不是“人”；被高度重视的是“民权”而不是“自由”。而且，他谈民主，是把民主看作强化国家的手段，而不是把它看作保护个人自由和公民权利的制度；他谈自由，极力强调的是民族国家的自由，而很少涉及个人的自由。他“极言新民之为当务之急”，原因是“苟有新民，何患无新制度，无新国家”。[②]从这个意义上说，梁启超还没有从个体立场上关心过个人自由、人格尊严、人权平等等现代思想命题。由于传统思维的拘牵，他们关心的是国家的利益，批判的是民众对国家的冷漠，希望的是民众对于国家责任的自觉。正因为这样，他虽然看到了破除奴隶性和个人自由对于增强民族活力的重要，却对自由一直抱有警惕。这种警惕往往表现为两个方面：一是强调国家的自由而抑制个体的自由；二是强调中国的国情而拒绝西方的自由与民主。他说：“自由云者，团体之自由，非个人之自由

①《新民说》，《饮冰室合集·专集之四》，中华书局1989年影印版。

②同上。

也。”为了证明自己的论点，他甚至把自由看作中国早已有之的东西，并且总结出这样的规律：“野蛮时代，个人之自由胜，而团体之自由亡；文明时代，团体之自由强，而个体之自由减。”[①]为了拒绝西方的自由和民主，他千方百计证明的是自由与民主之不适合中国国情：“自由云，立宪云，共和云，如冬之葛，如夏之裘，美非不美，其如与我不适何！……一言以蔽之，则今日中国国民，只可以受专制，不可以享自由。”[②]西方的自由民主制度为什么“与我不适”？中国国民为什么“只可以受专制，不可以享自由”？理由是中国有几千年的君主专制社会，它是历史形成的，老百姓习惯于这种专制制度而没有行施民主权利的能力，如果实行民主共和制度，必将导致秩序混乱、国将不国。考察维新派反对民主共和而主张君主立宪的言论，其理由并不是民主共和制度不好，而是它不适合中国国情。在这一点上，维新派与他们的前后反对派显示着共同的思维逻辑。他们关于改革的思考是在维护既有国情的前提下进行的，而国情的根本就是既有的统治秩序。他们之所以像慈禧太后预备变法的做法一样，主张必须经过开明专制之后，才可以实行民主制度，理由是“凡国必风气已开，文学已盛，民智已成，乃可设议院。今日而开议院，取乱之道也”[③]。

也就是说，他们可以在某种程度上接受自由与民主，也可以在某种限度中谈论公民的权利，但是，这一切只能是为国家这一根本目的所用，一旦自由、民主和人权有可能成为“取乱之道”，他们就会视之若洪水猛兽，像专制统治者一样拒绝承认个人自由和公民权利的合法性。由此，我们能够进一步认识到，梁启超们“新民”的意义只是为国家制造更合格的建设者和保卫者，而不是造就人格独立、精神自由、个性全面发展的人。他们终日忧虑于“国将不国”的危机，却很少正视“人已非人”的历史和现实，其根本原因就在于人的自由和权利在他们的思想中从来没有成为目的。

因此，梁启超的“新民说”与现代意义上的启蒙主义存在着质的不同，是否可以把它作为启蒙进行讨论，是值得怀疑的。我以为，虽然“启蒙”一

①《新民说》，《饮冰室合集·专集之四》，中华书局1989年影印版。

②《新大陆游记节录》，《饮冰室合集·专集之二十二》，中华书局1989年影印版，第124页。

③《古议院考》，《饮冰室合集·文集之一》，中华书局1989年影印版，第96页。

词在中国早已有之，但是，学界谈论“启蒙思潮”“启蒙哲学”“启蒙主义”，使用的显然不是少儿入学开蒙之意，而是借用于17世纪到18世纪的欧洲思想启蒙运动。因此，对这一概念的使用应该以西方思想启蒙运动为参照。

那么，欧洲思想启蒙运动之“启蒙”本质何在？毫无疑问，是人的解放和人权的确认。正是这一点，使它尽管本身也存在着各种不和谐音响，却成为人类文明健康主流的里程碑，成为人类在现代化历程中战胜各种腐朽与邪恶的思想武器，而且成为走出种种迷雾的灯塔。思想启蒙运动是文艺复兴运动的继续和发展，二者之间是不可割断的。文艺复兴时期的新思潮冲破中世纪神学的束缚，继承古希腊和罗马文化重视“人的尊严”的古典模式，以人为旗帜反对一切扼杀人的力量，肯定人的自然本性和世俗生活，强调人的中心地位和自由意志，以各种不同的形式歌颂人的价值，维护人的尊严，呼唤个体的主体地位。它使人们终于意识到每个人都有上帝赋予的自由权利，是任何人都无权剥夺的。因此，尊重人，爱护人，承认个人的权利，成为文艺复兴以来人类健康思想的一大特征。17世纪到18世纪的思想启蒙运动继承文艺复兴运动的任务，用自由对抗专制暴政和宗教压迫，用天赋人权对抗君主和贵族特权，把人的解放运动推向了一个新的阶段。他们寻找“永恒的真理”和“永恒的正义”，要保护的是“基于自然的平等和不可剥夺的人权”。他们呼唤一个理性的王国，是要以理性作为人的解放的武器和人的权利的保证，即以理性秩序维护人的天赋之权。从文艺复兴运动到思想启蒙运动的全过程是：从人的自由和解放入手，把在封建神学和专制政治束缚下丧失了生命力的人还原为富有生命力和自由意志的人，然后努力以理性建立一种社会秩序以保障自由、平等和个人权利不被侵害。文艺复兴时代的人是从神学束缚下解放出来的人，他们对自由的追求是单纯意义上的个人自由和世俗欲望的解放；而启蒙运动中的人则不再满足于个人的叛逃和解放，而要求法律保护之下的个人权利。

这一基本过程决定了启蒙运动的基本特征：从人的立场出发，以人为目的，为人的自由和权利而努力。启蒙主义因此而获得了鲜明的思想标识，使其他一切非以人为目的的思想文化运动都不能与它相混淆。一切立足于民族、阶级、集团、宗族的政治动员和社会教化都不能盗用启蒙之名，因为那一切政治动员和社会教化都往往是以愚弄的手段达到使人们顺从和效忠的目的，而这正是与启蒙主义相对立的蒙昧主义。

从这个意义上说，中国近代的所谓“启蒙思潮”不应无限扩大，梁启超和他的同道们不是启蒙主义者。

二

从维新派的思想文化运动到五四新文化运动，其中有一个重要的环节：辛亥革命前夕活跃的思想界和革命派思想家的思想和主张。正是一些革命派思想家和倾向于革命的思想家开始真正走近了启蒙主义，并且成为“五四”启蒙运动的先导。

戊戌变法的失败使中国的现代化进程失掉了一次机会，也基本堵死了中国政治效法英国和日本而走君主立宪的道路。尽管清廷在维新志士血迹未干之时就预约变法以图重新获得新派士大夫的支持和国际社会的认可，尽管康有为们也仍然在呼唤还政于光绪并且与革命派展开激烈的论战，但是，历史已经翻开了新的一页，清廷因为手上的鲜血而注定失掉了历史机遇。虽然20世纪90年代以来新保守主义潮流使得辛亥革命的合法性受到了质疑，然而，在19世纪结束的时候，中国的革命已是必然。这不仅在于让改革者在刽子手面前俯首称臣已经不易，而且在于统治者即使到了最后的时刻，也决不愿意放弃特权。从这个意义上说，正是清王朝自己培养了革命，并把革命一步步推向高潮。在革命的酝酿过程中，中国的新思潮开始真正接受了西方现代主流文化最可贵的传统，开始了与世界文化接轨的伟大尝试。

在20世纪最初的一年，革命派的《中国日报》等报刊已经使我们看到，革命党人已经举起了人权的旗帜以反抗神权，拿起民权的武器对抗君权，努力唤起国民争取民主和自由。在革命派的思想成果中，邹容的《革命军》虽然多有狭隘的民族主义浮薄激情，但欧洲思想启蒙运动对作者的积极影响显而易见。邹容们不像梁启超们那样害怕自由对秩序的危害，也不担心本土传统被西方文明所取代，甚至被取代正是他们所希望的。他们从世界文明的健康主流吸取了思想的力量：“闻之1688年英国之革命，1775年美国之革命，1870年法国之革命，为世界应乎天而顺乎人之革命，去腐败而存良善之革命，由野蛮而进文明之革命，除奴隶而为主人之革命。”他悲叹中国几千年历史上发生的一次次“野蛮之革命”，而庆幸世界革命为中国革命所提供的一切：“吾幸夫吾同胞之得与今世界列强遇也；吾幸夫吾同胞之得闻文明之政体、文明之革命也；吾幸夫吾同胞之得卢梭《民约论》、孟德斯鸠《万法精理》、弥勒约翰《自由之理》、《法国革命史》、《美国独立檄文》等书译而读之也。是非吾同胞大幸也夫！”他已经认识到革命的意义是由野蛮而进入文明，结束奴隶状态而获得人的自由。所以，他高喊的是“扫除数千年之专制政体，收回我天赋之权利，换回我生来之自由”。他向往的革命是“为国民购自由平等独立自主之一切权利”[①]。显然，他提倡自由和平等，强调个人的权利和人格的尊严，已不是作为救亡图存的手段，而是标志着走向成熟的现代知识分子开始站在人的立场上对生存于中国这块土地上的人的命运进行思考。

由于新的思想基点的出现，一代知识分子开始向几千年的传统挑战。虽然辛亥革命还没有到来，清醒的人们已经意识到，仅仅进行政治上的革命是不够的，在进行政治革命的同时必须辅之以伦理道德革命。他们开始了对纲常名教的全面讨伐，开始了对新道德规范的引进和介绍。考察他们介绍的新的道德规范和伦理原则，其中心是个体本位的政治哲学和伦理哲学，强调的重点是个人权利的神圣地位。他们已经认识到传统伦理与传统政治的一致性，因而对纲常和传统道德替代规范施以猛烈的攻击。面对“君为臣纲”的信条，他们说：“君亦人也，何彼独享特权特利？曰因其生而为君，是天子也。此乃迷信，有背科学。若因其有势力固然，此乃强权，有背真理。”面对“父为子纲”的信条，他们说：“人各有自，非他人之属物。”“父人也，子亦人也，故父子平等。”面对“夫为妻纲”的信条，他们说：“夫人也，妇亦人也，……人生于世间，各有自立之资格，非属于甲，亦非属于乙，妇不属于夫，夫不属于妇，此自由也。”[②]

在对传统伦理进行批判和讨伐的同时，他们把批判的矛头指向了中国传统伦理的思想文化根基儒家学说。一篇题为《排孔征言》的文章说：“支那者，政教混合之国也，亦恐惧，亦迷信，故至今日始梦呓立宪。……呜呼，

①《猛回头——陈天华邹容集》，辽宁人民出版社1994年。

②《三纲革命》，《新世纪》第11期，1907年8月出版。

孔丘砌专制政府之基，以荼毒吾同胞者，二千余年矣。……欲世界人进于幸福，必先破迷信；欲支那人之进于幸福，必先以孔丘之革命。”[①]在此基础上，他们热烈呼唤自由平等和人权。而且开始呼唤男女平等，主张妇女解放，认为男女同生于天地之间，因而同有天赋之权。《中国女报》《女子世界》《中国新女界杂志》等妇女报刊的出现，是妇女解放运动作为人权运动在中国展开的一个标志。丁初我在《女子家庭革命说》一文中说：“君主之权力，人奉之，家长之权力，半人为之，半天赋之，其剥夺权利一耳，其禁削自由一耳。苟无权利，即为人奴；苟非自由，即为天囚。悲哉！悲哉！人禽之界，判此几希。论家国革命之先后，并无秩序之可言；论男女革命之重轻，则女子实急于男子万倍。”[②]

由此不难发现，辛亥革命之前，中国思想运动的前驱已与维新派思想家们有很大的不同。而最大的不同是突出了人权观念。一些觉醒的人们已经认识到专制制度的种种罪恶归根到底是剥夺人权和践踏人权，因而开始为争取个人的基本权利而呐喊和鼓吹。人权意识在一代知识分子中迅速强化，他们强调人权天赋，肯定人们追求个人幸福和快乐的权利，强调个人的自主和道德的自律，呼唤个人自由和人格平等，从政治领域到道德领域，全面地确立人的最高价值。

但是，这种启蒙思想在当时只表现于极少数知识分子的言论之中，而革命派的领袖人物孙中山等却像维新派一样把人的自由和权利视为洪水猛兽。他们更多地显示了民族主义思想，而缺少对自由、民主和人权的热情。孙中山这位被称作“资产阶级革命家”的领袖，在思想上却恰恰缺少资产阶级思想成果中最具有永久光辉的那些元素，恰恰没有获得资产阶级思想家的思想精华。为了完成他的革命大业，他像保皇党一样害怕自由和权利的学说，而且试图通过强调自由的非个体性而剥夺人们的自由。在他的三民主义中，民权主义包括了民主、自由和人权等一系列命题。但是，孙中山却一再强调：“我们革命党向来主张三民主义去革命，而不主张以革命去争自由。”[③]他痛

①绝圣：《新世纪》第52期，1908年6月出版。

②《女子世界》第4期，1904年4月出版。

③《孙中山选集》，人民出版社1956年，第717页。

心于中国人的“一片散沙”状态，在他看来，这种状态是因为中国人享有的自由太多。他甚至认为：“到底中国为什么要革命呢？直截了当说，是和欧洲革命的目的相反。欧洲从前因为太没有自由，所以革命，要去争自由。我们是因为自由太多，没有团体，没有抵抗力，成一片散沙，所以受外国帝国主义的侵略，受列强经济商战的压迫……”他所希望的是：“打破各人的自由，结成很坚固的团体，像把水和士敏土参加到散沙里头，结成一块坚固石头一样。”[①]他认为推倒满清之后社会之所以出现那么多的混乱，也是因为自由太多。因此，他的主张是：“在今天，自由这个名词究竟要怎么应用呢？如果用到个人，就成一片散沙。万不可再用到个人上去，要用到国家上去。个人不可太过自由，国家要得完全自由。到了国家能够行动自由，中国便是强盛的国家。要这样做去，便要大家牺牲自由。”[②]他一再讲的都是服从命令，牺牲奉献，忠心报国，并且因此而对青年学生高喊自由的口号深恶痛绝。历史没有给孙中山掌握国家权力的机会，从某种意义上说，也许是他的幸运。从他的三民主义思想看，可以说样样合于中国的专制传统，而且从来就没准备给人民以自由，也从来没有考虑如何保护公民的权利不受国家和政府的侵害。在孙中山的眼里，卢梭的天赋人权说是有害的。因为他宣扬天赋人权，并且因此而导致了法国革命。而孙中山对法国大革命的不满是：“人民拿了充分的民权，便不要领袖，把许多有知识有本事的领袖都杀死了，只剩得一班暴徒……”[③]正是这种认识使这位华盛顿的崇拜者最终没有成为华盛顿，使这位革命领袖没有走在现代思想文化建设的前沿。

在辛亥革命前夕中国思想界的转化过程中，鲁迅是值得注意的。通过鲁迅的思想，既可以看到他与梁启超、孙中山等人的思想联系，也可以看到他拓展和蜕变的轨迹，以及全部的复杂性。

1907年前后，面对当时中国的现实，鲁迅的言论与梁启超的“新民说”保持了明显的联系。他说：“是故将生存两间，角逐列国是务，其首在立

①《孙中山选集》，人民出版社1956年，第721页。

②同上书，第722页。

③同上书，第749页。

人，人立而后凡事举，若其道术，乃必尊个性而张精神。”[①]这与当时许多人的表述是一致的，“尊个性而张精神”的目的指向，仍然是一个大写的“国”字。“角逐列国是务，其首在立人”，“人既发扬踔厉矣，则邦国亦以兴起”。这些表述使人们看到鲁迅当时“立人”的目的仍然是为了“邦国”之“兴起”。然而，值得注意的是，鲁迅从梁启超的思想出发，却常常游离强国之目的，而流连于个人自由的主题。他处处为人的个性而辩护，为个性自由而呐喊，抨击中国人在西方文化冲击之下出现的两种选择：一是“辁才小慧之徒，于是竞言武事……谓钩爪锯牙，为国家首事”，这是对富国强兵论者的不屑；一是“痛乎外侮迭来，不可终日，自既荒陋，则不得已，姑拾他人之余绪，思纠大群以抗御，而又飞扬其性，善能攘扰，见异己者兴，必借众以陵寡，托言众治，压制乃尤烈于暴君”。他甚至对民主制度表示不信任，生怕民主压抑了自由。他把“掊物质而张灵明，任个人而排众数”作为当务之急，努力鼓吹个人自由，张扬人格独立和个性尊严。他赞美克尔凯郭尔，赞美易卜生，张扬那个曾经宣布“我是国家死敌”的斯蒂纳尔，对其思想津津乐道：“人必发挥自性，而脱观念世界之执持。惟此自性，即造物主。惟有此我，本属自由；既本有矣，而更外求也，是曰矛盾。自由之得以力，而力即在乎个人，亦即资财，亦即权利。故苟有外力来被，则无间出于寡人，或出于众庶，皆专制也。”“凡一个人，其思想行为，必以己为中枢，亦以己为终极：即立我性为绝对之自由者也。”

是否尊重个人的自由和权利，是欧洲现代与中世纪的一个分水岭，也是识别和确认一种文明是否进入现代或者是否具有现代性的重要标志。无论20世纪西方的一些学者是如何把明明白白的现代性涂抹得模糊不清，现代性都仍然应该是明明白白的：它以文艺复兴和思想启蒙运动为基础，所以无论是经济的市场化、政治的民主化、思想和信仰的自由化、生活方式的城市化等何种因素，都以人的解放、生活的幸福和人权的保障为基础。因此，现代性的基本点就是以人为中心，以人为目的和出发点，以人的自由和权利为最高价值尺度。1907年前后的鲁迅已经接近了这一基本点。在对中国文化深刻的生命体验和理性认识的基础上，在中国人和西方人不同生存状态的对比之

①《鲁迅全集》第1卷，人民文学出版社1981年，第57页。

下，鲁迅看到了生为中国人的多重悲剧：缺乏人格独立的合法性，缺乏个人权利的合法性，缺乏自由发展的合法性。因此，当他面对西方现代思想时，不仅心向往之，而且找到了自己朦胧思想的语言表达。他强烈地意识到，中国人应该从纲常名教和各种奴役关系中解放出来，使自己成为自己的主人。

总而言之，鲁迅从国家目的出发，为“强国”而走向“立人”，但一旦发现了个人自由之后，却立即受到了人权思想的强烈吸引。他虽然一腿仍然处于梁启超的新民学说之中，没有与梁启超为国家富强而维新、又为维新而新民的基本思路划清界限，但另一腿却已经跨出，开始以人作为思考问题的中心和进行判断的价值尺度。

三

经过辛亥革命之后的痛苦思索，陈独秀、胡适、鲁迅等人终于告别梁启超们的“新民说”和孙中山的“三民主义”而走上了现代启蒙主义：从人的立场出发，以人为目的，为中国人像人一样活着而进行思想文化上的努力。在他们那里，人，成了最高价值尺度，人格的独立，思想的自由，个人的权利，成为神圣不可侵犯的事物。个人的自由和权利不必再通过其他神圣的东西而获得合法性，而是恰恰相反，无论政治制度、经济制度还是道德规范、生活方式和风俗习惯，都需要通过人的自由和权利保障而获得合法性。国家的合法性不再是无需证明的，而是也需要通过保护个人的自由和权利而获得。从“五四”一代人的言论中，可以看到一系列相互对立的范畴：人的生活与非人的生活、人的文学与非人的文学、人的道德与吃人的道德……而区分这一切的尺度正是“五四”启蒙运动的最高价值尺度。

新文化运动的中心主题是人的解放，何谓解放？陈独秀的回答是：“解放云者，脱离夫奴隶之羁绊，以完成其自由自主之人格之谓也。”[①]而具体的解释是：“我有手足，自谋温饱；我有口舌，自陈好恶；我有心思，自崇所信；绝不认他人之越俎，亦不应主我而奴他人。盖自认为独立自主之人格以上，一切操行，一切权利，一切信仰，唯有听命各自固有之智能，断无盲从

①陈独秀：《敬告青年》，《青年杂志》创刊号，1915年9月出版。

隶属他人之理。”“五四”启蒙运动的主要意义就在于实现这种现代人格。

新文化运动的领袖们以空前的态度确立了对人的自信。他们鼓吹个性自由，为孩子而呼唤，为妇女而呐喊，为平民而鸣不平，努力创建一个与过去历史极不相同的世界，这个世界被他们称作“人国”或“人的世界”。他们坚信：“信任天不如信任人，靠上帝不如靠自己。我们现在不妄想什么天堂天国了，我们要在这个世界上建造‘人的乐园’。我们不妄想做不死的神仙了，我们要在这个世界上做个活泼健全的人。……我们也许不信灵魂的不灭了，我们却信人格是神圣的，人权是神圣的。”[①]

按照陈独秀的说法，当时的中国人需要实现“最后的觉悟”，而“最后的觉悟”是伦理的觉悟。因此，“五四”启蒙主义者首先着力抨击的是传统的纲常伦理。他们一齐对“三纲”展开了猛烈的抨击，对传统的伦理秩序进行颠覆。胡适的《易卜生主义》《贞操问题》《慈幼问题》、鲁迅的《我之节烈观》《我们现在怎样做父亲》等一系列论文所论都是伦理问题，显示的最突出的特点就是人的立场。中国传统的伦理学说都是从群体本位出发的，因而致力于统治秩序，而不考虑个体生命的价值。为了君主的权威和他们的江山社稷，为了家长和祖宗，个体生命被扭曲和扼杀被认为是天经地义的。胡适、鲁迅和陈独秀们的伦理学说却从个体生命出发，以个体生命为中心。在他们看来，无论家庭秩序还是社会秩序，都应该建立在有利于个体生命的生存和发展这一标准之上。他们揭示中国女人的不幸，指出节烈观的吃人本质，同情幼者的境遇，批判长者本位和家庭对个人的扼杀，充分显示了个体生命本位的道德论立场。

从个体生命本位出发，道德规范的建立只能从人的生命和自由意志出发，目的只能是保障人的幸福和自由权利。判断道德与不道德的标准只有一个：能够给人带来幸福、有利于人的生存和发展。如果一种道德规范给人带来的不是幸福而是痛苦，其功能不是保障人的自由权利而是剥夺人的自由权利，那么，这道德本身就是不道德的。面对传统的节烈观，鲁迅一再诘问：节烈难吗？答道，很难。节烈苦吗？答道，很苦。女子自己愿意节烈吗？答道，不愿。既然如此，社会有什么理由要求女人节烈？所以，鲁迅宣布传统

① 《胡适文集》第4卷，北京大学出版社1998年，第9页。

的节烈观再没有继续留存的必要，提出要开一个追悼大会，“追悼了过去的人，还要发愿：要除去于人生毫无意义的苦痛。要除去制造并赏玩别人苦痛的昏迷和强暴。我们还要发愿：要人类都受正当的幸福。”[①]

“要人类都受正当的幸福。”这是“五四”一代人的呼声。人的生命是第一位的，人的自由发展是最高价值尺度。在“五四”一代人看来，是否承认这一点，正是“人的道德”与“吃人的道德”的根本区别，也是新文化与旧文化的根本区别。无论对于政治制度、经济制度、道德规范、文化传统，他们都以这一根本尺度确定取舍存废。用鲁迅的话说，就是：“一要生存，二要温饱，三要发展。苟有阻碍这前途者，无论是古是今，是人是鬼，是《三坟》《五典》，百宋千元，天球河图，金人玉佛，祖传丸散，秘制膏丹，全都踏倒他。”[②]这正是五四新文化运动的斗争纲领和行动路线。反礼教，反专制，反迷信，反奴性，非孔，非孝，整体反传统，张扬个性自由，鼓吹妇女解放……都可以在这一纲领中得到解释。

新文化运动的领袖们不遗余力地批判旧文明，整体地否定传统文化，至今为世人所诟病。然而，考察他们与反对者的主要分歧，关键在于出发点与价值尺度的不同。民族文化本位主义者为了民族文化的主体性可以不顾一切，而“五四”启蒙主义者却决不愿意为了文化而牺牲人的生存和发展。他们要重新估定一切价值，而判断优劣和决定存废的唯一尺度就是人。在20世纪初的中国，对传统文化的批判已不罕见。有人指控其阻碍经济发展，有人指控其不利于国家富强，而在“五四”启蒙主义者的集体指控中，传统文化的根本罪状只有一条：“吃人。”即漠视人的价值，扼杀人的生命，剥夺人的权利。

陈独秀认定中国传统社会是宗法社会，认为“自游牧社会，进而为宗法社会，至今无以异焉；自酋长政治，进而为封建政治，至今无以异焉。……宗法制度之恶果，盖有四焉：一曰损坏个人独立自尊之人格；一曰窒碍个人意思之自由；一曰剥夺个人法律上平等之权利；一曰养成依赖性，戕贼个人之生产力”[③]。胡适提醒人们，要看一个国家的文明，需要考察三件事：第

①《鲁迅全集》第1卷，人民文学出版社1981年，第125页。

②《鲁迅全集》第3卷，人民文学出版社1981年，第45页。

③《陈独秀文章选编》上，生活·读书·新知三联书店1984年，第98页。

一，看他们怎样对待小孩子；第二，看他们怎样对待女人；第三，看他们怎样利用闲暇时间。他认为“可惜我们中国禁不起这三层考察。这三点之中，无论哪一点都可以宣告我们这个国家是最野蛮的国家”[①]。面对中国女性的命运，他说：“‘把女人当牛马’，这句话还不够形容我们中国人待女人的残忍与惨酷。我们把女人当牛马，套了牛轭，上了鞍辔，还不放心，还要砍去一只牛蹄，剁去两只马脚，然后赶她们去做苦工！”因此，他得出的结论是：“全世界的人类里，寻不出第二国有这样的野蛮制度！”[②]

鲁迅的概括是集中而有力的：“所谓中国的文明者，其实不过是安排给阔人享用的人肉的筵宴。所谓中国者，其实不过是安排这人肉的筵宴的厨房。”[③]“中国人向来就没有争到过‘人’的价格，至多不过是奴隶，到现在还如此，然而下于奴隶的时候，却是数见不鲜的。……任凭你爱排场的学者们怎样铺张，修史时候设些什么‘汉族发祥时代’‘汉族发达时代’‘汉族中兴时代’的好题目，好意诚然是可感的，但措辞太绕弯子了。有更其直截了当的说法在这里——一、想做奴隶而不得的时代；二、暂时做稳了奴隶的时代。”[④]“人肉筵宴论”是对中国社会静态的考察和概括，“两种时代论”是对中国既往全部文明动态的考察和概括。无论对于历史还是对于现实，鲁迅的指控都在于这种文明把人不当人，在于它践踏和剥夺人的权利。在这里，人，成为鲁迅批判传统文化的唯一价值尺度。正是在这一价值尺度的衡量之下，中国传统文明才显示了其“吃人”的野蛮和残暴。这也是“五四”一代人整体反传统的理由。

由于这种立场的获得，“五四”启蒙主义者终于彻底超越了维新派思想家的新民思想，走上了现代启蒙主义的道路。

长期以来，一些人往往错误地理解启蒙与救亡的关系，把五四新文化运动的启蒙立人看作手段，而把救亡和强国看作目的。这是对“五四”启蒙主义的严重曲解。考察其原因，主要在于没有看到五四新文化运动与梁启超的

---

①《胡适文集》第4卷，北京大学出版社1998年，第643页。

②同上书，第641页。

③《鲁迅全集》第1卷，人民文学出版社1981年，第216页。

④同上书，第216、213页。

“新民”学说和孙中山的“三民主义”的根本区别。包括“五四”时期新文化运动的一些追随者，后来之所以背叛新文化方向而走上别的道路，也大都因为他们没有获得新文化运动领袖集团所获得的那种坚定的立场，甚至对其没有起码的认识。只要正视新文化运动的历史场景，对其目的和立场进行考察，就会发现，“五四”启蒙主义者已经把人的解放和权利的保障作为根本目的，而决不是像维新派思想家一样为强国而新民，也不像孙中山们一样为革命而动员民众。当然，新文化运动的领袖们没有因为“立人”而排斥“强国”，但是，他们决不是民族主义者，更不是国家主义者。在他那里，人是目的，是一切思考的出发点和价值核心，因而总是第一位的。按照他们的思想逻辑，国家只能以保障个人的自由和公民的权利而获得合法性。因为人们之所以需要国家，是因为国家能够保障个人的权利不受侵犯，如果一个国家不能保障这一切，或者国家本身就成了个人权利的侵犯者，这个国家就失掉了存在的价值。

因此，在他们那里，国家不是可以凌驾于个人之上的目的，更不是可以剥夺个人权利的借口。陈独秀说：“要问我们应当不应当爱国，先要问国家是什么。……我们爱的是国家为人谋幸福的国家，不是人民为国家做牺牲的国家。”①他又说：“国家者，保障人民之权利，谋益人民之幸福者也。不此之务，其国也存之无所荣，亡之无所惜。……盖保民之国家，爱之宜也；残民之国家，爱之也何居?”②李大钊在《“少年中国”的“少年运动”》中认为“我们应该承认爱人的运动比爱国的运动更重要。”按照胡适的说法：“现在有人对你们说：‘牺牲你们个人的自由，去救国家的自由！’我对你们说：‘争你们个人的自由，便是为国家争自由！争你们自己的人格，便是为国家争人格！’”③按照鲁迅的表述：“要我们保存国粹，也须国粹能保存我们。”“保存我们，的确是第一义。”④

直到晚年，鲁迅在《半夏小集》中仍然表现着对以国家和民族的名义剥

①陈独秀：《我们究竟应当不应当爱国》，《每周评论》第25号。

②《陈独秀文章选编》上，生活·读书·新知三联书店1984年，第71页。

③《胡适文集》第5卷，北京大学出版社1998年，第511页。

④《鲁迅全集》第1卷，人民文学出版社1981年，第306页。

夺个人权利和侵害个人利益的行为的愤怒，并且提醒人们："用笔和舌，将沦为异族的奴隶之苦告诉大家，自然是不错的，但要十分小心，不可使大家得着这样的结论：'那么，到底还不如我们似的做自己人的奴隶好。'"

由此可见，"五四"一代启蒙思想家借助西方社会契约理论确立了一种国家与个人的新型关系原则。这一关系原则是与平等交换的市场原则相一致的，无论个人与个人之间，还是个人与群体之间，都必须是自愿的平等交换，而不是野蛮的占有和掠夺。这种关系准则，正是现代社会关系最本质的标志。

从维新派的"新民"到新文化运动的"立人"，是20世纪中国思想的一个重大发展，也是近代思想史上的一个重要分水岭。从"五四"时期开始，中国文学和思想文化中就存在着三个主题：救亡、启蒙、翻身。三个主题往往伴随着三种思想文化运动。启蒙运动区别于救亡和翻身运动的主要标志就是以人为目的，以人生存和发展的自由和权利作为评判一切的价值尺度。

“启蒙”五题

回顾中国现代化的曲折历程，思考文化的发展与变革，“启蒙”及其是非功过是一个无法回避的问题。无论过去还是今天，围绕“启蒙”都存在一系列复杂的矛盾，一方面是一些知识分子为之不懈努力，一方面是种种阻力与之紧密相随。时至今日，“启蒙”仍然被广泛使用，而且常被论及，在这个世纪之交的思想文化论争中，它又成为冲突的一个重要焦点。只要做一点简单的考察就会发现，一些分歧往往源于不同的理解。正是有感于争论中对话南辕北辙的现象，本文试图对有关“启蒙”的几个基本问题做一点澄清。

一、何谓“启蒙”

“启蒙”既是一个外来的概念，又是中国固有的词语。在英文中，“启蒙”（enlightenment）的词根就是“光”（light），作为形容词有“明亮”之意，作为动词有“点燃”“使发光”之意。“lighten”作为动词的一般意义就是“使……明亮”。而“enlighten”则意味着人通过开导而摆脱无知、偏见与迷信。在汉语中，“启”即打开，“蒙”即蒙昧。所以，如果从一般意义上说，以“启蒙”一词翻译“enlightenment”是比较贴切的。然而，用中国固有的词语翻译外来词语常常出现的一个问题就是两个词语的内涵并不完全重合，因而很容易造成表达的偏差。在中国，“启蒙”一词固有含义的要点是“使初学的人得到基本的、入门的知识”[①]。它的适用范围显然比外来的

①《现代汉语词典》，商务印书馆1996年，第889页。

“启蒙”（enlightenment）要大得多。任何领域都有一些“基本的、入门的知识”，初次接受这些知识，或者传授这些初步的知识，在中国便被称作“启蒙”。因此，在中国的使用中便出现了从“性启蒙”“计算机启蒙”到“革命启蒙”“民主启蒙”之类的宽泛用法。

然而，面对这种情况，人们不能不产生疑问：教臣子尽忠，教儿女尽孝，教百姓遵纪守法……这算不算启蒙？大太监训导新来的小太监，妓院老板开导不愿接客的少女，黑社会老大教训手软的打手，这一切算不算启蒙？任何人都不能不承认，这其中有许多“基本的、入门的知识”，而且一些道理的确能使接受者“豁然开朗”。但是，这就是“启蒙”吗？如果把这种意义上的“启蒙”放在由启蒙、救亡、革命等词构成的语义场中使用，或者以这样的意义去理解“启蒙思想”“启蒙运动”和“知识分子的启蒙立场”，那将会出现什么后果？

因此，要准确使用“启蒙”一词，需要注意以下几个方面：首先，必须注意区分“使初学的人得到基本的、入门的知识”与“使人们摆脱愚昧和迷信”的不同含义。学界一般谈论的是后者，而不是前者。其次，必须注意区分“启蒙”与“宣传”、“动员”和“教化”的差别，把启蒙与一般的“宣传教育”区别开来。因为宣传教育并不一定意味着启蒙。历史告诉我们，“教化”“动员”或“宣传”不仅不是启蒙，而且常常意在制造蒙昧。皇帝对臣子们的教导，寨主对喽啰的鼓动，江湖骗子们街头的叫喊，目标往往是制造对他们的迷信和顺从。启蒙的根本标志就在于以人自身为目的。它的目的是人自身而不是其他任何非人的目标。它以人的解放与权利的保障为指归，与此背道而驰的一切说教、动员、煽动、唆使都不能视之为启蒙。

关于这个问题，有两方面的依据特别值得注意：

一是启蒙思想家的经典论述。面对一个外来概念，我们必须考察它本来的含义，而不应根据中国译文的固有词意进行想当然的泛化理解，也不能依据西方当代那些退化了的解释去理解。作为经典性的论述，康德在《回答一个问题：什么是启蒙?》一文中说过：“启蒙就是人从他自己造成的未成年状态中走出。”他的进一步解释是：“未成年状态就是没有他人的指导就不能使用自己的知性。倘若未成年状态的原因不在于缺乏知性，而在于缺乏无需他人指导就使用自己知性的决心和勇气，那么，这种状态就是自己造成的。Sapere Aude！（要敢于认识！）要有勇气使用自己的知性！这就是启蒙的格言。”[①]康德指出，一些人在自然已经使他们不再需要他人指导之后，却仍然停留在未成年状态，其原因在于“懒惰”和“胆怯”。因为走向成年这一步是艰辛的，绝大多数人往往把这一步看作是危险的。于是那些“监护人”便承担起了替他们做主并指挥他们的责任。康德告诉我们，“监护人”总是利用人们的懒惰和胆怯，使人安于精神上的未成年状态，因而总需要别人的监护，需要别人为他做主。在这种情况下，就需要启蒙帮助人们修正自己的精神，走出未成年状态，建立自我的自信。很明显，启蒙的指向是人的思想解放，而不是思想禁锢；是被启蒙者自身而不是其他什么非个人的目的。那些试图以教化、动员或种种精神催眠而把人们置于自己“监护”之下的做法，显然不能被认作“启蒙”。

二是启蒙运动本身。要深入理解启蒙这一概念的含义，辞书的解释是远远不够的，必须对欧洲思想启蒙运动的历史本身进行考察。欧洲启蒙运动的根本精神是人的解放和人权的确认。但是，当时的思想家们对此论述并不充分。这不难理解，因为对于文艺复兴运动之后的西方思想家而言，一些基本观念是不言自明的。但对于缺少这一精神背景的人来说，如果孤立地面对一些言论，却有可能对启蒙运动产生误解。因此，要准确把握思想启蒙运动，就必须注意它与文艺复兴运动不可割断的联系。文艺复兴时期的新思潮冲破中世纪神学的束缚，继承古希腊和罗马文化重视“人的尊严”的古典模式，以人为旗帜反对一切扼杀人的力量，肯定人的自然本性和世俗生活，强调人的中心地位和自由意志，以各种不同的形式歌颂人的价值，维护人的尊严，呼唤个体的主体地位。17世纪到18世纪的思想启蒙运动继承文艺复兴运动的任务，用自由对抗专制暴政，用自然神论和无神论对抗宗教偶像，用天赋人权对抗君主和贵族特权，把人的解放运动推向了一个新的阶段。他们寻找“永恒的真理”和“永恒的正义”，要保护的就是基于自然的平等和不可剥夺的人权。他们呼唤一个理性的王国，是要以理性作为人的解放的武器和人权的保证。从文艺复兴运动到思想启蒙运动的全过程是：从人的自由和解放入手，把在蒙昧主义与专制主义束缚下丧失了生命力的人还原为富有生命力和

①李秋零编译《康德书信百封》，上海人民出版社1992年，第271页。

自由意志的人，然后以理性建立一种社会秩序，以保障自由、平等和人权不被侵害。文艺复兴时代对自由的追求是单纯意义上的个人自由和世俗欲望的解放；而启蒙运动中的人则不再满足于个人的叛逃和解放，而要求法律保护之下的个人权利。这一基本过程决定了启蒙运动的基本特征，也为启蒙主义提供了鲜明的标识。因此，一切远离人的立场而进行的宣传和教化，一切以人的顺从、效忠和牺牲为目的的宣传和教育，都没有资格盗用启蒙之名。

二、西方学人对启蒙的反省

关于启蒙运动及其启蒙哲学，西方思想家的理解也很不一致。从启蒙运动开始之日，非议之声就不曾停止过。尤其是进入20世纪之后，否定启蒙的声音可谓日益响亮。一些人开始站在大众或平民主义的立场上指责启蒙思想家的精神上的自负，抨击他们那种居高临下的精神姿态。加之两次世界大战的影响，一些西方学者对启蒙运动以来的西方思想主流产生了深深的怀疑。他们从对纳粹制度根源的追寻走向了对启蒙的批判，认为启蒙是一种对权力的追求，这种追求试图对一切进行支配和征服，即以各种知识的形式把主体的暴力施加于人类社会和自然界。在他们看来，正是启蒙导致了法西斯主义，科学和理性导致了极权主义，因而启蒙的结果是对群众的蒙蔽与欺骗。

在这些见解中，霍克海默与阿多尔诺合写的《启蒙辩证法》是突出的代表。该书写于1940年至1944年，1947年正式出版。作者要回答的问题是："为什么人类不是进入到真正符合人性的状态，而是堕落到一种新的野蛮状态。"[①]他们在书中揭露和批判了法西斯主义的罪行，指出了当时极权主义增长的趋势，但是，它把对法西斯主义的批判追溯到启蒙精神，把极权主义归结到科学和理性，进而对西方近代以来的主流思想进行了激烈的批判。在该书的作者看来，启蒙的目的是使人们摆脱恐惧，成为主人，但是，受到启蒙的世界却充满着巨大的不幸。启蒙的理想是消除神话，用知识和理性使人清醒，结果却是启蒙自身退化为神话，成了社会统治的工具。该书从各方面有

①霍克海默、阿多尔诺：《启蒙辩证法》，重庆出版社1990年，第1页。

意无意地曲解启蒙，把启蒙弄得面目全非。他们甚至认为神话就是启蒙，启蒙最后又必然是神话。他们认为“启蒙精神首先概括地体现在生产和宣传的活动以及技术中”；“启蒙精神与事物的关系，就像独裁者与人们的关系一样。独裁者只是在能操纵人们时才知道人们。科学家只是在能制造事物时才知道事物。”“在整个自由主义发展阶段，启蒙精神都始终是赞同社会强迫手段的。”[①]“启蒙精神为了效力于现存制度而疯狂欺骗群众。”“启蒙向来都是‘伟大政治家（例如中国的孔夫子、罗马帝国的皇帝、拿破仑和权力威慑世界的教皇）的手段’。”[②]

在法兰克福的这一基础上，一些“后现代”思想家进一步对启蒙进行了各种质疑。后现代的根本特征是对既有的主流、中心和权威的解构。它对一切既有的设计表示怀疑，而且常常是在健康肌体上吹毛求疵。这并不奇怪，作为批判的知识分子，即使是面对成熟的制度和健康的文明，也不应放弃批判的精神。但是，人类并不能保证批判没有误伤，也不能保证探索不误入歧途。当后现代的批判把矛头指向人类文明的健康主流时，必然地指向了这种文明的价值基础和核心概念：人、科学、理性、启蒙。他们高呼“人死了”，致力于解构“人的神话”，于是一切建立在人性、人的价值、尊严与权利基础上的思想和实践便都变得可疑起来，一切对人类美好未来的探求和设计都失掉了意义。一旦不承认历史是人的历史，不承认人的尊严和神圣不可侵犯的权利，启蒙除了它的批判性之外，其他意义就无从谈起了。正因为这样，福柯对康德回答的问题重新做了回答。他说：“可以连接我们与启蒙的绳索不是忠实于某些教条，而是一种态度的永恒的复活……这种态度是一种哲学的气质，它可以被描述为对我们的历史时代的永恒的批判。”[③]福柯批评启蒙“并不在人的自己的存在中解放人”，而是“强制人完成制作自身的任务”。他看到了“20世纪最糟糕的政治制度老调重弹什么新人的诺言”，但

①霍克海默、阿多尔诺：《启蒙辩证法》，重庆出版社1990年，第5—6页、第7页、第10页。

②同上书，第37、39页。

③福柯：《什么是启蒙?》，《文化与公共性》，生活·读书·新知三联书店1998年，第433—434页。

是，他与他的法兰克福前辈一样，都犯了一个认识错误：把最糟糕的政治制度这一反启蒙的结果看作启蒙的结果。他在文章的最后说：“我不知道我们有朝一日是否会变得‘成年’。我们所经历的许多事情使我们确信，‘启蒙’这一历史事件并没有使我们变成‘成年’，而且，我们现在仍未‘成年’。……我们自身的批判的本体论。绝不应视为一种理论、一种学说，也不应被视为积累中的知识的永久载体。它应被看作是态度、‘气质’、哲学生活。”福柯接受了启蒙的批判性，却把它与人文主义分离开来。因为在他看来，人不过是一个神话。

除此之外，利奥塔等人从质疑启蒙叙事入手，质疑一切现代知识形式及其法则；杰姆逊和萨义德等人则把启蒙看作西方中心主义所衍生的文化霸权和文化侵略形式，把后发达国家的启蒙运动看作对西方文化的臣属。

对于西方思想界来说，这一切并非全无意义，但在中国语境中却很容易导致对中国问题的遮蔽和对现代化进程的侵害。如果对启蒙没有全面的了解而片面接受这些见解，就会对与之相关的科学、理性、现代性和全球化等一系列问题做出错误的判断。因为对于中国人来说，现在还远远不是批判和否定人类健康文明所形成的基本价值的时候。如果像西方后现代思想家那样怀疑我们的追求，进而放弃现代化的努力，结果是可想而知的。

三、中国现代启蒙运动的浮沉

中国的启蒙运动是在帝国的黄昏中酝酿的。从19世纪中期开始，无情的事实已经宣告了以专制政治、小农经济和儒家文化相互适应而构成的中国传统文明的失败。政治、经济、军事、外交等各方面的事实唤醒了不愿沉迷到底的人们，为摆脱现实困境而寻找新的出路。于是，社会生活状态发生了一系列变革，思想文化传统也发生了一系列嬗变。

面对甲午海战暴露的危机，严复等人终于认识到，只是依靠坚船利炮并不能解决中国的问题，强国需要标本并治，进行经济、政治、文化的全面变革。在对西方社会深入研究的基础上，严复指出：“是以今日要政，统于三端，一曰鼓民力，二曰开民智，三曰新民德。"①几年之后，戊戌变法的失败使维新派思想家进一步认识到了开发民智、改造国民精神的重要性。流亡中的梁启超把"新民"当作中国社会变革的当务之急，开始了一场引人注目而且意义深远的"新民"运动。梁启超等人意识到，中国的灾难并非因为礼崩乐坏或对传统权威的背叛，而是恰恰由于中国人对于传统权威的迷信，在于失掉了人格的独立和思想的自由。

然而，在梁启超那里，"新民"只是手段，强国才是目的。他虽然思考关于人的自由和权利等一系列问题，但这些思考的目标指向是国家富强。他的新民思想是从国家本位出发的，而不是从个人本位出发的。他的"新民"活动的目的是国家而不是个人。所以，他虽然看到了自由对于增强民族活力的重要，却对自由一直抱有警惕，强调国家的自由而防范个人的自由，而且认为自由、宪政、民主、共和都不适合中国国情。"自由云，立宪云，共和云，如冬之葛，如夏之裘，美非不美，其如与我不适何！……一言以蔽之，则今日中国国民，只可以受专制，不可以享自由。"②由此可见，梁启超们"新民"的意义只是为国家制造更合格的建设者和保卫者，而不是造就人格独立、精神自由、个性全面发展的个人。

随着19世纪的结束和20世纪的到来，"新民"的时代逐渐过去，一些活跃的思想者在革命的高潮中开始走向真正的启蒙。戊戌变法的失败使中国的现代化失掉了一次和平推进的机会。尽管清王朝在维新志士血迹未干之时就预约变法，以图重新获得新派士大夫的支持和国际社会的认可，但是，当他们把六君子推向菜市口的时候，这个王朝已经自己堵死了和平演变之路，并把自己推向了被革命的结局。就在革命的酝酿过程中，中国思想界开始更多地接受西方现代文明的健康主流，开始了与世界文化全面接轨的尝试。新一代思想者不再仅仅为中国"国将不国"而忧虑，而是更多地开始为中国人"人已非人"而痛心。因此，他们不再像"中体西用"论者一样为了国家而害怕自由和民主对旧秩序的危害，也不再无条件守护本土传统。他们鼓吹革命，也是要以革命的方式使中国由野蛮进入文明，从而使中国人结束奴隶状

---

①《严复集》第1册，中华书局1986年，第27页。

②《新大陆游记节录》，《饮冰室合集·专集之二十二》，第124页。

态而获得自由权利。之所以要扫除数千年之专制政体，目的就是收回天赋之权利，换回生来之自由。觉醒的人们已经认识到传统专制制度的种种罪恶归根到底是剥夺和践踏人权，因而开始为争取个人权利而呐喊。他们强调人权天赋，呼唤人格平等，强调公民与奴隶的区别，开始致力于从政治领域和道德领域全面地确立人的最高价值。

正是在这个基础上，形成了中国现代启蒙运动的高潮——五四新文化运动。在对中国人生存的深刻体验基础上，在与近代西方主流文明的强烈对比之下，新文化运动的领袖们看到了生为中国人的悲哀：缺乏人格独立的合法性，缺乏个人权利的合法性，缺乏自由发展的合法性。简单一句话：中国人活得不像人。但他们不认为历来如此就是合理的，也不承认它是中国人不可改变的宿命。他们希望中国人能够从各种奴役关系中解放出来，获得应有的权利。正因为这样，他们开始了启蒙的努力。在他们那里，人是出发点和根本目的，是评判一切的最高价值尺度。个人的自由、尊严和权利是神圣不可侵犯的。无论国家、民族、家庭还是社会团体，都必须有利于这一根本目的。如果不然，则必须进行改造和重建。以《新青年》为核心的新潮报刊讨论了一系列问题：孔教问题、伦理问题、女子解放问题、贞操问题、婚姻问题、教育改良、文学改革、语言改革……这些问题的出发点和目标指向都是人。从“五四”启蒙言论中可以看到一系列相互对立的词语：“人的生活”与“非人的生活”，“人的文学”与“非人的文学”，“人的道德”与“吃人的道德”，“人国”与“奴隶的国度”……这正是“五四”启蒙运动的标志。它鲜明地昭示着“五四”启蒙运动的目标：人的自由、尊严和权利。

然而，中国现代启蒙运动可谓生不逢时，时代没有为它提供一个良好的发展环境。它一开始就面临着一系列复杂的矛盾，因而不可避免地要陷入种种困境。

从当时的时代条件看，启蒙固然重要，但中国同时存在着两个不容忽视的主题：民族救亡和阶级翻身。20世纪的中国人从19世纪继承的是一个危机四伏的残局和极为不良的国际处境。被迫开始现代化进程的中国在与发达国家的对抗中一败再败。割地赔款和不平等条约不仅使爱面子的中国人丢尽了面子，而且深刻感受到民族的危机。于是，捍卫民族独立、不做亡国奴的愿望和民族主义情绪迅速增长。一方面是，启蒙强调的是个人的自由、尊严和权利，救亡却要求步调一致和统一的意志；另一方面是，强烈的民族主义情绪使人们往往像抵抗列强的枪炮一样抵抗西方的思想和文化，而新文化运动所要实现的恰恰是从西方拿来的那些现代价值。因此，启蒙与救亡的矛盾不可避免。这种矛盾从孙中山及国民党对新文化运动的态度中可以清楚地看到，从一些激进的热血青年的言论中也可以看到。与此同时，阶级翻身的主题也是不容忽视的。朴素的阶级意识和社会下层的翻身愿望在任何时代都是存在的。因为只要社会存在不平等，处于社会下层的人们就会有翻身的愿望。"帝王将相宁有种乎"的质问和"彼可取而代也"的豪言集中显示着中国传统的翻身意愿。这种翻身的意愿经常处于被压制状态，但一旦社会失控，就会强烈地表现出来。中国是一个专制主义传统悠久的国家，专制制度必然导致政治上的不平等和经济上分配与交易的不公正，而且必然导致贫困。越是贫穷和落后，社会不公的现象就越是触目惊心地助长着人们的不满和反抗。尤其重要的是，十月革命一声炮响，使人们看到了通过阶级的力量和阶级斗争的方式实现翻身的途径，这就必然导致了阶级翻身主题的迅速强化。像致力于民族救亡的人们一样，致力于阶级翻身的人们也不愿让个人的自由、尊严和权利干扰其推翻旧世界的构想和行动上的步调一致。

尖锐的冲突是从20年代中后期开始的。众所周知，"五四"高潮过后紧接而来的是国民革命的高潮。国民革命以孙中山的三民主义作为指导思想，而三民主义与新文化运动的启蒙目标很不一致。五四新文化运动以人为基本出发点和最高价值尺度，其努力目标是个人自由与权利保障；孙中山反复强调的是民族和国家。他认为中国人的自由已经太多，以致国家成了一盘散沙，所以为了国家的自由，必须牺牲个人自由。当他依靠党的力量进行革命的时候，他又反复强调："只全党有自由，个人不能有自由。然后我们的革命才可以望成功。"[①]再如，新文化运动的领袖们认为中国传统文化与专制政治是相互适应的，在儒家学说基础上形成的君君臣臣父父子子的旧伦理是中国专制政治的文化基础，因此，要在中国实现民主和自由，就必须彻底批判旧文化。孙中山却盛赞中国旧文化，认为欧洲的物质文明虽然先进，政治和伦理却远远不如中国的好，"至于讲到政治哲学的真谛，欧洲人还要求之

①《黄埔军校史料》，广东人民出版社1985年，第223页。

于中国。”他盛赞传统的忠孝仁爱信义和平，认为应该发扬这些旧道德，甚至把新文化看作西方的文化侵略：“现在受外来的民族的压迫，侵入了新文化，那些新文化的势力此刻横行中国……”[①]更重要的是，由于孙中山的联俄政策，国民革命显然受到了鲍罗廷等政治顾问和军事顾问们带来的俄式极权主义思想和体制的影响。这样，就使得国民革命的意识形态与“五四”启蒙精神明显背道而驰。因此，国民革命高潮掀起之日，也就成了启蒙运动落潮之时。

同时值得注意的是，国民革命的高潮同时助长了阶级意识的觉醒和民粹主义的膨胀。改组后的国民党对工农运动的支持和国民革命高潮中对大众力量的利用，使工农大众追求翻身的运动得以轰轰烈烈地开展起来。尤其是广东、江西、湖南等地，平时被人看不起的下层民众开始翻身做主人，“土豪劣绅家里，一群人涌进去，杀猪出谷。土豪劣绅的小姐少奶奶的牙床上，也可以踏上去滚一滚。”[②]当然，在国民革命高潮中，这种翻身的节日没有持续太久，就与城市的工人运动一起在一场镇压中风平浪息了。但是，血腥的镇压并不能消灭翻身做主人的愿望。当以阶级斗争的方式谋求翻身解放的运动不再合法的时候，一些文人不得不转向文化运动。他们要张扬阶级翻身的主题，要一切文化努力都服务于这一目标。正因为这样，他们一齐拿五四新文化运动的主将们开刀，试图彻底扫荡新文学和新文化。他们嘲弄胡适、否定鲁迅、批判陈独秀，对《新青年》集团进行全面扫荡，猛烈批判“五四”新文化的价值观念体系。在他们看来，启蒙是浅薄的，新文化运动是不合时宜的，知识分子必须做出新的选择。他们认为阿Q时代已经死去，阿Q已经觉悟并且投入斗争，因此大众不再需要启蒙，知识分子必须放弃启蒙立场，努力获得大众意识，做大众的“留声机器”。

这种观点经过抗日战争而在40年代之后逐步成为主流。中国现代启蒙之路逐渐荒芜。作为不合时宜的坚守者，胡风是一个象征。其实，胡风对“五四”启蒙思想的继承早已大打折扣。但是，他毕竟不赞同知识分子在思想感情上与工农大众全面认同，不赞同全面取消知识分子精神主体的合法

①《孙中山选集》，人民出版社1956年，第666—667页、第680页。

②《毛泽东选集》，人民出版社1967年，第16页。

性。他的文艺思想之所以不合时宜，说到底不过是要保留了一点儿启蒙精神。然而，胡风和他的朋友们为此付出了惨重代价，现代启蒙运动也由此中断。当阶级分析的观点覆盖思想界时，启蒙主义成了资产阶级的腐朽思想。当鲁迅笔下的阿Q被认定“尽管有千条缺点、万条缺点，只要有了‘要革命’这一条，就当作同志对待，是阿Q同志”[①]时，启蒙精神早已无从谈起。

“文革”结束之后，随着改革开放时代的到来，启蒙运动曾在80年代中后期再度兴起。然而，好景不长，正如学者指出的，“在80年代末，文化热骤然降温，启蒙话语大受阻击。一些‘后学’家对此兴高采烈，以为用‘后主义’话语取代启蒙话语的时候终于来到了。”[②]从后现代主义、后殖民主义、第三世界文化理论等西方时髦理论衍生出来的“后现代”对中国近代以来的启蒙思想进行了猛烈的攻击。像西方后现代思想家一样，他们认为启蒙是中国知识分子在西方文化霸权面前臣服的表现，对中国知识分子引进西方话语大不以为然。但是，中国的所谓“后现代”批评家竭力反对的并非西方话语（他们自身所使用的也是西方话语），而只是不符合“后现代”标准的那些现代性价值观，比如文明、进步、科学、理性、民主、自由、人道，等等。

尽管如此，在20世纪与21世纪之交，仍有一些知识分子坚守启蒙立场，致力于思想启蒙和文化现代性的建构。因为在他们看来，启蒙是中国人从根本上获得自由、尊严与权利的必由之路。

四、启蒙的障碍与难题

在20世纪中国的历史语境中，启蒙之路曲折而艰难，几经浮沉而总是难以顺利推进。其实，这是必然的。启蒙不可能一帆风顺而没有阻力，启蒙者更不可能像得民心的领袖们一样登高一呼应者云集。启蒙必然要面对强大的阻力，而且要面对一些难以解决的问题。

---

①周扬：《和电影〈鲁迅传〉摄制组创作人员的谈话》，《鲁迅思想研究资料》上册，国家出版事业管理局版本图书馆研究室1977年编印，第432—433页。

②徐友渔：《“后主义”与启蒙》，《天涯》1998年第6期。

首先，专制统治者及其一切候补者都要反对启蒙。他们常常希望人们越愚蠢越好，最好永远意识不到个人的价值与尊严，意识不到个人的权利，因而可以永远在统治者的“监护”之下驯服地生活。而启蒙的呐喊能使奴隶意识到自己的价值、尊严与权利，产生独立与自由的要求，不愿无条件地为主子牺牲和奉献。即使鲁迅所说的铁屋子非常坚固，醒来的人们在铁屋中的挣扎与撞击也会搅了铁屋看守者的好梦。尤其是在人类文明的主流已经认定吃人和囚禁都不光彩的时候，启蒙的呐喊常常会威胁着专制与残暴的最后领地，或者使试图偷偷摸摸继续人肉筵宴者感觉有点尴尬。因此，他们最怕启蒙的呐喊。在人类构成的社会中，一些人是依靠奴役他人或占有他人劳动成果而生存的。为了他们的荣华或伟业，总需要有人为之奉献和牺牲。几千年的经验告诉人们，让人奉献和牺牲的最好办法不是强迫，而是通过教化而使之成为自觉。所以，一切试图通过欺骗而奴役别人的人，都必然要反对和阻挠启蒙。

其次，大众也不喜欢启蒙。人类文明的发展需要个体的思想对群体意识的突破，正是这种突破的连续过程构成了文明发展的历史。但是，在文明发展的过程中，任何新思想在刚刚出现的时候都往往是异端，都会因其与众不同和离经叛道而不被接受。传统是有力量的，因为它为社会成员的大多数所共有。人们通过个人社会化的途径接受了传统观念，接受了善与恶、是与非、美与丑的一系列标准。无论这标准是否合理、是否符合人道，只要历来如此，在没有比较和参照的情况下，多数人总是要不自觉地维护着它。启蒙要对这一切提出质疑，努力摆脱对这一切的依赖和迷信，而且要反省自身“未成年”的弱点。这从某种意义上说的确是与社会为敌、与大众为敌。正因为这样，知识分子与大众在精神上的距离是必然的。他们一旦选择了启蒙立场，就不会在精神上与大众一致。他们既不愿为权势者大唱颂歌，也不愿赞美阿Q头上的癞疮以讨他的欢心。不仅如此，启蒙话语往往直言大众的愚昧，这会使爱面子的中国人感觉很丢脸面。更重要的是，启蒙只是启发人们成为自己的主人，意识到个人应有的权利，却并不包打天下，更没有与穷弟兄大秤分银两的壮举。因此，启蒙不仅注定了没有吸引力，而且必然要更多地遭到抵制和拒绝。鲁迅曾说过这样的话：“社会没有知道我在攻击，倘一知道，我早已死无葬身之所了。……我之得以偷生者，因为他们大多数不识字，不知道，并且我的话也无效力，如一箭之入大海。否则，几条杂感，就可以送命的。民众的罚恶之心，并不下于学者和军阀。”[①]

其三，对于启蒙者而言，最大的难题还在于化大众与大众化的怪圈。启蒙需要接受，但任何接受者对思想文化的接受都不是一个完全被动的过程。一种东西是否能被接受，常常取决于接受者的接受机制。而接受机制主要是由传统形成的。因此，对于一般人来说，接受旧东西是容易的，接受新东西是不容易的；接受与传统相符的东西是容易的，接受与传统不符的东西是不容易的。在文化发展的一般情况下，这个问题不是太大，因为本土生长的新思想总是带有某些与传统接受机制相适应的东西。可是，20世纪中国的启蒙运动却不是这样。由于本土思想资源的缺乏，启蒙者不能不向西方拿来，这就使这些新思想因其全面的异质性而更不容易被大众接受。从某种意义上说，20世纪中国的启蒙运动的确是一次民族的精神换血运动。换血往往遇到抵抗与排斥，成功并非容易事。

当然，办法是有的，20世纪曾经出现的方案是：为了让大众接受，或者选择适合国情者输入，或者进行本土化的处理（也就是所谓“民族化”与“大众化”）。但是，这就出现了一个问题：为适应旧机制而进行的选择往往有利于巩固旧机制而不能改革旧机制。因为外来思想一旦为适应国情而选择和改写，就要失掉本来的功能。以文学作品为例，凡是大众喜闻乐见的，必然是符合传统的、思想观念和审美意识比较陈旧的；凡是意识超前的作品，一般不会受到广大读者的欢迎。这是无法改变的规律。因此，启蒙陷入了一种困境：若要化大众，必须大众化；但是，一旦大众化，就往往不再能够化大众。

如何解决这个问题？20世纪有足够的教训。胡适和鲁迅提供的启示是：形式尽可能通俗，使大众易于接受；精神立场和价值观念却不应妥协。为了启蒙，需要拥有更多的接受者，但决不为获得追随者而放弃精神原则。当二者之间矛盾难以解决的时候，首先考虑的是启蒙主体的自我强化和基本价值立场的坚守。

---

①《鲁迅全集》第3卷，人民文学出版社1981年，第457页。

五、当下中国是否需要启蒙

在告别20世纪而进入21世纪之际，中国思想界对启蒙有截然相反的看法。有人历数启蒙的罪状，劝告知识分子放弃启蒙立场；有人则回顾启蒙被压倒的悲剧，希望在中国“重新点燃启蒙的火炬”。[①]面对思想界的矛盾和种种困惑，有一个问题必须回答：今日中国是否需要启蒙?

这应该是一个无需回答的问题。因为人类文明的健康发展必然要伴随着不断的启蒙。然而，事情却并非如此简单。因为在20世纪，先是有人在阶级论的立场上宣判启蒙思想因其资产阶级属性而“过时”或“腐朽”，接着又有人从后现代的立场上通过对现代性的批判和解构而告别启蒙。这就使启蒙是否需要成为一个必须回答的问题。那么，启蒙是否需要？就今日中国现实而言，启蒙无疑是一个迫切的任务。就中国历史而言，它是一个没有完成就被打断的历史任务。五四新文化运动的启蒙精神虽然长期被湮没和遗忘，但这并不证明中国不需要启蒙。现代化的种种挫折都在提醒着我们：在现代化进程中，启蒙的任务是不可逾越的。因为人的解放这一目标没有什么东西可以将其超越，只要这一目标还没有实现，历史就必须进行补课。

众所周知，世界上许多国家在历史上都曾有过专制主义与蒙昧主义，但中国的这种传统特别悠久而深厚。一些人认为20世纪中国的悲剧在于激进主义，但必须注意的是，在这段历史上，无论出现过多少过激事件，也无论它激进到何种程度，都没有冲破传统的模式。尤其是秦代开创的专制传统，更显示了长久不衰的生命力。激烈的批判往往只是伤其皮毛而不能动其筋骨，因而能够在冲击过后起死回生。“文化大革命”的发生就是突出的证明。虽然传统的确在发生变化，年轻人身上已经很少见到“父为子纲、夫为妻纲”之类的礼教影响，但以政治伦理为中心的传统文化阴影却依然笼罩着中国人的精神。面对刚刚过去的历史，我们无法否认中国传统中的专制主义与蒙昧主义仍然根深蒂固。在这种情况下，正如有识之士所指出的：“如果我们不能继承‘五四’先贤的志业，进行持久的、全面的、认真的启蒙，历

①李慎之、何家栋：《中国的道路》，南方日报出版社2000年，第268页。

史不但已经重复了，而且还不是没有可能再重复，至少至今还没有能看到足以防止的保证。"[①]

一些人否定启蒙的理由是大众的拒绝。不可否认，这是一个事实。但是面对同样的事实，却也可以做出另一种回答：正因为大众拒绝，启蒙更是必需的。

有人认为，近百年来中国的灾难都源于"启蒙"，因为它明显违反了自然演进理论，破坏了文化发展的自然进程，甚至破坏了正常生长的日常生活和市民社会。事实上，这种认识是不可靠的。在20世纪的中国历史上，破坏了人们日常生活的并非启蒙，破坏了市民社会发展的也并非启蒙。一些论者把各种历史灾难算到启蒙的账上，就像把"文化大革命"那样的反启蒙的灾难算到启蒙的账上一样，是很不公正的。我们应该承认，启蒙的确破坏着文化的自然演化，但是，有一个问题需要指出：中国社会几千年分久必合合久必分，由乱入治由治入乱，是否符合这种文化自然演进的规律？即使有"五四"那样的启蒙努力，也仍然难以改变其循环往复，其力量是有目共睹的。如果拒绝启蒙，致力于维护它自然演进的秩序，那将会是什么样的结果？事实上，几千年的历史已经提供了证明，自然演进只能在专制与蒙昧的路上滑行。在启蒙打破常规之前，也未见中国向着健康的方向演进。与其说是启蒙导致了20世纪中国人的苦难，不如说是专制和蒙昧导致了20世纪中国人的苦难。而且，如果自然演进能够解决一切问题，社会就不需思想者操心了，任何人都无须为人的生存状态废话。可惜，人类文明发展的历史并非如此。

在西方，启蒙运动把人们从中世纪引向了现代社会，这一过程难道不适应于中国？

另一个问题是：谁有资格进行启蒙？

一些"后现代"批评家常常以这种方式发出诘难："什么是启蒙，启谁的蒙，谁有资格启蒙？"这似乎很平民化，使一切反对者都似乎站在大众的对立面，或曰"精英立场"。其实，这样的问题不难回答，而且应该理直气

①李慎之：《重新点燃启蒙的火炬——〈中国启蒙文萃〉序》，《世纪中国》2001年12月17日。

壮。康德认为，启蒙的关键在于敢不敢运用自己的理性和是否允许人们公开运用自己的理性。他认为自我启蒙是可能的，只要让他们享有自由。我们承认自我启蒙是重要的途径，却不必讳言启蒙与被启蒙的角色差别。就《启蒙辩证法》的基本理论结构而言，它也仍然承认进步与衰退、野蛮与文明、大众与精英这样一些范畴。这在后现代主义者看来可能是未能超出启蒙主义的世界图式，但是，世界真的没有差距吗？那些差别是可以通过解构抹平的吗？就思想解放和冲破愚昧和迷信而言，不同的个体无疑有先后与深浅之分，闻道有先后，智愚有差别，一些人必然获得了对另一些人启蒙的资格。思想上和精神上的平等主义对大众并非有益的，否认鲁迅对阿Q启蒙的资格也是徒劳的。

需要警惕的倒是福柯对启蒙的定位：批判。启蒙当然包含批判，但启蒙并不仅仅是批判。当人们将启蒙狭窄地理解为批判时，启蒙者与被启蒙者之间的关系就会受到伤害。因为它使后者似乎完全处于被动的地位，出现了所谓启蒙的不平等。

有学者指出：中国要实现现代化，启蒙是必不可少的。对此，还应补充一句：中国人要获得人的自由、尊严和权利，启蒙是必不可少的。

“革命”五题

回顾百年中国，思考现代社会的建设，不能不涉及社会变革的形式和途径。在20世纪的中国，“革命”是一个响亮的词语，也是一个持续多年的实践过程。它显示了破坏旧世界的巨大威力，同时也显示了各种复杂性。面对20世纪的风风雨雨和是是非非，面对种种经验与教训，有必要对一些基本问题进行认真的思考。

一、“革命”词义考释

考察“革命”一词，像许多概念一样，有中国和西方两个不同的来源。

一方面，“革命”是中国固有的词语。根据中国固有的解释，“革”，即变革；“命”，即天命。朱熹对《周易》“革”卦之象的解释是：“革，变革也。兑泽在上，离火在下。火燃则水干，水决则火灭。”[①]由此可见，“革”的含义就是矛盾冲突水火不容，以暴力形式相互取代。“革命”二字联用最早也见于《周易》：“汤武革命，顺乎天而应乎人。”汤、武都是以暴力推翻旧的统治而实现了改朝换代。中国固有的“革命”之义便由此得以确立。

这一切显然与历史提供的社会事实有关。在中国历史上，得“天下”者虽然可以占有和支配一切，但这种占有和支配并未经过合法的授权。无论百姓、国土还是财富，都既非他们自己的创造物，也不是市场交易所得，所以

①朱熹：《周易本义》，见《四书五经》，中国书店1984年影印本。

占有和支配的合法性显然不足。既然统治者对天下的统治不具有真正的合法性，天下就成了供强者争夺的东西。无论是谁，只要有能力击败对手，就是合法的天下之主。因此，以暴易暴的改朝换代便成为历史更替的主要形式。然而，在中国的传统观念中，权力的取代却又不是完全不需要合法性论证。任何统治者都不愿戴一顶“窃国”的帽子，更不愿让人将其夺取天下的行为视作强盗行径。那么，夺取天下的合法依据何在？回答是“顺乎天而应乎人”。这当然有很大的欺骗性：顺天，“天意”最终往往只能由“天子”解释；应人，凡胜利者都会以胜利本身证明得到了人民的拥护。正因为这样，在中国古老的历史上，“成王败寇”便成了革命合法性的一贯逻辑。无论揭竿而起，还是伏兵宫闱，只要推翻了旧王朝，即可堂而皇之地称之为“顺乎天应乎人”的“革命”。

另一方面，“革命”也是一个外来词语，即英文中的“revolution”。在西方，它的本意是天文学上的，主要指行星的旋转。当时的人们相信命运的轮回与时间的轮回，认为国家的命运也与旋转的行星有关，或者也像行星一样按照周期运转。在16世纪和17世纪早期的文献中，“revolution”有两种不同的含义：其一是周期性的循环或周期性不太严格的涨落；其二是翻转、推翻，指王朝更替或政治体制的重大变化。在《大英百科全书》第一版中，它被用来表示1688年英格兰国家事务的重大变更，即后人所说的“光荣革命”。到了1810年的第四版中，列举了四场政治革命：光荣革命、美国革命、波兰革命和法国革命。此时，“revolution”一词在用于社会变革时已意味着彻底改变和全面更新，而不再具有循环往复的含义。与此同时，17世纪后期有人把血液循环论称为医学领域的伟大革命，开启了“科学革命”等类似的新用法。在此基础上，“工业革命”（或“产业革命”）这个术语开始在欧洲出现并流行开来。[①]今天，我们从任何一部英文辞典都可以看到，“revolution”有两个含义：一是“旋转，周转”；二是“彻底的改变”。

今日中国所使用的“革命”一词是中国固有的“革命”和外来的“revolution”两个词的混合物。首先完成这种混合的是日本学者。据专家研究，“汤武革命”传入日本之后没有保持它的原义，经过江户时代“尊王攘

---

①Ⅰ.伯纳德·科恩：《科学革命史》，军事科学出版社1992年，第349页。

夷”运动的融化，日文中的“革命”已不再只是改朝换代的暴力行为，而是与“改革”或“维新”相近。所以，当“revolution”传入日本时，日本人很自然地用“革命”一词翻译了它。中国又从日文引进了这一词语。1890年，王韬的《重订法国志略》首次引进了“法国革命”的概念。该书有关法国大革命的章节沿袭了日人冈本监辅《万国史记》的叙述结构和基本语汇。冈本的叙述基本反映了明治时代的日本学者对法国革命的评判：一方面在具体描写巴黎市民的暴动及整个革命经过时把革命者称之为“叛党”“暴徒”，避免使用“革命”一词；另一方面，作为The French Revolution的译语，“法国革命”一词的使用又意味着对其历史地位的肯定。[①]戊戌新政期间，康有为等人对法国革命的态度与此基本相同，一方面是对革命的恐惧和贬斥，一方面却把革命看作难以抗拒的世界潮流，认为中国如不及时改革，就难免出现这样的革命。

在中国人对“革命”一词的接受和运用过程中，一个不可忽视的环节是梁启超。戊戌变法失败之后，梁启超流亡日本，发现日本人将英语revolution译成“革命”，其意义并非仅指通过暴力进行的政权交替，而是也指“淘汰”或“变革”。这一发现影响了他对“革命”的认识。他接受了“革命”的新义，希望中国能以日本明治维新为榜样，以和平方式实现革新。他提出的“诗界革命”“文界革命”，也是在这个意义上使用“革命”的。

梁启超的用法推动了“革命”一词的广泛使用。因为它意味着发展和进化，不再让人感到恐惧。人们希望社会进步和革新，自然要拥护“革命”。然而，从后来的实际情况看，来自中国古代与来自西方的两个概念并没有真正结合，而是混合并存的，有人接受了经由梁启超解释的革命概念，而更多的人却仍然在“汤武革命”的意义上理解革命。对于后者而言，重要的不是“革命”被赋予的新义，而是因其获得新义而可以理直气壮地言说，使革命从语言到行动都得以广泛流行。

①陈建华：《“革命”及其流传——王韬与“法国革命”东渐》，《读书》1998年第6期。

二、社会变迁的三种形式

社会总是在一定秩序下运行，并且处于不断的变化之中。然而，历史如何发展，社会如何进步，却有不同的形式。它有时发展缓慢，让人感觉不到有什么变化；有时又像疾风暴雨，使一切都在震荡中改观。无论渐变还是激变，都是社会变迁的形式。按照一般的看法，社会变迁的形式主要有三种：一是演变（evolution），二是改革（reform 或译改良），三是革命（revolution）。

自然演进是社会变迁的一种基本形式。它是长期的、缓慢的、从局部到整体的一个渐进过程。在人类生活中，新事物总是不断出现，旧事物总是不断消亡，就像大自然一样有一个新陈代谢的过程。在一般情况下，这个过程有一个显著特征，就是缓慢而持续不断。在不知不觉之中，社会已经变化，文明已经发展，生活已呈现不同形态。人类社会从愚昧到文明，由低级走向高级，多由这种演变而来。例如：从马车到汽车，从弓箭到导弹，从泥土路到水泥路，中间都有一个漫长的变化过程。人们服饰、饮食和生活习俗，也大都是在这个自然过程中一步步完善。演变是自然界的规律，也是人类社会的规律。只要不人为地设置障碍，社会就会在演变中不断发展。甚至在人为的控制之下，在那些控制薄弱的领域也会发生演变。

一般来说，社会的演变都是正向的运动，总是落后被先进取代，低级让位于高级。原因就在于人们为了自身的生活，总要进行优化选择。只要没有客观条件或人为的限制，在电灯发明之后，人们就会放弃蜡烛；在汽车出现之后，马车就会逐渐被取代；有了更好的生活方式，人们就会放弃陈规陋习；有了先进的社会组织形式，人们就会放弃野蛮和专制的制度。正因为这样，通过演变，先进的文明总是要向落后的文明渗透和扩张，甚至无论在什么样的社会制度和统治方式之下，人们都会逐渐拥有一些新的东西，如缝纫机、自行车、电灯、电话、冰箱、彩电、计算机，等等。

但是，自然演变过于缓慢，每一点进步都常常是一个漫长的过程，而且往往遇到人为的制度和习俗阻挡。因此，为了社会得以较快发展，就有了社会变迁的第二种形式：改革。

改革是人们有意识对社会进行的调整和改造。既然社会是不断发展的，一些制度、规范和习惯做法必然会不再适应新的需要，甚至会严重阻碍文明的发展。在这种情况下，常常会有两种不同的选择：一是为了维护旧有的一切而拒绝改革，坚持腐朽的原则，强调“祖宗之法不可废”，拼命抵抗新事物。这样做的结果往往是矛盾越来越多，问题越来越大，直到一切都不可收拾。许多王朝的崩溃都源自这种拒绝改革的强硬策略。另一种选择是主动改革。改革是人力作用之下的社会变迁。面对新因素的增长所提出的必然要求，适应新陈代谢的规律，根据人们不断变化的生活需要而随时革除一切陈规和制度弊端，这就是改革的要义。事实上，没有一个社会不主动进行一些改革，完全拒绝改良的社会和完全拒绝改革的统治者都是不存在的。正因为这样，一些重要的社会进步都是通过改革而实现的。但是，既有的体制、规范和组织形式往往与某些个人和集团的利益密切相关，权势者和既得利益集团由于自身利益的考虑，往往不愿革除某些制度弊端。在非民主的国家，情况更是如此。有时候勉强进行一些改革，也常常只是为了缓解某种危机，或者是迫于无奈而做一些让步。比如，清王朝最后的改革就只是为了稳定已经腐朽的统治秩序，使他们的统治能够继续维持下去。所以，先是祖宗之法不可废，维新就要掉脑袋，最后却是不顾祖宗之法而“预备立宪”。在走投无路的时候，为了避免彻底崩溃而改革。但是，改革的进程如果与人民的愿望距离太大，就不可能解决危机。改革是救治社会危机的良药，但如果改革的步伐太慢，革命就难免要发生。

众所周知，健全的现代民主制度之下很少发生暴力革命。民主制度之下也有很多问题，但无论发生什么样的问题，无论出现什么样的混乱局面，革命都难以爆发。其原因就在于民主制度为改革提供了绿色通道，或者说它本身就是一种不断改革的制度。这种制度具有自我纠错的功能，因而社会问题不会因长期积聚而导致恶性爆发。

第三种形式就是革命。革命是对社会进行根本改造的变革形式。它是因社会演进和改革的意志受阻而爆发的，是矛盾不可调和而且失掉妥协的余地而出现的一种变革形式。但是，革命仍有两种不同的形式：和平的与暴力的。

中国人更习惯的是暴力革命。毛泽东说过：“革命不是请客吃饭，不是做文章，不是绘画绣花，不能那样雅致，那样从容不迫，文质彬彬，那样温良恭俭让。革命是暴力，是一个阶级推翻一个阶级的暴烈的行动。”关于革命的情景，毛泽东有过生动的描述：“很短的时间内，将有几百万农民从中国中部、南部和北部各省起来，其势如暴风骤雨，迅猛异常，无论多么大的力量都将压抑不住。……其结果是，把几千年封建地主的特权，打得落花流水。地主的体面威风，扫地以尽。……土豪劣绅的家里，一群人涌进去，杀猪出谷。土豪劣绅的小姐少奶奶的牙床上，也可以踏上去滚一滚。”[①]

革命的威力众所周知，它可以像洪水一样冲决阻挡历史前进的堤坝，使长期难以解决的问题在一夜之间得到解决。但是，作为社会变迁的形式，它也存在一些问题。首先，它往往无法避免残酷性。无论多么伟大的革命，只要使用暴力，都难免沾染无辜者的鲜血。其次，它常常具有破坏性。当革命风暴到来的时候，扫除的并非只是旧世界的污泥浊水，而是往往同时摧毁了无需摧毁的建筑。其三，革命的结果常常具有虚假性。革命往往是为了迎接一个美好的新社会，但是，当革命的硝烟退尽之后，人们常常会发现：新世界并未到来。这是让一切真正的革命家痛心的事。革命虽然能以强大的力量打开道路，但与改革相比，需要做的具体工作仍然一点也不能省略。因此，一些缺少建设耐心的革命家和追求完美的理想主义者往往对革命很不满意。这就有可能带来另一个危险，革命会不停地进行下去，导致长期的社会动荡。更为不幸的是，当革命风暴到来的时候，千年古墓里的幽灵也会披上革命的斗篷，聚集社会的各种破坏力量，呼风唤雨，兴风作浪。这样的革命过后，人们往往发现历史不仅没有进步，而是回到了更糟糕的地步。这样的结果一旦出现，往往需要很长的时间才能再回到原来的起点。总而言之，仅就暴力革命而言，它可以带来社会的进步，也可能带来倒退。

三、美国革命与法国革命：两种不同的模式

在人类文明的发展史上，最值得注意的有两场革命，一场是美国革命，一场是法国革命。两场革命，两种模式，情形与结果都大不相同。

---

①《毛泽东选集》第1卷，人民出版社1971年，第13—16页。

美国革命的起因众所周知：反抗英国的束缚和盘剥，维护北美人民的权利。在反抗斗争中，马萨诸塞人民开始备战了。他们的活动引起了英军当局的注意，总督盖治将军派兵前往没收私藏的大量军火，结果却被民兵打败。这支民兵队伍在几天中壮大到几万人，并且乘胜包围了波士顿。反抗的枪声在北美点燃起争自由的烈火，各地人民争先恐后地向英军当局发起了进攻。为了适应新的局面，第二届大陆会议在1775年6月任命乔治·华盛顿为总司令，美国大陆军由此诞生。但在其开始，北美十三州人民并没有要求独立，军事行动也仅仅是迫使英国让步的手段。一旦英国放松对殖民地的压迫，大陆会议愿意放下武器。殖民地上绝大多数人也没有想到脱离英国统治。但随着战争的进展，人们开始意识到，北美人民要想永远摆脱压迫，实现自由，就必须脱离英国的统治，建立自己的政府。于是，大陆会议指定托马斯·杰弗逊等人组成一个委员会，负责起草《独立宣言》。宣言在1776年7月4日获得通过，北美人民才真正走上了争取独立之路。

《独立宣言》是美国革命留给人类的光辉遗产。它明确地表达了人民主权的思想，从理论上阐明了革命和独立的正当性："我们认为下述真理是不言而喻的：人人生而平等，造物主赋予了他们若干不可让渡的权利，其中包括生命权、自由权和追求幸福的权利。为了保障这些权利，人们才在他们中间建立了政府，而政府的正当权利，则来自被统治者的同意。任何形式的政府一旦对这些目标的实现起破坏作用时，人民便有权予以更换或废除，以建立一个新的政府。"宣言最后庄严宣布："我们这些联合起来的殖民地现在是，而且按公理也应该是，独立自由的国家；我们对英国王室效忠的全部义务，我们与大不列颠王国之间的一切政治联系，从此全部断绝，而且必须断绝。"《独立宣言》是人类文明史上划时代的光辉文献，它宣告了人民自主选择或脱离一种统治的合法性，开启了人类历史的一个新纪元。经过八年的艰苦斗争，美国人民终于迎来了胜利——1783年9月3日，英国终于承认美国独立。

但是，面对美国革命，如果只看到它的独立战争是远远不够的。美国革命的内容不只是独立，而是包括新制度的创造。由于对革命的理解不同，中国人讲美国革命往往只讲1775—1783年的独立战争，而忽略1787年费城会议的制宪。事实上，独立战争是革命，宪法的制定则是更为重要的革命。

早在1776年，大陆会议就成立了一个宪法起草委员会，并于1777年11月15日通过了一个《邦联和永久联合条例》。然后用了三年的时间，各州才在1781年最后批准了这个条例。但在几年之后，面对独立后的北美局势，人们感到有必要制订新的宪法。于是，1787年5月25日，制宪会议在费城召开。会议持续了近四个月，一直开到9月17日。代表们反复讨论各种复杂的问题：个人权利与国家权力，地方权力与国家权力，自由与民主，君主制与共和制……面对一系列矛盾，他们努力寻求妥善的解决方案。尤其值得注意的是，面对革命过后尚不稳定的社会现实，有人提议建立君主制，并且希望华盛顿成为美国国王，但是，华盛顿坚决拒绝，并且坚定地反对君主制。经过几个月的讨论，这些革命家终于制定了一部联邦宪法，确立了民主共和制度，为美国人民选择了两院制和总统制，规定了政府的权限，在一系列矛盾和冲突中找到了比较适当的制约方法和平衡点。比如，宪法贯穿了三权分立的原则，使立法、行政及司法三个权力机构互相制约、互相均衡，这就可以防止任何一个权力机构专权，从而防止独裁，保障民主。美国建国之后从未发生军事政变，权力交替总是在稳定中顺利进行，与宪法所确立的这一原则不无关系。

更值得指出的是，宪法颁布之后，曾经出现不少尖锐的批评意见，有人认为它给联邦政府的权力太大，而剥夺了公民权利，有人担心在这部宪法之下总统将会“一步登上美国王位”。尽管宪法因得到多数的拥护而顺利获得各州的批准，但国会还是倾听不同的声音，在1790年通过了十条修正案，规定了一系列保证公民权利的条款。

联邦宪法是美国革命的一个伟大创举，也是它对人类文明的巨大贡献。作为世界近代史上第一部成文宪法，它为世界各国的现代宪法提供了蓝本。

法国革命是一场更为复杂的革命。它也是从维护人民权利开始的。为了解决财政危机，国王路易十六企图对第三等级增税。第三等级则要求制定宪法以限制国王的权力，并进行制度改革。因为关于改革的讨论长时间没有结果，第三等级代表毅然单独组成了国民议会，并把制订宪法作为自己的主要任务（它因此而很快改为制宪会议）。由于国王调集军队准备镇压，结果导致了武装起义，1789年7月14日，起义者攻占了巴士底狱。武装起义的成功使国王屈服，不得不承认制宪会议的合法地位。制宪会议通过了一系列决议，改革旧的制度，废除教会和贵族的各种特权。尤其重要的是，这场革命诞生了《人权宣言》。它宣布："在权利方面，人们生来而且始终是自由平等的"；"一切政治结合的目的都在于保存人的天赋的和不可侵犯的权利。这些权利是：自由、财产、安全和反抗压迫"；"国民是一切主权之源"；"法律是公共意志的体现。凡属公民都有权以个人的名义或通过他们的代表协助制订法律。不论保护还是处罚，法律对全体公民应一视同仁"；"无拘束地交流思想和意见是人类最宝贵的权利之一，每个公民都有言论、著述和出版的自由……"[①]法国革命因《人权宣言》而永垂青史。

革命开始是顺利的，虽然国王在开始时拒绝批准关于废除封建特权的一系列法令，也不肯在《人权宣言》上签字，但10月5日的市民暴动迫使国王不得不批准了制宪会议的各项法令及《人权宣言》。1790年6月19日，制宪会议通过法令，废除世袭贵族以及亲王、公爵、侯爵、伯爵等头衔，取消了等级制度；废除了内地关卡及地方的苛捐杂税，消除了工商业发展的障碍；并且实现了司法的改革，建立了陪审制度，消除了革命前国王独揽司法大权的各种弊病。制宪会议成功地制定了宪法。宪法宣布"一切政权由全民产生"，并且确立国家政治组织建立在三权分立的原则上：行政权属于世袭的国王，立法权属于立法议会，司法权属于法院。在18世纪末欧洲大多数国家保留封建专制制度的情况下，它宣布在法国建立了君主立宪制度。1791年9月30日，制宪会议解散，10月1日，按照宪法选出的立法议会开幕。如果到此为止，法国就是一个君主立宪的国家。

遗憾的是，对外战争打乱了革命的进程；国王的逃亡带来了反对君主制的运动。结果是1792年8月10日革命再次爆发，迫使立法议会不得不宣布废除1791年宪法，国王退位并且被逮捕，君主立宪制度被推翻，法兰西第一共和国于1792年9月诞生。如果到此为止，法国就可以开始共和国的建设。

然而，革命并未结束，1793年1月路易十六被送上断头台之后，由于欧洲各国"反法同盟"的进攻，在严重的危机中，雅各宾派利用群众运动控制了国民大会，经过1793年6月2日的革命，执政的吉伦特派又被推翻，雅各

①《潘恩选集》，商务印书馆1981年，第183—185页。

宾派走上了统治地位。雅各宾派执政之后，使政权成为专政机构，进一步实行革命恐怖，王后被送上断头台；二十一位吉伦特派首领也被押赴刑场处决；雅各宾派中持不同政见者埃贝尔派和丹东派的主要成员也都被统统杀掉。他们还于1794年6月10日通过关于改组革命法庭的法律。根据这个法律，审判的程序大大简化，取消了预审制，而且在证据不足时可以按“意识上的根据”做出判决。与此同时，惩罚罪犯的办法一律定为死刑。他们嫌用断头机杀人太慢，辅之以炮轰和集体枪杀。但是，屠杀没能巩固雅各宾党的专政，1794年7月27日，国民大会突然通过决议逮捕了罗伯斯庇尔等人，雅各宾党人的专政又被推翻了……法国革命就这样出现了可怕的反复性和连续性。共和国与帝国、革命与复辟、以牙还牙、以暴易暴，使动荡延续了近百年。

比较这两场革命，都源于启蒙运动带来的社会理想：自由、民主、平等与人道。他们的目的基本一致，都要建立一个以公民意志为基础的民主政府。但是，在革命的过程中，两者却走上了不同的道路。首先，美国革命在达到基本目的之后便适可而止，而且“胜利者要的是道歉而不是人头”，因而在英国承认其独立地位之后，迅速转向制度建设。而法国革命却没完没了，君主立宪之后又要共和，共和之后还要革命，结果是陷入了悲剧性的反复。其次，美国尊重选择的多样性，容忍非暴力政治冲突和异议者的存在，华盛顿对被俘的英国将军都以上宾相待。而法国却追求一致，残酷打击一切持不同政见者，而且总是要把失败者押上断头台。进一步考察还会发现，美国革命强调个人自由和个人权利，目标非常明确；法国革命者却在革命过程中忘记了自由和平等的初衷，而以专政剥夺人们的自由，以国家利益和公共秩序和名义剥夺个人的权利。对于制度建设，美国人寻求有限政府，认为只有通过限制政府的权力，公民才能获得宪政权利；法国人却似乎顾不上这些，而总是通过反对个人来维护政府的权威。《人权宣言》所确立的原则很快就被革命者遗忘了。

当然，这一切都不难理解。在客观上，美国拥有更多的有利条件，它没有被压迫的市民，没有特权阶层，没有牢固的旧制度，也没有沉重的传统，因而不必与千年的旧秩序和旧规范斗争，而且，它没有国外势力的威胁，也没有经济崩溃之虑。而这一切，却都是法国必须面对的。在几千年的旧制度基础上，革命要比在新大陆艰难得多。

相比之下，法国革命中一些思想和行为的失误是值得记取的。比如，罗伯斯庇尔等被卢梭的社会理想所吸引。而卢梭认为最终权威在于公意。所以，公民为了更高的利益和道德生活，必须抑制个人意志，牺牲个人利益，放弃自治而服从公意。因为公意是至高无上的，所以就很容易剥夺不同政见存在的权利。因为公意是不可分割的，因此就必须建立一个统一意志的国家。这就很容易为了虚幻的集体而牺牲个人。由此，也就很容易导致对个人生命的不尊重和容忍精神的缺乏。同时，法国革命者为了目的的实现，往往不择手段调动底层群众的力量，因而不得不顺从底层的意志。然而，历史的规律无法改变：最底层的意愿是任何社会都难以满足的。只要依靠底层力量，革命就永远不会结束，社会就会长期动荡不安。

美国革命的成功之处在于，他们对人性的局限有充分的理解，不抱太大的期望。因此，他们不认为哪个人的设计能够完全正确，能够容忍不同意见作为必要的补充。同时，他们知道“人若是天使，就无需政府”（麦迪逊语），也知道即使是大多数选出的政府也不能对其过于信任。他们不指望执政者高尚无私，而是通过立法为权力戴上笼头。他们相信制度而不依靠哪一个人。他们要求政府代表大多数，也要求政府能最大限度地保护少数人的权利。他们千方百计保障下层的利益，却并不无限顺从“均贫富”式的平等愿望。

正因为这样，国内外多有学者对这两场革命进行比较，赞美美国革命而贬低法国革命。但值得注意的是，一些西方学者不了解东方古老的革命传统的力量，因而容易把后来发生的一系列革命都算在法国革命的账上，中国学者也常把法国大革命与“文化大革命”之类相提并论。其实，无论是中国的“文化大革命”，还是波尔布特的红色高棉，与法国革命都不可同日而语。法国革命无论存在多少问题，毕竟为人类文明留下了一部《人权宣言》，而且在经过长期动荡之后毕竟建成了真正的共和制度。而发生在东方的革命却少有这样的建设。此外，有人把20世纪发生的革命与法国革命一起统统称作乌托邦，并且因此而对乌托邦展开了批判。其实，一些革命并不存在乌托邦，其理想目标原本实际而并不新鲜。中国学者如果面对中国问题而把批判的矛头指向遥远的法国，这种批判就不仅是隔靴搔痒了。

四、现代中国的革命与改良

当代中国大陆主流话语对革命的讲述是从太平天国开始的，高校通用的中国革命史教材也是从大清帝国的黄昏讲起，第一场革命就是太平天国的革命。由此，可以看到某种血缘和谱系。然而，我们这里的叙述从20世纪门槛上开始，因为革命与改良之争恰好由此展开。

（一）变法失败后的革命与改良之争

众所周知，1898年，维新运动失败，光绪皇帝被软禁，谭嗣同等六君子被杀，康有为、梁启超等流亡海外。改良的失败使革命迅速登上历史舞台。历史就是这样，当社会出现严重危机的时候，补天者是必然要出现的。如果他们遭到残酷镇压，就会出现两种情况：一方面是一些人悲观绝望、一蹶不振，再也不敢以天下为己任；另一方面是一些人会做出新的选择：既然补天不成，那就干脆把天掀翻重建。改良派被镇压之后，一些人必然要走上革命之路。比如蔡元培等人，本是清王朝的官员，却从此辞官而去。作为一代儒林之秀，竟为暗杀而去亲手制造炸弹。从这个意义上说，正是满清统治者对改良派的镇压把补天者逼上了革命之路，亲手制造了革命的高潮。

在20世纪最初的几年，有两件事促使更多的人从改良走向了革命：一是1900年唐才常领导的自立军运动。它的态度本来是矛盾的，一方面选择了武装起义，一方面仍然效忠于皇帝。结果却非常悲惨，不仅唐才常等领导人被杀，而且数千人受株连而丢掉了性命。自立军的成员在自己的领袖和同伴的灵前鞠躬或叩拜之后，大多告别改良而走向了革命。二是1903年的“拒俄义勇队”事件。由留日学生组成的“拒俄义勇队”明确宣布他们的组织在政府统治之下，并且致电袁世凯希望能“隶其麾下”。它所表现的是青年学子的一片爱国热忱，并不一定别有用心。但是，末日的虚弱使统治者不敢相信自己的臣民，认为留学生“托拒俄以谋革命”，因而密令一旦抓获，即可就地正法。这种愚蠢的做法把一大批留学生送上了革命之路。1903年之后，留学生报刊纷纷打出了革命的旗帜。孙中山在海外鼓吹革命多年而很少有人理睬，此后却得到了留学生的支持和拥戴，革命的高潮因之兴起。

当革命高潮兴起的时候，以康有为为代表的改良派一再告诉人们，中国人应该维护皇帝的地位与尊严，不应犯上作乱；中国问题的解决要走渐进的道路，不能骤然进行革命，所以，君主立宪是中国唯一的正确选择。面对康有为的言论，以章太炎等为代表的革命派则努力论述革命的合理性。章太炎在《驳康有为论革命书》中认为："公理之未明，即以革命明之；旧俗之俱在，即以革命去之。革命非天雄大黄之猛剂，而实补泻兼备之良药矣。"

当日暮西山的清王朝为了维护自己的统治地位而宣布预备立宪时，社会出现了两种不同的态度，改良派为之欢欣鼓舞，革命派则对其展开了猛烈的揭露和批判。从1906年到1907年，革命派与改良派进行了一场空前的论战。一方以《民报》为主要阵地，一方以《新民丛报》为主要阵地。论战的焦点是：中国需要革命还是改良？是保留皇室实行君主立宪还是推倒皇帝而实现民主共和？改良派不希望国体有所改变，而只求政体改革，也就是在皇帝统治的基础上制定宪法，召开议会，建立政府。因此，他们努力宣扬光绪皇帝的圣德，主张忠君保皇。他们认为中国人"民智不逮"，还没有实行民主共和的能力，因而只能改良而不能进行革命，只能实行君主立宪而不能实行民主共和。革命派的认识恰恰相反，他们认为中国社会必需进行革命，因为中国人没有理由继续保留一个满洲皇帝，也没有理由保存一个专制制度。他们认为中国人并不比美国人和欧洲人低劣，民主共和是可以实行的，中国的希望应该寄托于人民，而不应该寄托于腐朽的统治者。他们认为革命虽然难以避免血腥，但要解决中国的问题，却只有革命一途。

在革命与改良的大论战中，"革命"思潮迅速发展，并且带来了实践上的革命洪流。其最后的结果是辛亥革命的发生和清王朝的垮台，是帝制的终结和民主共和制度的创建。

（二）辛亥革命之后的三种选择

辛亥革命完成了权力转移，也带来了现代政治体制。然而，一方面是从传统中走来的政府官员尚不习惯现代民主制度，一方面是各路军人政客都无心去维护那个画在纸上的国体和政体。于是，政府的统治的确令人无法满意。更为重要的是，纸上的现代政治体制并不能制约旧统治崩溃之后的群雄逐鹿。中国历来如此，旧的统治崩溃之后，必然是各路英雄互相残杀，为做"新天子"而进行一场更残酷的角逐。与历史上一次次逐鹿表现不同的是，由于革命的胜利带来的合法性，新的角逐都以革命的名义进行。

面对革命之后的不良现状，中国出现了三种不同的选择：一是回到君主制；二是再来一次革命；三是在既有的基础上进行改革。袁世凯在他的美国顾问古德诺和筹安会杨度等人的指导之下最后选择了前者，做了八十三天的皇帝梦，最后以失败告终。孙中山选择了再次革命，屡遭失败，却在他死后终于由其继承者取得胜利。袁世凯的复辟和孙中山的继续革命可谓众所周知。这里需要说明的是，在这二者之间，一些人曾经选择了和平改革，在一系列事件中试图通过议会和法律、通过协商和谈判解决问题。

在宋教仁案发生之后，孙中山主张二次革命，黄兴等人就曾坚决反对，许多将领都曾拒绝举兵，国民党人也大多希望通过法律解决。最后，二次革命没有被阻止，但孙中山没有得到广泛支持，这也正是二次革命失败的原因。它透露着人们对于革命和战乱的厌烦。经过帝制运动和张勋的清皇帝复辟运动带来的战乱，中国出现了南北对立，孙中山谋求武力北伐夺取政权，但在此时，革命与改良仍然是两种不同的选择。从民国初到北伐战争爆发，在长达十几年的时间里，改良主义者一直没有放弃他们的努力。

在知识分子中，最值得注意的人物是胡适。他在留美时期就明确选择了渐进和改良的道路。他在1916年写的《论革命》中说："吾不赞成早熟之革命，因为，它通常是徒劳的，因而是一事无成的。"[①]20年代初，他开始公开议政，提出"工具主义的政府观"，认为"政府是社会用来谋最大多数的最大福利的工具"。工具是需要时时修理的，政府更需要监督和修理。因为人都有揽权的天性，无论怎样的好人，若手握大权，又无监督，就难免滥用他的权力。所以政府就有严格监督和随时改组的必要。胡适说："工具不良，修好它。修不好时，另换一件。政府不良，监督它，修正它；它不受监督，不受修正时，换掉它。一部分的不良，去了这部分；全部不良，拆开了，打倒了，重新造一个。"[②]在此基础上，他执笔写成了"好政府主义"的政治宣言《我们的政治主张》，于1922年5月14日公开发表。在这份文件上签名的有蔡元培、王宠惠、陶行知、李大钊、高一涵、丁文江、梁漱溟等十六人。他们认为中国的现状不能没有政府，但必须要一个"好政府"，这个

①《胡适日记全编》第2卷，安徽教育出版社2001年，第335—336页。

②同上书，第415—417页。

好政府就是"宪政的政府"。面对南北武装对立的局面，他们反对武力统一，主张南北议和，使国家走上现代民主政治的轨道。

在握有重兵的军事领袖中，陈炯明是表现突出的一个。他曾经支持孙中山进行革命，但在1922年与孙中山公开决裂。决裂的重要原因就是陈炯明认为国事应当"和平解决"，而不赞成孙中山所热衷的武力北伐。直到蒋介石挥军北伐并且节节胜利之际，他仍然坚持自己的主张。在《中国统一刍议》一书中认为"现在南北两政府，已成对峙之局。未尝不各执一是，以图中国之统一。但双方手段，均采取武力征服。……北之军治，南之党治，皆违反共和原则"。他说："吾人为国努力，唯有根据约法之精神，希望以自由代替压制，以秩序代替紊乱，以公平代替强暴，建设民权无限下的良民政治，乃为可久而可通也！"他告诫北方政府说："国民主权，在民不在军，民国内乱，在军不在民。"解决国家纷乱的办法是"以主权还之于民，军权还之于国"。他告诫南方政府："夫一党专政，实与民主政治，根本不能相容。"他希望通过和平谈判解决纷争，以联省自治进行国家建设。陈炯明有一套考虑相当成熟的和平统一和社会改良方案。

历史没有按照改良主义者的设计行进，而是屈服于武力的征服。蒋介石领导的北伐打败了各路军阀，以武力完成了对中国的统一。影响所及，是革命的风潮愈演愈烈，改良的声音再也无法阻止的滚滚而来的革命潮流。甚至在革命成功之后，在自己建立的统治秩序之下，也仍然要继续革命。

社会的进步往往是一个相当长的改革和演化过程。只有经过一个完整的过程，才会有真正的全面进步。然而，在晚清以降的中国，却常常缺少从容改革的环境。一方面是统治者往往拒绝或拖延改革，结果是亲手制造了革命。一方面是渴望进步的人们往往对革命过于理想化，意识不到一个全新的世界不是一夜之间可以创造出来的，因而常常对革命失望，又因失望而发动新一轮革命。与此同时，各种不满现状者和有政治野心的人们乘机取利，结果是严重破坏了历史进程。

五、关于革命反思的几个问题

革命狂潮在中国滚动了近百年，但在20世纪末的中国，反思和告别的声音却成为时代的潮流。饱受革命之苦的人们要告别革命，一生追随革命的人也要告别革命，革命成果的享受者更要告别革命。这一切都不难理解，回首百年沧桑，人们不能不有所反思；基于现实的考虑，人们也不能不有所选择。但是，面对革命反思的浪潮，一些问题却值得认真思考。

毫无疑问，20世纪的中国发展了一种革命崇拜。凡"革命的"就是好的，凡"反革命"，必是坏的。它甚至导致"革命"与"反革命"的位置错乱和关系颠倒。比如，自国民革命开始，"革命"与"反革命"的关系就成了一笔糊涂账。按照一般的道理，革命者应该是现存社会秩序的破坏者，反革命则是现存社会秩序的维护者。而20世纪的中国却出现了这样的奇观：无论现存秩序的守护者还是破坏者，都以"革命"自居。这里透露着一种观念：革命，是进步的标志。似乎只要挂一块革命的招牌，其行为就因推动历史进步而获得了正义性。因此，20世纪末学界对线性史观和进步崇拜的反思虽然有各种不足称道之处，但有一点是应该肯定的，那就是有助于打破对"革命"的迷信。历史告诉我们，对革命进行反思，消除对革命的崇拜，都是非常必要的。

只要正视历史，就很容易发现革命的破坏性、残酷性和成果的虚假性。根据伯克的见解：在革命的时候，人们一般都对旧制度不满。他们相信人的理性，认为可以把制度改造好，因此，在革命过程中往往把许多有效制度也破坏了。他认为，一些制度也许看上去有不少弊端，但当革命冲破了这些机制时，才发现结果更糟糕。于是，革命之后还不得不去恢复它。托克维尔也说："它必然使旧制度所包含的坏东西和好东西同归于尽。"[①]它的残酷性不但表现于被送上断头台的往往是相对开明而且着手改革的统治者，与最残暴的盛世统治者得以寿终的下场相比，这种"父债子还"的方式很不公平，而且表现于鲁迅所指出的："革命的被杀于反革命的。反革命的被杀于革命的。不革命的或当作革命的而被杀于反革命的，或当作反革命的而被杀于革命的，或并不当作什么而被杀于革命的或反革命的。革命，革革命，革革革命，革革……"[②]尤其是以夺权为目的的暴力革命，很容易因血腥而种下仇

①夏中义主编《大学人文读本·人与国家》，广西师范大学出版社2002年，第111页。

②《鲁迅全集》第3卷，人民文学出版社1981年，第532页。

恨，仇恨又使暴力走上不归路，因而防止反扑就成了革命与反革命之间永远算不清的血泪账。更值得注意的是，革命旗帜上写的，与革命领袖想的，往往大不一样。如果革命的真实目的只是改朝换代，无论它举了什么样的旗帜，都不能带来社会的进步。当胜利的欢呼过后，却发现遇到了"鬼打墙"，这是革命常见的悲剧。

因此，告别革命，自有其合理的逻辑。

但是，革命不是凭空发生的，也不是知识分子能够告别的。如果人们处于一个监狱般的社会，而统治者又拒绝改革，那么，革命是很难避免的。托克维尔在《旧制度与大革命》中明确指出，大革命来源于旧制度，革命的规模和手段其实都是旧制度的预设。美国《独立宣言》首先说明的公理是人民有权重新选择自己的统治者："当政府长期倒行逆施，一贯实行专政，一意孤行地把人民压制在绝对的君主专制统治之下的时候，人民就有权利有义务推翻这样的政府，并为其未来的安全建立新的保障。"[①]法国《人权宣言》列述各项受保障的人权，其中之一就是"对压迫的反抗"。根据现代政治理念，人民的权利是天赋的，而政府的权力是人民给的。如果一种统治使人民难以忍受，人民就有权做出重新选择。革命就是人民主权在得不到落实的情况下不得已而采取的方式，是最后的抗争形式。尤其是在那些没有进入现代政治轨道的国家，它常常是对统治者的一种威胁。如果没有这种威胁，统治者更可能为所欲为，肆无忌惮。正因为这样，林肯在第一次就职演说中说："这个国家连同它的一切机构，都属于居住在这片土地上的人民。一旦他们对现存的政府感到厌倦，他们便可以行施他们的宪法权利去改革它，或行施他们的革命权利去解散它或推翻它。"[②]

因此，我们可以谴责一切借"革命"之名而行的种种反文明、反人道的行为，但对于革命本身，对于人民革命的权利，不应简单否定。

回顾20世纪的中国，的确为革命付出了惨重的代价。但是，把这一切归罪于"革命"，却未免有些武断。笼统地否定一切革命，也有点不分青红皂白。不问面对的具体情势，就断言改良一定成功，革命一定失败，同样缺

---

①《美国法典·宪法行政法卷》，中国社会科学出版社1993年，第5页。

②《美国历届总统就职演说辞鉴赏》，中国人事出版社1996年，第156页。

乏历史依据。革命，作为一种社会变迁形式，在必要时可以发挥无以替代的力量。只有当世界已经告别了专制、独裁和一切的不民主、不人道的统治，只有政治进入了现代轨道，人权保障、社会变革和历史进步不再因权力而受阻，革命才可能成为无需重复的往事。

作为一种态度，中国当代学人有很好的表述："革命之所以不能避免，除了革命者的急性子，还有另一方的慢性子，这两者往往是天生一对，而且总是同时出现，革命成了双方的共同作品。满清从1898年镇压戊戌变法以后，就面临着革命与改良赛跑的十年。清末新政已经在执行戊戌变法的遗嘱，但它还是不够快，没有及时将revolution（革命）提速为refolution（快速改革），终于被revolution从后面扑倒。"①

①朱学勤：《这一千年的革命》，《南方周末》1999年12月29日。

第二辑

反传统的理由

一

五四新文化运动以反传统著称。在此以前的中国历史上，虽然也出现过一些反传统的人物，出现过一些反传统的现象，但从未有过像五四新文化运动那样的阵势，也从未有过那样激烈的态度。正因为这样，五四新文化运动对传统的批判一直是个有争议的问题。在20世纪、21世纪之交的中国思想文化界，民族主义和文化保守主义成为一种时髦。人们在大力弘扬传统之际，就很容易发现“五四”的罪恶：整体反传统，全盘西化，割断了民族文化的血脉，造成了传统的断裂，葬送了民族文化自我……因此，在很多人眼里，反传统已经是五四新文化运动无可饶恕的罪行。那些最响亮的批判之声人们大概耳熟能详：新文化运动的选择是错误的；新文化运动带来了“秩序危机”；白话文运动是“弑母行为”，“无异于要埋葬几千年中华民族的存在”；等等。

在这种情况下，一些试图守护“五四”新文化的人为新文化运动进行了辩护，其精神让一切认同“五四”新文化的人为之感动。然而，这些辩护常常是这样进行的：“五四”没有打倒孔家店，没有全盘反传统，鲁迅决非真的提倡不读中国书，胡适决不主张全盘西化，新文化运动是对传统文化最好的继承和发扬……人们试图否认新文化运动对传统的否定，努力把“五四”解释为中国传统文化内部分化出来的一种反主流力量，并因此断定“五四”是“真正的国粹”。

面对这种现象，我们有理由怀疑：这是历史的事实吗？五四新文化运动的意义究竟在于反传统还是在于继承和发扬传统？只要正视历史的事实，大概应该承认，五四新文化运动的领袖们——至少是陈独秀、胡适、鲁迅、李大钊、钱玄同等人，对传统文化的批判和否定是激烈的、决绝的、整体性的。他们的行为使上述的辩护者无法为之有效地辩护，结果是让人感到像当年章士钊为陈独秀所作的法庭辩护一样，好心好意要为陈独秀做无罪辩护，结果却让陈独秀无法接受，不得不当场反驳。

今天，五四新文化运动的当事人都已作古，当然不可能从坟墓里爬出来进行申辩，但是，只要面对历史的真实，我们就应该承认，无论“全盘反传统”还是“整体反传统”，作为一种基本判断，决非是对“五四”的诬陷。它没有冤枉“五四”，而是对“五四”精神相当准确的一种概括。五四新文化运动对中国传统的否定是激烈的，也是整体性的。它轰向传统的炮火并没有对目标进行一分为二的处理，在进行批判的时候也很少想到继承。至于是否“全盘”或是否“彻底”，争辩实无多大意义，因为作为一种文化运动，即使在理论上主张全盘反传统，事实上也无法做到，正如人们无论怎样主张全盘西化，全盘西化都是不可能的。但是，作为一种倾向性的描述，“全盘反传统”“彻底反传统”“整体性反传统”应该都没有多少问题。

我想说明的是：对于“五四”新文化的守护者而言，需要进行的不是这样的辩白。因为一旦陷于上述辩白，就意味着新文化运动只有不全盘反传统才是合法的，而一旦被证明是全盘反传统的，或者说是全盘西化的，它就失掉了合法性。这就意味着承认了一个前提：传统是不可否定的。可是，有什么东西能赋予传统以不容否定的神圣地位？新文化运动的先驱们没有承认这一前提，新文化的守护者同样没有必要认可这一前提。

因此，值得争辩的问题不是“五四”是否全盘反传统，而是全盘反传统这一文化选择是否具有合法性。那么，一个关键问题是：新文化运动为什么反传统？反传统的理由是什么？

二

在《本志罪案之答辩书》中，陈独秀说：“本志同仁本来无罪，只因为拥护那德谟克拉西（Democracy）和赛因斯（Science）两位先生，才犯了这几条滔天的大罪。要拥护那德先生，便不得不反对孔教、礼法、贞节、旧伦理、旧政治。要拥护那赛先生，便不得不反对旧艺术、旧宗教。要拥护德先生，又要拥护赛先生，便不得不反对国粹和旧文学。”[①]也就是说，他们之所以要反传统，是因为拥护民主与科学。

这一解释虽然在“五四”之后的历史上被普遍接受并广泛传播，但显然并不令人满意。胡适认为：“这话虽然很简明，但是还嫌太笼统了一点。假使有人问：‘何以“要拥护德先生，又要拥护赛先生，便不得不反对国粹和旧文学”呢？’答案自然是：‘因为国粹和旧文学是同德赛两先生反对的。’又问：‘何以凡同德赛两先生反对的东西都该反对呢？’这个问题可就不是几句笼统简单的话所能回答的了。”[②]的确，民主与科学本身的合法性并非无需论证的。面对传统与科学民主的对立，人们完全可以做出相反的选择：要传统而不要民主！要传统而不要科学！事实上，在20世纪的中国历史上，这么做的一直不乏其人。

所以应该承认，胡适的思考展开了一个重要的深入点。因为民主和科学毕竟只是新文化运动的旗帜，或者说是新文化运动的途径，而不是新文化运动的最终目的。就像各种主义、制度和思想方法一样，它只能是手段和途径，是为目的服务的，而本身并非目的。可是，胡适没有沿着这个方向去回答“何以同德赛两先生反对的东西都该反对”这一问题，没有去解释选择德先生和赛先生的理由，而是转了一个弯，在另一层面上展开了自己的论述。他说：“据我个人的观察，新思潮的根本意义只是一种新态度。这种新态度可叫作‘评判的态度’。”“评判的态度，简单说来，只是凡事要重新分别一个好与不好。”他告诉人们：对于世俗相传下来的制度风俗，要问“这种制度现在还有存在的价值吗？”对于古代遗传下来的圣贤教训，要问“这句话在今日还是不错的吗？”对于社会上公认的行为与信仰，要问“大家公认的，就不会错了吗？人家这样做，我也该这样做吗？难道没有别样做法比这个更好，更有理，更有益的吗？”在胡适看来，这种对传统的质疑即“评判

①陈独秀：《本志罪案之答辩书》，《新青年》第6卷第1号。

②胡适：《新思潮的意义》，《新青年》第7卷第1号。

的态度”。他认为新思潮的意义就在于这种“评判的态度”，即尼采说的“重新估定一切价值”。胡适把新思潮的意义概括为“研究问题，输入学理，整理国故，再造文明”。在这四者中，前三者都是手段，“再造文明”是目的。①

胡适的回答向前推进了一步，给科学与民主找到了一个落脚之处：提倡科学和民主也罢，重新估定一切价值也罢，目的都是“再造文明”。而且，科学与民主正是蓝图中的新文明的重要标识。对于一个运动来说，目的标识是重要的。否则就容易失掉质的规定性，甚至因为失掉明确目标而走向歧途。正如有人把新文化规定为反帝反封建的文化，就抽掉了建设的目标，使其结果成为无法预料的未知数。因为慈禧太后和义和团都反帝，奴隶制度的迷恋者也要反封建。如果一种文化运动只是强调反帝反封建，就无法排除包括回到奴隶制时代在内的多种可能性。然而，像陈独秀一样，胡适仍然没有触及根本。

进一步的问题必须回答：为什么要“再造文明”？因为人们完全可以反问：中华民族有五千年光辉灿烂的文明，为什么需要“再造”？

把创造新文明当作无需论证的目的，从中可见那一代人思想中的进化论影子和发展主义的文明史观。在20世纪初特定的思想背景上，再造文明也许本身就已经具有了合法性。然而，从根本上说，这种回答是不够的。因为新文明并不能因其“新”而获得合法性，旧文明也并不因其“旧”而丧失合法性。“再造文明”的合法性并非无需论证的。

之所以需要“再造文明”，显然是因为旧文明不好。那么，旧文明到底好不好？它的不好在哪里？这是新文化运动必须回答的问题。因为正是对这个问题的回答决定着反传统是否具有合理性和必要性。

三

事实上，新文化运动的实践已经做出了回答：中国的旧文明不好，因为它“吃人”。

---

①胡适：《新思潮的意义》，《新青年》第7卷第1号。

新文化运动的领袖们系统审视了传统文明，对其方方面面进行了重估，如：孔教问题、伦理问题、文学改革问题、戏剧改良问题、国语统一问题、女子解放问题、贞操问题、婚姻问题、父子问题、教育改良问题，等等。在人类健康文明的比照之下，他们发现了中国人的生存惨状，发现了几千年传统文明的血腥，发现了人的尊严被践踏、人的权利被剥夺、人性被扭曲的千年悲剧。于是，他们试图改变这样的现状，梦想结束这样的历史，让中国人也像人一样生活。

在发表于《新青年》创刊号的《敬告青年》中，陈独秀对青年提出了六个方面的要求。第一点就是“自主的而非奴隶的”。他认为人应该“各有自主之权，绝对无奴隶他人之权利，亦绝无以奴隶自处之义务”。他说：“奴隶云者，古之昏弱对于强暴之横夺，而失其自由权利者之称也。自人权平等之说兴，奴隶之名，非血气所忍受。”“解放云者，脱离夫奴隶之羁绊，以完其自主自由之人格之谓也。”这些观念当然不属于中国传统，而是属于西方近代文明。透过这样的观念看中国，陈独秀发现国人都处于奴隶状态。他甚至指出：“忠孝节义，奴隶之道德也；轻刑薄赋，奴隶之幸福也；称颂功德，奴隶之文章也；拜爵赐第，奴隶之光荣也；丰碑高墓，奴隶之纪念物也。”也就是说，即使是高官厚禄的仕途通达者，也仍然是可悲的奴隶。因为“个人独立平等之人格，消灭无存，其一切善恶行为，势不能诉之自身意志而课以功过”。陈独秀对传统文明的指控是因为它扼杀了人独立自主的人格，剥夺了人的自由权利，使人成为奴隶。在《东西民族根本思想之差异》中，陈独秀把中国传统社会认定为宗法社会，认为东方社会“自游牧社会，进而为宗法社会，至今无以异焉；自酋长政治，进而为封建政治，至今亦无以异焉”。他对这种宗法社会提出了四点指控：“一曰损坏个人独立自尊之人格；一曰窒碍个人意思之自由；一曰剥夺个人法律上平等之权利；一曰养成依赖性，戕贼个人之生产力。”

新文化运动最引人注目也最为人诟病的行为就是批判孔子之道。因为孔子的学说的确是中国文化的精髓和根本，否定孔子之道，无异于抽掉中国文化传统的筋骨。中国传统的核心是由帝王的政治专制和孔子的思想专制共同构成的，如果抽掉此二者，所谓中国传统文化，就只剩下了一堆皮毛。所以，从根本上维护中国传统者无论自觉还是不自觉，都必然要拼命维护此二者；而反传统者也必然要紧紧抓住此二者给予轰击。新文化运动对“孔子之道”进行了猛烈的批判，许多人都发表了文章，就连一向温和的胡适在给《吴虞文录》作的序言中也以激烈姿态称吴虞是“只手打孔家店的老英雄”，并且质问：“何以那种种吃人的礼教制度都不挂别的牌，偏爱挂孔老先生的招牌呢？正因为二千年吃人的礼教法制都挂着孔丘的招牌，故这块孔丘的招牌——无论是老店、是冒牌——不能不拿下来，捶碎，烧去！”[①]考察新文化运动中的批孔之役，要点有二：一是反对以孔教为国教。其用意在于捍卫现代政治体制之下公民享有的思想自由和宗教信仰自由的权利。正如陈独秀在《宪法与孔教》文中所说：“盖宪法者，全国人民权利之保证书也，决不可杂以优待一族、一教、一党、一派人之作用。”“今效汉武之术，罢黜百家，独尊孔氏，则学术思想之专制，其湮塞人智，为祸之烈，远在政界帝王之上。”二是批判和否定孔子之道，特别是儒家的伦理原则。陈独秀曾反复申明批判孔子之道的理由：不适于自由民主的现代理念，不适于现代生活。他说：“现代生活，以经济为之命脉，而个人独立主义，乃为经济学生产之大则，其影响遂及于伦理学。故现代伦理学上之个人人格之独立，与经济学上之个人财产独立，互相证明，其说遂不可动摇；而社会风纪，物质文明，因此大进。中土儒者，以纲常立教。为人子为人妻者，既失个人独立之人格，复无个人独立之财产。父兄畜其子弟，子弟养其父兄。《坊记》曰：‘父母在，不敢有其身，不敢私其财。’此甚非个人之道也。”[②]也就是说，他们之所以反对孔子之道，不是因为别的，而是因为孔子之道“非个人之道”，不是维护个人的权利而是剥夺个人的权利。

在这里，他用以比较和判断文明优劣的价值标准非常明确，即是否有利于人的独立、自由、平等和权利。一种文明如果有利于个人的独立和自由，有利于个人权利的保障，就是好的，如果本土没有，就从外面拿来；反之，如果把人变成奴隶，扼制人的独立和自由，剥夺人的权利，就是坏的，无论它是什么样的祖宗牌位，也应该毫不留情地将其推倒。陈独秀和他的追随者们反传统的理由正在这里。

① 《胡适文集》第2卷，北京大学出版社1998年，第610页。

② 《陈独秀文章选编》上，生活·读书·新知三联书店1984年，第153页。

反传统的另一个重点是反对旧伦理。陈独秀称伦理的觉悟是“吾人之最后觉悟”，新文化运动的反对者对“五四”最猛烈的指责也是“铲伦常”“禽兽行”。五四新文化运动对旧伦理、旧道德的批判是从各个方面进行的，男女问题，鼓吹妇女解放，抨击节烈观，讨论贞操问题、长幼问题；非孝，讨论“我们现在怎样做父亲”，都构成了对旧道德的否定。陈独秀说：“旧社会之道德不适于今世者，莫如尊上抑下，尊长抑幼，尊男抑女。旧社会所谓不道德者，乃不尊其所尊，抑其所抑者耳，未必有何罪恶可言。吾人今日所应尊行之真理，即在废弃此不平等不道德之尊抑，而以个人人格之自觉及人群利害互助之自觉为新道德，为真道德。”[①]在这里，个体生命之间的平等权利显然是问题的核心。对此，鲁迅有过精彩的说明：“有贵贱，有大小，有上下。自己被人凌虐，但也可以凌虐别人；自己被人吃，但也可以吃别人。一级一级地制驭着，不能动弹，也不想动弹了。”他从古代经典引出一套完整的等级制度作为证据：“天有十日，人有十等。下所以事上，上所以共神也。故王臣公，公臣大夫，大夫臣士，士臣皂，皂臣舆，舆臣隶，隶臣僚，僚臣仆，仆臣台。”又从现实的实践运行揭示出它的巩固机制：最底层的台也仍然可以凌虐别人，因为“有比他更卑的妻，更弱的子在。而且其子也很有希望，他日长大，升而为‘台’，便又有更卑更弱的妻子，供他驱使了”。“因为自己各有奴使别人，吃掉别人的希望，便也就忘却自己同有被奴使被吃掉的将来。于是大小无数的人肉的筵宴，即从有文明以来一直排到现在，人们就在这会场中吃人，被吃，以凶人的愚妄的欢呼，将悲惨的弱者的呼号掩饰”。[②]

胡适认为，要看一个国家的文明，首先需要考察几件事：第一，看他们怎样对待小孩子；第二，看他们怎样对待女人。经过考察，他说：“无论哪一点都可以宣告我们这个国家是最野蛮的国家。”[③]面对中国女性的命运，他说：“‘把女人当牛马’，这句话还不够形容我们中国人待女人的残忍与惨酷。我们把女人当牛马，套了牛轭，上了鞍辔，还不放心，还要砍去一只牛

①《陈独秀文章选编》上，生活·读书·新知三联书店1984年，第204页。

②《鲁迅全集》第1卷，人民文学出版社1981年，第216页。

③《胡适文集》第4卷，北京大学出版社1998年，第643页。

蹄，剁去两只马脚，然后赶她们去做苦工！”因此，他得出的结论是：“全世界的人类里，寻不出第二国有这样的野蛮制度！”而且指出：“圣贤经传，全没有拯救的功用。一千年的理学大儒，天天谈仁说义，却不曾看见他们的母妻姊妹受的惨无人道的痛苦。”[①]面对中国文明对女人的残害，胡适写了《贞操问题》《论贞操问题》《再论贞操问题》《论女子为强暴所污》《美国的妇人》《女人解放从哪里做起》《大学开放女禁问题》《女子问题》等一系列文章，中心主题是为妇女争取做人的权利和人格的尊严，为此，却不能不批判传统。他列举了一系列报纸新闻：唐烈妇在丈夫去世之后的三个月中九次自杀；一个未出嫁的姑娘因为未婚夫死亡而绝食七日；一个上海姑娘在听到未婚夫死讯几小时后吞了砒霜……按照中国传统的观念，她们都是女人的楷模，是学习的榜样。胡适却为此而无法压抑内心的痛苦和愤怒，挥笔哀悼这些无辜的死者，批判仍在流行的“全无心肝的贞操论”。他指出，俞氏女不过是信了荒谬的贞操迷信，所以要为未结婚的丈夫绝食而死，而那位在报纸上赞美这种迷信的人，却是早已丧失了人性。他惊异于共和国家竟然有褒扬节妇烈女的条例，因为以人道主义的眼光看来，褒扬节烈殉夫正是与杀人一样的罪恶。他说：“我以为我们今日若要作具体的贞操论，第一步就该反对这种忍心害理的烈女论，要渐渐养成一种舆论，不但永不把这种行为看作‘猗欤盛矣’可旌表褒扬的事，还要公认这是不合人情，不合天理的罪恶，还要公认劝人做烈女，罪等于故意杀人。”[②]

在“五四”一代人中，鲁迅反传统的态度最为激烈，也最具整体性。原因在于他对传统文明的感受更深，因而更能抽象地把握它的实质，而不会被一些温馨的皮毛所欺瞒。在《狂人日记》中，鲁迅借狂人之口说：“我翻开历史一查，这历史没有年代，歪歪斜斜的每页上都写着‘仁义道德’几个字。我横竖睡不着，仔细看了半夜，才从字缝里看出来，满本都写着两个字是‘吃人’。”这并不是一时的愤激之语，而是一个从传统中滚爬跌打走来的思想者严肃而认真的结论。因为在那些清楚表达思想的论述文字中，鲁迅也做了同样的表达：“所谓中国的文明者，其实不过是安排给阔人享用的人肉

①《胡适文集》第4卷，北京大学出版社1998年，第641页。

②《胡适文集》第2卷，北京大学出版社1998年，第504页。

的筵宴。所谓中国者，其实不过是安排这人肉的筵宴的厨房。”他又说，“中国人向来就没有争到过‘人’的价格，至多不过是奴隶，到现在还如此，然而下于奴隶的时候，却是数见不鲜的。……任凭你爱排场的学者们怎样铺张，修史时候设些什么‘汉族发祥时代’‘汉族发达时代’‘汉族中兴时代’的好题目，好意诚然是可感的，但措辞太绕弯子了。有更其直截了当的说法在这里——一、想做奴隶而不得的时代；二、暂时做稳了奴隶的时代。”[①]无论对于历史还是对于现实，鲁迅的指控是：这种文明不把人当人，它践踏人的尊严，剥夺人的自由和权利。

由此可见，新文化运动之所以反传统，根本理由就是中国传统“吃人”。因为传统“吃人”，觉醒的知识分子当然要激烈地反传统。而反传统的目的不过是梦想中国人能够逃离几千年的“人肉筵宴”，结束“暂时做稳了奴隶”和“想做奴隶而不得”的“两种时代”的循环，进入前所未有的第三样时代，像人一样地生活。

四

一般情况下，问题至此已经解决，无需进一步讨论。然而，在中国语境中，问题到此并未解决。因为最高价值尺度的问题没有得到解决，以人为目的和最高价值尺度的思想没有确立，人的价值与尊严、个人权利的神圣性，这些在鲁迅、胡适、陈独秀等人那里早已确立的现代价值，在当下中国仍未形成共识。一些人总是自觉或不自觉地固守着一种逻辑：传统是不可否定的，彻底反传统自然是罪大恶极。他们拒绝考虑这样的问题：如果一种传统不把人当人，压抑人的自由，践踏人的尊严，剥夺人的权利，使人生活在地狱之中，这种传统也必须守护吗？如果一个民族的文化自我就是习惯于吃人和被吃，把野蛮和残暴当作天经地义，这种民族的文化自我也是不能丢掉的吗？

所以，关于五四新文化运动对传统的态度，无需停留于无意义的纠缠，而是应该从两个最基本的层面上予以解决：

---

①《鲁迅全集》第1卷，人民文学出版社1981年，第213页。

一、事实的确认：五四新文化运动对传统的指控是否属实，即中国传统是否“吃人”。在这一方面，新文化的守护者似乎可以省一些力气，因为只要不忘五四新文化运动的遗产，取证的工作先驱们已经做过，证据非常充分。传统的守护者如果要有效地守护，首先应该做的是推翻五四新文化运动对传统的指控，证明中国传统没有“吃人”的罪行，证明它有利于人的生存、发展和自由权利。只要能够证明这些，新文化运动对传统的指控就是诬陷，当然应该彻底否定，陈独秀、胡适、鲁迅和一切反传统的人就都应该以诬陷中国传统的罪名钉在历史的耻辱柱上。

二、尺度的确认：五四新文化运动的价值尺度是否正确，即“吃人”是否非法。如果没有价值共识，即使面对同样的事实，也仍然会有不同的结论。比如一个法庭，如果没有“杀人有罪”的法律准绳，即使面对大量的证据，杀人者仍然可以理直气壮。所以，必须解决“吃人”合法还是非法的问题。传统的捍卫者如果无法推翻新文化运动对传统的指控，仍然要为传统辩护，就需要在价值层面上证明“吃人”的合法性。如果“吃人”的确有理，而且光荣正确，传统当然要继续弘扬，胡适、鲁迅、陈独秀们自然罪不可赦，自然是民族历史的罪人。

然而，传统价值的守护者和弘扬者常常回避传统是否吃人的事实取证，而直接言说传统之伟大。好像吃人与否并不值得关注，好像值得关注的应该是枷锁和镣铐如何坚固、刽子手如何威武雄壮、烹调工艺如何精良、吃人者如何红光满面。更有甚者，为屠刀的锋利而自豪，为杀人魔王的威武所倾倒。这常常透露着一种非人道的野蛮时代的价值观。

新文化与旧文化的冲突说到底是两种价值观的冲突，同时也是两种基本立足点的冲突。一些传统价值的守护者也并非自觉地为专制主义或三纲五常张目，而是因为缺少人的基本立场。他们往往成为民族主义者或文化本位主义者，因而民族文化传统的神圣性成为不证自明的，甚至自觉不自觉地赋予它“吃人”的特权。为了传统，为了秩序，可以不顾人的生存和发展，可以不顾人的自由和权利。而新文化却不能认同任何力量阻碍个人的生存和发展，也不能容忍任何力量剥夺个人的自由和权利。鲁迅说：“一要生存，二要温饱，三要发展。苟有阻碍这前途者，无论是古是今，是人是鬼，是《三坟》《五典》，百宋千元，天球河图，金人玉佛，祖传丸散，秘制膏丹，全都踏倒他。”[1]面对五四新文化运动，无论赞同还是反对，都必须首先注意这种根本的立场。

①《鲁迅全集》第3卷，人民文学出版社1981年，第45页。

世界化的根据

五四新文化运动的一个显著标志是对本土传统的批判。对于中国传统文化而言，这种批判无疑是有破坏性的，但五四新文化运动的目标并非破坏而是建设。因此，在批判和否定旧文化的同时，新文化运动必然要指出一条新文化的建设之路。事实上，对于抱残守缺的旧事物而言，对比往往是最大的威胁。虽然我们至今难以断言那一代人究竟是先发现了中国传统之弊才要创造新文化，还是先发现了世界近代文明之利才要否定中国传统，但历史提供的材料显然更多地证明了后者。因为在一般情况下，无论人们所处环境多么恶劣，也无论人们过的是怎样一种非人的生活，只要没有比较，就往往无法意识到自己的可悲境地。而新的参照却容易使人产生一种比较，从而看到自身所属文化传统存在的问题，并同时产生新的向往。因此，当传统的批判者对传统发起批判的时候，事实上已经做出了选择：世界化。所谓世界化，也就是改变中国固有文明中与现代文明不相适应的部分而使之溶入世界文明发展的主流。这是五四新文化运动的一个重要特征，也是一直存在争议的一个问题。尤其是“全盘西化”，至少在半个世纪以来的中国几乎成为一种恶谥，以致不愿放弃“五四”精神的人们也要千方百计为此而辩解。然而，对于五四新文化运动来说，这是无法回避的，因为如果遮蔽了充分世界化或“全盘西化”的选择，“五四”将面目全非。在此，我所要做的不是在一些否定性结论的前提下讨论问题，而是回到历史现场，考察当时人们的具体主张，并探寻其思想逻辑和现实依据。

一、世界化的选择

毫无疑问，新文化运动一开始就是主张世界化的。《新青年》创办伊始，陈独秀就对青年提出了“世界的而非锁国的”要求。他说：“吾国自通海以来，自悲观者言之，失地偿金，国力索矣；自乐观者言之，倘无甲午庚子两次之福音，至今犹在八股垂发时代。居今日而言锁国闭关之策，匪独力所不能，亦且势所不利。万邦并立，动辄相关，无论其国若何富强，亦不能漠视外情，自为风气。各国之制度文物，形式虽不必尽同，但不思驱其国于危亡者，其遵循共同原则之精神，渐趋一致，潮流所及莫之能违。于此而执特别历史国情之说，以冀抗此潮流，是犹有锁国之精神，而无世界之智识。国民而无世界智识，其国将何以图存于世界之中?”从这段话，已经可见陈独秀对于世界化的竭力倡导。他思考的是如何使中国进入世界潮流之中，而不是如何抵抗世界潮流以保持中国特色。一些人拒绝接受西方文明，理由是它不适合中国国情；陈独秀批判中国传统，理由是它不适合世界潮流。是让中国传统适应世界潮流，还是让世界潮流适应中国国情，这是当时文化冲突的一个焦点。陈独秀的态度代表了新文化运动的基本态度。在同一篇文章中，陈独秀批评一些人的“闭户造车”行为，“欲以周礼考工之制，行之欧美康庄，其患将不止不合辙已也。”[①]在《新青年》集团，“行之欧美康庄”已经是无需讨论的前提。

1919年1月，《新潮》在新文化运动高潮中创刊，傅斯年在《发刊旨趣书》中写道：“今试问当代思想之潮流如何？中国在此思想潮流位置如何？国人正复茫然昧然，未辨天之高、地之厚也。其敢于自用者，竟谓本国学术可以离世界趋势而独立。夫学术原无所谓国别，更不以方土易其性质。今外中国于世界思想潮流，直不啻自绝于人世。既不于现在有所不满，自不能于未来者努力获求。长此因循，何时达旦？……同人等以为国人所宜最先知者有四事：第一，今日世界文化至于若何阶级？第二，现代思潮本何趋向而行？第三，中国情状去现代思潮辽阔之度如何？第四，以何方术纳中国于思

①陈独秀：《敬告青年》，1915年9月15日《青年杂志》第1卷第1号。

潮之轨。持此四者刻刻在心，然后可云对于本国学术之地位有自觉心，然后可以渐渐导引此‘块然独存’之中国同溶于世界文化之流也。此本志之第一责任也。”[①]由此可见，傅斯年等北大学生已明确把“导引此‘块然独存’之中国同溶于世界文化之流”作为自己创办杂志参与新文化运动的“第一责任”。

这一点也不奇怪，因为众所周知，新文化运动并不是偶然发生的，而是中国走向现代这一过程中的必然。如果从鸦片战争算起，到五四新文化运动，中国的现代化经历了三个大的阶段：第一个阶段是以洋务运动为代表的经济和技术层面上的变革；第二个阶段是从百日维新到辛亥革命为代表的政治体制层面上的变革；第三个阶段就是五四新文化运动所代表的文化变革。这三个阶段分别是现代化的三个重要方面，又构成一个完整的世界化过程。从新文化运动发生的动因看，它是政治革命之后的一次思想文化补课。辛亥革命所建立的政治体制是世界上最先进的民主共和体制，为其进行思想文化补课的文化运动自然不能不具有同样的性质，也不能不沿着同一方向进行。如果说洋务运动是经济和技术层面上的世界化运动，百日维新和辛亥革命是政治层面上的世界化运动，五四新文化运动则是一场思想文化上的世界化运动。正是这一点决定着五四新文化运动的意义，也决定了它的历史地位。因此，世界化必然成为新文化阵营主要成员的共识。

考察新文化运动主要成员的言论，很容易发现一个特点：他们的言说往往是在比较中进行的，一方面是批判中国传统文明，一方面是赞美西方现代文明。透过这种比较，不难发现他们对西方现代文明的认同和向往。在他们看来，无论是要中国繁荣富强，还是要中国人摆脱固有的非人的生活状态，都必须走西方的路。中国传统阻碍着人们全面接受西方文明，就要破除中国传统。他们确立了一系列新的观念。这些观念产自西方，与中国传统观念大不相同。他们不是根据中国国情而修正他们的观念，而是以这些观念评判和要求中国现实。这与后来历史上引进外来文化时的“中国化”是大不相同的。这种要求可谓从政治到文化，贯彻于他们所关注的方方面面。

比如，根据现代国家理念，国家的职能是保障公民的权利，使个人的生命财产以及自由和尊严不受侵害。公民纳税养活官员并维持国家机器的运

①《新潮》1919年1月创刊号。

转，国家就必须为公民提供相应的服务。否则，国家就成了强盗一样的掠夺者，就不是现代的合法国家。然而，中国的国情显然不是这样。陈独秀写道：“吾国伊古以来，号为建设国家者，凡数十次，皆未尝为吾人谋福利，且为戕害吾人福利之蟊贼；吾人数千年以来所积贮之财产，所造作之事物，悉为此数十次建设国家者破坏无余；凡百施政，皆以谋一姓之兴亡，非计及国民之忧乐，即有圣君贤相，发政施仁，亦为其福祚攸长之计，决非以国民之幸福与权利为准的也。若而国家，实无立国之必要，更无爱国之可言。”[①]陈独秀一再申明现代国家的性质：“国家者，保障人民之权利，谋益人民之幸福者也。不此之务，其国也存之无所荣，亡之无所惜。”并一再以此观照中国“外无以御侮，内无以保民，不独无以保民，且适以残民”的现实。比较之下，他甚至写下了这样的文字：“不暇远征，且观域内，以各土地之广，惟租界居民，得以安宁自由，是以辛亥京津之变，癸丑南京之役，人民咸以其地不立化夷场为憾。”[②]对中国现状的不满来自一种参照，这个参照就是西方现代国家。陈独秀把国家分作“民主国家”和“民奴国家”两种：“民主国家，真国家也，国民之公产也，以人民为主人，以执政为公仆者也。民奴国家，伪国家也，以执政为主人，以国民为奴隶者也。”[③]心中有这样一种对比，自然难以忍受中国的状态，也难以拒绝西方的诱惑。要把自己这个“民奴国家”变成“民主国家”，只有取法于西方。于是，实现政治民主的过程也就是一个政治上的世界化过程。

在《吾人最后之觉悟》中，陈独秀说：“古今万国，政体不齐，治乱各别。其拨乱为治者，罔不舍旧谋新，由专制政治，趋于自由政治；由个人政治，趋于国民政治；由官僚政治，趋于自治政治。此所谓立宪制之潮流，此所谓世界系之轨道也。吾国既不克闭关自守，即万无越此轨道逆此潮流之理。进化公例，适者生存。凡不能应四周情况之需求而自处于适宜之境者，当然不免于灭亡。日之与韩，殷鉴不远。吾国欲图世界的生存，必弃数千年相传之官僚的专制的个人政治，而易以自由的自治的国民政治也。”如果只

---

①《陈独秀文章选编》上，生活·读书·新知三联书店1984年，第68页。

②同上书，第72页。

③陈独秀：《今日之教育方针》，《青年杂志》第1卷第2号。

是着眼于体制形式，这种体制在辛亥革命后已经建成。陈独秀之所以反复重申民主共和的政治原则，因为在他看来，“共和立宪而不出于多数国民之自觉与自动，皆伪共和也，伪立宪也，政治之装饰品也，与欧美各国之共和立宪绝非一物。”[①]陈独秀所希望的，是与欧美一样的共和国，而不是被中国传统改造或扭曲了的东西。

着眼于东西文化差异的要点，陈独秀特别赞美西方社会对独立人格的尊重，赞美西方人为争取个人权利而奋斗的精神。相比之下，必然对中国漠视个人自由、尊严与权利的传统和个人毫无权利意识的现状而痛心疾首。在《东西民族根本思想之差异》一文中，他这样描述西洋民族：“举一切伦理、道德、政治、法律、社会之所向往，国家之所祈求，拥护个人之自由权利与幸福而已。思想言论之自由，谋个性之发展也。法律之前，个人平等也。个人之自由权利，载诸宪章，国法不得而剥夺之，所谓人权是也。人权者，成人以往，自非奴隶，悉享此权，无有差别。此纯粹个人主义之大精神也。……国家利益，社会利益，名与个人主义相冲突，实以巩固个人利益为本因也。”接着是这样描述东方民族：“东洋社会，自游牧社会，进而为宗法社会，至今无以异焉；自酋长政治，进而为封建政治，至今亦无以异焉。宗法社会，以家族为本位，而个人无权利，一家之人听命于家长。……自古忠孝美谈，未尝无可歌可泣之事，然律以今日文明社会之组织，宗法制度之恶果，盖有四焉：一曰损坏个人独立自尊之人格；一曰窒碍个人意思之自由；一曰剥夺个人法律上平等之权利；一曰养成依赖性，戕贼个人之生产力。”[②]既然如此，有什么理由不学习和模仿西洋民族呢？这就是陈独秀的基本思路。

胡适的倾向似乎不必考察，因为众所周知，他是西化代表人物，而且长期被作为全盘西化的代表受到批判。尤其是在“五四”高潮过后，面对旧文化的回潮和新文化的危机，胡适进一步表明了他的文化立场。在当下的中国，有一股批判鲁迅并赞美胡适的思潮，一些保守主义者也在反感鲁迅的同时把胡适拉进自己的队伍。其实，在文化上，胡适并不比鲁迅保守。胡适在

---

①陈独秀：《吾人最后之觉悟》，《青年杂志》第1卷第6号。

②陈独秀：《东西方民族根本思想之差异》，《青年杂志》第1卷第4号。

政治上是保守主义者，但在文化上却是激进主义者。当中国现代历史因政治上的一步步激进而在文化上趋于保守的时候，胡适却成为文化激进主义最突出的代表。他努力抵制由于世界大战而导致的对于西方文明的怀疑，竭力帮助人们坚定对西方现代文明的信仰。面对“西方文明是物质文明而东方文明是精神文明”的论调，胡适告诉人们：“我们可以大胆地宣言：西洋近代文明绝不轻视人类的精神上的要求。我们还可以大胆地进一步说：西洋近代文明能够满足人类心灵上的要求的程度，远非东洋旧文明所能梦见。”[①]面对一些人阿Q式的自大，胡适认为中国人需要一种新的觉悟，要学会照镜子，学会反省，学会认错。“今日的第一要务是要造一种新的心理：要肯认错。要大彻大悟地承认自己百不如人。第二步便是死心塌地地去学人家。”[②]回顾中国走过的道路，他写下了这样的句子：“我们深深感谢帝国主义者，把我们从这种黑暗的迷梦里惊醒起来。我们焚香顶礼感谢基督教的传教士带来了一点点的西方新文明和新人道主义，叫我们知道我们这样待小孩子是残忍的，不人道的，野蛮的。我们十分感谢这班所谓‘文化侵略者’提倡‘天足会’‘不缠足会’、开设新学堂、开设医院、开设妇婴医院。”[③]

在近半个世纪的历史上，鲁迅的西化色彩是常常被努力遮盖或抹淡的。其用意非常明显，作为红色文化旗手的鲁迅不能有西化之嫌。其实，历史无可避讳，也不是避讳就掩盖得了的。鲁迅与陈独秀等人一样，在五四新文化运动中做出了自己的选择。一方面激烈反传统，一方面努力推进西化。之所以这样做，原因在于本土文化中缺少他想要的东西，既然理想的形态在西方，就只有从西方拿来。关于“青年必读书”的主张是鲁迅文化态度的集中证明。为此，有人攻击鲁迅“卖国”，也有人把鲁迅称作“买办”，但鲁迅从来不隐瞒自己认为西方文化胜过中国文化的观点。他说：“我辈即使才力不及，不能创作，也该当学习；即使所崇拜的仍然是新偶像，也总比中国陈旧的好。与其崇拜孔丘、关羽，还不如崇拜达尔文、易卜生；与其牺牲于瘟将

①《胡适文集》第4卷，北京大学出版社1998年，第6页。

②同上书，第28页。

③同上书，第645页。

军、五道神，还不如牺牲于Apollo。”[①]

世界化、西化、现代化，常常是同一内容的不同表述。在文明演进的纵向坐标上，批判传统是为了实现现代化；在文明共存的横向坐标上，批判本土所要实现的是世界化。世界化就是西化，虽然说法不同，意义并无多少差别。因为尽管谁都知道非洲也是世界的一部分，亚洲也是世界的一部分，但对20世纪的中国人来说，世界化决不意味着非洲化，走向世界也决不意味着走向朝鲜或红色高棉。因为在现代化的意义上言说，世界化就是西化，西化则意味着欧美化。1919年5月4日，在学生运动爆发的当天，陈独秀以《公同管理》为题在《每周评论》20号上发表文章说：“我们中国若免不得亡国的运命，宁可亡在欧美列国手里，不愿亡在日本手里。联合亚洲的黄人，抵抗欧美的白人的鬼话，我们绝对不相信。因为黄人待黄人，比白人待黄人还要残狠十倍。”由此可见，尽管日本也是西化的，但至少在陈独秀等人眼里，世界化仍然要以欧美为中心。在亚洲各国世界化的进程中，一直有一种阻力，从“东亚共荣圈”到“亚洲价值观”，都在试图以区域文化抵抗西化。由陈独秀的言论可见，新文化运动对此绝不认同。

在《法兰西人与近世文明》中，陈独秀说：“文明云者，异于蒙昧未开化者之称也。Lacivilization，汉译为文明、开化、教化诸义。世界各国，无东西今古，但有教化之国，即不得谓之无文明；惟地阻时更，其质量遂至相越。古代文明，语其大要，不外宗教以止残杀，法禁以制黔首，文学以扬神武。此万国之所同，未可自矜其特异者也。近世文明，东西洋绝别为二。代表东洋文明者，曰印度，曰中国。此二种文明虽不无相异之点，而大体相同，其质量举未能脱古代文明之窠臼，名为‘近世’，其实犹古之遗也。可称曰‘近世文明’者，乃欧罗巴人之所独有，即西洋文明也，亦谓之欧罗巴文明。移植亚美利加，风靡亚细亚者，皆此物也。”[②]把东西方文化摆在了历史发展的坐标上，看到了二者新与旧、先进与落后、文明与野蛮之间的差异。他慨叹道：“固有之伦理、法律、学术、礼俗，无一非封建制度之遗，持较皙种之所为，以并世之人，而思想差迟，几及千载；尊重廿四朝之历史

---

①《鲁迅全集》第1卷，人民文学出版社1981年，第333页。

②陈独秀：《法兰西人与近世文明》，《青年杂志》第1卷第1号。

性，而不作改进之图；则驱吾民于二十世纪之世界以外，纳之奴隶牛马黑暗沟中而已，复何说哉！"[①]正因为这样，面对来自西方的现代文明与中国传统伦理之间的冲突，他们毫不犹豫地站在了西方现代文明一边，力主改变中国传统以适应现代文明。因为他们知道，西方文明因为几百年来的发展，已经形成了一种现代文明（即"近世文明"）；而东方却仍然没有走出古代文明的窠臼。因此，西化也就是现代化。或者说：要现代化就需要西化。

正因为这样，胡适才在《文化的冲突》一文中不自觉地同时使用了"wholesale westernization"和"wholehearted modernization"两个不同的词语。正如潘光旦所指出的，"wholesale westernization"可译为"全盘西化"；"wholehearted modernization"可译为"一心一意现代化"。因为在胡适那里，这本是一个意思。

二、"五四"是否主张"全盘西化"

论及新文化运动的世界化选择，就无法回避这一问题："五四"是否主张全盘西化？

作为一个汉语词语，"全盘西化"是30年代才开始广泛使用的，"五四"当时并没有这样的口号。但是，没有这样的口号并不意味着没有这样的主张。早在陈序经提出全盘西化的主张之前，胡适已经表达过同样的意思。在胡适看来，中国文化的问题是应当怎样自我调整才能适应已经成为世界文明的现代西方文明。面对文化的冲突，胡适认为有三种解决的方式：一是拒绝承认西方现代文明而抵制它的侵入；二是一心一意接受这个新文明；三是有选择地采纳一部分。胡适认为"中国之所以未能在这个现代化世界中实现自我调整，主要是因为她的领袖们未能对现代文明采取唯一可行的态度，即一心一意接受的态度"[②]。他所希望的就是这种"一心一意接受的态度"。虽然陈序经不承认陈独秀主张全盘西化，并且认为胡适是折中派，但事实上，陈独秀和胡适都是主张全盘西化的。就胡适而言，态度上的温和并不影响他

①陈独秀：《敬告青年》，《青年杂志》第1卷第1号。

②《胡适文集》第11卷，北京大学出版社1998年，第169页。

思想主张的坚定和明确。胡适自己曾经声明："我是主张全盘西化的。"[①]

新文化运动本身就是一场充分世界化的运动，所以，如果"全盘西化"像胡适所说的那样并不意味着"百分之百"的话，它一开始就存在全盘西化的鲜明倾向。历史非常清楚，虽然"五四"时期没有出现全盘西化的口号，但作为理论主张和努力方向，五四新文化运动的领袖们努力推动各方面的西化，唯恐不够彻底和全面，这是无法否认的。

从某种意义上说，新文化运动是中国整个西化过程中的重要一环，而且是最后的一环，它的出现本身就意味着中国要全面接受西方现代文明，也就是所谓"全盘西化"。鸦片战争之前，中国人还处于中央帝国的梦幻之中，自然想不到西化的必要。鸦片战争之后，中国人终于知道自己并不强大，甚至已经虚弱得不堪一击，于是有了曾国藩、李鸿章等人的改革。这是西化的开始，但这时的西化不过是注目于西洋的机器制造和坚船利炮，即所谓"富国之道"和"强兵之道"，这还只是有限的西化。张之洞的"中学为体，西学为用"可以说是这个过程的总结和概括。也就是说，"用"的层面可以西化，而"体"是不能西化的。但是，经济和技术层面上的西化显然不能解决中国的问题，而且部分的西化必然引起全面西化的要求。戊戌变法是西化过程的一次重要推进，它所要求的是政治制度上的西化。为了维护统治集团的利益和特权，清王朝拒绝了政治上西化的要求，康、梁被迫走上了流亡的道路，六君子为此付出了生命的代价。由于和平渐进的政治西化要求被拒绝，暴力革命的政治西化必然要启动，并且终于获得成功。与康、梁的制度西化方案不同的是，康、梁的方案还保留了君主的地位，而孙中山等人的方案却没有给皇帝保留这样的位置。如果清王室能预见这样的结局，大概不会拒绝前者的方案。革命胜利之后，制度的框架已经西化，但人们不幸地发现，传统的文化却与西化的政治体制很不适应。民主共和的现代国体需要与之相适应的文化提供保证，而当时中国的问题是：已经西化的共和制度因为缺少文化基础而处于风雨飘摇之中，随时都有被破坏的危险。一方面是执政者因为长期形成的观念和习惯而不能以现代政治的规则执政，自觉不自觉地就要按照传统的专制规则行事；一方面是民众也因为观念和习惯而仍然以专制制度

①胡适：《编辑后记》，《独立评论》第142号。

之下的草民自居，在已经不需要跪拜的共和国，却总是要在“公仆”们面前自动地跪下。新文化运动正是在这种背景之下产生的。面对新制度与旧文化的冲突，陈独秀等人意识到：“这腐旧思想布满国中，所以我们要诚心巩固共和国体，非将这班反对共和的伦理文学等等旧思想，完全洗刷得干干净净不可。否则，不但共和政治不能进行，就是这块共和招牌，也是挂不住的。”[①]所以发动了一场在思想上弃旧迎新的文化运动。而思想上的弃旧迎新主要就是破除传统的旧思想而接受适应民主共和体制的西方新思想。

值得注意的首先是新文化运动对“国粹派”和“特殊国情论”的批判。在西方现代文化与中国传统文化的冲突中，传统的维护者打出了“保存国粹”的旗号。事实上，这是一个妥协之后的口号，它的意义已经不在于全面排外，而是在西化已经无法抵抗的情况下试图保留某些中国传统。也就是说，它所抵制的已经不是西化，而只是全盘西化。因此，对国粹派的批判就带有了全盘西化的意味。鲁迅说：“什么叫‘国粹’？照字面看来，必是一国独有，他国所无的事物了。换一句话说，便是特别的东西。但特别未必定是好，何以应该保存？譬如一个人，脸上长了一个瘤，额上肿出一颗疮，的确是与众不同，显出他特别的样子，可以算他的‘粹’。然而，据我看来，还不如把这‘粹’割去了，同别人一样的好。”[②]与西方相同的东西当然不需要改变，需要改变的就是与西方不同的东西。割掉脸上的瘤子以与西方相同，也就是要完全西化。国粹派有这样一种论调：“我们要特别生长；不然，何以为中国人！”这是以民族性抵抗世界化的重要理路，从“五四”至今一直沿用着。新文化运动的主将们却认为这是要自绝于世界。鲁迅说：“许多人所怕的，是‘中国人’这名目要消灭；我所怕的，是中国人要从‘世界人’中挤出。”[③]新文化运动的主要成员都不担心中国人失掉自身的特色，而是担心因为自身的特色太多而无法融入世界。

更为重要的是，五四新文化运动的领袖人物大多反对调和折中，拒绝接受中西融合的主张。在近几年的新保守主义潮流中，“五四”因此而受到了

---

①陈独秀：《旧思想与国体问题》，《新青年》第3卷第3号。

②《鲁迅全集》第1卷，人民文学出版社1981年，第305页。

③同上书，第307页。

更多的指责。应该承认，“五四”的主张的确是极端和绝对的，但这并不意味着当下批判“五四”极端化和绝对化的人就比陈独秀、胡适和鲁迅高明。事实也许恰恰相反，只证明他们无法企及那一代人的高度。因为反对绝对、极端和片面的思维对于中国人来说实在算不了什么，孩子们读书伊始就学中庸之道，至于既这样又那样的庸人思维是一般人都会的。如果站在民族文化本位寻找可以自豪的东西，倒是完全可以自豪地宣称：即使是中国的弱智者，也比西方人精通“辩证法”！

正因为这样，在东西文化冲突中，必然会出现“撷精取粹”“熔于一炉”与“土洋结合”“中西合璧”的主张。新文化运动的领袖们坚决反对这种主张，态度激烈而决绝。究其原因，他们知道自己想要的是什么，也知道经过调和折中之后出现的会是什么。那样的结果他们不能接受。

在陈独秀们的眼里，欧化之路已经是无需讨论的选择，而中国传统与西方近代文化则是不可调和的，所以必须一心一意走西化之路。他说：“无论政治学术道德文章，西洋的法子和中国的法子，绝对是两样，断断不可调和迁就的。……或是仍旧用中国的老法子，或是改用西洋的新法子，这个国是，不可不首先决定。若是决计守旧，一切都应该采用中国的老法子，不必白费金钱派什么留学生，办什么学校，来研究西洋学问。若是决计革新，一切都应该采用西洋的新法子，不必拿什么国粹，什么国情的鬼话来捣乱。譬如既然想改用立宪共和制度，就应该尊重民权、法治、平等的精神；什么大权政治，什么天神，什么圣王，都应该抛弃。若觉得神权君权为无上治术，那共和立宪，便不值一文。又如相信世间万事有神灵主宰，那西洋科学，便根本破坏，一无足取。若相信科学是发明真理的指南针，像那和科学相反的鬼神、灵魂、炼丹、符咒、算命、卜卦、扶乩、风水、阴阳五行，都是一派妖言胡说，万万不足相信的。因为新旧两种法子，好像水火冰炭，断然不能相容，要想两样并行，必至弄得非牛非马，一样不成。中国目下一方面采用立宪共和政体，一方面又采倡尊君的孔教，梦想大权政治，反对民权；一方面设立科学的教育，一方面又提倡非科学的祀天、信鬼、修仙、扶乩的邪说；一方面提倡西洋实验的医学，一方面又相信三焦、丹田、静坐、运气的卫生；我国民的神经颠倒错乱，怎样到了这等地步！我敢说：守旧或革新的国是，倘不早早决定，政治上社会上的矛盾、紊乱、退化，终久不可挽回！”[①]他又说，“记者非谓孔教一无可取，惟以其根本的伦理道德，适与欧化背道而驰，势难并行不悖。吾人倘以新输入之欧化为是，则不得不以旧有之孔教为非。倘以旧有之孔教为是，则不得不以新输入之欧化为非。新旧之间，绝无调和两存之余地。吾人只得任取其一。”[②]在这个问题上，陈独秀是清醒的，他问道：“德谟克拉西是什么？纲常名教是什么？两下里折中调和起来是个什么？”[③]

面对调和折中的论调和陈独秀的问题，鲁迅揭示说：“‘西哲’的本领虽然要学，‘子曰诗云’也要昌明。换几句话，便是学了外国本领，保存中国旧习。本领要新，思想要旧。要新本领旧思想的新人物，驮了旧本领旧思想的旧人物，请他发挥多年经验的老本领。一言以蔽之：前几年谓之‘中学为体，西学为用’，这几年谓之‘因时制宜，折中至当’。”然而，鲁迅认为“世界上决没有这样如意的事”[④]。他借易卜生之口表达了自己的态度：“All or Nothing！”[⑤]这种态度也许有点理想化，对于文化来说尤其难以实现，但这是“五四”新文化先驱们的理想。他们希望中国走上一条新的道路，结束不堪的历史。他们不愿接受打了折扣的理想，更不愿看到一些人在折中调和的名义之下继续供奉吃人的幽灵。胡适说：“为什么要反对调和呢？因为评判的态度只认得一个是与不是，一个好与不好，一个适与不适，——不认得什么古今中外的调和。调和是社会的一种天然趋势。人类社会有一种守旧的惰性，少数人只管趋向极端的革新，大多数人至多只能跟你走半程路。这就是调和。调和是人类懒病天然趋势，用不着我们来提倡。……革新家的责任只是认定‘是’的一个方向走去，不要回头讲调和。社会上自然有无数懒人懦夫出来调和。”[⑥]几年之后，他又说，“时髦的人当然不肯老老实实地主张复古，所以他们的保守心理都托庇于折中调和的烟幕弹之下。对于固有文

①陈独秀：《今日中国之政治问题》，《新青年》第5卷第1号。

②陈独秀：《答佩剑青年》，《新青年》第3卷第1号。

③陈独秀：《不可思议的新旧思潮》，《每周评论》第17号。

④《鲁迅全集》第1卷，人民文学出版社1981年，第336页。

⑤同上书，第337页。

⑥《胡适文集》第2卷，北京大学出版社1998年，第557页。

化，他们主张‘去其渣滓，存其精英’；对于世界新文化，他们主张‘取长舍短，择善而从’；这都是最时髦的折中论调。”“妄谈折中也是适足为顽固势力添一种时髦的烟幕弹。”[①]正因为这样，无论对哪一种折中论调，他都是坚决反对的。

因为几千年的传统根深蒂固，“搬动一张桌子也要流血”，所以反对调和折中往往首先出于策略性的考虑。陈独秀在《调和论与旧道德》中做过一个比喻：“譬如货物买卖，讨价十元，还价三元，最后结果是五元。讨价若是五元，最后的结果，不过二元五角。社会上的惰性作用也是如此。”[②]鲁迅也说过：“中国人的性情是总喜欢调和，折中的，譬如你说，这屋子太暗，须在这里开一个窗，大家一定不允许的。但如果你主张拆掉屋顶，他们就会来调和，愿意开窗了。没有更激烈的主张，他们总连平和的改革也不肯行。”[③]胡适是这样说的：“我是主张全盘西化的。但我同时指出，文化自有一种‘惰性’，全盘西化的结果自然会有一种折中的倾向。……古人说：‘取法乎上，仅得其中；取法乎中，风斯下矣。’这是最可玩味的真理。”[④]从这种策略性的考虑，也可以看到他们的努力方向。

在20世纪的中国，一直不乏关于文化“融会”和“合璧”的理论想象：既引进外来文化，又保存本土文化，二者融会贯通，中西合璧。在物质文化方面，这种想象是比较容易实现的。旗袍和高跟鞋的结合早已成功，西装和瓜皮帽也未必不可，至于沙发和太师椅同置一室、满汉全席外加面包牛油，早已没有人反对了。可是，这种宽容精神固然伟大，在一些根本问题上却无法实现，而且难以进行调和与折中。因为无论怎样批判胡适、鲁迅、陈独秀，只要面对文化冲突的实际，都会承认在许多方面调和折中是困难的。不信就试一试：民主与专制、科学与迷信、男女平等与夫为妻纲、一夫一妻与妻妾成群、言论自由与文字狱……折中的结果是什么？融合之后又是什么形态？对于20世纪的中国人来说，或许已经见过这种结果，但陈独秀们却

---

①《胡适文集》第5卷，北京大学出版社1998年，第449、452页。

②陈独秀：《调和论与旧道德》，《新青年》第7卷第1号。

③《鲁迅全集》第4卷，人民文学出版社1981年，第13—14页。

④胡适：《编辑后记》，《独立评论》第142号。

还缺少那样的创造力，而且不愿接受那样的杂烩。

三、为什么要"全盘"西化

为什么要世界化，而且要"充分"或"全盘"，其根本理由是什么？这是面对新文化运动不能不回答的又一个问题。

"五四"当时只做过一些零星的回答，没有人进行过系统而全面的论述。第一个试图全面回答这个问题的是陈序经。1933年12月29日，他在中山大学做过题为"中国文化之出路"的演讲，反响强烈并引发了一场论争。第二年，陈序经出版了他的专著，书名就是《全盘西化的理由》。他认为关于中国文化的主张大约可以分为三派：一是复古派——主张保存中国固有文化；二是折中派——提倡调和办法中西合璧；三是西化派——主张全盘接受西洋文明。陈序经说："现在世界的趋势，既不容许我们复返古代的文化，也不容许我们应用折中调和的办法；那么，今后中国文化的出路，唯有努力去跑彻底西化的途径。"[①]在谈到全盘西化的理由时，陈序经提出两点：一是西洋文化的确比我们进步得多。二是西洋现代文化是世界文化的趋势。为了突出自己全盘西化的观点，陈序经不承认五四新文化运动的领袖人物是全盘西化的，但在事实上，他的思想观点与《新青年》集团相比并无多少超越。

关于第一个理由，《新青年》集团已经说得比较透彻。钱玄同说："适用于现在世界的一切科学、哲学、文学、政治、道德，都是西洋人发明的。我们该虚心去学他，才是正办。若说科学是墨老爹发明的，哲学是我国固有的，无待外求；我国的文学，既有《文选》，又有'八家'，为世界之冠；周公作《周礼》是极好的政治；中国道德，又是天下第一；那便是发昏做梦。请问如此好法，何以会有什么'甲午一败于东邻，庚子再创于八国'的把戏出现？何以还要讲什么'中学为体，西学为用'的说话？何以还要造船制械，用'以夷制夷'的办法？"[②]陈序经的论述所增加的是事例的具体和语言的明澈。比如，在谈到中西文化的优劣时，他说："没有到外国的人，也许

①罗荣渠编《从"西化"到现代化》，北京大学出版社1992年，第363页。

②钱玄同：《随感录三十》，《新青年》第5卷第3号。

不觉得我们的生活的简陋，然一到外国的人，总免不得要觉到我们自己的生活，若不客气来说一句，还是未完全开化的生活。‘欧洲没有穷人’，……欧人所谓穷，是没有舒服，中国人的穷，是穷到非人的生活。我们不要远跑，只在上海、北京、广州，附近的地方看看，便能了然，这些的人，一天二餐还没法子去弄好，说什么来和欧洲人比较？”[①]作为结论，陈序经说：“西方文化既比我们的好，我们为什么不全盘彻底地采纳？”[②]这样明白而到位的表达，是“五四”时期所少见的。

关于第二个理由，也是五四新文化运动中常见的。而且，陈独秀等人的阐述已经不仅是顺应“世界潮流”。1917年7月1日，陈独秀在天津南开学校做题为“近代西洋教育”的演讲，主要内容是中国的教育“何以必须取法西洋”。南开学校校长张伯苓认为中国之所以必须取法欧美，理由是：“此时西洋各国学术思想潮流，居世界之大部分，吾国不过居一小部分，只合一小部分随从大部分，不能够强教大部分随从一小部分，所以我们中国必须舍旧维新。”陈独秀不同意他的见解，他说：“其实吾国文明若果在西洋之上，西洋各国部分虽大，吾人亦不肯盲从，舍长取短。正因西洋文明远在中国之上，就是中国居世界之大部分，西洋各国居世界之最小一部分，这大部分的人也应当取法这一小部分。所以鄙人之意，我们中国教育必须取法西洋的缘故，不是势力的大小问题，正是道理的是非问题。”也就是说，之所以必须取法西洋，并非因为不得已而随大流或服从多数，而是因为它的确优于东方文明。从“五四”到今天，一些人在接受西方文明时还仍然有一种大势之下的勉强和无奈，而陈独秀却早已意识到这种选择的“道理的是非问题”[③]。

因此，从陈独秀到陈序经，所谈理由其实只有一个，它是比较之后的判断：西方文明比中国文明好。

那么，它好在哪里呢？回答涉及方方面面，但要点是突出的。新文化运动的领袖们之所以特别青睐于西洋近代文明，因为它是进步的、文明的；之所以说它是进步的、文明的，因为它是自由的、民主的、平等的、人道的，

①罗荣渠编《从“西化”到现代化》，第381页。

②陈序经：《中国文化之出路》，原载广州《民国日报》1934年1月15日。

③陈独秀：《近代西洋教育》，《新青年》第3卷第5号。

归根到底，它可以给人带来人的自由、尊严和权利的保障。陈独秀一开始就抓住了一个根本。他的论述大多不是从虚幻的群体概念出发，而是从个人的自由、尊严和权利出发的。在《敬告青年》中，陈独秀提出了新青年的六条标准，第一条就是“自主的而非奴隶的”。他说：“奴隶云者，古之昏弱对于强暴之横夺，而失其自由权利者之称也。自人权平等之说兴，奴隶之名，非血气所忍受。”他认为西方近代以来的历史是一部“解放的历史”，他说：“解放云者，脱离夫奴隶之羁绊，以完其自主自由之人格之谓也。我有手足，自谋温饱；我有口舌，自陈好恶；我有心思，自崇所信；绝不认他人之越俎，亦不应主我而奴他人。盖自认为独立自主之人格以上，一切操行，一切权利，一切信仰，唯有听命各自固有之智能，断无盲从隶属他人之理。”“破坏君权，求政治之解放也；否认教权，求宗教之解放也；均产说兴，求经济之解放也；女子参政运动，求男权之解放也。”[①]在《法兰西人与近世文明》中，他又指出“近代文明之特征，最足以变古之道，而使人心社会划然一新者”，首先是“人权说”。[②]他对人权的认识是从法国启蒙运动和由此而来的大革命而来的。在他看来，人的解放的历史就是争人权的历史。所以，他所发动的新文化运动首先看重的是人权问题。在强调科学的重要性的时候，说的也是“科学与人权并重”。后人谈“五四”多说民主与科学，而新文化运动开始时的口号却是人权与科学。当然，民主与人权在这里并不矛盾，因为民主正是能够保障人权的政治制度。在东西方文明的比较中，陈独秀向往的是：“举一切伦理、道德、政治、法律、社会之所向往，国家之所祈求，拥护个人之自由权利与幸福而已。思想言论之自由，谋个性之发展也。法律之前，个人平等也。个人之自由权利，载诸宪章，国法不得而剥夺之，所谓人权是也。人权者，成人以往，自非奴隶，悉享此权，无有差别。”因此，世界化的根本理由不是别的，而是它可以使中国人也可以获得人格的独立、人权的平等和思想的自由，也可以享有人的自由、尊严和权利的保障。

为此，当然值得为之奋斗。

---

①陈独秀：《敬告青年》，《青年杂志》第1卷第1号。

②陈独秀：《法兰西人与近世文明》，《青年杂志》第1卷第1号。

在进入20世纪之后，尤其是到了“五四”前后，虽然西方文明在中国扎根艰难，但要全面拒绝西方文明已经不可能。无论思想层面还是生活层面，中国都在迅速西化。汽车代替了轿子，西装代替了长袍，鞠躬代替了跪拜……这种变化应该说是相当普遍的。但是，一个现象出现了：一些领域的西化非常容易，一些领域的西化非常困难。西化在某些领域受到了普遍欢迎，在另一些领域受到了阻挠和抵制。从某种意义上说，在20世纪的中国已经没有人一般地反对西化，就连慈禧太后都要努力引进洋玩意儿，普通老百姓也知道电灯比豆油灯亮得多，但是，一些人却反对全面的西化和从根本上的西化。他们赞同在一些领域西化，而反对在另一些领域西化。如果考察那些坚决拒绝西化的领域，就会发现，那往往都是一些人的特权之所在，如果西化了，他们就失掉了特权，只要按老规矩办，特权就可以保留下去。而且，那些决不允许西化之处一般都不是日常生活领域，而是关系到政治体制和伦理原则、关系到公民是否能够获得自由、尊严和权利。如果借用鲁迅所说的人肉筵宴来看，提供西洋餐具或烹饪方式是不被拒绝的，但如果危及宴席的秩序或者要从根本不准吃人方面看，就要遇到反对。其理由是西方文明不合中国国情。对此，陈独秀曾经悲愤地写道：“法律上之平等人权，伦理上之独立人格，学术上之破除迷信，思想自由，此三者为欧美文明进化之根本原因，而皆为尊重国粹国情之袁世凯一世、二世所不许。长此暗黑，其何以求适二十世纪之生存？”①

一些盲目排外的人往往不明白这一点，他们以为充分世界化将危及他们喜欢吃饺子的习惯而被迫吃面包，或者要被迫脱掉长袍而换西装领带。其实，主张全盘西化的人从来没有在这些领域要求人们西化，他们自身也常常穿中式长袍，吃中国菜，按中国的习俗与亲朋来往。胡适说过：“我们理想中的‘充分世界化’，是用理智来认清我们的大方向，用理智来教人信仰我们认清的大方向，用全力来战胜一切守旧恋古的情感，用全力来领导全国朝着那几个大方向走，——如此而已。至于一两个私人在他们的私生活上爱读仁在堂的八股文，或爱做李义山的无题诗，或爱吃蛇肉，或爱听《二进

①陈独秀：《袁世凯复活》，《新青年》第2卷第4号。

宫》，那才是我们的理智‘无所施其技’的。”[①]而所谓大方向，也就是陈独秀所反复强调的三点：人权的平等、人格的独立和思想的自由。

①《胡适文集》第11卷，北京大学出版社1998年，第608页。

价值重估的尺度

——论“五四”人学思想及其现代意义

一

在《新思潮的意义》一文中，胡适说：“据我个人的观察，新思潮的根本意义只是一种新态度。这种新态度可叫作‘评判的态度’。”“评判的态度，简单说来，只是凡事要重新分别一个好与不好。”他告诉人们：对于世俗相传的制度风俗，要问：这种制度现在还有存在的价值吗？对于古代圣贤的教训，要问：这句话在今日还是不错的吗？对于社会公认的行为与信仰，要问：大家公认的，就不会错了吗？人家这样做，我也应该这样做吗？难道没有别样做法比这个更好、更有理、更有益的吗？……在胡适看来，这种对传统的质疑即“评判的态度”，而“评判的态度”就是尼采所说的“重新估定一切价值”。五四新文化运动就是一场价值重估运动。

新文化运动系统审视了中国传统文明，对其方方面面进行了重估，如：孔教问题、伦理问题、女子解放问题、贞操问题、婚姻问题、父子问题、教育改良问题、戏剧改良问题、文学改革问题，等等。胡适说：“孔教的讨论只是要重新估定孔教的价值。文学的评论只是要重新估定旧文学的价值。贞操的讨论只是要重新估定贞操的道德在现代社会的价值。旧戏的评论只是要重新估定旧戏在今日文学上的价值。礼教的讨论只是要重新估定古代的纲常礼教在今日还有什么价值。女子问题只是要重新估定女子在社会上的价值。

政府与无政府的讨论，财产私有与公有的讨论，也只是要重新估定政府与财产等等制度在今日社会的价值……”[①]正是在这种重新估价中，新文化运动对传统文明做出了否定性的结论，而且给予了猛烈的批判。

值得注意的是：中国传统早已形成而且延续了几千年，问题也罢，罪恶也罢，并非到“五四”时期才出现的。比如，性别秩序中的女子问题，长幼秩序中的儿童问题，君臣秩序中的民权问题，各种旧伦理之下的生活方式和心理状态……都是中国上千年的存在，它在过去的岁月里并未成为问题。一代代先贤都目睹过女人缠脚的痛苦，却都没有感到这是个问题，究其原因，并不都是因为本性残忍，也不全是出于男人的私利而有意让女人做此牺牲，而是因为身处传统之中，对问题便熟视无睹。传统的力量是巨大的。通过反复的个人社会化过程，人们形成了种种习惯，习惯了压迫，也习惯了被压迫；习惯了施虐，也习惯了受虐；于是，一种文化特色或特殊国情得以形成，使人因司空见惯而见怪不怪，甚至把苦难视为理所当然，把罪恶看作天经地义。正因为这样，在过去的几千年中，虽然也不乏少数挑战者，但人们并没有感到中国文化问题的严重性，更没有感到它必须进行“再造”。唯独到了陈独秀、胡适、鲁迅、钱玄同等人的眼里，才变得问题严重，难以容忍，必欲彻底推倒而后快。

对世世代代习以为常的传统文明表示厌弃，进行态度决绝的批判，这显示着价值尺度的重大变化。一切价值重估都需要价值尺度。离开了价值尺度便无所谓长短和优劣。因此，正是价值尺度的变化使新文化运动的领袖们对中国传统做出了不同于前辈的判断。

那么，五四新文化运动价值重估的尺度是什么？在这个问题上，中国学界一直缺乏必要的认识，因而导致了对新文化运动阐释的许多混乱。其实，先驱者们的实践早已证明：人，是五四新文化运动中重估一切价值的根本尺度。

二

在《敬告青年》中，陈独秀对青年提出了六条要求，第一条就是“自主

①《胡适文集》第2卷，北京大学出版社1998年，第552—553页。

的而非奴隶的”。他认为人“各有自主之权，绝对无奴隶他人之权利，亦绝无以奴隶自处之义务”。他希望中国青年能够摆脱奴隶状态，实现个性的解放和人格的独立。他说：“奴隶云者，古之昏弱对于强暴之横夺，而失其自由权利者之称也。自人权平等之说兴，奴隶之名，非血气所忍受。”“解放云者，脱离夫奴隶之羁绊，以完其自主自由之人格之谓也。我有手足，自谋温饱；我有口舌，自陈好恶；我有心思，自崇所信；绝不认他人之越俎，亦不应主我而奴他人。”在他看来，“忠孝节义，奴隶之道德也，轻刑薄赋，奴隶之幸福也；称颂功德，奴隶之文章也；拜爵赐第，奴隶之光荣也；丰碑高墓，奴隶之纪念物也。”原因是“以其是非荣辱，听命他人，不以自身为本位”，“个人独立平等之人格，消灭无存，其一切善恶行为，势不能诉之自身意志而课以功过”。在这里，个人的“自主自由之人格”已经成为明确的目的。也正是在这篇文章中，陈独秀提出了新文化运动最先的纲领性口号：科学与人权。后人谈到“五四”，首先想到的是科学与民主。这是陈独秀自己后来为《新青年》辩护时对新文化运动精神的概括，但在最先的时候，他说的不是科学与民主，而是“科学与人权并重”。

在《东西民族根本思想之差异》中，陈独秀指出东西民族根本思想的三大差异，其中之一就是“西洋民族以个人为本位，东洋民族以家族为本位”。他赞美西洋民族：“举一切伦理、道德、政治、法律、社会之所向往，国家之所祈求，拥护个人之自由权利与幸福而已。思想言论之自由，谋个性之发展也。法律之前，个人平等也。个人之自由权利，载诸宪章，国法不得而剥夺之，所谓人权是也。人权者，成人以往，自非奴隶，悉享此权，无有差别。此纯粹个人主义之大精神也。自唯心论言之，人间者，性灵之主体也；自由者，性灵之活动力也。自心理学言之，人间者，意思之主体；自由者，意思之实现力也。自法律言之，人间者，权利之主体；自由者，权利之实行力也。所谓性灵，所谓意思，所谓权利，皆非个人以外之物。国家利益，社会利益，名与个人主义相冲突，实以巩固个人利益为本因也。”他批判东方社会：“自游牧社会，进而为宗法社会，至今无以异焉；自酋长政治，进而为封建政治，至今亦无以异焉。宗法社会，以家族为本位，而个人无权利，一家之人听命于家长。……自古忠孝美谈，未尝无可歌可泣之事，然律以今日文明社会之组织，宗法制度之恶果，盖有四焉：一曰损坏个人独立自尊之人格；一曰窒碍个人意思之自由；一曰剥夺个人法律上平等之权利；一曰养成依赖性，戕贼个人之生产力。东洋民族社会中种种卑劣不法惨酷衰微之象，皆以此四者为之因。”因此，他提出了鲜明的主张：“以个人本位主义，易家族本位主义。”①

在这里，他用以比较和判断东西方文明优劣的价值标准不是别的，就是个人的独立、自由和权利。一种文明如果有利于个人的独立和自由，有利于个人权利的保障，就是好的，如果本土没有，就从外面拿来；反之，如果把人变成奴隶，扼制人的独立和自由，剥夺人的权利，就是坏的，无论它是什么样的祖宗牌位，也应该毫不留情地将其推倒。

这是新文化运动的基本态度，也决定了新文化运动的根本性质。关于新文化运动，陈独秀做过如此解释：“新文化运动影响到军事上，最好能令战争止住，其次也要叫他做新文化运动的朋友不是敌人。新文化运动影响到产业上，应该令劳动者觉悟他们自己的地位，令资本家要把劳动者当作同类的‘人’看待，不要当作机器、牛马、奴隶看待。新文化运动影响到政治上，是要创造新的政治理想，不要受现实政治的羁绊。譬如中国的现实政治，什么护法，什么统一，都是一班没有饭吃的无聊政客在那里造谣生事，和人民生活、政治理想都无关系，不过是各派的政客拥有各派的军人争权夺利，好像狗争骨头一般罢了。他们的争夺是狗的运动。新文化运动是人的运动。我们只应该拿人的运动来轰散那狗的运动，不应该抛弃我们人的运动去加入他们狗的运动！”②

只要牢牢把握这一点，就不至于对五四新文化运动有太多的曲解和误解。

三

遗憾的是，恰恰是在这个问题上，长期以来一直存在着曲解和误解。一些人有意无意地认定新文化运动的目的是救亡，所以价值重估也似乎自然要

①《陈独秀文章选编》上，生活·读书·新知三联书店1984年，第98页。

②同上书，第517页。

以是否有利于民族救亡和国家富强为尺度。根据流行的观点，新文化运动之所以发生，原因在于中国传统已无法解决中华民族面临的危机，在西方文化的冲击之下，它不仅节节败退，而且日益显示着落后，显然不能适应国家富强的需要，因此便有了新文化运动的发生。然而，这种解释是依据晚清洋务派到维新派的思路进行的，所以只适合于解释晚清的改革，而不适合于解释五四新文化运动。新文化运动虽然与洋务运动和维新运动一样与救亡有关，但它之所以发生，已经不只是国家和民族的危机以及救亡的冲动，因而再造文明的目的也不只是国家的强盛，价值重估的尺度也不再是民族和国家的利益。一个必须注意的事实是：在西方现代意识的烛照之下，本来致力于寻求救国之路的中国知识分子终于走上了救人之路。因为在人类健康文明的对比之下，他们终于发现了中国的问题不仅是国家因贫弱而被列强所欺，更为触目惊心的是人的生存惨状和几千年天经地义的血腥秩序。他们发现了传统文明对人的自由、尊严与权利的剥夺，发现了人性被扭曲和扼杀的千年一贯的悲剧。他们终于意识到，这样的国家即使繁荣富强，也只是一个好监狱、好屠宰场、“人肉筵宴”的华丽餐厅，而不是“人国”，更不是人的乐园。于是，他们梦想掀翻几千年的“人肉筵宴”，结束“吃”与“被吃”的命运，让中国人也能像人一样生活。

正因为这样，新文化运动关心的问题大都不是国家和民族的问题。他们关心的是人，因而常用的语句也是“吃人的礼教”“奴隶的国度”“非人的道德”，他们努力创造的新文学也定位于“人的文学”。他们的最终目的已经不是像康有为、梁启超、严复、孙中山那样设定在国家和民族，而是定位于人的解放和权利的保障。他们不是民族主义者，不是立于庙堂之上的帮忙文人，在人与国家之间，他们更关心的是人的生存、发展和自由，是个人的自由和权利的保障。

在陈独秀看来，“人民何故必建设国家？其目的在保障权利，共谋幸福”，然而，“吾国伊古以来，号为建设国家者，凡数十次，皆未尝为吾人谋福利，且为戕害吾人福利之蟊贼；吾人数千年以来所积贮之财产，所造作之事物，悉为此数十次建设国家者破坏无余；凡百施政，皆以谋一姓之兴亡，非计及国民之忧乐，即有圣君贤相，发政施仁，亦为其福祚攸长之计，决非以国民之幸福与权利为准的也。”因此，他的结论掷地有声，“若而国家，实无立国之必要，更无爱国之可言。过昵感情，侈言爱国，而其智识首不足理解国家为何物者，其爱之也愈殷，其愚也益甚。”归根到底：爱国不应是盲目的、无条件的。正因为这样，才有了他的如此之论：“平情论之，亡国为奴，岂国人所愿，惟详察政情，在急激者即亡国瓜分，亦以为非可恐可悲之事。国家者，保障人民之权利，谋益人民之幸福者也。不此之务，其国也存之无所荣，亡之无所惜。若中国之为国，外无以御侮，内无以保民，不独无以保民，且适以残民，朝野同科，人民绝望。如此国家，一日不亡，外债一日不止；滥用国家威权，敛钱杀人，杀人敛钱，亦未能一日获已，拥众攘权，民罹锋镝，党同伐异，诛及妇孺，吾民何辜，遭此荼毒，奚我后，后来其苏。海外之师至，吾民必且有垂涕而迎之者矣。……或谓恶国家胜于无国家？予则云，残民之祸，恶国家甚于无国家。失国之民诚苦矣，然其托庇于法治主权之下，权利虽不与主人等，视彼乱国之孑遗，尚若天上焉。”在考察了失掉国家的犹太人之后，他说，“不暇远征，且观域内，以各土地之广，惟租界居民，得以安宁自由，是以辛亥京津之变，癸丑南京之役，人民咸以其地不立化夷场为憾。”并且为这些人民辩护：“此非京津江南人无爱国心也，国家实不能保民而致其爱，其爱国心遂为其自觉心所排而去尔！呜呼！国家国家！尔行尔法！吾人诚无之不为忧！有之不为喜！”[①]

在辛亥革命前后，陈独秀曾经是一个热烈的爱国主义者，并于1905年组织过“岳王会”。但在创办《新青年》前夕，他却不再是一个盲目的爱国主义者，他的思想基点由国家和民族本位转向了个人本位。声称“国人唯一之希望”乃“外人之分割”[②]当然是愤激之语，但其中却包含了一种现代国家理念：国家不是目的，它的合法性只能以保障公民权利而获得。如果一个国家不能保护公民的权利，如果外国人的统治比本国人的统治能给公民更多的自由和权利，那么，被外国人瓜分也没有什么不好。

值得注意的是，这不只是陈独秀个人的见解，而是为新文化运动领袖集团所共有。

胡适赞美易卜生主义，在《易卜生主义》一文中特意引用了这样一段

①《陈独秀文章选编》上，生活·读书·新知三联书店1984年，第68—72页。

②同上书，第66页。

话："个人绝无做国民的需要。不但如此，国家简直是个人的大害。请看普鲁士的国力，不是牺牲了个人的个性去买来的吗？国民都成了酒馆里跑堂的了，自然个人是好兵了。再看犹太民族：岂不是最高贵的人类吗？无论受了何种野蛮的待遇，那犹太民族还能保存本来的面目。这都因为他们没有国家的缘故。国家总得毁去。这种毁除国家的革命，我也情愿加入。毁去国家观念，单靠个人的情愿和精神上的团结做人类社会的基本，——若能做到这步田地，这可算得有价值的自由的起点。"他赞美易卜生的"为我主义"，主张在世界陆沉的时候最要紧的是"救出自己"。他认为"社会最大的罪恶莫过于摧折个人的个性，不使他自由发展"。若干年后，当新生的国家权威努力教育青年为了国家利益而牺牲个人自由的时候，胡适在《介绍我自己的思想》中告诫青年："现在有人对你们说：'牺牲你们个人的自由，去救国家的自由！'我对你们说：'争你们个人的自由，便是为国家争自由！争你们自己的人格，便是为国家争人格！'"

鲁迅说过："要我们保存国粹，也需国粹能保存我们。……保存我们，的确是第一义。"[①]这是他对传统的态度，也是对国家和民族的态度。它是一种以个人为本位的可以讨价还价的市场规则，也是卢梭以来现代国家理念中的契约原则。直到晚年，在抗日救亡高潮到来之际，鲁迅仍不忘告诫人们："用笔和舌，将沦为异族的奴隶之苦告诉大家，自然是不错的，但要十分小心，不可使大家得着这样的结论：'那么，到底还不如我们似的做自己人的奴隶好。'"[②]

四

根据陈独秀的见解，伦理的觉悟是"最后的觉悟"。所以，从某种意义上说，新文化运动最核心的内容就是伦理的觉悟。由于中国传统文化中政治的伦理化和伦理的政治化，伦理的觉悟最集中的表现就是"三纲革命"。用胡适的语言表达，即对三纲的价值重估。在此，我想选择对三纲的重估作为

---

①《鲁迅全集》第1卷，人民文学出版社1981年，第305—306页。

②《鲁迅全集》第6卷，人民文学出版社1981年，第595页。

考察的对象，看“五四”一代人是如何对其进行了重估，在重估活动中使用的是什么样的价值尺度。

新文化运动发生之际，“君为臣纲”的传统统治秩序早已随着辛亥革命的成功而失掉了理论上的合法性。虽然作为一种传统观念，它会继续留存于人们的头脑之中，而且随时可能被统治者所利用，但在理论上，问题已在辛亥革命前后基本解决。所以，在五四新文化运动中，我们看到的主要已经不是对君权的抨击，而是对民权的捍卫。总统发布训令，陈独秀发现了问题：“古时专制国，皇帝是家长，百姓就是弟子。此时共和国，总统算是公仆，国民算是主人。家长式的皇帝下一道上谕，拿那道德不道德的话来教训百姓，原不算稀奇。现在公仆式的总统也要下一道命令来教训国民，这是怎么一回事?”[①]政府下达命令，开头就说“道以得众为先，政以养民为本”，陈独秀立即写道：“共和国没有皇帝，不是家天下，不知什么人想得众做什么？共和国人民是靠自己养自己，不靠人养的，更不要官养的，不但不要官养，并且出租税养了官”，因此，“用不着什么‘抚育元元’‘加惠黎庶’的恩诏”！[②]这一切，直接捍卫的是公民的个人权利。

面对长与幼、男与女的传统伦理秩序，新文化运动付出了更多的努力。在对传统的父子、长幼秩序重估中，他们非常一致地站在“子”的立场上，对父亲权威提出了挑战，以激烈的姿态颠覆了父与子、长与幼的传统秩序。中国传统讲究孝道，而且“不孝有三，无后为大”。胡适却公然主张“无后主义”，对传统的孝道不以为然。他反复声称：做父亲的对儿子只有教养的义务而没有索取的权利。他在诗中对自己的儿子说“我要你做一个堂堂的人，不要你做我的孝顺儿子”[③]。这首诗因此引起争论。有人指责胡适“竟把一般做儿子的抬举起来，看作一个‘白吃不回账’的主顾”。面对这种指责，胡适无论是在日记中还是在文章中都仍然继续强调：父母教养子女是必尽的义务，但决无资格示恩，子女对父母的爱和敬应该是有条件的。他问道：“假如我染着花柳病，生下儿子又聋又瞎，终身残废，他应该爱敬我

①《陈独秀文章选编》上，生活·读书·新知三联书店1984年，第306页。

②同上书，第314页。

③《胡适文集》第2卷，北京大学出版社1998年，第521页。

吗？又假如我把儿子应得的遗产都拿去赌输了，使他衣食不能完全，教育不能得着，他应该爱敬我吗？”[①]他似乎执意要破坏传统的长幼秩序，对中国人历来引为骄傲的孝道进行攻击，认为中国家庭父母视子女如养老存款，以为子女必须养亲，子女则视父母遗产为自己固有，甚至兄弟之间也要相互依靠，这就养成了一种多重的依赖性，使人不能成为独立的人。

鲁迅考察中国人怎样做父亲，看到的是：“中国的孩子，只要生，不管他好不好，只要多，不管他才不才。生他的人，不负教他的责任。虽然‘人口众多’这一句话，很可以闭了眼睛自负，然而这许多人口，便只在尘土中辗转，小的时候，不把他当人，大了以后，也做不了人。”“所有小孩，只是他父母福气的材料，并非将来的‘人’的萌芽，……大了以后，幸而生存，也不过‘仍旧贯如之何’，照例是制造孩子的家伙，不是‘人’的父亲，他生了孩子，便仍然不是‘人’的萌芽。”“因为我们中国所多的是孩子之父；所以以后是只要‘人’之父！”[②]在《我们现在怎样做父亲》中，鲁迅说：“中国的‘圣人之徒’，最恨人动摇他的两样东西。一样不必说，也与我辈绝不相干；一样便是他的伦常，我辈却不免偶然发几句议论，所以株连牵扯，很得了许多‘铲伦常’‘禽兽行’之类的恶名。他们以为父对于子，有绝对的权力和威严；若是老子说话，当然无所不可，儿子有话，却在未说之前早已错了。”他认为“后起的生命，总比以前的更有意义，更近完全，因此也更有价值，更可宝贵；前者的生命，应该牺牲于他。但可惜的是中国的旧见解，又恰恰与这道理完全相反。本位应在幼者，却反在长者；置重应在将来，却反在过去。前者做了更前者的牺牲，自己无力生存，却苛责后者又来专做他的牺牲，毁灭了一切发展本身的能力”[③]。他对传统长幼秩序的批判重点在于对年轻生命的扼杀，对于幼者权利的剥夺。他所希望的是无论长幼，都能成为“人”。

夫为妻纲的原则形成了传统家庭中的夫妻关系秩序，并且由此生成男尊女卑的社会等级秩序。在这一秩序之下，种种制度和观念使女性陷入了不幸

①《胡适文集》第2卷，北京大学出版社1998年，第524页。

②《鲁迅全集》第1卷，人民文学出版社1981年，第295—296页。

③同上书，第132页。

的命运。新文化运动对传统秩序下的女性命运给予密切的关注，对关涉女性命运的一系列传统观念进行了重估。胡适写了《贞操问题》《论贞操问题》《再论贞操问题》《论女子为强暴所污》《美国的妇人》《女人解放从哪里做起》《大学开放女禁问题》《女子问题》等一系列文章，中心主题就是为妇女获得做人的权利和人格的尊严而呐喊呼吁。他从报纸上看到一些报道：唐烈妇在丈夫去世之后的三个月中九次自杀；一个未出嫁的姑娘因未婚夫死亡而绝食七日；一个上海姑娘在听到未婚夫死讯几小时后吞了砒霜……按照中国传统的观念，她们都是女人的楷模，是学习的榜样。胡适却为此而无法压抑内心的痛苦和愤怒，挥笔哀悼这些无辜的死者，痛斥仍在流行的“全无心肝的贞操论”。他指出，俞氏女不过是信了荒谬的贞操迷信，所以要为未结婚的丈夫绝食而死，而那位在报纸上赞美这种迷信的人，却是早已丧失了人性。他惊异于共和国家竟然有褒扬节妇烈女的条例，因为以人道主义的眼光看来，鼓励女人殉夫正是与杀人一样的罪恶。他说：“在文明的国度里，男女由自由意志，由高尚的恋爱，订了婚约，有时男的或者女的不幸死了，剩下的那一个因为生时爱情太深，故情愿不再婚嫁。这是合情理的事。若在婚姻不自由之国，男女订婚之后，女的还不知道男的面长面短，有何情爱可言？不料竟有一种陋儒，用‘青史上留名的事’来鼓励无知女儿做烈女，……我以为我们今日若要作具体的贞操论，第一步就该反对这种忍心害理的烈女论，要渐渐养成一种舆论，不但永不把这种行为看作‘猗欤盛矣’可旌表褒扬的事，还要公认这是不合人情，不合天理的罪恶，还要公认劝人做烈女，罪等于故意杀人。”①

鲁迅如此描述了中国女人的不幸：“死了丈夫，便守着，或者死掉；遇了强暴，便死掉；将这类人物，称赞一通，世道人心便好，中国便得救了。”②他认为，“道德这事，必须普遍，人人应做，人人能行，又于自他两利，才有存在的价值。”由此可见，鲁迅是个体生命本位的道德论者。这与中国传统的道德论完全不同。中国的旧道德维护江山社稷的稳固、社会家庭的稳定、君主家长的安康，等等，却从不考虑个人的生命是如何被秩序吞

①《胡适文集》第2卷，北京大学出版社1998年，第504页。

②《鲁迅全集》第1卷，人民文学出版社1981年，第117页。

没。鲁迅的道德观是从人出发的，什么是道德的，什么是不道德的，对于鲁迅来说，很容易做出结论：凡是能够使人幸福，给人带来益处的行为就是道德的，否则，就是不道德的。一种道德如果给人带来的不是幸福而是痛苦，它本身就是不道德的。所以，鲁迅一再追问：节烈难吗？答道，很难。节烈苦吗？答道，很苦。女子自己愿意节烈吗？答道，不愿。既然如此，节烈的价值就无需多说了。鲁迅号召要为那些无辜的牺牲者开一个追悼大会，“我们追悼了过去的人，还要发愿：要除去于人生毫无意义的苦痛。要除去制造并赏玩别人苦痛的昏迷和强暴。我们还要发愿：要人类都受正当的幸福。”[①]

由此，我们不难得出结论：人，是五四新文化运动的基本出发点和最终目的，也是重估一切价值的最高价值尺度。无论对于政治制度、经济制度、道德规范、文化传统，他们都以这一根本尺度确定取舍存废。用鲁迅的话说，就是：“一要生存，二要温饱，三要发展。苟有阻碍这前途者，无论是古是今，是人是鬼，是《三坟》《五典》，百宋千元，天球河图，金人玉佛，祖传丸散，秘制膏丹，全都踏倒他。”[②]他们之所以对旧伦理做出否定性的评价，原因就在于它压抑人性，剥夺人的自由、尊严和权利，阻碍人的自由发展。

五

新旧文化冲突的焦点就在这里：站在新文化的立场上，人是主体，以人的生命和个人权利为本位，一切文化传统和社会规范都只能为人所用，于人有益则取之，于人有害则废之；站在旧文化的立场上，却不以人的生命和个人权利为本位，而是以社会秩序和既定传统为本位，就很容易把制度、规范这些人们创造出来的东西当成不可动摇的神圣之物，甚至为了维护风化，就可以扼杀人的生命；为了维护传统，就不顾人的死活；等等。

需要注意的是，一切传统都是人的创造物。文化是人自觉或不自觉地创造出来的，而人的行为并不总是正确，人类也无法根除邪恶。那些成为传统

①《鲁迅全集》第1卷，人民文学出版社1981年，第125页。

②《鲁迅全集》第3卷，人民文学出版社1981年，第45页。

的东西有的曾经能够满足一时之需，却未必是最好的选择，有的即使在当时也是邪恶的产物。因此，任何历史形成的东西都不应成为人的生存和自由发展的障碍，更不应成为剥夺人的权利的理由。人不能成为自己的创造物的奴隶，更不能忘记人类文明的最高价值尺度只能是人。新文化运动的领袖们坚决地揭露和反抗宗法制度和专制主义，彻底批判旧伦理和旧道德，表现出的正是他们对摧残人的个性、压制人的自由、剥夺人的权利的恶劣传统的反叛。在他们那里，人成为全部文化活动的基本出发点，也成为价值重估的尺度。正因为这样，新文化运动才在中国文化史上具有了划时代的意义。

高一涵与现代国家理念的传播

说起五四新文化运动，人们都会想到《新青年》，想到陈独秀、胡适、鲁迅等这些响亮的名字，却不一定想到高一涵。其实，高一涵是不该被忽略的。只要翻开新文化运动初期那些有影响的刊物，比如《新青年》《甲寅》《新中国》《太平洋》等，随处可见他的名字。尤其是《新青年》创刊初期，高一涵的地位和作用是无人可以替代的。《新青年》杂志的创办目的是培养和造就新青年。这个培养和造就工程需要两路并进：一是破除旧观念；一是播撒新观念。新观念的重点之一是现代国家理念。作为政法学者的高一涵承担了这项使命，做出了不可磨灭的贡献。可是，在后来的岁月里，高一涵却逐渐被淡忘，直到今天，各色历史人物都被重新发现，而对他的研究却仍然很少。从屈指可数的几篇研究文章可见，他显然仍未引起人们的重视。然而，要研究五四新文化运动中对现代国家理念的传播，其代表人物却不是陈独秀，更不是其他什么人，而是高一涵。在现代政治文明建设再次提上议事日程的今天，他当年的努力是不该遗忘的。大半个世纪以来对他的忽略，不仅影响了我们对五四新文化运动的整体认识，也显示了中国政治文明建设所遭遇的挫折。正是基于这样的考虑，本文对五四新文化运动中国家理念的考察以高一涵为例。

一

以《青年杂志》（第二卷改为《新青年》）创刊作为标志，新文化运动拉开了大幕。陈独秀在创刊号的“社告”中写道：“一、国势陵夷，道衰学弊，后来责任，端在青年。本志之作，盖欲与青年诸君商榷将来所以修身治国之道。二、今后时会，一举一措，皆有世界关系。我国青年虽处蛰伏研求之时，然不可不放眼以观世界。本志于各国事情、学术、思潮，尽心灌输，可备攻错……”这是《青年杂志》的创刊宗旨，也是新文化运动的初衷。

杂志创刊之初，主要作者不过那么几个人：陈独秀、高一涵、李亦民、汪叔潜、彭德尊、陈嘏，但陈嘏只是在连载小说《春潮》和《初恋》，而彭德尊后来也很少发表文章。第二期增加了易白沙，第三期来了刘叔雅，第四期又来了高语罕，到了第二卷，吴稚晖、马君武、吴虞等人加盟，阵容有所壮大，但在迁往北京之前，作者队伍仍是一个小团体。在这个小团体中，高一涵无疑是一根台柱子，是第二号人物。1917年1月，陈独秀就任北京大学文科学长，《新青年》随之迁到北京，作者队伍迅速壮大，高一涵的文章也随之减少，但是，他的地位仍然很重要。后来《新青年》实行轮流主编制，他曾是主编之一，与陈独秀、胡适、钱玄同、沈尹默、李大钊轮流担负主编之责，地位仍然比鲁迅、周作人等重要。同时，他还参与了《每周评论》《现代评论》《努力》等刊物的工作。

参与《青年杂志》之时，高一涵仍在日本留学，但杂志几乎每一期都有他的文章，而且常常一期就有两篇。第一卷六期刊物，高一涵发表九篇文章，分别是：《共和国家与青年之自觉》《近世国家观念与古相异之概略》《民约与邦本》《国家非人生归宿论》《自治与自由》……从文章的题目可以看到，他的文章内容比较集中，体现着他在日本所学专业的特色，讲述的主要是现代国家理念。而这正是《青年杂志》的努力方向之一，显示着新文化运动的基本诉求。辛亥革命之后，古老的帝国变成了民国，一个新的国家诞生了，但陈独秀等人痛苦地看到，上至总统总理等国家领导人，下至士农工商普通百姓，多数人并不清楚这片土地上发生的变化，不明白民国与帝国不同的性质，所以，共和国的政治一时难入正轨。其实，这一切不难理解，因为作为亚洲第一个民主共和国的中华民国的诞生的确有些仓促，历史的准备显然不足。人们可以迅速完成共和国的制度设计和宪法草案，却无法迅速造就合格的现代国家公务员和合格的现代公民。面对中华民族走向共和的第一步遭遇的挫折，后来的人们往往满足于抨击当日的时政，满足于指责袁世凯。但当时那些清醒的人们知道，发生的一切都不奇怪：一方面，袁世凯和他的同僚们，几天前还是帝国的臣子，转眼就成了民国的总统，这个总统怎么做，他们既不清楚，更不习惯。他们更习惯于按照传统的规矩行事，而传统的规矩就是专制君主制度之下的那一套。另一方面，作为刚刚诞生的共和国的公民，人们更没有意识到自己由帝国子民到民国主人这种身份的转变，进衙门去见自己花钱聘用的政府官员，仍然要像鲁迅所描写的阿Q那样，不自觉地就要跪下。鉴于这种情况，陈独秀等人做出了与袁世凯、孙中山等不同的选择，要培养青年的公民意识，造就现代公民，从而为共和国造就一个稳固的基础。而要培养现代公民意识，首先就要播撒现代国家理念。在这一方面，陈独秀虽然有足够的自觉，而且在《爱国心与自觉心》中有集中的表述，但是，他毕竟缺少专业训练，对现代国家法理的方方面面，难有全面而准确的把握。就在这种情况下，高一涵出场了，他连续发表文章，致力于现代国家理念的传播。如果说新文化运动有“破”与“立”两条战线的话，从吴虞、钱玄同到鲁迅，做的主要是“破”的工作，而在“立”的工作上，高一涵无疑是当时的主将。

当时的高一涵与陈独秀基本见解一致，对陈独秀的努力给予了全面的配合。陈独秀发表《敬告青年》，选定青年作为言说的对象，与青年探讨“修身治国之道”[①]，高一涵的文章谈的是“共和国家与青年的自觉”；陈独秀发起伦理的革命，高一涵论述的是现代国家伦理；陈独秀致力于唤醒个人，高一涵论述“国家非人生之归宿”……总之，新文化运动初期的那些主题，大多由陈独秀提出，而在高一涵那里得到深入的阐发。可以说，正是高一涵使《新青年》一开始就充分显示了同仁刊物思想上的一致性和团体作战的特色，并且为《新青年》增添了现代思想的光彩。

二

综观高一涵在《新青年》上发表的文章，其中心是传播现代国家理念。他论述共和国家与专制国家的不同性质，论述个人与国家、国家与政府、民主与自由等一系列关系，论述自由的复杂内涵，目的是让人们明白自己与国

①陈独秀：《社告》，《青年杂志》1915年第1卷第1号。

家应有的关系，进而明白应该如何对待国家和政府，如何做一个共和国公民。这对于当时的中国而言，无疑是非常必要的。

众所周知，晚清思想者大多有很强的救亡意识。他们也谈议会、民权和自由，但出发点是国家，因而对自由、民主和人权的思考也像对军舰、大炮和铁路的思考一样，目的是国家富强，而没有把个人放到最高位置上。这种思想状况的改变最初表现在海外留学生中，但对国内的影响非常有限。与前代人相比，《新青年》集团最突出的特点之一，就是思考问题的出发点也不再只是救亡。他们更多地从个人权利出发，试图根据自由主义理念重构国家和社会伦理秩序，因此，首先需要唤醒个人，重新确立个人与国家、社会的关系。在这一方面，高一涵的贡献是巨大的。他一系列文章的核心内容就是个人与国家关系的论述。

要弄清个人与国家的关系，就不能不面对不同国家的不同性质。众所周知，古代的帝国或王国，与现代国家性质完全不同。在帝国或王国，国家是帝王的私产，是他们自身或祖先为子孙打下的家业，人民和土地不过是他们的占有物。在这样的国家，“普天之下，莫非王土，率土之滨，莫非王臣”，表述的都是基本事实，子女玉帛皆属帝王所有，人民权利当然无从说起。但是，在英国革命、法国革命和美国建国之后，世界上却出现了一种新的国家，即现代国家。在这种现代国家，情况完全变了：国家是全体公民的，主权在民；政权出自选票，执政者只是人民选聘的管理者；宪法是人民制定的，用以限定政府的权限，并防止执政者僭越或违背人民的意志。这种现代国家首先出现于西方，但在辛亥革命之后，中国却也开始了这场伟大的历史转换，国家从帝王手中转移到人民手中，不再是帝王或某个集团的占有物。这是一个划时代的转换，从道理上讲，一般的中国人在这时候才有了自己的国家。正如钱玄同后来所说：“若从中华民国自身说，他是公历1911年10月10日产生的，那一日才是中华民国的真纪元。就中国而论，这日是国民做‘人’的第一日；就世界而论，这日是人类全体中有四万万人脱离奴籍，独立做‘人’的一个纪念日。”[①]但是，对于这个道理，当时的多数人并不清楚。人们不是把昔日的帝国当成了“吾国”，就是把民国混同于昔日的

①沈永宝编《钱玄同五四时期言论集》，东方出版中心1998年，第135—136页。

帝国。因此，高一涵需要讲述的内容之一，就是两种国家的不同性质，以及共和国的立国原则。

在《共和国家与青年之自觉》这篇长文中，高一涵首先说明的是共和国与专制国的不同："专制国家，其兴衰隆替之责专在主权者之一身；共和国家，其兴衰隆替之责则在国民之全体。专制国本建筑于主权者独裁之上，故国家之盛衰随君主之一身为转移；共和国本建筑于人民舆论之上，故国基安如泰山，而不虞退转。为专制时代之人民，其第一天职，在格君心之非，与谏止人主之过，以君心一正，国与民皆蒙其庥也。至共和国之政治，每视人民舆论之为运施，故生此时代之人民，其第一天职，则在本自由意志（Free Will）造成国民总意（General Will），为引导国政之先驰。"[①]在《近世国家观念与古相异之概略》中，高一涵介绍了伯伦智理（Bluntschli）的学说："向也国家剥夺人权，因亦讳言小己之自由。国民多为无权利之奴隶，所谓自由公民，仅少数耳。……今也国家一视同仁，凡属人类，均享人权。"这里的"小己"就是"个人"。在这段话后面，高一涵批注道："人民为国家之牺牲品，若主人之豢畜犬豕麋鹿然，视人若物，剥尽其权，此太古国家之盛衰兴废所以……今者国本在民之理，大阐明于西方。举国家全力，保护人民之权利。人智日启，即国家之文化日高。国家文明，因人演进。自今以往，日新月盛，将永绝一治一乱、突兴突败之局，而立不退转之文明。"他为此而奋笔写道："保障人权，其今日立国之神髓也欤！"[②]在《民约与邦本》中，他又着眼于人民与国家的关系，写下了这样的内容："往古政治思想，以人民为国家而生，近世政治思想，以国家为人民而设。""宪法由国家主权而生，非以限制国家自身之权力，乃以限制国家机关之权力。即规划政府对于人民布政运权之范围者也。"他告诉人们，现代国家的宪法来自人民，是限制国家机关的，不是限制人民的。国家主权在民，如果政府不能很好地履行职责，人民就可以更换政府。他强调说："古今国家观念之根本差异，即在此主权所在之一点。"[③]也就是说，古代国家主权在君，现代国家主

①高一涵：《共和国家与青年之自觉》，《青年杂志》1915年第1卷第1号。

②高一涵：《近世国家观念与古相异之概略》，《青年杂志》1915年第1卷第2号。

③高一涵：《民约与邦本》，《青年杂志》1915年第1卷第3号。

权在民，这是根本差异。这种论述，从根本上说明了什么是国家的现代性。这是当时和后来的人们都常常模糊不清的。

在论述共和国的性质时，高一涵是这样提出问题的：共和国为何物？他告诉人们，共和国有其形式，又有其精神。形式是什么？他讲了两点：一是国家主权在民。二是共和国元首权力来自公民选票。“主权在民”是高一涵反复论述的一个重点。在他翻译的伯伦智理的《近世国家观念与古相异之概略》一文中，他点评道：“今世国家原理，在以国家为全体人民之国家，非为主政者一人之私产。无间君主共和，皆取惟民主义。”在《民约与邦本》一文中，他介绍了霍布斯、洛克、卢梭等人的学说，强调人民的权利和国家的职能：“国家之存，专以保护人民权利为职务。治权之运行，终不能超民权而独立。”关于共和国执政者，高一涵说：“其得位也，由于选举，其在任也，制有定期，非如君主之由于世袭终身也。”

关于共和国的精神，高一涵解释说：“共和原文，谓之Republic。考其字义，含有大同福祉之意于其中，所以表明大同团体之性质与蕲向者也。就法律言，则共和国家，毕竟一律平等，一切自由，无上下贵贱之分，无束缚驰骤之力，凡具独立意见，皆得自由发表，人人所怀之意向，蕲求感情利害，苟合于名学之律，皆得尽量流施，而无所于惧，无所于阻。就政治言，使各方之情感思虑相剂相调，互底于相得相安之域，而无屈此伸彼之弊，致国家意思为一党一派一流一系所垄断。故民情舒放，活泼自如，绝不虞抑郁沉沦，以销磨其特性而拘梏其天机。”高一涵还强调了共和国的法理秩序：“人民创造国家，国家创造政府，政府者立于国家之下，同与全体人民受制于国家宪法规条者也。执行国家意思，为政府之责。而发表国家意思，则为人民之任。”人民如何发表个人的意思而使之成为国家意思呢？私下议论当然不够，而是要诉诸舆论，所以共和国必须有言论自由和出版自由作为保障；要通过议会，所以要有自己选举的议员作为代言者。[①]

在《共和国家与青年之自觉》第三篇中，他引用了美国人对国家的解释：“国家者乃自由人民，为公益而结为一体，以享其所自有，而布公道于他人者也。”然后总结说，“国家创造之主曰自由人民，所以创立之因曰为

---

①高一涵：《共和国家与青年之自觉》，《青年杂志》1915年第1卷第1号。

公益，所以永存不灭之理曰主公道，曰适宜于人群兼备，此四种要素而后国家方可巍然存乎于天地之间，反乎此者，皆谓之违反今世国家成立之原则。”他讲述法国大革命的成就说：“人权宣言之大旨：一曰自由平等，根于天生。二曰国家主权，完全在民。三曰法律主于人民总意，一视同仁。至其赋税，不得人民许诺，即不得增加一钱。”①

论及现代国家的性质，高一涵反复强调的是：国家是人创造出来的，是保障人民权利的工具，个人与国家的本末关系不能颠倒。在《国家非人生归宿论》中，他批评一些以国家为目的的人，“殊不知国家为人类所创造之一物，其实有体质，即为人类所部勒之一制度，用为凭借，以求人生之归宿者也。”一事之起，必有因由，人为什么要建立国家？高一涵回答说，人们之所以需要国家，并且愿意付出代价养活国家，说到底是为了保障个人的权利。因此，如果国家不能满足人民需要，或违背了人民的愿望，就失掉了存在的合法性。“制度而不适于人群，斯直无可存之资格，终亦必亡而已矣。”他反复强调说，“盖先有小己后有国家，非先有国家后有小己。为利小己而创造国家，则有之矣；为利国家而创造小己，未之闻也。”“国家为人而设，非人为国家而生。离外国家，尚得为人类；离外人类，则无所谓国家。”②

在《民约与邦本》中，他介绍了洛克的学说，认为洛克的一个重要贡献，就是对国家与政府的区别，“其第一要义，即在限制主权之行使。彼以为太初天下，人民之自由平等，得自天然。及相约为国，乃画定权力，若者托诸政府，若者仍留于人民。国家之存，专以保护人民权利为职务。治权运行，终不能超民权而独立。政府行使权力，设有所过，人民得收而反之。”他认为洛克的学说有三个重要之点：一、最高主权为人民所保留；二、政府权力来自委托而非固有；三、政府行动只有在宪法规定范围之中。然而，他对洛克的学说似乎并不满意，认为他的学说“升堂矣，而犹未入于室也”，真正入室者是卢梭。他认为，是卢梭确立了人民主权观念，“国家主权，几与人民之主权同视。政府为奉行国家意思之公仆，而绝不能发表国家之意

①高一涵：《共和国家与青年之自觉》，《青年杂志》1915年第1卷第3号。

②高一涵：《国家非人生归宿论》，《青年杂志》1915年第1卷第4号。

思。立法之权永存于人民之手。……真正主权之人，惟属于人民全体。主权既在人民，断无自挟主权以迫胁人民自身之事。于是凡为政府，即为奉行人民总意之仆。选仆易仆，无容动其声色。”

众所周知，前现代国家与现代国家的重要不同，不仅表现于主权所在，而且表现于权力的范围。前现代国家有无限的权力，不仅是“君叫臣死臣不敢不死”，而且国家支配和控制一切，从宗教、典章、道德、习俗，到技艺、学术和文化，君主都有权横加干涉。当然，古代君主之所以在法理上有权干涉一切，主要原因就是国家是他自家的，所以从耕田织布到思想学术和文化娱乐，事无巨细他都有权过问。一般百姓只是被占有物，置身于别人的国家，只能被动地接受管理，生产国家之所需。但人类文明开始进入现代之后，情况不同了，现代国家主权在民，政府只是人民聘来的经理，因而权力有限。人民为防止国家权力损害人民权利，就要进行相关的制约，规定国家的权限，使其在宗教信仰、科学、技术、文艺、学术等方面都不得直接染指。高一涵对此有深入了解，也有精彩论述。概括起来，他关于国家权力有限性的论述主要集中在两个方面：一方面是，国家权力的适用范围仅限于人的外在行动，而不能涉及人的内心。“盖国家蕲向，有实行、理想之别。……凡人为之发见于外者，国家可加以制裁。至蕴于心意中之思想、感情、信仰，虽国家亦无如之何。以国家之权力，仅及于形式，而不能及于精神。”[①]另一方面，国家权力只限于保障人民自我选择、自我行动的权利，而不能越俎代庖，替他们行动。在这一方面，他在多篇文章中都有明确的表达。在《近世国家观念与古相异之概略》中，他说：“立宪国家之第一要义，即在限制其政权，而范围之于法律之中。国家违法，与人民违法，厥责维均。盖国家人民，互相对立，国家权力，仅能监护人民之举动，防其互相侵害，无间于物质精神，国家均不能以自力举行之。国家可高悬奖励学术技艺之典章，而不能以其权力自图其发展；国家可颁布奖励生产企事业之命令，而不能自任勤劳、自冒危险。其所能立者，则立于人民之后，赞助人民自为之耳。”在《国家非人生归宿论》中，他又强调了这样几点：一、“国家可赞助人民，使求终极之蕲向，而不能自代人民以求之”；二、“国家可

①高一涵：《国家非人生归宿论》，《青年杂志》1915年第1卷第4号。

颁布一切制度，以奖励人民之行为，不能代人民自行、自为之”；三、“国家可以权力鼓舞文化、学术之动机，不能自行进展文化、学术之事”；四、“国家但能颁布善良政策，助起产业之昌盛，鼓励勤劳者之心神。至生产企业投资、服役之事，亦非国家所能自行也”。他认为：“国家职务，在立于亿兆之间，以裁判其相侵、相害之事实，调和其相需、相待之机宜。奖励其自由，所以发其自治之动因；保护其人格，所以期其独立之结果。人民求其归宿，必取径于权利之一途。国家惟立于人民之后，持其权力鼓舞而振起之，以杜其害，以启其机，足矣！”他还引用了管子的话告诫政府：“‘毋代马走，使尽其力。毋代鸟飞，使弊其羽翼。’此则保护权利说之真正价值也。”[①]强调国家权力的边界，目的是保障公民权利。他所向往的，正是我们今天所说的“小政府、大社会”的国家政治格局。由此可见，高一涵深得自由主义真谛。

综上所述，关于现代国家理念，高一涵着重强调了三点：一是主权在民；二是国家是人民为保障个人权利而创造的工具；三是国家权力有限，不能侵害个人权利。这一切，都是当时处于摇篮中的共和国急需的文化补课内容。高一涵关于现代国家理念的这种言说，不仅可以唤起人们对民主共和的向往，而且可以与中国现实形成某种比照，使人们看到中国与真正的共和国家的差距，唤起人们把民主共和落到实处的热情。对于高一涵来说，这一切都是自觉的。面对中国的现状，他不无感叹地指出：“回顾吾邦，事事返古，出死力以排除近世国家原理。似惟民主义能行万方者，独不能行于吾国。……各国皆循进化大势以前趋，独吾一国必遥立于天演公例而外，逆进化之大势而退转。自由平等人格权利，在他国视为天经地义，倾国家全力以保护之者，在吾国必视为离经叛道，倾国家全力以铲除之。他国已入于一治不乱之时者，吾国必永罹一治一乱之劫。犹曰：此吾国历史之特征也，此先王之微言大义深入人心也，此亚洲民俗不能强合欧美也。因心于虞夏商周，定睛在三皇五帝，迷身于一朝一代历史现象之中，举其比例参勘观察会通之官能，屏而不用，则迷于一国史迹，更何待言。”[②]与中国现实的这种联系，

---

①高一涵：《国家非人生归宿论》，《青年杂志》1915年第1卷第4号。

②高一涵：《共和国家与青年之自觉》，《青年杂志》1915年第1卷第1号。

进一步突显了言说的意义。

三

共和国的建国理念和基本规则明确之后，作为共和国公民，就应该自觉摆脱专制统治之下那种被动的状态，自觉维护个人的权利。共和国虽然主权在民，但政府侵权或僭越仍是可能的。尤其是在专制传统根深蒂固的中国，虽然民国建立了，但帝国的政治文化不可能迅速退出历史舞台，专制传统必然要以各种形式顽固存在，因此，共和国政治也就不可能很快步入正轨。面对这种状况，不仅需要立法限制执政者以防止其侵犯公民权利，还需要公民自觉维权。而要维护个人的权利，就需要了解个人在共和国家的地位，清楚个人与国家的关系。

《共和国家与青年之自觉》第二篇主要讨论的就是个人与社会、国家的关系。高一涵在写作这篇文章时，国内已开始了国体问题的讨论。他知道，也许共和国很快就不存在了，向青年讲述这些共和国法理，有点不合时宜。但他还是要讲，因为他认为政治实质的变化，最终要取决于多数国民的心理所向，共和最终是否能够实现，是否能够巩固，说到底取决于国民是否有坚定的信仰和执着的追求。如果国人有坚定的信仰和执着的追求，专制暴力对民主共和就只能阻扼于一时，而不能阻扼于永久。高一涵梦想着："人人本其独立自由之良心，以证公同，以造舆论。公同舆论之所归，即是真正国体之基础。"大变革时期进步的思想者都是理想主义者，高一涵像陈独秀一样，不承认中国的"特别国情"是不可改变的，而是认定一个目标之后，就要努力向前推进。他告知青年："政治之事反诸物理，乃可以理想变事实，不可以事实拘理想者，惟其可以理想变事实也，故吾人须先立当然之理论以排去不然之事情，惟其不可以事实拘理想也，故吾人应超出已然之现象，而别启将然之新机。"[①]他鼓励青年要"耸起双肩，自负此责"，担当起中国文明进化的重任。

高一涵指出，在古代，人们自耕自食，自织自衣，可以老死不相往来。

①高一涵：《共和国家与青年之自觉》，《青年杂志》1915年第1卷第2号。

但到了今天，生产需要分工合作，生活需要互通有无，人们已经无法孤立生存。所以，个人需要社会服务，也需要服务于社会。这就决定了现代生活中个人与社会的关系。但是，因为这种关系，个人的自由和权利往往要受到侵害，如何理解和认识个人与社会、国家的关系，是现代人面对的一个重要课题。高一涵说："闭门自守之生活，既非今世之所能，则吾辈青年，即应以谋社会之公益者，谋一己之私益，亦以谋一己之私益者，谋社会之公益。二者循环，莫之或脱，损社会以利一己者固非，损一己以利社会者亦谬。必二者交益交利，互相维持，各得其域，各衡其平者，乃为得之。故今之为社会谋公益者，第一须取自利利他主义。自利利他主义，即以小己主义为之基，而与牺牲主义及慈惠主义至相反背者也。"[①]这段话包含了他对个人与社会、国家关系的主要观点。

首先值得注意的是他对"个人主义"的认知。在高一涵的文章中，个人主义常被称作"小己主义"，也被称作"自利利他主义"。后者非常明确地把自由主义的个人主义与人们通常所理解的"自私自利""损人利己"区别开来，近乎后来胡适等人所说的"健全的个人主义"[②]。他告诉人们，自由主义的"个人主义"主要是一个与"政治"和"法权"相关的理论范畴，不能等同于一般意义上的道德判断。个人主义的核心不是别的，而是这样一种理念：个人是构成社会的基本单元，先于国家和一切人为的社会组织而存在，因此，在个人、社会、国家体系中，个人是第一位的。高一涵认为，在理想的政治建构中，个人、社会、国家的利益应该是一致的，"社会利益，乃根基于小己利益之上积合而成者。欲谋社会之公益，必先使一己私益著著落实。"他又说，"共和国家，乃合人人之利益以成社会之利益者。人己交际之间，必俱益俱利，乃不违乎社会公益之原则。设损一己之利益以利他人，则一己之利益既丧，即社会公益之一部缺而不完，而所谓利他者，未必即能为他人之利。"[③]

高一涵主张"自利利他主义"，而且明确指出要以"小己主义"为基

①高一涵：《共和国家与青年之自觉》，《青年杂志》1915年第1卷第2号。

②《胡适文集》第5卷，北京大学出版社1998年，第501页。

③高一涵：《共和国家与青年之自觉》，《青年杂志》1915年第1卷第2号。

础。他解释说："何言乎自利利他主义，必以小己主义为始基也？共和国民其蕲向之所归，不在国家，乃在以国家为凭借之资，由之以求小己之归宿者也。国家为达小己之蕲向而设，乃人类创造物之一种。以之保护小己之自由权利，俾得以自力发展其天性，进求夫人道之完全。质言之，盖先有小己后有国家，非先有国家后有小己。为利小己而创造国家，则有之矣；为利国家而创造小己，未之闻也。"他知道，欧洲晚近个人主义风靡，也带来了一些弊端，但他更清楚："然其文明之所以日进不息者，即人各尊重一己，发挥小己之才猷以图人生之归宿。而其社会国家之价值，即合此小己之价值为要素，所积而成。"他还指出，中国数千年文明停滞之大原因，就在于"小己主义"不发达。"在上者持伪国家主义，以刍狗吾民。吾民复匿于家族主义之下而避之……卒致国家、社会、小己交受其害。"[①]他鼓励青年努力与旧习俗相战，以独立自重之精神，发扬个人之能力，追求个人的自由，维护个人的权利。因为他坚信，即使从国家与社会着眼，现代的国家与社会也都是建立在小己主义基础之上的。

高一涵主张"小己主义"是相当彻底的，所以反对"牺牲主义"与"慈惠主义"。他认为，人各有所欲，各有所求，就应该各自满足自己的欲求。牺牲之事，违反自利利他主义的原则，偶尔为之尚可，但决非"相安相得、各适其宜之道"。"慈惠主义"也是这样，发慈悲心，怜悯他人，救助弱小，似是美德，但利益应由勤劳而得，不劳而获很容易养成恶习。"使之不劳而得财，既反乎生计之原则，其终也必养成被惠者之依赖心，挑动其侥幸之念，而败坏其勤劳之力。且己既以慈惠为仁为善而行之矣，则被惠者必为不仁不善。以仁善自居，而以不仁不善之事转加他人。一方受道德之美誉，一方犯不道德之恶名，已非一视同仁者所忍出。"因此，他告诫青年，"共和国家之青年，他日立身之计，惟以勤劳易利益，自保其人格，并以保他人之人格；不以慈惠之名，诱起社会之恶德，斯为中庸之正道矣。"[②]

在《国家非人生归宿论》中，高一涵指出："今吾国之主张国家主义者，多宗数千年前之古义，而以损己利国为主。以为苟利于国，虽尽损其权

①高一涵：《共和国家与青年之自觉》，《青年杂志》1915年第1卷第2号。

②同上。

利以至于零而不惜。推厥旨归，盖以国家为人生之蕲向，人生为国家之凭借，易词言之，即人为国家而生，人生之归宿，即在国家。是也，人生离外国家，绝无毫黍之价值；国家行为，茫然无限制之标准；小己对于国家，绝无并立之资格；而国家万能主义，实为此种思想所酿成。”他广征博引，讲述了一系列西方先哲的观点：“陆克谓国家之蕲向，在保护人民之生命财产及自由。康德谓国家以发扬光大人类之权利为主旨。韩鲍德谓人类最高之祈求，即在完全发扬其能力。斯宾塞尔之说略与韩同，要皆借国家之力，为一种方法，以发扬鼓舞群伦之权利者也。”最后，高一涵说：“国家者非人生之归宿，乃求得归宿之途径也。人民与国家有互相对立之资格。国家对于人民有权利，人民对于国家亦有权利。人民对于国家有义务，国家对于人民亦有义务。……人格为权利之主，无人格则权利无所寄，无权利则为禽兽为皂隶，而不得为公民。”面对一些盲目爱国言论，他说：“吾人爱国之行为，在扩张一己之权利。”“小己人格与国家资格在法律上互相平等，逾限妄侵显违法纪。”他认为，不明白这一点，不明白个人与国家的关系，“美其名曰爱国，乃自剥其人格，自侪于禽兽皂隶，不独自污，兼以污国。”他指出，如果个人权利得不到保障，国家权力就根本无从谈起。所以，爱国的正确方式不是牺牲个人的权利，而是扩张个人的权利。如果为国家而损害个人的权利，就是损害了国家。

论述个人与国家的关系，无法回避“自由”这一现代政治命题。在《共和国家与青年之自觉》中，高一涵以很大的篇幅论述了自由，并且介绍了各种不同的自由学说。作为政治学者，他对佛老所谓的自由当然不感兴趣，论述更多的是西方现代自由观。同时，他对18世纪法国革命派之所谓自由似乎存有异议，但对否定法国革命自由观的人们也并不完全认同。他的思想介于洛克与卢梭之间，汲取的大多是他们共同的东西。根据西方政治学说，高一涵把自由分为天然自由和法定自由，他说：“前者为卢梭氏之所主张，谓‘人生而自由者也，及相约而为国，则牺牲其自由之一部’。是谓自由之性，出于天生，非国家所能赐，即精神上之自由，而不为法律所拘束者。”而后者正是柏哲士所说：自由源自国家，如果没有国家，个人的自由就无法保障。所以，“定自由之范围，建自由之境界，而又为之保护其享受自由之乐，皆国家之责。”高一涵说：“共和国家，其第一要义，即在致人民之心思才力，各得其所。所谓各得其所者，即人人各适己事，而不碍他人之各适己事也。”他告诫青年：“青年之戒，第一在扶墙摸壁，依傍他人。第二在明知违性，姑息瞻依，自贼天才。”“古之人，首贵取法先儒；今之人，首贵自我作圣。古之人，在守和光同尘之训；今之人，在冲同风一道之藩。乡愿乃道德之贼。尚同实蠹性之虫。”他鼓励青年：“要当纵横一世，独立不羁，而以移风易俗自任。”①

作为一个政治学者，他没有忘记自由的有限性，更没有忘记保卫个人权利与尊重他人权利的关系。他说：“顾自由要义，首当自重其品格。所谓品格，即尊重严正，高洁其情，予人以凛然不可犯之威仪也。然欲尊重一己之自由，亦必尊重他人之自由，以尊重一己之心，推而施诸人人，以养成互相尊重自由权利之习惯。此谓之平等的自由也。发扬共和精神，根本赖此。”讲自由，先讲个人的品格修养，可见高一涵周全之处。因为如果不以个人的品格修养作基础，自由秩序就无法形成，个人自由就无法保障。

他告诉人们，人之所以为人，在于“自主自用之资格”，“惟具有此资格也，故能发表独立之意见。此人品之第一义也，亦即舆论正当之源泉。”他认为共和国之本在舆论。“舆论在共和国家，实为指道政府引诱社会之具。”“欲造成真正舆论，惟有本独立者之自由意见，发挥讨论，以感召同情者之声应气求。”舆论表现着民意，所以舆论是自由的。他引用孟德斯鸠的话说：“自由人民，其一己之推论，果为正当与否，往往不成问题。所当考究者，其所推论，确为人民自主足已。此即言论之所以自由也。”也就是说，所谓言论自由，就是人民可以自由发表意见，而不管正确还是错误，只要是自己的见解，即是对国家负责。

高一涵认为，共和国家所依赖的，也正是这种“小己之言论自由”。因为正是它形成舆论，并成为国家意志。因此，他问道：“逡巡嗫嚅，不露圭角，宁非摇动国本之媒蘖？”他又说，“专制国家之舆论，在附和当朝。共和国家之舆论，在唤醒当道。专制时代之舆论，在服从习惯。共和时代之舆论，在本诸良心，以造成风气。”他对舆论的这种区分也抓住了专制国家与民主国家的根本不同。既然民主共和国的舆论在于唤醒当道和造成风气，那

①高一涵：《共和国家与青年之自觉》，《青年杂志》1915年第1卷第1号。

么，发表个人见解，无论正确还是错误，都是公民对国家应负的责任，也正是公民对主权的捍卫。

关于舆论，高一涵讲了三点“金科玉律”：“（一）须有敬重少数意见与独立意见之雅量，不得恃多数之威势，抹杀异己者之主张。（二）多数舆论之起，必人人于其中明白讨论一番，不得违性从众，以欺性灵。（三）凡所主张，须按名学之律，以名学之律为主，不得以一般好恶为凭。”他认为，共和国家之所以能使人人心思才力各得其所，就因为这些金科玉律。“政府抹杀他人之自由言论，固属巨谬。即人民互相抹杀自由言论，亦为厉禁。”之所以如此，因为“不尊重他人之言论自由权，则一己之言论自由权已失其根据；迫挟他人以伸己说，则暴论而已矣，非公论也；屈从他人，违反己性，则自杀而已矣，非自卫也”[①]。

四

考察高一涵的这些言说，与陈独秀当时的努力方向极为一致，目的都是唤醒个人，为共和国培养新一代公民。为培养新一代公民，他们首先强调的就是权利意识，首先阐明的是个人与国家的关系。这正是新文化运动最初的着力点。不过，高一涵的言说所具有的学理上的系统性和严密性，是当时一般人所没有的，也是陈独秀、胡适、鲁迅等人所未能企及的。这一切并不奇怪。因为在《新青年》创办之际，高一涵正就读于日本明治大学政法系，学的是政治和法律，而且即将毕业。正是因为这样的基础，使高一涵的国家理念不仅与前代人康有为、梁启超等大不相同，而且比鲁迅、胡适、陈独秀等人全面和周密。因此，在五四新文化运动中，高一涵的意义是多方面的。

首先，不少人都赞同把“五四”时期的《新青年》集团归类于自由主义知识分子范畴，因为他们的确是那个年代最具有自由主义色彩的一群人。但必须注意的是，他们中的大部分人只是具有自由主义思想的某些因素，以及与自由主义相通的某种精神气质和对自由的向往与追求，却并未形成自由主义的思想体系。他们对自由主义的接纳，主要是富于经验理性色彩的思想方

---

①高一涵：《共和国家与青年之自觉》，《青年杂志》1915年第1卷第1号。

法、开放的道德伦理观念。对于大多数作家和诗人来说，则更主要的是个性的解放和个人的自由，而对个人自由的理解又常常是顾名思义的，只是摆脱约束、我行我素，而缺乏对自由主义政治理论的深入了解。在这种情况下，高一涵的努力就显得尤其重要。

其次，五四新文化运动中后来名噪一时的人物大多以批判著称，而很少致力于新文化的建构。这种历史叙述导致了一种误解，似乎五四新文化运动就是致力于破坏而无心建设的。其实，新文化运动本来就是“破”与“立”同时并举的，如果说吴虞、钱玄同、鲁迅等人更多地致力于“破”的话，高一涵则主要致力于“立”。只是由于旧势力的强大，“破”的工程特别引人注目，因而吸引了更多的人，甚至成为一种传统，许多人都以批判为满足。高一涵致力于新的国家理念的建构，成绩是显著的，只是因为后来政治风潮的转向，他的工作越到后来越是无以为继。然而，九十多年过去之后，现代政治文明建设却再次提上了议事日程。人们再次意识到，现代公民意识的培养是现代国家建设无法绕过的一个环节。缺少了这个环节，就无法建成真正的现代国家。从这个角度看，高一涵的意义就更为重要了。他与陈独秀一样，无疑曾是民主共和的捍卫者，也是中国现代政治文明建设的先驱。

再次，按照国内学界一般的见解，“五四”知识分子的自由主义思想主要源自欧洲大陆，来自法国传统而非英美传统。这种结论如果放在陈独秀与李大钊身上是对的，但放在高一涵身上，就明显不对了。很明显，在高一涵发表于《新青年》杂志的论文和译作中，涉及最多的是西方思想家，其中英国人最多，然后是美国人和德国人，而法国人只涉及卢梭等。他所引证的英国古典自由主义思想家，上自霍布斯、洛克、亚当·斯密，下至约翰·密尔和斯宾塞。很显然，高一涵是推崇古典自由主义的。在他的思想主张中，时时可以看到“社会契约论”的影响，但他对“社会契约论”的阐释和论证却主要基于英国19世纪的功利主义思想，而不是18世纪法国的“天赋人权”观念。他把“自由”“民主”“个人”放到自由主义的国家政治理论中论说，表达了一系列比较准确的见解，比如，“个人主义主要是一个政治法律概念，而非一个单纯的道德伦理概念”“自由是受到法律保障的权利”“民主既要贯彻‘多数原则’，又要注意保护‘少数人的权利’”“违反社会公意的专断意志不能称为‘法律’”……都不只来自法国传统，而是更多地源自英美传统，与文学界那些望文生义的个人主义和自由主义主张更是大不相同。

公道地说，在当时的新文化阵营中，没有几个人对于现代国家的性质、个人与国家的关系、国家的权限、自由、民主、人权等这一系列问题有系统而全面的见解。从这个意义上说，是高一涵的文章为《新青年》集团弥补了诸多不足，也使新文化运动具有了坚实的学理基础，而且留下了更经得起时间检验的价值。

高一涵在新文化运动初期的五六年间，发表了大量时评、政论和学术文章，成为民国初期中国学术界、思想界的一颗明星。然而，随着“五四”的落潮，思想界和学术界却很难再见到他的踪迹。他的全部著作都出版于20年代和30年代初，主要著作有《欧洲政治思想史》《中国御史制度的沿革》《中国内阁制度的沿革》《政治学纲要》等；翻译有《杜威的实用主义》《杜威哲学》等。我无缘看到他的《政治学纲要》，只是粗略翻过《民国丛书》收入的《中国内阁制度的沿革》《中国御史制度的沿革》和《欧洲政治思想史》的上、中两卷，感觉他对中国传统政治的分析与我们熟知的见解大不相同，很有独到之处。究其根底，与他头脑中那些现代国家政治观念所给予的目光是分不开的。

文化论战，为何而战？

在五四新文化运动高潮中，陈独秀与杜亚泉发生了一场关于东西方文明的论战。对这场论战的评价在过去相当长的时间里往往失之于简单化，但1990年代之后从保守主义立场上进行的再估价也非常可疑。因此，这页旧账很有重新清理的必要。他们究竟在争什么？新文化阵营为何而战？论战开始之前，双方都在进行文明比较，但一方志在文化革新，一方意在文化保守，冲突可谓不可避免。论战中的分歧主要在于：一、陈独秀致力于批判专制主义和呼唤思想自由，杜亚泉却习惯于大一统的思想文化秩序，不喜欢思想的自由状态，因而主张“统整”。二、陈独秀致力于批判中国固有文明和引进西方现代文明，杜亚泉却留恋中国固有文明而不满于西方文明的输入。三、杜亚泉致力于维护固有文明之“国基”，陈独秀则为这“国基”阻碍民主共和的健康成长而痛苦。作为共和国的卫士，陈独秀在当时的努力与蔡锷的护国壮举有同样的意义。任何再评价都需要首先尊重这一历史事实。

东西方文化论战是新文化运动以来中国思想文化界时断时续的一场马拉松论战。1918年发生的与杜亚泉的那场论战无疑是新文化运动发生之后出现的第一个高潮。对于新文化运动来说，这场论战与其他论战略有不同，因为对手杜亚泉并不是一般意义上的守旧派。他创办过科学杂志《亚泉杂志》，发行过《中外算报》，主编过《植物学大辞典》，对科学知识的传播多有贡献。他在政治上并不反对民主共和，不像康有为那样盼望皇帝复辟，而且，他在一定程度上具有现代国家理念，对个人的权利、政府的权限都有比较清醒的认识。在思想文化上，他主张调和折中，也很容易得到一般人的认同。这一切，都为这场论争增加了复杂性，也使新文化阵营对他的批判显得过于“激进”。正因为这样，在进入1990年代之后，在保守主义成为时髦的背景上，在反省激进主义和强调宽容成为时尚的时候，这场论争的是非曲直似乎重新成了问题。一些人为中国学界对杜亚泉“毁多誉少”大鸣不平，认为“现在是应该对他作心平气和的再认识、再估价的时候了”。[①]与此同时，对批判杜亚泉的主将陈独秀则给予更多的质疑和否定。毫无疑问，对这场论战的评价在过去相当长的一段时间里往往失之于简单化，但从保守主义立场上做出的再认识和再估价却也非常可疑。因此，“五四”时期的这页旧账就很有重新考察和清理的必要。本文关心的主要问题是：那场论战究竟在争什么？陈、杜之间的分歧何在？新文化阵营到底为何而战？

一

论战开始之前，双方都在进行东西方两种文明的比较。1915年12月，陈独秀在《青年杂志》发表了《东西民族根本思想之差异》；1916年10月，杜亚泉在《东方杂志》发表了《动的文明与静的文明》。这两篇论文都是“五四”时期东西方文明比较方面的重要文章。众所周知，他们都不是无所事事的学者，所以不会为比较而比较，而是必然要指向各自的目标，显示出各自的努力方向。

陈独秀所做的，首先是对两种文化进行辨析，认识二者之间的差异。在《东西民族根本思想之差异》中，他认为东西民族根本思想存在三方面的差异：一、西洋民族以战争为本位，东洋民族以安息为本位；二、西洋民族以个人为本位，东洋民族以家族为本位；三、西洋民族以法治为本位，以实力为本位，东洋民族以感情为本位，以虚文为本位。在比较和分析中，陈独秀高度赞扬了西方人的竞争精神和创造活力，而对东方人的苟安和懒惰进行了抨击；高度赞扬了西方的个人本位主义原则，而对中国的家族本位主义进行了抨击；高度赞扬了西方社会的法治精神及其对个人权利的维护，而对中国

①王元化：《九十年代反思录》，上海古籍出版社2000年，第47页。

种种温情之下对个人权利的践踏和漠视进行了抨击。[①]对他来说，比较是为了选择，所以，不仅要指出差异，而且要做出判断，也就是要回答孰优孰劣的问题。因此，他的异同论事实上是优劣论。指明优劣，目的在于选择。陈独秀的努力方向非常明确：摆脱中国固有文明，走向西方现代文明。他进行了三个方面的比较，事实上是希望中国人告别苟安的惰性而培养竞争意识，告别家族本位而走向个人本位，告别以人情为基础的人际关系而建立保障个人权利的法治秩序。

无论比较还是判断，思维框架和评判尺度都是重要的。不同的思维框架和评判尺度必然会导致不同的结果。考察陈独秀的东西方文化比较，值得充分注意的一点是他对东西方文明差异的整体认识。在《法兰西人与近世文明》中，陈独秀一开头就写下了这样一段话："文明云者，异于蒙昧未开化者之称也。Lacivilization，汉译为文明、开化、教化诸义。世界各国，无东西今古，但有教化之国，即不得谓之无文明。惟地阻时更，其质量遂至相越。古代文明，语其大要，不外宗教以止残杀，法禁以制黔首，文学以扬神武。此万国之所同，未可自矜其特异者也。近世文明，东西洋绝别为二。代表东洋文明者，曰印度，曰中国。此二种文明虽不无相异之点，而大体相同，其质量举未能脱古代文明之窠臼，名为'近世'，其实犹古之遗也。可称曰'近世文明'者，乃欧罗巴人之所独有，即西洋文明也，亦谓之欧罗巴文明。移植亚美利加，风靡亚细亚者，皆此物也。"[②]也就是说，在古代，各国文明大致相同，并无根本差异；到了近代，东方与西方才"绝别为二"，出现了完全不同的性质。之所以如此，是因为西洋文明走出中世纪而进入了现代，而东洋文明却仍然停留在古代而尚未实现从古代到现代的转化。显然，他把东西方文化置于文明发展历史的坐标上，于是，当下时空中所呈现的文化差异就不只是民族性和区域性的不同，而是旧与新、落后与先进、古代与近世的不同。因此，西方文明的今天也就是东方文明的明天。东方要走向现代，就要向西方学习，而所谓西化，也就是现代化。这是一种以西方现代文明为蓝本的现代化设计，是"五四"新文化阵营在分裂之前的基本共

①陈独秀：《东西民族根本思想之差异》，1915年12月《青年杂志》第1卷第4号。

②陈独秀：《法兰西人与近世文明》，《青年杂志》1915年创刊号。

识。

对于新文化阵营的这种认识和选择，必然有人不赞同。在20世纪的中国，公开拒绝现代化的人比较少，但拒绝西化的人比较多。这种情况比较复杂，因为人们的出发点大不相同。比如，喜欢纳妾的男人要抵抗一夫一妻制，习惯打老婆的男人要拒绝男女平等，迷恋专制传统的统治者则要抵抗自由和民主。他们是清醒的，目的也很明确，所以决不全面拒绝现代化，而只是要抵抗现代化在某些方面的实现。但是，他们的话往往并不直截了当，而是采用一种策略：不反对现代文明，而是把现代文明归之于西方，把落后与先进之间的程度差异置换为东方与西方之间的国族差异，然后借用国族情感抵抗某些方面的西化。有的人与上述清醒者不同，他们不赞同新文化阵营的选择，并非因为新文化运动所张扬的现代性会损害他的特权和利益，而是往往出于某种自尊——中国文明比西方文明落后了一个时代，这使素来自大的人们心理上难以接受；或者只是由于传统观念和习惯的制约——幼时所学，世代所尊，自然都是天经地义的。但是，这些人却很容易与上述别具用心的清醒者走到一起，而且不自觉地成为前者在思想学术上的代言者。

杜亚泉也对两种文明进行了比较，但比较的结果与陈独秀的比较大不相同。在《动的文明与静的文明》中，杜亚泉认为，发源于地中海的西方商业文明是一种“动的文明”；而产生于东亚内陆的中国文明是一种“静的文明”。动的社会产生动的文明，静的社会产生静的文明。两种文明的性质完全不同，西洋重人为，中国重自然；西洋人生活是外向的，中国人生活是内向的；西洋社会多团体，中国社会无团体；西洋人重竞争，而中国人重和平。他认为两种文明各有其长短，比如，动的文明带来的物质生活的富裕，却也带来了精神的紧张；静的文明导致了物质生活的贫乏，却也有精神安闲的长处。而精神的安闲与物质的富裕，对人的幸福来说都是有价值的，所以需要的是互相调剂和补正。因此，他认为“东西文化乃性质之异，而非程度之差”，而且，两种文明是各有利弊的。由于第一次世界大战的发生，杜亚泉还认为，自欧战发生以来，西洋诸国日以其科学所发明之利器戕杀其同类，悲惨剧烈之状态，为古今中外所未有。所以，他认为应该改变对西洋文明的“盲从之态度”，以中国固有之文明“救西洋文明之弊，济西洋文明之穷”。其理由是：“西洋文明浓郁如酒，吾国文明淡泊如水，西洋文明腴美如肉，吾国文明粗粝如蔬，而中酒与肉这毒者则当以水及蔬疗之也。”[①]

陈独秀与杜亚泉都在进行文化比较，但视角与方法大不相同，努力方向完全相反：一方志在文化革新，一方意在文化保守。双方存在着深刻的分歧，冲突可谓不可避免。

二

1918年4月，杜亚泉在《东方杂志》发表《迷乱之现代人心》，对新文化的兴起深表不满，对过去的“君道臣节，名教纲常”表示了赞叹与留恋，并且希望以强有力的方式“统整”迷乱的思想文化。[②]接着，他又在《东方杂志》第15卷第6号同时发表了钱智修的《功利主义与学术》和译自日本《东亚之光》的《中西文明之评判》。因为《东方杂志》的这种举动，陈独秀于1918年9月15日在《新青年》发表长文《质问〈东方杂志〉记者》，对《东方杂志》的三篇文章提出了一系列质问。文章写法比较独特，只提出问题，而不进行正面论说，但中心突出，即“《东方杂志》与复辟问题”。因为《中西文明之评判》中引用并赞同辜鸿铭的观点，认为中国的固有伦理比西方现代伦理优越、德国的政体比美国政体优越，陈独秀质问杜亚泉是否是辜鸿铭的同志，是否赞同辜鸿铭、康有为、张勋等人的见解。因为《功利主义与学术》一文对新文化运动追随欧美不以为然，陈独秀质问：“诚如‘东方’记者之言，岂主张国人反对民权自由，反对立宪共和，不欲比隆欧美不享盛强之幸福耶？”对于功利主义，陈独秀为之辩护，并且认定“自广义言之，人世间去功利主义无善行”。陈独秀的批评洋洋洒洒，但中心非常明确：无论借用外国人的言论赞美中国固有文明，还是以传统纲常为“国基”和“国是”，或者试图以固有文明“统整”共和以来的文化“迷乱”，都意味着对民主共和的危害。[③]陈独秀之所以言辞激烈，因为他从《东方杂志》的言论中看到的是复辟的危险。

---

①伧父（杜亚泉）：《动的文明与静的文明》，1916年《东方杂志》第13卷第10号。

②伧父（杜亚泉）：《迷乱之现代人心》，1918年《东方杂志》第15卷第4号。

③陈独秀：《质问〈东方杂志〉记者》，1918年《新青年》第5卷第3号。

1918年12月，杜亚泉在《东方杂志》发表《答〈新青年〉杂志记者之质问》。这篇文章对陈独秀提出的许多问题避而未答，却对君道臣节名教纲常直言不讳："君道臣节名教纲常诸大端，记者确认为我国固有文明之基础。"[①]既然如此，杜亚泉虽然反对说"态度"，却无法逃避人们对他的态度进行考察：要建设民主共和，应该如何对待这个"固有文明之基础"？既然承认君道臣节名教纲常是固有的"国基"，又要维护这个"国基"，是否意味着维护君主专制而反对共和？事实上，杜亚泉并非有意识反对共和，而是不清楚政治制度与思想文化之间的关联。在这一点上，当时不少人都缺少清醒的认识，包括袁世凯，发布祀孔命令、维护礼教纲常，也未必是有意识对抗共和，而是没有意识到它与共和之间的矛盾。

于是，陈独秀于1919年2月15日发表《再质问〈东方杂志〉记者》。在这里，他首先声明自己的动机："记者信仰共和政体之人也，见人有鼓吹君政时代不合共和之旧思想，若康有为、辜鸿铭等，赏词而辟之，虑其谬说流行于社会，使我呱呱坠地之共和，根本动摇也。"他说，他之所以写文章质问《东方杂志》记者，是因为《东方杂志》"载有足使共和政体根本动摇之论文"。所以，"无论'东方'记者对于前次之质问如何非笑，如何责难，即驳得身无完肤，一文不值，记者亦至满意。盖以'东方'记者既不认与辜鸿铭为同志，自认非反对民权自由，自认非反对立宪共和，倘系由衷之言，他日不作与此冲突之言论，则记者质问当时之根本疑点，涣然冰释，欣慰为何如乎！"可是，杜亚泉的辩解却使他不满，因而进行了进一步的批评：杜亚泉不承认自己是辜鸿铭的同志，陈独秀指出，征引并赞同辜鸿铭的言论，自然就是辜鸿铭的同志。杜亚泉不承认自己反对民主共和，陈独秀指出，"德国政体，君主政体也；孔子伦理，尊君之伦理也"，尊孔，尊君，赞美德国政体，当然有违共和精神。杜亚泉认为，"至于文明之统整，思想之统一，决非如黑暗时代之禁遏学术，阻碍文化之谓，亦非附和雷同之谓。"陈独秀说："'东方'记者意谓：吾人在西洋学说尚未输入之时，本有圣经、贤传、名教、纲常之统一的国是，今以西洋学说之输入，乃陷入混乱矛盾，

①伧父（杜亚泉）：《答〈新青年〉杂志记者之质问》，1918年《东方杂志》第15卷第12号。

乃至国是丧失，乃至精神破产，遂至希此‘强有力主义，果能压倒一切主义主张，以暂定一时之局’。此非禁遏学术阻碍文化而何?”[①]

考察陈独秀与杜亚泉的论争，主要分歧集中于以下几点：

一、众所周知，新文化阵营破坏偶像，打破教条，反对文化专制主义，呼唤学术独立和思想自由。而杜亚泉却对学术独立和思想自由不感兴趣，也不喜欢思想文化的多元与自由状态。他把西方文艺复兴之后的活跃状态看作混乱，认为儒家思想统一之后的汉魏唐宋比儒家思想统一之前的春秋战国时期更好，把西方学说输入之后的思想自由和文化多元看作人心迷乱，并且留恋圣人统治下的大一统思想文化秩序，反对“创异说”，主张对思想文化进行“统整”。他说：“周公之兼三王，孔子之集大成，孟子之拒邪说，皆致力于统整者，后世大儒都绍述前资，未闻独创异说。”他认为西学输入导致了人心迷乱和精神界破产，因而希望“以强力压倒一切之主义主张”，认为“快刀斩乱麻，亦不失痛快之举”。对于所谓“强有力主义”，他说：“古人有引之者，秦始皇是也。战国时百家竞起，异说争鸣情况，殆与今日无异。焚书坑儒之暴举，虽非今日所能重演，而如此之强有力主义，实令后人有望尘莫及之叹。”[②]在这里，杜亚泉的思想显露了中国传统的文化专制色彩。

杜亚泉的文章涉及对思想自由的看法，涉及要不要思想文化的自由与多元。陈独秀对此当然不能认同，因而针对他的见解提出了一系列质问：“中国学术文化之发达，果以儒家统一以后之汉、魏、唐、宋为盛乎？抑以儒家统一以前之晚周为盛乎？儒家不过学术之一种，倘以儒术统一为国是、为文明，在逻辑上学术与儒术之内包外延何以定之？倘以未有独创异说为国是、为文明，将以附和雷同为文明、为国是乎？则人间思想界与留声机器有何区别？欧洲中世，史家所称黑暗时代也，此时代中耶教思想统一全欧千有余年，大与中土秦汉以来儒家统一相类。文艺复兴后之文明，诚混乱矛盾，然比之中土，比之欧洲中世，优劣如何?”[③]杜亚泉以维护学术统一为名，提出“统整”说。陈独秀的看法都与杜亚泉完全相反，他认为学术自由比学术统

①陈独秀：《再质问〈东方杂志〉记者》，1919年《新青年》第6卷第2号。

②同上。

③陈独秀：《质问〈东方杂志〉记者》，1918年《新青年》第5卷第3号。

一更重要，所以需要的是自由和解放而不是“统整”。

在《答〈新青年〉杂志记者之质问》中，杜亚泉为统整说进行了辩解：“至于文明之统整，思想之统一，决非如欧洲之黑暗时代之禁遏学术，阻碍文化之谓，亦非附和雷同之谓。”陈独秀指出：“所谓学术思想之统一者，乃黜百家而独尊一说，如中国汉后独尊儒术罢黜百家，欧洲中世独扬宗教遏抑学术是也。”他认为，欧洲中世纪之所以黑暗，是因为思想和学术受到了禁遏，而思想和学术之所以受到禁遏，原因就在于要求文明之统整和思想之统一。[①]

二、新文化运动在文化选择上的最突出的特征就是批判中国固有传统和引进西方现代文明。杜亚泉却留恋固有文明，不满于西方文明的输入。尤其是对于名教纲常，新文化阵营持激烈的否定态度，鲁迅直斥其“吃人”，吴虞说它要把中国弄成“制造顺民的大工厂”。而在杜亚泉的文章中，却对其充满留恋，把它当作天经地义的教条，并以此拒绝西方文明。他说：“吾人在西洋学说尚未输入之时，读圣贤之书，审事物之理，出而论事，则君道若何，臣节若何，仁暴贤奸，了如指掌；退而修已，则所以处伦常者如何，所以励品学者如何，亦若有规矩之可循。虽论事者有经常权变之殊，讲学者有门户异同之辨，而关于名教纲常诸大端，则吾人所以为是者，国人亦皆以为是，虽有智者不能以为非也，虽有强者不敢以为非也。”他认为西方文化的输入破坏了中国固有文明，甚至认为一些西方文化的输入“直与猩红热、梅毒等之输入无异”，是“犹望魔鬼之接引以入天堂”，为此，他发出如此诅咒：“魔鬼乎，魔鬼乎，汝其速灭！”作为一个调和主义者，他并不一般地反对文化引进，但他的设计是使外来文化融汇于中国固有文明之中。“西洋之断片的文明如满地散钱，以吾国固有文明为绳索，一以贯之。”那么，这固有文明是什么？杜亚泉念念不忘的仍然是“君道、臣节、名教、纲常”。[②]说到底，杜亚泉的文化主张没有超出“中体西用”。对此，陈独秀当然不能认同。

三、杜亚泉认为君道、臣节、名教、纲常是我国固有之文明，并且把它

---

①陈独秀：《再质问〈东方杂志〉记者》，1919年《新青年》第6卷第2号。

②伧父（杜亚泉）：《迷乱之现代人心》，1918年《东方杂志》第15卷第4号。

视为中国的“国基”。他痛心于西学的输入破坏了固有的是非标准，导致了国基丧失。所以认定“吾人今日迷途之救济，决不希望陷入混乱矛盾之西洋文明，而当希望于己国固有之文明”[①]。面对杜亚泉这种以固有纲常为国基并努力保守的选择，陈独秀无法赞同。他质问道：“请问此种文明，此种国基，倘忧其丧失，忧其破产，而力图保存之，则共和政体之下，所谓君道、臣节、名教、纲常，当作何解？为时之迷乱，谓之谋叛共和民国，不亦宜乎？”面对杜亚泉排斥西方现代文明而弘扬中国固有文明的主张，陈独秀质问道：“今后果不采用西洋文明，而以固有之文明与国基治理中国，他事之进化与否且不论，即此现行无君之共和国体，如何处置？”[②]毫无疑问，陈独秀不赞同杜亚泉把西洋现代文明视为“魔鬼”，而是把杜亚泉所推崇的固有文明看作危害共和的“魔鬼”。双方分歧的关键在于：杜亚泉担心来自西方的现代文明导致中国的“国基”丧失，因而要维护固有的“国基”；而陈独秀却恰恰为这样的“国基”阻碍民主共和的健康成长而痛苦。他要全力破坏的，正是这几千年专制政治得以维系的思想文化基础。

在当时的中国，思想文化态度如杜亚泉者是相当普遍的。他们并不完全排外，而且尽力输入西洋学说，但输入西洋的学说，是要使之融入中国固有文明。用鲁迅的话说：“换几句话，便是学了外国本领，保存中国旧习。本领要新，思想要旧。要新本领旧思想的新人物，驮了旧本领旧思想的旧人物，请他发挥多年经验的老本领。一言以蔽之：前几年谓之‘中学为体，西学为用’，这几年谓之‘因时制宜，折中至当’。”[③]这涉及是用中国固有文明去统整来自西方的现代文明，还是用现代文明去改造固有文明的问题。对于致力于中国现代化的陈独秀等人来说，当然要抵抗与现代化背道而驰的一切努力。

①伧父（杜亚泉）：《迷乱之现代人心》，1918年《东方杂志》第15卷第4号。

②陈独秀：《质问〈东方杂志〉记者》，1918年《新青年》第5卷第3号。

③《鲁迅全集》第1卷，人民文学出版社1981年，第336页。

三

考察这场论战，不难发现双方在认识上的一个重要分歧：固有文明与共和政治是否可以共存？陈独秀的基本认识是：政治制度与思想文化密切关联，要共和政治，就不能不清理专制思想。中国的固有文明在根本上是与专制传统骨肉相连的，因此，只要真心拥护民主共和，就应该批判中国的固有文明。这是新文化阵营的一种基本见解，新文化运动之所以发生，正是缘于这样一种思路，即以思想文化上的革命保卫民主共和这一政治革命的伟大成果。在杜亚泉那里，二者却似乎可以共存，并无互不相容的矛盾。

一场划时代的政治革命过去之后，必然会有思想文化上的新旧争夺。辛亥革命之后，中国的思想文化领域事实上进行着一场新旧争夺战。在最初的争夺中，新势力并不占有主动地位。原因很简单，政治上的失败者在思想文化上往往更加主动。比如康有为，本来的目标是保皇，但革命已经发生，民国已经建立，保皇成了一种梦想，但是，他没有因为理想的破灭而放弃努力，而是一方面决不放弃保皇之梦，一有机会就把皇帝重新扶出来；一方面退而求其次：保皇不成，坚持保教。正因为这样，从辛亥革命成功到袁世凯复辟，思想文化领域出现的主要潮流不是与新生的共和国同步前进，而是与民主共和精神背道而驰的守旧潮流。直到新文化运动兴起，才出现了与之抗衡的力量。在这一点上，陈独秀是清醒而自觉的。

1917年5月1日，陈独秀在北京神州学会演讲。在他之前演讲的是李石曾，讲的题目是《学术之进化》。李石曾认为由君主到民主，是政治进化的趋势，所以，对此可以抱乐观态度。陈独秀认为，李石曾未免过于乐观了，中国的共和国体是否还要经历波动，实在不敢乐观。他说：“我们中国多数国民口里虽然是不反对共和，脑子里实在装满了帝制时代的旧思想，欧美社会国家的文明制度，连影儿也没有。所以口一张，手一伸，不知不觉都带君主专制臭味；不过胆儿小，不敢像筹安会的人，堂堂正正地说将出来，其实心中见解，都是一样。”因此，他甚至认为袁世凯要做皇帝并不是妄想，因为袁世凯知道多数人还是相信帝制而不相信共和。他说：“数年以来，创造共和、再造共和的人物，也算不少。说良心话，真心知道共和是什么，脑子里不装着帝制时代旧思想的，能有几人？……现在袁世凯虽然死了，袁世凯所利用的倾向君主专制的旧思想，依然如故。要帝制不再发生，民主共和可以安稳，我看比登天还难！如今要巩固共和，非先将国民脑子里所有反对共和的旧思想，一一洗刷干净不可。因为民主共和的国家组织、社会制度、伦理观念，和君主专制的国家组织、社会制度、伦理观念全然相反，一个是重在平等精神，一个是重在尊卑阶级，万万不能调和的。若是一面要行共和政治，一面又要保存君主时代的旧思想，那是万万不成。而且此种‘脚踏两只船’的办法，必至非驴非马，既不共和，又不专制，国家无组织，社会无制度，一塌糊涂而后已！”①

他的这些话并非没有根据。因为生活中到处都是这样的事：政府考试文官，出的居然是这样的题目：“上天下泽，履君子以辨上下，定民志”；“百姓足，君孰与不足”；“学则三代共之，皆所以明人伦也，人伦明于上，小民亲于下”。陈独秀说：“不知道辨的是什么上下？定的是什么民志？不知道共和国家何以有君？又不知道共和国民是如何小法？孟子所谓人伦，是指忠君、孝父、从夫为人之大伦。试问民主共和的国家组织、社会制度、伦理观念，是否能容这‘以君统民，以父统子，以夫统妻’不平等的学说？”国会议员居然大声疾呼，主张孔教入宪。陈独秀说：“按孔教的教义，乃是教人忠君、孝父、从夫。无论政治伦理，都不外这种重阶级尊卑三纲主义。……若是用此种道理做国民的修身大本，不是教他拿孔教修身的道理来破坏共和，就是教他修身修不好，终久要做乱臣贼子。我想主张孔教加入宪法的议员，他必定忘记了自己是共和民国的议员，所议的是共和民国的宪法。”虽然是革命已经发生，共和国已经建立，但在社会生活中，到处都是君主专制时代的恶习。“城里人家大门对联，用那‘恩承北阙’‘皇恩浩荡’字样的，不在少处。乡里人家厅堂上，照例贴一张‘天地君亲师’的红纸条，讲究的还有一座‘天地君亲师’的牌位。”正因为这样，陈独秀说：“我们要诚心巩固共和国体，非将这班反对共和的伦理文学等等旧思想，完全洗刷得干干净净不可。否则不但共和政治不能进行，就是这块共和

①陈独秀：《旧思想与国体问题》，1917年《新青年》第3卷第3号。

的招牌，也是挂不住的。”[①]

共和国建立之后，中国社会存在的重大冲突之一就是新制度与旧文化的冲突。在这种冲突面前，一直存在两种不同的态度：一些人试图改变新制度而使之适应旧文化，甚至不惜恢复帝制；一些人努力改变旧文化而使之适应新制度，为此而不惜反传统。前者的代表是袁世凯、张勋、康有为和筹安会诸人，后者的代表就是陈独秀、胡适、鲁迅、钱玄同等构成的新文化阵营。杜亚泉是调和主义者，置身于二者之间。这使他事实上面对一个难题：现代政体与固有文明是否能够并存？民主共和制度是否能够在几千年专制传统的“国基”上健康生长？在陈独秀等人看来，名教纲常是中国专制统治的基础，只要这样的“国基”不破，新的统治者就仍然是皇帝，民主共和就不会真正实现。所以，为了共和国健康成长，他们致力于思想文化和所谓“国基”的改造。而杜亚泉所处的调和立场，却使他必然要另辟途径，不承认现代国体与固有文明之间的矛盾。

于是，“古已有之”这种常见的思路被派上了用场。杜亚泉说：“共和政体，决非与固有文明不相容者，民视民听，民贵君轻，伊古以来之政治原理，本以民主主义为基础，政体虽改，而政治原理不变，故以君道臣节名教纲常为基础之固有文明，与现时之国体，融合而会通之，乃为统整文明之所有事。”[②]杜亚泉如果明白，就应该知道这样的回答的确是错了。由此暴露的，是他对民主政治的确所知甚少，基本不清楚民主是什么，因而把“民视民听”“民贵君轻”当成了民主，而且一厢情愿地认为自古以来的政治原理就是民主主义。这当然有点贻笑大方。面对杜亚泉的如此言论，陈独秀指出：“呜呼！是何言耶？夫西洋之民主主义（Democracy）乃以人民为主体，林肯所谓‘由民（by people）而非为民（for people）’者，是也。所谓民视民听，民贵君轻，所谓民为邦本，皆以君主之社稷——即君主祖遗之家产——为本位。此等仁民爱民为民之民本主义，皆自根本上取消国民之人格，而与以人民为主体，由民主主义之民主政治，绝非一物。倘由‘东方’

①陈独秀：《旧思想与国体问题》，1917年《新青年》第3卷第3号。

②伧父（杜亚泉）：《答〈新青年〉杂志记者之质问》，1918年《东方杂志》第15卷第12号。

记者之说，政体虽改而政治原理不变，则仍以古时之民本主义为现代之民主主义，是所谓蒙马以虎皮耳，换汤不换药耳。毋怪乎今日之中国，名为共和而实不至也。”①

在中国古代典籍中，的确有民本思想，但绝无民主思想，更没有“民主主义”。所谓中国古代的民本思想，主要有三句话：第一句出自《尚书·五子之歌》：“民惟邦本，本固邦宁。”第二句出自《尚书·泰誓》：“天视自我民视，天听自我民听。”第三句出自《孟子·尽心下》：“民为贵，社稷次之，君为轻，是故得乎丘，民而为天子。”这都说明民之重要，但都与民主无关。民之重要，在于《尚书·五子之歌》所说“予临兆民，懔乎若朽索之驭六马，奈何不敬”；在于民者水也，可载舟，亦可覆舟；在于得民心者可能得天下，而失民心者可能失天下；在于君主离不开百姓的供养。将民本与民主相混淆，直到今天也仍然是我们周围常见的现象。对于杜亚泉来说，出现这样的问题不难理解，因为他的政治学知识毕竟有限。但是，作为一种学术见解，这大概是那些极力为杜亚泉鸣不平的人也无法为之辩护的。如果有意要把“民主”置换为“为民做主”，那就是另外的问题了。

陈独秀与杜亚泉的论争已经过去半个多世纪。在论战中，陈独秀的言论并非句句恰当，一些说法的确让人不敢恭维。但是，关于这场论争，是非曲直却不难判断。作为共和国的卫士，陈独秀在当时的努力与蔡锷将军的护国壮举具有同样的意义。无论怎样反省激进主义，都必须首先承认这一历史事实。

①陈独秀：《再质问〈东方杂志〉记者》，1919年《新青年》第6卷第2号。

新文化运动为何"覆孔孟"?

五四新文化运动因"覆孔孟"而常受非议，但他们为什么要激烈地反孔？却一直缺少认真的清理。本文认为，新文化阵营反对孔教入宪，旨在捍卫思想和信仰的自由，维护公民的平等权利。他们认为孔教与帝制不可分割，而与共和绝不相容，尊孔涉及要民主共和还是要君主专制的问题。他认为孔子之道不适于现代生活，有违个人独立和人权平等的原则。陈独秀等人并不否认孔子之道在历史上的功能，也不否认它能维系世道人心，但他不能容忍这种维系继续下去，因为他所向往的是不同于传统的世道人心和不打折扣的现代社会秩序。

对于五四新文化运动的反孔之举，无论过去还是今天，都有人不以为然，甚至极为反感。在20、21世纪之交，孔子的香火灭而复燃，越来越旺，大成殿年年举行隆重的祭典，峨冠博带，三叩九拜，加上新编的仿古乐舞，在吸引着外国游人的同时也对新一代进行着教育和引导。五四新文化运动的倡导者们曾经痛心于思想文化变化之慢，但新的经验证明，思想文化的变化有时也快，有一句流行的话是"三十年河东，三十年河西"，其实用不了三十年，只要有足够的舆论力量，一代大脑的流行色很快就可以制造出来。在这种背景上成长的一些年轻学者已经很难理解五四新文化运动。在一些人那里，尊孔似乎是天经地义，而反孔简直不可思议，陈独秀、胡适、鲁迅、钱玄同和吴虞等人都成了怪物。面对五四新文化运动，虽然断然否定者至今仍然是极少数，一般的表达都用"虽然……但是……"的句式，但面对当年批孔的行为，人们似乎已经无需思索，就可以扔下一个断语：“过激。”

然而，接下来的问题却无法回避：陈独秀、胡适、鲁迅等人都疯了吗？精神不正常吗？如果不然，他们为什么要那样激烈地反孔？事实上，只有认真回答这个问题，并弄清他们的思想逻辑，才可以避免做出轻率的判断。

一

从道理上讲，“覆孔孟”是新文化运动的题内之义。当时的中国正处于一个特殊的历史阶段，一场伟大的革命使中国的政治制度从前现代跨入现代，而文化的变革却不可能随着政治变革的脚步同时完成。从一般意义上说，政治上的变革并不要求文化也与之同时变革，但辛亥革命所进行的政治变革却远远不同于此前中国两千多年历史上的改朝换代，而是意味着中国社会要从帝国进入民国，从帝王专制的前现代社会进入民主共和的现代社会。这是一次真正具有划时代意义的社会变迁。这种变迁不仅要求政治制度的改变，而且要求思想观念和价值系统的全面变革。对于一个古老的民族来说，建构新的价值系统不是一件容易事，因为建设需要空间。虽然人的头脑空间很大，被开发利用的只是极小一部分。但作为经过个人社会化而生活于某种传统中的人，即使知识少得可怜，其头脑都已被某种系统占据，形成了它的构架和运行路径。在这种情况下，新思想如果只是碎片，是容易被吸纳的；但如果作为整体，却没有场地可以着陆。这就像电脑，它是经过格式化的。对于外来的系统，它可能兼容，也可能不兼容，只要不兼容，就无法正常运行。如果要装入新的系统，就需要重新格式化。辛亥革命之后，新生的共和国面对种种问题，其根本就在于现代的政治制度与前现代的文化传统“不兼容”。在这种情况下，可以有两种不同的选择：一是以中国传统为本位改造民主共和制度；一是以共和制度为本位改造中国传统。新文化阵营选择了后者，立足于保卫民主共和，致力于思想文化革命。所谓新文化运动，也就是要对中国人的精神重新进行格式化。因此，孔子之道不能不首当其冲。

然而，尽管辛亥革命前就有人对孔子之道开始了批判，但辛亥革命之后的“反孔”运动并非新文化阵营主动发起的。众所周知，革命之后中国展开了一场文化上的争夺战，主动出击的是政治较量中的失败者。比如康有为，随着革命的发生，他的政治理想破灭了，因而退而求其次，守卫文化阵地。在其开始，革命者反应非常迟钝，完全处于被动地位。直到复辟的闹剧上演，人们才意识到这场文化争夺的重要性。更引人注目的是，复辟失败之后，其政治上的势力已经如过街老鼠，而文化上的势力却仍然大行其道，没有放弃他们的努力。袁世凯准备称帝时曾下祀孔令，并在宪法中加进了尊孔的条文。袁氏称帝失败之后，国会提出删除宪法中的尊孔条文，内务部也决定取消跪拜礼。一些人却仍然要维护尊孔条文和跪拜礼。康有为在1916年9月20日在《时报》发表致总统总理书，主张“以孔子为大教，编入宪法，复祀孔子之跪拜明令”。这封信引起了陈独秀的重视，因而写了《驳康有为致总统总理书》。文章开头写道：“南海康有为先生，为吾国近代先觉之士，天下所认同。吾辈少时，读八股，讲旧学，每疾视士大夫习欧文谈新学者，以为皆洋奴，名教所不容也；前读康先生及其徒梁任公之文章，始恍然于域外之政教学术，粲然可观，茅塞顿开，觉昨非而今是。吾辈今日得稍有世界知识，其源泉乃康梁二先生之赐。是二先生维新觉世之功，吾国近代文明史所应大书特书者矣。”在这里，我们可以看到陈独秀对康、梁的感情。作为曾因替康有为辩护而被视作“孔教罪人”的昔日学子，并没有忘记当年的精神导师，可是，面对康有为眼下的表现，陈独秀却无法认同，他不能不发起批判了。他说：“中国帝制思想，经袁氏之试验，或不至死灰复燃矣，而康先生复于别尊卑、重阶级、事天尊君、历代民贼所利用之孔教，锐意提倡，一若唯恐中国人之‘帝制根本思想’或至变异者。”[①]陈独秀首先反对的，是康有为欲尊孔教为国教的企图。孔子学说与“教”相联，最先称为“儒教”。“儒教”一词出现于东汉，但在相当长的时间里，中国文人并没有深究这个“教”应该解释为“教化”，还是应该解释为“宗教”。近代以来，西方宗教的传播对中国本土文化形成有力冲击，为了抵制西方宗教，“孔教”一词开始流行。康有为意识到西方宗教对中国传统的威胁，因而努力把儒学变为宗教。这种做法正如他把孔子学说解释为变法哲学一样勉强，但他一直为之努力。就此而言，康有为可谓用心良苦。但是，他的大一统思想却使他不满足于设教于民间，而是要立孔教为国教。这就不能不引起陈独秀们

①陈独秀：《驳康有为致总统总理书》，1916年《新青年》第2卷第2号。

的反击了。

陈独秀首先否认孔教是宗教。他说：“孔教绝无宗教之实质与仪式，是教化之教，非宗教之教。”如果一定要立孔教为国教，则是“平地生波，惑民诬孔”。根据他的看法，“宗教实质，重在灵魂之救济，出世之宗也。孔子不事鬼，不知死，文行忠信，皆入世之教，所谓性与天道，乃哲学，非宗教。”在答俞颂华的信中，他曾进一步申明：“宗教之根本作用，重在出世间，使人生扰攘之精神有所寄托耳。倘以规定人生之行为为义，则属入世间教，与伦理道德为枝骈，宗教之为物，将于根本上失其独立存在之价值矣。”①

进一步的问题是：即使孔教是宗教，是否就可以写入宪法？事实上，这是陈独秀更为关心的问题。因为它涉及现代社会信仰自由和思想自由的原则。按照现代社会信仰自由的原则，有人信仰孔教，正如有人信仰佛教或基督教一样，也应该受到宪法保护。但是，如果把孔教写入宪法，情况就不同了，正如陈独秀所指出的：在中国人中，佛教信徒最多，除此之外，还有耶、回二教，信徒遍布国中。在这种情况之下，如果说不尊孔即是无教，显然忽略了其他宗教的存在；如果立孔教为国教，则无异是对其他宗教的歧视和压迫，有违现代国家信仰自由和人权平等的原则。因此，陈独秀对康有为的论调进行了反复批驳。在《驳康有为致总统总理书》中，他强调指出：“信教自由，已为近代政治之原则。……康先生蔑视佛道耶回之信仰，欲以孔教专制于国中，吾故知其得于近世文明史政治史之知识必甚少也。”②在《宪法与孔教》一文中，陈独秀又质问道：“蔑视他宗，独尊一孔，岂非侵犯宗教信仰之自由乎？”陈独秀所反对的，是孔教通过宪法而获得独尊的地位；他所捍卫的，是公民信仰自由的权利。陈独秀指出：即使外来宗教不算，在中国固有的三教九流中，儒教也只是其中一种。如果宪法蔑视其他宗教而独尊孔教，“效汉武之术，罢黜百家，独尊孔氏，则学术思想之专制，其湮塞人智，为祸之烈，远在政界帝王之上。”他进一步指出，如果孔教会仅是私人团体，立教于社会，国家当然应该像尊重其他宗教一样尊重信仰自

①陈独秀：《答俞颂华》，1917年《新青年》第3卷第1号。

②陈独秀：《驳康有为致总统总理书》，1916年《新青年》第2卷第2号。

由，但是，“今乃专横跋扈，竟欲以四万万人各教信徒共有之国家，独尊祀孔氏，竟欲以四万万人各教信徒共有之宪法，独规定以孔子之道为修身大本。呜呼！以国家之力强迫信教，欧洲宗教战争，殷鉴不远。”当然，以国家之力强迫信仰某种信教，也未必导致宗教战争，因为战争的发生需要双方都有相当的力量，只要一方力量足够强大，异教徒无论受何种压制，战争也无从发生。尤其是在中国，并不存在为信仰而战的传统。从这个意义上说，陈独秀的说法未免有点言过其实。但是，民主共和国的宪法独尊某教，其他教派的确有理由不满和反抗。陈独秀的警告并非没有意义。陈独秀提醒人们：“盖宪法者，全国人民权利之保证书也，决不可杂以优待一族、一教、一党、一派之作用。……况挟堂堂国宪，强全国之从同，以阻思想信仰之自由，其无理取闹，宁非奇谈！”[①]

陈独秀还特别强调指出了尊孔教为国教的后果：一、“假令定孔教为国教，则总统选举法及官吏任用法，必增加异教徒不获当选一条。否则，异教徒之为总统官吏者，不祀孔则违法，祀孔则叛教，无一是处。又如学校生徒之信奉佛、道、耶、回各教者，不祀孔则违背教规，祀孔则毁坏其信仰，亦无一是处。”二、“以宪法而有尊孔条文，则其余条文，无不可废；盖今之宪法，无非采用欧制，而欧洲法制之精神，无不以平等人权为基础。吾见民国宪法草案百余条，其不与孔子之道相抵触者，盖几稀矣，其将何以并存之?”也就是说，孔子之道与共和国宪法是冲突的，只要加入尊孔的条文，宪法就可能成为一张废纸。

在新制度尚未扎根之际，破坏它非常容易。把孔教写入宪法，很容易使许多涉及现代国家原则的条文都成为空话。为此，致力于中国现代化的新文化阵营当然要竭力反对。他们反对孔教入宪，也就是反对孔教通过宪法而获得独尊的地位，维护现代社会的平等原则，反对国家以国教侵犯人权。他们所捍卫的，是思想的自由和信仰的自由，是不同信仰的公民在一个现代国家应该拥有的平等权利。

---

①陈独秀：《宪法与孔教》，1916年《新青年》第2卷第3号。

二

陈独秀等反对立孔教为国教，反对在宪法中保留尊孔的条文，不仅因为它有违信仰自由的原则，同时也因为孔教与帝制的关系。

陈独秀认为：“儒者三纲之说，为一切道德政治之大源。君为臣纲，则民于君为附属品，而无独立自主之人格矣；父为子纲，则子于父为附属品，而无独立自主之人格矣；夫为妻纲，则妻于夫为附属品，而无独立自主之人格矣。率天下之男女，为臣，为子，为妻，而不见有一独立自主之人者，三纲之说为之也。缘此而生金科玉律之道德名词，曰忠，曰孝，曰节，皆非推己及人之主人道德，而为以己属人之奴隶道德也。”[①]他认定孔子之道的特点是“别尊卑，重阶级，主张人治”，儒家三纲是“制造专制帝王之根本恶因”，并由此得出结论：“孔教与帝制，有不可离散之因缘；……主张民国之祀孔，不啻主张专制国之祀华盛顿与卢梭！”[②]“吾国思想界不将此根本恶因铲除净尽，则有因必有果，无数废共和复帝制之袁世凯，当然接踵应运而生。”[③]

在他看来，孔教与帝制是紧密结合的，而与共和却无法相容。在张勋和康有为倡导尊孔之时，国内少有公开反对者，陈独秀却通过种种迹象而感到共和制度已经不稳。事实被他不幸而言中，复辟闹剧终于上演。当张勋复辟失败之后，人们为之欢欣鼓舞。陈独秀却忧心忡忡，因为他感到张勋复辟虽然失败，而共和国却未必能够久存，原因是尊孔论依旧盛行于中国。他说：“孔教与共和乃绝对两不相容之物，存其一必废其一，此意愚屡言之。张、康亦知之，故其提倡孔教必掊共和，亦犹愚之信仰共和必排孔教。盖以孔子之道治国家，非立君不足以言治。”他认为：“孔子之道，以伦理政治忠孝一贯，为其大本，其他则枝叶也。故国必尊君，如家之有父。荀、董以后所述尊君之义，世或以为过当，非真孔道，而孟轲所言，不得谓真孔道也。

①陈独秀：《一九一六年》，1916年《新青年》第1卷第5号。

②陈独秀：《驳康有为致总统总理书》，1916年《新青年》第2卷第2号。

③陈独秀：《袁世凯复活》，1916年《新青年》第2卷第4号。

孔、孟论政，纯以君主贤否卜政治之隆污，故曰：‘君仁莫不仁，君义莫不义，君正莫不正，一正君而国定矣。’……”他引经据典，从孔门弟子的学说到孔子尊崇的典籍，以大量证据说明孔教与帝制的关系。在他看来，儒家经典之中，无论孔孟语录，还是《尚书》《易经》《春秋》，都在宣扬着“抑民尊君”，巩固着尊卑秩序。他由此得出结论：“主张尊孔，势必立君；主张立君，势必复辟，理之自然，无足怪者。”“若尊孔而不主张复辟，则妄人也，是不知孔子之道者也。去君臣之大伦，而谬言尊孔，张、康闻之，必字之曰‘逆’。”①

这就是陈独秀关于孔教与帝制的言论，其要点有三：一、孔教与帝制，有不可离散之因缘；二、孔教与共和乃绝不相容之物；三、主张尊孔，势必立君；主张立君，势必复辟。他说：“吾人倘以为中国之法，孔子之道，足以组织吾之国家，支配吾之社会，使适于今日竞争世界之生存，则不徒共和宪法为可废，凡十余年来之变法维新，流血革命，设国会，改法律，（民国以前所行之大清律，无一条非孔子之道）及一切新政治，新教育，无一非多事，且无一非谬误，应悉废罢，仍守旧法，以免泛滥吾人之财力。”否则，“欲建设西洋式之新国家，组织西洋式之新社会，以求适今世之生存，则根本问题，不可不首先输入西洋式社会国家之基础，所谓平等人权之新信仰，对于与此新社会新国家新信仰不可相容之孔教，不可不有彻底之觉悟，猛勇之决心；否则不塞不流，不止不行！”②

这里的问题是：我们究竟要一个什么样的国家，要一个什么样的社会？是要民主共和还是要君主专制？陈独秀不愿看到君主专制的复辟，不愿看到民主共和的流产。因此，他所领导的新文化运动别无选择，当然要推倒孔子这尊偶像。

三

新文化运动对孔子之道进行重估，另一个关键点是孔子之道是否适宜于

①陈独秀：《复辟与尊孔》，1917年《新青年》第3卷第6号。

②陈独秀：《宪法与孔教》，1916年《新青年》第2卷第3号。

现代生活？他们的回答非常明确：孔子之道不适于现代生活。

他们首先思考的是孔子之道与社会平等之间的关系。现代文明的标志之一是法律面前人人平等，而孔教却是别尊卑、明贵贱、重阶级，剥夺一部分人的权利而保障另一部分人的特权。对此，陈独秀有比较清晰的揭示。在《宪法与孔教》中，他说：“西洋所谓法制国者，其最大精神，乃为法律之前，人人平等，绝无尊卑贵贱之殊。虽君主国亦以此为立宪之正轨，民主共和，益无论矣。”孔教却与此相去甚远，它教“忠”，教“孝”，教“从”，所培养和造就的，“皆片面之义务，不平等之道德，阶级尊卑之制度”。

有人认为三纲五常并非孔子原意。对此，陈独秀进行了认真的辨析。他认为“儒教之精华曰礼”，“礼”是什么？他从儒家经典中找出了一系列依据：“夫礼者，所以章疑别微，以为民坊者也，故贵贱有等，衣服有别。”“天无二日，土无二王，家无二主，尊无二上，示民有君臣之别也。”“非礼无以节事天地之神也，非礼无以辨君臣上下长幼之位也。”“夫礼者，所以定亲疏，决嫌疑，别同异，明是非也。”“君臣上下，父子兄弟，非礼不定。”……他说：“孔子生长封建时代，所提倡之道德，封建时代之道德也；所垂示之礼教，即生活状态，封建时代之礼教，封建时代之生活状态也；所主张之政治，封建时代之政治也。封建时代之道德、礼教、生活、政治，所心营目注，其范围不越少数君主贵族之权利与名誉，于多数国民之幸福无与焉。何以明之？儒家之言：社会道德与生活，莫大于礼；古代政治，莫重于刑。而《曲礼》曰：‘礼不下庶人，刑不上大夫。’此非孔子之道及封建时代精神之铁证也耶？”[①]他告诉人们，“礼”的根本就在于别尊卑，明贵贱，维护宗法社会的等级秩序。因此，若尊孔教，社会就无法平等。

除此之外，他们还认为孔子之道有碍个人的独立。对此，陈独秀从不同的角度进行了论述。他说：“现代生活，以经济为之命脉，而个人独立主义，乃为经济学生产之大则，其影响遂及于伦理学。故现代伦理学上之个人人格独立，与经济学上之个人财产独立，互相证明，其说遂至不可摇动；而社会风纪，物质文明，因此大进。中土儒者，以纲常立教。为人子为人妻者，既失个人独立之人格，复无个人独立之财产。父兄畜其子弟，子弟养其父兄。《坊

---

①陈独秀：《孔子之道与现代生活》，1916年《新青年》第2卷第4号。

记》曰：‘父母在，不敢有其身，不敢私其财。’此甚非个人之道也。”[①]

保障个人的自由、尊严和权利，是现代文明的又一重要标志。无论国家、社会还是家庭，都必须保障个人的权利。而个人权利的获得，首先需要尊重人格的独立。如果遵循孔教纲常，个人独立就无法实现。陈独秀指出：妇女参政是现代社会妇女生活的重要内容，律以孔教，则“妇人者，伏于人也”，“女不言外”，参政显然有失妇道；男女交际为现代社会生活所必需，律以孔教，则“男女不杂坐”，“嫂叔不通问”，“男女不同席，不共食”，男女社交，岂不有违礼教？……无论是为子者还是为妻者，要独立自主，都与孔教的要求大相径庭。

一方面是孔子所倡导的礼教秩序，一方面是个人的独立、自由和权利，现代人应该选择什么？众所周知，《新青年》集团选择了后者。新文化运动的目标是个人的独立、自由、尊严和权利。为了这个目标，他们无法让孔子之道干扰和延缓现代生活的实现。

四

一些人之所以主张尊孔，是因为他们认为孔子之道可以维持世道人心，防止社会失序和道德失范。他们认为，两千多年来，中国的社会秩序一直依靠孔子之道在维系，若不尊孔，必致大乱，甚至国将不国。最先发表如此言论的是康有为。面对共和之后的社会现实，他的看法是道德堕落、世风日下；而之所以如此，回答是皆因不尊孔子之故。这涉及几个相互联系的问题：一是对革命之后社会现实的基本评价；二是对于社会混乱的认识；三是应该用什么来维系世道人心。

面对“世风日下”的看法，陈独秀表达了不同的见解。他说：“吾国民德之不隆，乃以比较欧美而言。若以古代风俗人心，善于今日，则妄言也。”[②]在陈独秀的思想中，这是一个重要的见解，体现了他对固有文明历史的认识。在他看来，当时中国的世道人心虽然不好，但并没有比过去变得更

---

①陈独秀：《孔子之道与现代生活》，1916年《新青年》第2卷第4号。

②同上。

坏。他争辩说：“风俗人心之坏，莫大于淫杀。此二者古今皆不免，而古甚于今。……古之宫廷秽乱，史不绝书，防范之策，至用腐刑。此等惨无人道之事，今日尚有之乎?”与康有为的看法相反，他认为中国社会非但没有世风日下，而且自“共和思想流入以来，民德犹为大进”。他提出的证据首先是黄花岗七十二烈士：“为国就义，扶老助幼，举止从容。至今思之，令人垂泪！中国前史，有此美谈乎?”然后是纷乱中的民国政要：“袁氏称帝，冯、段诸公，竟不以私交废公义；唐、蔡、岑、陆，均功成不居。此事在欧美日本为寻常，而为中国古代军人所罕有。”①

评价世道人心的好与坏，关键在于价值尺度。由于价值尺度不同，面对同样的事实，评价却截然不同。比如，面对议会的激烈争论，具有现代政治意识的人们会认为那是自由和民主的体现，习惯于专制和独裁的人们却会嘲笑它的混乱；面对男女同校和恋爱自由，有人为之欢欣鼓舞，有人则认为伤风败俗；面对娜拉的出走，有人赞美她的觉醒和勇气，有人也会认为有失妇道，应该被抓回来沉塘。在新旧交替的变革时期，人们的分歧常常是不同价值尺度的分歧。面对同样的社会现实，康有为为之痛心，陈独秀却要为之欢呼。因为双方所要的大不相同，康有为眼里的所谓礼崩乐坏，在陈独秀等人看来，正是文明的发展和道德的进步。陈独秀在《孔子之道与现代生活》的结尾写道：“浅人所目为今日风俗人心之最坏者，莫过于臣不忠，子不孝，男不尊经，女不守节。然是等谓之不尊孔则可，谓之为风俗人心之大坏，盖未知道德之为何物。”②

社会需要秩序，这是任何人都不会否认的。但是，秩序与秩序不同，混乱也与混乱不同。如果本来是一个良好而合理的秩序，被打乱之后走向不合理，那是可悲的；如果本来是一个不合理的秩序，比如残暴统治之下的秩序，被打乱之后走向民主，那是可喜的。这里的关键在于固有的秩序怎么样，打乱之后向着什么方向走。而且，民主共和国所要求的秩序不同于专制帝国的秩序。所谓历史的大变革，说到底就是社会生活秩序的变革。在新旧转换之际，旧秩序已经崩溃，新秩序尚未建立，必然出现秩序的混乱。对于

①陈独秀：《孔子之道与现代生活》，1916年《新青年》第2卷第4号。

②同上。

过渡时期的秩序混乱，站在不同的立场上会有不同的认识，也会有不同的重整方向，用什么东西维系世道人心，便有不同的选择。陈独秀的态度非常明确：“吾人宁取共和民政之乱，而不取王者仁政之治。”[①]

正因为这样，他不会赞同让孔孟之道继续维系世道人心。他认为：“宗法社会之奴隶道德，病在分别尊卑，课卑者以片面之义务，于是君虐臣，父虐子，姑虐媳，夫虐妻，主虐奴，长虐幼。社会上种种之不道德，种种罪恶，施之者以为当然之权利，受之者皆服从于奴隶道德下而莫之能违，弱者多衔怨以殁世，强者则激而倒行逆施矣。以此种道德，支配今日之社会，维系今日之人心，欲其不浇漓堕落也，是扬汤止沸耳，岂但南辕北辙而已哉！”[②]他认为，道德是随着历史的发展而发展的，是随着时代的变化而变化的。“旧社会之道德不适于今世者，莫如尊上抑下，尊长抑幼，尊男抑女。旧社会所谓不道德者，乃不尊其所尊，抑其所抑者耳，未必有何罪恶可言(如妇人再醮之类)。吾人今日所应尊行之真理，即在废弃此不平等不道德之尊抑，而以个人人格之自觉及人群利害互助之自觉为新道德，为真道德。”[③]

值得指出的是，陈独秀并不否认孔教是国粹，也不否认它能够维系世道人心，而是他不能容忍这种维系继续下去。这涉及对固有文明的认识，在陈独秀、胡适、鲁迅等人看来，无论“想做奴隶而不得的时代”还是“暂时做稳了奴隶的时代”，都是不值得维系的；无论“狼子村文明”“未庄社会秩序”，还是阿Q精神所显示的道德和人心，也都是不需要维系的。他们向往的是不同于固有传统的新的社会秩序和世道人心。陈独秀曾反复说明：“夫孔教之为国粹之一，而影响于数千年来之社会心理及政治者最大，且为当时社会之名产，此均吾人所应绝对承认者。惟吾人今日之研究，乃孔教果能实行于今世而有益与否之问题。果能实行而有益于今之社会，则数千年之国粹，吾人亦何忍无故废弃之？”[④]也就是说，反对孔教，不是因为它古老，也不是因为它陈旧和腐朽，恰恰相反，而是由于它仍然富于生机，对国人的精

---

①陈独秀：《答常乃德》，1916年《新青年》第2卷第4号。

②陈独秀：《答傅桂馨》，1917年《新青年》第3卷第1号。

③陈独秀：《答I.T.M》，1917年《新青年》第3卷第2号。

④陈独秀：《答常乃德》，1917年《新青年》第3卷第2号。

神仍然具有巨大影响力，因而有碍于现代生活。

对于历史事物，人们很容易走向两个相反的误区：一是因为“老”与“旧”而盲目否定之，好像后人就一定超过前人，古老就意味着落后；二是因为“老”与“旧”而盲目守护之，好像历史悠久就是资本，无论好坏，只要是历史形成的，就神圣不可侵犯了。传统的中国人倾向于后者。孔子之道的确影响深远，已经化入民族的血脉，但是，因此就不可改变吗？在答俞颂华的信中，陈独秀说：“来书意谓数千年历史上有力之孔教，为吾国精神上无形统一人心之具，不必汲汲提倡废弃。是说也，乃保存孔教者所持最能动人之理由，亦即鄙人所以主张孔教必当废弃之理由。”[①]在这里，他承认孔教的确是几千年来统一人心之具，但是，在康有为等人那里孔教应该尊崇的理由，在他这里恰恰是必须废弃的理由。这是陈独秀对问题的集中回答：

> 孔教为吾国历史上有力之学说，为吾人精神上无形统一人心之具，鄙人皆绝对承认之，而不怀丝毫疑义。盖秦火以远，百家学绝，汉武独尊儒家，厥后支配中国人心而统一者，惟孔子而已。以此原因，二千年来讫于今日，政治上、社会上、学术思想上，遂造成如此之果。设若中国自秦汉以来，或墨教不废，或百家并立而竞进，则晚周即当欧洲之希腊，吾国历史必与已成者不同。好学深思之士，谅不河汉斯言。及今不图根本之革新，仍欲以封建时代宗法社会之孔教统一全国之人心，据以往之成绩，推方来之效果，将何以适应生存于二十世纪之世界乎？吾人爱国心尚不为爱孔心所排而去，正应以其为历史上有力之学说，正应以其为吾人精神上无形统一人心之具，而发愤废弃之也。[②]

任何人都知道，已形成的历史是任何人都无能为力的存在。但是，过去的一切无法改变，就意味着它天然合理吗？用鲁迅的话说，就是“从来如此，就对吗？”[③]在古老的制度、规范、习惯和精神产品中，一些东西可能很

①陈独秀：《答俞颂华》，1917年《新青年》第3卷第1号。

②同上。

③《鲁迅全集》第1卷，人民文学出版社1981年，第428页。

好，一些东西可能不好；一些东西可能在产生的时候是好的、有益的，而后来却成了不好的、有害的；而一些东西可能在产生的时候就源自邪恶。历史承载着这许许多多在延续，像一条河，从过去流向我们，再由我们流向未来。历史是人创造的吗？它行进的曲线有时是自然造成的，比如，天灾可以改变历史，但历史的更多变化却是人的异动造成的。如果人具有历史的主体意识，面对正在走向未来的传统，就有理由考虑是否让过去的一切都照旧发展，就有理由考虑是否可以改变，也就有理由对未来重新设计。如果有了更好的设计，就有理由面对流经眼下的传统有所作为：中止某些因素，加入某些因素。在历史面前，人可以是主动的。否则，便没有改革，没有创新，更没有革命。

客观地说，中国两千年传统社会的成功是不可否认的。成功的原因其实并不复杂：一是政治上的君主专制；二是经济上生产资料的家长垄断；三是思想上的大一统。君主手中的生杀大权，家长手中的土地，都很有力量，足以让人顺从。孔教的力量无需高估，但它是润滑剂，也是缓冲器，可以避免许多紧张。说儒家思想与专制政治没有关系，大概难以令人信服，不过，说儒家是专制政治的帮凶，也似乎失之太过。因为孔孟之徒实在不是帮忙的打手，而是紧张关系的缓解者。他们的作用足以使专制秩序不再锐利和冰冷，而是呈现出某种仁慈和温情。从这个意义上说，孔子之道也许为中国的专制政治带来了些许温和，因而显示了它的优越性。不过，这只是就前现代文明而言。如果放在人类告别专制制度而走向民主的时候，它的优越性就不存在了。因为温和的专制也依然是专制。如果会进入自由、民主和平等的新秩序，那些功能自然要失掉用武之地。陈独秀们之所以激烈反孔，正因为他们所渴望的，是不打折扣的现代秩序。

“五四”启蒙运动三题

一、“借思想文化以解决问题”的是与非

“五四”启蒙运动一直遭到各种误解和非议。其中之一是面对中国复杂的问题而选择了思想文化革命。几十年前的主流意识形态否定这种选择，原因不仅在于启蒙思想属于资产阶级的意识形态，而且在于认定了思想启蒙与教育救国、科学救国等口号一样，不能解决中国的问题。按照当时的理论，只有工农革命才是解决问题的唯一出路，像陈独秀、胡适、鲁迅那样把思想启蒙看作解决问题的根本，不仅荒唐可笑，而且近乎反动。“文革”结束之后，一些人终于再次认识到启蒙的必要，重新致力于思想启蒙运动，因而也必然要重新认识五四新文化运动这笔遗产。但是，从80年代开始，就又遇到了新的质疑：“五四”是“借思想文化以解决问题”，作为一种思想方法是错误的，其结果是进一步加重了“中国意识的危机”。[①]进入90年代之后，伴随着保守主义思潮的兴起，这种认识开始被更多的人接受。他们认为“五四”批判传统文化、改造国民性都是错误的选择，“‘五四’的选择虽然是当时知识精英深思熟虑的结果，然其问题的焦点似乎找错了方向”，“并没有抓住中国问题的关键”。[②]

新文化运动关注的重点的确是思想文化而不是政治或经济，这是任何人

①林毓生：《中国意识的危机》，贵州人民出版社1986年。

②丁守和主编《中国现代启蒙思潮》中，社会科学文献出版社1999年，第3—5页。

都无法否认的。但是，究竟应该如何认识这种选择，却有必要进行进一步讨论。如果不带成见地回到历史现场，就很容易看到，五四新文化运动要解决的就是思想文化问题，而不是“借思想文化以解决问题”，解决思想文化问题是中国社会发展的迫切需要，对它的各种指责都是不恰当的。

应该注意的是，“五四”启蒙运动首先不是一场社会大变革的舆论前奏，而是一场大变革之后的文化补课。人们往往把它与后来的历史联系在一起，而忽视了它与此前历史的密切联系，这就很容易对它产生误解。

众所周知，中国现代化的历程是从器物层面开始的。它的第一步是以洋务运动为代表的经济和技术层面的变革，其主要成果是修铁路、开矿山、办工厂，开启了中国的工业化进程，带来了经济发展的现代模式。第二个阶段是以戊戌变法和辛亥革命为代表的政治变革，从和平的改革到武装革命，最后终于推翻了帝制，为中国带来了一个全新的民主共和的现代政治体制。但是，从某种意义上说，辛亥革命的确是一场条件不甚成熟的革命，中华民国这个亚洲最先出现的民主共和国也的确是一个早产的婴儿。革命在缺少准备的情况下忽然到来，并且催生了最为先进的民主共和体制，却没有为这个体制准备下新型的管理者和具有相应素质的公民。人们虽然在共和国的体制之下，思想观念和行为模式却往往停留在皇帝时代。甚至可以说，从上到下都不习惯这种现代的政治体制。一方面，作为共和国的总统、总理和各级管理者们，大都刚刚摘去清王朝的顶戴，很难迅速由“为王牧民”的臣子转变为现代国家的管理者，包括那些作为清王朝专制统治反抗者的革命党人，也并不熟悉现代国家的政治游戏规则，因此，就很难迅速走上现代政治文明的轨道，而是不自觉地就会按照专制王朝的旧例行事。另一方面，作为理论上已经享有国家主权的人民，大多数并不知道自己已经是国家的主人，因而既不清楚公民的权利，也不清楚公民的义务，更不知道应该如何对待自己纳税雇佣的政府官员。他们仍然以草民自居，习惯于奴隶地位，就像鲁迅笔下的阿Q走上大堂时一样，官员们并不要他下跪，但他还是自觉地跪下了。总之，当时的中国已经建立起现代的国家政治体制，而人们的思想观念和行为方式却远远不能适应。

启蒙运动就是在这个背景上发生的。他们把目光投向思想文化问题，并非他们的兴之所至，而是当时的中国现实所决定的。我们不妨看一看陈独秀等人对当时中国国情的认识。

陈独秀在《旧思想与国体问题》中说：“我们中国多数国民口里虽然是不反对共和，脑子里实在装满了帝制时代的旧思想，欧美社会国家的文明制度，连影儿也没有。所以口一张，手一伸，不知不觉都带君主专制臭味；不过胆儿小，不敢像筹安会的人，堂堂正正地说将出来，其实心中见解，都是一样。袁世凯要做皇帝，也不是妄想；他实在见得多数民意相信帝制，不相信共和，就是反对帝制的人，大半是反对袁世凯做皇帝，不是真心从根本上反对帝制。”①他甚至认为，那些创造共和、再造共和的人物也往往不知道共和是什么，而是满脑子装的都是帝制时代的旧思想。正因为这样，民主共和就很难真正实现。

李大钊在《新的！旧的！》一文中曾经指出：“中国人今日的生活全是矛盾生活，中国今日的现象全是矛盾现象。”他列举了一系列例子：过年了，刚过新年，又过旧年；贺年的人，有的鞠躬，有的跪拜；黄昏走在北京的街头，既有旧时代的更夫，又有新时代的巡警；制定宪法，一面规定信仰自由，一面规定“孔教为修身大本”，以法律强迫人们尊孔；关于婚姻，一方面订立禁止重婚的刑律，一方面却保留纳妾的习俗。李大钊说：“矛盾的生活，就是新旧不调和的生活，就是一个新的，一个旧的，其间相去不知几千万里的东西，偏偏凑在一处，分立对抗的生活。这种生活，最是苦痛，最无趣味，最容易起冲突。”②

高一涵在《非“君师主义”》中说：“共和政治，不是推翻皇帝，便算了事。国体改革，一切学术思想亦必同时改革；单换一块共和国招牌，而店中所卖的，还是那些皇帝‘御用’的旧货，绝不得谓为革命成功。法国当未革命之前，就有卢梭、福禄特尔、孟德斯鸠诸人，各以天赋人权平等自由之说，灌入人民脑中；所以打破帝制，共和思想，即深入于一般人心。美国当属英的时候，平等自由民约诸说，已深印于人心，所以甫脱英国的范围，即能建设平民政治。中国革命是以种族思想争来的，不是以共和思想争来的；所以皇帝虽退位，而人人脑中的皇帝尚未退位。所以人民国以来，总统之行

---

①《陈独秀著作选》第1卷，上海人民出版社1984年，第295—296页。

②《李大钊文集》上，人民出版社1984年，第537页。

为，几无一处不摹仿皇帝。皇帝祀天，总统也礼天；皇帝尊孔，总统也尊孔；皇帝出来地下敷黄土，总统出来地下也敷黄土；皇帝正心，总统也要正心；皇帝身兼'天地君亲师之众责'，总统也想'身兼天地君亲师之众责'。这就是制度革命思想不革命的铁证。"[①]

吴景超写过一篇《平等谈》，透露了当时社会的实际情况。他说，辛亥革命那一年他十岁，满耳朵所听的都是推翻清室，创造共和。他问他的老师："我们为什么要推翻清室，创造共和呢?"面对一个十岁的孩子，他的老师做了很好的回答："清朝是个专制政体，那些王公大人，都要仗他的势力来欺压平民，平民受他的欺负，谁也不敢作声。共和国却不然，以前那些什么阶级，什么贵族，都完全消灭了，凡是中国的国民，在法律上个个都是平等，没有什么我比你尊，你比我卑的。"吴景超说他因此而欢迎共和。然而，共和国建立了，八年之后，作为北京大学学生的他，却发现远远没有实现那个理想。他在文章中列举了几件事：一次他坐车到东城拜访朋友，路上遇到警察命令他停下来，因为那条路正禁止通行，原来是大总统正要从那条路上经过。又一次他在上海火车站，看到站台上有军乐队，有一排兵，还有五六十个戴礼帽穿马褂的人，原来是县知事要到南京去见省长，那些人是到火车站送行的。原来一个小小县知事就如此威风。他又说到听差的见到上司低头弯腰。如此种种，往往都是"前清的规矩，不过现在没有更改就是了"[②]。

在这种情况下，中国究竟需要什么？是政治革命吗？如果是政治革命，革命的对象是谁？追求的目标是什么？结果又会是什么？历史已经证明，在当时情况下，任何革命都意味着破坏刚刚产生的共和国体制和《临时约法》所规定的秩序框架，不是导致战乱，就是导致复辟，而不可能带来建设性的成果。事实上，革命不止一次地发生了。孙中山发动了"二次革命"，结果是失败的，也是破坏性的；对于共和国体而言，袁世凯称帝也是一种"革命"，张勋把宣统皇帝重新扶上宝座也是一种革命，但结果众所周知，只能导致历史的倒退。总之，在已经具有现代政治体制框架的前提下，任何一种

①高一涵：《非"君师主义"》，《新青年》1919年第5卷第6号。

②吴景超：《平等谈》，《新潮》1919年第1卷第5号。

政治革命都只能导致政治上的大倒退，所以当时中国需要解决的是思想文化的问题，而不是政治的问题。也就是说，就当时情形看，中国所需要的不是革命，而是以既有的现代政治体制前提进行一场现代思想文化补课。

新文化运动正是这样一场补课。它是中国现代化全过程的一个重要环节，也是从经济改革（洋务运动）到政治改革（从百日维新到辛亥革命）再到文化改革这个全过程的最后一个环节。前面两个环节分别解决的是经济问题和政治问题，这一环所要解决的是思想文化问题。所以，五四新文化运动并非"借思想文化解决问题"，而是所要解决的就是思想文化问题。

在当时的中国，面临现代政治体制与中国文化传统的矛盾，出现了两种不同的思路：一是顺应中国传统而改造民主共和国体，它以袁世凯、古德诺、筹安会和张勋为代表；一是适应民主共和国体而改变中国传统，它以陈独秀和《新青年》集团为代表。在新生的现代政治体制与根深蒂固的中国传统之间，他们选择的是现代政治体制。他们是民主共和的捍卫者，他们爱惜那个来之不易的现代政治体制，不愿看到它因为与中国国情不合而夭亡，所以，他们思考的问题不是民主共和制度是否适应中国传统，而是中国传统是否适应民主共和。他们要做的不是改变现代政治体制以适应中国传统，而是要改变中国传统以适应现代政治体制。正如陈独秀所说："我们要诚心巩固共和国体，非将这班反对共和的伦理文学等等旧思想，完全洗刷得干干净净不可。"①

在这种情况下，致力于解决思想文化问题，这一选择是错误还是正确，应该不难断定。

二、为什么反对"调和折中"

五四新文化运动的领袖人物大多反对调和折中，拒绝接受中西融合的主张。在近几年的新保守主义潮流中，"五四"因此而受到了更多的指责。应该承认，"五四"的主张的确是极端和绝对的，但这并不意味着当下批评"五四"极端化和绝对化的人就比陈独秀、胡适和鲁迅高明。事实也许恰恰

①《陈独秀著作选》第1卷，上海人民出版社1993年，第297页。

证明精神的退化已经使人们无法企及那一代人的高度。反对绝对、极端和片面的思维对于中国人来说实在算不了什么，孩子们读书伊始就学中庸之道，至于既这样又那样的庸人思维是一般人都会的。如果站在民族文化本位寻找可以自豪的东西，倒是完全可以自豪地宣称：即使是中国的弱智者，也比西方人精通“辩证法”！正因为这样，在世界化过程所引进的文化冲突中，必然会出现“撷精取粹”“熔于一炉”“土洋结合”“中西合璧”之类的主张。

新文化运动的领袖们坚决反对这种主张，态度激烈而决绝。究其原因，他们知道自己想要的是什么，所以全力推进世界化，也知道经过调和折中之后出现的会是什么，而那样的结果他们不能接受。

在陈独秀们的眼里，欧化之路已经是无需讨论的选择，而中国传统与西方近代文化则是不可调和的，所以必须一心一意走西化之路。他说：“无论政治学术道德文章，西洋的法子和中国的法子，绝对是两样，断断不可调和迁就的。……或是仍旧用中国的老法子，或是改用西洋的新法子，这个国是，不可不首先决定。若是决计守旧，一切都应该采用中国的老法子，不必白费金钱派什么留学生，办什么学校，来研究西洋学问。若是决计革新，一切都应该采用西洋的新法子，不必拿什么国粹，什么国情的鬼话来捣乱。譬如既然想改用立宪共和制度，就应该尊重民权、法治、平等的精神；什么大权政治，什么天神，什么圣王，都应该抛弃。若觉得神权君权为无上治术，那共和立宪，便不值一文。又如相信世间万事有神灵主宰，那西洋科学，便根本破坏，一无足取。若相信科学是发明真理的指南针，像那和科学相反的鬼神、灵魂、炼丹、符咒、算命、卜卦、扶乩、风水、阴阳五行，都是一派妖言胡说，万万不足相信的。因为新旧两种法子，好像水火冰炭，断然不能相容，要想两样并行，必至弄得非牛非马，一样不成。中国目下一方面采用立宪共和政体，一方面又采倡尊君的孔教，梦想大权政治，反对民权；一方面设立科学的教育，一方面又提倡非科学的祀天、信鬼、修仙、扶乩的邪说；一方面提倡西洋实验的医学，一方面又相信三焦、丹田、静坐、运气的卫生；我国民的神经颠倒错乱，怎样到了这等地步！我敢说：守旧或革新的国是，倘不早早决定，政治上社会上的矛盾、紊乱、退化，终久不可挽回！"[①]他又说，"记者非谓孔教一无可取，惟以其根本的伦理道德，适与欧化背道而驰，势难并行不悖。吾人倘以新输入之欧化为是，则不得不以旧有之孔教为非。倘以旧有之孔教为是，则不得不以新输入之欧化为非。新旧之间，绝无调和两存之余地。吾人只得任取其一。"[②]在这个问题上，陈独秀是清醒的，他问道："德谟克拉西是什么？纲常名教是什么？两下里折中调和起来是个什么？"[③]

面对调和折中的论调和陈独秀的问题，鲁迅揭示说："'西哲'的本领虽然要学，'子曰诗云'也要昌明。换几句话，便是学了外国本领，保存中国旧习。本领要新，思想要旧。要新本领旧思想的新人物，驮了旧本领旧思想的旧人物，请他发挥多年经验的老本领。一言以蔽之：前几年谓之'中学为体，西学为用'，这几年谓之'因时制宜，折中至当'。"然而，鲁迅认为"世界上决没有这样如意的事"。他借易卜生之口表达了自己的态度："All or Nothing！"[④]这种态度也许有点理想化，对于文化来说尤其难以实现，但这是新文化运动主要成员共同的理想。他们希望中国走上一条新的道路，结束不堪的历史。他们不愿接受打了折扣的理想，更不愿看到在折中调和的名义下继续供奉吃人的幽灵。胡适说："为什么要反对调和呢？因为评判的态度只认得一个是与不是，一个好与不好，一个适与不适，——不认得什么古今中外的调和。调和是社会的一种天然趋势。人类社会有一种守旧的惰性，少数人只管趋向极端的革新，大多数人至多只能跟你走半程路。这就是调和。调和是人类懒病天然趋势，用不着我们来提倡。……革新家的责任只是认定'是'的一个方向走去，不要回头讲调和。社会上自然有无数懒人懦夫出来调和。"[⑤]几年之后，他又说，"时髦的人当然不肯老老实实地主张复古，所以他们的保守心理都托庇于折中调和的烟幕弹之下。对于固有文化，他们主张'去其渣滓，存其精英'；对于世界新文化，他们主张'取长舍短，择善

①《陈独秀著作选》第1卷，上海人民出版社1993年，第386—387页。

②同上书，第281页。

③同上书，第518页。

④《鲁迅全集》第1卷，人民文学出版社1981年，第333页。

⑤《胡适文集》第2卷，北京大学出版社1998年，第557页。

而从’；这都是最时髦的折中论调。”[①]正因为这样，无论对哪一种折中论调，他都是坚决反对的。

新文化运动之所以反对调和折中，往往首先出于策略性的考虑。陈独秀在《调和论与旧道德》中做过一个比喻：“譬如货物买卖，讨价十元，还价三元，最后结果是五元。讨价若是五元，最后的结果，不过二元五角。社会上的惰性作用也是如此。”[②]鲁迅也说过：“中国人的性情是总喜欢调和，折中的，譬如你说，这屋子太暗，须在这里开一个窗，大家一定不允许的。但如果你主张拆掉屋顶，他们就会来调和，愿意开窗了。没有更激烈的主张，他们总连平和的改革也不肯行。”[③]胡适是这样说的：“我是主张全盘西化的。但我同时指出，文化自有一种‘惰性’，全盘西化的结果自然会有一种折中的倾向。……古人说：‘取法乎上，仅得其中；取法乎中，风斯下矣。’这是最可玩味的真理。”[④]从这种策略性的考虑，也可以看到他们的努力方向。因为他们希望的是充分世界化，所以不愿自己先打折扣。

在20世纪的中国，一直不乏关于文化“融会”与“合璧”的想象：既引进外来文化，又保存本土文化，二者融会贯通，中西合璧。在物质文化和日常生活层面，这种想象是比较容易实现的。旗袍和高跟鞋的结合早已成功，西装和瓜皮帽也未尝不可，至于沙发和太师椅同置一室、满汉全席外加面包牛油，早已没人反对了。可是，在一些根本问题上，调和与折中却难以进行。因为只要面对文化冲突的实际，就会承认在许多方面是难以调和折中的。比如，民主与专制、科学与迷信、男女平等与夫为妻纲、一夫一妻与妻妾成群、言论自由与文字狱……折中的结果是什么？融合之后又是什么形态？对于后来的中国人而言，或许已经见过，但陈独秀、胡适、鲁迅等人却还缺少那样的想象力，而且不愿接受那样的杂烩。

①《胡适文集》第5卷，北京大学出版社1998年，第449页。

②《陈独秀著作选》第2卷，上海人民出版社1993年，第46页。

③《鲁迅全集》第4卷，人民文学出版社1981年，第13—14页。

④《胡适文集》第11卷，北京大学出版社1998年，第671页。

三、"五四"启蒙运动的目标指向

在国家、民族或阶级至上的群体主义观念之下，要肯定一种事物的价值，就必须冠之以某种群体的名义，将其称之为爱国的、为民族的、为大众的……似乎不这样就无法证明它的意义。由于这种思维定式的作用，一些人想当然地认为"五四"启蒙运动的目标指向只能是国家和民族，因而无论反传统还是引进新文化，其目的都是国家的独立和民族的富强。然而，只要进入"五四"的历史现场，就会发现事情并非如此。

李泽厚"救亡压倒启蒙"的观点在80年代的中国学界产生了极大的影响，包括笔者本人，也是沿着他的思路开始思考这段历史的。遗憾的是，当时的李泽厚虽然提出了这一命题，却对它并未深究，对自己使用的概念也未做认真清理。所以，他一方面揭示着启蒙与救亡的冲突，并为救亡压倒启蒙而惋惜；一方面却写下了这样的结论："尽管新文化运动的自我意识并非政治，而是文化。它的目的是国民性的改造，是旧传统的摧毁。它把社会进步的基础放在意识形态的思想改造上，放在民主启蒙工作上。但从一开头，其中便明确包含着或暗中潜埋着政治的因素和要素。如上引陈独秀的话，这个'最后觉悟之觉悟'仍然是指向国家、社会和群体的改造和进步。即是说，启蒙的目标，文化的改造，传统的扔弃，仍是为了国家、民族，仍是为了改变中国的政局和社会的面貌。它仍然既没有脱离中国士大夫'以天下为己任'的固有传统，也没有脱离中国近代的反抗外侮，追求富强的救亡主线。"①这不能不让人疑惑：既然启蒙的目标就是救亡，何谈启蒙与救亡的"双重变奏"？手段自然要服从目的，"压倒"之说又从何谈起？一些问题李泽厚朦胧地感觉到了，却没有把不同的思潮及其不同的目标指向做细致的梳理，而是按照50年代赋予他的思维习惯而把各自运行的不同思想系统纳入到同一个堂皇轨道之中。因此，他一方面感到救亡压倒了启蒙，一方面却仍然把启蒙看作救亡的手段。作为80年代的学界巨子，李泽厚的见解影响了一代人。许多学者都在这个问题上承袭了他所留下的矛盾，却很少有人对他发现

①李泽厚：《中国现代思想史论》，东方出版社1987年，第11—12页。

的问题继续思考。

在当时的年轻学者中，汪晖对这一问题进行了思考，但遗憾的是，在李泽厚停步的地方，他没有继续往前走，而是详细论述了启蒙之所以被压倒的必然原因，结果，就成了对救亡压倒启蒙这一“历史的必然结果”的合理性论证。而且，在李泽厚犹豫徘徊的地方，汪晖干脆做出了这样的结论：“从基本的方面说，中国启蒙思想始终是中国民族主义主旋律的‘副部主题’，它无力构成所谓‘双重变奏’中的一个平等和独立的主题。”①于是，由李泽厚打开一角的一个问题，就这样又被抚平，恢复了过去叙述的原状。

但是，启蒙与救亡到底是什么关系？启蒙的目标指向究竟是什么？我认为，把启蒙看作救亡的手段，把启蒙思想看作民族主义的副部主题，都是对“五四”启蒙运动的严重误解。启蒙与救亡是两个不同的思潮，也是两个不同的运动，各有其独立的思想体系和运行轨道，二者可能相遇、相交，但启蒙并不从属于救亡，更不是民族主义的副部主题。

考察“五四”以降的中国，应该注意同时并存的三个主题：启蒙、救亡、翻身（或曰革命）。三个主题虽然存在着复杂的关联，却各有其不同的思想基础、出发点、目标指向和逻辑理路。它是相互关联而又各自独立的三个体系，也可以说是三个不同的思潮或运动。三个主题产生于三种不同的意识：启蒙主题产生于人的意识；救亡主题产生于民族意识；翻身主题产生于阶级意识。三个主题又指向三个不同的目标：启蒙的目标是人的解放；救亡的目标是民族的解放；翻身的目标是阶级的解放。在启蒙的体系内，人的解放是根本目标，无论民族解放还是阶级解放，只要有利于人的解放，都可以被接纳，反之，则要受到排斥。也就是说，它可以接受任何思想，但前提是必须成为人的解放和人权保障的手段。在其他体系内，情况也是如此：在翻身体系内，阶级解放是根本目标，无论人的解放还是民族解放，都必须服从于它，如果不能为它服务，则必然受到排斥和打击。这一点，我们从马克思“无产者无祖国”的名言和列宁对于爱国主义的批判，从30年代左翼作家在中苏战争中“保卫苏联”的立场，从大半个世纪中对人道主义和人性论的态

---

①汪晖：《预言与危机——中国现代历史中的“五四”启蒙运动》下，《文学评论》1989年第4期。

度变化，都可以看得清楚。在救亡的体系内，民族的解放和国家的富强是根本目标，无论人的解放还是阶级的解放，都只能与这一目标相一致，而不能与之相冲突。救亡要求全民族的大团结，要求全国上下一致对外，所以，它不欢迎启蒙对个人尊严和权利的强调，也不喜欢阶级斗争的鼓吹。这一点，我们从慈禧太后和光绪皇帝的圣谕，从张之洞等人的"中体西用"，从孙中山要求人们为了国家的自由而放弃个人自由的讲话，从国民党政府在30年代的一系列政策，也都可以看得清楚。所以，这三个体系常常处于矛盾之中，除了形势所迫，很少为"主旋律"所统一。所谓"正"与"副"，所谓目的与手段，只是单方面的一厢情愿，并非双方形成的共识。

其实，从新文化运动足可以看到他们努力的目标。"五四"启蒙运动到底做了些什么？考察它关注的主要问题，大多与救亡无关，更与"反帝"无涉。翻一翻《新青年》《新潮》《每周评论》等刊物，就可以大致看到它涉及的一系列问题：孔教问题、伦理问题、女子解放问题、贞操问题、婚姻问题、父子问题、教育改良、戏剧改良、文学改革、语言改革……这些问题当然并非完全与国家无关，但是，它的解决与否并不直接关系民族和国家的存亡。恋爱是否自由，婚姻是否自主，贞操观念是否应该革除，孝道是否需要，独身主义和无后主义是否可行，如果经过学者的论证，当然都与救亡有关，但是，它首先是人生问题。人们可以把它纳入国家、民族的大话题之下谈论，但它本身并不必然指向国家和民族。新文化运动的领袖们之所以主张恋爱自由，不是因为恋爱可以救国；之所以反对传统的贞操观念，不是因为节妇烈女牺牲了国家的什么资源；之所以主张妇女解放，更不是要煽动娜拉们离开家庭而投身于民族解放的战场。从《新青年》集团的言论中，可以看到一系列相互对立的词语："人的生活"与"非人的生活"，"人的文学"与"非人的文学"，"人的道德"与"吃人的道德"，"人国"与"奴隶的国度"……这正是"五四"启蒙运动的标志。它鲜明地昭示着人们："五四"启蒙运动的目标是人，是人的解放，是人的自由和权利。

有人说，虽然"五四"启蒙运动直接关心的是人，但"立人"仍然是"强国"的手段，所以目的仍然是国家。在当下中国学界，这种说法是流行的。其潜在逻辑是：因为要救国，所以立人；因为要立人，所以启蒙。于是，启蒙为了立人，立人为了救国。启蒙就这样被编入了救亡体系。在这个体系中，人不是目的，而只是救国的工具。

所以，启蒙服务于救亡的观点若要成立，必须建立于两个基础之上：一是启蒙运动的领袖们是民族主义者或国家主义者；二是启蒙运动是适应救亡的需要而发生的。然而，这两点都只是理论上的假设，并非历史事实。

首先，“五四”启蒙运动的领袖们不是民族主义者，也不是国家主义者，甚至不是一般意义上的爱国者。他们大多具有鲜明的个人主义倾向和世界主义倾向，并不看重国家和民族这些介于个人与世界之间的概念。他们已经具有现代国家观念，懂得国家与公民应有的关系，因而知道爱国应该是有条件的，只有国家能够保障人的权利，这个国家才值得爱，否则，爱国就是愚昧的表现。早在发动新文化运动的前夕，陈独秀就说：“国家者，保障人民之权利，谋益人民之幸福者也。不此之务，其国也存之无所荣，亡之无所惜。”“或谓恶国家胜于无国家？予则云，残民之祸，恶国家甚于无国家。”有感于国家“不足以保民，而足以残民”的中国现实，他甚至写下了这样的文字：“不暇远征，且观域内，以吾土地之广，惟租界居民，得以安宁自由，是以辛亥京津之变，癸丑南京之役，人民咸以其地不立化夷场为憾。”①胡适在《易卜生主义》中介绍过易卜生的思想：“个人绝无做国民的需要。不但如此，国家简直是个人的大害。请看普鲁士的国力，不是牺牲了个人的个性去买来的吗？国民都成了酒馆里跑堂的了，自然个人是好兵了。再看犹太民族：岂不是最高贵的人类吗？无论受了何种野蛮的待遇，那犹太民族还能保存本来的面目。这都因为他们没有国家的缘故。国家总得毁去。这种毁除国家的革命，我也情愿加入。毁去国家观念，单靠个人的情愿和精神上的团结做人类社会的基本，——若能做到这步田地，这可算得有价值的自由起点。”②李大钊曾有一个理想：“只要和平会议变成了世界的议会，仲裁裁判变成了世界的法庭，国际警察如能实现，再变成了世界的行政机关，那时世界的联合政府，就正式成立了。”他所要焚香祝祷的就是“合世界人类组织一个人类的联合，把种界国界完全打破”③。在《我与世界》一文中，他又

①《陈独秀著作选》第1卷，上海人民出版社1993年，第118—119页。

②《胡适文集》第2卷，北京大学出版社1998年，第484页。

③《李大钊文集》上，人民出版社1984年，第625—626页。

写道："我们现在所要求的，是个解放自由的我，和一个人人相爱的世界。介在我与世界中间的家国、阶级、族界，都是进化的障碍，生活的烦累，应该逐渐废除。"[①]其次，关于"五四"启蒙运动的缘起，过去的叙述大都把它解释为救亡运动的派生物，因而把人的解放纳入到民族解放的主题之下。这种解释只是一种非常勉强的逻辑推论，并非根据历史事实而做出的结论。面对鸦片战争之后中国的处境，皇帝及其官员们的确是从救亡和强国这个中心出发考虑问题的。最先的留学生们也往往是为救国而远渡重洋的。但是，在当时的中国，"国将不国"是众所周知的事实；"人已非人"也是一个事实。两个事实都是中国的真问题。人们可以产生"国将不国"的忧虑，也可以产生"人已非人"的痛感。"国将不国"的忧虑产生了救亡运动，而"人已非人"的痛感造就了启蒙运动。

中国的启蒙主义者有着大致相同的精神背景。他们广泛地接受了西方现代知识，而且大都有留学的生活经历。他们远渡重洋，本来也许是一心为了国家，立志学成之后回国为皇上和他的国家效劳，但国外生活却不仅使他们学到了富国强兵的技术，而且使他们看到了另一种人生。对他们来说，这是痛苦的一击，也是伟大的觉醒。因为他们本来也是麻木群体中的分子，生活历来如此，早已司空见惯，并未感到生活在中国多么无法忍受，所以，他们也是开口闭口"我大清"，一心一意要为皇上重圆强国梦。但是，两种生活的比较使他们看到了一个现实：中国人活得不像人！早在王韬等人的言论中，我们就已听到了不平和叹息。在严复等人的文章中，我们已看到令人痛心的比较。至谭嗣同的《仁学》，则直言中国是"人间地狱"，发出了如此慨叹："幸而中国之兵不强也，向使海军如英法，陆军如俄德，恃以逞其残贼，岂直君主之祸愈不可思议，……故东西各国之压制中国，天实使之，所以曲用其仁爱，至于极致也。"[②]

对于一个专制王朝来说，两种生活的对比是可怕的。当人们借助外国人的生活而发现自己和同胞生活在"人间地狱"时，当人们意识到这种可怜的生存状况并非源自外国侵略而是源于自己国家的压榨时，当人们意识到旧有

①《李大钊文集》下，人民出版社1984年，第23页。

②丁守和主编《中国现代启蒙思潮》上，第256—257页。

基础上的民族独立和国家富强并不能改变自身命运时，一种思想就产生了：如果一个国家不能保障人的权利，而且剥夺人的权利，它的独立和强盛还有意义吗？如果一个国家像监狱，囚徒们有义务学好本领以加固监狱的高墙或制造新式刑具吗？对于留学生中的多数人来说，尽管并非来自苦难的阶层，但在西方人的生活面前，他们同样没有优越感。或者说，在西方公民的权利面前，原来或许有的“皇恩浩荡”之感很快就黯然无光了。这是大清王朝的不幸：为了强国，不得不派留学生“师夷长技以制夷”，却又无法使他们只学习外国的技术而有效抵抗其社会制度和意识形态的诱惑，专制制度优越性的宣传也注定了不能掩盖事实的真相。结果，派遣留学生本是为了使自身强盛，到头来却为自己培养了成群的掘墓人。从制度维新的酝酿，到排满革命的宣传，其中一大批人的最终目标已经不再是救亡，而是使中国人也应该像人一样生活。到“五四”启蒙运动开始之时，其领袖集团的主要成员大都已经完成了一个根本转变：他们不再以救亡为目的，而是以人的自由、独立、尊严与权利为目的。

胡适：新文化园地里的孤独守望

不记得从什么时候开始，一首歌开始在大陆广泛传唱：

我从山中来，带得兰花草。
种在小园中，希望开花好。
一日望三回，望到花时过。
急坏看花人，苞也无一个。

它被称作“台湾校园歌曲”，很少有人过问它的作者是谁。不久前，我与友人前往绩溪胡适故居。导游讲到这支歌，说它是胡适50年代在台湾写成的。其实，这首诗并非写于台湾，而是写于北京；时间不是50年代，而是20年代。只要翻开胡适的《尝试集》，就会看到这首《希望》，写作时间是1921年10月4日。然而，且不说一般的民众，就是大学中文系的毕业生，有多少人读过《尝试集》呢？一部现代文学史大写着一些文坛混混的名字，而新文学和白话文的开山祖师，新文化运动的一代领袖，却被遮盖于历史的尘污之下，其精神遗产只在有限的学者心中发酵。历史如斯，真让人不知该说什么！

此时，我由这首诗想到的，不是历史的遮盖与遗忘，而是它本身的意蕴。“诗无达诂”，面对同一首作品，不同的读者会从中读出不同的含义。无论胡适在这首诗中是否有所寄托，作为读者，我从最初读到它开始，二十多年过去了，每当读到或者听到，就总是看到一个孤独的守望者的身影：他从山中带回“兰花”植于故土，“一日望三回”，盼它开花，最后却是“苞也无一个”。这很像胡适一生的写照。直到他离开这个世界，“满盆花”也仍然只是一个希望。胡适就这样孤独而执着地守望终生。

作为新文化的播种者，胡适播下了什么样的种子？苦苦守望的又是什么？这个问题决非一篇短文所能一一说清。白话文的倡导，新文学的尝试，现代学术的开创……这些都无需多说。重要的是他在中国文化转型和文明重建中所做出的选择：在保守与变革之间，他选择了变革；在个人主义与各种群体主义之间，他选择了个人主义；在世界主义与国家主义之间，他选择了世界主义；在向东与向西之间，他选择了向西；在民主与专制之间，他选择了民主……在五四新文化运动的领袖集团中，胡适是最温和的，但历史证明，他也是最坚定的。对于选定的路，他很少犹豫，不因新的诱惑而见异思迁，不因乱云飞渡而迷失方向，也不会被所谓时代潮流裹挟而去。在新旧难分、前后难辨的洄流中，这常常使他显得保守，因而失掉号召力。但是，当历史走过许多弯路之后，人们从谷底返回，看到他那孤独的身影，却不能不承认，在中国新文化走过的路途中，在每一个迷失的路口，胡适都曾提醒过；在每一个面临挑战的时刻，胡适都曾顽强抵抗和守护过。

一

中国的新文化运动的确生不逢时。它刚刚开始，就遇到了国际形式的大逆转。大战破坏了现代文明主流的自信，也使一些追随者产生了怀疑。它给迷恋旧文化的人带来了种种幻想，也给拒绝现代文明的人提供了新的理由。于是，一时之间，文化保守主义如同服用了还魂金丹，东方文明似乎重新获得了胜利，西化的道路仿佛真的错了。与此同时，随着国民革命高潮的到来，一心想以武力夺取全国政权的国民党在鲍罗廷等人影响下高举起民族主义的旗帜，它与群众运动所固有的义和团情结相汇合，借着大革命的影响迅速形成一股文化复古和排外的潮流。

面对这一潮流，胡适进行了坚决的抵抗。1926年，他在《现代评论》和《东方杂志》同时发表了《我们对于西洋近代文明的态度》。文章开头就说：“今日最没有根据而又最有毒害的妖言是讥贬西洋文明为唯物的（Materialistic），而尊东方文明为精神的（Spiritual）。这本是很老的见解，在今日却有新兴的气象。从前东方民族受了西洋民族的压迫，往往用这种见解来解嘲，来安慰自己。近几年来，欧洲大战的影响使一部分的西洋人对于近世科学的文化起了一种厌倦的反感，所以我们时时听见西洋学者有崇拜东方的精神文明的议论。这种议论，本来只是一时的病态的心理，却正投合东方民族的夸大狂；东方的旧势力就因此增加了不少的气焰。”他说：“我们不愿‘开倒车’的少年人，对于这个问题不能没有一种彻底的见解，不能没有一种鲜明的表示。”他的文章是一个明确的表示，也是一个全面的回答。他认为，那种灵肉分离的成见是完全错误的。因为“没有一种文明是精神的，也没有一种文明单是物质的”。“精神的文明必须建筑在物质的基础之上”。他指出：“人世的大悲剧是无数的人们终身做血汗的生活，而不能得着最低限度的人生幸福，不能避免冻与饿。人世的更大悲剧是人类的先知先觉者眼看无数人们的冻饿，不能增进他们的幸福，却把‘乐天’‘安命’‘知足’‘安贫’种种催眠药给他们吃，叫他们自己欺骗自己，安慰自己。”而在这一点上，东方固有文明表现最为突出，因为自己不能创造优越的物质生活，就说物质生活不足羡慕。胡适认为这是一种自欺，而这种自欺等于自残和自杀，因为它无视人的生命和维持这生命所必需满足的基本欲望。如果一种文明连人的基本的物质需要都不能满足，还谈什么精神文明？胡适指出，西洋近代文明不是这样，“这一系的文明建筑在‘求人生幸福’的基础之上，确然替人类增进了不少的物质上的享受；然而他也确然很能满足人类的精神上的要求。他在理智的方面，用精密的方法，继续不断地寻求真理，探索自然界无穷的秘密。他在宗教道德的方面，推翻了迷信的宗教，建立合理的信仰；打倒了神权，建立人化的宗教；抛弃了不可知的天堂净土，努力建设‘人的乐园’‘人世的天堂’；丢开了那自称的个人灵魂的超拔，尽量用人的新想象力和新智力去推行那充分社会化了的新宗教与新道德，努力谋人类最大多数的最大幸福。”胡适对于文明的评判和取舍都是以人作为出发点和价值尺度的。这是他在“五四”时期早已形成的基本价值立场。这篇文章进一步明确表达了以人为出发点和最高价值的基本观念。

1928年6月，胡适写了《请大家来照镜子》。文章从美国使馆商务参赞的三张图表说起，展示了中国与美国的巨大差距。他告诉人们，中国人的吃亏在于不肯老实学习，因此，必须学会反省，学会认错，学会死心塌地向人学习。“我们必须承认自己百事不如人，不但物质上不如人，不但机械上不如人，并且政治社会道德都不如人。”面对国民革命带来的社会文化空气，他说：“现在中国全部弥漫着一股夸大狂的空气：义和团都成了应该崇拜的英雄志士，而西洋文明只需‘帝国主义’四个字便可轻轻抹杀！政府下令提倡旧礼教，而新少年高呼‘打倒文化侵略’！……”他告诫人们：“不要尽说是帝国主义害了我们。那是我们自己欺骗自己的话！我们要睁开眼睛看看日本近六十年的历史。试想想何以帝国主义的侵略压不住日本的发愤自强？何以不平等条约捆不住日本的自由发展？”[①]他强调民族的自我反省与批判，竭力守护的正是与西方现代文明全面接轨的文化理想。

二

20年代末，一场北伐战争带来了一个新的政权。像中国历史上每一次政权交替一样，一些人为胜利而欢呼，一些人为失败而痛苦。此时的胡适却忧心忡忡，担心国民党在政治上走向独裁，在文化上走向保守，从而危害新文化的发展。

胡适的担心显示着他的清醒。因为从文化上看，一个事实无法否认：国民革命与新政权的建立不但没有推进新文化的发展，而且直接和间接地带来了旧文化的回潮。这一切决非偶然，而是由国民党的指导思想和革命的依靠力量及其革命实践所决定的。国民党以孙中山的三民主义为其指导思想，但孙中山这位资产阶级革命家却没有完整地接受西方现代思想体系，思想中保留了许多非现代的观念，因而与五四新文化运动相去甚远。五四新文化运动的领袖们无法容忍中国的政治传统对共和国体的侵蚀，因而努力引进西方现代政治理念。孙中山却说：“欧洲之所以驾乎我们中国之上的，不是政治哲学，完全是物质文明。……至于讲到政治哲学的真谛，欧洲人还要求之于中国。”[②]五四新文化运动的领袖们发现了旧道德“吃人”的罪恶，因而猛烈批判旧道德。孙中山却努力张扬与专制政治相适应的道德观念，并且抱怨“一

---

① 《胡适文集》第4卷，北京大学出版社1998年，第27页。

②《孙中山选集》，人民出版社1956年，第666—667页。

般醉心新文化的人”破坏了传统道德。[①]尤其重要的是，五四新文化运动以人为目的和最高价值尺度，努力争取个人的自由和权利的保障。孙中山却以民族和国家的名义要求人们放弃个人自由。在国民党重组和举兵北伐的过程中，孙中山的这些思想由于受到鲍罗廷等人带来的俄式极权主义思想和体制的影响而得到进一步的强化，并且随着北伐战争的胜利而成为占统治地位的思想。获得权力之后，国民党的所作所为与新文化运动的目标在许多方面进一步背道而驰。

此情此景，使胡适不能不努力抵抗文化的大后退，以避免乔装归来的旧文化对新文化的全面吞没。他赞扬吴稚晖，意在以国民党元老的言论抵消国民党的意识形态。他反复提及孙中山在“五四”过后写给海外国民党同志的信，意在以孙中山的力量保卫“五四”新文化成果。他反对党化教育，反对统一思想，反对设立劳动大学，原因都在于这一切与科学、民主、自由、人权的新文化理想极不一致。1928年6月15日，大学委员会开会，胡适终于在教育问题上与国民党的党化教育发生了尖锐的冲突。吴稚晖也当面痛斥他：“你就是反革命！”

1929年，面对国家权力的种种倒行逆施，胡适终于忍无可忍，发表了《人权与约法》《我们什么时候才可有宪法》《知难行亦不易》《新文化运动与国民党》等文章，对新生的政权及其意识形态进行了尖锐的批判。此举展开了胡适与新生的国家权力及其意识形态的激烈冲突。这场“人权运动”充分显示了20世纪中国知识分子的光彩，具有丰富的历史意蕴，但是，从新文化的立场上看，争人权本是新文化运动的题内之义。新文化运动的初期，陈独秀就明确表示：“科学与人权并重。”从这个意义上说，胡适所做的，不过是新文化运动面对新生国家政权的威胁而进行的一场抵抗和守护。

考察胡适在人权运动中与国民党的冲突，其要点有三：一、国民党政府沿袭中国传统的统治习惯，同时模仿斯大林极权主义的做法，因而无视个人权利的保障；胡适却坚持五四新文化运动的理想，坚决捍卫个人的权利。国民政府发布保障人权的命令，胡适却发现命令所禁止的只是“个人或团体”对人权的侵害，而没有提及党和政府机关。他说：“个人或团体固然不得以

---

①《孙中山选集》，人民出版社1956年，第680页。

非法行为侵害他人身体自由及财产，但今日我们最感觉痛苦的是种种政府机关或假借政府与党部的机关侵害人民的身体自由及财产。”他呼吁要有一个约法来规定政府的权限，过此权限，便是非法行为。“无论是一百五十二旅的连长或国民政府的主席，人民都可以控告，都得受法律的制裁。”[①]二、新政权试图以三民主义统一人们的思想，使人们的思想都纳入同一主义之中，而无视现代社会思想自由和信仰自由的原则。胡适则坚持新文化运动的理想，坚决捍卫人格的独立和思想的自由，不能容忍以某种主义奴役人们思想的非现代行为，更不能容忍一个党派通过学校对青年进行奴化教育，从而把他们制造成党派的工具。三、新政权为了巩固自己的统治而努力弘扬民族传统文化，致力于恢复所谓“传统美德”。胡适坚持新文化运动对传统的批判态度，决不容许通过弘扬传统而使专制统治获得合法性。他明确指出：“新文化运动的根本意义是承认中国旧文化不适宜于现代的环境，而提倡充分接受世界的新文明。但国民党至今日还在那里高唱‘抵抗文化侵略’！还在那里高谈‘王道’和‘精神文明’！”他由此做出宣判：“国民政府所代表的国民党是反动的。”[②]

为此，胡适遭到国民党宣传机器和党的笔杆子们的围攻，并且丢掉了中国公学校长的职位。但是，打击和压力都没有改变他的立场。

三

30年代是中国文化乱云飞渡的一个年代，相对于“五四”时期而言，旧文化的回潮是严重的问题。继国民党为巩固自己的统治而努力弘扬传统之后，一些人提出了建国需要专制和独裁的主张；一些人则大谈民族自信心，并且将自信心建立于中国固有文明之上。面对这一切，胡适始终保持着清醒的头脑，连续发表了《建国与专制》《再论建国与专制》《答丁在君论民主与独裁》《信心与反省》《再论信心与反省》《三论信心与反省》等一系列文章，抵挡着来自各个方面的守旧和倒退。

---

① 《人权与约法》，《新月》第2卷第2期。

② 《新文化运动与国民党》，《新月》第2卷第10期。

1935年初，王新命等十教授发表《中国本位文化宣言》，一场关于中国文化何去何从的论战再次掀起高潮。面对十教授宣言，胡适写了《试评所谓“中国本位的文化建设”》①，指出十教授所谓的中国本位文化建设不过是洋务派“中体西用”的翻版。他说：“时髦的人当然不肯老老实实地主张复古，所以他们的保守心理都庇托于折中调和的烟幕弹之下。”他认为，那些“去其渣滓，存其精英”“取长舍短，择善而从”之类的口号都是“时髦的折中论调”，其实质仍是守旧。胡适告诉人们，“中国本位”是无需任何人操心的。在每一次大动荡中，总有一些人害怕“中国本位”会被冲击，但事实是任何一次动荡都不曾打破“中国本位”。关于文化的“本位”，胡适认为：“那无数无数的人民，那才是文化的本位。那个本位是没有毁灭的危险的。物质生活无论如何骤变，思想学术无论如何改观，政治制度无论如何翻造，日本人还只是日本人，中国人还只是中国人。”他担心的不是中国本位的动摇，而是文化惰性的强大：“今日的大患并不在十教授们所痛心的‘中国政治的形态、社会的组织，和思想的内容与形式，已经失去它的特征’。我们的观察，恰恰和他们相反。中国今日最可令人焦虑的，是政治的形态，社会的组织，和思想的内容与形式，处处都保持中国旧有的种种罪孽的特征……”

在由此展开的论争中，胡适更充分地显示了坚持西化道路的观点。因此，在后来的历史上，他常被当作“全盘西化”的代表人物，并且在大陆和台湾都受到批判。应该说，主张“全盘西化”的代表人物应是陈序经，但是，说胡适“全盘西化”，却也不算冤枉他。因为正是他在为《基督教年鉴》写的《中国今日的文化冲突》（*The Cultural Conflict in China*）中明确反对折中论，而主张wholesale westernization和wholehearted modernization，前者可译为“全盘西化”；后者可译为“一心一意现代化”或“充分的现代化”。尽管胡适后来为了避免不必要的争论而主张使用“充分世界化”，但“全盘西化”与“充分世界化”的原意并无不同。按照胡适的说法，“‘全盘’的意义不过是‘充分’而已。”②

---

①《独立评论》第145期。

②《充分世界化与全盘西化》，《大公报》1935年6月30日。

许多人对“全盘西化”都存有误解。作为文明重建的方案，创新与复古，向西与向东，世界化与民族化，全球化与多元化……这一切如果说存在尖锐冲突的话，焦点并不在于是否“全盘”（即百分之百）。因为任何人都知道，“百分之百”西化是不可能的，也是不必要的。在答陈序经的文章中，胡适明确指出：“我们不可滥用理智来规定女人袖子的长短或鞋底的高低，但我们必须充分用理智来倡导那几个根本大方向、大趋势、大原则。”[①]事实上，20世纪的文化冲突焦点常常正是集中于这个“大方向”。弘扬中国传统或坚持中国特色的人们从来不拒绝西方的物质文明和高级消费，而主张全盘西化的人也从未要求中国人穿西装或用刀叉进餐。胡适本人就常常是一身中式的长袍大褂。围绕“全盘西化”的冲突，表面上似乎在于百分之百地舍弃民族传统和实行西化，但冲突的焦点却往往在于是否接受西方的现代国家理念和伦理原则，是否接受现代文明的普世价值。换句话说，也就是要不要以西方民主制度取代中国的专制传统，要不要像西方一样尊重个人的自由和权利。

在这个根本问题上，胡适是清醒的。他强调向西方学习，总是强调着这个大方向。在20年代，他就明确指出：“我们必须学人家怎样用种种防弊的制度来经营商业，办理工业，整理国家政治。”[②]在40年代，他演讲《眼前世界文化的趋向》，指出的理想目标仍然是：“第一，用科学的成绩解除人类的痛苦，增进人生的幸福。第二，用社会化的经济制度来提高人类的生活，提高人类的生活程度。第三，用民主的政治制度来解放人类思想，发展人类的才能，造成自由的独立的人格。”面对当时的世界潮流，他认为，“从历史上来看世界文化的趋向，那是民主自由的趋向，是三四百年来的一个最大目标，一个明白的方向。最近三十年的反自由，反民主的集体专制的潮流，在我个人看来，不过是一个小小的波折，一个小小的逆流。”[③]由此，可以看到他的坚定和自信。

胡适的这种文化态度终生没有改变。直到去世前的几个月，还因此而遭

---

①《答陈序经先生》，《独立评论》第160期。

②《胡适文集》第4卷，北京大学出版社1998年，第28页。

③《胡适精品集》第14卷，光明日报出版社1998年，第66页。

受官员和学者的联合围攻。但无论多少风风雨雨，在新文化的防线上，他始终如中流砥柱。尽管他的声音常常如旷野上的呼喊，应者的确寥寥无几，但是，无论多么孤独，他都不曾动摇过。

1999年1月初稿于曲阜，2002年10月修改于长春

第三辑

附 录

蔡元培与新文化运动

说起中国现代教育，不能不说蔡元培；要说新文化运动，也不能不说蔡元培。因为他是中国新文化的先驱，早在陈独秀创办《新青年》之前，他就已经做过许多努力。从某种意义上说，陈独秀、胡适、鲁迅、钱玄同等人所做的，正是蔡元培等人早已开始的事业，只是他们没有形成轰轰烈烈的运动而已。正因为这样，到了“五四”时期，蔡元培才那样支持陈独秀、胡适、钱玄同、刘半农等人，才使自己成为新文化的保护神。

一、新文化运动的先驱

面对五四新文化运动，只要视野稍微放开一点，就会看到，蔡元培其实是文化革命的老将，是先驱人物。在“五四”之前十几年，他已经致力于旧文化的革除和新文化的创建。

考察蔡元培所走过的路，他虽然同样是致力于颠覆满清帝国的革命领袖，却与孙文、黄兴等人有明显不同：孙文致力于筹钱，然后雇人在边远省份举行武装起义，蔡元培却是从文化教育入手，培养旧时代的破坏者，也培养新时代的建设者。在这一点上，他与章太炎、吴稚晖、李石曾比较接近，主要活动于思想文化领域。

众所周知，蔡元培是科举路上的成功者，乡试、会试一路走来，举人、进士、翰林，进入帝国文化的顶端，但是，他却似乎注定不是帝国文化的继承者和修补者，而是要成为革命者。在翰林院时，他就曾“诋贵胄昏庸不解事，唱排满之论，声至激烈”，因而被掌院学士斥之为“乱臣贼子”[①]。吴稚晖回忆说，在他尚未知道世间有孙文之前五六年，就知道世间有蔡元培。之所以如此，是因为当时浙江有三篇“怪八股”广泛流传，而其中之一就是蔡元培的手笔。吴稚晖说：“其实所谓‘怪八股’，仅仅多用周秦子书典故，为读书人吐气，打倒高头讲章而已。是亦所谓新文化运动，抛一香烟罐粗制之炸药也。”[②]那时当然没有新文化运动之说，但吴稚晖如此比拟，却并非信口开河，因为那“怪八股”已经是当时思想文化的先锋。

1898年百日维新之际，康、梁等人曾经辉煌一时，蔡元培支持维新，“于六君子中，尤默契嗣同学识”，但在谭嗣同受皇帝青睐而军机处行走时，他却“避趋炎势，不往结交”。他之所以没有参与那场运动，是因为不看好康有为那种“小臣架空术”。但在政变发生之后，他却“深致惋惜，叹其寡助致败，谓欲革新排旧，必先培养人才”。于是，“观清廷政治窳败无可挽救，遂弃职南归，绝意仕进，从事教育，其思想革命自此始”[③]。

带着对体制内改革的深度绝望，他弃官南下，回家乡去了。在绍兴，他已显示出革命的倾向。据他的学生蒋梦麟回忆，早在1899年，在绍兴中西学堂时，蔡元培就曾公开表示自己的革命态度，那是在中西学堂的一次宴会上，他高举酒杯大声说：“康有为、梁启超，变法不彻底……”[④]我们无从知道蔡元培当时具体说了些什么，但认为康、梁的变法不彻底，怎样才是彻底？答案却不言自明。有这样的想法，必然要一步步走向革命。

1900年3月，他曾写过一份《上皇帝书》，其中引经据典，讲的道理却实在是“大逆不道”。他说：

> 国者，公司也；民者，出资本之股主也；天子者，总办也；诸侯也，官也，皆总办所自辟之分办也。彼股主者出资本以为公司办事之费，而总办之支应，分办之薪水，皆于是取给焉……[⑤]

①甘簃：《睇向斋逞肊谈》，《申报》1931年12月15日。

②吴敬恒：《四十年前的小故事》，重庆《中央日报》1940年3月24日。

③夏敬观：《蔡元培传》，陈平原、郑勇编《追忆蔡元培》，三联书店2009年，第1页。

④蒋梦麟：《试为蔡先生写一笔简照》，《中央日报》1940年3月14日。

⑤蔡元培：《上皇帝书》，《蔡元培全集》第1卷，中华书局1984年，第99页。

在这份《上皇帝书》中，他对皇帝说自己有三事大惑不解：其一是皇帝既总办，却遇事请示母亲，如果他的母亲明白总办之职，倒也可以请示，但这母亲却是“不知有公司也，知有家业而已；并不知有家业也，知一身之娱乐而已”。“以总办之贤若此，而忽欲借剑以杀人，此何为者也?”二是总办乃全体国人之托命，所以，谋杀总办者，就是“欲绝人人之命”，自当“人人得而诛之”，但“总办之母”却显然并非如此。然而，戊戌杀害和追捕的，罪名却“谋围颐和园”。蔡元培说：颐和园并非公司的机密之地，而只是“总办之母”居住之地，那么，即使“入其居，杀其人”，也应该“治以人与人相杀之律”。“未杀也而围，未围也而谋，杀之，放之，锢之，追捕之，虽人与总办交涉之律，未有如此者也，而悍然为之，此何为者也?”三是朝廷立大阿哥，蔡元培说：“总办之父子相嬗，自夏以来，学禹而失之者也；虽不合公理，然而股主不责也者，曰总办之子，必其习惯于总办之事者也。”如今总办无子，要立继承者，“择之于兄弟，如挚之于尧可也；或择之于人人，如尧之于舜、舜之于禹，亦可也”，为什么要选一个九岁童子，让他来当总办，“择其不胜任总办者而立之”，究竟为了什么?

这样的上书，自然是鸡对鸭讲，但蔡元培的国家理念和政治思想却暴露无遗。陈独秀创办《新青年》之际，请在日本学习政法的高一涵连续写文章，他自己也一写再写，就是要普及现代国家法理，让人知道现代国家与固有的专制国家的不同，让人们知道个人与国家、国家管理者的关系。那些基本思想，蔡元培早在十五年前就有了，而且要向皇帝宣讲。

在“五四”时期，胡适等人对婚丧习俗进行过改革，而蔡元培早在二十年前就进行过类似的改革。中国传统纲常中有夫为妻纲一条，它意味着夫妻之间的不平等。蔡元培却在1900年3月就与妻子订立《夫妇公约》，不仅写进了许多离经叛道的条文，而且写进了一些让卫道士们瞠目结舌的文字，比如：

> 夫妇之伦，因齐家而起。齐者何？同心办事者是也，是谓心交。若乃见美色而悦者，若小儿见彩画而把玩之，文士见佳作而赞叹之，是谓目交。心动而淫者，如饥者食，寒者衣耳，是谓体交。男子见美男，女子见美女，皆有目交也。两男之相悦，如娈童，两女之相悦，如粤东之

> 十姊妹，皆有体交也，非限于男与女者也。然而，统计全球之例，溥通也而无所禁。如握手，接吻之属，皆目交之推也。而体交之事，限于男与女者何也？曰男子之欲，阳电也；女子之欲，阴电也。电理同则相驱，异则相吸。其相驱也，妨于其体也大矣；其相吸也，益于其体也厚矣。相吸之益，极之生子，而关乎保家，且与保国保种之事相关矣……世间夫妇，体交而已耳。目交而惬者，固已不多得矣。呜呼！家道之所以仳离，人种之所以愚弱也。男子之宿娼也，女子之偷期也，皆以目交始，而亦间有心交者也。野合之子，所以智于家生者，此理也……①

这份公约虽然也认为家庭须有“主臣之职”，但在具体条文中却写进了大量不合传统的内容，如：“男子而胜总办欤？则女人之能任帮办者嫁之可也；女子而能胜总办欤？则男之可任帮办者嫁之亦可也”；“主之不能总办而以压制其臣为事者，当治以暴君之律；臣之不能帮办而以容悦为事者，当治以佞臣之律”；“夫妇之事，由男女自择，不得由父母以家产丰俭、门第高卑悬定”；“臣之见去与自去者，皆得仕于他国。家臣之见去与自去者，皆得嫁于他家”；“保家之术，以保身为第一……保身之术，第一禁缠足”……②

1900年，夫人王昭去世。蔡元培三十三岁，自然有媒人纷至沓来。他很不耐烦，贴出了五个条件：（一）天足，（二）识字，（三）男子不娶妾，（四）夫妇意见不合，可以解约，（五）夫死后，女可再嫁。这样的条件，就把许多媒人挡在了门外。尤其是第一条和第四条，前者符合条件者甚少，后者愿意接受者甚少。绍兴城里有一位老前辈，科第比蔡元培早，年纪比蔡元培大，听说此事之后，特地坐了大轿来教导蔡元培，最后见他“执迷不悟”，只能叹着气上轿告辞。

蔡元培的择偶条件为大多数人所难以接受，但符合条件的却并非没有。黄仲玉就是这样的女子，天足、识字、能书、善画，能接受全部条件，所以两人很快喜结良缘。结婚那天，蔡元培再次向传统习俗挑战：拜天地改变了

①蔡元培：《夫妇公约》，《蔡元培全集》第1卷，中华书局1984年，第102—103页。

②同上书，第103页。

形式，闹新房改变了内容，婚礼成了演说会，一时成为奇谈。[①]与此同时，他把六岁的儿子打扮起来参加婚礼，据马叙伦回忆，蔡元培为儿子特制的礼服，竟然是一品大员的衣冠。[②]

1901年夏天，蔡元培离开故乡去上海，先是做澄衷学堂的校长，旋即被聘为南洋公学经济特科班的总教习。据蒋维乔回忆："戊戌政变后，先生知清廷之不足为，革命之不可以已，乃浩然弃官归里，主持教育，以启发民智。既而来海上，主持南洋公学特班讲习……时适汉口唐才常事败之后，清政府钳制集会结社甚厉，先生于壬寅夏秋之交，与上海同志谋立一会，违远时忌，乃定名为中国教育会，默输民族主义。众议教育之根本在女学，乃先创立爱国女学校。"[③]他在南洋公学的时间不长，却又做出了引人注目的事，而且名垂青史。因为著名的"墨水瓶事件"，由于学校当局的固执，学生由请愿到抗议，由抗议到宣言全体退学。在学潮中，蔡元培开始并没有完全站在学生一边，但在最后，当他为学生去向当局求情而遭到拒绝之后，却选择了与学生共进退：学生退学，他也辞职，与学生一起离开了学校。由此可见，蔡元培1919年在北大的表现，与在南洋公学的表现可谓一脉相承。

在此后的时间里，他与蒋智由等创办中国教育会，并任会长，同时创办爱国女学，任校长；南洋公学退学的学生无处可去，他建立爱国学社，任总理。正是在这时候，蔡元培逐步成为革命者。他后来说过："我在南洋公学时，所评改之日记及月课，本已倾向于民权女权的提倡，及到学社，受激烈环境的影响，遂亦公言革命无所忌。"[④]

在此期间，特别值得一说的是影响了中国近代历史的张园演说。张园，是上海市中心的一个公园，坐落在与南京路毗邻的静安寺路，园内绿化甚

①林文铮：《蔡孑民先生二三事》，陈平原、郑勇编《追忆蔡元培》，三联书店2009年，第425页。

②马叙伦：《蔡元培逸事》，陈平原、郑勇编《追忆蔡元培》，三联书店2009年，第67页。

③蒋维乔：《民国教育总长蔡元培》，陈平原、郑勇编《追忆蔡元培》，三联书店2009年，第5页。

④蔡元培：《我在教育界的经验》，1937年12月《宇宙风》第55期。

好，而且有广场、小楼、凉亭、会场等。张园演说是由中国教育会主办的，发起者和主持者就是蔡元培和吴稚晖。据俞子夷回忆："从此学社风气大变，倡言革命已经胜过求学。上课时谈，课余时亦谈，社内谈不过瘾，每星期总有一二个政策在张园公开演讲。除预定演讲者一二人之外，任何人随时可上台讲，所讲问题不同，但中心思想总离不开排满革命……从泥城桥福源里至张园有相当距离，学员数十人，穿上操衣，成双行队伍沿静安寺路开正步走去走回，认真，热烈，大家的心目中，演讲会是一件大事，比功课不知重多少倍。"[①]就是这样一所学校，培养了大量杰出人才。

首次演说是1903年2月15日（旧历光绪二十九年一月十八日），此后不断举行。演说的内容随着社会热点的变化而不断变化，到了拒俄事起，中心话题就集中于"拒俄运动"。其实，当时不只是"拒俄"，而是"抗俄拒法"，因为当时的形势是南北两端都出了问题，南面是报载广西巡抚王之春为镇压境内的哥老会叛乱而奏请借法国兵进行镇压，并向亨利洋行借款，答应事平之后以广西的路矿权作为酬谢。留日学生闻之愤怒，于4月24日集会，并致电朝廷要求惩办王之春。北面的情况起因是俄国在1900年乘八国联军进北京之机派兵进入东三省，在欧美各国撤兵之后仍然拒不撤兵。到1902年，中俄两国签订了条约，规定在条约签署后的一年内分三期全部撤离。然而，到1903年的4月18日，第二期撤兵的时间已过，俄国却不但不撤兵，而且提出了七点新的要求。消息传出，知识界掀起了声势浩大的拒俄运动。

4月27日，4月30日，张园连续举行拒俄集会，蔡元培带领中国教育会和爱国学社的成员参加，而且在30日的大会上首先发表演说，认为上海应该设立"国民公会"以议国事。与会者高唱《爱国歌》，并且高喊"中国万岁"的口号。喊"中国万岁"，在今天似乎已经没有特别的含义，但在当时，却属别有用心，因为它与"大清国万岁！"显然不同。国家的现实存在只有"大清国"，历史上也是"大汉""大唐"到"大明"，不称大清国而称中国，什么意思？这是1903年前后中国知识界出现的一个重要现象：首先是1902年章太炎在日本倡议进行的"支那亡国二百四十二年纪念"，而且在

①俞子夷：《回忆蔡元培先生和草创时的光复会》，《文史资料选辑》第77辑，中国文史出版社1981年。

日本警察面前拒绝承认自己是清国人，而宣称自己的国家已亡，是遗民。这使一些人意识到自己早已亡国，大清国并非自己的国家，也使人意识到自己的国土已被人占领，自己事实上是眼前这个国家的俘虏，是被征服者。以前只是盲目爱国的人们，也开始思考大清国是不是自己的国家。如果不是，自己应该如何爱国？所以，从那时开始，爱国就不再是糊里糊涂的事。正因为有了这种意识，从1903年开始，许多报刊不再使用大清皇帝纪元，而是改用黄帝纪元。这种情况就连慈禧太后也知道，所以后来有人对她说某些人是爱国的，她回答说：他们爱的是中国，而不是大清！

就在4月30日大会的前一天，4月29日，在东京的留日中国学生集会，组成了拒俄义勇队，准备回国到前线作战，并派代表汤尔和、钮永建回国请愿。所以，30日大会正在进行的时候，收到了来自日本的电报。电报由蔡元培当场宣读："俄祸日急，留学生已电北洋请战，结义勇队，愿赴前敌。望协助。"人们被留日学生感动了，蔡元培与一千二百多人转身朝东，遥望日本，向留学生鞠躬致敬。同时，他们形成决议：成立上海拒俄义勇队。

张园演说必然引起当局的注意。5月，驻沪商约大臣吕海寰接连致函江苏巡抚恩寿，指出上海租界有"所谓热心少年"在张园聚众议事，"名为拒法拒俄，实则希图作乱"，要求"即将为首之人密拿严办"。需要严办的名单开了多次，第一次是四人：蔡元培、吴稚晖、钮永建、汤尔和。第二次是六人：蔡元培、陈范、吴稚晖、冯镜如、章炳麟、黄宗仰。5月26日，外务部致电沿海各省督抚，说上海有人"创立爱国学社，招集不逞之徒，倡演革命诸邪说"，应该"查禁密拿"。湖广总督端方接外务部电后于5月28日致电军机处，说"上海有爱国学社诸生借俄事为名，在张园演说，议论狂悖，即经电江宁查禁拿办"。正在这时，《苏报》顶风而上，于是《苏报》案发生，章太炎、邹容进了监狱。

《苏报》案发生之前十天，蔡元培已经去了青岛，因而躲过一劫。风波过后，他又返回上海，以女校为据点，继续从事活动。首先是创办《俄事警闻》日报。接受《苏报》的教训，不再直接倡言革命，而是选了"俄患"这个题材，在政府外交失败、任由俄国占领东北的事上做文章。像当时一些报纸一样，该报也不再使用清朝皇帝纪元，而是用干支纪年，下面注以西历。该报出了七十三期，到1904年2月26日，改为《警钟日报》，篇幅也增加了一倍。这时的蔡元培工作十分繁忙，不但要承担编务，过问印刷，还要撰写稿件。据回忆，他当时剪了短发，穿着德国装，外罩棉大衣，编辑部没有火炉，他却每晚撰写两篇文章，一篇文言文，一篇白话文，以致手上生了冻疮，带了只露出手指的半截手套。马叙伦去看他，发现他隆冬之日“仅服薄棉袍，长才蔽膝，受寒，流涕不绝”。[①]

蔡元培一生中最激烈的岁月是1904年到1905年。留日学生组织的抗俄义勇队受阻，改为军国民教育会，却仍遭压制，于是由公开转入秘密，由地上转入地下。该会决定“鼓吹、起义、暗杀”三项并举，因而组织了暗杀团。暗杀团以杨笃生为首，主要成员有何海樵、苏凤初等，都是蔡元培的朋友。蔡元培成了暗杀团在上海的负责人，从他后来的自述可见：“自三十六岁以后，我已决意参加革命工作。觉得革命只有两途：一是暴动，一是暗杀。”[②]蔡元培领导暗杀，亲手制造炸弹，而且请章士钊、陈独秀等人帮忙，这一切都似乎不可思议，却是历史事实，是蔡元培履历中重要的环节。

然而，蔡元培毕竟是文人，其贡献注定不是在血与火的战场上。所以，当帝制终结、民国建立之际，谁也想不到让他去当陆军总长或实业总长之类，而是请他当教育总长。这并不只是革命党人的选择，而是孙文做临时大总统请他做教育总长，袁世凯做临时大总统依然请他做教育总长。袁世凯称帝失败，黎元洪继任大总统，又请他来做北京大学的校长。直到南京国民政府成立，请他做监察院长，他坚决不干，但请他做大学院院长、中央研究院院长，他都愉快接受了[③]。因为他知道自己适宜担任何种工作。所以，当年他参加暗杀团并亲手制造炸弹，实属书生无奈之举。是什么使得谦谦君子做出如此选择？抱着必死的决心去充当刺客？是现实对美好理想的野蛮扼制，是文明进步的脚步被既得利益集团死死绊住，是由此而生的焦急和无奈，是血和泪，终于逼迫那个时代的文弱书生一个个拿起了枪，怀里揣上了炸弹。从蔡元培制造炸弹，到汪精卫刺杀摄政王，历史留下的是一个时代读书人的无奈，也留下了热血男儿的悲壮。但值得注意的是，他们的悲壮虽然带有荆

①马叙伦：《蔡元培逸事》，陈平原、郑勇编《追忆蔡元培》，三联书店2009年，第67页。

②蔡元培：《我在教育界的经验》，1937年12月《宇宙风》第55期。

③吴敬恒：《蔡先生的志愿》，《中央日报》1944年1月11日。

轲的余韵，却与荆轲有根本的不同。他们从容赴死，不是为了报答知遇者的一顿酒饭，而是为了心中的一个理想：结束异族统治，光复祖宗河山，创建民主共和，让这片土地上的每一个人都能像人一样生活。

革命低潮中，蔡元培带着倦意赴欧洲留学，没有忘记自己的初衷。众所周知，吴稚晖、李石曾、张静江主持的《新世纪》是辛亥革命之前中国文化革命的旗帜和重镇，而蔡元培正是与李石曾、张静江同船到巴黎去的，而且一直与吴稚晖保持着联系。据李石曾回忆，《新世纪》创刊之际，“吴、张两先生与余负责，孙、蔡二公作精神之呼应。”[①]时至今日，说到新文化运动，人们一般是从《新青年》说起，其实，文化革命早在辛亥革命之前就开始了。五四新文化运动的重要内容之一是伦理革命，也就是陈独秀所说的“吾人最后之觉悟”。伦理革命的主要对象是“三纲”。而在1907年，《新世纪》已经发表过《三纲革命》，对旧伦理发起了全面的进攻。《新世纪》提出的是“去迷信”与“去强权”；相隔十年，思路大致相同。《新青年》以批孔著称，而《新世纪》早已发表过《排孔征言》。

中华民国建立之后，新文化建设必然要两次提上议事日程。

1912年1月，蔡元培出任教育总长，面对清朝学部所定的教育宗旨，首先废除的是“忠君”和“尊孔”两项。他的理由是：“忠君与共和政体不合，尊孔与信仰自由相违。”然后他加进了“公民道德”一项，又加进了“美育”一项。他解释说：“何谓公民道德？曰法兰西之革命也，所揭示者，曰自由、平等、亲爱。道德之要旨，尽于是矣。”他清楚地知道，公民道德教育与政治是相关的。他说：“世所谓最良政治者，不外乎以最大多数之最大幸福为鹄的。最大多数者，积最少数之一人而成者也。一人之幸福，丰衣足食也，无灾无害也，不外乎现世之幸福。积一人幸福而为最大多数，其鹄的犹是。立法部之所评议，行政部之所执行，司法部之所保护，如是而已矣……一切隶属政法之教育，充其量亦如是而已矣。”[②]增加美育，理由是

①李石曾：《百年八期忆蔡公》，陈平原、郑勇编《追忆蔡元培》，三联书店2009年，第24页。

②蔡元培：《对于新教育的意见》，《蔡元培全集》第2卷，浙江教育出版社1997年，第16—17页。

美育更超越，可以超越政治之上，造成完美之人格。

1912年2月，他与唐绍仪、宋教仁、汪精卫等发起成立社会改良会。社会改良会的《宣言》说：

> 自吾人企画共和政体以来，外人之觇吾国者，动曰程度不及。今共和政体定矣，吾人之程度果及与否，立将昭揭于世界。从之多言，于吾无加损也，而吾人不可以不自省。盖所谓共和国民之程度，固不必有一定级数，而共和思想之要素，则不可以不具。尚公德，尊人权，贵贱平等，而无所谓骄谄，意志自由而无所谓徼幸，不以法律所不及而自恣，不以势力所能达而妄行，是皆共和思想之要素而人人所当自勉者也。我国素以道德为教义，故风俗之厚，轶于殊域，而数千年君权之影响，迄今未沫，其与共和思想抵触者颇多。同人以此建设此会，以人道主义去君权之专制，以科学知识去神权之迷信，条举若干事，互相策励，期以保持共和国民人格，而力求进步，以渐达于大道为公之盛，则斯会其嚆矢矣。[①]

鉴于数千年君权之影响之下的国民文化素质状况，抱定“以人道主义去君权之专制，以科学知识去神权之迷信”之宗旨，这与陈独秀创办《新青年》时的情况几乎完全相同。蔡元培和汪精卫等人看重的，也是“人权”与“科学”。在他们所订立的章程中可以看到：“成年之后有财产独立权”“个人自立不依赖亲朋”“实行男女平等”“提倡自主结婚”“承认离婚自由”……由此可见，《新青年》所做的，只是对现代国家理念和社会伦理规范的重申，并不是全新的创举，陈独秀、胡适、鲁迅等人所致力的，是蔡元培等人曾经进行而没有完成的文化革新事业。

二、一次历史性的拜访

无论对于中国文化发展的历史还是对于中国现代知识分子的历史，这都

①《民视报》1912年3月19日。

是一个意义深远的日子：1916年12月26日。

这一天，蔡元培到客店拜访了陈独秀。

一个月前，也就是11月26日，为了“群益”与“亚东”合并之事，陈独秀与汪孟邹一起到北京筹股，住进了前门外一家客店。这时的蔡元培刚刚接受中华民国政府的委任，即将出任北京大学校长。他正在考虑如何改革北大的不良状况，如何制订北大的教学方针，如何把北京大学办成真正的现代大学。为此，他要为北京大学聘任新的教员，引进更多的人才。历史，就这样让两个人再次走到了一起。

至于究竟是谁向蔡元培引荐了陈独秀，人们的说法略有差异。沈尹默在《我和北大》一文中说：

> 1917年，蔡先生来北大后，有一天，我从琉璃厂经过，忽遇陈独秀，故友重逢，大喜。我问他：“你什么时候来的?”他说：“我在上海办《新青年》杂志，又和亚东图书馆汪原放合编一部辞典，到北京募款来的。”我问了他的旅馆地址后，要他暂时不要返沪，过天去拜访。
>
> 我回北大，即告诉蔡先生，陈独秀到北京来了，并向蔡推荐陈独秀任北大文科学长。蔡先生甚喜，要我去找陈独秀征其同意。不料，独秀拒绝，他说要回上海办《新青年》。我再告蔡先生，蔡云：“你和他说吧，要他把《新青年》杂志搬到北京来办吧。”我把蔡先生的殷勤之意告诉独秀，他慨然应允，就把《新青年》搬到北京，他自己就到北大来担任文科学长了。
>
> 我遇见陈独秀后，也即刻告诉了汤尔和，尔和很同意推荐独秀到北大，他大概也向蔡先生进过言。①

按照这种说法，似乎是沈尹默首先向蔡元培推荐了陈独秀，而且是他与陈独秀联系的。但是，蔡元培自己却是这样说的：

> 民国五年冬，我在法国，接教育部电，促回国，任北大校长。我回

①沈尹默：《我和北大》，《五四运动回忆录》(续)，中国社会科学出版社1979年。

来，初到上海，友人中劝不必就职的颇多，说北大太腐败，进去了，若不能整顿，反于自己的声名有碍，这当然是出于爱我的意思。但也有少数的说，既然知道他腐败，更应进去整顿，就是失败，也算尽了心；这也是爱人以德的说法。我到底服从后说，进北京。

我到京后，先访医专校长汤尔和君，问北大情形。他说："文科预科的情形，可问沈尹默君；理工科的情形，可问夏浮筠君。"汤君又说，"文科学长如未定，可请陈仲甫君；陈君现改名独秀，主编《新青年》杂志，确可为青年的指导者。"因取《新青年》十余本示我。我对于陈君，本来有一种不忘的印象，就是我与刘申叔君同在《警钟日报》服务时，刘君语我："有一种在芜湖发行之白话报，发起的若干人，都因困苦及危险而散去了，陈仲甫一个人又支持了好几个月。"现在听汤君话，又翻阅了《新青年》，决意聘他。从汤君处探知陈君寓在前门外一旅馆，我即往访，与之订定；于是陈君来北大任文科学长……①

在这里，蔡元培说到汤尔和的推荐，而没有提到沈尹默的推荐。蔡元培这篇文字写于1933年年底，发表于1934年年初，当时陈独秀尚在狱中。

在这篇文章中，有一件事蔡元培没有提起：其实，他与陈独秀是共过事的，那是在1904年，为刺杀慈禧太后和满清大员，蔡元培曾经带领一些人制造炸弹。他在上海找了房子，弄来原料，一群人分成几个组，分工合作，反复试验。因为人手不够而找来了章士钊，章士钊又找来了陈独秀。陈独秀后来曾经回忆说："我初次和蔡先生共事，是在清朝光绪末年，那时杨笃生、何海樵、章行严等，在上海发起一个学习炸药以图暗杀的组织，行严写信招我，我由安徽一到上海就加入了这个组织，住上海月余，天天从杨笃生、钟宪鬯等试验炸药。这时孑民先生也常常来试验室练习、聚谈。"②蔡元培自己也曾说过："自三十六岁以后，我已决意参加革命工作。觉得革命止有两途：一是暴动，一是暗杀。在爱国学社中竭力助成军事训练，算是下暴

①蔡元培：《我在北京大学的经历》，1934年1月《东方杂志》第31卷第1号。

②陈独秀：《蔡孑民先生逝世后感言》，《陈独秀著作选编》第5卷，上海人民出版社2009年，第347页。

动的种子。又以暗杀于女子更为相宜，于爱国女学，预备下暗杀的种子。一方面受苏凤初君的指导，秘密赁屋，试造炸药，并约钟宪鬯先生相助，因钟先生可向科学仪器馆采办仪器与药料。又约王小徐君试制弹壳，并接受黄克强、蒯若木诸君自东京送来的弹壳，试填炸药，由孙少侯君携往南京僻地试验……”在这里，他没有提到章士钊，也没有提到陈独秀，就连他的学生俞子夷也没有提到，但十多年前就有这样一段共事的历史，关系自然不比寻常。

从汤尔和那里知道了陈独秀的住处，蔡元培立即前往拜访。

根据汪原放等人的日记和回忆，沈尹默说到的陈独秀不愿为北大而放弃《新青年》，这是真的。众所周知，陈独秀于1915年9月在上海创办了《新青年》，可谓惨淡经营，此时刚刚出到第2卷的第4期。说到陈独秀放不下这份杂志，我倒想把话说得远一点，结合当时情形，看看陈独秀究竟为什么要办这份杂志，为什么对它那么看重。

当时的中国是革命已经过去，大清帝国变成了中华民国，但以袁世凯为代表的旧官僚不可能迅速成为现代国家合格的管理者，广大民众也不可能一夜之间成为合格的现代公民。由于思想观念和传统习惯，执政者往往以旧的方式执政，民众也往往因旧的习惯而以草民自居。

后来的历史叙述总是对袁世凯给予种种指责，但一些指责显然并不完全恰当。比如，说他一心复辟做皇帝，说他蓄意破坏共和，阻挡历史进步，大概就并不完全符合事实。只要客观地看问题，答案事实上比较清楚：这个旧体制培养起来的官僚，还不习惯在现代国家执政；这个昨日帝国的内阁总理大臣，还不太清楚民国的总统怎么当。对于现代政治体制，他很难迅速适应，在进退两难之际做出了错误的选择。这并不奇怪，因为历史的惯性是无法忽视的存在，它必然成为革命之后相当长的时间内存在的问题。且不说袁世凯本身就是刚刚摘掉大清顶戴的旧官僚，即使革命党人登上总统的宝座，也很难保证不在历史的惯性作用下出现同样的结果。虽然他们已经是总统或者什么别的称谓，但传统的力量很容易使他们成为事实上的皇帝。

与此同时，国民的状况也是重要的。共和国诞生了，但历史不可能预先为她准备下合格的共和国公民。对于他们的大多数来说，还没有意识到历史发生的重大变化，也没有意识到自己已经是这个国家的主人。他们像过去一样，仍然习惯于被奴役的地位。因为从来不曾拥有过公民的权利，自然不会维护自己的权利。有的甚至很不习惯这个礼崩乐坏的新时代，因为官员不像过去的官员，百姓不像过去的百姓，县大老爷面前竟然不下跪了，真让一些人手足无措。1915年，袁世凯上演复辟帝制的丑剧，各地各界纷纷劝进。而在文化界，一些人极力鼓吹尊孔读经，并且要把孔教奉为“国教”。这一切反映了中国国情，反映了传统的力量。

正是在这种情况下，陈独秀产生了新的觉悟，从政治革命走向了文化革命。他要改变人们的思想观念，他要进行现代公民教育，为民主共和国培养合格的现代公民。

《新青年》出现于中国，很快引起了知识界的注意。但是，在其开始，陈独秀的同道寥寥无几，翻看最先的《青年杂志》，只有高一涵、刘文典、李亦民等几人，后来又加入了吴虞等，也仍然不成阵势。我们可以设想，一个没有几个作者也没有多少读者的杂志，要在这样一个大国进行启蒙事业，那是多么艰难而遥远的事！

然而，历史的机缘出现了：蔡元培走进了北京前门外那家客店！

在那里，蔡元培与陈独秀谈定了两件事：一、聘任陈独秀出任北京大学文科学长；二、陈独秀把《新青年》带到北京来办。

无论对于北京大学，还是对于《新青年》，这都是一个重大的开端，一个难得的机会。就《新青年》而言，此时第2卷第5号已经在上海印出，只准备在1917年1月1日发行。也正是在这一期上，刊登了胡适的《文学改良刍议》。它是文学革命的第一枪。此时的《新青年》到北京来办，意味着文学革命将与当时中国的最高学府联系在一起，也意味着《新青年》竭力倡导的新文化运动将获得北京大学这个平台，获得更多的作者和读者，并在这里形成新文化的阵营。而就北京大学来说，因为陈独秀和《新青年》的到来，它将从此不再是默默无闻的学府，而是成为举世瞩目的文化新潮焦点，成为中国新文化运动的中心。而且，由于蔡元培与陈独秀的这一决定，全国各地的现代知识分子，将以《新青年》和北京大学为中心集结。

1917年1月4日，蔡元培就任北京大学校长。1月13日，陈独秀就任北大文科学长。从此，《新青年》开始在北京编辑出版。到1918年1月，《新青年》成为同仁刊物，不再由陈独秀一人主编，而由六人轮流主编：他们依次是：陈独秀、钱玄同、高一涵、胡适、李大钊、沈尹默。同时，鲁迅、周作人、刘半农等也参加了编辑工作。在此，中国现代知识分子的领袖集团已经形成。而作为后起之秀的傅斯年、罗家伦等正在他们的影响之下迅速成长起来。

在蔡元培的主持之下，北京大学迅速从腐朽的旧躯壳中获得新生。由改造北京大学作为起点，中国教育开始走上现代的轨道。现代社会最显著的标志就是政府民选、司法独立、军队国有、新闻自由和教育独立。革命之后的中国没有完成真正的军队国有，所以导致了军阀混战的局面，但教育独立曾经成为现实。随着民国建立，教育独立成为知识阶层的共识。蔡元培致力于高等学校在制度上与国际公认的标准接轨，推动了教育独立和学术自由的实现。他认为，“教育事业当完全交与教育家，保持独立的资格，毫不受各派政党或各派教会影响。”因为“教育是要个性与群性平均发达的，政党是要制造一种特别的群性，抹杀个性”。[①]他主张教育的根本目的在于发展学生能力，完成学生人格，而不是要学生成为供人驱使的工具。他曾反复强调：隶属于政治的教育与超越于政治的教育，根本目的是不同的，前者使受教育者服从，易受政府驱使；而后者则是从受教育者着想，实现其健全的人格。他把教授治校视为保障教育独立的根本措施。在推动教育独立和教授治校的同时，蔡元培倡导思想自由，主张兼容并包。他不赞成董仲舒罢黜百家，独尊儒术的主张，认为在现代国家，“言论自由与思想自由，尤为绝对之原则”[②]，而大学更应贯彻实现。他指出：“以思想自由之通则，而大学之所以为大也。”[③]

因为蔡元培等人的努力，不仅北京大学成为现代知识分子的摇篮，而且对全国产生了广泛的影响。带动中国当时的大学，迅速培养着中国的现代知识分子。

正是在这样一种新的氛围之中，新文化运动轰轰烈烈地进入了高潮。一代大学生的独立人格和自主意识迅速形成，怀疑的精神、批判的态度以及对

---

①《蔡元培全集》第4卷，中华书局1984年，第177页。

②《蔡元培全集》第5卷，浙江教育出版社1997年，第59页。

③《蔡元培全集》第3卷，中华书局1984年，第211页。

于社会的责任感也进一步强化。正是在这一基础上，当巴黎和会的消息传来的时候，才爆发了1919年5月4日的学生运动。这一运动标志着年轻一代知识分子对于国家事务的介入。它使政府最终拒绝在合约上签字，在世界面前刷新了中国人尤其是知识分子的形象，同时也进一步助长了青年知识分子关心社会政治和国家大事的热情。

与此同时，各种报刊纷纷问世，“1917年到1921年间，全国新出的报刊有一千种以上。”[①]除《新青年》之外，《每周评论》《新潮》《国民》《少年中国》《星期评论》《建设》《解放与改造》（后改名《改造》）《少年世界》以及三大副刊（《晨报》的《晨报副刊》，《时事新报》的《学灯》，《民国日报》副刊《觉悟》）都显示了一个文化创新时代的光彩。考察当时的情况，虽然也发生过封报馆和抓记者之类的事件，但因为有现代的制度框架，不仅言论自由，结社也是自由的，所以知识界社团林立，知识分子可以自由发表自己的见解，提出自己的主张，表现了空前的积极性。正因为这样，“五四”时期成为中国现代知识分子辉煌的成年礼。

而这一切，都要从那一天蔡元培对陈独秀的拜访说起。

三、新文化的保护神

蔡元培请陈独秀、胡适等人到北京大学任教并非偶然，支持新文化运动也是顺理成章。所以，当新文化的萌芽在北大校园出现，蔡元培总是小心呵护；当这萌芽面临摧残之际，他又及时给予护卫，挺身而出为之辩污，或把责任揽到自己身上。

1919年元旦过后，北京大学进入多事之秋，教授们已经传播着令人担忧的消息：陈衍、林纾等人因为大学革新的事求大总统徐世昌出面干涉。徐世昌因此而找教育总长傅增湘商量，要驱逐陈独秀、撤换学长、整顿文科。1月5日，上海的《时事新报》发表两条“敢问录”，问的是钱玄同和刘半农。此外还发表一幅骂钱玄同的画，说他要废除汉字用西文，却苦于讲话不能完全像西人，就请医生把他的心挖了，换上一个外国狗的心，于是讲出话

①周策纵：《五四运动：现代中国的思想革命》，江苏人民出版社1996年，第247页。

来与外国狗叫一样。接着是林纾发表小说《荆生》《妖梦》等，对《新青年》集团和北京大学进行丑化和攻击……

这一切并不奇怪，文学革命轰轰烈烈地展开，旧阵营必然有所反应。但对蔡元培来说，一切的麻烦，都因为他支持新思潮，因为他聘请了陈独秀那样的学长，因为他聘请了胡适、钱玄同、刘半农这样一群教授，因为他支持傅斯年、罗家伦等思想活跃的学生办《新潮》。因此，在激烈的新旧冲突中，蔡元培无法置身事外，就成了新思潮、新文化的保护神。1919年的春天，“五四”学生运动前夕，他已经做了许多事。

首先是回答林纾的来信，为北大和新文化辩护。

中国文人大多谨慎，喜欢中庸自守，而不为天下先。所以，面对新文学阵营对旧文学的挑战，事实上是摇头叹息者多，而奋起捍卫者少；背后反对者多，而公开抵抗者少。两军对垒之际，缺乏冲锋陷阵的勇士。这种情况，甚至使文学革命的阵营感到寂寞，所以才有了《新青年》上的双簧信。但是，中国文人也并不全都保守和中庸，比如林琴南，文学革命的口号一喊，他就冲出来了。

林琴南之所以出战，一是因为他的性格，不会耍滑头，而且好辩；二是文学革命兴起，他似乎首当其冲。尽管最初的矛头并没有指向他，但当时有一种说法：“天下文章数严林。”在清末文坛上，文章影响之大，的确首数他和严复。后来的《清史稿》也反映了这一点，文人值得立传的，首先是严复和林琴南。这样的文坛领袖，面对文学革命的声浪，自然比一般人更加敏感。

后来的人们叙述新旧文学之争，往往从林琴南的《论古文之不宜废》开始。原因是胡适的《文学改良刍议》发表于1917年1月1日，林纾的文章刊于2月1日的《大公报》（2月8日由《民国日报》两次刊登），时间相差一个月，看上去真像迎战而来。但事实上，林琴南该文只有六百余字，从问题的提起和论述的重点看，未必是针对胡适的文章。但它恰恰在这个时候发表了，而且论证粗疏，论据严重不足。其中有这样一段说：“知腊丁之不可废，则马、班、韩、柳亦自有其不宜废者。吾识其理，乃不能道其所以然，此则嗜古者之痼也。”此话被《新青年》的人们抓住反复嘲笑，进一步加深了林琴南与新文化运动的对立。

林琴南虽以翻译外国名家小说见称于世，但他尊崇中国传统，并且身体力行，维护礼教，认定西方思想的影响将导致世风日下、人心不古。他自认是孔孟的信徒，无法容忍新文化阵营对孔子之道的批判。在文学方面，林琴南信奉桐城派，以左丘明、司马迁、班固、韩愈等人的文章为天下楷模，认为取义于经，取材于史，多读儒书，留心天下事，才能做出好文章。在政治上，林琴南的态度有点奇怪：他没有做过大清帝国的官，所以在民国建立之初，并无亡国之痛，曾经打算做共和国国民，但很快就改变了主意，决定做大清帝国的遗民，而且心志日益坚定，留下了“十哭皇帝陵”的绝唱。白话初兴之际，他的表现一点都不保守，曾在林白水等人创办的《杭州白话报》上开辟专栏，作“白话道情”，在此后很长一段时间里没有反对白话文运动，直到文学革命兴起之后，他还在为《公言报》写“劝世白话新乐府”专栏。

然而，他不反对白话文的存在，却反对白话取代文言。

他的看法受到新文化阵营的抨击和嘲笑，这使他痛苦而愤怒，加之友人与弟子的鼓励和怂恿，他终于披挂上阵了。

2月17日，林琴南在《新申报》发表小说《荆生》，痛诋新文化运动。小说写“皖人田其美”“浙人金心异”和“新归自美洲”的“狄莫”三人同游陶然亭，“温酒陈肴，坐而笑语，田生叹曰：‘中国亡矣，误者均孔氏之学’……狄莫大笑曰：‘惟文字误人，所以致此。’田生以手抵几曰：‘死文字，安能生活学术，吾非去孔子、灭伦常不可。’狄莫曰：‘吾意宜先废文字，以白话行之。’……金生笑曰：‘正欲阐白话以佐君。’于是三人大欢，坚约为兄弟，力掊孔子。忽闻有巨声，板壁倾矣。”原来是隔壁一个携带十八斤重铜锏的伟丈夫荆生，终于被他们的言论激怒。他破壁而入，怒斥三人：“中国四千余年，以伦纪立国，汝何为而坏之?”田生欲抗辩，“伟丈夫骈二指按其首，脑痛如被锥刺。更以足践狄莫，狄腰痛欲断。金生短视，丈夫取其眼镜掷之，则怕死如猬，泥首不已。丈夫笑曰：‘尔之发狂似李贽，直人间之怪物。今日吾当以香水沐吾手足，不应触尔背天反常之禽兽之躯干。尔可鼠窜下山，勿污吾锏……’”当时的圈内人都明白，“皖人田其美”指陈独秀；“浙人金心异”指钱玄同；“狄莫”是留学归来的胡适。至于伟丈夫荆生，则是卫道英雄的化身。当时的人们以为那是徐树铮。

发表《荆生》，出了一口恶气，但林琴南仍未罢休。3月19日至23日，又在《新申报》发表第二篇影射小说《妖梦》。小说写一个叫郑思康的人梦游阴曹地府，见到一所白话学堂，大门有楹联一副："白话通神，《红楼梦》《水浒》真不可思议；古文讨厌，欧阳修、韩愈是什么东西。"入二门，匾上大书"毙孔堂"，堂前也有一副楹联："禽兽真自由，要这伦常何用？仁义太坏事，须从根本打消。"学堂内有三个"鬼中之杰出者"：校长叫"元绪"，影射蔡元培；教务长叫"田恒"，影射陈独秀；副教务长叫"秦二世"，影射胡适之。对于"鬼中三杰"，作者显然痛恨无比，所以极尽丑化："已而元绪出见，则谦谦一书生也。田恒二目如猫头鹰，长喙如狗。秦二世似欧西之种，深目而高鼻。左右元绪而出。谈次问名未竟，二世曰：'足下思康，思郑康成耶？孔丘尚是废物，何况郑玄。'田恒曰：'郑玄作死文字，治不了活文学，非吾辈出而提倡，则中华将被此腐儒弄坏矣。而五伦五常，尤属可恨，束缚至于无转旋地步。'"郑思康问："伦常既不可用，将用何人为师？"田恒的回答是："武则天，圣王也。冯道，贤相也。卓文君，贤女也。无冯道，则世无通权达变之人；无文君，则女子无自由之权利。且不读《水浒》，世界无英雄；不读《红楼梦》，则家庭无乐事。汝以为如何者？元绪点首称赏不已。"小说结尾处，作者让阴曹地府中的"阿修罗王"出场，把白话学堂中的这些"禽兽"通通吃掉，化为一堆大粪……这种做法，凭一时之愤而图一时之快，不但有失分寸，而且大丢一代文豪的脸面。

帮林琴南发表这些小说的是张厚载，当时是北京大学法科政治系学生，1918年在《新青年》上与胡适、钱玄同、傅斯年、刘半农等就旧戏评价问题有过争论，所以对文学革命很不喜欢。林琴南是他在五城中学堂读书时的老师，此时心中正有闷气，他就鼓动老师上阵了。

可是，林琴南刚刚把《妖梦》交张厚载寄往上海，就收到了蔡元培的信，说有一个叫赵体孟的人想出版明遗老刘应秋的遗著，拜托蔡元培请梁启超、章太炎、严复、林琴南等名家为之题词。蔡元培的信感动了林琴南，他们本是熟人，只是多年不曾联系，于是觉得自己写那样的小说影射蔡元培不是太好，所以嘱张厚载将《妖梦》一稿追回，同时给蔡元培回信。回信如果只叙友情，说几句客气话，也许这事就过去了。但林琴南比较较真，认为大学应该是全国师表，"五常"之所系属，而最近外间谣言纷集，说得太不像话。因而便要跟蔡元培好好说一说。信中表示，他最不满意的，一是“覆孔孟，铲伦常”，二是“废古文，行白话”。对于前者，他说，晚清以来，人们相信去科举，停资格，废八股，复天足，逐满人，扑专制，整军备，则中国就会富强，现在民国将近十年，上述期待都成为现实，但国家富强了吗？现在所谓的新思想又要覆孔孟，铲伦常，西方不也有伦理吗？林琴南认为所谓新道德就是无君无父，“表彰武则天为圣王，卓文君为名媛，尊严嵩为忠臣”，总之一切都颠倒了。对于后者，他指出：“若尽废古书，改用土语为文字，则都下引车卖浆之徒，所操之语，按之皆有文法，不类闽广人无为文法之啁啾。据此则凡京津之稗贩，均可用为教授矣。若《水浒》《红楼》皆白话之圣，并足为教科之书……”林琴南这封信发表于《公言报》1919年3月18日。

蔡元培虽然温和，但此时显然有些愤怒。他公开回信，就林琴南对北京大学的攻击进行回答，并且为陈独秀、胡适等人辩护。他逐一驳斥了林纾对北京大学的指责，列举大量事实，说明林纾是把谣言当成了事实，北大并没有覆孔孟、铲伦常、尽废古书之事，声明外间传言并无根据。同时，蔡元培重申了他掌北大的两大主张：

> （一）对于学说，仿世界各大学通例，循“思想自由”原则，取兼容并包主义……无论有何种学派，苟其言之成理，持之有故，尚不达自然淘汰之运命者，虽彼此相反，而悉听其自由发展。
>
> （二）对于教员，以学诣为主；在校讲授，以无背于第一种之主张（思想自由、兼容并包）为界限。其在校外之言动，悉听自由。学校从不过问，亦不能代负责任。例如复辟主义，民国所排斥也，本校教员中，有拖着长辫而持复辟论者，以其所授为英国文学，与政治无涉，则听之。筹安会之发起人，清议所指为罪人者也，本校教员中有其人，以其所授为古代文学，与政治无涉，则听之。嫖赌娶妾等事，本校进德会所戒也，教员中间有喜作侧艳之诗词，以纳妾狎妓为韵事，以赌为消遣者，苟其功课不荒，并不诱学生与之堕落，则姑听之。夫人才至为难得，若求全责备，则学校殆难成立。且公私之间，自有天然界限……

蔡元培的复信产生了很大影响，国家最高学府的校长为新文化保驾护航，新派人物乘势前行，林琴南显然难以对垒。最后，这位自称有“顽皮憨力”的“老廉颇”终于公开在报纸上认错道歉，并在回复蔡元培的信中说：“弟辞大学九年矣，然甚盼大学之得人。公来主持甚善，顾比年以来，恶声盈耳，至使人难忍，因于答书中孟浪进言。至于传闻失实，弟施以为言，不无过听，幸公恕之。”

接着，蔡元培做的另一件事，是为《新潮》辩护。

《新潮》是北大学生傅斯年、罗家伦、徐彦之、康白情等人办的一份综合刊物，创刊号于1919年1月1日出版。刊物的英文名字是*The Renaissance*，意为“文艺复兴”。他们为刊物提出了三个口号：“（一）批评的精神，（二）科学的主义，（三）革新的文词。”在《新潮发刊旨趣书》中，他们明确指出：“去遗传的科举思想，进于现世的科学思想；去主观的武断思想，进于客观的怀疑思想；为未来社会之人，不为现代社会之人；造成战胜社会之人格，不为社会所战胜之人格。”创刊号问世后不到一个月，就连印了三版，深受读者欢迎。

蔡元培为刊物题写了封面上的“新潮”二字，而且决定从学校经费中每月拨出两千元作为杂志的出版费用。

《新潮》在社会上产生了影响，自然被人关注，也必然会有人对其西化倾向和批判锋芒看不惯。一般人看不惯也就罢了，一些有来头的人看不惯，就会施加影响。于是，他们找总统，找总理，找国会，找教育部，让他们出面干涉。客观地说，总统和部长们也未必喜欢他们多事，但他们既然找来，就需要应付过去。更重要的是，当时的大总统徐世昌虽然是个明白人，也很宽容，但从知识结构到价值观念系统，却是典型的正派旧文人。教育总长傅增湘也是比较开明的人，他在“五四”学生运动中的表现即可为证。但是，面对人们对北大的种种议论，面对种种压力，却不能不来管一管。总长没有下达什么指示和命令，而是以极谦逊的口气给蔡元培写了一封信，告诉他外界对大学“不无微词”，希望他约束和引导学生。

教育总长傅增湘这封信是3月26日写的，主要内容是表示两点担心：一是“因批评而起辨难，因辨难而涉意气。倘稍逾学术之外，将益启党派新旧之争”；二是“吾国伦理道义，人群纪纲，镌于人心，濡于学说，阅数百千年。其间节目条教，习惯蜕衍，或不适于现代，亦属在所不免。然而改革救正，自有其道。以积渐整理之功，行平实通利之策，斯乃为适。凡事过于锐进，或大反乎恒情之所习，未有不立蹶者。时论纠纷，喜为抨击，设有悠悠之辞，波及全体，尤为演进新机之累”[①]。

因为事关《新潮》，蔡元培把信拿给傅斯年，让他起草回信稿，然后于4月2日回复傅增湘。回信中首先解释说：北大不但有倡导新学的《新潮》，还有《国故》，“新旧共张，无所缺畸”。“在学生则随其好尚，各尊所闻。当事之员，亦甚愿百虑殊途，不拘一格以容纳之。局外人每于大学内情有误会之处，然若持《新潮》《国故》两相比拟，则知大学中笃念往昔，为匡掖废坠者，实亦不弱于外间耆贤也”。信中写道：

> 至于持论，间有殊于旧贯者，容为外间误会之所集。然苟能守学理范围内之研究，为细密平心之讨议，不涉意气之论，少为逆俗之言，当亦有益而无弊。《新潮》持论，或有易致骇怪之处。元培自必勉以敬慎将事，以副盛情。
>
> 事之方始，真相未明，辗转相传，易滋误解。历日稍久，情实自见。大学兼容并包之旨，实为国学发展之资。正赖大德如公，为之消弭局外失实之言。元培亦必勉励诸生，为学问之竞进，不为逾越轨物之行也……[②]

关于蔡元培，人们常常称赞他的兼包并容。其实，他虽兼包并容，却并非没有自己的立场。他是站在新文化一边的，所谓兼包并容，只是一种容纳异己的雅量。而且，在新旧变革时期，兼包并容的方针，事实上对新思潮更有利。因为旧文化无需谁来宽容，就早已占据着主流地位，新文化却需要生存的空间。陈独秀、胡适等人有幸，新文化运动有幸，遇到了这样一个校长。他的表现是那样平和，那样中庸，但内心里却那样热切地渴望思想文化上的除旧布新。“五四”学生运动发生之后，他辞职南下，一份宣言展示了

①《蔡元培全集》第3卷，中华书局1984年，第286页。

②同上书，第285页。

他的内心。他说他不愿再做政府任命的校长，因为那样的校长是“半官僚性质”；他不愿继续在北京当校长，因为北京是“臭虫窠”，更重要的是他不愿做不自由的校长，其中这样写道：

> 北京大学，向来受旧思想的拘束，是很不自由的。我进去了，想稍稍开点风气，请了几个比较有点新思想的人，提倡点新的学理，发布点新的印刷品，用世界的新思想来比较，用我的理想来批评，还算是半新的。在新的一方面偶有点儿沾沾自喜的，我还觉得好笑。哪知道旧的一方面，看了这点半新的，就算“洪水猛兽”一样了。又不能用正当的辩论法来干涉了，国务院来干涉了，甚而什么参议院也来干涉了，世界哪有这种不自由的大学么？还要我去充这种大学的校长么？[①]

他在五四运动中的作用说来话长，暂且不谈，从一些不太重要的事也可以看到他的态度和做法。比如，“性博士”张竞生出版《性史》，提倡“情人制”“外婚制”和“新女性中心论”，言论可谓惊世骇俗，所以被一些人称作“文妖”，但他仍在北大任教，因为有蔡元培为他充当保护伞。否则，在中国传统的文化场域，那种文化很难有生存余地。

再比如男女同校。这是一件大事，蔡元培却不声不响，稳健从事，先让女生进北大旁听，一段时间之后，才开始招收女生。他把握时势，察看社会舆论，不请示，不汇报，不向教育部呈文。因为所谓汇报与请示，常常是把责任推到上面，上面愿意承担责任吗？好事当然谁都愿意参与，有风险的事哪个上司愿意揽到自己身上？所以，凡开拓创新冒风险的事，报批一般都难以获得批准。众所周知，万一呈报被驳回，就不好办了。蔡元培做过教育总长，知道教育部的全部文件中并无禁止大学招收女生的条款，所以，招收女生并不违规，待到木已成舟，人们也就只有接受这一既成事实。

所以，谈论“五四”，谈论新文化运动，当事人都没有忘记蔡元培。

---

①《蔡元培全集》第3卷，中华书局1984年，第298页。

新文化运动中的钱玄同

在我们这个年代，钱玄同是注定要受冷落的，不会被出版界热炒，也不会成为学术研究的热门话题。究其原因，主要在于他的文化态度不合时宜，一些主张不仅令这个时代的人难以接受，而且觉得匪夷所思。然而，只要回到“五四”时期，他却是一个无法回避的人物。

钱玄同主要研究小学和经学，成就主要也在文字学、音韵学方面。在他的专业领域，历史已经深深地刻下了他的名字，因为他的成就是多方面的：中国现代音韵学的奠基人；中国白话语体的倡导者；第一批简体汉字的起草人；第一次汉语拼音方案的拟定人；汉字横排和自左至右书写形式的发起者；白话国语教科书最早的创编者；标点符号、阿拉伯数字、公元纪元的倡导者……他的一生时间不长，从1887年到1939年，只活了四十二岁，竟然做了如此之多的大事！还有他没有做成的“废除汉文”和“废除汉字”！

关于他的文字学和音韵学，因为笔者不懂而难以置喙，本文仅对他在新文化运动中的作为进行考察。回到“五四”现场，就可以看到，钱玄同的确是一员骁将，打过一些真正的硬仗。我说“真正的硬仗”，是因为鲁迅说刘半农“打过几场硬仗”，但如果与钱玄同相比，刘半农打的那些硬仗就容易多了。钱玄同真是敢破敢立，冲锋在前，说过一些振聋发聩的话，提出过一些让人惊骇的主张，也留下了持久争议的话题。他有坚实的旧学根基，对传统文化了若指掌，又由于站到了时代的制高点上，对一些问题一目了然。所以，他的言说就常常抓住根本，能够一针见血。按照一般的看法，他是偏激的，因为他说话直，而且狠，一语到位，不留余地。有些话说得也许未免过分，比如“桐城谬种”“选学妖孽”之类的判语，有些话也许未免夸张，比如“四十不死就该枪毙”之类的玩笑话，但在破旧立新的时代，如果没有这样的人物，大家都按照中国传统而吞吞吐吐，或者“今天天气……哈哈哈……”，大概会什么问题也不能提出，什么问题也不会解决的。考察钱玄同在“五四”时期所作的努力，有的成功了，有的失败了，但无论成功还是失败，都显示着那个时代所特有的精神光彩。

一、对中国已有文学的评估

钱玄同是文学革命最早的响应者。胡适在1917年1月发表《文学改良刍议》，钱玄同看到之后，立即给陈独秀写信，表示对胡适的文章“极为佩服”，“其斥骈文不通之句，及主张白话体文学说，最精辟。”[①]从此之后，就不断地给陈独秀写信，给胡适写信，给刘半农写信，给鲁迅和周作人写信……他似乎不喜欢写文章，而喜欢以书信的形式发表见解。翻开《新青年》即可看到，自从1917年《新青年》迁至北京，几乎每期都有他的书信。他的信大多写得很长，动不动就是四五千字。就凭那些信，他成为继胡适、陈独秀之后的文学革命主将，在他之后，才又有了刘半农、鲁迅、周作人等。

写第一封信时，陈独秀刚到北大就任文科学长，也是第一次为北大文科拟定课程表。所以，钱玄同不但与他讨论胡适的文学改良主张，而且讨论了中国文学的历史分期问题，提出了与陈独秀不同的看法：“日前见公所拟大学文科中国文学门课程表，似以魏晋至唐宋为第二期，元明清为第三期。鄙意宋世文学，实为启后，非是承前。词开曲先，固不待言，即欧苏之文，实启归方。其与昌黎柳州，谅为貌同而心异。又如说理之文，以语录为大宗。以白话说理，尤前此所无。小说是近世文学中之杰构，亦自宋始。”这是他关于中国文学史分期的见解，与流行的观点大不相同。如此分期，他的理由是：“以前小说如《虞初世说》，为野史而非文学作品。唐代小说，描画淫亵，称道鬼怪，乃轻薄文人浮艳之作，与纪昀蒲松龄所著相同，于文学上无

①钱玄同：《致陈独秀》，1917年2月1日《新青年》第2卷第6号。

大价值，断不能与《水浒》《红楼》《儒林外史》诸书相提并论也。”[①]在这里，已经显示着一种新的文学价值观。

钱玄同出身诗书世家，又是章太炎高足，其时早已是北大教授、学界名流。加之他本来属于“国粹派”，此时反戈一击，加入《新青年》行列，影响自然非同一般。所以，陈独秀回信说：“以先生之声韵训诂学大家而提倡通俗的新文学，何忧全国不景从也！可为文学界浮一大白！”[②]

2月25日，他又给陈独秀写长信，首先肯定胡适文章：“胡君‘不用典’之论最精，实足去千年来腐臭文学之积弊。”然后，他以自己的学识为“不用典”补充了历史依据：“齐梁以前之文学，如诗经、楚辞，及汉魏之诗歌、乐府等，从无用典者。”“古代文学，白描体外，只有比兴。”他赞赏《孔雀东南飞》：“皆纯为白描，不用一典。而作诗者之情感，诗中人之状况，皆如一一活现于纸上。焦仲卿妻诗，尤与白话之体无殊，至今已越千七百年，读之，犹如作诗之人与我面谈。此等优美文学，岂后世用典者所能梦见。”他又说，后世文人竞相用典，是因为缺乏铸造新词的能力，“不学者从而惊之，以渊博相称誉，于是习非成是，一若文不用典，即为俭学之征，此实文学窳败之一大原因。”与此同时，他对胡适的一些说法提出了批评。比如，关于“不用典”，胡适说“工者偶一用之，未为不可”；他认为这是“犹未免依违于俗论”，应该更坚决、更彻底一些：“凡用典者，无论工拙，皆为行文之疵病。”再比如，胡适对苏东坡的诗句“岂意青州六从事，化为乌有一先生”有“此虽工而近于纤巧矣”的批评；钱玄同认为苏轼此诗“其实索然无味，只觉可厌，直是用典之拙者耳”。胡适认为长短句比律诗自由，所以不反对填词，并且认为工于填词者并不觉得不自由；他反驳说：“惟我之不赞成填词，正与先生之主张废律诗同意无非因其束缚自由耳。先生谓‘工词者相题而择调，并无不自由’。然则工律诗者所作律诗，又何尝不自然？不过未‘工’之时，做律诗勉强对对子，填词硬扣字数，硬填平仄，实在觉得劳苦而无谓耳。总而言之，今后当以‘白话诗’为正体，其他古体之诗，及词、曲偶一为之，固无不可，然不可以为韵文正宗也。”他的

---

①钱玄同：《致陈独秀》，1917年2月1日《新青年》第2卷第6号。

②陈独秀：《答钱玄同》，1917年2月1日《新青年》第2卷第6号。

主张显然比胡适更激烈，也更进一步。正因为有更高的标准，他批评胡适的白话诗“未能脱尽文言窠臼”[①]。

值得一提的是，面对钱玄同的批评，胡适说：“适之改良文学一论虽积思于数年，而文成于半日，故其中多可指摘之处。今得钱先生一一指出之，适受赐多矣。中如论用典一段，适所举五例，久知其不当。所举江君二典，尤为失检。钱先生之言是也。”尤其是对他的白话诗“未能脱尽文言窠臼”的批评，胡适表示：“此等铮言，最不易得。”[②]

考察钱玄同的中国文学整体观，可以看到他的一个重要观点：中国文学原本是朴实真挚的，而在后来却一步步堕落而走下坡路。按照他的描述：“始坏于东汉，以其浮词多而真意少也。弊盛于齐梁，以其渐多用典也。唐宋四六，除用典外，别无他事……戏曲小说，为近代文学之正宗。”[③]这是“五四”新文学阵营对中国古代文学发展历史的一次集中评价：肯定远古那些自然质朴的作品，否定后世雕琢粉饰和低级趣味，在近代文学中认戏曲和小说为文学正宗。

众所周知，文学革命是从形式入手的，即变文言为白话，但钱玄同却一开始就关心文学的思想内涵，因而成为较早以现代思想价值观评判中国古代文学作品的批评家。他肯定宋代以来的语录以白话说理，肯定词曲以白话为文，肯定《红楼梦》《水浒传》《儒林外史》等白话小说，认为它代表着文学的进化，但他同时提醒人们，并不是以白话创作的就是好文学。他认为《西厢记》《长生殿》《牡丹亭》《燕子笺》等作品虽然词句可观，但缺少高尚思想和真挚感情。至于小说，则大量存在的是“诲淫诲盗之作”和“神怪不经之谈”，以及“以迂谬之见解，造前代之野史”的作品。他认为最低劣的，是“所谓‘小姐后花园赠衣物’‘落难公子中状元’之类”。他认为词曲和小说虽然是文学正宗，但有价值的作品却极少。之所以如此，他的解释是：“前此所谓文学家者，类皆喜描写男女情爱。然此等笔墨，若用写实派文学家之眼光去做，自有最高之价值，若出于一己之儇薄思想，以秽亵之

①钱玄同：《致胡适》，1918年1月15日《新青年》第4卷第1号。

②胡适：《答钱玄同书》，1918年1月15日《新青年》第4卷第1号。

③钱玄同：《致陈独秀》，1917年2月1日《新青年》第2卷第6号。

文笔，表示其肉麻之风流，则无丝毫价值之可言。”可惜的是，中国前代文人“属于前者殆绝无，属于后者则滔滔皆是”。在古代小说中，他对《红楼梦》《水浒传》《儒林外史》评价较高，并且为《红楼梦》和《水浒传》作了辩护。他说：“《红楼梦》断非诲淫，实是写骄侈家庭，浇漓薄俗，腐败官僚，纨袴公子耳。《水浒》尤非诲盗之作，其全书主脑所在，不外‘官逼民反’一义。施耐庵实有社会党人之思想也。”①

钱玄同本来对《西游记》评价不高，把它与《封神传》归为同类。但胡适看好《西游记》，认为“神怪不经之谈，在文字中自有一种位置。其功用在于启发读者之理想。如《西游记》一书，全属无中生有，读之使人忘倦。其妙处，在于荒唐而有情思，诙谐而有庄意”。他特别赞赏开卷八回对孙悟空历史的描写，认为“在世界神话小说中，实为不可多得之作”，而且对猪八戒性格的描写也大加赞赏。②钱玄同对此表示赞同，并且承认自己“疏于鉴别”③，最后他们共同认定《红楼梦》《水浒传》《儒林外史》《西游记》为中国小说的四部第一流作品。

对于近代小说，钱玄同最初看好的是李伯元的《官场现形记》、吴趼人的《二十年目睹之怪现状》和曾朴的《孽海花》。胡适认为《孽海花》不能与前面几部作品相比，只能算是二流作品。钱玄同欣然接受胡适的意见。而胡适本来对《老残游记》评价甚高，钱玄同则认为《老残游记》并非佳作：“书中唯写毓贤残民以逞一段为佳，其他所论，大抵皆老新党头脑不甚清晰之见解，黄龙子论‘北拳南革’一段信口雌黄，尤足令人忍俊不禁。”④胡适也欣然接受钱玄同的批评，并对自己的误判进行解释：“适客中无书，所举诸书皆七年前在上海时所见。文成思之，甚悔以《老残游记》与吴趼人、李伯元并列。今读钱先生之论，甚感激也。”⑤

至于新文学建设可借鉴的资源，钱玄同特别说到了梁启超，强调梁启超

①钱玄同：《致陈独秀》，1917年3月1日《新青年》第3卷第1号。

②胡适：《再寄陈独秀答钱玄同》，1917年6月1日《新青年》第3卷第4号。

③钱玄同：《致胡适》，1917年8月1日《新青年》第3卷第6号。

④钱玄同：《致陈独秀》，1917年3月1日《新青年》第3卷第1号。

⑤胡适：《再寄陈独秀答钱玄同》，1917年6月1日《新青年》第3卷第4号。

的价值。众所周知，钱玄同是章太炎的弟子，与梁启超既非同党，亦非同道，但他却能抛开宗派之见，公正地看待梁启超的事业，奉他为新文学的先驱。他说："梁任公实为创造新文学之一人，虽其政论著作，因时变迁，不能得国人全体之赞同，即其文章，亦未能尽脱帖括蹊径，然输入日本新体文学，以新名词及俗语入文，视戏曲小说与论记之文平等……此皆其识力过人处。鄙意论现代文学之革新，必数梁君。"①

发表于《新青年》第3卷第4号的《致陈独秀》四千多字，在批评旧文学的同时，更多地表现了作者自己的文学价值观：反对陈词滥调，反对套话空话，反对为敷衍成文而用典故，反对故弄玄虚而让人不知所云。他的一些话掷地有声："文学之真价值，本在内容，不在形式。""呜呼！公等所谓美文，我知之矣，说得客气一点，像个泥美人；说得不客气一点，简直像个金漆马桶。"②发表于《新青年》第3卷第6号的《致陈独秀》，又是四千多字，重要内容之一是讨论中国小说。他说：

> 以前我写信给先生和适之先生说，《水浒》《红楼梦》《儒林外史》《西游记》《金瓶梅》和近人李伯元、吴趼人两家的著作，都是中国有价值的小说。这原是短中取长的意思……其实若是拿十九、二十世纪的西洋新文学眼光去评判，就是施耐庵、曹雪芹、吴敬梓也还不能算作第一等。因为他们三位的著作，虽然配得上称"写实体小说"，但是笔墨总嫌不干净。若是和西洋的Goncourt兄弟、Maupassant、Tolstoi、Turgenev诸人相比，便有些比不上。

关于中国小说与外国小说的差别，他不仅指出了因为中国小说家喜欢做长篇，面面俱到，写一大堆人物，却不能深入细致的问题，而且指出一个更为重要的差别：外国那些著名作家都有自己的思想和见解，而且把写小说看作神圣的事业，所以他们能够严肃地观察和思考，是用自己的眼光去看社会，用小说的笔墨去暴露真相，而作家自己却立在第三者的客观位置，"写

①钱玄同：《致陈独秀》，1917年3月1日《新青年》第3卷第1号。

②钱玄同：《致陈独秀》，1917年6月1日《新青年》第3卷第4号。

到那男女的恋爱奸私，和武人强盗显他特殊势力那些地方，决没有自己忽然动心，写上许多肉麻得意的句子。所以意境既很高超，文笔也极干净。”“中国小说则不然，就是施、曹两公，也未能免俗（像武松打虎、贾宝玉初试云雨之类）。这一层，是中国小说更远不及外国小说的地方。”他又说，“施、曹、吴三人之外，《西游记》虽说诙诡别有情致，究竟是‘理想主义派’里的名产，拿新文学的眼光去看，实在是过去时代的东西，和施、曹的‘写实派’去比，便有新旧的不同。《金瓶梅》虽具刻画恶社会的本领，然后描写淫亵，太不成话；若是勉强为他辩护，说做书的人下笔的时候自己没有存着肉麻的冥想，恐怕这话总是说不通的。《野叟曝言》里的文素臣，《老残游记》里的铁补残，《九尾龟》里的章秋谷，写得全智全能，都是作者自道，叫人看了，实在替他肉麻！”还是在这封信中，钱玄同又写道，“至于文学革命，先生和适之先生虽也竭力提倡新文学，但是对于元明以来的中国文学，似乎有和西洋现代文学看得平等的意思。”他认为元明以来的词曲和小说虽然必须在中国文学史中详详细细地讲，认作有价值的文学，但这只因为它是“开新的”，而且其内容与社会生活日渐接近，并非因为它没有问题。①

1920年9月，他在给周作人的信中再次论及《水浒传》，他说：

> 思想似乎不能算他没有。但他的思想，却亦不能认为合理。因为他的命意，实在是表明“官逼民反”。不过“民”是怎样“反”法呢？——就是“做强盗”而已。此等思想，正与《庄子·盗跖篇》意思一样。做《盗跖篇》的人，痛恨圣人作怪，是有思想的；可是请盗跖来对付盗丘，却不能认为合理。做《水浒》的人，痛恨狗官之可恶，是有思想的；可是请宋江来对付宋朝，却不能认为合理。②

他的这种认识，直到今天，对中国古代文学的研究仍有指导意义。

---

①钱玄同：《致陈独秀》，1917年8月1日《新青年》第3卷第6号。

②钱玄同：《致周作人》，沈永宝编《钱玄同五四时期言论集》，东方出版中心1998年，第206页。

考察钱玄同对中国古代小说的评论，特别值得注意的是他对《三国演义》和《金瓶梅》的评论，因为从中可见新文学阵营对中国古代小说的看法，看到其使用的现代价值尺度，也可以看到他们在某些问题上的困惑和犹豫不决。

在当代中国，《三国演义》是被尊为“四大名著”的。但在钱玄同和鲁迅、胡适、陈独秀眼里，它却算不上好小说。钱玄同对《三国演义》的评论是深刻的，也是严苛的，许多话都是一针见血。比如：

> 《三国演义》一书，玄同实未知其佳处。谓其有文学上之价值乎？——则思想太迂谬。谓其为通俗之历史乎？——则如“诸葛亮气死周瑜”之类，全篇捏造。且作者写其书中所崇拜之人，往往费尽气力，仍无丝毫是处：如写刘备，成了一个庸懦无用的人；写诸葛亮，成了一个阴险诈伪的人；写鲁肃，简直成了一个没有脑筋的人。故谓其思想既迂谬，文才亦笨拙。[①]

对此，胡适似乎不那么严苛。他看到了《三国演义》的艺术感染力，认为“其书谬处在于过推蜀汉君臣而过抑曹孟德。然其书能使今之妇人女子皆痛恨曹孟德，亦可见其魔力之大”。钱玄同则认为，正因为这样，它就更不足取：“曹孟德固然是坏人，然刘备亦何尝是好人？论学，论才，论识，刘备远不及曹操；论居心之不良，刘备曹操正是半斤八两。帝蜀寇魏之论，原极可笑……持此等见解，甚且欲作小说以正人心，害得一班愚夫愚妇无端替刘备落了许多眼泪，大骂曹贼该千刀万剐，而戏台上做‘捉放曹’‘华容道’‘黄鹤楼’……这真正可发大笑了。”[②]

胡适不赞同他的意见，写信为《三国演义》辩护。他说：“平心而论，《三国演义》之褒刘而贬曹，不过是承习凿齿、朱熹的议论，替他推波助澜，并非独抒己见。况此书对曹孟德，亦非一味丑诋。如白门楼杀吕布一段，写曹操人品实高于刘备百倍。此外写曹操用人之明，御将之能，皆远过于刘

---

①钱玄同：《致胡适》，1917年8月1日《新青年》第3卷第6号。

②同上。

备、诸葛亮。无奈中国人早中了朱熹一流人的毒，所以一味痛骂曹操。戏台上所演《三国演义》的戏，不是《逼宫》，便是《战宛城》，凡是曹操的好处，一概不编成戏。此则由于编戏者之不会读书，而《三国演义》之罪实不如是之甚也。先生又谓此书‘写刘备成一庸懦无用的人，写诸葛亮成一阴险诈伪的人’，此则非关作者‘文才笨拙’，乃其所处时代之影响也。彼所处之时代，固以庸懦无能为贤，以阴险诈伪为能，故其写刘备、诸葛亮，亦只如此。此如古人以‘杀人不眨眼’‘喝酒三四十大碗’为英雄，今人如张春帆之徒以能‘吊膀子’为风流。故《水浒传》之武松，自西人观之，必诋为无人道；《九尾龟》之章秋谷，自吾与先生观之，必诋为淫人。此与我前书所言《品花宝鉴》不知男色为恶事，同一道理。”[①]面对胡适的说法，钱玄同说：

> 我个人的意见：以为《三国演义》所以具这样的大魔力者，并不在乎文笔之优，实为社会心理迂谬所致。因为社会上有这种“忠孝节义”“正统”“闰统”的谬见，所以这种书才能迎合社会，乘机而入。我因为要祛除国人的迂谬心理，所以排斥《三国演义》……[②]

值得一提的是，胡适虽然为《三国演义》辩护，最终却没有把它看作第一流的小说。他所认定的四部一流小说，也是《红楼梦》《水浒传》《儒林外史》和《西游记》。

钱玄同对《金瓶梅》评价甚高。在他看来，这部小说应该与《红楼梦》一样居于一流地位。但胡适极不赞成，理由之一是“今日中国人所谓男女情爱，尚全是兽性的肉欲”，因而应该力排《金瓶梅》之类的书，翻译和创作高尚的言情之作，扭转不良的社会风气；二是文学应该美，《金瓶梅》的性行为描写缺乏美感。面对胡适的见解，钱玄同不再坚持为《金瓶梅》争取一流的地位，并且承认它的流弊，但似乎仍不甘心，所以沿着胡适的思路，继续为之辩护。因为胡适说《品花宝鉴》的历史价值“正在其不知男色为可鄙薄之事，正如《孽海花》《官场现形记》诸书不知嫖妓纳妾为可鄙薄之

---

①胡适：《答钱玄同》，1918年1月15日《新青年》第4卷第1号。

②钱玄同：《致胡适》，1918年1月15日《新青年》第4卷第1号。

事”[①]。钱玄同接过这种“历史价值”说，用以评价《金瓶梅》：

> 推此论而言之，则知《金瓶梅》一书，断不可与一切专谈淫猥之书同日而语。此书为骄奢淫泆不知礼义廉耻之腐败社会写照。观其书中所叙之人，无论官绅男女，面子上是老爷太太小姐，而一开口，一动作，无一非极下作极无耻之语言之行事，正是今之积蓄不义钱财而专事“打扑克”“逛窑子”“讨小老婆”者之真相。语其作意，实与《红楼梦》相同。……徒以描写淫亵太甚，终不免有“淫书”之目。即我亦未敢直截痛快，迳以此书与《红楼》《水浒》等齐列。然仔细想来，其实喜描淫亵，为中国古人之一种通病。远之如《左传》，详述上烝、下报、旁淫、悖礼逆伦，极人世野蛮之奇观；而叙陈灵公淫乱之事，君臣相谑之言，尤为淫亵之尤。近之如唐诗、宋词，说淫话处亦不为少。至于元明之曲，则有直叙肉欲者矣（如《西厢》之《酬简》，《牡丹亭》之《惊梦》。即《水浒》《红楼》中，又何尝无描写此类语言，特不如《金瓶梅》之甚耳）。故若抛弃一切世俗见解，专用文学的眼光去观察，则《金瓶梅》之位置，固亦在第一流也。[②]

钱玄同没有坚持把《金瓶梅》划入“一流”，但他对《金瓶梅》的看法并未改变，只是考虑到对青年的影响而作了让步。但他同时又说：“从青年良好读物上面着想，实在可以说，中国小说没有一部好的，没有一部应该读的。”[③]从这种苛刻的评价，可以看到一种不同于前人的现代价值尺度，用周作人的话说，它就是“人的文学”。

二、反传统与“立人”

说起钱玄同，无法回避他反传统的激烈态度。

---

①钱玄同：《致胡适》，1917年8月1日《新青年》第3卷第6号。

②同上。

③钱玄同：《致胡适》，1918年1月15日《新青年》第4卷第1号。

无需讳言，钱玄同是彻底反传统的，也是主张充分世界化的。被历代文人视为经典的那些东西，无论是三坟五典，还是旧诗、旧戏、旧小说，在钱玄同眼里，都已是散发着臭味的垃圾，需要的是清理，而不是继承。

与陈独秀等人一样，钱玄同对文化的关心是与他的政治意识联系在一起的。在“五四”时期，他发表过许多与政治相关的言论。这些言论谈论的是文化，却又涉及国体、行政等政治问题，表现着他对政治现实的变革愿望。之所以对现实有所不满，又因为理想的比照。比如，他曾这样提醒人们：

> 既然叫作共和政体，既然叫作中华民国，那么有几句简单的话要奉告我国民。
>
> 民国的主体是国民，决不是官，决不是总统。……
>
> 国民既是主体，则国民的利益须要自己在社会上费了脑筋、费了体力去换来。公仆固然不该殃民残民，却也不该“仁民”“爱民”。公仆就是有时僭妄起来，不自揣量，施其“仁爱”；但是做国民的决不该受他的“仁爱”。……
>
> 既在二十世纪建立民国，便该把法国、美国做榜样。一切“圣功”“王道”，“修、齐、治、平”的鬼话，断断用不着再说。
>
> 中华民国既然推翻了自五帝以迄满清四千年的帝制，便该把四千年的“国粹”同时推翻。因为这都是与帝制有关系的东西。[①]

他认为严重影响中国人的，一是孔学，二是道教。对于孔学，因为陈独秀等人多有批判，他表示赞同，没有多作重复。对于道教，他说：“汉晋以来之所谓道教，实演上古极野蛮时代‘生殖器崇拜’之思想。二千年来民智日衰，道德日坏，虽由于民贼之利用儒学以愚民；而大多数之心理举不出道教之范围，实为一大原因。1900年，竟演出拳匪之惨剧。吾人方以为自经此创以后，国人当能生觉悟之心，道教毒焰，或可渐渐澌灭。岂知近年以来，此等‘拳匪’余孽，竟公然于光天化日之下，大施其妖术：某也提倡‘丹田’，某也提倡‘灵学’。照此做去，非再闹一次‘拳匪’不止，非使中

①钱玄同：《随感录·二八》，1918年9月15日《新青年》第5卷第3号。

国国民沦于万劫不复的地位不止。”[①]

他本来属于“国粹派”，但一旦觉悟，对“国粹”的警惕性却特别高。他在《新青年》的《随感录·二十九》中写道：“中华民国成立之后，有一班‘大清国’的‘伯夷叔齐’在中华民国的‘首阳山’里做那‘义不食周粟’……的‘遗老’。这原是列朝‘鼎革’以后的‘谱’上写明白的，当然应该如此，本不足怪。但是此外又有一班二三十岁的‘遗少’，大倡‘保存国粹’之说。”那么，这些遗老遗少们要保存什么样的国粹呢，钱玄同为他们列出了清单：垂辫、缠脚、吸鸦片、叉麻雀、打扑克、磕头、打拱、请安、迎神、赛会，以及“提倡男人纳妾”“提倡女人贞节”……他分析保存国粹者的理论，发现他们之所以要保存国粹，是因为认定国粹是一国的命脉之所在，一个国家如果没有自己的国粹，也就没有文化根基，必将“国将不国”。遗老遗少们所哀叹的，就是民国以来新学流行，处处拿来西方文化，使得中国的国粹消亡，世风日下，国将不国。对此，钱玄同说：“那么，我要请问先生们……在贵国‘宣统三年’之前，先生们一定也是很保存国粹的了。但是中华民国元年二月十二日那一天，先生们为什么‘独使至尊忧社稷’，忍令贵国大皇帝做那‘唐虞禅让’的‘盛德大业’，不应用这国粹来挽回贵国的‘天命’呢？”这种辩论方式，体现着当时新文化阵营的共识。守旧者攻击新时代的新文化导致世风日下、国将不国，他们则反问：辛亥革命之前，没有新学盛行，没有礼崩乐坏和世风日下，那旧时代的旧文化为什么没保住你们的大清帝国？

一些人竭力美化传统，把辛亥革命之前的中国文化说得伟大而辉煌，似乎一切都是革命和民主共和搞坏了，钱玄同接过他们的话说：“我们的文学既有《文选》，又有‘八家’，为世界之冠。周公作周礼，是极好的政治；中国道德又是天下第一……请问如此好法，何以会有什么‘甲午一败于东邻；庚子再创于八国’的把戏呢？何以还要讲什么‘中学为体，本学为用’？”[②]

有孙少荆给《新青年》来信，认为首先要弄清“人”的问题，反对动不动就说“爱国救国”。钱玄同说：“先生所说的‘不要人还没有弄清楚，便

①钱玄同：《随感录·八》，1918年5月15日《新青年》第4卷第5号。

②钱玄同：《随感录·三十》，1918年9月15日《新青年》第5卷第3号。

去胡乱谈政治、法律、爱国、救国’，这实在是极精当的议论，我佩服得很。那些圣人贤人，要是专门吃饭，我们尽可任他去。所可恨的，他于吃饭之外，还要逼住我们去做那先王的留声机器。我们要是偶然良知发现，想要做‘人’，他们便说我们大逆不道，‘宜正两观之诛’，那我们自然不能不竭力地反抗他了。”[①]由此可以看到他思想的出发点和目的地。他思考问题的出发点不是爱国、救国之类，而是人；而人的价值与尊严，人的自由与权利，却又离不开现代政治，离不开新生的民主共和国的宪法和政治理念的落实。由于种种群体主义思想的影响，在一般人那里，无论任何事物，好像只有与爱国、救国有关才有意义，但在钱玄同和《新青年》集团看来，事情不能这样颠倒，而是国家因为能够保障个人的自由和权利才获得意义。

面对新学的流行与外文的大量应用，一些人沿袭晚清洋务运动时的某种认识，以为中国人如果说洋话，就是为洋人办事的，就是洋奴。钱玄同说：“若说中国人用了外国文做第二国语，便不免要做洋奴，将为印度波兰朝鲜之续。这种议论，是二十年前的老新党发的，实际上初不如此。要知道人而肯做洋奴，一定是脑筋简单，知识卑下的缘故。据我看来，有了第二国语，才可以多看‘做人的好书’；知道该做‘人’了，难道还肯做‘洋奴’吗?”[②]

陈百年提出，要把每年1月1日的新年废止，把10月10日作为中国人做“人”的纪念日来庆祝。钱玄同表示赞同，他说：

> 若从中华民国自身说，他是公历1911年10月10日产生的，那一日才是中华民国的真纪元。就中国而论，这日是国民做“人”的第一日；就世界而论，这日是人类全体中有四万万人脱离奴籍，独立做“人”的一个纪念日。这真是我们应该欢喜，应该庆贺的日子。[③]

钱玄同的思考和言说，常常围绕着这个根本目标：脱离奴籍，独立做

①钱玄同：《致孙少荆》，1918年11月15日《新青年》第5卷第5号。

②同上。

③钱玄同：《陈百年〈恭贺新禧〉的附志》，1919年1月15日《新青年》第6卷第1号。

人，就要有独立人格和思想，而不能在思想上和观念上做任何人、任何势力的奴隶。

在《新青年》的《随感录·四十四》中，他写道：“我要敬告青年学生：诸君是二十世纪的‘人’，不是古人的‘话匣子’。”他告诉学生，我们做文章，是要把我们的意思写出来，所以就应该用我们自己的话，写成我们自己的文章。我们的话是怎么说的，这文章就该怎么做。我们读古人的文章，不过是拿来做参考，决不能“句摹字拟”，把文章做得与古人的文章一模一样。[①]“五四”那一代人，无论钱玄同还是鲁迅，感受最深的，就是在古文中耳濡目染，只要稍不注意，一开口就是古文经典，而没有自己的话，也不会说自己的话。旧思想、旧观念就是这样被承袭着，这是变革时代的一个大问题。它严重影响着时代的进步，也严重影响着中华民国成为真正的民主共和国，从而严重影响着人们的生活。这是钱玄同们所不愿看到的。

1919年10月，钱玄同在《致步陶》中说：“现在中国人的脑子，实在可怜：不是挨饿没得吃，就是吃日子搁久的臭鱼烂肉，再不然，就拿漏脯酖酒来充饥。你想，这样办法，不是饿死，就是毒死。所以用现在的语言来做书办报，把二十世纪的人类应有的知识一件一件写将出来，救救他们的脑子，真是‘功德无量’的事。”从这样的话，我们可以看到“五四”一代启蒙主义者的根本动机，也可以明白他们为什么那样攻击“国粹”，那样激烈地反传统。

步陶在信中说钱玄同是“最激烈的文学革命者”，这话应该不错。在文学革命的阵营中，虽然整体都是激进的，但最激进的大概还是要数陈独秀、吴稚晖、鲁迅和钱玄同。但是，钱玄同在回复步陶的信中却故意说自己是个“研究古董的老废物”，因为受了二十多年的腐败教育，缺乏新的知识，“我的讲文学革命，和胡适之、周启明、刘半农、陈独秀诸公真懂得新文学的，其观念完全不同”。“我是因为自己受旧学之毒害几及二十年，现在良心发现，不忍使今之青年再堕此陷阱，只因自己是过来人，故于此中之害知之较悉，于是常常在《新青年》空白的地方，用不雅训的文笔，发几句极浅薄的议论，虽然要竭力摆脱古文的句调，顽旧的议论，究竟陷溺太深……”

---

①钱玄同：《随感录·四十四》，1919年1月15日《新青年》第6卷第1号。

步陶还有一个观点，认为当时思想文化界是“新的太新，旧的太旧”。钱玄同对此不能认可，因为在他看来，当时的中国最多的是两种人：一种是“僵尸相的旧人”，一种是“半死半活，不死不活，似死似活的‘折中派’”。真正的新人极少，也就谈不到“太新”的问题。一般人看了《新青年》和《新潮》这样的杂志，以为很新，但在钱玄同眼里，这些杂志的所谓新人，却也与“半路出家的和尚”一样，“旧气总是洗涤不尽”。在他看来，完全没有旧污染的新人，只能寄希望于小学生，但也不敢担保他们在成长的过程中不受旧思想和旧文化的污染。至于他自己这一代，他认为应该做的，就是趁着大脑还没有完全陈腐的时候，“赶紧把身上背着的二十四部‘相斫书’‘民贼家谱’里的黑暗旧道理尽力抛弃，对于现在已经渐发曙光的进化真理，尽力赶上去研究，千万不要疑心它太新”。他还语重心长地对步陶介绍西方文明，并且说：“我们应该知道，人家的学问、道德、知识，都是现代的，我们实在太古了，还和春秋以前一样。急起直追，犹恐不及，万不可再‘徘徊歧路’了！”[①]

由此可见，钱玄同是有世界眼光的。他的世界眼光在许多文章中都体现着。他说过：“现在以后的中国，是世界的一部分；现在以后的中国人，是世界上人类的一部分。所以无论讲时事，讲古事，都和世界各国相关联。”所以，研究历史，也不能只是像过去那样只是讲尧舜如何仁爱，桀纣如何残暴，刘备是正统，曹丕、孙权都是僭伪，岳飞是忠臣，秦桧是奸臣之类，而是要“用治社会学的方法，去研究自古至今中国民族文化变迁的真相。那么，一定有和别国历史比较的地方”[②]。

钱玄同极力推进中国文化的现代化，而且认定现代化就是西化，西化就是世界化。他反复说过：“一般人所谓‘西洋文化’，实在是现代的世界文化，并非西洋人的私产，不过是西洋人作了先知先觉罢了。中国人要是不甘于‘自外生成’，则应该急起直追，研究现代的科学、哲学等等。若要研究‘国学’，尤其非懂得科学方法不行……我们今后对于‘国学’，只应该做‘整理国故’的事业，绝对地不应该再讲那什么‘保存国粹’‘宣扬国光’

①钱玄同：《致步陶》，1919年11月1日《新青年》第6卷第6号。

②钱玄同：《论中国当用世界公历纪年》，1919年11月1日《新青年》第6卷第6号。

这类废话了。我们要使中国人都受现代世界文化的洗礼，要使现代世界文化之光普照于中国……”他的文字改革，也是服务于这一大目标的，因为“要使中国人都可以看现代的科学、哲学、文学等等书籍，则非将它们用国语翻译或编述不可”①。

除此之外，钱玄同还有一个特点：无论什么，想到了就说，说了就做。他在1917年7月1日发表的《致陈独秀》中提出竖行改横行的问题，到8月1日发表的《致陈独秀》中就说：“我以前所说要把右行直下的汉文改用左行横迤，先生回答道：‘极以为然。’现在我想：这个意思先生既然赞成，何妨把《新青年》从第4卷第1号起，就改用横式?”

刊物改为横行，并非没有先例，《科学》杂志和《观象丛报》就已经是横行，原因是那些文章中有大量公式，而且大量引用外文，用竖行实在不方便。但在纯粹的中文杂志中，却没有人迈出这一步。钱玄同认为应该改，而且希望马上就改。他说：“《新青年》杂志拿除旧布新做宗旨，则自己便须实行除旧布新。所有认作‘合理’的新法，说了就做得到的，总宜赶紧实行去做，以为社会先导才是。这改直式为横式，虽然是形式上的事情，然而于看写二层，都极有便利，所以我总想先生早日实行。”②

也是在这封信中，钱玄同郑重宣布：从这封信开始，以后他无论写信还是写文章，都改用白话。他不仅自己说做就做，而且请陈独秀、胡适、刘半农都来用白话写作。刊物改用白话，当然会有阻力。钱玄同想到了各方面的诘难，比如，“标准国语”没有确定之前，就改用白话，没有统一标准，必然是各自说各自的白话，结果就必然是不三不四半文半俗的白话。可是，没有白话的实验，如何来定“标准国语”呢？钱玄同说：“试问‘标准国语’，请谁来定？难道我们便没有这个责任吗？……这个‘标准国语’，一定是要由我们提倡白话的人实地研究尝试，才能制定。我们正好借这《新青年》杂志来做白话文章的实验场。”③《新青年》改用白话，正是钱玄同督促的结果。

---

①钱玄同：《汉字革命》，1922年8月20日《国语月刊》第1卷第7期。

②钱玄同：《致陈独秀》，1917年8月1日《新青年》第3卷第6号。

③同上。

三、文字革命的是非

钱玄同是主张废除汉字的。开始的说法是“废除汉文”，后来改说“废除汉字”。两种说法不同，意思完全一致，都是要废除汉文字。为了表述方便，这里采用他后来的说法“废除汉字”。

作为语言学家，研究文字，研究音韵，竟然提出要废除汉文字，连几千年流传下来的文字都不要了。因此，对他的评价就成了问题：有人直言他的“挖祖坟”和“断根”之罪；有人吞吞吐吐，说要历史地、辩证地看；有人似乎是在为他辩护，说矫枉过正乃是那个时代的需要，应该在那个特定背景上理解他，意思是说，钱玄同虽然是错的，但还是有意义的……这样一来，钱玄同事实上已经被弄到了被告席上，即使那些为他辩护的人，也不过是在考虑给他减罪，而不是做无罪辩护。

之所以如此，是因为钱玄同的主张让今天的一般人惊诧，感到难以理解，是因为我们的时代离那个时代已经太远了，我们对那种大破大立的创造精神已经十分陌生。可是，在“五四”时期，这实在算不了什么。那是一个除旧布新的时代，试想，至高无上的皇帝都可以赶下台，还有多少不可以做的？许多事物的改变最初看上去都是不可思议的，比如汉字的横行书写，几千年都是竖行写，怎么可以横行写呢？当时的一些人就曾惊诧莫名，并且认定这种新写法有崇洋媚外之嫌。但在今天，谁还为横行书写而惊诧呢？更不会有人再把横行写汉字的人和印刷横行书报的人看作汉奸。再比如造字，今天的学者谁会因为对某个字不满意就另造一个呢？“五四”时期的人们却是这样干的，众所周知的“她”字就是刘半农造出来的，后来人们都跟着用了，自然不再令人惊诧。只有那些未完成的事，因为至今没有变，当初那些要改变它的想法，在今日的国人眼里就匪夷所思了。

查钱玄同废除汉字的主张，最先是出现于他的日记中。不过，他的日记同时暴露了几个同谋：陈独秀、刘文典、鲁迅。

1918年1月2日，钱玄同在陈独秀家中晚餐，在座的还有刘叔雅夫妇。他们一起谈论文学革命，谈论中国文化的出路。钱玄同在当天的日记中写道：“独秀、叔雅二人皆谓中国文化已成僵死之物，诚欲保种救国，非废灭汉文及中国历史不可。此说与豫才主张相同，吾亦甚然之。我意现在中国只有用杂种文字之一法，对于自己的历史，旧有的学术及普通之常语仍用汉文，但改文言为白话，至于新事、新物、新理，老实用西人名字、西字……断不必白废心思，闹什么译音、译义。”[①]

两个月之后，1918年3月4日，他又在日记中写道：“我近日想这汉文实在是要不得的东西。论其本质，为象形字之末流，为单音语之记号。其难易巧拙已不可与欧洲文字同年而语矣。而二千年来孔门忠孝干禄之书居百分之五十五；参拜□牝之道家及不明人身组织，说什么阴阳五行、三焦这些屁话，狠毒过于刽子手的医生，其书又占百分之二十；诲淫诲盗，说鬼谈狐，满纸发昏梦疯之书又居百分之二十五。此等书籍断不可给青年阅看，一看即终身陷溺而不可救拔。……此等文字亦实在不可以记载新文明之事物，故吾谓新书尽可不译了，原文读原书，最为不错。”[②]同一天，他给陈独秀写信，这封信到4月15日就印在了《新青年》上。

从思想文化演进留下的历史痕迹可见，最先有这种想法的并不是钱玄同，而是国民党大佬吴稚晖。早在十年之前，吴稚晖就在《新世纪》周刊提出过这样的主张。从他的日记可见，即使在新文化运动当中，最先有这种想法的也未必是钱玄同，而是陈独秀、刘文典、鲁迅等人都有这样的想法。不过，在钱玄同之前，他们却谁都没有提出这个问题。究其原因，或许是他们比钱玄同世故一些？知道此事的难度，知道提出这样的主张将如何冒天下之大不韪。

然而，钱玄同把问题提出来了，而且把话讲得明确而到位。他说：“欲废孔学，不可不先废汉文；欲祛除一般人之幼稚的野蛮的顽固的思想，尤不可不先废汉文。”“欲使中国不亡，欲使中国民族为二十世纪文明之民族，必以废孔学、灭道教为根本之解决，而废记载孔门学说及道教妖言之汉文，尤为根本解决之根本解决。”[③]他提出的具体理由是：

---

①《钱玄同日记》（整理本）上，北京大学出版社2014年，第326页。

②同上书，第334—335页。

③钱玄同：《致陈独秀》，1918年4月15日《新青年》第4卷第4号。

> 玄同之意，以为汉字虽发生于黄帝之世；然春秋战国以前，本无所谓学问，文字之用甚少。自诸子之学兴，而后汉字始为发挥学术之用。但儒家以外之学，自汉即被罢黜；二千年来所谓学问，所谓道德，所谓政治，无非推衍孔二先生一家之学说。所谓“四库全书”者，除晚周几部非儒家的子书外，其余则十分之八都是教忠教孝之书；“经”不待论；所谓“史”者，不是大民贼的家谱，就是小民贼杀人放火的账簿，——如所谓“平定什么方略之类”；——“子”“集”的书，大多数都是些“王道圣功”“文以载道”的妄谈。还有那十分之二，更荒谬绝伦：说什么“关帝显圣”“纯阳降坛”“九天玄女”“黎山老母”的鬼话……所以二千年来用汉字写的书籍，无论哪一部，打开一看，不到半页，必有发昏做梦的话。此等书籍，若使知识正确，头脑清晰的人看了，自然不至堕其玄中；若令初学之童子读之，必致终身蒙其大害而不可救药。
>
> 欲祛除三纲五伦之奴隶道德，当然以废孔学为唯一之办法；祛除妖精鬼怪、炼丹画符的野蛮思想，当然以剿灭道教——是道士的道，不是老庄的道——为唯一之办法。欲废孔学，欲剿灭道教，惟有将中国书籍一概束之高阁之一法……[①]

钱玄同在文章中不定期征引了吴稚晖十年前“中国文字，迟早必废”的说法。

对于钱玄同的主张，陈独秀说：“吴先生‘中国文字，迟早必废’之说，浅人闻之虽必骇怪，而循之进化公例恐终无可逃。……各国反对废国文者，皆以破灭累世文学为最大理由。然中国文字，既难传载新事新理，且为腐毒思想之巢窟，废之诚不足惜。”不过，陈独秀看到了废除之难，因为文字与语言联系在一起，是废除国文，还是连同国语一起废除？如果废除国语，难度就会更大。最后，陈独秀的意见是：“当此过渡时期，惟有先废汉文，且存汉语，而改用罗马字母书之。”[②]

①钱玄同：《致陈独秀》，1918年4月15日《新青年》第4卷第4号。

②陈独秀：《答钱玄同》，1918年4月15日《新青年》第4卷第4号。

鲁迅也是赞同废除汉字的，只是他的主张当时还没有公开发表。而只是在给许寿裳的信中有所透露："中国古书，页页害人，而新出诸书亦多妄人所为，毫无是处。为今之计，只能读其记天然物之文，而略其故事，因记述天物，弊止于陋，而说故事，则大抵谬妄，陋易医，谬则难治也。汉字终将废去，盖人存则文必废，文存则人当亡。在此时代，已无幸存之道。但我辈以及孺子生当此时，须以若干精力牺牲于此，实为可惜。"[①]鲁迅的这种认识是牢固的，直到1934年，他仍有这样的表示："不错，汉字是古代传下来的宝贝，但我们的祖先，比汉字还要古，所以我们更是古代传下来的宝贝。为汉字而牺牲我们，还是为我们而牺牲汉字呢？这是只要还没有丧心病狂的人，都能够马上回答的。"[②]

因为"废除汉字"的主张是钱玄同正式提出的，人们自然认为钱玄同激进。其实，在这个问题上，他倒是常常表现得比较矛盾，也比较保守。

1920年，陈独秀曾对钱玄同说："表中国国语的文字，非废去汉字、改用拼音不可。"钱玄同却在想：拼音文字不是朝夕之间就可以制造成功的，再加上中国人的守旧，拼音文字制成之后，"恐怕还要经过许多波折，费上无数口舌，才能通行"，所以，汉字临时还要使用。既然还要使用汉字，就要想一些补救的办法。钱玄同做过中学教师，民国建立后又到北京做大学教授，因而深知学生抄讲义之苦，更深知中国人为了那些难写而难读的汉字多费多少时间和精力。学一门拼音语言，与学一门汉语这样的方块字，所费的时间和精力不知要差多少倍！当学拼音文字的孩子们把精力用于创造和发明的时候，学方块汉字的孩子们却还在对付那些难认又难写的字。人生几何，时光有限，为什么要在认字和写字上费此时间？难道仅仅因为是祖先创造的，就一代代吃此苦吗？为此，他提出了"第二国语"的方案，他说："与其改华文为拼音，不如老实提倡一种外国文为第二国语，叫人家学上三五年，就可以看'现在世界上做人的好书'。"[③]但"第二国语"还是远水解不了近渴。于是，他拿出了解决临时问题的两套方案：一、为解决汉字难读的

①《鲁迅全集》第11卷，人民文学出版社2005年，第369页。

②《鲁迅全集》第5卷，人民文学出版社2005年，第586页。

③钱玄同：《致孙少荆》，1918年11月5日《新青年》第5卷第5号。

问题，他与朋友们拿出了注音字母；二、为了解决难写的问题，他提出限制汉字的数量，最先提出的是把汉字限制在五千字以内，后来又说多则三千，少则两千。他不是随便说的，而是经过认真研究，认为只要能掌握三千字，就不影响表达和交流。

汉字是如此难写，曾让钱玄同大费苦心。汉字那么多，需要减少；一些字的笔画又那么多，就需要简化。当下人们所使用的简化字，许多都是当年钱玄同拟定的，比如，“執”简化为“执”，“聲”简化为“声”，“體”简化为“体”，“厲”简化为“厉”，“蠱”简化为“蛊”，“襲”简化为“袭”，以及“寿”“龟”“实”“关”“会”“称”“当”“宝”“独”“虽”“观”“凤”“边”“兰”……都在他当年制定的简化方案中。还有一些他拟定了而后来的简化字没做到的：比如把“圍”简化为“口”，把“集”简化为“亼”，以及“錢”“腦”等字的简化方案[①]。他知道这样做必然要受到“国故家”的攻击，但他认定文字不是祖宗牌位，而是工具，制造出来是为了使用的；发现它不适用时，就应该进行改造，而不必因为是祖宗制造的，就只能守着，一成不变，让孩子们一代一代永远受苦。

他说过这样一段话：

> 我们是主张废除汉字的，尤其主张对于以后的儿童，应该使他们逐渐减轻识汉字之苦痛。我们自己都是被葬送在“廿载芸窗”中的人。即以我钱玄同而论，我当“志学之年”，曾经做过八股、试贴、经义、策论，研究过《字学举隅》，临写过“臣对臣闻”……才勉强算是少写几个白字，少做几句不通的文章。可是到了现在，年纪还不满四十，而神经已经异常衰弱，学识却是极其浅薄（老实说，竟是等于零），何莫非拜汉字之赐！因为自己是过来人，所以对于后辈，更觉得非用全力来拯救他们不可！这便是我们主张改革小学国文教科的唯一的理由。我们确认这是我们唯一的天职。这案如此修正，固然甚好。但即使通不过，或

①钱玄同：《简少汉字笔画的提议》，1920年2月1日《新青年》第7卷第3号；钱玄同：《国语统一筹备会第四次大会两个重要的议案》，1922年8月20日《国语月刊》第1卷第7期。

通过而官厅不肯采用，我们还是这样主张的！[①]

1923年1月19日，吴稚晖到国语讲习所讲演，午宴后与钱玄同有一次长谈。吴稚晖一直反对为汉字注音，而主张在英语、法语、德语中选出一种，作为中国的第二国语，待到第二国语膨胀起来，用的人多了，就成为中国的应用文字。因此，他反对为汉字注音，也反对把外文书刊翻译为汉文，而主张让人们直接学"第二国语"，去读原文。因此，作为过渡时期的补救，他也只主张以"注疏"的办法为西文原书作注。钱玄同表示："我对于第二国语和注疏西籍之法极为赞同，但以为第一国语仍应竭力改良……"[②]相比之下，钱玄同比吴稚晖保守，他还在致力于过渡时期的临时办法。吴稚晖说汉语拼音是"三汉七洋的怪物"，原因正如钱玄同所说："他是主张根本不要汉语，采一种外国语作国语的，故有此论。"而当时钱玄同却想渐进，所以认为"三汉七洋"也好，可以由"三汉七洋"到"二汉八洋""一汉九洋"……直至"无汉全洋"。由此可见，当时的钱玄同走的还是渐进的路线。

但是，钱玄同毕竟是探索者。1923年8月，他在致周作人的信中说："我近来废汉文汉语的心又起了，明知废汉文或有希望，而废汉语则不可能的。但我总想去做。"这时他的想法又进了一步，不仅废汉字，而且要废汉语。这是他最为激进的想法。因为有了这样的想法，他便特别赞赏吴稚晖。他说："我近来觉得这几年来的真正优秀分子之中，思想最明白的人却只有二人：一、吴敬恒，二、陈独秀。"他并不完全赞同他们二人其他方面的主张，比如关于未来的政治设计，但在文化上，却对他们的主张极为佩服。而他最佩服的主张是："将东方化连根拔去，将西方化全盘采用。"[③]关于这句话，他在不同的地方有不同的表述，日记中的表述是他自己的话，应该更为确切："将东方文化连根拔去，将西方文化全盘承受。"[④]因为有吴稚晖和陈

①钱玄同：《国语统一筹备会第四次大会两个重要的议案》，1922年8月20日《国语月刊》第1卷第7期。

②《钱玄同日记》（整理本）中，北京大学出版社2014年，第501页。

③钱玄同：《致周作人》，沈永宝编《钱玄同五四时期言论集》，东方出版中心1998年，第282—283页。

④《钱玄同日记》（整理本）中，北京大学出版社2014年，第580页。

独秀作为比照，别的人就黯然失色了。他说："关于这一点上，梁启超固然最昏乱，蔡元培也欠高明，胡适比较地明白，但思想虽清楚，而态度则不逮吴、陈二公之坚决明了，故也还略逊一筹。"[①]

关于钱玄同废除汉字的主张，从不同的角度会有不同的评价。当时那些否定者的评价自不必说，支持者的观点也不必说，值得一提的是1927年鲁迅在香港演讲时所作的一种评价。鲁迅说："刚刚提起文学革新，就有反动了。不过白话文却渐渐风行起来，不大受阻碍。这是怎么一回事呢？就因为当时又有钱玄同先生提倡废止汉字，用罗马字母来替代。这本也不过是一种文字革新，很平常的，但被不喜欢改革的中国人听见，就大不得了了，于是便放过了比较的平和的文学革命，而竭力来骂钱玄同。白话乘了这一个机会，居然减去了许多敌人，反而没有阻碍，能够流行了。中国人的性情是总喜欢调和，折中的。譬如你说，这屋子太暗，须在这里开一个窗，大家一定不允许的。但如果你主张拆掉屋顶，他们就会来调和，愿意开窗了……"[②]

这或许真是"废除汉字"在文学革命中所发挥的实际作用，但就钱玄同而言，当时提出这个主张，却决不是要以猛烈的炮火掩护文学革命的抢滩登陆。

尽管钱玄同们的设想未能实现，今日中国也不会再有钱玄同，但为了世世代代的孩子少受折磨，为了中国人在识字过程中省力一些，自己不惜冒天下之大不韪，这种精神还是令人感动的。也只有在从辛亥革命到五四运动那个时期，中国才出现了许多那样的人。失败的努力，也常常是值得纪念的。

四、"五四"落潮之际

五四新文化运动的主将们大多有一个共同特点，无论谈论文学，还是谈论文化，都忘不了"人"这一根本出发点。又因为他们从"家天下"的专制帝国走来，见识过专制的政治制度和伦理规范，深知它的"吃人"本质，所

---

①钱玄同：《致周作人》，沈永宝编《钱玄同五四时期言论集》，东方出版中心1998年，第282—283页。

②《鲁迅全集》第4卷，人民文学出版社2005年，第13页。

以，他们热爱辛亥革命所带来的这个新国家，热爱民主共和制度。他们之所以要“铲伦常”“覆孔孟”，进行文学革命，说到底都是为了保卫民主共和，生怕共和国的招牌挂不下去，所以要在一场政治革命成功之后，再来进行一场文化革命。从这个意义上说，新文化运动的主将们大多是共和国卫士，是民主共和的保卫者。无论他们后来走上什么样的道路，都无法否认他们的这一初衷。

因此，在五四新文化运动落潮之际，在旧文化借着新的民族主义口号而回潮的时刻，他们中的许多人都坚持新文化的立场，对种种新旧潮流进行了抵抗。

面对旧文化的回潮，钱玄同说：

> 我明明白白地告诉你们：在共和国体之下而说什么“君为臣纲”，什么“君臣之伦”，什么“忠君”的话，的的确确是鼓吹造反！！！至于父子夫妇等等，仅仅是名称的不同，而人权彼此完全一样，在共和国体之下而说什么“父为子纲”，什么“夫者妻之天”的话，也是等于造反！！！你们用专制时代的旧道德来束缚压迫共和时代的国民，你们未见得因此而得到什么好处，而我民国被你们这一捣乱，岂独国体动摇，简直成了“率兽食人，人将相食”的世界。[①]

字里行间，明显透露一种焦躁。这焦躁之所以产生，就因为民主共和的新文化遭遇危机。熟悉《新青年》的人们一看即知，钱玄同的这些思想并不新鲜，大多是陈独秀在1917年反复说过的。但在此时，陈独秀却早已发现了新的蓝图，不再顾及新文化建设。于是，在新文化的阵地上，便有了鲁迅曾写过的那种情景：“寂寞新文苑，平安旧战场。两间余一卒，荷戟独彷徨。”

钱玄同也是旧战场上的荷戟者，当某种旧文化或貌新实旧的文化呼啸而来时，尽管新文化阵营已经不成阵势，但他们进行过抵抗。在1925年到1926年的阻击中，钱玄同是坚定的一员，而且激情满怀。

①《告遗老》，1924年12月8日《语丝》第4期。

1925年1月28日，刘半农从欧洲给周作人写信，流露出某种对西方现代文明的怀疑和置身于异国更容易产生的民族主义倾向。在《语丝》发表刘半农这封信时，钱玄同在信的后面写下了洋洋五千言。他表示赞同“打破大同的迷信”，但同时补充说，也要“打破国家的迷信”。在他看来，当时国内最时髦的议论有三种：一是整天嚷着要“赶走直脚鬼”的一些人。所谓直脚鬼，也就是“洋鬼子”，因为按照中英战争时一些人的说法，洋鬼子没有膝盖，所以两腿不会弯曲，并且曾经以此为据采用过特别的战术。不过，钱玄同说这话时，“赶走直脚鬼”的口号已经变成“打倒帝国主义”。钱玄同清楚地看到，“他们很赞美拳匪；他们说，中国的财匮，匪多，兵横，都是‘直脚鬼’闹出来的。”二是大喊“爱国”者。钱玄同说承认自己对此了解不多，但有一件事却引起了他的注意：一些人以“爱国”的名义要弹劾蔡元培，理由是“蔡元培提倡美育教育，应该弹劾，因为艺术是没有国界的，所以提倡艺术即是不爱国，况且美术是‘古已有之’的，便是礼乐，蔡氏‘数典忘祖’，可见不爱国，故应受弹劾”。三是所谓“国民文学”的主张者。当时正在兴起的文化新潮，其政治背景是国民革命，国民革命自然派生出“国民文学”。钱玄同看到，“他们要夸我们民族历史的浩浩荡荡，澎澎鼓动，放浪汪洋，要歌颂盘古、轩辕、项羽、仲尼……并且还要复古精美的古文古语。”

他注意到这三派虽然各有不同，有些意见甚至相反，但有一点是相同的：他们都痛恨“洋鬼子”，都要保存或复活“国故”。原因很简单，他们要获得大众。既然要获得大众，自然要利用大众所习惯的旧思想和旧文化，所以，他们不会反传统，更不会改造国民性。这一切，钱玄同都感觉到了：

> 二十年前的老新党盲目赞美德国和日本那种血腥气的爱国主义，不自知其丑的“保存国粹”“宣扬国光”主义，现在复活了！站在青年导师地位者倡之，于是一群青年学子和之。这些青年学子的血管中本潜藏着他们祖传的老病的种子……现在他们又饱聆这些爱国的明训，于是奇谈更日见其多……所以鲁迅说了青年“要少——或者竟不——看中国书，多看外国书”的话，便几乎——实在已经——蒙上“卖国贼”之名……而研究教育的报纸上，竟有中学学校的外国文一科应减少时间或改

为随意科等等的荒谬主张发现了！据实说来，现在的古怪思想，比二十年前的老新党还要古怪些。那时无论青年的指导者或青年，都还知道自惭形秽，应该“去其旧染之污而自新”，就是那主张保存国粹者，也还没有因为吃了外国人的亏而赞美拳匪的……

我的谬见：对于帝国主义的压迫是绝对应该抗拒的，但同时更绝对应该“要针砭民族（咱们的）卑怯的瘫痪，要消除民族淫猥的淋毒，要切开民族昏瞶的痈疽，要阉割民族自大的疯狂”!！亡清末年，鼓吹排满的两派报纸：一派是痛骂满清政府而讴歌汉族化（如《民报》《国粹学报》）；一派是痛骂满清政府而同时并排斥汉族文化（如《新世纪》）。现在抗拒帝国主义，与十几年前排满有些相类，这时候对于“国故”（最广义的），我主张取后一派的态度。

我也很爱国，但我所爱的中国，恐怕也和大同世界一样，……至于有些人要“歌颂”要“夸”的那中国，我不但不爱它，老实说，我对于它极想做一个“卖国贼”。卖给谁呢？卖给遗老（广义的）。他们爱磕头，请安，打拱，拖辫子，裹小脚，拜祖宗，拜菩萨，拜孔丘，拜关羽，求仙，学佛，扶乩，做古文，用“夏历”，说“中国道德为世界之冠”，说“科学足以杀人”……爽性划出一块龌龊土来，好像“皇宫”那样，请他们攒聚在那边咬干屎橛去。腾出这边来，用“外国药水”消了毒，由头脑清晰的人来根本改造，另建“欧化的中国”，岂不干脆！

讲到救国，我极愿意——也只愿意——“救救孩子”，救救那“没有吃过人的孩子”而已，其他则不敢闻命。①

在民族主义潮流兴起之际，他重申个人主义，在文章中大段抄引易卜生的话：“我最期望于你的是一种真正纯粹的为我主义。要使你有时觉得天下只有关于我的事最要紧，其余的都算不得什么。”“你要想有益于社会，最好的法子莫如把你自己这块材料铸造成器。”“有时候我真觉得全世界都像海上撞沉了船，最要紧的还是救出自己。”他又大段抄引阿尔志跋绥夫的话：“为什么我应该爱你们人类呢？因为他们猪一般地互相吞噬，或者因为

①钱玄同：《写在半农给启明的信的后面》，1925年3月《语丝》第20期。

他们这样不幸，怯懦，昏迷，自己千千万万地听人赶到桌子底下去，给那凶残的棍徒们来嚼吃他们的肉吗？我不愿意爱他们，我憎恶他们……”[①]抄写这些，透露的是钱玄同自己对社会的感受。

钱玄同的这些话，可以提醒当时的一些人，让他们知道时代的潮流中到底裹挟了什么东西，使他们不要忘掉五四新文化运动的目标。“救救孩子”，也就是“救人”，也就是让百姓意识到自己是人，而不应该是奴隶。反对帝国主义也罢，爱国也罢，都不能离开这一目标。

正因为时代出现了文化回潮，钱玄同反传统的态度更加坚定，也更加激烈。他反对调和折中，反对以种种方式掩盖和调和文化矛盾。包括婚礼这样的事，他也容不得“中西结合”。他说：“统而言之，旧则旧，新则新，两者调和实在没有道理，制度是有机体，牵一发而全身动摇也。我以为真应该将东方文化连根拔去，西方文化全盘承受才是。”[②]为夫人写扇子，扇子的另一面是侄子和侄媳合作的一幅画，由侄媳画了花卉，侄子钱稻孙题款。只因钱稻孙用了“甲子孟夏”的字样，钱玄同竟然大怒，在落款时故意写成“民国十三年五月三十一日”。其实，他写扇子的时间是五月十三日，故意写成旧历所没有的三十一日，为的是突出阳历特色。

刘半农留学欧洲归来，也许是因为在欧洲经历了生活的贫困和艰辛，对欧洲多有批评和否定，而爱国之情却大大增强。钱玄同与之舌战，希望他能够坚定对西方现代文明的信仰，不要像一些人那样成为民族主义者。

1925年4月13日，钱玄同给林语堂回信说：

> 您说中国人是根本败类的民族，有根本改造之必要，真是一针见血之论。我的朋友中，以前只有吴稚晖、鲁迅、陈独秀三位先生讲过这样的话。这三位先生的论著言论中，充满了这个意思，所以常被“十足之中国人”所不高兴。我觉得三十年前“中学为体，本学为用”这个老主意，现在并没有什么改变，不过将用的材料加多一些而已。他们以为“用”虽然可以加多，而“体”则断不容动摇。

---

①钱玄同：《写在半农给启明的信的后面》，1925年3月《语丝》第20期。

②《钱玄同日记》（整理本）中，北京大学出版社2014年，第580页。

值得注意的是，“根本败类的民族”这样的愤激之语，在《新青年》时代并未出现过。是什么使林语堂和钱玄同如此绝望而激愤。面对社会上兴起的弘扬中国传统、张扬传统道德的浪潮，钱玄同赞成林语堂的说法：“这种种糟糕的道德与思想，可用一言以蔽之曰，‘不拿人当人’。他们不拿别人当人，也不拿自己当人。先生所反对的‘中庸，乐天知命，让，悲观，怕洋习气，不谈政治’，这一类都是不拿自己当人的。”不谈政治，也是不把自己当人的表现，这也是新的时代条件下重新出现的说法。

说到中国人的中庸，钱玄同引用了鲁迅的话：“遇见强者，不敢反抗，便以‘中庸’这些话来粉饰，聊以自慰。所以中国人倘有权力，看见别人奈何他不得，或者有‘多数’做他的护符的时候，多是凶残横恣，宛然一个暴君，做事并不中庸；待到满口‘中庸’时，乃是势力已失，早非‘中庸’不可的时候了。一到全败，则又有‘命运’来做话柄，纵为奴隶，也处之泰然，但又无往而不合圣道。”钱玄同认为鲁迅的论说是确切而精到的。

面对社会上出现的新的救亡浪潮，钱玄同说：“救亡固然是极应该的，但革命的目的决不在此。以此为革命的目的，实在是根本大错误。若因救亡而革命，则转亡为存以后便可以不革命吗？假使中国现在国势还是很强，武力足以御外，便可以不革命吗？假使中国国势虽弱，武力虽不足以御外，而别国也与我们同样的不济，或他们没有侵略我们的野心，我们便可以不革命吗？我以为现在的中国，无论国强国弱，国危国安，国存国亡，革命总是不可以已。吾人一息尚存，革命之志总不容少懈。何以故？以中国人为根本败类的民族，有根本改造之必要故。至于一时的国势危殆，算不得什么大不了的事，以此为革命的目的，直所谓目光如豆，宁有是处！”①他说的革命，当然是思想上和文化上的革命。

在《关于反抗帝国主义》一文中，他强调的也是民族自省，反对的是文化自大，担心的是人们走向愚昧而盲目的爱国主义。他希望人们保国，但保国保的是民主共和的国家，而不是保存千年帝国留下的国粹。他告诉人们，反对帝国主义，不能成为拒绝西方文明的理由。在新文化运动退潮之际，他

①钱玄同：《回语堂的信》，1925年4月《语丝》第23期。

坚持启蒙，对反对帝国主义等口号进行思考，对救亡和革命进行思考。他说："编'内除国贼'这句口号的人所谓'国贼'，当是指军阀政蠹而言。军阀政蠹自然是国贼，但我觉得不值得特别去提他们，因为他们非由天降，非由他出，固来自田间也。军阀政蠹一旦倒了运，与普通国人固无以异；普通国人一旦走了运，还不是十足道地的军阀政蠹吗？那么，不唤醒国人，不改良国人，而徒沾沾焉惟军阀政蠹之是詈，真舍本逐末之论也！"这样的话，对刚刚兴起的"打倒军阀"的口号，显然是一种消解剂。

在这篇文章的最后，钱玄同写下了这样一段话：

> 不爱中华民国，国必亡！甘愿托庇于"洋大人"之胯下，国必亡！守住已死的"鸟国粹"，国必亡！拒绝现代文化，国必亡！要不亡国，除非由有脑筋的人们尽力去做"唤醒国人"的工作，使国人把这种亡国的心理反过来。[①]

在《赋得国庆》一文中，他又说："民国与帝国，虽然只差了一个字，可是因为这一个字的不同，它们俩的政治、法律、道德、文章，不但相差甚远，简直是背道而驰的。帝国的政治是皇帝管百姓，民国的政治是国民相互的一种组织；帝国的法律是拥护君上而箝制臣下的，民国的法律是保障全体平民的；帝国的道德是'父慈、子孝、兄良、弟悌、夫义、妇听、长惠、幼顺、君仁、臣忠'，民国的道德是'兼爱'；帝国的文章是贵族的装饰品，讲究屁款式，鸟义法，民国的文章是平民抒情达意的工具，应该贵活泼，尚自由。总而言之，统而言之，帝国民国一切文物制度，可以说是无不相反。要民国，唯有将帝国的一切扔下茅厕；要帝国，惟有将民国的一切打入死牢：这才是很干脆很正当的办法。"[②]

他感到可笑又可气的，是中华民国已经成立了十四年，"居然还有人来提倡国粹，鼓吹东方文化，他们竟没有想到'民国'这东西，压根儿就为国粹之所无，压根儿就为东方文化所未有。"他觉得提倡国粹者、鼓吹东方文

---

①钱玄同：《关于反抗帝国主义》，1925年6月《语丝》第31期。

②钱玄同：《赋得国庆》，《京报副刊》1925年10月10日。

化者如果是康有为、罗振玉、王国维等人，那不奇怪，因为他们是要皇帝的；奇怪的是一些赞成中华民国的人，竟然热衷于东方文化，可见“他们压根儿就不知道民国共和是怎么一回事”，“他们大概以为除了皇帝改称总统以外，其他都不必——而且又是不该——改动的”。[①]他痛感于“文化轨道上开倒车的运动”[②]，由此可见，他仍然坚守在“五四”新文化的阵地上。

遗憾的是，在钱玄同说这些话时，民主共和之路已经即将走到尽头，民主共和的新文化正在失掉它的成长空间。几年后，民国易旗帜，国体改变，国民党人建立了自己的国家。钱玄同在政治上并不敏感，所以没有效仿他的老师章太炎，也没有学习他所尊敬的梁启超，没有与他的朋友胡适或鲁迅同步，他与刘半农、周作人等人一起，从此努力沉默，甚至日记里也不记政治人物和政治事件，因而成为隐士式的学者。不过，对时代文化发展的趋向，却与胡适、鲁迅等人一样难以接受。1928年10月21日，中南海组织弘扬传统的国术活动，钱玄同在日记里写道：“所谓‘国术联欢会’皆拳匪也。”一句话，就暴露了他的文化立场。

①钱玄同：《赋得国庆》，《京报副刊》1925年10月10日。

②钱玄同：《赋得几分之几》，《京报副刊》1925年12月5日。

“五四”前后的刘半农

说起“五四”时期的文学革命，不能不说刘半农。

说起刘半农，这个名字可谓众所周知，因为即使是中学教材讲“五四”，也会提到他。然而，他到底做过什么，有哪些重要成就和贡献，却往往是大学中文系的学生，也未必有清晰的认识。这当然不奇怪，历史上的许多所谓名人，就是这样留下了名字。

然而，要比较全面地梳理“五四”，要展示那一代知识分子的面貌，却至少要看清他们的眉眼。我因此而走近了刘半农。

关于刘半农的小传，似乎无需重复，因为他终生没有涉足政治，所以被遮蔽和改写之处甚少。不过，有几点需要重提和补充：一、他生于1891年，与胡适同龄。辛亥革命发生那年二十岁，曾赴清江参加革命，但很快就辞职返乡，不久就到上海卖文为生。因此，他从事文学活动很早，而且年纪轻轻就成了有名的作家和翻译家。同时需要注意的是：他本来属于通俗作家，是“鸳鸯蝴蝶派”的新秀。二、他的学历本来不高，被蔡元培聘为北大教授时，他连中学文凭也没有，——因为他中学没毕业就退学了。直到做了三年教授之后，才到欧洲留学，拿了一个货真价实的博士学位。三、他虽然曾经西装革履，油头粉面，甚至穿的是鱼皮鞋，一副风流阔少相，而且嘴上屡屡艳羡“红袖添香夜读书”，但在爱情和婚姻上却是一见钟情，始终如一，因而夫妻恩爱，家庭和睦，是个好丈夫、好父亲。考察文化转型时期的人物，尤其是置身于恋爱自由婚姻自主新浪潮中的青年，我觉得这一点与政治选择一样值得关注。因为它往往显示着一个人的基本道德和人品。

关于他在“五四”时期的活动和贡献，我认为最重要的是以下三点：文学革命猛将，新诗开路先锋，“杂家”与“专家”相结合的治学风格。

一、文学革命的猛将

胡适提出文学改良倡议，陈独秀扬起文学革命的大旗，谁是最先的响应者？第一个出来的是钱玄同，第二个就是刘半农。

此前的刘半农，还是“半侬”，是上海通俗文学界引人注目的新秀，但他遇到了《新青年》，开始为《新青年》写稿，从1916年《新青年》第2卷第2号起，在该刊连载他的《灵霞馆笔记》，并发表了《爱尔兰爱国诗人》《欧洲花园》《拜伦遗事》《磁狗》《阿尔萨斯之重光》《马赛曲》等作品。在看过陈独秀等人的一些文章之后，深受影响，因而痛感自己以往以辞藻取悦大众的道路之非，因而逐步远离“鸳鸯蝴蝶”旧阵营，走向《新青年》。在《新青年》举起文学革命旗帜之后，他立即挺身而出，跨入了文学革命的前列。1917年的春天，他写了《我之文学改良观》，发表于《新青年》第3卷第3号；接着又写了《诗与小说精神上之革新》，发表于1917年《新青年》第3卷第5号；到1918年，又与钱玄同唱“双簧”，写了著名的《复王敬轩书》。按照鲁迅的说法，刘半农是“战士”，“他活泼，勇敢，很打了几次大仗”。①

(一) 攻坚时期的革命理论

《我之文学改良观》是文学革命初期重要的理论建设文章，与胡适的《文学改良刍议》、陈独秀的《文学革命论》一样有着开山辟路和设计的作用。由此，也奠定了刘半农在文学革命上的地位。

文章题目温和，开篇也很谦虚。作者首先说明：文学改良之议由胡适提出之后，已由陈独秀、钱玄同表示赞成，自己虽然学识浅陋，却也立志研究文学，所以，除赞同胡、陈、钱三人的意见之外，也想把自己“平时意中所欲言者”写出来，以求留意文学改良者指正。

在这篇文章中，刘半农首先用了很大篇幅来讨论“什么是文学”。道理

①《鲁迅全集》第5卷，人民文学出版社2005年，第564页。

显而易见，进行文学革命，先要清楚文学是什么，澄清人们对文学的认识。刘半农的努力是可贵的，无论他给出的答案是否确当，都可以引起人们对这个问题的思考。他列举关于文学的种种固有说法，首先把矛头指向了“文以载道”说：“若必如八股家之奉四书五经为文学宝库，而生吞活剥孔孟之言，尽举一切‘先王后世禹汤文武’种种可厌之名词，而堆砌之于纸上，始可称之为文，则‘文’之一字，何妨付诸消灭？即若辈自奉为神圣无上之五经之一之《诗经》，恐三百首中，必无一首足当‘文’字之名者。”①然后，他又批判了“文章有饰美之意，当作彣彰”的说法，反对文学家终日把精力浪费于骈四俪六和平平仄仄。

在胡适对形式进行探讨的基础上，刘半农的文学直指文学的内在品质，提出了非同一般的见解：“夫文学为美术之一，固已为世界文人所公认。然欲判定一物之美丑，当求诸骨底，不当求诸皮相。譬如美人，必具有天然可以动人之处，始可当一美字而无愧。若丑妇浓妆，横施脂粉，适成其为怪物。故研究文学而不从性灵中意识中讲求好处，徒欲于字句上声韵上卖力，直如劣等优伶……”②

众所周知，“五四”时期的文学革命有两个重要的关键词：一个“活的文学”，一是“人的文学”。前者主要指向语言形式层面，后者主要指向思想内容和价值层面。胡适的“刍议”虽然也涉及内容，但主要关注的是形式层面，也就是要创造“活的文学”。陈独秀提出三大主义，形式与内容兼顾，从整体上向前推进一步，但推倒“贵族文学”“古典文学”“山林文学”而建设“国民文学”“写实文学”“社会文学”的主张，依然比较笼统。所以，文学革命对内容和价值的追求，是以周作人提出“思想革命”和创建“人的文学”为标志的。而在从“活的文学”到“人的文学”之间，有一个过渡和连接，就是钱玄同与刘半农。《我的文学改良观》就是重要的文章。陈独秀曾说：“刘君此文，最足以唤起文学界注意者二事：一曰改造新韵，一曰以今语作曲。至于刘君所定文字与文学之界说，似与鄙见不甚相远。鄙意凡百文字之共名，皆谓之文。文之大别有二：一曰应用文，二曰文学之

①刘半农：《我之文学改良观》，1917年《新青年》第3卷第3号。

②同上。

文。刘君以诗歌戏曲小说等列入文学范围，是即余所谓文学之文也。以评论文告日记信札等列入文字范围，是即余所谓应用之文也。'文字'与'应用之文'名词不同，而实质似无差异。"[①]然而，本文的贡献不止于此，而是还有许多闪光点。比如，文章谈论文学，不是从是否用典、是否骈四俪六等形式着眼，而是常常着眼于美的根本，显示着他对文学的理解之深。这大概也是蔡元培和陈独秀能够对他特别欣赏的原因。

他赞成章实斋分别文史之说，但不赞同把记事文都归入史的范围，也不赞同把信札文告归于文学。他说："欲定文学之界说，当取法于西文，分一切作物为文字 Language 与文学 Literature 二类。西文释 Language 一字曰，'Any means of conveying or communicating ideas'，是只取其传达意思，不必于传达意思之外，更用何等工夫也。又Language一字，往往可与语言Speech口语Tongue通用。""文字之用，本与语言无殊，仅取其人人都能了解、可以布诸远方、以补语言之不足，与吾国所谓'言之无文，行而不远'正相符合。"至于Literature，自与普通语言文字有别，如何是文字，如何才是文学，这是必需研究的。他赞同陈独秀文章中"文学之文"与"应用之文"的称谓，但又指出：文学并非不能应用，而应用文也未必不能成为文学。他认为固有的一些所谓文学，如"酬世之文（如颂辞、寿序、祭文、挽联、墓志之属），一时虽不能尽废，将来崇实主义发达后，此种文学废物，必在自然淘汰之列"。在文学上，他认为"有永久存在之资格与价值者，只诗歌戏曲、小说杂文二种也"。他把诗歌和戏曲看作一种，而把小说和杂文看作一种。

一边在讨论文学的定义，一边不忘除旧布新，因而不断指出旧文学的弊端。他说："幼时初习算学，一部《九数通考》，不半月即已毕业。而开首一段河图洛书说，及周髀图说，直至三年之后始能了解。此外作医书者，虽立论极浅，亦必引证内经及内经之说，务使他人不能明白为快。蚕桑之书，本取其妇孺多解，而作者必用古文笔法。卜策之书，本为瞽者留一噉饭地（星学家自言如此），而必参入似通非通之易理以自重。诸如此类，无非卖才

①陈独秀：《我之文学改良观》编者按语，1917年《新青年》第3卷第3号。

使气，欺人自欺。吾国原有学术之所以不能发达与普及，实此等自命渊博之假名士有以致之。”

他看重文学的精神内质，所以，文字与文学的界定标准也设定在这里：“文字为无精神之物，非无精神也，精神在其所记之事物，而不在文字之本身也。故作文字如记账，只需应有尽有，将所记之事物，一一记完便了，不必矫揉造作、自为增损。文学为有精神之物，其精神即发生于作者脑海之中。故必须作者能运用其精神，使自己之意识、情感、怀抱，一一藏纳于文中，而后所为之文，始有真正之价值……否则精神既失，措辞虽工，亦不过说上一大番空话，实未曾做得半句文章也。”由此可见，刘半农是真正懂文学的，在文学革命初期，能这样深入文学内部讨论问题，就更为可贵。

同样可贵的是，刘半农一再强调文学革命要“破除迷信”：“尝谓吾辈做事，当处处不忘有一个我。作文亦然。如不顾自己，只是学着古人，便是古人的子孙。如学今人，便是今人的奴隶。若欲不做他人之子孙与奴隶，非从破除迷信做起不可。”他的“破除迷信”之说，无疑比胡适的“不摹仿古人”向前推进了一步，胡适说不摹仿古人，他却强调连今人也不要摹仿。这就增加了一层意思，意味着新文学家必需有独立的人格和自由的思想，必需有鲜明的个性和强大的自我。刘半农意识到形式对作家创造性的束缚，所以接着胡适的话题进行发挥，认为“非将古人作文之死格式推翻，新文学决不能脱离老文学之窠臼”。他又说，“吾辈心灵所至，尽可随意发挥。万不宜以至灵活之一物，受此至无谓之死格式之束缚。”显然，刘半农已经触及作家心灵和创作自由的某些规律。

然而，1917年的刘半农并不激进，他的表现非常温和。他不仅在词语上仍然使用胡适的“改良”而没有使用陈独秀的“革命”，而且表现出某种保守性。比如，他认为文言与白话可以共存，理由是“二者各有所长、各有不相及处”。他当然不反对“白话为文学之正宗”的宣言，也不反对“白话为文章之进化”的说法，但根据他自己平时写作和翻译的经验，认为二者的确各有优长：“往往同一语句，用文言则一语即明，用白话则二三句犹不能了解……亦有同是一句，用文言竭力做之，终觉其呆板无趣，一改白话，即有神情流露，‘呼之欲出’之妙。”

刘半农精通韵律，深知旧韵的弊端，所以主张“破坏旧韵、重造新韵”。他说：“吾辈意想中之新文学，既标明其宗旨曰，‘作自己的诗文，不作古人的诗文’，则古人所认为叶音之韵，尚未必可用，何况此古人之所不认，按诸如今音又不能相合之四声谱，乃可视为文学中一种规律，举无数文人之心思脑血，而受制于沈约一人之武断耶。”他指出旧韵的种种不合理之处：“试观东冬二部所收之字，无论以何处方言读之，决不能异韵。而谱中乃分之为二。‘规眉危悲’等字，无论以何处方言读之，决不能与‘支之诗时’等字同韵，而谱中乃合之为一。”这种不合理的东西竟然成了诗文的金科玉律，他认为实在荒谬。因此，他呼吁“国语研究会”应该调查研究，编一部新谱，而且解释说：“语音时有变迁。今日之定谱，将来必更有不能适用之一日。余谓沈约既无能力预为吾辈设想，吾辈亦决无能力为将来设想。将来果属不能适用，何妨更废之而更造新谱。即吾辈主张之白话新文学，依进化之名，亦决不能视为文学之止境……”

关于诗歌的革新，他不仅支持解放形式，而且希望增多诗体。理由来自世界文学的目光。他告诉人们，英国诗体极多，而且有不限音节、不限押韵的散文诗，所以英国诗人辈出。而法国之诗戒律极严，浏览诗人们的诗集，“决无敢变化其一定之音节，或作一无韵诗者”，所以，法国文学史中诗人的成绩无法与英国比。“此非因法国诗人之本领魄力不及英人也，以戒律械其手足，虽有本领魄力，终无所发展也”。

刘半农重视戏曲，呼吁提高戏曲的地位。他说：“无论南词北曲，皆须用当代方言之白描笔墨为之，使合于‘场中之曲’之规定。”“从事现代文学之人，均宜移其心力于皮黄之改良”。他又说，“吾所谓改良皮黄者，不仅钱君所举‘戏子打脸之离奇，舞台设备之幼稚’，与‘理想既无，文章又极恶劣不通’，……凡‘一人独唱、二人对唱，二人对打、多人乱打’，（中国文戏武戏之编制，不外此十六字）与一切‘报名’‘唱引’‘绕场上下’‘摆对相迎’‘兵卒绕场’‘大小起霸’等种种恶腔死套，均当一扫而空。另以合于情理，富于美感之事代之。”

除此之外，他有感于中国旧书不分段落，希望新文学像西方文学那样分段；由此自然又想起要有新式标点符号……如此等等，提出了一系列主张。

这篇文章受到了新文学阵营的普遍重视，陈独秀为其写了“编后语”，钱玄同则认为《我之文学改良观》与胡适的《文学改良刍议》“正如车之两轮，鸟之双翼，相辅而行，废一不可”[①]。

（二）对诗与小说的期待

发表《我之文学改良观》之后，他又写了《诗与小说精神上之革新》，发表于1917年《新青年》第3卷第5号。

在这篇文章中，他强调思想和感情的真，认为作诗的本意，“只需将思想中最真的一点，用自然音响节奏写将出来”[②]。对于中国古代诗歌，他认为《国风》最好，因为它是“中国最真的诗”，《小雅》也还勉强可以，他之所以做出这样的评价，“以其能为野老征夫游女怨妇写照，描摹得十分真切也”。在后来的诗人中，他看好的是陶渊明和白居易，认为他们是“真正诗家”他感叹中国文坛“现在已成假诗世界”。对于那些专讲声调格律，致力于平平仄仄的人，对于那些专注于效仿古人，而自己已经不会说话的人，刘半农表示懒得与他们讨论。他认为值得注意的，是一些在性情上用功夫却也走错了路的人。他举例说：“明明是贪名爱利的荒伧，却偏喜做山林村野的诗。明明是自己没甚本领，却偏喜大发牢骚，似乎这世界害了他什么。明明是处于青年有为的地位，却偏喜写些颓唐老境。明明是感情淡薄，却偏喜做出许多极恳挚的‘怀旧’或‘送别’的诗来。明明是欲障未曾打破，却喜在空阔幽渺之处立论，说上许多可解不解的话，弄得诗不像诗，偈不像偈。诸如此类，无非是‘不真’二字，在那儿捣鬼。自有这种虚伪文学，他就不知不觉，与虚伪道德互相推波助澜，造出个不可收拾的虚伪社会来。”他认为诗歌一定要真，如果不真，就一钱不值。

为此，他向读者介绍了英国18世纪诗人约翰生（Samuel Johnson），约翰生认为诗人首先要观察自然界的形形色色，其次要观察社会人生。在他看来，“诗人观察自然，还只是下了一半功夫，其又一半，即需娴习人生现象。凡种种社会种种人物之乐处苦处，需精密调查，而估计其实量。情感的势力，及其相交相并之结果，需设身处地以观察之。人心的变化，及其受外界种种影响后所呈之异象，与夫因天时及习俗的势力，所生的临时变化，自人人活泼康健的儿童时代起，直至其颓唐衰老之日止，均需循其必经之轨

①钱玄同：《新文学与今韵问题》，1918年1月《新青年》第4卷第1号。

②刘半农：《诗与小说精神上之革新》，1917年7月《新青年》第3卷第5号。

道，穷迹其去来之踪。能如是，其诗人之资格犹未尽备。必需自能剥夺其时代上及国界上牢不可破之偏见，而从抽象的及不变的事理中判一是非。尤需不为一时的法律与舆论所羁累，而超然高举，与至精无上、圆妙无极、万古同一的真理相接触。如此，则心中不特不急急以求名，且以时人的推誉为可厌，只把一生欲得之报酬，委之于将来真理彰明之后。于是所做的诗，对于自然界是个天人联络的译员，对于人类是个灵魂中的立法家。他本人也脱离了时代与地方的关系，独立太空之中，对于后世一切思想与状况，有控御统辖之权。”约翰生的这种境界也许难以企及，也许被看作贵族化，甚至是诗人的自高自大，因为它的确不是一般诗人所敢于追求的。但刘半农把他介绍给读者，介绍给中国的诗人，在文学革命大破大立的时刻，其用意是不言自明的。他为新诗人设定了一个很高的标准。

与此同时，他介绍了小说家樊戴克（Henry van Dyke）。

同样是作家，同样有两只手和一个脑袋，同样使用着纸和笔，为什么写出的作品优劣相差那么大？刘半农认为：这首先取决于头脑是否清醒。只要头脑清醒，对于社会，对于人生，对于世间万象，就会有认识的能力，也就会有判断的能力和表现的能力。在这个基础上写出来的东西，就不会满纸呓语和昏话。那么，如何才能有清醒的头脑？这就需要小说家有自觉的追求，认真，虔诚，有使命感，而且严格要求自己。为了给小说家找一个榜样，刘半农抄引了樊戴克的一段祈祷辞：

> 愿上帝保佑我，永远勿任我贸然以道德问题与小说相牵涉，且永远勿任我叙述一无意义之故事。愿汝督察我，令我敬重我之材料，俾不敢轻视自己之著述。愿汝助我以诚实之心对待文字与人类，因此皆有生命之物也。愿汝示我以至清明之途径，因著书如泗水。少许之澄清，胜于多许之混浊也。愿汝导我观察事物之色相，而不昧我心中潜蓄之灵光。愿汝以理想赐我，俾我得立足于纺机之线，循序织入人类之锦，然后于蒙昧不明之一大疑团中，探得其真际所在。愿汝管束我，勿令我注意书籍有过于人类，注意技术有过于人生。愿汝保持我，使我尽其心力，作此一节之功课，至于圆满充足而后止。既毕事，则止我。且给我以酬，

如汝之意。更愿汝助我，从我安静之心中，说一感谢汝恩之亚门。[①]

刘半农认为，不仅是诗与小说，而是“一切确有文学的价值之作物，似亦未必不可以此等思想绳之”。

这篇文章较少有人关心，也许因为它对文学的要求的确太高，很难得到响应，但是，当文学创作普遍粗制滥造的时候，作者对自己失掉要求和约束的时候，刘半农对于诗人和小说家的这种期望，就显得尤为可贵。

（三）“骂倒王敬轩”

刘半农是1917年9月进入北大任教的。进入北大之后，与陈独秀、胡适、钱玄同等人成为《新青年》集团的核心，自然更加关心文学革命。然而，文学革命的旗帜虽然已经举起，却并无多少的理睬。不但赞同而追随者不多，就是反对者也没有前来应战。这种情况使刘半农和钱玄同有些焦虑。

10月16日，刘半农进入北大的第二个月，他在给钱玄同的回信中就写下了这样一段话：“文学改良的话，我们已锣鼓喧天地闹了一闹；若从此阴干，恐怕不但人家要说我们是程咬金的三大斧，便是自己问问自己，也有些说不过去罢！先生说的积极进行，又从这里面说出‘造新洋房’的建设，和‘打鸡骂狗’的破坏两种方法来，都与我的意思吻合……这种事，说是容易，做就很难；比如做戏，你、我、独秀、适之，四人，当自认为‘台柱’，另外再多请名角帮忙，方能‘压得住座’；‘当仁不让’，是毁是誉，也不管他，你说对不对呢?”[②]

从这封信中，还可以得到另一信息：当时的陈独秀“颇不起劲”。因此，刚刚烧起的文学革命这把火，也许会因为没人添柴而熄灭。

刘半农和钱玄同的忧心，终于化作二人在《新青年》上演的“双簧戏”：由钱玄同以旧文人的口吻对《新青年》提出种种指责，由刘半农进行回答和批驳。

这种做法当时不为一些人所赞赏，在后人眼里，也是并不十分光彩的炒

---

①刘半农：《诗与小说精神上之革新》，1917年《新青年》第3卷第5号。

②《刘半农致钱玄同》，《中国现代文艺资料丛刊》第5辑，上海文艺出版社1980年，第303页。

作。但仔细想来，发起一场运动而无人理睬，寂寞之际敲敲锣鼓，引人前来关注，却也很正常。何况，虽然“王敬轩”是假的，并不存在这个人，但他说的话却是真的，是当时社会的客观存在。文学革命的反对者心中有而没有说出的话，由钱玄同梳理归纳代之说出，化为王敬轩的信，刘半农对其进行回答，面对的并非假想敌，更不是对空作战。因此，他们两人的工作，并非没有意义。

面对“王敬轩”的信，刘半农进行了逐段批驳。

鉴于当时现实的考虑，钱玄同所冒名的王敬轩并非纯粹的腐儒，也不是极端保守派，而是到日本留学归来的爱国青年，在当时的知识界更有代表性。他曾经“有感于朝政不纲，强邻虎视，以为非采用西法，不足以救亡。尝负笈扶桑，就梅谦博士讲习法政之学”。然而，“归国以后，见士气嚣张，人心浮动。道德败坏，一落千丈。青年学子，动辄诋毁先圣，蔑弃儒书。倡家庭革命之邪说，驯至父子伦亡，夫妇道苦。其在妇女，则一入学堂，尤喜摭拾新学之口头禅语，以贤母良妻为不足学，以自由恋爱为正理，以再嫁失节为当然，甚至剪发髻，曳革履，高视阔步，恬不知耻。鄙人观此，乃知提倡新学，流弊甚多。”辛亥革命之后，情况变得更坏，“纪纲扫地，名教沦胥，率兽食人，人将相食”。他在这时看到了《新青年》，以为“或有扶持大教、昌明圣道之论，能拯青年于陷溺，回狂澜于既倒”，但在读过之后，知道与自己的期待恰恰相反，“贵报诸子，岂犹以青年之沦于夷狄为未足，必欲使之达禽兽不远乎？贵报排斥孔子，废灭纲常之论，稍有识者虑无不指发。”他还看出《新青年》从不排斥西教，由此断定“贵报诸子殆多西教信徒”。

刘半农的回答首先针对的是“提倡新学，流弊甚多”的说法。他没有为新学辩护，没有论述旧伦常应该废除，更没有质问女子“剪发髻，曳革履，高视阔步”有什么不好，甚至没有反驳王敬轩对民主共和国进行的丑化和污蔑，而是抓住一点：对方认为新学带来了道德堕落和国将不国，那么，没有新学之前怎么样？“辛丑壬寅以前，‘扶持大教，昌明圣道’的那套老曲子，已唱了二千多年，始终没有什么‘洋鬼子’的‘新法’去打搅他，为什么要弄到‘朝政不纲，强邻虎视’呢？”然后，面对“排斥孔子，废灭纲常”的指控，刘半农作了如此回答：“本志排斥孔丘，自有排斥孔丘的理由，先生如有正当的理由，尽可切切实实写封信来，与本志辩驳。”希望他不要只是说一些“孔子之道，如日月经天，江河行地”的空话，也不要只是用“岂犹以青年之沦于夷狄为未足，必欲使之达禽兽不远乎”这样的口吻骂人。然后郑重说明：“本志记者并非西教信徒”，之所以对于西教不加排斥，是因为“西教之在中国，不若孔教之流毒无穷”。

王敬轩的信显示的是中国传统，没有分段，亦无标点，却加了许多圈点。刘半农为之分段，一段段进行回答。在第二段中，王敬轩指责《新青年》：“工于媚外，惟强是从，常谓西洋文明胜于中国，中国宜亟起效法。”但举出的例子却只是文字形式：“用种种奇形怪状之钩挑以代圈点”，并且认定“就此形式而论，其不逮中国圈点之美观”。刘半农首先认定“浓圈密点，本科场恶习”，并对来信上的圈点进行了嘲弄。同时指出：“先生不知‘钩挑’有辨别句读的功用，却说他是代替圈点的，又说引号（“”）是表示‘句中重要之处’，不尽号（……）是把‘密点’移在‘一句之后’。知识如此鄙陋，记者惟有敬请先生去读三年外国书……”

王敬轩的来信指责《新青年》颠覆传统，对中国的文豪缺乏尊重，“于古人，则神圣施耐庵、曹雪芹而土芥归震川、方望溪。于近人，则崇拜李伯元、吴趼人而排斥林琴南、陈伯严。甚至用一网打尽之计，目桐城为谬种、选学为妖孽。对于易哭庵、樊云门诸公之诗文，竟曰烂污笔墨，曰斯文奴隶，曰丧却人格，半钱不值……”根据这一切，王敬轩做出一个结论：《新青年》诸子是“小人而无忌惮”。刘半农对把《新青年》集团称之为“小人”并不回应，而是把力量用于王敬轩所崇拜的那些文豪：“目桐城为谬种，选学为妖孽，本志早将理由披露，不必再辩。”至于樊、易二人的笔墨是否“烂污”，刘半农却下功夫举出了他们作品中的大量“淫词”，然后写道：“敬轩先生！你看这等著作怎么样？你是‘扶持名教’的，却‘摇身一变’，替这两个淫棍辩护起来，究竟是什么道理呢？”

王敬轩认为林琴南是当代文豪，“善能以唐代小说之神韵，迻译外洋小说。所叙者皆西人之事也，而用笔措词，全是国文风度，使阅者几忘其为西事，是岂寻常文人所能企及”。刘半农说，林琴南译的那些小说，若以看“闲书”的眼光去看，似乎不必攻击，因为他的“哈氏丛书”之类，比“眉语莺花杂志”还要好一些。可是，若用文学的眼光去评论，就无法给予高评价。至于"能以唐代小说之神韵译外洋小说"，恰恰不是优点，而"实在是林先生最大的病根"。刘半农说："著书以本身为主体，译书应以原本为主体，所以译书的文笔，只能把本国文字去凑就外国文，决不能把外国文字的意义神韵硬改了来凑就本国文。"林琴南把外国小说译得与中国固有的小说没有差别，有什么可以称道的？其实，刘半农的关于翻译的主张也是值得注意的。

王敬轩盛赞林琴南所译《香钩情眼》，认为这书名本身就是妙语。刘半农说："外国小说虽然也有淫荡的，恐怕还未必把这等肉麻字样来做书名。"他指出："外国女人并不缠脚，'钩'于何有，而'钩'之香与不香，尤非林先生所能知道。"王敬轩信中说到"陀思之小说"，刘半农说："先生又闹了笑话了。因为陀思妥夫斯奇是此人的姓，在俄文只有一个字，并不是他尊姓是陀，雅篆是思；也不是复姓陀思，大名妥夫，表字斯奇。"像这样的一些内容，很容易让一些人觉得无聊，但考察当时的情况，以高尔基姓高，托尔斯泰姓托，并非罕见，所以这种知识的普及虽然过于ABC，却也并非没有必要。

王敬轩指责《新青年》中的文章"什九皆嵌入西洋字句"。刘半农说："文字是一种表示思想学术的符号，是世界的公器，并没有国籍，也决不能彼此互分界限。"王敬轩赞美赋、颂、箴、铭、楹联、挽联之类，并且认为"西字长短无定，其楹联恐未能逮我"。刘半农却认为那些东西"半钱不值"，理由是"这些东西都在字面上用功夫，骨子里半点好处没有，若把他用来敷陈独夫民贼的功德，或把胁肩谄笑的功夫用到死人的枯骨上去，'是乃荡妇所为'"。而且，西方作家并不作楹联。

综观刘半农的这封复信，有些话说得也许尖刻，有些话或许因逞语言之快而有失轻薄。但是，它旗帜鲜明，生动活泼，简明扼要，对当时守旧的思想观点给予了比较全面的批驳，进一步申明了文学革命的方向和《新青年》的立场，较好地实现了他与钱玄同预期的效果，有效地扩大了新文化运动的影响。

（四）作为"战士"的刘半农

关于刘半农在文学革命中的作为，同代人有许多共识。

周作人曾经称赞他“作文十分勇健，最能吓破绅士派的苦胆”[①]，又曾说他“不装假，肯说话，不投机，不怕骂，一方面却是天真烂漫，对什么人都无恶意”[②]。刘半农逝世时，他与鲁迅的友情已经由于种种原因而大受损伤。所以鲁迅坦言两人之间发生过“彼此心照的不快活”，甚至“几乎已经无话可谈”，但仍然为他写了两篇文章。在《忆刘半农君》中把他称作“战士”，并且说：“他活泼，勇敢，很打了几次大仗。譬如罢，答王敬轩的双簧信，‘她’字和‘牠’字的创造，就都是的。这两件现在看起来，自然是琐屑得很，但那是十多年前，单是提倡新式标点，就会有一大群人‘若丧考妣’，恨不得‘食肉寝皮’的时候，所以的确是‘大仗’。”[③]与此同时，他还在《趋时与复古》中评价刘半农“跳出鸳蝴派，骂倒王敬轩”，是“一个‘文学革命’阵中的战斗者”[④]。

他写过一首题为《老牛》的散文诗，全文如下：

> 秋田岸上，有一只老牛戽水，一连戽了多天，酷热的太阳，直射在它背上。淋淋的汗，把它满身的毛，浸成毡也似的一片。它虽然极疲乏，却不肯休息。树荫里坐着一只小狗，很凉快，很清闲，摇着它的小耳朵，用清脆的声音向牛说：“笨牛！你天天绕着圈子乱走，何尝向前一步，不要说你吃力了，我看也看厌了！”牛说：“我不管得我自己能不能向前，也管不得你看厌不看厌，只要我车下的水，平衡流动，浸润着我一片可爱的秧田。”狗说：“到秧田成熟了，你早就跑死了！”牛说：“这件事，我从来没有功夫想到……”

这头牛的形象，很可以看作“五四”时期的刘半农，为了文学革命，为了新诗建设，他的确像这头牛一样，埋头苦干，默默地探索和尝试。“五四”高潮过后，许多开拓者都搁笔了，他却依然在默默车水，灌溉这块“可

①周作人：《知堂回想录》，三育图书有限公司1980年，第359页。

②同上。

③《鲁迅全集》第6卷，人民文学出版社2005年，第73页。

④《鲁迅全集》第5卷，人民文学出版社2005年，第564页。

爱的秧田"。

既然是运动，就难免会有奋不顾身的闯将和勇士，也有明哲保身的世故老人。在中国，总是后者居多。在刘半农的诗中，有一首《E弦》，是这样写的：

> 提琴上的C弦，一天向E弦说："小兄弟，你声音真好，真漂亮，真清，真高，可是我劝你要有些分寸儿，不要多噪。当心着，力量最单薄，最容易断的，是你！"E弦说："多谢老阿哥的忠告。但是，既然做了弦，就应该响亮，应该清高，应该不怕断。你说我容易断，世界上却也并没有永远不断的你！"

这显然是一首托物抒情言志的诗，诗人的代言者不是C弦，而是E弦。刘半农自己就是那根E弦。这首诗或许反映了文学革命中新文化阵营的某种客观存在，或者说，是刘半农的某种真实感受。同处文学革命的战壕之中，同属新文化阵营，大家都是战友和兄弟，但刘半农也许感受到了：自己就像那根E弦，是力量最单薄，也最容易断的。然而，面对C弦的忠告，他没有学会世故，没有学会明哲保身，甚至很不客气地进行了反击。这就是文学革命中的刘半农！

鲁迅说刘半农打过几次大仗，是连创造"她"和"牠"字都算在内的。的确，使用一个字，看上去不算大事，但从中也可以看到一个时代的精神和风气。那是一个革命的年代，一个除旧立新的年代。在那一代知识分子心目中，没有什么是神圣不可侵犯的。现在的年轻人，看到鲁迅和钱玄同要废除汉字的主张，惊得目瞪口呆，感觉不可思议。可是，对那一代人而言，却实在算不了什么。因为在他们的手中，许多东西都改变了。在传统中国人那里，皇帝是可以打倒的吗？那一代人真的就使中国人没了皇帝；老百姓见了官员怎能不磕头？那一代人就硬是把这旧规矩改了过来。中国人写文章，历来是竖行书写，从右向左；那代人却认为不合理，要学习西方文字的排列方式，说改就改了，变成了横行书写，由左向右……改了的就改了，人们已经习以为常，那些当时未能完成的，在半个世纪之后，却成了不可思议的想法。由此可以看到时代精神的某种演变。而"她"和"牠"的创造，正是在那个背景上很平常的事。

今天的人们，都已用惯了“她”这个字，但是，“她”并非历来如此的常用字，而是五四新文化运动的产物。造这个字的，就是刘半农。

为什么要新造一个字？简单地说，开始只是翻译的需要。稍微通点英文的人都知道，在英文中有He和She分别指代男女不同的第三人称，在译成中文的时候，却没有相应的字，所以最初的译者只好统统译作“他”。事实上，写作也是如此。从鲁迅的文章可见，直到“五四”时期，他在《我之节烈观》中谈论的是女人的命运，通篇却是“他”和“他们”；在《药》中写夏瑜的母亲和华小栓的母亲，在《明天》中写单四嫂子，用的也是“他”。面对这种情况，自然有人试图区分，终于就找到了“伊”。所以，从1920年开始，鲁迅写《风波》中的九斤老太，写《故乡》中的“豆腐西施”，写《阿Q正传》中的小尼姑和老尼姑，直到1922年12月在《〈呐喊〉自序》中写到自己的母亲，用的都是“伊”。

但是，到了1923年，《娜拉走后怎样》中说到娜拉，却出现了这样的句子：“但是她竟觉悟了：自己是丈夫的傀儡，孩子们又是她的傀儡。她于是走了……”“伊”变成了“她”。

这个过程正是“她”字被接受的过程。鲁迅使用“她”字，其实比较晚，是在大多数人都开始使用之后。

刘半农思考这个问题是比较早的。这不奇怪，因为他一直在翻译西方小说，很容易意识到英文中He、She、It在汉语中如何对译的问题。1918年初，他对周作人说起此事，并提出应该在“他”之外再用“女”“也”造一个“她”，专门指代女性第三人称，用“牛”“也”造一个“牠”专指人之外的第三人称。当时的周作人对此并不完全赞同，因为他想到的办法是效法日文，给“他”加一个“女”字旁。然而，就在这年8月，周作人在《新青年》第5卷第2号发表译文《改革》，在按语中却透露了刘半农的这一想法。

此事引起了人们的注意。1920年初，上海《新人》杂志刊登寒冰的文章《这是刘半农的错》，认为创造“她”字大可不必。而且“她”和“他”如果读音相同，说话时仍然无法分别。寒冰的文章发表不久，《时事新报》的《学灯》副刊又发表孙祖基的《她字的研究》，支持刘半农“她”字的创造，接着又有人发表《驳她字的研究》，于是展开了一场争论，“她”字引起人们的注意。

此时刘半农已到英国留学。他在伦敦读到了《时事新报》上的文章，这促使他对此进一步研究，并写了《"她"字问题》。对于这个"她"字，刘半农从两个方面进行了讨论：一、中国文字中，需要不需要有一个第三人称阴性代词；回答是需要。二、假如需要，能不能用这个"她"字？回答是能。刘半农说："我们因为事实上的需要，又因为这一个符号，形式和'他'字极像，容易辨认，而又有显然的分别，不至于误认，所以尽可以用得。"说到这里，刘半农又说，"要是这个符号是从前没有的，就算我们造的；要是以前有的，现在却不甚习用，变作废字了，就算我们借的。"

刘半农说对了，这个符号是早已存在的，南朝梁太学士顾野王的《玉篇》中就有这个字，不过，读音是"姐"，意思是"母亲"。这个字湮灭已久，所以成了一个早已被遗忘的废字。刘半农没有注意，他造的这个字古已有之，严格说来是借用。

面对许多人已经在使用的"伊"字，刘半农提出了几点：一是口语中用"伊"字当第三位代词的地域很小，不利于推广；二是从字型上说，"伊"字用来表示女性，没有"她"字明白；三是"伊"字偏文言，在白话文中不甚协调。最后，为解决该字只能区别字形而难以区分字音的问题，刘半农也做了探讨。他说："'他'字在普通语区域中，本有两读：一为Ta用于口语；一为Tuo，用于书面语。我们不妨定'他'为Ta，定'她'为Tuo……"①

刘半农的看法很快获得广泛认同。不过，人们还是把"她"读作"Ta"，就连刘半农自己也没有坚持。1920年9月，刘半农在伦敦写了歌词《教我如何不想她》，由赵元任谱曲，百代唱片公司灌制发行，无疑为"她"字的普及起到了很大的作用。于是，由北京大学学生康白情等人带头，许多人都开始使用这个字，接着是印刷厂为之铸铅字，新出的字典将其收入，终于流行开来。

①刘半农：《"她"字问题》，1920年8月9日《时事新报·学灯》。

二、新诗开路先锋

除了文学革命理论上的倡导和对保守派阵营的抨击之外，刘半农在文学革命中的贡献首先在于新诗。他是中国新诗最先的尝试者之一，也是新诗道路的开拓者之一，在多方面做出了历史性的贡献。

回顾中国新诗的开端，虽然胡适在1917年发出文学改良的倡议，陈独秀紧接着高扬起文学革命的大旗，但革命的口号喊出了，新诗创作的园地里却只有胡适一人。他在《新青年》第2卷第6号发表了《白话诗八首》，在第3卷第4号上又发表了《白话词四首》，形影孤单，实在是寂寞得很。直到《新青年》第4卷第1号出版，同时发表九首白话新诗，尝试者胡适才算有了同道。这同道是两个人：一个是沈尹默，另一个就是刘半农。

接着来的是鲁迅，他是第四个新诗尝试者。用鲁迅自己的说法，是看到新诗坛的寂寞而来敲敲边鼓。然后出现的参与者是李大钊、李剑农、周作人、陈衡哲和北京大学的学生俞平伯、康白情、傅斯年、罗家伦、杨振声……这就是1919年的事了。新诗创作队伍在1919年迅速壮大，北京有了《新潮》和《少年中国》，上海有了《星期评论》和《时事新报》的副刊《学灯》，诗作者除了北京的诗人之外，还出现了沈玄庐、刘大白、戴季陶等，《时事新报》从4月份开始发表新诗，最初的作者是黄仲苏、左舜生、张闻天、康白情等，几个月后又出现了郭沫若……这是中国新诗开端的基本情形。

在这个发展过程中，刘半农和沈尹默是最先跟随胡适尝试新诗的，两人的诗作同时出现于《新青年》第4卷第1号。所以，他无疑是新诗的先驱。此后，刘半农写了大量新诗，从各个方面为新诗开拓了道路。但是，刘半农的诗却不急于出版，而是直到1926年，才结集为《扬鞭集》上、中两卷，由北新书局出版发行。上卷收的是1917年至1920年的作品，中卷收的是1921年至1925年的作品。

学界对刘半农的诗歌研究已经不少，但是，他的独特之处，他在诗歌形式和艺术表现手法上的尝试，他对诗歌道路的开拓，却一直没有引起足够的重视。其实，刘半农是中国新诗史上第一个对诗歌艺术进行了广泛探索的人，是最先涉猎国外诗歌理论和诗歌创作经验的人，也是第一个自觉地在新诗处女地上开垦、耕耘、移植、嫁接的人。简单说来，他的努力主要表现在以下几点：

（一）形式的革新与创造

在新诗形式方面，刘半农做了许多可贵的尝试，进行了多方面探索。无论是旧形式的革新，还是新形式的创造，他都是自觉的，而且取得了突出的成就。他自己说过：“我在诗的体裁上是最会翻新花样的，当初的无韵诗、散文诗，后来的用方言拟民歌，拟‘拟曲’，都是我首先尝试，至于白话的音节问题，乃是我自从1920年以来无日不在心头的事。”[①]刘半农的这些话符合历史事实。因为在他尝试这一切之前，中国新诗坛上诗人甚少，更少自觉的诗歌形式探索者。

偏偏刘半农很早就有了理论上的自觉。早在1917年春天，他就提出了“破坏旧韵，重造新韵”和“增多诗体”的主张。他认为“诗律愈严，诗体愈少，则诗之精神所受的束缚愈甚，诗学决无发达之望”。他还说过这样的话：“彼汉人既有自造五言诗之本领，唐人既有造七言诗之本领。吾辈岂无五言七言之外，更造他种诗体之本领耶？”[②]

他的这些主张受到陈独秀、钱玄同等《新青年》同仁的赞赏和鼓励，刘半农便开始实践自己的主张。他写短句，也写长句，写有格律的诗，也写散文诗，尝试各种押韵形式，也写无韵诗，而且拟民歌，拟儿歌……在诗的排列形式上，有《相隔一层纸》那样四行一节，两节基本整齐的诗，也有《题小蕙周岁造像》那样不分节的诗，有《游香山纪事》那样的白话五古，也有《学徒苦》那种改造过的乐府民歌，有《晓》那样的散文诗和《卖萝卜人》那样的无韵诗，也有《教我如何不想她》和《呜呼三月一十八》那样形式整齐、声调铿锵的新格律诗。在用韵上，他的诗有的一韵到底，有的各节用不同的韵，有的错落用韵，有的全诗没有押韵之处。在“诗体大解放”的道路上，刘半农无疑是闯将，是开路先锋。

既然是探索和尝试，自然会有成功也有失败。但值得庆幸的是，刘半农

①刘半农：《自序》，《扬鞭集》，北新书局1926年，第1页。

②刘半农：《我之文学改良观》，1917年5月《新青年》第3卷第3号。

的探索显然获得了许多成功，而且留下了不少佳作。如《教我如何不想她》，显然是从七言诗中脱胎出来的，只是几经蜕变，便不再有旧形式的痕迹。全诗四段，每段基本都是四行，每行基本是七个字。但如果真是这样，可能就显得比较一般，甚至有些呆板，形式上的创造就谈不到了。但刘半农的确是高手，他在每段的七言四行中间加了一个感叹词“啊”，就使四行变成了五行；又在本来的第三行中多出一个字，就成了八个字。如此一改，再加之用字虚实和韵律形式的改变，就再也不是呆板的豆腐块了：

> 天上飘着些微云，
> 地上吹着些微风。
> 啊！
> 微风吹动了我头发，
> 教我如何不想她？
>
> 月光恋爱着海洋，
> 海洋恋爱着月光。
> 啊！
> 这般蜜也似的银夜，
> 教我如何不想她？

而且，这首诗可以有多种排列形式，怎么排都不会有大的影响。比如，可以排成三行：

> 水面落花慢慢流，水底鱼儿慢慢游。
> 啊！
> 燕子你说些什么话？教我如何不想她？

也可以排成两行：

> 枯树在冷风里摇，野火在暮色中烧。

> 啊！西天还有些儿残霞，教我如何不想她？

对诗的美都不会有大的损伤。再比如《在墨蓝的海洋深处》：

> 在墨蓝的海洋深处，暗礁的底里，起了一些些的微波，我们永世也看不见。但若推算它的来因与去果，它可直远到世界的边际啊！
>
> 在星光死尽的夜，荒村破屋之中，有什么人呜呜地哭着，我们也永世听不见。但若推算它的来因与去果，一颗颗的泪珠，都可挥洒到人间的边际啊！
>
> 他，或她，只偶然做了个悲哀的中点。这悲哀的来去聚散，都经过了，穿透了我的，你的，一切幸运的，不幸运者的心，可是我们竟全然不知道！
>
> 这若不是人间的耻辱么？可免不了是人间最大的伤心啊！

它完全是散文的排列，但不同于一般的散文诗，因为如果把它分行排列，同样是一首不错的诗。

与此同时，刘半农深谙韵律，凡押韵的诗，就很讲究节奏和韵脚的音乐效果，比如《铁匠》：

> 叮当！叮当！
> 清脆的打铁声，
> 激动夜间沉默的空气。
> 小门里时时闪出红光，
> 愈显得外间黑漆漆地。
> 我从门前经过，
> 看见门里的铁匠。
>
> 叮当！叮当！
> 他锤子一下一上，
> 砧上的铁，

闪着血也似的光，
照见他额上淋淋的汗，
和他裸着的，宽阔的胸膛，
我走得远了，
还隐隐地听见
叮当！叮当！

第一节“当”“光”“匠”构成诗韵的主韵部，又由“气”和“地”形成副韵部，第二节由“当”“上”“光”“膛”构成主韵部，又由“汗”和“见”形成副韵部，全诗构成一种重协奏。每一节都是二重奏，而四节合起来，却是多重奏。这是刘半农的创造，后来在徐志摩手里得到了发展，如《海韵》等诗，朗诵起来的确很美，但我们不能忘记，这种形式的第一个尝试者是刘半农。

（二）表现手法的探索

在尝试各种形式的同时，刘半农在诗歌艺术的表现手法上也进行了多方面的探索。他广泛借鉴中国古代诗歌的手法，从赋、比、兴，到托物言志，到绘画艺术中的白描和渲染，到留白和烘托，都常常恰到好处。包括中国文人画那种取其一枝一叶的简略取材手法，在他的诗中都可以看到。但对传统技法的化用不是重要的，因为“五四”时期的刘半农志不在继承传统，而是在反叛传统，所以他更关注的是创新，是借鉴和拿来外国诗歌的艺术技巧。

在他的诗中，可以看到雪莱和拜伦，也可以看到波特莱尔，可以看到印象派、象征派等西方现代诗歌的多种技巧。许多东西，对中国诗歌而言，都是第一次出现。比如发表于《新青年》第5卷第1号的《窗纸》：

看！这是落日的余辉，映着一片平地，却没有人影。

这是两个金字塔，三五株棕榈，几个骑着骆驼、拿着长矛的。

不好！是满地的鲜血，是无数骷髅，是赤色的毒蛇，是金色的夜叉！

看！乱轰轰的是什么？——是拍卖场，正万头攒动，人人想出廉价，收买他邻人的破产物。

错了，是只老虎，怒汹汹地坐在树林里，想是饿了！……

还不是的；是个美人——美极了。

看！美人为什么哭？眼泪太多了——看——

一滴——两滴——一斛——两斛——竟是波浪滔滔，化作洪水！

看！满地球是洪水，Noah的方舟也沉没了——水中还有妖怪，吞吃他的尸首！

看！好光明！天边来了个明星！——唉！——是个彗星！

诗人所描写的，其实不过是被雨水浸渍过的窗纸，面对斑驳陆离的窗纸，诗人想象的意识流就像电影中的蒙太奇，不断地闪动和变幻。诗人把这些写下来，却成为内涵丰富的作品，不仅显示着某种童趣，而且反映着社会生活在诗人心中打下的烙印，反映了生活中所具有的阴暗、恐怖，以及诗人的苦闷和希望。这首诗使人想起当下某些青年诗人在表现形式上的探索，以及由此引起的争论。其实有什么大惊小怪的呢？“五四”时期，刘半农已经这样写，写自我，写内心，写主观，其实又是社会生活投影。只要环境是开放的，诗人们就会广泛探索，自觉或不自觉地拓宽诗歌发展的道路。

拟别人的语气写诗，古今中外都不少见。这种方法也被“五四”一代诗人所采用，并且产生了一些好作品。不过，用得最早而且成果显著的，还是刘半农。他生活面广，视野开阔，熟悉各种下层人物，所以能够设身处地，能够进入各种角色，托出他们细微的内心世界，能够用不同的语言惟妙惟肖地表现出他们的性格，发出他们各自心中的声音。翻开刘半农的诗集可以看到，工匠、农夫、老人、小孩、男人、女人，各有自己的语言，各有自己的思想感情和个性。刘半农深知：“我们要说谁某的话，就非用谁某的语言和声调不可。”[①]在生活中观察各色人等的语言，包括他们的用语和声调，用于诗中，所传达的就不再是文人的调子。比如《面包与盐》：

老哥今天吃的什么饭？

吓！还不是老样子！——

①《瓦釜集·代自序》，北新书局1926年，第1—2页。

两子儿的面，
一个锄子的盐，
搁上半喇子儿的大葱。
这就很好啦！
咱们是彼此彼此，
咱们是老哥儿们，
咱们是好弟兄。
咱们要的是这们一点儿，
咱们少不了的可也是这们一点儿。
……

刘半农是江阴人，这里说的却是地道的北京胡同里百姓的话。这种尝试，不但丰富了他的创作，而且也为新诗创作提出了一个问题：诗人怎样才能更好地传递民众声音。值得注意的是，刘半农致力于传递各种声音，却没有在代言的过程中迷失自我。

（三）歌谣体的尝试

刘半农是中国现代诗歌史上歌谣体新诗的最早尝试者。在“五四”时期，他与刘大白等人共同构成了向民间歌谣学习的诗界景观，推动诗歌在通俗化的道路上向前迈出了第一步。

刘半农尝试歌谣体，是从对古典民歌的模仿开始的。他最初发表的新诗，常见古典民歌的格调。我们如果把他的《学徒苦》和汉乐府民歌中的《孤儿行》对照一下，就不难发现二者的命题立意、构思谋篇、遣词造句，都有许多相似之处。这种模仿，在新诗刚刚诞生的“五四”之前，是不足为怪的。但是，如果只是模仿，就创造不出真正的艺术品，所以在模仿乐府民歌的同时，刘半农向民间口语学习，努力寻觅他所说的“野花香”。

他的这种努力得到了北京大学这个好环境的助力。1918年1月的一天，他与沈尹默一起散步，想到诗经国风、乐府民歌中的一些好诗，于是对沈尹默说：歌谣中也有很好的作品，我们何妨征集一下呢？沈尹默觉得这是个好主意，马上表示赞同，并且建议他拟个方案，请校长用北京大学的名义征集。刘半农回家之后，马上拟了《北京大学征集歌谣简章》，然后拿去请蔡元培看，蔡元培看后立即让文牍处印刷多份，分寄各省官厅、学校。1918年2月1日，《北京大学日刊》同时刊登了蔡元培的“校长启事”和《北京大学征集歌谣简章》。这是中国现代史上第一次民间歌谣征集活动，也是中国现代民间文学和民间文化研究的开始。

北京大学成立了歌谣征集处，由刘半农负责，直到两年之后，刘半农赴欧留学，才交给周作人负责。在这两年之中，他们收集了大量歌谣，胡适、李大钊、沈兼士、徐宝璜、罗家伦等许多教授和学生都曾记录了歌谣应征。在教育部工作的鲁迅也把自己所熟悉的歌谣抄了出来。从1918年5月20日开始，《北京大学日刊》开辟了一个《歌谣选》专栏，每天发表一首歌谣，并由提供者对其中的土音土字加注解。这些工作，都由刘半农主持。

这对有志尝试歌谣体新诗的刘半农来说，无疑是巧遇春风，与大量民间歌谣的接触，使他进一步认识到民间文学的价值，坚定了尝试歌谣体的决心。特别使他兴奋的是，那些优秀的民间歌谣，都是用最自然的词语，用最自然的声调，把最自然的感情抒发出来的。这对他是一个重要的启发。他从歌谣中得到两点启示：一是自然，二是朴素，对于真正美的事物而言，一切华丽的修饰都是多余的，甚至适得其反。正是在这种情况下，他反复尝试，写出了歌谣体新诗集《瓦釜集》。

更可贵的是，刘半农尝试民间歌谣，不同于一些文人的猎奇赏艳，而是出于对下层民众的深厚同情。他在《瓦釜集》自序中曾经说过他的目的：“要试验一下，能不能尽我的力，把数千年来受尽侮辱与蔑视，打在地狱底下而没有呻吟的机会的瓦釜的声音，表现出一部分来。”这种精神无疑是可贵的。

刘半农对民间歌谣的研究，不仅帮助他写出了一些歌谣体新诗，而且帮助他把民间歌谣的精华与传统诗歌、外国诗歌结合起来，融为一体，去发展中国新诗艺术。这种探索，比起单纯模仿民歌，或者单纯去填写十四行，显然更为困难。然而，刘半农毕竟取得了收获，《教我如何不想她》等诗作，就融合了古今中外各种元素。

（四）“真”与“写实主义”

在“五四”诗坛上，刘半农虽然在艺术形式上进行种种探索，但他的创作走的却是一条现实主义道路。

在理论上，刘半农特别强调“真”，认为“真”是诗歌的精髓。因此，他要求诗歌说真话，抒真情，真实反映生活，表现时代生活的真面目。他说，诗人应该“在自然界及社会现象中放些本领去探出一个‘真’字来”[①]。因此，他极力反对矫揉造作和言不由衷的虚伪文学，竭力抨击模仿古人、无病呻吟的浮靡文风，看重汉乐府以来“感于哀乐，缘事而发”的传统，努力把诗歌创作与现实人生紧密地联系在一起，与民生疾苦紧密联系在一起。

与此同时，刘半农强调写诗必须有感而发，必须忠实于内心的真实感受。他说：“我可以一年半年不做诗，也可以十天八天之内无日不做诗，所以不做，为的是没有感想，所以要做，为的是有了感想肚子里关熬不住。”[②]这些话看上去很自我，很任性，但他的作品却多是反映社会现实的，很少当时已经成为时髦的“自我表现”或者“为艺术而艺术”。刘半农坚持艺术与人生的关联，所以社会的黑暗，国家的命运，百姓的疾苦，都能进入他的视野，拨动他的心弦，弹奏出他心底的声音。他的《诗神》是这样写的：

诗神！
你也许我做个诗人么？
你用什么写你的诗？
用我的血，
用我的泪。
写在什么上面呢？
写在嫣红的花上面，
早已是春残花落了。
写在银光的月上面，
早已是乌啼月落了。
写在水上面，
水自悠悠地流去了。

①刘半农：《诗与小说精神上之革新》，1917年7月《新青年》第3卷第5号。

②刘半农：《扬鞭集·自序》，北新书局1926年。

写在云上面，
云自悠悠地浮去了。
那么用我的泪，写在我的泪珠上；
用我的血，写在我的血球上。
哦！小子，
诗人之门给你敲开了，
诗人之家许你长眠了。

在这里，我们可以看到诗人对于自己使命的认识。刘半农所看重的，是血与泪的文字。它所显示的，是“五四”时期那股为人生的现实主义潮流。而在诗歌领域，最早也最主要的代表人物就是刘半农。在他看来，诗人如果不能面对社会现实，不能以血和泪书写这种现实，如果在民众的疾苦面前闭上眼睛，就敲不了诗神的大门，也配不上诗人的称号。

（五）关注社会下层

从题材上看，刘半农的诗歌取材广泛，显示着比较开阔的视野。这种比较开阔的视野给他的诗带来了社会生活的广度。在他的诗中，有城市，有乡村，有店铺，有作坊，行业涉及工农兵学商，地域从江南到北国。尤其值得注意的，是刘半农还表现了第一次世界大战结束后欧洲各国的社会面貌。《拟装木脚者语》《耻辱的门》《战败了归来》《柏林》等诗都反映了战争给人们带来的灾难，从人道主义立场上对战争进行了控诉和谴责。这种题材，在“五四”新诗中是稀有的，是刘半农的一个贡献，具有独特价值。同时，他还在诗歌中第一次写进了献身于科学事业的化学家，写进了卖稿谋生的作家，写进了一些过去诗歌中所没有出现过的事物。题材的广阔，不仅前人所未有，而且同代诗人所难以比肩。

然而，再进一步观察，就会发现他更关注的是下层社会。社会是分层的，平等只是一个美好的理想，而客观存在的社会是既有“上流社会”，也有“下层社会”，甚至下层中还有“底层”。基于人道主义的立场，刘半农不平于社会的不平，反对压迫，反对剥削，反对奴役，站在下层民众的立场上，揭示社会问题，给弱者以同情，向社会提出质疑。《相隔一层纸》《学徒苦》《卖萝卜人》《游香山纪事》《奶妈》等篇什都体现着这种倾向。

《相隔一层纸》是他发表的第一首新诗，也是“五四”诗歌名篇之一，诗人用了对比的手法，使不同阶级的生活形成鲜明的对照：屋里屋外，相隔只有一层薄薄的窗纸，里面是老爷怕被炉火烤坏；外面是叫花子在凛冽的寒风中发出死亡的呼叫。它使人看到社会的不平，唤起人们对贫困者的同情。在深打着汉乐府印记的《学徒苦》中，诗人表现了“食则残羹不饱，夏则无衣，冬衣败絮”的学徒的生活，不仅寄予同情，而且让他喊出了“生我者，亦父母”的呼喊。这是对不平的反抗，是“人”的呼声，深打着“五四”时期人道主义的印记。《游香山纪事》则描绘出一种现代社会制度下不应有的现象：“公差捕老农，牵人如牵狗。老农喘且嘘，负病不能走。公差勃然怒，叫嚣如虎吼。农或求稍停，挥鞭击其手。问农犯何罪，欠租才五斗。”富人和官府相勾结，欺凌下层农民，这现象使诗人愤怒而又悲哀。

注视着下层社会，关心民众疾苦，这使他的诗呈现出一个显著的特点：更多下层民众形象，更多社会生活阴暗。从社会生活的广度看，有贫富悬殊的对比，有工人与资本家的矛盾，有手工业者的忧愁，有现代工厂职工的辛酸，有破产农民的惨象……在刘半农的笔下，社会下层民众的形象云集。在这一点上，无论是杜甫还是白居易，都无法与刘半农相比。因为在刘半农诗歌的人物画廊里，有叫花子、学徒、车夫、铁匠、木匠、女工、渔夫、小贩、农夫、牧羊儿、奶妈、士兵、妓女、挨饿的儿童、穷困的作家、悲苦的寡妇……真可谓各式各样的人物都有。通过这些人物，他的诗多角度、多侧面地反映出社会生活的面影，提出了种种社会问题。写出这些意欲何为？“五四”时期的作家们有共同的思路：引起疗救者的注意。

由于清醒的现实主义，刘半农留学欧洲，置身于发达的西方都市，游走于繁华的大街，听讲于古老的学府，静读于安静的图书馆，漫游于徐志摩所恋恋不舍的康桥……但这一切很少出现在他的诗中。在他诗中出现的，依然是欧洲下层的人们，是英国寡妇挨冻受饿的悲苦，是法国妓女辛酸的眼泪，是德国穿不上鞋子的儿童和依靠卖乐谱生存的老人，是战败了归来的士兵……在一家印度餐馆里，他念念不忘的是：“你平原上的野草花，可还是自在地红着？你的船歌，你村姑牧子们唱的歌，可还在树丛的中间，清流的底里，回响着些自在的欢愉，自在的痛楚？”这种现象不是偶然的，它取决于诗人的思想感情对五彩生活的取舍。

由于清醒的现实主义，刘半农不仅能够看到中国社会的阴暗和丑陋，而且也能看到西方社会所存在的阴暗和丑陋。他留学英国时所写的《伦敦》，是中国新诗中最早描写西方社会丑恶的诗篇。那时的伦敦，仍然是《雾都孤儿》中所呈现过的雾都。在刘半农眼里，则是昏天黑地，“是这样墨黑的一个黑雾窟，是这样一窟墨黑的黑雾”。在这里，人们为追逐金钱而在黑雾中“钻”，“钻着！钻着！”在这里，哭，是为了钱，笑，是为了钱，生，为了钱，死，为了钱，人生的幸福，生活的乐趣，灵的归宿，都在钱眼里。他甚至做了这样的比喻：“嗅黄金的猎狗，哪儿有金味，就往哪儿走！钻着！钻着！幸运地竟钻到了‘金山’下，哼！狠命地吞一口……”他告诉人们，西方社会也有不如人意之处，发达国家也有许多社会问题。没必要把刘半农说成资本主义文明的批判者，但诗人的眼睛不放过任何一个地方的阴暗，显示的是现实主义的光辉。

（六）先驱者的创造精神

刘半农的诗有不少带有乐观昂扬的斗争精神，积极向上，鼓励奋斗，带有那个时代的理想与激情。这一切，体现着时代文化，也显示着诗人的内心。《D——！》一诗写于1919年陈独秀被捕之后。因为陈独秀被捕，人们感到言论自由的空间在缩小，文字狱的黑影向新文化阵营压来。刘半农心情沉重，但他没有退缩，没有消沉，而是在诗中一边安慰陈独秀，一边安慰和鼓励自己：

那“自由”“解放”的好名词，只在报纸上露着一露，
在“威尔逊炮”中响着一响！
千万斤的压力，不依然在我头上？
手铐脚镣，不依然在我手上脚上？
听！
我摇一摇头，颈上有些什么，响得“声调铿锵”！
D——！
唯其这样，所以我们的责任是这样！

这责任是什么？他说：“要有光，应该自己做工，自己造光——要造太

阳的光，不造萤火的光。”这里所体现的，是一个时代向上的精神和开拓、创造的精神。他为陈独秀唱了一首《牺牲的赞歌》：

牺牲的神！牺牲的神！
你是救济人类的福星！
奋斗与你结合着，
才能造成我们的人生，
超度我们的灵魂！

《敲冰》是一首闪耀着乐观精神的歌颂开拓和奋斗的长诗，写于1919年的冬天。它以打破坚冰、开拓航道为象征，描写了新文化运动的进程，抒发了勇往直前的奋斗精神。诗中反复吟唱着：“敲冰！敲冰！敲一尺，进一尺，敲一程，进一程！”写了破冰前行的艰难，却洋溢着昂扬的激情。诗中对懒怠者、怯懦者、缓进者和消极等待者都进行了否定和批判，歌颂了不怕寒冷、不怕疲劳、夜以继日的奋斗：“从正午敲起，直敲到漆黑的深夜。漆黑的深夜，还是点着灯笼敲冰。”“刺刺的北风，吹动两岸的大树，化作一片怒涛似的声响。那便是威权么？手掌麻木了，皮也挫破了；臂中的筋肉，伸缩渐渐不自由了”，但这一切都不能阻止敲冰。“冬冬不绝的木槌声，便是精神进行的鼓号么？豁刺豁刺的冰块挫船声，便是反抗者的冲锋队么？是失败者最后的奋斗么？旷野中的回声，便是响应么？”这一切也不必管它，诗人和他的朋友们还是敲冰，直敲到“黑暗已死，光明复活”：

直敲到野犬吠声渐渐稀了，
直敲到深树中的猫头鹰
不唱他的《死的圣曲》了，
直敲到雄鸡醒了，
百鸟鸣了，
直敲到草原中，
有了牧羊儿的歌声……

当然，刘半农的诗也有苦闷情绪的抒发。像当时许多知识分子一样，他看到了社会的问题，却没有改造的力量；他渴望自由、平等，梦想所有的人都过上“人的生活”，却找不到实现的路径；所以苦闷和彷徨自然而生。一些人看到某种希望之光就欢呼起来，歌唱美好的明天；一些人远远望见一片白帆，就以为是诺亚方舟，于是追随而去。然而，清醒的现实主义者很难如此，他们对未来的“黄金世界”持怀疑态度。在《窗纸》中，面对被风雨污染得斑驳陆离的窗纸，他知道解决的办法是“扯去旧的，换上新的”，但他马上悲哀地想到：“换上新的，怕不久又变成了旧的。”这是理想碰壁的印痕。刘半农曾经在《梦》中感叹十年前的旧梦，说“要忘是忘不了，要寻是没法儿寻”，表现的也是这种理想受挫之后的苦闷。

总之，作为“五四”新诗运动的开路先锋，刘半农的贡献是不应忘记的，他思考过的许多问题，都仍然值得后人思考。

三、“杂家”与“专家”

（一）“杂家”刘半农

对刘半农进行全面考察，不能不承认，他首先是一个“杂家”。

他才华横溢，头脑太好用，视野开阔，知识丰富，兴趣又异常广泛，这就使得他不可能像老实孩子那样长时间只玩一种玩具，更难长时间只做一件事。所以，他就成了一个多面手。这一点，他的同代人是看得清楚的。在他逝世之后的追悼会上，周作人就说刘半农有两大特点：“其一是他的真，他不装假，肯说话，不投机，不怕骂……却是天真烂漫，对什么人都无恶意。其二是他的杂学，他的专门是语音学，但他的兴趣很广博，文学美术他都喜欢，做诗，写字，照相，搜书，谈文法，谈音乐，有人或者嫌他杂，我觉得这正是好处，方面广，理解多，于处世和治学都有用。”①

我赞同周作人的这种说法，杂，正是好处。一个人如果没有自己的专业特长，大概不算优点，但在专业之外没有另外的兴趣，就很可能生活太无趣。专业之外的兴趣，不仅可以丰富生活，而且对专业也常有帮助。刘半农

---

①周作人：《知堂回想录》，三育图书有限公司1980年，第359页。

在许多方面都有建树，先来看一看他的成果吧！今天的人们求职，大都要写“个人简介”，这简介中除姓名年龄和毕业院校之外，必定列出已有的成果。那么，让我们先来看一看刘半农有哪些成果：

1. 著、译作品：

《欧陆纵横秘史》（外交小说），中华书局1915年。

《黑肩巾》（国事小说）上、下册，中华书局1917年。

《猫探》（侦探小说），中华书局1917年。

《乾隆英使觐见记》（笔记），中华书局1917年。

《帐中说法》（滑稽小说），中华书局1918年。

《茶花女》（戏剧集），北新书局1926年。

《瓦釜集》（诗集），北新书局1926年。

《扬鞭集》（诗集），上卷，北新书局1926年。

《扬鞭集》（诗集），中卷，北新书局1926年。

《国外民歌译》第一集，北新书局1927年。

《法国短篇小说集》第一册，北新书局1927年。

《失业》（法华对译短篇小说集），北新书局1927年。

《猫的天堂》（法华对译短篇小说集），北新书局1927年。

《半农杂文》一集，北平星云堂书店1934年。

《半农杂文》二集，上海良友图书印刷公司1935年。

《苏莱曼东游记》，中华书局1937年。

2. 学术研究：

《中国文法通论》，上海群益书社1920年。

《四声实验录》，上海群益书社1924年。

《汉语字声实验录》（法文），法国巴黎大学1925年。

《国语运动略史》（法文），法国巴黎大学1925年。

《半农谈影》，北京真光摄影社1927年。

《比较语音学概要》，商务印书馆1930年。

《宋元以来俗字谱》，国立中央研究院历史语言研究所1930年。

《从五音六律说到三百六十律》，国立中央研究院历史评议研究所1930年。

《中国俗曲总目稿》上、下册，国立中央研究院历史语言研究所1932年。

《中国文法讲话》上册，上海北新书局1932年。

3. 校点、辑录：

《何典》（小说），［清］张南庄著，北京北新书局1926年。

《香奁集》（诗），［唐］韩致尧著，北京北新书局1926年。

《西游补》（小说），［清］董若雨著，上海北新书局1929年。

《印度寓言》，刘北茂原译，1930年。

《朝鲜民间故事》，刘育厚原译，1932年。

《太平天国有趣文件十六种》，北京北新书局1926年。

《敦煌掇琐》上卷，国立中央研究院1925年。

《敦煌掇琐》中卷，国立中央研究院1934年。

《敦煌掇琐》下卷，国立中央研究院1945年。

这只是结集出版的著作，不包括单篇的论文和未结集的其他文章。他有一些专业论文很重要，比如《声调之推断及"声调推断尺"之制造与用法》(国立中央研究院历史语言研究所集刊，1930年)，《天坛所藏编钟编磬音律之鉴定》（国立北京大学《国学季刊》，1932年)，《十二等律的发明者朱载堉》（国立北京大学《国学季刊》，1932年)，《莽权价值之重新考订》（国立中央研究院历史语言研究所集刊，1933年)，《乙二声调推断尺》（国立中央研究院历史语言研究所集刊，1934年)，做的都是开创性的工作。此外，如《读〈海上花列传〉》《〈西游补〉作者董若雨传》等中国古典文学的论文，表达的也是自己独到的见解。

由此可见，刘半农的确是集许多"家"于一身。如果用今天的话说，或许就是"一专多能"。他的专业暂且不谈，而且以笔者的知识结构而言，也没有谈论的能力。因为刘半农的专业是实验语音学，学术门槛很高，不像中国现代文学等低门槛的专业那样谁都可以抬腿跨入。他同时从事文法、语法研究，从事词书编纂，参与文物考古，又致力于乐律研究。而更为广大读者所知道的是，他是诗人，有《瓦釜集》和《扬鞭集》上下两集；他是散文家，有《半农杂文》和《半农杂文二集》；他从事民间文学和文化研究，搜集了大量民间歌谣，出版过《宋元以来俗字谱》；他喜欢戏曲，编了《中国俗曲总目稿》；他从事古籍整理，校点过《香奁集》《西游补》和《何典》，辑录过洋洋三卷《敦煌掇琐》；他是翻译家，出版过《茶花女》《国外民歌译》《法国短篇小说集》等多种译作，是他第一个把高尔基的作品介绍到中国，也是他最先把狄更斯、托尔斯泰、安徒生的作品翻译成中文，而且最先翻译外国散文诗的，也是他。今天我们所熟悉的一些法国地名，如“枫丹白露”“香榭丽舍”等，也出自刘半农译笔。

征集民间歌谣，收集民间俗字俗语，是他做过的大事，由此开启了中国民间文学和民间文化的研究。他为此甚至不惜“以身试骂”，“到处找骂”。他为了研究“国骂”，曾在报纸上刊登启事，征求各地的“骂人语言”。于是，朋友们乐了，既来帮忙又是开开玩笑，纷纷前去用自己所熟悉的评议把他骂一顿，赵元任、周作人都去骂过，他的学生们也骂过。后来他去拜访章太炎，章太炎也来凑热闹，用汉朝骂人的话骂一阵，又用唐朝骂人的话骂一阵。当面听那些骂人的话，的确难免尴尬，但刘半农却由此广泛地收集了材料。尤其是章太炎那样的学界泰斗，用汉朝骂人的话骂过之后，马上告诉他这些话出自哪部书；用唐朝骂人的话骂过之后，即告诉他此话出自哪部典籍。

（二）从“杂家”到“专家”

刘半农本来是上海“鸳鸯蝴蝶”派文学新秀。他于1912年来到上海，经朋友介绍，在《时事新报》找到一份工作，又在中华书局谋到一份差事，都是编辑工作。与此同时，开始在《小说月报》《时事新报》《中华小说界》和《礼拜六》等报刊上发表小说，有创作，也有译作。为了迎合市民读者，他给自己起了“半侬”“寒星”“范瑞奴”这样的笔名，让人疑心这作者是女性。天资、勤奋，加上运气，刘半农很快成为上海文坛活跃的新秀。五年时间里，他发表了《失魂药》《最后之跳舞》等四十多篇艳情小说。他的名字经常出现在《小说月报》《小说大观》《礼拜六》等杂志上，受到许多读者的追捧，被称为“江阴才子”“文坛新星”，约稿者越来越多，就连赫赫有名的严独鹤也来向他组稿。

总之，在走向《新青年》之前，刘半农就已经用一支笔为自己在上海闯出了一片天地。

然而，刘半农并不满足。从1916年开始，他的思想中出现了矛盾，对自己的人生道路开始怀疑。因为他遇到了《新青年》，陈独秀等人的文章为他打开了另一个天地。这使他置身人生的一个十字路口。进入1917年，他的一条腿已追随陈独秀等人走去，而另一条腿却还在鸳鸯蝴蝶派的路上。

这年夏天，他从上海返回江阴，一面休息，一面思考自己的未来。由于没有固定收入，离开了上海就没有了钱，生活一天天困难起来。就在这时，他忽然接到一封北京大学的信，里面是一张聘书，蔡元培聘请他担任北京大学预科教授！

一个连中学都没有毕业的青年，突然成了全国最高学府的教授，这让所有人都难以置信。但一切都有成因：陈独秀带着他的《新青年》到北京大学做了文科学长，刘半农是《新青年》的作者，而且刚刚发表了两篇很有分量的文章。陈独秀可谓独具慧眼，而且敢做敢当，大概也只有他才敢向蔡元培推荐一个中学生来当教授。蔡元培见识更加不凡，他聘请陈独秀当文科学长，就是不顾学历而破格任用的；这时聘请刘半农，也不是陈独秀顺水人情，而是他读过刘半农的文章，认定他可以胜任。

就这样，刘半农来到北京大学，与陈独秀、钱玄同、胡适、周作人等成为同事。

置身北京大学，自知学历不够，所以他讲课很卖力，写作很勤奋，生怕出差错葬送这大好机会，也生怕给蔡元培和陈独秀丢脸。因此，他的成绩是显著的，但无论课上得多么好，也无论文章发表多么多，刘半农仍然有个心病：在这个最高学府，教授们大多有海外留学经历，而且不少人都是博士，这在无形中对刘半农形成一种压力。所以，两年之后，刘半农决定去欧洲留学。

关于刘半农为什么出国留学的事，有种种不同的说法。

鲁迅曾经说过：几乎一年多，刘半农没有去掉从上海带来的一些习惯，比如对“红袖添香夜读书”的向往，最后才被鲁迅等人骂掉，“但他好像到处都这么地乱说，使有些‘学者’皱眉。有时候，连到《新青年》投稿都被排斥。他很勇于写稿，但试去看旧报去，很有几期是没有他的。那些人们批评他的为人，是：浅。”鲁迅认为是“这些背后的批评，大约是很伤了半农的心的，他的到法国留学，我疑心大半就为此”[①]。

在鲁迅笔下，使刘半农伤心而去留学的，是《新青年》中的“那些人

①《鲁迅全集》第6卷，人民文学出版社2005年，第73页。

们”，没说是谁。

到了周作人笔下，一切逐渐坐实。刘半农去世多年之后，周作人在回忆北京大学的文章中写道：“英美派的绅士很看他不起，明嘲暗讽，使他不安于位，遂想往外国留学，民九乃以公费赴法国。”[①]在这里，使刘半农“不安于位”的，是“英美派的绅士”，没有提名。但在胡适逝世之后，周作人又写回忆文章，“英美派绅士”就具体化了：“刘半农因为没有正式的学历，为胡博士他们看不起，虽然同是‘文学革命’一队伍里的人，半农受了这个刺激，所以发愤去挣他一个博士头衔回来，以出心头的一股闷气。”[②]

因此，一些研究成果说到刘半农之所以出国留学，都说是因为胡适看不起他。

这似乎已是定论，但我总觉得这话似乎说重了。理由有二：一是根据胡适的为人，似乎不应该在刘半农面前表露“看不起”。二是刘半农没有认为胡适看不起他。众所周知，刘半农是个活泼而直爽的人，如果知道谁看不起他，就很难装得若无其事，更不会继续做朋友。而考察他们两人的关系，却似乎没有什么大的过节。比如，1918年胡适写《你莫忘记》，写完后送朋友指正，这朋友就是陈独秀、沈尹默、钱玄同和刘半农；1919年教育部“国语统一筹备委员会”成立，胡适、钱玄同等提出《国语统一进行方法的议案》，是由刘半农向大会提交并获得通过的，这个过程中他与胡适配合默契；1920年，胡适推荐刘半农任“国语辞典委员会”委员；1921年，刘半农在英国留学，胡适还给他寄《新青年》；1921年9月，刘半农给胡适的回信，其中说到许多重要的事：

> 近来看报，说你到上海考查商务印书馆的编辑部，知道是病好了，这是个可喜的消息……你何以不努力作诗？我老实警告你：你要把白话诗坛的第一把交椅让给别人，这是你的自由；但白话诗从此不再进步，听着《凤凰涅槃》的郭沫若辈闹得稀糟百烂，你却不得不负些责任……我近来的情形，真是不得了！天天闹的是断炊！北大的钱，已三月没寄

①周作人：《知堂回想录》，三育图书有限公司1980年，第358页。

②同上书，第503页。

来，电报去催，也是不寄；留学费也欠了三个月不发……有一件事要请你出力帮忙。我今天向蔡先生提出一个《创设中国语音学实验室的计划书》，想来你不久就可以看见。这是我万分希望他成功的一件事，曾向蔡先生当面说过，他很赞成。但他虽赞成，还要经过种种的会。所以我要恳求你，也替我卖些气力，使他早日有些成议，我真感激不尽了。

你能写个信给我吗？我给你请安。

夫人公子等均问好。[①]

从信的内容到语气，都看不出刘半农对胡适憋着气。

然而，无论鲁迅还是周作人，都没有理由编造胡适看不起刘半农这样的谣言。那么，问题出在哪里？考察他们交往的历史，只有一件事曾经伤感情：1918年《新青年》双簧信事件发生，胡适很不满。当时的《新青年》轮流主编，那一期正是刘半农编的，胡适在气头上，说过刘半农不配编《新青年》，而且表示以后由他一个人编。鲁迅和周作人都未进入《新青年》集团核心，没资格参加那样的讨论，但钱玄同是参与者，而且明确反驳了胡适，所以胡适才作罢。按道理讲，这事没有几个人知道，但那时钱玄同与周氏兄弟关系密切，或许告诉过他们，他们就把这事记住了。但是，记忆有时并不可靠，表达也常常并不准确。胡适当时只是就事论事，并没有真的看不起刘半农。虽然当时刘半农曾经生气，并且宣布与《新青年》脱离关系，但事情很快就过去了，并未影响二人的友情。

不过，如果说刘半农是受胡适等人的“刺激”而出国留学，或许是对的。试想，他只有中学学历，而胡适等博士们在身边晃来晃去，无需表示看不起，就会给刘半农带来压力。最后终于撑不住，留学拿博士学位去了，一切都合情合理。

无论如何，刘半农留学去了。在蔡元培的支持下，他由北京大学公费派往英国留学，1920年2月乘日本货轮奔赴英国。

然而，伦敦生活费用很高，刘半农是带着妻子和女儿一起去的，一家三口吃公费，实在不够宽裕。而且，到伦敦半年后，妻子又生下一对龙凤胎，

①《胡适来往书信选》上册，中华书局1979年，第131—132页。

这当然是令人高兴的事，刘半农用“伦敦”为孩子命名，男孩儿名育伦，女孩儿名育敦，来自英国城市名，却又很合中国传统。但是，增加了两个孩子，经济压力就更大了。听说法国生活费用比英国低，而且法国国家图书馆藏书也很丰富，就决定离开伦敦去巴黎，1921年6月，一家五口移居巴黎。

巴黎的生活费比伦敦便宜，但刘半农的生活仍然困难。前面所引他写给胡适的信，一个重要的内容就是诉说自己“天天闹的是断炊！……留学费也欠了数月不发”。刘半农没有夸张，因为那是大战之后，欧洲经济萧条，物价飞涨，中国学生的留学公费却没有跟着长。所以，当时在欧洲的留学生，包括后来大名鼎鼎的赵元任、陈寅恪、徐悲鸿等，都曾生活很紧张。

然而，刘半农坚持了下来，历时五年，终于拿到了博士学位。刘半农在巴黎学的是“语音实验”，这是一个新学科，而且含有在当时相当高的科技成分。刘半农成了专家，成了中国语音学实验研究的开山鼻祖，做出了许多贡献。不过，一些专门的学科就是如此，注定鲜为人知。刘半农“造”个“她”字和“牠”字，人人皆知，但他对语音的实验，却很少有人明白，也很少有人关注。不过，通过一些事，外行人也不难对他的学术窥见一二。比如，刘半农还在法国的时候，就经巴黎大学语音学院院长提名，成为巴黎语音学会会员；他的博士论文荣获“康士坦丁·伏尔内语言学专奖”。回国之后，北京大学为他成立了中国第一个语音实验室。刘半农则制订了一个宏大的研究计划：编一部《四声新谱》；编一部《中国大字典》；还要编一部《中国方言地图》。

（三）专业之外的业余爱好

“杂家”成了“专家”，刘半农有了自己的专业领域，却没有改变“杂家”的品质。他没有聚精会神地专心做他的专业研究，而是仍然兴趣广泛，手边总有“玩”的东西，总是不断做一些自己专业之外的事。

比如，他爱好摄影，成了中国最早的摄影家之一。

早在1905年，刘半农考入常州府中学堂，在那里就学会了摄影。到1909年，他终于有了一台柯达相机，于是开始拍照片。1923年，他在巴黎看到了更好的相机，尽管经济不宽裕，还是咬牙买了一台，有机会就为夫人和三个孩子拍照，大街上发现有意思的景物，也抓紧拍回来。做博士论文，没有影响他照相。照相，似乎也不影响做博士论文。

回国之后，他加入了中国最早的摄影艺术团体——“光社”。

“光社”是北京的摄影爱好者们发起的一个业余摄影组织。每年举办摄影展，而且出版《光社年鉴》。刘半农和光社同人一起摄影，一块儿切磋技艺，在此期间，他展出和发表过《舞》《夕照》《垂条》《泪珠中的光明》《在野》《人与天》《着墨无多》《静》《山雨欲来风满楼》等摄影作品。

据徐瑞岳的《刘半农评传》介绍，光社的摄影展每年在秋季举办。展前都要在刘半农家的客厅里举行评点。大家一边喝茶，一边讨论作品。刘半农总是一边踱步，一边眯着双眼看作品，然后直言不讳地发表意见。展览开馆的前几天，他就带着夫人、孩子一起去参加布展。每一幅作品摆在哪里，他都要亲自过问。刘半农还先后两次为《北平光社年鉴》写序。

与其他摄影爱好者不同，刘半农不仅拍摄，而且研究，提出种种理论主张。1927年，他出版的《半农谈影》，这是中国第一本系统阐述摄影创作艺术理论的书。

在这本书中，他批驳了贬低摄影艺术的观点，从哲学、美学等方面讲述了摄影的技法与技巧。他认为照相馆是“把照相当作一件死东西，无论是谁的‘脸谱’到了他们手里，男的必定肥头胖耳，女的必定粉妆玉琢”。看来，当时的照相馆或许像现在的影楼拍婚纱照一样，多么漂亮的新娘子都能拍得一样丑陋。刘半农认为，艺术摄影不应该那样，而是应该讲究“艺”与“术”，应该有美的追求。怎么实现这一切？就应该从景物的选取等各个方面动心思，而且，照片的水平，不仅取决于被拍的景物，也取决于拍摄者的境界。他认为，摄影要像画家一样，作品要有画的元素。因此，他倡导写意摄影。在《北平光社年鉴》的序言中，他曾写道：“我以为照相这东西，无论别人尊之为艺术也好，卑之为狗屁也好，我们既在玩着，总不该忘记了一个我，更不该忘记了我们是中国人……必须能把我们自己的个性，能把我们中国人特有的情趣与韵调，借着镜箱充分地表现出来，使我们的作品，于世界别国人的作品之外另成一种气息，夫然后我们的工作才不算枉做，我们送给柯达克、爱克发的钱才不算白费。”

刘半农的这本专著对中国摄影艺术产生了深远的影响，堪称中国摄影艺术理论的奠基之作。但正如他自己所说，他搞摄影，只是玩，是爱好，既不想做艺术家，也不准备开照相馆，而是消遣。他说：“所谓消遣，乃是吃饱了饭，或者说吃不饱饭，寻些事做，把宝贵的光阴在不宝贵中消磨。”

再比如，调查和收集民歌。

“五四”时期，他是北大民间歌谣征集活动的负责人，也是歌谣体新诗的开拓者，那时候他曾征集和整理过许多民歌。1925年留学归来之后，建立了语音实验室，有了自己的专业，而这专业又是胡适、周作人等都不懂的独家绝活儿，但刘半农似乎不想埋头于此，而是只要喜欢，不管有用还是没用，都会非常投入地干。首先，他把语音实验与收集民歌结合起来，继续收集民歌。直到中年，仍是这样。外出旅游，忘不了收集民歌；回家探亲，忘不了收集民歌。1934年赴西北调查，也就是他最后的岁月，更是收集了大量民歌。这时他有了录音设备，就用最新的方法记录歌谣。而这些歌谣又同时是他研究语音的材料。据当事人回忆，6月19日，刘半农带助手白涤洲、沈仲章、周殿福一行四人前往包头。到达包头之后，即对八个点的方言进行了调查，但在乌拉特前旗，他听到老乡们唱爬山歌，就马上决定录音。于是，就留下了当地百姓所唱的原汁原味的蒙古族民歌旋律。那时的人们收集歌谣，一般只能记录歌词，懂音乐的人可以记下曲谱，但唱的声音却无法记录。因为刘半农有现代技术和设备，就把那些民歌录了下来。

在包头的五天时间里，刘半农录了歌谣七筒。24日到达呼和浩特，调查了武川等地的方言，又录了民歌五筒。一天在黄河边，刘半农看到河上满载的货船正逆流而上，船夫们赤身裸体，号子声嘶力竭，似乎在撕裂人们的心肺，他被打动了，为了记录下那令人惊心动魄的声音，他让助手沈仲章随船而行，跟踪三天之久。7月5日到大同，调查了雁北十三个县的方言，又录下大量歌谣。

这样的活动，对刘半农来说真是最愉快的工作，因为一方面是他的专业，进行语音实验研究，一方面又是他的爱好，留下大量歌谣。

在刘半农后期那些专业之外的活动中，最受非议的一件事，是采访名妓赛金花。北大著名教授，去采访一个老妓女，这事成为奇谈。但刘半农做了，因为赛金花唤起了他的兴趣。当然，这兴趣不像齐白石，没有那种要死后与她同穴的浪漫，而是在于赛金花身上的一些谜团：有人说她是无情无义、连一句真话也没有，天生是下贱女人；有人说她讲义气、有担当，是庚子事变中拯救了北京人的英雄；她几次从良又几次下海，反反复复，一辈子是怎么走过来的？她与瓦德西的关系到底怎样？庚子年她到底做过什么……这一切都在雾中，不如趁她还活着，让她亲口说一说。即使她说的未必都是真话，也能提供一些可供分析的材料。从这个意义上说，刘半农又是历史学家，成了口述实录史学的先驱。他带着学生去为赛金花做了十次访谈，整理成《赛金花本事》。

谁说“妓女无情、戏子无义”呢？刘半农逝世之后，赛金花一身黑纱前去吊唁，并且送一挽联：

君是帝旁星宿，下扫浊世秕糠，又腾身骑龙云汉；
侬乃江上琵琶，还惹后人挥泪，谨拜手司马文章。

值得一提的是，《赛金花本事》于1934年出版，当时只卖出两千本，但在后来的岁月里，却一版再版，海内外屡印不止。

“五四”前后的周作人

周作人的一生，最后是个悲剧。然而，历史的账簿留下的不应该是“将功补过”之类抵消之后的结余，而是功就是功，过就是过，光荣就是光荣，耻辱就是耻辱。在“五四”时期，他曾是中国文坛上的灿烂明星，为新文学的创建做出了辉煌贡献。所以，当我们回望“五四”，这是一个无法回避的人物。

1917年，蔡元培就任北京大学校长，周作人赴北大任教，同时开始参与文学革命活动，1918年年底，连续写出了《人的文学》《思想革命》《平民文学》等重要的理论文章，发表后即与胡适的《文学改良刍议》、陈独秀的《文学革命论》等一起成为文学革命的纲领性文件。因此，周作人也继胡适、陈独秀、钱玄同、刘半农之后，成为新文学运动的主将。在思考和规划新文学发展路线的同时，周作人积极进行创作实践，其创作主要表现于散文和诗歌，思想和文化贡献主要在于“辟人荒”。

一、新文学的领航者

对于文学革命而言，周作人的《思想革命》《人的文学》《平民文学》标志着革命的深化，是陈独秀“三大主义”的具体化和进一步发展，是新文学性质在“活的文学”之后的又一次定位。

文学革命开始之初，胡适提出“八事”，主要关心的是艺术形式，也就是如何把“死文学”变成“活的文学”。而周作人较早地注意到了旧思想的根深蒂固，认识到文学革命决不仅仅是形式和方法的革命，应该追求的也决不应该只是“我手写我口”式的语言变革，或者不用典、不用韵之类的形式解放，而是还应该进行思想内容和价值观念系统的变革。因此，他写了《思想革命》一文，指出文学作品思想内容层面革新的重要性。在这篇文章中，周作人指出，文学是“合文字与思想两者而成的”，“表现思想的文字不良，固然足以阻碍文学的发达，若思想本质不良，徒有文字，也有什么用处呢?”“我们反对古文，大半原为他晦涩难解，养成国民笼统的心思，使得表现力与理解力都不发达，但别一方面，实又因为他内中的思想荒谬，于人有害的缘故。”

他告诉人们，旧思想寄寓在古文中间，几千年根深蒂固，“随手翻开古文一看，大抵总有一种荒谬思想出现”；现代人做古文，因为引经据典，种种荒谬思想也会渗进文章中去。所以，他赞成钱玄同等“废除古文”的主张，认为“将这表现荒谬思想的专用器具撤去，也是一种有效的办法”。但是，他认为只是如此还不够，因为人们的思想如果不变，只是用白话写出来，“话虽容易懂了，思想却仍然荒谬，仍然有害”。也就是说，白话文照样可以宣扬旧思想。他举例说，不说“三纲”而说“三条索子”，说“老子是儿子的索子，丈夫是妻子的索子”，不称“复辟”而叫“皇帝回任”，意思是一样的。他指出：“中国人如不真是‘洗心革面’的改悔，将旧有的荒谬思想弃去，无论用古文或白话文，都说不出好东西来。……从前的荒谬思想，尚是寄寓在晦涩的古文中间，看了中毒的人，还是少数，若变成白话，便通行更广，流毒无穷了。”

所以，他认为文学革命的事业，“文字改革是第一步，思想改革是第二步，却比第一步更为重要。”①

正是在这种认识的基础上，周作人写了《人的文学》一文，提出了“人的文学”这个概念，提倡“个人主义的人间本位主义”。

在这篇文章中，周作人开宗明义写下了一句话：“我们现在应该提倡的新文学，简单地说一句，是‘人的文学’。应该排斥的，便是反对的非人的文学。”

①周作人：《思想革命》，1919年3月《每周评论》第11期。

当时的人们往往只是把文学革命看作新旧之争，而对新与旧的性质缺少思考，周作人认为问题并不在于新与旧，他说："新旧这名称，本来很不妥当，其实'太阳底下何尝有新的东西?'思想道理，只有是非，并无新旧。"他认为，文学革命应该关注的，是思想和道理的是与非；要创建的新文学，意义也在于体现新的性质。那么，新文学新在哪里？周作人认为应该是人道主义。

他如此回顾了"人的发现"的过程："世上生了人，便同时生了人道。无奈世人无知，偏不肯体人类的意志，走这正路，却迷入兽道鬼道里去，彷徨了多年，才得出来。正如人在白昼时候，闭着眼乱闯，末后睁开眼睛，才晓得世上有这样好阳光；其实太阳照临，早已如此，已有了许多年代了。"他又说，"欧洲关于这'人'的真理的发现，第一次是在15世纪，于是出了宗教改革与文艺复兴两个结果。第二次成了法国大革命……女人与小儿的发现，却迟至19世纪，才有萌芽。古来女人的位置，不过是男子的器具与奴隶。中古时代，教会里还曾讨论女子有无灵魂，算不算得一个人呢。小儿也只是父母的所有品，又不认他是一个未长成的人，却当他作具体而微的成人，因此又不知演了多少家庭的与教育的悲剧。自从弗罗培尔（Froebel）与戈特文（Godwin）夫人以后，才有光明出现。到了现在，造成儿童学与女子问题这两大研究，可望长出极好的结果来。中国讲到这类问题，却须从头做起，人的问题，从来未经解决，女人小儿更不必说了。"所以，他认为中国需要"辟人荒"，从文学开始提倡人道主义。

倡导人的文学，那么，这"人"是什么？周作人特别强调说："我们所说的人，不是世间所谓'天地之性最贵'，或'圆颅方趾'的人"，而是"从动物进化的人"。他特别强调了人的动物性和进化性。面对前者，他主张要"相信人的一切生活本能，都是美的善的，应得完全满足。凡有违反人性不自然的习惯制度，都应该排斥改正"。面对后者，他认为要承认人比别的动物更复杂、更高级，有向上的意志，有改造生活的力量，所以不论什么礼法和制度，凡是阻碍人性向上发展者，都应该排斥和改正。这就是周作人对人道主义的理解。

结合人类文明的历史，周作人说："古人的思想，以为人性有灵肉二元，同时并存，永相冲突。肉的一面，是兽性的遗传；灵的一面，是神性的发端。人生的目的，便偏重在发展这神性；其手段，便在灭了体质以救灵魂。所以古来宗教，大都厉行禁欲主义……一方面却别有不顾灵魂的快乐派。”其实两者都是走极端，都不是人的正当生活。什么是正当生活呢？他认为就是“灵肉一致的生活”。为此就要改良人类的关系，营建一种“利己而又利他，利他即是利己”的生活，就要“革除一切人道以下或人力以上的因袭的礼法，使人人能享自由真实的幸福生活”。

他特别强调说：“我所说的人道主义，并非世间所谓‘悲天悯人’或‘博施济众’的慈善主义，乃是一种个人主义的人间本位主义。”而所谓“人的文学”，就是以这种人道主义为本，对于人生诸问题进行记录和研究的文学。

道理非常明白：与“人的文学”相对的是“非人的文学”，与“人的生活”相对的是“非人的生活”，与“人的道德”相对的是“非人的道德”，与“人的文化”相对的是“非人的文化”……一个“人的”定语，划开了新文学“新”之所在。

周作人指出，在人尚没有人的生活的状态之下，并非只有描写“人的生活”的作品才是人的文学，而是那些描写“非人的生活”的作品也可能是人的文学。为了把问题说得更清楚，他举例进行分析：法国莫泊桑的小说《一生》，是写人间兽欲的，却是人的文学；中国的《肉蒲团》却是非人的文学。俄国库普林的小说《坑》，是写娼妓生活的，却是人的文学；中国的《九尾龟》却是非人的文学。“这区别就只在著作的态度不同。一个严肃，一个游戏。一个希望人的生活，所以对于非人的生活，怀着悲哀或愤怒；一个安于非人的生活，所以对于非人的生活，感着满足，又多带些玩弄与挑拨的形迹。简明说一句，人的文学与非人的文学的区别，便在著作的态度，是以人的生活为是呢，非人的生活为是呢这一点上。”

带着这样一种目光看中国固有的文学，周作人做出一个结论：“中国文学中，人的文学本来极少。从儒教道教出来的文章，几乎都不合格。”正因为这样，才需要文学革命，需要一种新的文学来帮助人们“养成人的道德，实现人的生活”。

《平民文学》发表于1919年1月《每周评论》第5号。这是一篇很容易被只看标题而下结论的人们产生误解的文章。该文承接陈独秀“三大主义”

中推倒贵族文学的论题，对它作了展开和深化。他说：“平民的文学正与贵族的文学相反。但这两样名词，也不可十分拘泥，我们说贵族的平民的，并非说这种文学是专做给贵族，或平民看，专讲贵族或平民的生活，或是贵族或平民自己做的。不过说文学的精神的区别，指他普遍与否，真挚与否的区别。”他不承认中国有贵族和平民的阶级差别。因为就当下而言，中国已经成了民国，大家都是公民，并无贵族阶级；而就从前而言，“率土之滨，莫非王臣”，大家都是奴隶，“虽然大奴隶对于小奴隶，上等社会对于下等社会，大有高下，但根本上原是一样的东西”。因此，中国人的思想和趣味，原没多少差别。

他深入地考察所谓贵族文学和平民文学的区别，认为“古文多是贵族的文学，白话多是平民的文学。但这也不尽如此”。他认为古文大抵偏于修饰、享乐或游戏，所以确有贵族文学的性质，但“白话也未尝不可雕琢，造成一种部分的修饰的享乐的游戏的文学……那便是虽用白话也仍然是贵族的文学”。所以，他认为形式上的文言或白话，并不能区别贵族文学和平民文学，二者之间的区别主要还是在内容上。所以，他认为平民文学的建设应该着重与贵族文学相反，要内容充实，关键是“普遍与真挚”。他解释说：“第一，平民文学应以普通的文体，记普遍的思想与事情。我们不必记英雄豪杰的事业，才子佳人的幸福，只应记载世间普通男女的悲欢成败。因为英雄豪杰才子佳人，是世上不常见的人。普通男女是大多数，我们也便是其中的一人，所以其事更为普遍，也更为切己。我们不必讲偏重一面的畸形道德，只应讲说人间交互的实行道德。因为真的道德，一定普遍，决不偏枯……第二，平民文学应以真挚的文体，记真挚的思想与事实。既不坐在上面，自命为才子佳人，又不立在下风，颂扬英雄豪杰。只自认是人类中的一个单体，混在人类中间，人类的事，便也是我的事。我们说及切己的事，那时心急口忙，只想表出我的真意实感，自然不暇顾及那些雕章琢句了。”

与此同时，他提出了“最怕被人误会的两件事”：

第一，平民文学决不单是通俗文学。白话的平民文学比古文原是更为通俗，但并非单以通俗为唯一之目的。因为平民文学不是专做给平民看的，乃是研究平民生活——人的生活——的文学。他的目的，并非要想将人类的思想趣味，竭力按下，同平民一样，乃是想将平民的生活提高，得到适当的一个地位。凡是先知或引路的人的话，本非全数的人尽能懂得，所以平民的文学，现在也不必个个“田夫野老”都可领会……

第二，平民文学决不是慈善主义的文学。在现在平民时代，所有的人都只应守着自立与互助两种道德，没有什么叫慈善。慈善这句话，乃是富贵人对贫贱人所说，正同皇帝的行仁政一样是一种极侮辱人类的话。平民文学所说，是在研究全体的人的生活，如何能够改进到正当的方向，决不是说施粥施棉衣的事。

关于这篇文章的观点，周作人后来进行过补充。他在《贵族的与平民的》一文中说：“关于文艺上贵族的与平民的精神这个问题，已经有许多人讨论过，大都以为平民的最好，贵族的是全坏的。我自己以前也是这样想，现在却觉得有点怀疑。……我们看见史诗的歌咏神人英雄的事迹，容易误解以为‘歌功颂德’，是贵族文学的滥觞，其实他正是平民的文学的真鼎呢。所以拿了社会阶级上的贵族与平民这两个称号，照着本义移用到文学上来，想划分两种阶级的作品，当然是不可能的事。即使如我先前在《平民的文学》一篇文里，用普遍与真挚两个条件，去做区分平民的与贵族的文学的标准，也觉得不很妥当。我觉得古代的贵族文学里并不缺乏真挚的作品，而真挚的作品便自有普遍的可能性，不论思想与形式如何。我现在的意见，以为在文艺上可以假定有贵族的与平民的这两种精神，但只是对于人生的两样态度，是人类共通的，并不专属于某一阶级……”

他注意到平民的意志更侧重于求生，而贵族的意志更侧重求胜，从而做出了这样的结论：“我相信真正的文学发达的时代必须多少含有贵族的精神”，因为“求生意志固然是生活的根据，但如没有求胜意志叫人努力地去求‘全而善美’的生活，则适应的生存容易是退化的而非进化的了”，所以，他认为文学“当以平民的精神为基调，再加以贵族的洗礼，这才能够造成真正的人的文学。倘若把社会上一时的阶级争斗硬移到艺术上来，要实行劳农专政，他的结果一定与经济政治上的相反，是一种退化的现象……”[①]

①周作人：《贵族的与平民的》，《晨报副刊》1922年2月19日。

1920年1月，他在少年学会演讲，题目是《新文学的要求》。演讲稿发表于1月8日的《晨报》，内容与《人的文学》一脉相承，对新文学有很大的指导意义。他把历来的文学主张分为两派：一是艺术派，一是人生派。他对两派都进行了批评："艺术派的主张，是说艺术有独立的价值，不必与实用有关，可以超越一切功利而存在。艺术家的全心只在制作艺术品上，不必顾及人世的种种问题……重技工而轻情思，妨碍自己表现的目的，甚至于以人生为艺术而存在，所以觉得不妥当。人生派说艺术要与人生相关，不承认有与人生脱离关系的艺术。这派的流弊，是容易讲到功利里边去，以文艺为伦理的工具，变成一种坛上的说教。"而他主张的，是"为人生的艺术"。他说："背着过去的历史，生在现今的境地，自然与唯美及快乐主义不能多有同情。这感情上的原因，能使理性的批判更为坚实，所以我相信人生的文学实在是现今中国唯一的需要。"

什么是"为人生的艺术"呢？周作人讲了两点：一、"这文学是人生的；不是兽性的，也不是神性的"。二、"这文学是人类的，也是个人的，却不是种族的，国家的，乡土及家族的"。关于第一点，他重申了《人的文学》中的主张，而且表达更加清晰："因为原来是动物，故所有共通的生活本能，都是正当的，美的善的；凡是人情以外人力以上的，神的属性，不是我们的要求。但又因为是进化的，故所有已经淘汰，或不适于人的生活的，兽的属性，也不愿他复活或保留，妨害人类向上的进程。"

他所讲的"为人生的艺术"，其实还是人道主义的文学。同时，也是理想主义的文学。

二、新诗道路的拓宽者

"我对中国新诗曾经摇旗呐喊过。"——1926年周作人给刘半农的《扬鞭集》写序，曾经如是说。

何止是呐喊，他其实做得很多，简单梳理就可以发现，至少有如下四个方面：一、理论上的指导；二、创作上的实践；三、以外国诗歌的翻译和民间歌谣的研究为新诗提供借鉴；四、对新诗的保护和对青年诗人的扶持。

与鲁迅不同，周作人是以理论指导者的姿态进入文学革命阵地的。所以，他带给新诗的，首先也是他的理论主张。他写了许多专门探讨诗歌问题的文章，如《论小诗》《情诗》《歌谣》《诗的效用》《丑的字句》以及《〈旧梦〉序》和稍后的《〈扬鞭集〉序》等。这些文章从理论上直接指导和影响了新诗创作。

对于诗歌，周作人主张完全的自由，主张从诗人的自我出发，抒写自我的真实感受，抒写自己的真性情。他说：“我始终承认文学是个人的，但因‘他能叫出人人所要说而苦于说不出的话’，所以我又说那是人类的。然而在他说的时候，只是主观地叫出他自己所要说的话，并不是客观地去体察了大众的心情，有意识地为他们做通事”；“真的艺术家，本了他的本性与外缘的总合，诚实地表现他的情思，自然地成为有价值的文艺。”①

他并不否认功利主义批评的合理性，但更重视诗歌创作的艺术规律，主张给诗人以广阔的天地。他始终认为诗是属于个人的，“最好任各人自由去做他们自己的诗，做得好了，由个人的诗人而成为国民的诗人，由一时的诗，而成为永久的诗，固然是最所希望的，即使不然，让各人抒发情思，满足自己的要求也是很好的事情。……做诗的人要做怎样的诗，什么形式，什么内容，什么方法，只能听他自己完全的自由，但有一个限制条件，便是需用自己的话来写自己的情思。”②

在诗歌美学上，他强调真，主张写真实，真实地反映生活，真实地抒发情思。在题材上，他认为世间一切事物都可以入诗，没有什么不可以写的。俞平伯的《诗的进化的还原论》引起梁实秋的批评。梁实秋列举无产阶级、共产主义、革命、电报、社会改造、基督教青年会、北京电灯公司、军警弹压处、蓝二太太、如厕以及小洋楼、小火轮等为例说：“世界上的事物，有许多许多——无论是多数人的或少数人的所习闻的事物——是绝对不能入诗的。”与此同时，他还告诉诗人应该“向没有人的地方求仙去”。面对梁实秋的这种主张，周作人说：“我很怀疑诗人自己既然是人，为什么不能在人间求出诗来，而且仙人何以又是诗的源泉。……或以同是一件东西，我们可以说可以用或可以做，却不准我们写进诗里去，难道新诗也需守‘雅手而俗口’的规

①周作人：《诗的效用》，《晨报副刊》1922年2月26日。

②周作人：《论小诗》，《晨报副刊》1922年6月30日。

则吗?”[①]

在继承、借鉴和创新问题上，他反对从本国传统中继承那些非人的东西，而鼓励模仿和独创，因为“进化是在于模仿与独创之消长”，他不反对继承或者中西结合，但特别指出：“把中国文学固有的特质因了外来影响而益美化，不可只披上一件呢外套就了事。”在诗的表现手法上，他“不很佩服白描”，也不喜欢叙事，而是认为“抒情是诗的本分”。他像鲁迅一样推崇“兴”的手法，认为这就是西方的“象征”，并且认为诗歌不宜过于晶莹透彻，要有一点朦胧，“没有一点儿朦胧，因此也似乎缺少了一种余香与回味。”他重视现实主义的真实，把它看作文学的灵魂，另一方面，又认为“凡诗差不多无不是浪漫主义的，而象征实在是其精意”[②]。

在“五四”时期，周作人还是一个著名的诗歌翻译家，因而也是一个外国诗歌的介绍者。他又是民间歌谣的收集整理者和研究者。这一切都为早期新诗的发展提供了滋养。从1918年开始，他先后翻译介绍了日本、法国、英国、俄国、保加利亚、波兰、希腊、南非等各国的诗歌。在他翻译的诗歌中，既有鲁迅所称颂的“摩罗诗人”的作品，又有波特莱尔等现代派作品，既有古代希腊的诗歌，又有英国民间叙事诗，还有日本的俳句等，这一切都为新诗的发展提供了借鉴。

周作人对民歌的研究起步很早，辛亥革命之后不久，他就开始了儿童文学和民谣的研究，1914年就发表过《儿歌之研究》，并在绍兴发表过征集儿歌和童话的启事。所以，当他到北大任教，刘半农发起征集民谣的运动，他自然成了积极分子，参与了整理和选编的工作，而且能够比较深刻地认识这工作的意义。他说：“民歌与新诗的关系，或者有人怀疑，其实是很自然的，因为民歌的最强烈最有价值的特色是他的真挚与诚信，这是艺术品的共通的精魂，于文艺趣味的养成，极是有益的。吉特生说：‘民歌作者并不因职业上的理由而创作；他唱歌，因为他是不能不唱，而且有时候他还是不甚适于这个工作。但是他的作品，因为是真挚地做成的，所以有那一种感人的力，不但适合于同阶级，并且能感及较高文化的社会。’这个力便是最足供

①周作人：《丑的字句》，《晨报副刊》1922年6月2日。

②周作人：《〈扬鞭集〉序》，北新书局1926年，第1—2页。

新诗汲取的。”[①]他还引用意大利人威大列的话说：“根于这些歌谣和人民的真的感情，新的一种国民的诗或者可以发生出来。”为此，他亲自动手尝试，一次次写儿歌。同时值得注意的是，虽然处于革命当中，他却较早地注意到新诗应该从古典诗歌中汲取营养。他说：“我想新诗的节调，有许多地方可以参考古诗乐府与词曲，而俗歌——民歌与儿歌——是现在还有生命的东西，他的调子可以拿来利用。”[②]他的这些见解和主张，对刚刚起步的中国新诗产生了积极的影响。

在新诗运动中，周作人发表新诗并不算早，他的第一首新诗写于1919年1月，发表于1919年2月出版的《新青年》第6卷第2号，比刘半农、沈尹默等人晚了一年多，比鲁迅晚八个月，但仍然比郭沫若早八个月。值得注意的是，他虽然正式发表新诗比较晚，却在此之前已经关注着新诗，而且有所参与。这从许多事都可以看到：一、《新青年》从第4卷第1号改为白话，并刊登新诗，第4卷第2号就刊有他的《古诗今译》，内容是古希腊谛阿克列多思的《牧歌》之十。从该诗“题记”看，当时“诗体解放后的新诗还没有出现”。但他当时就说，对于外国诗歌，“相信中国只有口语可以译它”，而且认为“口语作诗不能用五七言，也不必定要押韵，只要照呼吸的长短作句便好”。二、1918年2月10日，是旧历年的除夕，这年刘半农与周氏兄弟一起过年，喝酒吃饭之间对文学革命颇多议论。刘半农写成一首《除夕》，与陈独秀等人的除夕诗一起刊登于一个月后的《新青年》。三、1918年5月15日出版的《新青年》第4卷第5号有一“补白”，其中有周作人和刘半农的游戏诗。刘半农的原诗是：“苍天万丈高，翠柏千年古。我身高几何？我寿长几许？以此问夕阳，夕阳黯无语。”还是半文半白的五言诗。而周作人的和诗却已经是白话：

苍天不知几丈高，
翠柏也不知几年古。
我身用尺量，

①周作人：《歌谣》，《晨报副刊》1922年4月13日。

②周作人：《儿歌·跋》，1920年12月《新青年》第8卷第4号。

就知高几何。
我寿到死时，
就知长几许。
你去问夕阳，
他本无嘴无耳朵，
自然是黯无语。

此后，《新青年》第5卷第2号还有一“补白”，说7月31日收到周作人自绍兴写来的信，抄来一首五言白话诗：“有个王秀才，笑我诗多失；云不识蜂腰，仍不会鹤膝；平仄不解压，凡言取此出；我笑你作诗，如盲徒咏日。”周作人信中说，抄录这首诗是“代《新青年》新体诗的作者答人批评之用”。

以上都是1918年的事。周作人开始正式发表新诗是在1919年2月。他发表的第一首新诗就是《小河》，此后连续在《新青年》《每周评论》和《晨报副刊》等发表《两个扫雪的人》《微明》《所见》等。但是，他个人的诗集却是十年之后才出版，名为《过去的生命》。周作人在自序中说：“这里所收集的三十多篇东西，是我所写的诗的一切……其中二十六篇，曾收在《雪朝》第二集中，末尾七篇是新加入的。”二十六首，加七首，应该是三十三首。但《过去的生命》的实际情况却与此不符。因为从目录上看，只有二十七篇，而其中《山居杂诗》是七首，两首《小孩》都是二首，这样就多出八首，事实上是三十五首。同时，他说《过去的生命》是他“所写的诗的一切”，也与事实不符，因为他在“五四”时期所写的新诗，有十几首没有收入《过去的生命》。

周作人的诗很平实，平，就是平平常常，不炫奇作怪；实，就是实实在在，不故作惊人。但他的诗又很清新，因为它形式自由，情真意切，表现自然而细致，能道常人所未能道。周作人态度温和，诗的内容也比较冲淡。他对现实生活有比较清醒的认识，并非看不到问题的严重和生活的严峻，但他有平静的理性态度，极少冲动，很少凭激情对待生活，写下的诗也极少冲动之下的激情抒发，而是大多处于平心静气的状态。

《两个扫雪的人》赞美的是北京环卫工人在大雪天里坚持扫雪的精神：

“一边尽扫，一边尽下，扫净了东边，又下满了西边，……粗麻布的外套上已经积了一层雪，他们两人还只是扫个不歇。”最后表达的是诗人的感谢和祝福：“祝福你，扫雪的人，我从清早起，在雪地里行走，不得不谢谢你。”诗是写实的，但这大雪天里扫雪的情景，又具有某种象征意味，给人以想象的空间。

《背枪的人》情况大致相同，诗完全是描写实景，早起出门，在马路上看到一个背枪的人。周作人倾向于“卖剑买牛卖刀买犊”，不喜欢兵器，但看到军警指点道路，维持秩序，辛辛苦苦为民众服务，便觉得不再憎恶军警。事实上，这也反映出国家本身的变化，因为毕竟国家已经由帝国变为民国，军警不再是皇家和官府镇压民众的工具，而成为全体国民的武装，身负民众委托。

在周作人的新诗创作中，影响最大的是《小河》。它是中国新诗早期诗坛上的第一首长诗，一发表就赢得了普遍的重视和好评。这首诗以象征的手法，通过一个农夫筑堰拦水以致小河不能自由流淌的情节，反映了生活中的某种现实，说明了“水滥于壅”的哲理，而且表达了诗人深切的忧虑和悲悯。在周作人看来，河水总是要流动的，筑堰堵截的结果必然导致河水的意志受阻，而最终的结果则是决堤和泛滥。对于中国人而言，这应该是一个古老的道理，从大禹治水时代已经明白。然而，在社会生活中，却总是有人不明白，或者即使明白也要为一己之私而不惜洪水滔天，试图用筑堰的方式阻止社会前进的力量。周作人有感于此，以诗的形式进行了思考。在诗中，因为筑堰拦截，水的能量聚集，水与堰的矛盾加剧，而筑堰者又在土堰外面加筑了石堰，但流水总要寻找出口，所以总在“乱转”。诗人以稻苗、桑树等周围事物的口吻，表现了他的忧虑：

> 我是一株稻，是一株可怜的小草，
> 我喜欢水来润泽我，
> 却怕他在我身上流过。
> 小河的水是我的好朋友，
> 他曾经稳稳地流过我面前，
> 我对他点头，他向我微笑。

我愿他能够放出了石堰，
仍然稳稳地流着，
向我们微笑，
曲曲折折地尽量向前流着，
经过的两面地方，都变成一片锦绣。
他本是我的好朋友，
只怕他如今不认识我了，
他在地底里呻吟，
听去虽然微细，却又如何可怕！
这不像我朋友平时的声音，
被轻风挽着走上河滩来时，
快活的声音。
我只怕他这回出来的时候，
不认识从前的朋友了，——
便在我身上大踏步过去。

诗的最后是：水还在“乱转”，石堰“毫不动摇”，只是“筑堰的人，不知到哪里去了”。

这正是诗人的忧虑。面对社会矛盾的聚集和冲突的加剧，他对阻挡河水前行的力量不满，担心拦截导致的必然结果。他知道唯一的办法是开堰放水，但“坚固的水堰还是一丝不摇动”；他知道任何对历史进行阻挡的力量最后都是必然的崩溃，但他的确害怕那样的结果。诗人很忧虑，也很无奈。这透露着周作人当时的真实思想和情感状态：他不是保守派，希望社会进步，希望历史进步的力量能够自由发展；他又不是革命派，面对前行的障碍所导致的社会矛盾，他希望缓解，不希望看到堤坝的崩溃和洪水泛滥的破坏性结果。这种温和的改良态度，在当时的知识分子中有很大的典型性。

“五四”时期的中国知识界是多姿多彩的，也是复杂多变的。各派学说齐放，各种主义并存，互相斗争又相互影响。周作人虽然受种种思潮的影响，但根基还是人道主义。他所追求和向往的，是自由、平等、民主的生活，用他的话说，也就是“人的生活”。在最新的思潮中，他受的主要影响来自日本作家武者小路和他的新村运动。武者小路在他的《新村的生活》一文中说过，新时代要来了，无论迟早，革命总要发生。不愿发生革命的人，除了努力使人渐渐实行人的生活以外，没有别的办法。他的新村运动正是为此而进行的一种乌托邦实验。周作人的《小河》显然受着他的影响。

除此之外，这种忧虑也来自中国传统的某些因素。周作人自己后来写道：“孔子说，仁者不忧，勇者不惧。吾侪小人诚不足与语仁勇，唯忧生悯乱，正是人情之常，而能惧思之人亦复为君子所取，然则知忧惧或与知惭愧相类，未始非人生入德之门乎……大抵忧惧的分子在我的诗文里由来已久，最好的例是那篇《小河》。”他又说，“至于内容那实在是很旧的，假如说明了的时候，简直可以说这是新诗人所大抵不屑为的，一句话就是那种古老的忧惧。这本是中国旧诗人的传统，不过不幸他们多是事后的哀伤，我们还算好一点的是将来的忧虑。……鄙人是中国东南水乡的人民，对于水很有情分，可是也十分知道水的利害，《小河》的题材即由此而出，古人云，民犹水也，水能载舟，亦能覆舟。法国路易十四云，朕死之后有洪水来。其一戒惧如周公，其一放肆如隋炀，但二者的话其归趋则一，是一样的可怕。把这类意思装到诗里去，是做不出好诗来的，但这是我诚恳的意思，所以随时得有机会便想发表……”[①]

《小河》被胡适称作“五四”新诗中的“第一首杰作”（《谈新诗》），并且受到广泛的肯定和赞美。之所以如此，首先在于它在形式上的创新。用周作人自己的话说，就是“摆脱了诗词歌赋的规律，完全用语体散文来写”[②]。这在当时的确是破天荒的新表现。用朱自清的话说，就是当时的诗体解放，“只有鲁迅兄弟全然摆脱了旧镣铐，周启明氏简直不大用韵。他们另走上欧化一路。”[③]郑振铎在《中国新文学大系·文学论争集》导言中写道：“在这短短的十年间，无论在诗、小说、戏曲以及散文方面都有了长足的进步。朱自清的《踪迹》是远远地超过《尝试集》里的任何最好的一首，功力的深厚，已绝不是尝试之作，而是用全力来写的。——周作人的《小河》却终于不易超

①周作人：《知堂回想录》，三育图书有限公司1980年，第388—389页。

②同上。

③朱自清：《中国新文学大系·诗集》，良友图书公司1935年，第3页。

过。”[①]由此，我们可以看到同代人对这首诗的地位的认识。

周作人的诗中有几首特别值得注意：首先是《歧路》，其次是《爱与憎》和《苍蝇》，后两首表现的是同样的思想。这些诗显示了周作人思想上的矛盾，以及思考之后的选择。在《歧路》中，周作人写出了他的矛盾：

我爱耶稣，
但我也爱摩西。
耶稣说：“有人打你右脸，连左脸也转过来由他打！”
摩西说：“以眼还眼，以牙还牙！”
吾师乎？吾师乎？

这的确是个问题，而且是个难以选择的问题。人们的确应该爱，应该容忍，应该化解仇恨，时时处处以眼还眼、以牙还牙，肯定不是应该赞美的；不过，打左脸就连右脸也给他，这种对施暴者的宽容和迁就，后果会是什么？除非相信冥冥之中有一个公正的裁判，已经承诺“申冤在我，我必报应”，否则就无法做到。众所周知，鲁迅基本上选择了“以眼还眼，以牙还牙”，周作人却拿不定主意。他说：“我如果有力量，我必然跟耶稣背十字架去了。我如果有较小的力量，我也跟摩西做士师去了。但是懦弱的人，你能做什么事呢？”

在《爱与憎》中，他说：“师只教我爱，不教我憎，但我虽然不会全憎，也不能尽爱。”之所以不能一切都爱，他的理由是：“爱了可憎的，岂不薄待了可爱的？”他举出的例子是“蔷薇上的青虫”和“稻苗上的飞蝗”，只要爱蔷薇和稻苗，就不能爱青虫和飞蝗，包括“换上美丽的衣服翩翩飞去”的蝴蝶。所以，他虽然宣扬爱，但并非没有憎，而且爱憎分明。在《苍蝇》中，他延续了《爱与憎》的思考，明确表示说：“我们说爱，爱一切众生，但是我——却觉得不能全爱。”他甚至写道：

我不能爱那苍蝇，

①郑振铎：《中国新文学大系·文学论争集》，良友图书公司1935年，第16页。

我憎恶他们，我诅咒他们，
大小一切的苍蝇们，
美与生命的破坏者，
中国人的好朋友的苍蝇们呵！
我诅咒你们全灭，
用了人力以外的，
最黑最黑的魔术的力。

这是周作人的一个侧面。虽然他的许多作品都用了极其平和冲淡的笔墨，像冷静的画家一样不动声色地描绘景物和风情，但也有不少作品在平和与冲淡中透露出另外的元素。比如，《所见》只是客观地描了两幅画：一幅是成年人，两个押着一个，意味着成人世界的矛盾冲突及其解决的方式；另一幅是儿童，游戏是互相"骑马"，骑者与被骑者，最后却是笑嘻嘻地说一声"再会"。用画面说话，展示了成人世界的严峻，赞美了儿童世界的美好。

作为生活于现实社会中的人，而且关心社会人生，周作人虽然富有理性的平和，却也不能没有愤怒的时候。诗是诗人情感状态的直接投射，所以，只要翻阅诗人全部诗作，就可以看到生活留下的情感起伏变化踪迹。周作人看到了社会存在的问题，希望社会变得更好，但现实却与他的理想和希望距离遥远，这就必然产生不满和期待。一旦更为糟糕的事情发生，忧虑也会变为愤怒。不过，周作人即使愤怒，也有自己的表达方式。比如，《偶然》写于1919年"六·三"事件之后，政府对学生和市民的态度使他激动，他无法容忍政府残暴地对待自己的公民，因而写出了这样的句子："我告诉你，踏了冰，踹了雪，一直往西北，在那里的旧账簿上，即可看到许多这样的事——用通红的火一般的横行字，都在那旧账簿末页上记着。"激愤之情，溢于言表。那是在以俄国革命为例对自己的政府提出警告。

周作人的几首爱情诗影响不大，但很耐读，艺术水平不低。与同时代的胡适、徐志摩、郁达夫等人相比，周作人一点儿也不浪漫。但是，他的内心却也有极柔软之处，珍藏着他曾经有过的爱，安放着他的少年之恋。"五四"时期，伴随着爱的解放，许多诗人都在写爱情，这对周作人有所触动，他连续写了《她们》《高楼》《饮酒》《花》《昼梦》等若干首爱情诗。

《她们》写道：“我有过三个恋人，虽然她们都不知道。她们无意地却给了我许多：有的教我爱恋，有的教我妒忌，我都感谢她们，谢她给我这苦甜的杯。”但非常遗憾的是，这三个女孩儿“一个未嫁而死，一个既嫁而死，一个不知流落在什么地方”。多年过去了，诗人不想再去寻找她们，却把她们“养活在我的心窝里”，好像三个恋人都还活着。最后一节看似仍然很冷静，其实很动情：

她的照相在母亲那里，
我不敢去要了来看。
她俩的面庞都忘记了，
只留下一个朦胧的姿态，
但是这朦胧的却最牵引我的情思。

通过其他材料，我们可以知道他的这三个恋人的情况：“未嫁而死”的是他的初恋，杭州的一个杨姓女孩儿；“既嫁而死”的是他的姨家表姐平姑娘，周作人与她同龄，很喜欢她，但平姑娘自幼就许给了车家公子，而且出嫁不久就去世了；“不知流落在什么地方”的“她”则是周作人留学日本时居住的伏见馆主人的妹妹乾荣子。

艺术上更成熟的是《高楼》：

那高楼上的半年，
她给我的多少烦恼。
只如无心的春风，
吹过一棵青青的小草。

她飘然地过去了，
却吹开了我的花朵。
我不怨她的无情，——
长怀抱着她那神秘的痴笑。

诗中所写是他在杭州陪爷爷坐牢时遇到的那个十三岁的女孩儿，也就是《她们》中“未嫁而死”的那一个。那是一对少年朦朦胧胧的爱，没有任何表白，没有任何承诺，有的只是相视无语而“神秘的痴笑”，却种在一个少年的心里，让他几十年后想起来心中隐隐作痛，因而为她而一写再写。周作人写过一篇散文《初恋》，写的也是这个女孩儿。从那里可以知道，那时周作人十四岁，她十三岁。她经常去周作人住的地方玩，看周作人临帖写字。“我不曾和她谈过一句话，也不曾仔细地看过她的面貌与姿态。大约我在那时已经很是近视，但是还有一层缘故，虽然非意识地对于她很是感到亲近，一面却似乎为她的光辉所掩，开不起眼来去端详她了。”这是他喜欢的第一个女孩儿，“我在那时候当然是‘丑小鸭’，自己也是知道的，但是终不以此而减灭我的热情。每逢她抱着猫来看我写字，我便不自觉地振作起来，用了平常所无的努力去映写，感着一种无所希求的迷蒙的喜乐。并不问她是否爱我，或者也还不知道自己是爱着她，总之对于她的存在感到亲近喜悦，并且愿为她有所尽力……”①

《花》虽然声称是“仿某调，学做情诗”，但所仿的原本却未必这样精致和成熟，而且抒发的感情是真挚的，并不存在讽刺和嘲弄：

我爱这百合花，
她的香气薰得使人醉了，
我愿两手捧住了她，
便在这里睡了。

我爱这蔷薇花，
爱她那醖酒似的滋味，
我便埋头在她中间，
让我就此死罢。

无疑，它应该是“五四”时期爱情诗中的杰作之一。

①周作人：《初恋》，《晨报副刊》1922年9月1日。

周作人非常重视自我感情的书写。他的新诗创作有很大一部分是写自我的，这些诗不仅反映了作者当时的思想状况，而且具有某种典型性。像“五四”时期许多知识分子一样，周作人的思想中充满矛盾。他的思想与鲁迅有许多共同之处，但比鲁迅更活跃，却没有鲁迅深沉。他接受外界的影响比鲁迅快，美好的梦比鲁迅多，因而失望的痛苦也多，矛盾也显得尖锐。写于1921年春夏之间的《病中的诗》体现了诗人的真情实感，非常充分地反映了他当时的思想矛盾和精神苦闷。他感叹自己“梦太多了”，“力太小了”，向着黑夜发问“曙光在哪里”，渴望曙光而不见曙光，他觉得自己怕要在黑夜里发狂，并且告知“穿入室内的寒风”：“不要吹动我的火吧。灯火吹熄了，心里的火焰却终于不灭，——只怕在风中发火，定将我的心烧尽了。”此时的周作人不乏热情，却不愿任其燃烧，因为他没有找到寄托。只能感叹过去的生命，感叹自己是个懦弱的人，感叹自己是个没有力量的人。

他写过几首关于孩子的诗，同样反映着他的苦闷与彷徨。对于出生在不良社会环境中的孩子，他充满同情，为了孩子，他要感谢“种种主义的人的好意”，却又体谅了富翁的种种哀愁。他把孩子比作荆棘丛中的小花，却矛盾于是砍掉荆棘还是把小花移入花盆。接着却是感叹自己既没有花盆，也没有除掉荆棘的锄头，最后则只能陷入空洞的祝福。到了1923年7月写的《寻路的人》，则更加无可奈何：“我日日走着路寻路，终于还未知道这路的方向。现在才知道了，在悲哀中挣扎着正是自然之路。”“路的终点是死，我们便挣扎着往那里去，也就是到那里之前不得不挣扎着。”

无论是语言、形式还是表现手法，他的诗都曾以自己鲜明的特色对初创期的新诗产生过很大影响。周作人认为，“所谓‘兴’最有意思，用新名词来讲或可以说是象征。”他深知兴的手法在诗中的效用，认为“桃之夭夭”：“既未必是将桃子去比新娘子，也不是指定桃花开时或是种桃子的家里有女儿出嫁，实在只因为桃花的浓艳的气氛与婚姻有点共通的地方，所以用来起兴，但起兴者并不是陪衬，乃是也在发表正意，不过用别一说法罢了。”①

他较早地从外国引进了诗歌形式。《小河》最初在《新青年》发表时有一小序写道：“有人问我，这诗是什么体，连自己也回答不出，法国波特莱尔

①周作人：《〈扬鞭集〉序》，北新书局1926年。

（Baudelaire）提倡起来的散文诗，略略相像，不过，他是用散文格式，现在却一行一行地分写了，内容大致仿那欧洲的俗歌。”这是中国新诗史上第一个声称学习外国诗歌的人。从《北风》等诗篇可以看出，周作人在诗的排列形式和韵脚的安排上都受着外国诗歌的影响。他的诗常常出现三行的单元，而且一、三行押韵，这种情况在古代民歌中也有，但很少见。中国诗歌基本上是偶数，偶句押韵。周作人熟悉外国诗歌艺术，所以当他创作自己的诗歌时，想离旧体诗词远一点，想避免那种整齐的形式和单调的音韵，便自觉不自觉地运用了外来诗歌的因素。从《微明》可以看到意大利三韵句式的影子。这种形式是每节三行，一、三行押韵。而第二行又是下一节中一、三行的韵。以此递进，它的韵脚的排列次序是：ABA BCB CDC……这种借鉴，不同于有意识的模仿，它并不受其束缚，而是随便取其某一部分，为我所用。《山居杂诗》也是如此。这种形式与美国的七行诗相近，但美国七行诗的韵脚是“ABABBCC”，而《山居杂诗》后两行韵尾的改动，使它与中国传统的偶句相押的习惯结合了，很像一首八行律诗抽去了第七行。这正是周作人式的中西结合。

在“五四”诗坛上，周作人还是青年诗人的扶持者，是新诗园地的护花使者。他对青年诗人总是热情帮助，大力扶持，为其提供各种方便，帮助他们迅速成长。仅举湖畔诗人为例，汪静之、潘漠华、应修人等写出新诗常常是先寄给他，让他看后转到报刊发表。为了这些青年诗人艺术水平的提高，他不仅逐字逐句地看诗改诗，甚至连他们的读书学习都要过问。应修人要学习外语，不知道是先学英语还是先学日语，这样的事也写信去问周作人。《湖畔》出版之后，周作人为之在报上登广告，写文章介绍，联系书店销售。当汪静之的诗受到攻击时，他立即撰文反击，以新的道德观念批驳陈旧的道德观念。《什么是不道德的文学》《情诗》等文章就是这样写出来的。更让今天的师长们惭愧的是，当年汪静之没钱花了，给北京的周作人、胡适等写信，他们竟然每人寄给汪静之十块大洋。这就是“五四”文坛上的前辈与晚辈的关系，那时的先生们，对年轻人的帮助，真是无私的。

三、“文艺复兴”的鼓手

批判“吃人”的传统，呼唤个人的自由和权利，致力于人的解放，尤其是女子和儿童的解放，为人的本性正名，呼吁人性的解放，这是“五四”时期的周作人所努力的。而这种努力，可以视为中国的“文艺复兴”。

许多人都曾把五四新文化运动看作中国的“文艺复兴”运动，北大学生刊物《新潮》的英文名字就是*The Renaissance*，意为“文艺复兴”；胡适后来也把“五四”时期的新思潮解释为中国的文艺复兴。而把文学革命和新文化运动与西方的文艺复兴运动连在一起的人物，首先要数周作人。周作人走向“重新发现人”的文化革新路线，并不是偶然的。重要的原因是他早就对希腊文化极感兴趣，对其后来的走向也非常关心；文学革命兴起之际，他又恰恰来到北京大学教授欧洲文学。

回顾周作人进北大之际的小挫折，可以发现似乎冥冥之中有一种力量，执意要把周作人摆在某个位置。蔡元培就任北大校长不几天，鲁迅即向他推荐周作人。得到应允之后，鲁迅即给周作人寄了路费，让他马上动身北上。周作人是1917年4月1日到达北京的，3日即去拜访校长，可惜因蔡元培不在学校。但没等周作人回到他所住的绍兴会馆，蔡元培的信已经到了，约他第二天在会馆等候，他要前来回访。这是周作人第一次与蔡元培见面，谈话内容主要是关于周作人的工作安排。鲁迅向蔡元培推荐时，蔡元培曾准备让周作人教授语言学和美学课程，但鲁迅知道周作人对此没有准备，而且不是兴趣之所在，所以代他作了说明。蔡元培只好重新考虑，想到了预科的国文课。但让蔡元培没有想到的是，周作人听了很不愉快。他后来回忆说：“这使我听了大为丧气，并不是因为教不到本科的功课，实在觉得国文非我能力所及，但说的人非常诚恳，也不好一口拒绝，只能含混地回答考虑后再说。”[①]五天之后，周作人拜访蔡元培，辞掉了预科国文课程，并且声明准备回绍兴。蔡元培当时没说什么，但在第二天，周作人就收到了他的来信，劝他不要离京，请他暂时到北大附设的国史编纂处任编纂。周作人不等鲁迅下班，即跑到教育部与鲁迅商量，鲁迅认为应该接受这个职务，于是周作人跑到北大，接受了蔡元培的安排。在编纂处工作五个月后，1917年9月，他终于得到北京大学聘书：“敬聘周作人先生为文科教授，兼国史编纂处编辑员。”蔡元培为他安排的课程是“欧洲文学史”。尽管周作人的演讲才能和讲

①周作人：《知堂回想录》，三育图书有限公司1980年，第314页。

课效果都不是很好，但这门课对于周作人，对于北大，对于文学革命，都有重要的意义。如果不是蔡元培及时挽留，而且为他安排这样一个位置，周作人的人生可能就是另一个样子。如果周作人担任的是国文课，就很难对希腊文学和文艺复兴投入太多的精力，北京大学的学生们如傅斯年、罗家伦、康白情等，也就不一定能够对希腊文学和文艺复兴运动那么关注。

周作人开始在北大授课了。他在晚年回忆说：“其时我才从地方中学出来，一下子就进到最高学府，不知道如何是好，也只好照着中学的规矩，敷衍做去。点名划到，还是中学的那一套；但是教课，中学是有教科书的，现在却要用讲义，这须得自己来编，那便是很繁重的工作了。课程上规定，我所担任的欧洲文学史是三单位，计一星期只要上六小时的课，可是预先却须得预备六小时的讲义，这大概需要写稿纸至少二十张；再加上看参考书的时间，实在是够忙的了。于是在白天里把草稿起好，到晚上等鲁迅修正字句之后，第二天再来誊正，如是继续下去，在六天里总可以完成所需要的稿件，交到学校里油印备用。这样经过一年的光阴，计草成希腊文学要略一卷，罗马一卷，欧洲中古到18世纪一卷，合成一册欧洲文学史，作为北京大学丛书之三，由商务印书馆出版。”①

周作人说过，世界上有几种文明值得注意，其中首先就是希腊文明。而他最喜欢的文化，也是希腊文化和日本文化。考察“五四”时期新文化诸子的言论和著作，一般人谈论西方文明，大都是凭借欧美几个主要现代国家立论，而周作人对西方文明的了解，却是得益于对西方文明源头的考察。他走向了希腊，又从希腊走向了文艺复兴。所以，当他走向《新青年》之际，就有更多的自觉，知道自己所从事的文化运动在世界文明历史上所处的位置。他写的第一篇白话文，也就是在《新青年》发表的第一篇文章，是《古诗今译》，内容是古希腊谛阿克列多思的《牧歌》之十。把文学革命和新文化运动看作中国的文艺复兴，周作人自然更加自觉。因为他正在讲授的课程的中心线索，就是从希腊文学到文艺复兴。

古希腊文学对周作人产生了深远的影响，这从价值取向和审美倾向都可以看出。

---

①周作人：《知堂回想录》，三育图书有限公司1980年，第371—372页。

从留下的讲稿看，周作人在北大讲授的并非一部完整的欧洲文学史，也不是一部客观的欧洲文学史。他所做的，不是四平八稳的学术研究。他的讲义思想性远远大于学术性，在讲授过程中体现着主观性极强的选择和批判。他的讲义总共十万字左右，分为三卷：第一卷讲的是希腊文学；第二卷讲的是罗马文学；第三卷是从中古到18世纪，重点是文艺复兴。他以希腊精神为基点，认为希腊精神主要有三：一、现世主义；二、尚美精神；三、中和原则。在他的描述下，罗马文明崇实而不再尚美，是一个大变化；希伯来文明张扬出世思想，以天国为寄托，背离了希腊文明的现世主义，也是一个大变化。二者都是对希腊文明的反动。文艺复兴起于自然人性，重现世，尊文艺，崇尚美，是希腊精神的回归。17、18世纪思想巨子寄情人道，所以时代文化笼罩着理性的光辉，得中和之致而不偏枯。他的这部文学史，对希腊讲得很翔实，对罗马之后则多有取舍。对于中世纪，他详细讲的是“骑士文学”与“浪游之歌”，认为“骑士文学”起于信仰，终于尚美，为希腊精神的回归埋下了伏笔；“浪游之歌”享受人生，关爱现世，则是对希伯来信仰的反叛和突破。文艺复兴以后，他主要讲的是卢梭和歌德，因为这二人都倡导人性自然，卢梭倡导回归自然，即使是政治学著作，《社会契约论》重点思考的也是个人自由与社会要求之间的协调，歌德的《浮士德》则张扬着生命不息、追求不止的精神。总之，从这本书可以看到周作人面对欧洲文学史所做的选择，可以看到他在希腊文明和文艺复兴运动基础上形成的自然人性论立场。尽管他自己对这本书并不满意，但它无疑是周作人思想和学术的重要基础。

从希腊精神和文艺复兴运动走来，走入《新青年》，走入文学革命和新文化运动，他的装备自然不同一般。所以，提出“人的文学”，主张“伦理的自然化”，就一点儿也不奇怪了。由此出发，关心女子，关心儿童，解放人性，解放身体，正视欲望，正视性爱，一切都顺理成章。头脑中有了希腊文明，又有了文艺复兴运动，再来看中国的伦理，看中国人的生活状态，自然产生一种悲悯，也就很自然地要致力于人性的解放，力图把人应该具有的重新还给人。尽管道理众所周知，“自然的”并不一定就是“好”的，放纵更非人的福音，但作为20世纪初的中国人，不能不首先注意面对的现实：上千年思想的专制、道德的禁锢对人性扭曲与扼杀的惨状。所以，解放人，解放人性，就成了新文化运动的主战场。

因为立足于希腊文明和文艺复兴运动，周作人的思想和认识自然会有独到之处。比如，康有为等人认为西方之所以强盛，原因在于有宗教，所以中国要强大，也需要有宗教，所以他要把儒学宗教化。周作人从文艺复兴运动走来，当然不赞同这种方案。他崇尚自然，希望人性得到舒展，希望一切都呈现自然状态。这是他的社会理想，也是文化理想，包括他自己的写作，也努力追求自然。因为自然，所以平实，这大概是周作人文学风格的根本特征。

他的弟子废名在《知堂先生》一文中说：“‘渐近自然’四个字大约能以形容知堂先生，然而这里一点神秘也没有，他好像拿了一本《自然教科书》做参考。中国的圣经贤传，自上而下以及如今，都是以治国平天下为己任的，这以外大约没有别的事情可做，唯女子与小孩的问题，又烦恼了不少的风雅之士，……而知堂先生之修身齐家，直是以自然为怀，虽欲赞叹而之不可得也。”[①]康嗣群在《周作人先生》一文中说：“中国的旧社会旧礼教，经过几千年的培养灌溉，无形中成功了大家的‘生之意义’和‘道德律’。没有人敢彰明较著地反抗，更不用说揭竿而起了。可是它到底遇着一个最强的劲敌，便是五四运动。五四运动是开了自由思想者的先路，以科学方法来整理评价旧的一切，以艺术的光辉来洁化来付以新的意义于人生，那么它第一便不能不反抗旧社会和旧礼教。当时努力的人是有，可是终久有许多免不了错误，在这里我们便不能不提到启明先生了。他不用一种突然的反应的狂呼，也不是以诅咒和愤怒，却是以明澈的思想，事实的证据来驳斥来矫正，以社会人类学的天秤来估计这些破铜烂铁，是旧社会旧礼教的致命伤，他提倡‘净观’，这正是跟旧社会旧礼教针锋相对的强敌，因而他赞美日本近代奇人废姓外骨，意大利文艺复兴时代的波加屈和法国拉勃来(Rabelais)。……他不仅告诉了中国人生命之重，他更教给了中国人什么是美化的生活，生活之艺术。”[②]

①废名：《知堂先生》，1934年10月5日《人世间》第13期。

②康嗣群：《周作人先生》，向弓主编《在家和尚周作人》，四川文艺出版社1995年，第32—33页。

读周作人的文章可以看到，他知识非常渊博。因为他通日语、英语和希腊语，阅读面广，知识结构自然不同于一般的“专家”。不过，考察他的知识结构，也可以看出他最熟悉或最关注的领域。比如他常常提到蔼理斯，据他的学生张中行说，他有蔼理斯的著作二十六册，“其中最大的一种是《性心理研究》，连补编共七厚册，总不少于三百万字吧，他都读了”，而且向张中行借过《蔼理斯传》[①]。由此可见，他对性心理学的确有研究。在这个基础上，他当然很难成为“存天理，灭人欲”的道学家，而是能够直面自然人生，容纳饮食男女。甚至从他的言论可以发现，如果把他放到儒家的“修齐治平”框架中看，他对饮食男女的关注远远胜过“治国平天下”的“大学问”。所以，在“五四”诸子中，周作人又似乎是最没有远大抱负的一个，他不会去组党，不会去组阁，也不会去发动群众。甚至蔡元培、胡适、李大钊等联合发表《我们的政治主张》而呼唤好政府之际，他也躲得远远的。他对政治的确没有热情，而只是站在人性的立场上，关心人欲和文化，关心人欲的解放与节制。

与鲁迅一样，周作人走入《新青年》集团，起于钱玄同的约稿。从1917年8月开始，钱玄同频频去绍兴会馆拜访周氏兄弟。关于当时的情况，鲁迅在《〈呐喊〉自序》中有过描述，在此不赘。据钱玄同后来回忆：“我十分赞同仲甫所办的《新青年》杂志，愿意给它当一名摇旗呐喊的小卒，我认为周氏兄弟的思想是海内数一数二的，所以竭力怂恿他们给《新青年》写文章。民国七年一月起，就有启明的文章……”[②]事实的确如此，尽管鲁迅早就关注《新青年》，而且1917年1月就给周作人邮寄刊物，但首先走入《新青年》的，却不是鲁迅而是周作人。

在其开始，周作人发表的是译作。但周作人的译作有一个特点：他所翻译的东西，都是他赞同或基本赞同的，可以代表他的观点。看一看那些译作，我们就可以知道周作人关心的是什么。1918年1月，他在《新青年》第4卷第1号发表《陀斯妥耶夫斯奇之小说》，3月，他在《北京大学日刊》连

①张中行：《再谈苦雨斋》，向弓主编《在家和尚周作人》，四川文艺出版社1995年，第47页。

②钱玄同：《我对于周豫才君之追忆与略评》，1936年《师大月刊》第30期。

载《废娼问题之中心人物》，在《新青年》发表《童子Lin之奇迹》，4月，在《新青年》发表《皇帝之公园》，5月，他在《新青年》发表《贞操论》，在《译后记》中写道：“女子问题，究竟是件重大事情，须得切实研究。女子自己不管，男子也不得不先来研究。一般男子不肯过问，总有极少数觉了的男子可以研究。我译这篇文章，便是供这极少数男子的参考。”[①]10月，他在《新青年》发表《随感录·三十四》，介绍了英国凯本德著的《爱的成年》，着重介绍的是其中关于女子解放和女子自由的论述……周作人关心的问题很多，但最引人注目的是他对女子和儿童的关心。

回顾中国关于女子解放的议题，开创之功并不属于《新青年》，但新文化运动的兴起无疑为辛亥革命后一度沉寂的女子解放话题注入了兴奋剂。因为《新青年》从第2卷第6号开始，设了“女子问题”专栏，发表了《女子教育》（梁华兰，第3卷第1号）、《女子问题之大解决》（高素素，第3卷第3号）、《女权平议》（吴曾兰，第3卷第4号）等文章，对“三纲五常”“三从四德”“男尊女卑”等旧伦理进行了抨击。接着，“易卜生专号”推出了女子问题的标志性符号“娜拉”，娜拉之出走，娜拉走后怎样，引起了社会的广泛关注。

周作人关心人的解放。沿着这种思路，女子的解放自然是不可回避的问题。与世界先进国家相比，中国人活得不像人，但在这个不像人的人群中，男子固然也是奴隶，但更悲惨的还是女人。当人们开始思考人的解放问题，女性作为最受压抑的人群，精神上、经济上以及身体上的极端不自由状态必然进入视野。也就是说，“五四”时期的女子解放话题，是人的解放的一部分。新文化运动从科学和人权出发，提倡人格独立、人身自由、人权平等，看到了被压在最底层的女人，意识到女人也是人，于是，作为人道主义者，就必然要为之呐喊请命。

所以，周作人在《人的文学》中说到了“女人与小儿的发见”。他说：“古来女人的位置，不过是男子的器具与奴隶。中古时代，教会里还曾讨论女子有无灵魂，算不算得一个人呢。小儿也只是父母的所有品，又不认他是一个未长成的人，却当他作具体而微的成人，因此又不知演了多少家庭的与

①周作人：《贞操论》，《新青年》第4卷第5号，1918年5月。

教育的悲剧。自从荞罗培尔（Froebel）与戈特文（Godwin）夫人以后，才有光明出现。到了现在，造成儿童学与女子问题这两大研究，可望长出极好的结果来。中国讲到这类问题，却需从头做起，人的问题，从来未经解决，女人小儿更不必说了。”

周作人关心道德问题，首先想到的却是祖先崇拜的不合理，以及“殉节”“节烈”的残酷，他关心“两性的爱”，强调“男女两本位的平等”和“恋爱的结婚”，认为印度女子的“撒提”和中国女子的“殉节”等都是“畸形的所谓道德”。“五四”时期是一个大解放的时期，但古老的中国，前进总是十分艰难，旧的观念总是非常顽固。比如，叶绍钧的《女子人格问题》在《新潮》第1卷第2号发表，就引来了一场风波，据罗家伦回忆：“这篇东西，被江瀚看见了，拿去给徐世昌看，说是近代的青年思想至此，那还得了。于是徐世昌拿这本《新潮》交给傅增湘，傅示意于蔡孑民，要他辞退两个教员，开除两个学生，就是当时所谓四凶，这两个是《新青年》的编辑，两个是《新潮》的编辑。蔡孑民先生当时坚持不肯，他复林琴南的那一封信，不只是对林琴南说话，并且是对徐世昌而发的……而徐世昌也是所谓北洋文治派的领袖，当时北大同时受文武两派之反对，其情形之危险也可想而知了。”①

所以，周作人所从事的工作，事实上是新文化运动的一个攻坚部位。道理不难明白，比如反对“三纲”，因为帝制已经终结，共和已经创建，反对“君为臣纲”已经不会遇到多少阻力，但要破除“夫为妻纲”和“父为子纲”的观念，却会触动作为“夫”和“父”的男人们的利益，所以就会遇到更多的障碍。更为重要的是，“女性的发见”对传统伦理构成激烈的反叛，尤其是对女性身体欲望的发现和肯定，必然引起强烈反响。

在这一点上，周作人的贡献是显著的。他接受了西方学者凯本德（Edward Carpenter）和蔼理斯的观点，痛斥传统性道德，努力打破性禁忌、性不净等观念。1918年，他在《新青年》发表《随感录·三十四》，介绍了凯本德的著作《爱的成年》，并表达了自己的认识。他说：“第一章论性欲，极多精义。他先肯定人生，承认人类的身体和一切本能欲求，无一不美善洁

---

①罗家伦：《北京大学与五四运动》，1978年5月《传记文学》第54卷第5期。

净”，“世间唯一不洁的物，便只是那相信不洁的念”。他高度认同凯本德的见解：“对于人身那种不洁的思想，如不去掉，难望世间有自由优美的公共生活。”周作人认同蔼理斯在《新精神》中对女性“不净观”的反对意见：“把女子当作性的象征，说物事经她接触，就要污秽，布列纽思说：‘世上无物比月经更丑。’到现在这句话还有势力。为什么不放科学的光，到这地方，使我们也得自由与信实呢?”[①]

通过对凯本德、蔼理斯等人的研究，周作人形成了自己的女性观。在他看来，女子问题实际只有两件事：一是“经济的解放”，一是“性的解放”，而后者比前者更困难，也更重要。

在《上下身》中，他以诙谐的语言进一步批判“性不洁”的观念：“人的肉体明明是一整个……中间并无可以卸拆之处，而吾乡（别处的市民听了不必多心）的贤人必强分割之为上下身，——大约是以肚脐为界。……于是上下变而为尊卑，邪正，净不净之分了：上身是体面绅士，下身是‘该办的’下流社会。这种说法既合于圣道，那么当然是不会错的了，只是实行起来却有点为难。……平常沐浴时候，要备两条手巾两只盆两桶水，分洗两个阶级，稍一疏忽，不是连上就是犯下，紊了尊卑之序，深于德化有妨。”他又说，“有些人把生活也分作片段，仅想选取其中的几节，将不中意的梢头弃去。这种办法可以称之曰抽刀断水，挥剑斩云。生活中大抵包括饮食、恋爱、生育、工作、老死这几样事情，但是联络在一起，不是可以随便选取一二的。有人希望长生而不死，有人主张生存而禁欲，有人专为饮食而工作，有人又为工作而饮食，这都有点像齐肚脐锯断，钉上一块底板，单把上半身保留起来。”[②]

在《结婚的爱》中，他表达了自己对于两性关系的看法：“性教育的重要，现在更无需重说了。……半开化的社会的两性关系是男子本位的，所以在这样的社会里，正如晏殊君曾在《妇女杂志》（三月号）上所说，女子‘被看作没有性欲的’，这个错误当然不言而喻了。文明社会既然是男女平等的，又有了性的指示，理论应该是对的了，但是却又将女性的性欲看作同男

①周作人：《随感录·三十四》，1918年10月《新青年》第5卷第4号。

②周作人：《上下身》，1925年2月《语丝》第12期。

性一样的，——这能说是合于事理么?”他很具体地介绍了这本书，赞同女性应该在两性生活中占据性主体地位。介绍完第四章《根本的冲动》，又介绍第五章《相互的调节》，他说：“有些人知道两性要求的差异，以为不能两全，只好牺牲了一方面……但若如此，这决不是爱了，因为在爱里只有完成，决没有牺牲的。要实现这个结婚的爱，便只有这相互的调节一法，即改正两性关系，以女性为本位。这虽然在男子是一种束缚，但并非牺牲，或者倒是祝福。我们不喜那宗教的禁欲主义，至于合理的禁欲原是可能，不但因此可以养活纯爱，而且又能孕育梦想，成为文艺的种子。我想，欲是本能，爱不是本能，却是艺术，即本于本能而加以调节者。”[①]时代虽然已经到了20世纪20年代，中国也已经是民主共和国，但这种说法，却让一些男人们觉得惊讶。

周作人在《净观》一文中说：“我最爱欧洲文艺复兴时代的文人，因为他们有一种非礼法主义显现于艺术之中。”他举意大利的卜卡丘和法国的拉伯雷为例，赞美《十日谈》“满飘着现世思想的空气”，而拉伯雷“不但‘有伤风化’，还有‘得罪名教’之嫌，要比波加屈更为危险了。他不是狂信的殉道者，也异于冷酷的清教徒，他笑着，闹着，披着猥亵的衣，出入于礼法之阵，终于没有损伤，实在是他的本领”[②]。

在《北沟沿通信》中，他说：“我不很赞成女子参政运动，我觉得这只在有些宪政国里可以号召，即使成就也没有多大意思，若在中国无非养成多少女政客女猪仔罢了。想来想去，妇女问题的实际只有两件事，即经济的解放与性的解放。”更具体地阐明说，“我固然不喜欢像古代教徒之说女人是恶魔，但尤不喜欢有些女性崇拜家，硬颂扬女人是圣母，这实在与老流氓之要求贞女有同样的可恶”，“对于妇女的狂荡之攻击与圣洁的要求，结果都是老流氓的变态心理的表现”。他认为女人本是“圣母与淫女”的结合体。他说：

> 现代的大谬误是在一切以男子为标准，即妇女运动也逃不出这个圈

①周作人：《结婚的爱》，《晨报副刊》1923年4月18日。

②周作人：《净观》，1925年2月《语丝》第15期。

> 子，故有女子以男性化为解放之现象，甚至关于性的事情也以男子观点为依据，赞扬女子之被动性，而以有些女子性心理上的事实为有失尊严，连女子自己也都不肯承认了。其实，女子的这种屈服于男性标准下的性生活之损害决不下于经济方面的束缚，……相信在文明世界里这性的解放实是必要，虽比经济的解放或者要更难也未可知：社会文化愈高，性道德愈宽大，性生活也愈健全。[①]

这样的见解，使周作人远远走在了同代人的前面。因为他是“女子本位”的，不仅强调“女人是人”，具有与男人一样的独立性与尊严，而且知道“女人是女人”，在许多方面与男人并不相同。正是在这样的理论言说的影响和鼓励之下，“五四”文学中才有了初步摆脱传统性观念而表现出的女性身体发出的声音，才使得女性身体的某些品质，如性感、性欲等浮出历史地表。

周作人所钟情的希腊文化当然不只是现世主义的自然人性。希腊文化的精神是什么呢？根据周作人的介绍，莫里斯·克莱因说过：“对于希腊人来说，维护理性的纯粹性，比什么都重要。这种精神，从来不曾在其他文化中出现。”古希腊哲学家德谟克利特曾说：“我宁愿（在几何学上）发现一项证明，而不要波斯的王座。”希腊的科学、哲学著作中，处处表现着这样一种独立的理性精神。与这种理性精神相伴随的，必然是反思和怀疑，必然是求真的意志，这正是西方文明发展的动力，也是最值得东方学习的东西。周作人引日本学者部丘的话说：“自从有史以来，知这件事在希腊人看来似乎它本身就是一件好物事，不问它的所有的结果。他们有一种眼光锐利的、超越利益的好奇心，要知道大自然的事实、人的行为与工作、希腊人与外邦人的事情、别国的法律与制度。他们有那旅人的心，永远注意着观察记录一切人类的发明与发现。”周作人说：“这样为知识而求知识的态度甚可尊重，为纯粹的学问之根源，差不多为古希腊所特有，而在中国又正是缺少，我们读了更特别觉得是有意义的事。”（《希腊之余光》）

古希腊令人向往的，还有它那强烈的自由意识。希腊人最先争取到了自

---

①周作人：《北沟沿通信》，1927年12月《蔷薇》。

由民的身份，重视个体的精神自由。这是一个众所周知的故事：狄奥根尼住在一个木桶里，拥有的全部财产包括木桶、斗篷、一根棍子和一个面包袋。亚历山大大帝去拜访他，问他需要什么，并且保证兑现他的愿望。狄奥根尼回答道：“我希望你闪到一边去，不要遮住我的阳光。”亚历山大后来说：“我愿不是亚历山大，我愿是狄奥根尼。”由此可见古希腊的自由观念是多么深入人心，尊重个体、发展个体，已经是神圣的信念。

回顾从希腊精神到文艺复兴运动的过程，与中国的历史相比照，似乎颇有相似之处。中国古老的文化本来并不禁欲，但经过存天理灭人欲的“道学”反动，“文艺复兴”就有了特别的意义。周作人生逢其时，站到了“反道学”和“辟人荒”的前沿，成了中国文艺复兴运动的重要一员。

四、战士、隐士及其他

按照一般的看法，周作人在“五四”时期是战士，而在后来成为隐士。其实，问题并不那么简单，在“战士”与“隐士”之间，有些内容很有意味。

“五四”时期他作为战士的情况已有许多论述，因而不必再说，在此只考察一下他在民国易帜前后的状态。这段时间的开始是1925年，结束是1928年，包括了国民革命兴起和成功的基本过程。

（一）“战士”的变化

在这个时期的开始，是鲁迅所谓“寂寞新文苑，平安旧战场”的特殊时期，也是旧战场上的一些老战士变得异常焦急的一个时期。考察鲁迅、钱玄同等人，最激进的文章往往并非写于文学革命初期，而是写于1925年到1926年前后。究其原因，是这时的中国社会思潮已经发生变化，五四新文化运动已经落潮，继之而起的是经过国民党人大力宣扬和鼓动而兴起的民族主义，伴随着“打倒帝国主义”的标语口号，思想文化界的新趋势是抵抗西化、回归传统、反对帝国主义文化侵略。另一方面，是民主共和制度被不断破坏，民国更加不像民国，导致人们对社会现实的不满与日俱增。而在此时，陈独秀已经从文化战场重返政治战场，不再关心他所开创的文化革新事业；胡适也忙于整理国故和庚子赔款等事，心思不在思想文化领域的争战。

正因为这种情况，使守望于旧战场上的鲁迅等人感到了孤独和寂寞。然而，他们并不只是荷戟彷徨于旧战场，而是一次次进行激烈的反击。鲁迅的《灯下漫笔》《春末闲谈》《忽然想到》等文章都是写于这一时期。钱玄同的《废话》《写在半农给启明信的后面》《回语堂的信》《关于反抗帝国主义》等作品也都是写于这个时候。这一切其实很自然，眼睁睁看着国家和社会的日益败坏，看着自己几年前所否定的东西卷土重来，而且往往是在革命和救国的旗帜之下，他们自然不甘心。但是，他们当中的许多人头脑并不清醒，眼见逆流滚滚，却不知源自何处，所以常常是一方面与逆流搏斗，一方面又赞美那逆流之源。

这时的周作人表现如何？1925年元旦，他在《元旦试笔》中说："我的思想，到今年又回到民族主义上来了。"他说他坚持民族主义曾达十年之久，那是辛亥革命前夕，到了民国元年才有所改变。"'五四'时代我正梦想着世界主义，讲过许多迂远的话，去年春间收小范围，修改为亚洲主义，及清室废号迁宫以后，遗老遗少以及日英帝国的浪人兴风作浪，诡计阴谋至今未已，我于是又悟出自己之迂腐，觉得民国根基还未稳固，现在需得实事求是，从民族主义做起才好。"[①]值得注意的是，鲁迅、胡适等人都没有成为民族主义者，而周作人成了民族主义者，与国民党人的国民革命取得了某种程度上的一致。

2月5日，他写《托尔斯泰的事情》，特别引了这样一句话："我觉得中国人的大病在于喜欢服从与压制，最缺乏的是对于一切专制之憎恶。"接着，他写《再说林琴南》，认为"林琴南的作品我总以为没有价值，无论它如何的风行一时，在现今尊重国粹的青年心目中有如何要紧的位置"。他承认译本中不是没有原作的精魂，但"他的著作没有性格，都是门房传话似的表现古人的思想文章"。更为重要的是，林琴南"始终拥护他所尊重的中国旧礼教"，这在周作人看来，"无疑是提倡卑怯"。[②]3月6日，他在《京报》发表《论国民文学的信》，认为在鼓吹民族思想之外，还要做几项工作："我们要针砭民族卑怯的瘫痪，我们要消除民族淫猥的淋毒，我们要切开民

①周作人：《元旦试笔》，1925年1月12日《语丝》第9期。

②周作人：《再说林琴南》，1925年3月30日《语丝》第20期。

族昏聩的疤痕，我们要阉割民族自大的疯狂。”直到1925年的年底，他在为张定璜发表于12月28日《语丝》上的信写的按语中说：“日本所希望的事是中国复辟、读经、内乱、马贼……所最看重的人，文的是辜鸿铭，武的是张作霖。”“我是爱日本的，我重复地说。但我也爱中国，这是命运指定给我住的地方……只可惜中国太不长进，太多无耻的正人君子，弄得中国渐像猪圈，使我们不得不切齿于这些不肖子孙，诅咒这混沌的中国。有所爱便不能无所恨。”[①]由此可见，他对中国传统的反思与批判没有变，对自由的向往没有变。

1926年1月14日，他在《京报副刊》发表《中日文化事业委员会为何还不解散》，其中写道：“我们现在要正告中国国民曰：千万不要相信日本。他对于中国是幸灾乐祸的，他所提倡所赞许的事一定于中国有害，我们不但不当相信，还要加以反对。我们也可以对日本老实地说：‘敝国与贵国决不能共存共荣。’”为此，他要求解散中日文化事业委员会。一贯喜爱日本文化并与日本保持良好关系的周作人，此时却成了反日的激烈派，甚至说“日本是真正帝国主义的帝国”，这看上去有点奇怪。但只要回到那个年代的思想文化现场，却很容易看到，以广州为中心的国民党人正在大力宣传“打倒帝国主义”，而当时的所谓帝国主义，主要是指日本和英国。女师大风潮中的学生反对校长杨荫榆与教育总长章士钊，也是把他们说成“日英帝国主义的走狗”。由此可见，此时的周作人思想上已经深受国民党人掀起的国民革命思潮的影响。在南北两个政府之间，他虽然身处北方，但在思想上却倾向南方。

2月9日，他写了《外行的按语》（收入《谈虎集》）。针对的是蔡元培从欧洲归来发表的谈话。蔡元培谈话中有这样的内容：“对共产，赞成其主义，但主采取克鲁泡特金之互助手段，反对马克思之阶级争斗。”周作人说：“我不知怎的不很相信无政府主义者那种乐观的性善说。阶级争斗已是千真万确的事实，并不是马克思捏造出来的……这一阶级即使不争斗过去，那一阶级早已争斗过来，这个情形随处都可以看出，不容我们有什么赞成或反对的余地。”由此可见，周作人此时已经远离了新村主义，而更接近阶级

①周作人：《神户通信——按张定璜信》，1925年12月28日《语丝》第59期。

斗争和共产革命的学说。

“三一八”惨案发生之后，他的态度异常激烈，写了《对于大残杀的感想》《可哀与可怕》《死法》等一系列文章，同情遇难学生，谴责政府，立场与徐谦、李大钊比较接近。6月，他写《奴才礼赞》，对奴才与奴隶进行了区分，感叹中国是“最富于奴才的国”。“甘心情愿替你做狗腿，无论你怎样待他，不要他，给他可以逃脱的机会，他总是非请安叩头或打屁股不行，一定要戴一顶空梁帽直站在门口，听候吩咐，总之，他是有奴瘾的，或说是奴性奴气，亦无不可。”[①]这时候，周作人的文章常有批判锋芒，指向则是北京政府。

（二）“谢本师”考略

关于周作人的研究成果已经颇多，但粗略一翻，感觉却是重复处大家都在重复，忽略处仍然常被忽略。

因此，我想到了他的“谢本师”。对周作人而言，这是一个特别事件，也是一个标志性的事件，但并不是标志着他的辉煌，而是暴露着他的问题。

那是1926年8月，周作人发表《谢本师》一文，公开断绝与章太炎的师生关系。周作人是章门弟子，而且正如他自己所说：“虽然有些先哲做过我思想的导师，但真是授过业、启发过我的思想，可以称作是我的师者，实在只有先生一人。”然而，1926年的8月21日，他却不愿再认这位老师，发表文章，公开断绝关系。众所周知，在周作人身边，黄侃、钱玄同、许寿裳、刘文典、鲁迅等人都是章门弟子，他们没有如此举动，倒是平日里温和而且谦恭的周作人做出这事，是章太炎特别得罪周作人吗？答案清清楚楚：没有。周作人此举并非为私，而是为公。人们都知道周作人不关心政治，而且不懂政治，但他与老师断绝关系，却恰恰是因为政治。

原因何在？周作人文章中首先指出的是“先生好作不大高明的政治活动”，“轻学问而重经济”，“自己以为政治是其专长，学问文艺只是失意时的消遣”，但周作人又说，“有好些学者都如此，不能单怪先生”，所以这不是断绝师生关系的根本理由。然后周作人指出的是章太炎回国之后便不再讲学，“出书斋而赴朝市，虽是旧弟子也没有力量止得他住，至于空口非难，

①周作人：《奴才礼赞》，1926年6月21日《语丝》第84期。

既是无用，都也可以不必了。”也就是说，作为弟子，无力阻止他，也就不再劝说，只有不再追随。

认真想来，这都不是理由。因为十八年前拜到章太炎门下，那时不知道他热衷于政治活动吗？他那时的政治活动就“高明”吗？章太炎固然是大学者，但他更是革命家，“轻学问而重经济”如果说是毛病的话，也是他十八年前的老毛病，而不是刚刚出现的新毛病。所以，真正使周作人对老师无法容忍的并非这些，而是文章最后一段所说的事：

> “讨赤”军兴，先生又猛烈地作起政治活动来了。我坐在萧斋里，不及尽见先生所发的函电，但是见到一个，见到两个，总不仅为我们的“老夫子”（这是我同疑古君私下称他的名字）惜。到得近日看见第三个电报把“剿平发逆”的“曾文正”奉作“人伦模范”，我于是觉得不能不来说一句话了。先生现在似乎已将四十余年来所主张的光复大义抛诸脑后了。我相信我的师不当这样，这样也就不是我的师。先生昔日曾作《谢本师》一文，对于俞曲园先生表示脱离，不意我现今亦不得不谢先生，殊非始料所及。此后先生有何言论，本已与我无复相关，惟本临别赠言之义，敢进忠告，以尽寸心：先生老矣，来日无多，愿善自爱惜令名。[①]

由此可知，让周作人无法容忍的，是他公开发表的函电。而其中最为重要的，是函电中“把‘剿灭发逆’的‘曾文正’奉作人伦模范”。

查章太炎在那段时间里所发表的众多函电，涉及“讨赤”者甚多，重要者有三：一是4月7日作为“反赤大同盟”主席发表的《反赤救国大联合通电》，其中说：“赤祸日炽，汉奸公行，以改革经济为虚名，而召致外患为事实，不亟剪除，国将不国。”[②]二是4月28日“反赤救国大联合”开会通过的宣言和《致加拉罕电》。宣言说：“自赤俄假社会革命之名，行对外侵略之实，一见屏于欧，再见斥于美，易其凶焰东向，吾国适当其冲。勾结野心

①周作人：《谢本师》，1926年8月28日《语丝》第94期。

②《申报》1926年4月11日。

之军阀，煽惑无识之青年，啖以金钱，授以利器，于是盲众争趋，为虎作伥。居今之世，反对赤化，实为救国要图。"致苏俄驻中国大使加拉罕的通电则谴责加拉罕"阻挠中俄会议，侵害中东铁路"，"一意宣传赤化，鼓动敝国战事"，"且使敝国与国际间之关系，发生无穷之障碍"，因而希望他立即电请苏俄政府批准而辞职回国。[①]

第三次是8月13日的通电，最先载于《申报》1926年8月15日。周作人的《谢本师》写于8月21日，此前一周的时间里，章太炎没有其他函电发表。同时，查这份电报的内容，符合周作人所指出的全部条件。由此可以断定，使周作人最终忍无可忍而"谢本师"的，就是这份通电。

通电的主题是反对蒋介石北伐，其中对蒋介石有这样的斥责：

> 借外兵以侵宗国者谓之叛，奉外国以为共主者谓之奴，此二事唯仆固怀恩、石敬瑭、张邦昌、吴三桂为之。粤东自蒋中正得政，尊事赤俄，奉鲍罗廷为统监，而外以反对帝国主义为口实，致少年军士受其蛊惑。究观其实，惟有内催粤军，外扰湘境，以为赤俄辟土。……是其所谓革命者，非革他人之命，而革中华民国之命也。

后来周作人在《知堂回想录》中对他的"谢本师"之举有所解释，但说法略有不同："后来又看见论大局的电报，主张北方交给张镇威，南方交给吴孚威，我就写了《谢本师》那篇东西，在《语丝》上发表，不免有点大不敬了。但在那文章中，不说镇威孚威，却用了曾文正李文忠字样来责备他，与实在情形是不相符合的。"

查看那份通电的内容，其实与实在情形并无不符，章太炎的确提到了曾文正，倒是《知堂回想录》中的说法与事实略有不符，因为章太炎没有提到李文忠；章太炎提到了奉系和直系，但使用的不是"张镇威"与"吴孚威"。章太炎通电中是这样说的：

> 夫冯、蒋二酋，同为俄属，冯渐受创，蒋更恣睢，宜以北事付以奉

①《申报》1926年5月2日。

> 晋，而直军南下以保江上，开诚布公，解除宿衅，与南省诸军共同讨伐，志在卫国，不为权利，虽有小愤，待事定而后论之，庶几叛人寡助，中华洗辱。

“以北事付以奉晋，而直军南下以保江上”，这大概就是周作人所说的“主张北方交给张镇威，南方交给吴孚威”。为了给将士们鼓气，章太炎说了这样的话：

> 且兵之成败，实朝气暮气之分使然，昔卢循必待刘裕而后灭，洪杨必待曾国藩而后破……今世虽无刘裕，而曾国藩则为老生逮见之人，非不可勉而企也。师其勤诲，效其节制，有志者何必不成。且以顺制逆，以夏攘夷，则名义必可齐于刘裕，而远视曾国藩为贞正，于是干蛊之功保民济国，此则不佞所望于群帅与在野之豪杰者也。[①]

这就是周作人所说的“把‘剿灭发逆’的‘曾文正’奉作人伦模范”。章太炎的确希望有志将帅能像曾国藩那样平息蒋介石的北伐军。因为在他看来，蒋介石和冯玉祥都是在为苏俄打仗，“蒋中正为赤俄之顺民，奉赤俄之政策，叛国反常”，所以，无论军中将帅还是在野豪杰，只要能平息来自广州的叛乱，就是“保民济国”。[②]

周作人的宽容似乎众所周知，对人彬彬有礼，说话细声慢语，从不发火，从不指责别人。但这时的周作人却一反常态，表现了另一种性格。章太炎的通电，鲁迅能够容忍，钱玄同能够容忍，这些不甚宽容的人能容忍的，唯有周作人不能容忍了。周作人一直声称不关心政治，而且素来缺乏政治激情，这次的表现却是另一种情况：谢本师并非因为个人恩怨，而是因为政治激情。因为此时的周作人对北京政府严重不满，又因为身边有李大钊等几个懂政治的朋友，所以他突然有了政治激情，明确地站到了广州一边。此时的他正盼望北伐军打进北京，至于蒋介石是在为谁打仗，以及北伐成功会带来

---

①《章炳麟通电》，《申报》1926年8月15日。

②同上。

什么，他根本没有去想。偏偏就在这时候，看到章太炎通电反对北伐，而且鼓励将帅像曾国藩一样起来平息叛乱，政治立场上的对立，使他觉得实在不能继承做章太炎的弟子。

所以，“谢本师”是周作人破天荒的一次政治激情大爆发。

接下来，北伐军势如破竹，很快攻下了江西、湖南等地。所到之处，废五色国旗而升青天白日旗。这在北京知识界引起震动，1926年12月29日，六十多个群众团体在中央公园集会，成立“北京各团体拥护五色国旗大同盟”，并且通过宣言。这些组织并不一定拥护北京政府，更不一定喜欢张作霖，但他们维护那面象征着民主共和的国旗，希望无论哪一派力量掌握政权，都不要废除民国的国号，不要更换民国的国旗。他们不愿看到一党党徽高悬于国旗之上。

对此，周作人是什么态度呢？他写了《国旗之拥护》，宣称自己不喜欢五色旗，并且认为那些拥护五色旗的人实在无聊，简直是无事生非。从这件事可以进一步看出他与章太炎的差距。章太炎为捍卫民主共和，至死不承认象征一党专政的青天白日旗，而在周作人那里，却显然没有如此思考。直到真正置身于青天白日旗帜之下，他才知道失掉的已经找不回来，而自己只能闭门读书，写《哑巴礼赞》，写《麻醉礼赞》，然后，才由“战士”成了“隐士”。

周作人是真的不懂政治，因为他不愿思考，不愿去弄清种种主义的是非曲直。他一辈子少有政治激情，偶尔爆发就断绝了与老师的关系。对此，他从来没有公开表示后悔，因为他到老也不知道问题出在哪里。但当他被迫“闭户读书”之际，当他学哑巴、找麻醉之际，大概不会想不到老师曾经如何狂呼作提醒。

我一直没有看到周作人向章太炎谢罪的细节，但那应该是五年之后。1932年的春天，章太炎来到北平，众弟子这个洗尘，那个宴请。周作人开始还不好意思，3月7日第一次宴请章太炎，他没有参加，但后来终于撑不住。据他本人日记，直到4月18日，才由马幼渔相约去见老师。见面的情景日记没有记录，但隔了一天，即去听章太炎的讲座，听完讲座又去陪他参加宴会，隔一天又去听讲。到5月15日，他终于把老师请到了家里。据日记记载，这天下午他托马幼渔用汽车去迎接章太炎，而自己在家里磨墨以待。章太炎来到之后，先在院子里照了一张合影，然后他请老师写字，章太炎为他写了陶渊明的《饮酒》之十八。“晚饭用的是日本料理生鱼片等五品，绍兴菜三品，外加常馔，十时半，仍以汽车由玄同送太炎先生回去。”[①]章太炎回南方去了，北平的弟子们接下来做的，是每人一百块大洋，为先生刻印《章氏丛书续编》。

周作人与章太炎的师生关系，就在这个过程中得以恢复。章太炎亲手写的《同门录》，没有写进鲁迅和许寿裳，却写上了周作人的名字。

于是，周作人“谢本师”之举，算是一笔勾销，白白忙活一场。

周作人的学生张中行在《苦雨斋一二》中说周作人与吕端相反：“大事糊涂，小事不糊涂。”[②]所谓大事，其实不只是出任伪职。

（三）民国易帜之际的无奈

1927年4月，周作人在《命运》中写道：“历史的用处并非如巴枯宁所说，叫我们以前事为鉴戒，不要再这样；乃是在于告诉我们，现在又要这样了。”发这样的议论，是因为在报上看到国民党内讧的新闻。他说：“我们不必说明对于所谓左右派是什么意见，但总之觉得‘太平天国’的影戏似乎在演起头了。”

由此可见，周作人毕竟不是太糊涂，因为他有文化的目光，所以能够看到眼前的一切都是历史的重演。但是，这文化的目光又阻碍了他对现实政治作切实的考察和深入思考，所以似乎真不知道国民党和它的领袖们本来就不止一次地宣称是在继承太平军的事业。所以，他还是一厢情愿地希望眼前的革命不要像太平军。他对李守常、张挹兰等人的死充满同情，对杀人者充满愤怒，但他关心的只是李守常去世后家人的日子怎么过，以及张挹兰抛下的老母亲。这仍然是他的思路，充满人情味儿，不问政治。面对国民党的“清党”，他谴责的是中国人“杀乱党”的嗜好，依然是不管杀者与被杀者的是非。1927年10月，他在《诅咒》中说：“我常说中国人的天性是最好淫杀，最凶残而卑怯的。——这个，我不愿外国流氓来冷嘲明骂，我自己却愿

①周作人：《知堂回想录》，三育图书有限公司1980年，第551页。

②张中行：《苦雨斋一二》，向弓编《在家和尚周作人》，四川文艺出版社1995年，第36页。

承认；我不愿帝国主义者说支那因此应该给他们分去吃，但我承认中国民族是亡有余辜，这实在是一个奴性天成的族类，凶残而卑怯。他们所需要者是压制与被压制，他们只知道奉能杀人及杀人给他们看的强人为主子。”对于文化，对于国民性，认识仍然深刻，但对于时代问题所发的议论，却已是隔靴搔痒。

这年的双十节，北京的庆祝特别隆重，带着某种特别的感情，也许知道挂五色国旗是最后一次吧，家家户户挂国旗。周作人对此仍然没有什么感受，在文章中说：“也不知什么缘故，从8日起就挂旗，一直挂了三天，虽然仍旧是些肮脏破烂的五色旗，究竟也表示得郑重，比平常的国庆日热闹得多了。”在这篇《双十节的感想》中，他最后的评论，竟然也是公园里散发的那些宣传材料写得没水平。与梁启超、章太炎、胡适、徐志摩相比，周作人的政治神经有点麻木。

到了1928年7月，北京已经易帜，他写《北京的近事》，开头第一段写的是：“北京现在已挂了青天白日旗了，但一切还都是从前的样子，什么都没有变革。有人问，不知究竟是北京的革命化呢，还是革命的北京化？据不佞的观察，自然是后者为近——本来这革命也就只是招牌，拿到北京来之后必然要加上一层油漆了。”从这样的话，可以看到周作人的清醒，他看到了文化的惰性力量；却又不清醒，北京真的没有变化吗？北京固然是保守的，旧文化固然很顽固，但能抵挡革命的冲击和影响吗？国体、政体都变了，北京能够抵挡吗？而且很快，北京就不再是北京，而成为北平，北京大学也不存在了，成为北平大学。教育秩序与社会秩序同时调整，到那时候，周作人才真正感觉到了北京的变化。

而在此时，他看到的是另一类景观：“北京市党部成立好久，花了好几天找官产房屋，到处碰钉子，知识阶级的市民拍手称快，说‘国民党’被轰跑了。他们想占某衙门，却给军队赶走了。你想，以堂堂市党部，在北京东奔西走，找不到房子，这岂不是怪事……”对此，他只是感觉北京变化太慢，不满于旧人物投机革命，而对变化视若无睹，对将来的变化完全没有当年《小河》中曾有过的那种忧虑。

更有意思的是，他还有点愤愤不平，而且因此而发牢骚：“我因为从前不谨口过，冲撞了新国家主义者，反对过拥护五色旗，到现在翻了一个身，拥护五色旗的成了忠实同志，那么反对拥护五色旗的岂不也就翻过来成为反革命了么？我觉得我辈的病根在于不善变……”似乎他曾经反对过拥护五色旗，应该是新时代的功臣。但当年那些拥护五色旗的人们已经聚集到青天白日旗下，成了“忠实同志”，自己这个真正的“忠实同志”就要成为反革命了。

他不满于“拥护五色旗者改成拥护青天白日的要人”，指责一些人的善变，是可贵的。但那种以青天白日旗之功臣自居的心态，却可怜又可笑。不过，他触及这段历史上知识界领袖们的一个重大问题：蔡元培、胡适、汤尔和等当年曾发表《我们的政治主张》，时间刚刚过去几年，就一个个都变了，及时投靠新政权。周作人为此而又发牢骚：“愚笨的人不知变通之真义，不能临机应变，结果是永无出山之日，实属活该……”[①]

1928年11月，周作人作《闭户读书论》，他说：

> “此刻现在”，无论在相信唯物或是有鬼论者都是一个危险时期。除非你是在做官，你对于现时的中国一定会有好些不满或是不平。这些不满和不平积在你的心里，正如噎膈患者肚里的“痞块”一样，你如没有法子把它除掉，总有一天会断送你的性命。那么，有什么法子可以除掉这个痞块呢？我可以答说，没有好法子。假如激烈一点的人，且不要说动，单是乱叫乱嚷起来，想出出一口鸟气，那就容易有共党朋友的嫌疑，说不定会同逃兵之流一起去正了法。有鬼论者还不过白折了二十年光阴，只有一副性命的就大上其当了。忍耐着不说呢，恐怕也要变成忧郁病，倘若生在上海，迟早总跳进黄浦江里去，也不管公安局钉立的木牌说什么死得死不得。结局是一样，医好了烦闷就丢掉了性命，正如门板夹直了驼背。那么怎么办好呢？我看，苟全性命于乱世是第一要紧，所以最好是从头就不烦闷。不过这如不是圣贤，只有做官的才能够，如上文所述，所以平常下级人民是不能仿效的。其次是有了烦闷去用方法消遣。抽大烟，讨姨太太，赌钱，住温泉场等，都是一种消遣法，但是有些很要用钱，有些很要用力，寒士没有力量去做。我想了一天才算想

①周作人：《北京的近事二》，1928年7月16日《语丝》第4卷第29期。

到了一个方法，这就是"闭户读书"。

读什么书呢？周作人告诉人们：读史。"历史所告诉我们的在表面的确只是过去，但现在与将来也就在这里面了：正史好似人家祖先的神像，画得特别庄严点，从这上面却总还看得出子孙的面影，至于野史等更有意思，那是行乐图小照之流，更充足地保存真相，往往令观者拍案叫绝，叹遗传之神妙。正如獐头鼠目再生于十世之后一样，历史的人物亦常重现于当世的舞台，恍如夺舍重来，慑人心目，此可怖的悦乐为不知历史者所不能得者也。通历史的人如太乙真人目能见鬼，无论自称为什么，他都能知道这是谁的化身，在古卷上找得他的原形。""浅学者流妄生分别，或以20世纪，或以北伐成功，或以农军起事划分时期，以为从此是另一世界，将大有改变，与以前绝对不同，仿佛是旧人霎时死绝，新人自天落下，自地涌出，或从空桑中跳出来，完全是两种生物的样子：此正是不学之过也。宜趁现在不甚适宜于说话做事的时候，关起门来努力读书，翻开故纸，与活人对照，死书就变成活书，可以得道，可以养生，岂不懿欤？"

其实，这都是牢骚。此时的周作人一肚子牢骚。12月6日，在《新中华报》副刊发表《论可谈的》说："革命告成，训政开始，吾侪小民久苦压制，彼此而后，庶几可以叹一口气而稍得舒服矣。小民中之只拿得动笔杆者另外有一种喜悦，则以可有一点儿'言论自由'云。"然而，没想到在革命告成之后，却是"关于官的""关于兵的""关于学生的"种种话题都不可多谈，"何者可谈还不曾想出"。如此言说，如果出现在别人笔下，或许是反话，意在讽刺。而对于周作人来说，却是真的，因为他曾真的以为国民革命会带来言论自由。否则他也就不必为拥护国民党北伐而"谢本师"了。

半月后为民间故事集《大黑狼的故事》写序，本与政治无关，却又发起了政治牢骚："本来能革命的自然最好还是革命，无如现今革命已经截止，而且我又是不革命的人，不能自己浸在温泉里却用传声筒发命令，叫大家快步走，冲锋！我以对于万川还只好照着自己的例劝他转来弄那不革命的文学。我这样说，列位且莫误会，以为我自认是在弄文学，这个我早已不敢弄了，我现在只是不革命罢了……”[①]北京刚刚易帜，周作人并不知道将到来的是一种什么政治，因为他不曾想过国体政体发生的变化，只是感觉不舒服，于是这个不懂政治的人大谈政治，面对现实而发出这样的疑问：“中国现在到底不知道还是什么时候，至少总还不像民国，连人权都没有，何论女权?”[②]

接下来他能做的，就是写《娼女礼赞》《哑巴礼赞》《麻醉礼赞》了。他知道“病从口入，祸从口出”。所以不再多说话，他也知道了如何麻醉自己，因而写道：“我们的生活恐怕还是醉生梦死最好吧。——所苦者我只会喝几口酒，而又不能麻醉，还是清醒地都看见听见，又无力高声大喊，此乃是凡人之悲哀，实为无可如何者耳。”[③]

从此之后，他就真成了“隐士”，一直隐到日本人占领了北平之后。而不再“隐”的结果，自然是更加糟糕。

五、也说周作人的散文

近些年来，周作人已经由冷变热，作品重版甚多，研究者也已不少。尤其是进入1990年代以来，他的散文小品似乎交了好运，因为平和与冲淡，因为花鸟鱼虫和茶酒点心，既远离社会问题，又适合一般市民口味，所以被出版界竞相热炒，几乎成为当下文学发展的范本。所以，他的一些文本和事迹都已不必重复。在此不得不说的，只是以往忽略的某些内容，以及值得重新翻看的内容。

周作人的散文写得好，有其鲜明的个性特色，这是公认的。张中行说过：“我由上学时期读新文学作品起，其后若干年，常听人说，我自己也承认，散文，最上乘的是周氏弟兄，一刚劲，一冲淡，平分了天下。这不是吹捧，有一微末的事可以为证，是不管不署名还是署生僻的笔名，熟悉的人看

①谷万川：《大黑狼的故事》，北新书局1929年，第1页。

②周作人：《杀奸》，《永日集》，北新书局1929年。

③《益世报》1929年12月5日。

三行两行就可以断定：这是鲁迅，这是周作人。”[①]不过，周作人散文的根本特征倒不一定是冲淡，他的作品的艺术魅力之所在，也不一定是近来一些学者所称赞的超越社会问题而流连于花鸟鱼虫，更不在于他的隐士心态，而是源泉自他知识的渊博、独到的见识、细致的描写和含而不露的内心情感。

今日人们看好的是《乌篷船》《菱角》《故乡的野菜》《北京的茶食》之类。但这些文章是如何产生的？它的魅力究竟何在？却似乎一直缺少回答。

《乌篷船》表现的是故乡风土景物，隐含的是浓郁的乡情，是远离故乡的游子再也回不去的一份苍凉，是无奈之中的自言自语自安慰。在我看来，这大概是它的精魂所在。好的散文常常是自言自语，或者向着某个特定的对象倾诉，而很少是向着众人宣讲的演讲稿或宣传材料。周作人的散文多有自言自语，《乌篷船》就是突出的代表作。它采用了书信体，看上去是写给友人的一封信，但这个收信人“子荣”却是周作人用过的笔名。自己给自己写信，介绍自己的故乡，到底是怎么回事？回答很简单：他想家了。想起自己的家乡，想起故园的旧人旧事旧景物，某种感情油然而生，就想说一说；没有听众，只有自己说给自己听。这种心态，有点孤独，有点寂寞，有点淡淡的凄苦。这是写作的最佳状态，这时无论写什么，文字都会有韵味。

《故乡的野菜》写的也是记忆中的旧事，清明扫墓顺便挖野菜，一边是悼亡的习俗，一边是妇女儿童的日常生活，断断续续，一并写出来，其实没什么技巧，想到什么写什么。如果像中学课堂上分析课文那样分段归纳段落大意，作为范文学写作，肯定学不到什么东西。因为如果让作家自己重写一遍，可能许多东西都变了，语句和段落的次序也变了。关于这一点，周作人的学生废名曾经说过：“他作文向来不打稿子，一遍写起来了，看一看有错别字没有，便不再看，算是完卷，因为据他说起稿便不免于重抄，重抄便觉得多无是处，想修改也修改不好，不如一遍写起倒也算了。他对于自己是如此宽容……然而文章毕竟是天下之事，从开始以迄现在，据好些人的闲谈，知堂先生是最耐读的了。”[②]

---

①张中行：《再谈苦雨斋》，向弓主编《在家和尚周作人》，四川文艺出版社1995年，第58页。

②废名：《知堂先生》，1934年10月5日《人世间》第13期。

许多人的作品是改出来的，周作人的散文不是改出来的。这就涉及他的散文的一个突出特点：自然。他的散文不矜持，不做作，就像与人说家常，不需要装腔作势；不粉饰，不浮夸，不为谁服务也不讨好什么人。写作时唯一做的，就是调节自己的情绪，不让愤怒或悲哀无节制地泛滥。所以，他的文章没有气势，也不追求以情动人，感叹词和感叹号都极少用。至少从表面上看，他似乎就是一个没有激情的人。但正因为这一点，使得他的散文格外平实。平实，与自然一样，应该是周作人散文的根本特征。平实，自然，其实很难得，尤其是在20世纪下半叶之后，这种散文是极少见的。

与《乌篷船》等相似的作品，是《菱角》《初恋》等。它真正的动人之处并非景物描写，而是隐隐的情思。生死两茫茫的心上人，找不回来的旧时景物，本来也许很轻很淡，甚至若有若无，但一旦忆及，却原来是缠绕在心上的丝线，一扯就会隐隐作痛。

与此相关的是他的闲情逸致，是那种心态。花鸟鱼虫，鬼狐古董，品点心，忆旧事，诸如此类，是一种生活，也是一种心态。而这种心态背后似乎有一种难以把握的东西，有时是悲悯，可怜众生，有时却是在可怜自己。

他的《喝茶》写得很细致：

> 喝茶当于瓦屋纸窗之下，清泉绿茶，用素雅的陶瓷茶具，同二三人共饮，得半日之闲，可抵十年的尘梦。喝茶之后，再去继续修各人的胜业，无论为名为利，都无不可，但偶然的片刻优游乃正亦断不可少，中国喝茶时多吃瓜子，我觉得不很适宜，喝茶时可吃的东西应当是轻淡的“茶食”。中国的茶食却变了“满汉饽饽”，其性质与“阿阿兜”相差无几，不是喝茶时所吃的东西了……江南茶馆中有一种“干丝”，用豆腐干切成细丝，加姜丝酱油，重汤燉热，上浇麻油，出以供客，其利益为“堂倌”所独有。豆腐干中本有一种“茶干”，今变而为丝，亦颇与茶相宜。在南京时常食此品，据云有某寺方丈所制为最，虽也曾尝试，却已忘记，所记得者乃只是下关的江天阁而已。学生们的习惯，平常“干丝”既出，大抵不即食，等到麻油再加，开水重换之后，始行举箸，最为合适，因为一到即罄，次碗继至，不遑应酬，否则麻油三浇，旋即撤

去，怒形于色，未免使客不欢而散，茶意都消了……[①]

津津有味地写这些，不厌其烦，其实与给自己写信介绍乌篷船一样，是因为对某种文化的怀念，思乡，怀旧，想到生活的诗意。好文章常常是这样写出来的。

他在《鸟声》中写道："现在已过了春分，正是鸟声的时节了，但我觉得不大能够听到……我所听见的鸟鸣只有檐头麻雀的啾啁，以及槐树上每天早来的啄木的干笑，——这似乎都不能报春……"对于北京的鸟鸣，已经很不满足，而在执笔为文之时，却连这几样鸣声都没有，而是只有乌鸦："老鸹，乡间称云乌老鸦，在北京是每天可以听到的，但是一点风雅气也没有，而且是通年噪聒，不知道他是哪一季的鸟。麻雀和啄木鸟虽然唱不出好的歌来，在那琐碎和干枯之中到底还含一些春气：唉唉，听那不讨人欢喜的乌老鸦叫也已够了，且让我们欢迎这些鸣春的小鸟，倾听他们的谈笑罢。"[②]最后似乎是勉强乐观起来，但仍然透着无奈。

他在《北京的茶食》中写道："我对于20世纪的中国货色，有点不大喜欢，粗恶的模仿品，美其名曰国货，要卖得比外国货更贵些。新房子里卖的东西，便不免都有点怀疑，虽然这样说好像遗老的口吻，但总之关于风流享乐的事我是颇迷信传统的。我在西四牌楼以南走过，望着异馥斋的丈许高的独木招牌，不禁神往，因为这不但表示他是义和团以前的老店，那模糊阴暗的字迹又引起我一种焚香静坐的安闲而丰腴的生活的幻想。我不曾焚过什么香，却对于这件事很有趣味，然而终于不敢进香店去，因为怕他们在香盒上已放着花露水与日光皂了。我们于日用必需的东西以外，必须还有一点无用的游戏与享乐，生活才觉得有意思。我们看夕阳，看秋河，看花，听雨，闻香，喝不求解渴的酒，吃不求饱的点心，都是生活上必要的——虽然是无用的装点，而且是愈精炼愈好。可怜现在的中国生活，却是极端地干燥粗鄙，别的不说，我在北京彷徨了十年，终未曾吃到好点心。"[③]

①周作人：《喝茶》，1924年12月29日《语丝》第7期。

②周作人：《鸟声》，1925年4月6日《语丝》第21期。

③周作人：《北京的茶食》，《晨报副刊》1924年3月18日。

对于这份淡淡的委屈，也许实在不值得同情，因为若与街头的乞丐与苦工相比，这实在不算什么，甚至是太贵族化了。可是，周作人作品的独特之处恰恰就在这里，就在这点儿贵族化，在这点儿有钱而又有闲之后才有的闲情逸致。北京的春天没有报春的鸟鸣，没有乌篷船，没有菱角，甚至没有好点心……但为什么要到北京来呢？说到底还是有它的优长之处。那时代的人们有迁徙的自由，周作人到北京并非有谁强迫。可是，人就是这样矛盾，为了饭碗，或者为了理想，就要告别好点心；留恋乌篷船，就可能错过人生的辉煌。可是，人的情绪却并非得失账目可以安慰的，像皇帝那样每日享受山珍海味，照样可以怀念故乡的野菜。得不到的，或失掉的，才更加挂肚牵肠。这其实是人之常情，只不过平日里也许无暇体会，或者因被苦难磨砺的粗糙心灵无力体会罢了。在捡煤渣的老婆子看来，林黛玉的那份忧伤也许是“吃饱了撑的”，如果每天到建筑工地搬砖头，也许真能治好黛玉的病，但那份本属于有钱有闲阶级的忧伤，却也有超越阶级的力量。

周作人赞赏“生活的艺术”，向往“美的生活”。喝酒，应该是“一口一口地吸，这的确是中国仅存的饮酒的艺术：干杯者不能知酒味，泥醉者不能知微醺之味”。酩酊大醉，当然也是一种境界，但微醺，则是另一种境界。适可而止，点到为止，才有中庸之美。周作人反对祖先崇拜、厌恶三从四德，却从未排斥生活中的中庸之道。这是他“半是儒家半释家”的注解，也是他心中两个鬼的注解。他抨击礼教，抨击中国人的野蛮与愚昧，却赞赏中国人在生活上的讲究，庆幸“中国人对于饮食还知道一点享用之术”，同时为“一般的生活之艺术却早已失传了”而遗憾。

在他看来，“生活不是很容易的事。动物那样的，自然地简易地生活，是其一法；把生活当作一种艺术，微妙地美地生活，又是一法：二者之外别无道路，有之则是禽兽之下的乱调的生活了。”他认为生活的艺术就在于禁欲与纵欲之间的调和，在于既不禁欲又不纵欲，找到恰到好处的那个点。从个人生活谈到新文明的创造，他说：“中国现在所切要的是一种新的自由与新的节制，去建造中国的新文明，也就是复兴千年前的旧文明，也就是与西方文化的基础之希腊文明相合一了。这些话或者说得太大太高了，但据我想舍此中国别无得救之道，宋以来的道学家的禁欲主义总是无用的了，因为这只足以助成纵欲而不能收调节之功。"[①]因为受希腊文化精神与文艺复兴运动的影响，他与陈独秀等"五四"诸子在文化的见解上略有差异，他回顾的目光更遥远，所以看到了某些可以复兴的东西，作为新文化建设的基础。

对一个作家而言，文化的有无和根基的深浅，无需特意标榜，是怎么也装不了也掩饰不了的。由于家庭出身和文化熏陶，因为成长环境和教育背景，自然形成一些东西，一言一动，举手投足，都会表现出来。如果表现在写作中，就成了别人无法模仿的个人特色。

周作人在《志摩纪念》中曾说："中国散文中现有几派，适之、仲甫一派的文章清新明白，长于说理讲学，好像西瓜之有口皆甜；平伯、废名一派涩如青果；志摩可以与冰心女士归在一派，仿佛是鸭儿梨的样子，流丽轻脆，在白话的基本上加入古文、方言、欧化种种成分，使引车卖浆之徒的话进而为一种富有表现力的文章，这就是单从文体变迁上讲也是很大的一个贡献了。"用三种水果比喻，清新又别致。他自己属于哪一派？自然是平伯、废名一派。

所以，他的散文其实有点"涩"，说他平淡，往往是因为自己口重。

---

①周作人：《生活的艺术》，1924年11月17日《语丝》第1期。

新文化危机中的鲁迅

众所周知，五四新文化运动开启了中国文化的一个新时代。遗憾的是，这一指向现代文化目标的伟大尝试并没有持续太久，就开始受到来自各方面的冲击，因而由主流进入边缘，又由边缘成为地底的潜流。这一过程使真正的现代知识分子每当念及就惭愧得无地自容。因为面对20世纪中国文化流变的历史，一种诘问无法回避：当新文化面临危机的时候，承载着“五四”新文化精神的现代知识分子究竟哪里去了？他们做了些什么？有没有尽到自己的责任？这个问题严重影响着中国现代知识分子的形象，影响着人们对20世纪中国文人的整体认识和估价。值得欣慰的是，只要穿越种种屏障回到七十多年前的历史现场。人们就不难看到，当“五四”新文化面临危机的时候，那些真正的现代知识分子并没有放弃自己的责任，他们虽然面对着大面积的背叛而势单力薄，却进行过艰难的守护和抵抗。20年代末的中国文坛发生过几件大事，比如：鲁迅与“革命文学”倡导者之间的论争；胡适与新生的国家权力之间的冲突。由于长期以来历史叙述的狭隘视角，胡适和鲁迅往往被分别置入两个不同的阵营，因而这些大事在新文化运动史上的意义被弄得模糊不清。但是，只要超越唯阶级论的狭隘视角，就会清楚地看到，那是新文化运动的主将们在不同的战场上为保卫新文化而进行的艰苦努力。当“五四”新文化面临严重危机的时候，他们被迫进行一场保卫战。在这场保卫战中，正是鲁迅打响了奋起抵抗的第一枪。

新文化危机中的鲁迅

一

“五四”新文化的危机首先来自国民革命高潮的兴起。虽然国民革命的领导核心国民党中不乏五四新文化运动的参与者，但是，国民党的指导思想却与五四新文化运动的方向存在着矛盾。国民党以孙中山的三民主义为其指导思想，而孙中山的三民主义与五四新文化运动精神是不一致的。人们一般把孙中山称作资产阶级革命家，但是，这位所谓资产阶级革命家并未完整接受西方资产阶级的思想体系，而是更多地继承了本土的传统遗产。而且，作为一个志在行动的革命鼓动家和组织者，他要努力使自己的思想纲领能够为更多的国人所接受，就不能不在思想和言论上迎合大众所承载的传统。

正因为这样，孙中山支持学生爱国运动，也看重新文化运动的社会影响力，却并不赞同新文化运动的精神取向和价值选择。在论及五四新文化运动的反对力量时，人们往往更多地注目于文化界的保守派，但是，只要认真面对历史，就应该承认，对五四新文化运动的最大威胁不是来自辜鸿铭、林琴南或梁漱溟，而是来自孙中山和他的国民党。“五四”新文化精神与孙中山思想的主要分歧表现在两个方面：

一、五四新文化运动以人为基本出发点和最高价值尺度，新文化的意识核心是人，其努力目标是个人自由与权利的保障；孙中山反复强调的是民族和国家，对新文化运动的价值核心不仅没有兴趣，而且竭力抵制。特别是对个人自由，他的态度可谓深恶痛绝。他认为中国人的自由已经太多，所以不必再争取个人自由。他说：“自由这个名词究竟要怎么样应用呢？如果用到个人，就成一片散沙。万不可再用到个人上去，要用到国家上去。个人不可太过自由，国家要得到完全自由。到了国家能够行动自由，中国便是强盛国家，要这样做，便要大家牺牲自由……我们的革命主义，便是集合起来的士敏土，能够把四万万人都用革命主义集合起来，成一个大团体。”[①]直到去世前夕，他在一次次演讲和训话中反复强调的仍然是：“只全党有自由，个人

① 《孙中山选集》，人民出版社1956年，第722—723页。

不能有自由。然后我们的革命才可以有望成功。”①

二、五四新文化运动作为辛亥革命成功之后的一次思想文化补课，其主要手段之一就是通过反传统以铲除几千年专制政体的文化根基。新文化运动的领袖们已经认识到，作为中国文化核心部分的儒学传统与专制政治是相互适应的，在儒家学说基础上形成的君君臣臣父父子子的伦理观念是中国专制政治的文化基础，因此，要在中国实现民主、自由、平等、人权等普世价值，就必须彻底批判旧文化。孙中山的思想却与此恰恰相反。他认为：“我们中国四万万人不但是很和平的民族，并且是很文明的民族。近来欧洲盛行的新文化，和所讲的无政府主义与共产主义，都是我们中国几千年以前的旧东西。……我们中国的新青年，未曾过细考究中国的旧学说，便以为这些学说就是世界顶新的了，殊不知道在欧洲是最新的，在中国就有了几千年了。”②五四新文化运动的领袖们无法容忍中国的政治传统，因而在呼唤科学的同时呼唤民主、自由和人权。孙中山却说：“欧洲之所以驾乎我们中国之上的，不是政治哲学，完全是物质文明。……我们现在要学欧洲，是要学中国没有的东西。中国没有的东西是科学，不是政治哲学。至于讲到政治哲学的真谛，欧洲人还要求之于中国。”③五四新文化运动的领袖们竭力批判旧道德，因为正是它以强大的力量扭曲着一个个活生生的生命，制造着一具具僵尸。孙中山却几乎全盘接受了与专制政治相适应的道德观念。他说：“讲到中国固有的道德，中国人至今不能忘的，首先是忠孝，次是仁爱，其次是信义，其次是和平。这些旧道德，中国人至今还是常讲的。但是现在受外来的民族的压迫，侵入了新文化，那些新文化的势力此刻横行中国。一般醉心新文化的人，便排斥旧道德，以为有了新文化便可以不要旧道德。”④

由此可见，孙中山的思想在许多方面与“五四”新文化的精神是背道而驰的。如果只是思想和学术上的一家之言，也许并不值得特别关注，但作为一个革命领袖，这些思想却在指导中国革命的过程中产生了不同寻常的影

①《黄埔军校史料》，广东人民出版社1985年，第223页。

②《孙中山选集》，人民出版社1956年，第666页。

③同上书，第666—667页。

④同上书，第680页。

响。随着革命高潮的掀起，孙中山的思想家喻户晓，并直接影响着一代青年不自觉地背离新文化。

同时，重组后的国民党在北伐过程中显然受到了鲍罗廷等政治顾问和军事顾问们带来的俄式极权主义思想和体制的影响。这样，就使得国民革命的意识形态与“五四”新文化精神日益背道而驰。

因此，1927年蒋介石在政治和军事上的胜利后果非常复杂。对于北伐的胜利，任何否定都可能有失偏颇，但是，从文化上看，一个事实却无法否认：新政权的建立没有推进新文化的发展，而是直接和间接地带来了旧文化的复辟。因为伴随着新政权的建立，在政治上出现的不是现代民主政体，而是一党专政的非现代政体。为了巩固其政治上的一党专政，国民党不得不努力强化意识形态方面的控制。这就导致了一个结果：新政权不是努力发展与民主制度相适应的新文化，而是努力弘扬与专制制度相适应的旧传统。

也许，1927年之后中国的传统文化回潮与蒋介石个人的儒家思想和民族主义倾向不无关系。大概无需进行详细的考察就可以发现，蒋介石像孙中山一样支持“五四”学生运动，却对新文化运动不感兴趣。原因非常简单，“五四”学生运动可以被轻易地引向某种统治需要，而新文化运动却与一切旨在统治的需要冲突甚多。作为政治领袖和军事领袖，蒋介石反复强调的是国民的自信心，是爱国主义精神和民族主义情绪。作为曾国藩的真诚崇拜者，他信奉儒家传统，心仪宋明理学。因此，他一直埋怨五四新文化运动对中国传统文化没有给予足够的尊重，不赞成新文化运动领袖们的西化态度。他认为新文化运动盲目崇拜西方而丢失了民族的自信，认为新文化运动所倡导的那一套不适合中国国情，而且使青年背离传统、反抗权威、张扬个性、不讲纪律，产生了极为不良的影响。蒋介石是从根本上不赞同新文化运动的。他后来曾经这样说过：“我们试看当时所谓新文化运动，究竟是指什么？就当时一般实际情形来观察，我们实在看不出它具体的内容。是不是提倡白话文就是新文化运动！是不是零星介绍一些西洋文艺就是新文化运动！是不是推翻礼教否定本国历史就是新文化运动！是不是打破一切纪律，扩张个人自由就是新文化运动！是不是盲目崇拜外国，毫无抉择地介绍和接受外来文化，就是新文化运动！如果是这样，那我们所要的新文化，实在是太幼稚、太便宜、而且是太危险了。”①因为这种认识，他一生中都无心推动新文化而有志弘扬旧传统。

在没有获得统治权的时候，国民党对新文化运动破坏偶像、反对权威、要求民主和自由的精神尚能部分容忍，然而，当他们通过军事手段获得统治权之后，就难以容忍并要严加防范了。在20世纪的中国，一切在骨子里与科学、民主、自由、人权等普世价值背道而驰的力量都对“五四”新文化抱有警惕，因而总是努力消灭它，或者巧妙地改写它。新政权为了巩固一党专政的非现代统治秩序，试图用三民主义统一人们的思想，用传统道德整合人们的精神，并且梦想通过弘扬传统文化而在爱国主义的旗帜下实现思想和舆论的一致，而毫不顾及现代知识分子以人权为核心的现代文化理想。当然，南京国民政府对知识分子是重视的，新政权建立之后很快对教育部门给予了一系列优惠，比如，不再拖欠薪水，提高教师工资，使大学教授的实际生活收入随着币制的改革等一系列措施而得到了大幅度提高。但是，伴随着物质生活待遇的提高，同时出现的却是自由空间的萎缩。虽然国民党没有能够把知识分子完全纳入体制枷锁，却曾经试图通过政治思想工作而对其思想和言论进行限制，并且试图通过学校教育灌输党派的私货，使国家的教育事业为党派的利益服务。

为了新的统治秩序的建立和巩固，新政权在意识形态领域采取了一系列措施：一、开动宣传机器，拼命制造舆论，在全社会强化新的政治意识形态。甚至利用群众大会、游行示威、喊口号、贴标语等方式发动群众，大造声势。党的宣传成为压倒一切的声音和不容置疑的东西。在党的控制之下，报刊受到控制，人们的言论自由空间急剧萎缩。二、实行党化教育，强行灌输某种思想和主义。机关学校都要做纪念周，学习“总理遗嘱”。三民主义成了不容批评的金科玉律，虽然没有写进宪法要求国民必须坚持，却借用国家政权的力量强行灌输，在公立的学校中培养三民主义的忠实信徒。三、努力向传统文化寻找资源，弘扬旧传统，重振旧道德。中央宣传部长亲自撰文，要“由党的力量来挽回风气”，并且声称“中国本来是一个由美德筑成

①《哲学与教育对于青年的关系》，见周策纵《五四运动》，江苏人民出版社1996年，第474页。

的黄金世界”。[①]

这一切，不能不使处于萌芽状态的中国新文化面临严重危机。

二

正当国民革命处于高潮的时候，鲁迅来到广州。他在北京受到压迫，在厦门受到排挤，在革命的策源地广州，却受到热烈欢迎，不仅文化教育界热烈欢迎，而且国民党要员纷纷拜访和宴请，可谓热闹非常。这种情况极易使人产生好感并因之产生更多的认同。这对鲁迅是一场严峻的考验。初到广州之时，鲁迅的确也曾在某种程度上受到革命热潮的影响，并对革命抱有热望。但是，作为“五四”新文化的主将之一，他没有成为国民革命的狂热追随者。因为他毕竟不是那些激情有余而理性不足的青年，更重要的是，革命策源地广州的思想文化是他不能认同的。虽然鲁迅对孙中山一直怀有敬重之情，但是，他们之间在思想上距离甚远。鲁迅从来没有正面批判过孙中山的思想，也没有直接与国民革命的意识形态相对立，但是，从他到广州之后的言行考察，便不难发现，他并没有因为身处革命高潮之中就认同革命的意识形态，而是仍然坚持着新文化运动的方向。

首先，仍然坚持反传统的文化立场，致力于旧文化的批判和改造。他对革命的广州在文化上的守旧深感不满，因而开始在南方传播新文化的火种。在《无声的中国》中，他首先把批判的矛头指向了中国文字，认为正是它造就了一个无声的中国：“将文章当作古董，以不能使人认识，使人懂为好，也许是有趣的事罢。但是，结果怎样呢？是我们已经不能将我们想说的话说出来。”在革命的广州，人们都熟悉孙中山的“一盘散沙”论，但是，对于这“一盘散沙”的形成，鲁迅的解释却完全不合于孙氏学说。孙中山认为是自由太多导致了中国人成为一盘散沙，鲁迅却认为原因在于“用的是难懂的古文，讲的是陈旧的古意思，所有的声音，都是过去的，那就是只等于零的。所以，大家不能互相了解，正像一大盘散沙”。而且，正是在这篇演讲中，他再次反对调和折中论。“中国人的性情是总喜欢调和，折中的。譬如

---

①胡适：《新文化运动与国民党》，《新月》第2卷第10号。

你说，这屋子太暗，须在这里开一个窗，大家一定不允许的。但如果你主张拆掉屋顶，他们就会来调和，愿意开窗了。没有更激烈的主张，他们总连平和的改革也不肯行。”在《老调子已经唱完》中，他说：“中国的文章是最没有变化的，调子是最老的，里面的思想是最旧的。但是，很奇怪，却和别国不一样。那些老调子，还是没有唱完。这是什么缘故呢？有人说，我们中国是有一种‘特别国情’。”直到今天，包括《鲁迅全集》的注释，都注明所谓“特别国情”是袁世凯的论调，其实，特别国情论也是孙中山、蒋介石等人的论调。鲁迅却继续坚持对特别国情论的攻击，并且一如既往地强调：“中国的文化，都是侍奉主子的文化，是用很多人的痛苦换来的。无论中国人，外国人，凡是称赞中国文化的，都只是以主子自居的一部分。……保存旧文化，是要中国人永远做侍奉主子的材料，苦下去，苦下去。”

其次，没有迎合广州的革命口号，没有唱革命的高调，更没有为革命策源地献上动听的赞歌。既是名人，他不能不参加各种活动，不能不到处演讲，甚至无法拒绝种种革命桂冠。然而，他却常常说一些煞风景的话，甚至因此而使一些革命者大失所望。他对革命口号和革命桂冠的确不感兴趣，甚至声称自己从来不革命，而且害怕革命。这一切都显然不合时宜，因为广州作为革命的中心，正依靠狂热情绪进行着革命的动员。在一次次演讲中，他反复强调的是：现在的一切还是旧的，人们的思想还是旧的，文学也是旧的。他说，对于军阀，已有黄埔军官学校同学去打倒他了，但对于一切旧制度，宗法社会的旧习惯，封建社会的旧思想，还没有人向他们开火。他批评广州：“旧文学仍然很多，报纸上的文章，几乎全是旧式。我想这足见中国革命对于社会没有多大的改变，对于守旧的人没有多大的影响，所以旧人仍然能超然物外。广东报纸所讲的文学，都是旧的，新的很少，也可以证明广东社会没有受革命影响；没有对新的讴歌，也没有对旧的挽歌，广东仍然是十年前的广东。不但如此，并且也没有叫苦，没有鸣不平；止看见工会参加游行，但这是政府允许的，不是因压迫而反抗的，也不过是奉旨革命。”①

其三，在当时的广州，那些穿上了军装或挎上了军刀的文学家们正在大讲“革命文学”，鲁迅对此没有给予热情的支持，而是常常泼一点冷水。鲁

①《鲁迅全集》第3卷，人民文学出版社1981年，第421页。

迅反复讲的仍然是文艺自身的特性，是创作的自由和自主。他讲文学的“无用”和“无力”，甚至断定革命的时代是没有文学的。在黄埔军校的演讲中，他说了这样一段话：“革命地方的文学家，恐怕总喜欢说文学和革命是大有关系的，例如可以用这来宣传、鼓吹、煽动、促进革命和完成革命。不过我想，这样的文章是无力的，因为好的文艺作品，向来多是不受别人命令，不顾利害，自然而然地从心中流露的东西；如果先挂起一个题目，做起文章来，那又何异于八股，在文学中并无价值，更说不到能否感动人了。”①

更值得注意的是，随着时间的推移，鲁迅对革命的认识更加清楚。以独裁代替民主，以专制压制自由，以群体压抑个体，以所谓革命的主义代替自由的思想，这一切是一个坚持“五四”新文化立场的人所能容忍的吗？考察当时鲁迅的言论，可谓谨慎非常。但是，精神立场却不难发现。他的确看了很多，也感触甚多。比如，在K委员的眼里，“写长信，就是反革命的”；在革命策源地，连白话都视为异端；报刊成了宣传工具，人的言论要符合革命的尺寸，否则就不能发表……如此情况下，谈什么思想自由？谈什么文学建设？鲁迅对思想禁锢当然不能认同，因为他所向往的革命是推动文明向前发展，而不是让人失掉思想的自由。在革命的广州，鲁迅没有找到他所向往的自由权利。

他曾经这样叙述过自己的遭遇：“到后来，却有些改变了，往往斗胆说几句坏话。然而有什么用呢？在一处演讲时，我说广州的人民并无力量，所以这里可以做‘革命的策源地’，也可以做反革命的策源地……当译成广东话时，我觉得这几句话似乎被删掉了。给一处做文章时，我说青天白日旗插远去，信徒一定加多。但有如大乘佛教一般，待到居士也算佛子的时候，往往戒律荡然，不知道是佛教的弘通，还是佛教的败坏？……然而终于没有印出，不知所往了……”②在革命的广州，一切都要服从革命的需要，所以文学“是要直截痛快，‘革命！革命！’的，这才是‘革命文学’”③。对此，鲁迅曾经形象地描述道：“现在在南边，只剩了一条‘革命文学’的独木小

①《鲁迅全集》第3卷，人民文学出版社1981年，第418页。

②《鲁迅全集》第4卷，人民文学出版社1981年，第33页。

③《鲁迅全集》第3卷，人民文学出版社1981年，第485页。

桥，所以外来的许多刊物，便通不过，扑通！扑通！都掉下去了。”在这种唯“革命文学”独尊的文化氛围中，鲁迅看到，孙中山“革命尚未成功”的语录虽然是常见的标语，但仿佛已经成了一句谦虚话，在大部分的人们的心里，是“革命已经成功”或“将近成功”了。“既然已经成功或将近成功，自己又是革命家，也就是中国的主人翁，则对于一切，当然有管理的权利和义务。刊物虽小事，自然也在看管之列。”[①]刊物既然被主人翁看管，新闻出版的自由当然难以出现。

在革命之前，鲁迅自己有一种解释：在革命的时候，是没有什么文学的。他大概也同样认为，在革命的时候，是没有自由思想的。但革命成功之后呢？鲁迅看见了，也经历过了。1929年5月，他在燕京大学演讲，开头就说：“这一年多，我不很向青年诸君说什么话了，因为革命以来，言论的路很窄小，不是过激，就是反动……”[②]至于革命之后的文化走向，则是“革命成功之后，‘国术’‘国技’‘国花’‘国医’闹得乌烟瘴气”[③]。

然而，对于鲁迅来说，重大的收获还在于他又一次看清了中国的革命原来不过如此：“革命的被杀于反革命的。反革命的被杀于革命的。不革命的或当作革命的而被杀于反革命的，或当作反革命的而被杀于革命的，或并不当作什么而被杀于革命的或反革命的。革命，革革命，革革革命，革革……”[④]这显然不是五四新文化运动所希望的结果。鲁迅曾经为参加革命的青年而痛苦，甚至怀疑自己参与了制作“醉虾”的勾当，然而，现实也使他更进一步明白了什么是革命家：“这也因为我天生的不是革命家的缘故，倘是革命巨子，看这一点牺牲，是不算一回事的。第一是自己活着，能永远做指导，因为没有指导，革命便不成功了。”[⑤]

①《鲁迅全集》第3卷，人民文学出版社1981年，第488页。

②《鲁迅全集》第4卷，人民文学出版社1981年，第133页。

③同上书，第140页。

④《鲁迅全集》第3卷，人民文学出版社1981年，第532页。

⑤《鲁迅全集》第4卷，人民文学出版社1981年，第98页。

三

新文化的危机还来自国民革命的另一个结果。

20年代的中国社会已经存在着严重的阶级矛盾。下层民众的生活苦难可以说是几千年一贯的历史事实，但在一般情况下，由于中国文化传统的制约，苦难的大众并不一定有足够的“阶级觉悟”，也不一定能够导致农民起义那样的翻身之举。但是，国民革命的高潮却像助长民族主义情绪一样助长了阶级意识的觉醒。

在此之前，一些知识分子因为接受西方观念而深刻认识了社会的不公，开始站在人道主义的立场上为大众鸣不平，并试图改变不平的现状。比如早在“五四”时期，陈独秀就在《贫民的哭声》中写道：“今天这样捐，明天那样税，弄得民穷财尽，钱用到哪里去了？替人民办了什么事？……养了议员去嫖赌，恭维督军；养了文官去刮地皮，借外债卖路矿得回扣；养了武官去杀人，抢劫，贩卖烟土；养了法官警官去捉拿那贫苦的烟犯赌犯来罚钱。现在的时代，还无人敢说政府官吏没有什么用处。可惜他们的功效，只造成一片贫民的哭声！”[①]刘半农的《相隔一层纸》《学徒苦》，刘大白的《卖布谣》《田主来》，都鲜明地体现着阶级意识，反映着贫富悬殊和阶级差别。而它的目的显然是指向社会平等，“生我者亦父母”的呼声就是一种典型的声音。在刘大白的《红色的新年》等赞美俄国十月革命的作品中，大声呼叫的也是：“不公！不公!！不平！不平!!”

革命高潮到来之际，情况完全不同了。由于俄国十月革命的影响，孙中山等国民革命领袖们看到了工农力量的重要性。因而在国民党第一次全国代表大会发表的宣言中明确宣称民族的解放事业“其所恃为后盾者，实为多数之民众”。并且做出允诺：“吾人欲证实民族主义实为健全之反帝国主义，则当努力于赞助国内各种平民阶级之组织，以发扬国民之能力。”[②]这就在国民革命中为追求阶级翻身的革命运动留有了广阔的空间，使下层工农大众追

①《每周评论》第19号。

②《孙中山选集》，人民出版社1956年，第591—592页。

求翻身解放的运动得以轰轰烈烈地开展起来。尤其是广东、江西、湖南等地，借着国民革命之势，穷人进行了翻身的尝试："一切从前为绅士们看不起的人，一切被绅士们打在泥沟里，在社会上没有了立足地位，没有了发言权的人，现在居然伸起头来了。……他们发号施令，指挥一切。他们站在一切人之上。""土豪劣绅家里，一群人涌进去，杀猪出谷。土豪劣绅的小姐少奶奶的牙床上，也可以踏上去滚一滚。"[①]

就在毛泽东为农民运动大声叫好之时，国民党的大多数却对此不以为然，作为军事最高统帅的蒋介石也不愿承认这种翻身的合法性。更为重要的是，那些出身富裕家庭的军官们已经无法忍受自己家中被抢、亲人被杀的事实。他们的态度正如毛泽东在《湖南农民运动考察报告》中所嘲弄的："嘴里天天说'唤起民众'，民众起来了又害怕得要死。"然而，抱怨并不能改变当时的革命现实。他们既然害怕得要死，就要采取措施。于是，无论是乡村的农民运动还是城市的工人运动，都转眼间风平浪息了。手段当然是残酷的，工农运动的组织发动者们也受到了清洗和镇压。

当清党运动使以阶级斗争的方式谋求翻身解放的行动失掉合法性的时候，一些从业文人不得不转向文学运动。

在重返文坛的文人团体中，创造社的举动尤其引人注目。当然，创造社的举动并不值得大惊小怪。因为对于他们来说，"转向"本是家常便饭。他们的转向早就开始了，最先的转变主要是从表现自我到表现社会、由主张抒情到主张写实，也就是创作上从浪漫主义走向写实主义。这在当时实在算不了什么，因为"五四"文学革命的倡导者们及其最先的主力军一直进行着这样的努力。值得注意的是他们在走向社会现实的同时纷纷投身于国民革命，而且在穿上军装之后就立即开始高喊"革命文学"的口号，号召文学青年"到兵间去，民间去，工厂间去，革命的漩涡中去！"[②]其表现与"五四"时期截然不同。但仔细想来，这仍然一点也不奇怪。因为在"五四"高潮中，创造社的人们并没有进入新文化运动的中心，其主要人物甚至没有读过《新青年》。他们只是凭着朦胧的感觉和本能的冲动从感性的层面上应和了五四

---

①《毛泽东选集》，人民出版社1967年，第14—16页。

② 郭沫若：《革命与文学》，1926年4月《创造月刊》。

新文化运动，以破坏与创造的精神高扬起了个性反抗的旗帜，却对五四新文化运动缺少足够的认识。盲目的追随者在高潮过后转身而去，本是非常自然的事。他们的转向适应了国民革命的政治要求。然而，随着1927年南京国民政府的建立，他们却成了鲁迅所说的“革命已经成功的文学家”和“革命尚未成功的文学家”之中的后者，被迫回到了文坛。

重返文坛的他们不但没有走上“五四”新文学的道路，而是恰恰相反：一齐拿“五四”新文学和新文化主将们开刀，要彻底扫荡新文学和新文化。值得注意的是，他们在政治上应该是反对国民党统治的，但在文化上却与国民党统治者保持着高度的一致，——都把“五四”新文化作为批判和否定的对象。他们否定鲁迅，嘲弄胡适，扫荡几乎所有的“五四”作家。他们竭力否定文学革命的成就，猛烈批判“五四”新文学的价值观念和意识形态，对《新青年》集团和文学革命的开创者进行猛烈攻击。在他们看来，启蒙是浅薄的，新文化运动是不合时宜的，“胡适之流”的叫喊“力竭声嘶”，“其余一些半死不活的大妖小怪”不过是“跟着一齐乱喊”，新文化运动的“这些‘名流’完全不认识他们的时代，完全不了解他们的读者，也完全不了解自己的货色”。“他们不知道那时候的觉悟的青年已经拒绝了他们的迷药”。……面对“五四”新文学的中心北京文坛，他们认为是“一片乌烟瘴气”，所以需要“十万两无烟火药”。[①]他们认为一般的文学家大多数是反革命的，他们的文艺都是不革命或者反革命的文艺。

他们发现了新的文学道路，认定五四新文化运动的价值选择和“五四”新文学的精神取向已经过时，继之而起的将是无产阶级的文艺。他们认为“资本主义已经到了他的最后的一日，世界形成了两个战垒”，在这种形势下，“谁也不许站在中间。你到这边来，或者到那边去！……克服自己的小资产阶级的根性，把你的背对向那将被‘奥伏赫变’的阶级，开步走，向着那龌龊的大众！”[②]如果有人不愿接受他们的命令，或者坚守“五四”新文化的价值立场，他们就要“替他们打包，打发他们去”，或者“踢他们出去”。[③]他们宣

①成仿吾：《从文学革命到革命文学》，1928年2月1日《创造月刊》第1卷第9期。

②同上。

③成仿吾：《打发他们去》，1928年2月《文化战线》。

布："不能和我们联合战线的就是我们的敌人！""必须先把这些敌人打倒！"[①]他们从个人主义走向了群体主义，从轻视大众走向崇拜大众，因而不仅否定自我，而且否定知识分子的启蒙立场，要求作家做一台"留声机器"。如果不愿响应他们的号召，他们的态度就异常蛮横，正如郭沫若在《英雄树》中的回答："那没有同你说话的余地，只好敦请你们上断头台！"

作为"五四"文坛上一个有影响的社团，创造社与太阳社一起，以这样一种姿态开始对"五四"新文学进行一次再革命，对"五四"新文化进行猛烈的反叛与颠覆。毫无疑问，它从另一方面加剧了新文化的危机。

四

面对创造社和太阳社对"五四"新文学和新文化的挑战，鲁迅进行了反击。他因此成为众矢之的，成了"中国的Don Quixote"，"为布尔乔亚汜当了一条忠实的看家狗！"[②]甚至是"文艺战线上的封建余孽""二重的反革命人物"和"不得志的Fascist（法西斯蒂）"。[③]面对围攻，鲁迅没有退却。他不断迎战和反击，与之展开了长期的论战。

在过去的历史叙述中，人们往往从阶级阵线着眼而努力抹杀他们之间的矛盾，或者由于思维方式的局限而看不到冲突的实质，结果是使这场激烈论争性质模糊不清，焦点隐晦不明。直到今天，即使在一些"重写"的现代文学史上，也仍然是一笔糊涂账。那么，这场冲突的焦点究竟何在？其实，后人为适应某种需要或在种种限制之下做出的解释远不如当事人的感觉和认识更为可靠。郑伯奇在《文坛的五月》中曾经声明："这不是我们和鲁迅的冲突，也不是创造社和语丝派的冲突，这是思想和思想的冲突，文坛上倾向和倾向的冲突。我们所批评的不是鲁迅个人，也不是语丝派几个人，乃是鲁迅

---

①王独清：《祝词》，1928年5月《我们月刊》创刊号。

②李初梨：《请看我们中国的Don Quixote的乱舞》，1928年4月15日《文化批判》第4号。

③杜荃（郭沫若）：《文艺战线上的封建余孽》，1928年8月10日《创造月刊》第2卷第1期。

与语丝派诸君所代表的一种倾向。”郭沫若在《“眼中钉”》一文中也曾辩解：“他们批判鲁迅先生，也决不是对于‘鲁迅’这一个人的攻击。他们的批判对象是文化的整体，所批判的鲁迅先生是以前的‘鲁迅’所代表，乃至所认为代表着的文化的一个部门，或一部分的社会意识。”应该承认，这些话是不错的。他们的确不是批判鲁迅个人，而是批判一种文化倾向，这倾向就是“五四”新文化的倾向。同时，鲁迅的抵抗和还击也并非仅仅出自私怨，而是守护一种文化倾向，这倾向也是“五四”新文化的倾向。考察其矛盾冲突，挑战者的进攻和守护者的抵抗都紧紧围绕着“五四”新文学和新文化。交锋之点主要集中于以下几个：一是人道主义和个人主义，亦即“五四”文学以人为中心的人道意识；二是现代启蒙主义，即以改造国民性为标志的现代启蒙立场；三是五四新文化运动中诞生的知识分子话语的独立性。

挑战者们否定鲁迅，首先因为鲁迅是一个人道主义者。他们在鲁迅的文章中看到的是“人道主义者怎样地防卫着自己”，看到的是“人道主义者的裸体照相”[①]。他们说鲁迅的文章“暴露了知识阶级的厚颜，暴露了人道主义的丑恶”[②]。由此可见，在他们眼里，人道主义不仅是浅薄的，而且是丑恶的。站在“五四”新文化的立场上，这种观点当然难以接受。鲁迅并不赞成托尔斯泰的不抵抗主义，但是，他不能容忍对人道主义的简单否定。所以，当挑战者称托尔斯泰是“卑污的说教人”时，鲁迅在《“醉眼”中的朦胧》中说：“惟有在中国特别，知道跟着人称托尔斯泰为‘卑污的说教人’了，而对于中国‘目前的情状’，却只觉得‘在事实上，社会各方面亦正受着乌云密布的势力的支配’，连他的‘剥去政府的暴力，裁判行政的喜剧的假面’的勇气的几分之一也没有；知道人道主义不彻底了，但当‘杀人如草不闻声’的时候，连人道主义式的抗争也没有。”

挑战者们反对个人主义，强调一切必须服从组织，听从“时代”的命令。他们认为个人主义早已是一种腐朽的思想，像自由、民主一样属于腐朽阶级的意识形态，而鲁迅却“始终是一个个人主义者”，而不愿接受集体

①冯乃超：《人道主义者怎样地防卫着自己?》，1928年4月15日《文化批判》第4号。

②成仿吾：《毕竟是“醉眼陶然”罢了》，《创造月刊》1928年5月。

化："'因为我喜欢'，所以我要反抗，这不是革命党人的态度，这是个人主义的小资产阶级者的丑态。……他的出发点，不是集体，而是个人，他的反抗，只是为他个人的反抗。虽然有时也为着别人说几句话，我们若果细细地考察起来，究竟是抛不开'我'的成分的。"[①]他们说鲁迅倔强，任性，固守己见而不认错；说鲁迅沉迷于自由思想，说鲁迅仍然固执于浅薄的人道主义，等等，应该说都是不错的。问题在于这正是鲁迅坚持五四新文化运动的方向。作为新文化的承载者，他不能不高度重视个人的自由，执着于把人从各种迷信和依附中解放出来的启蒙工程。因此，他对依靠某种政治势力或者军事势力而大喊革命文学口号不以为然，对以群体的名义剥夺个人的权利的确有点害怕。他一方面提醒人们注意"笔下雄赳赳，对大家显英雄"的人们与"指挥刀"的关系，一方面发出如此的感叹："中国却有此例，竟会将个性，共同的人性（即林氏之所谓个人性），个人主义即利己主义混为一谈，来加以自以为唯物史观的申斥，倘再有人据此来论唯物史观，那真是糟糕透顶了。"[②]

挑战者们反对自由思想，批判知识阶级或是小资产阶级。他们指出："鲁迅把自己的小资产阶级的恶习性完全暴露了出来，小资产阶级的任性，小资产阶级的不愿认错，小资产阶级的疑忌……鲁迅所以陷于这样的状态之中，我们也可以说完全是所谓自由思想害了他，自由思想的结果只有矛盾，自由思想的结果只有徘徊，所谓自由思想在这个世界上只是一个骗人的名词，鲁迅便是被骗的一个。"[③]在他们的眼里，独立人格和自由思想都是应该批判和否定的。鲁迅却仍然坚持自由的思想，反对任何思想专制，守护着现代知识分子独立地自由表达思想的权利。即使翻译苏俄文艺理论的主张，也是"只希望有切实的人，肯译几部世界上已有定评的关于唯物史观的书——至少，是一部简单浅显的，两部精密的——还要一两本反对的著作。那么，论争起来，可以省说许多话"[④]。关于挑战者们反复攻击的所谓"小资产阶

①钱杏邨：《朦胧以后》，1928年5月20日《我们月刊》创刊号。

②《鲁迅全集》第4卷，人民文学出版社1981年，第126—127页。

③钱杏邨：《死去了的阿Q时代》，1928年3月《太阳月刊》。

④《鲁迅全集》第4卷，人民文学出版社1981年，第127页。

级”，鲁迅说：“中国，据说，自然是已经革了命，——政治上也许如此罢，但在文艺上，却并没有改变。有人说，‘小资产阶级文学之抬头’了，其实是，小资产阶级文学在哪里呢，连‘头’也没有，哪里说得到是‘抬’。”[①]

挑战者们认为阿Q时代已经死去，大众已经不需要启蒙，所以强调作家放弃知识分子的启蒙主体地位而充当大众的留声机器。他们认为时代已经进入了一个新的时代，“资本主义已到了它最后的一日，世界形成了两个战垒，一边是资本主义的余毒‘法西斯蒂’的孤城，一边是全世界农工大众的联合战线。”[②]中国也不是过去的中国，“农村零落了，都市普罗列塔利亚特（Proletariat）发生了。谁人能说中国依然是（封建的）文明之邦，礼教之国？”[③]与此同时，他们认为：“现在的中国农民第一是不像阿Q时代的幼稚，他们大都有了很严密的组织，而且对于政治也有了相当的认识；第二是中国农民的革命性已经充分地表现了出来，他们反抗地主，参加革命，近且表现了原始的Baudon（暴动）的形式，自己实行革起命来，决没有像阿Q那样屈服于豪绅的精神；第三是中国的农民知识已不像阿Q时代农民的单弱，他们不是莫名其妙的阿Q式的蠢动，他们是有意义，有目的的，不是泄愤的，而是一种政治的斗争了。”[④]那么，《阿Q正传》当然过时了，它“是写给愚蒙看的，那么就请它到愚蒙那里去吧，我们这儿已不再要它。我们这儿要革命文学了，要无产阶级的文学了”[⑤]。既然阿Q时代已经过去，而且阿Q已经觉悟，当然不再需要启蒙主义。所以，按照钱杏邨的说法：“鲁迅他自己也已走到了尽头，再不彻底觉悟去找一条生路，也是无可救济了。”[⑥]鲁迅却不承认阿Q时代已经过去，而是一如既往地坚持启蒙立人之路。他在同

---

①《鲁迅全集》第4卷，人民文学出版社1981年，第135页。

②成仿吾：《从文学革命到革命文学》，1928年2月《创造月刊》第1卷第9期。

③冯乃超：《艺术与社会生活》，1928年1月《文化批判》创刊号。

④钱杏邨：《死去了的阿Q时代》，1928年3月《太阳月刊》。

⑤朱彦：《阿Q与鲁迅》，1928年10月《新宇宙》创刊号。

⑥钱杏邨：《死去了的鲁迅》，原载《现代中国文学作家》第1卷，上海泰东图书局1928年7月初版，此处引自《鲁迅和他的论敌论文选》，今日中国出版社1996年，第466页。

一期《语丝》上同时发表《扁》《路》《头》《通信》《太平歌诀》《铲共大观》等一系列文章，其显著的主题是揭露现实的黑暗和民众的愚昧，提醒人们：阿Q的时代真的过去了吗？阿Q真的已经觉悟？在《铲共大观》中，他说："我们中国现在（现在！不是超时代的）的民众，其实还不很管什么党，只要看'头'和'女尸'。只要有，无论谁的都有人看。拳匪之乱、清末党狱、民二，去年和今年，在这短短的二十年中，我已经目睹或耳闻了好几次了。"在《太平歌诀》中，他说："看看有些人们的文字，似乎硬要说现在是'黎明之前'。然而市民是这样的市民，黎明也好，黄昏也好，革命者们总不能不背着这一伙市民进行。鸡肋，弃之不甘，食之无味，就要这样地牵缠下去。五十一年后能否就有出路，是毫无把握的。"在《文艺与革命》中，他说："现在所号称革命文学家者，是斗争和所谓超时代。""超时代其实就是逃避，倘自己没有正视现实的勇气，又要挂革命的招牌，便自觉地或不自觉地必然地要走入那一条路的。身在现世，怎么离去？这是和说自己用手提着耳朵，就可以离开地球者一样地欺人。"

挑战者们以无产阶级的文学使者自居，自以为代表着新的时代，并且完成了对五四新文化运动和文学革命的超越，鲁迅却看到了假冒伪劣，看到了新商标下的旧货色，毫不留情地揪出了他们新制服下面的老辫子。在《路》中，他曾尖锐地讽刺说："上海的文界今年是恭迎无产阶级文学使者，沸沸扬扬，说是要来了。问问黄包车夫，车夫说并未派遣。这车夫的本阶级意识形态不行，早被别阶级弄歪曲了罢。另外有人把握着，但不一定是工人。于是只好在大屋子里寻，在客店里寻，在洋人家里寻，在书铺子里寻，在咖啡馆里寻……"因为在他看来，在这些地方寻找出来的决不是无产阶级的文学使者。在《文坛的掌故》中，他又说："向'革命的知识阶级'叫打倒旧东西，又拉旧东西来保护自己，要有革命者的名声，却不肯吃一点革命者往往难免的辛苦，于是不但笑啼俱伪，并且左右不同，连叶灵凤所抄袭来的'阴阳脸'，也还不足以淋漓尽致地为他们自己写照……"在《我的态度气量和年纪》中，因为对方提到了林琴南，鲁迅写道："旧的和新的，往往有极其相同之点——如个人主义者和社会主义者往往都反对资产阶级，保守者和改革者往往都主张为人生的艺术，都讳言黑暗，棒喝主义者与共产主义者都厌恶人道主义等——林琴南先生的事也正是一个证明。至于所以不行之故，其关键就全在他生得更早，不知道这一阶级将被‘奥伏赫变’，及早变计，于是归根结蒂，分明现出Fascist本相了。但我以为‘老头子’如此，是不足虑的。他总比青年先死。林琴南先生就早已死去了。可怕的是将为将来柱石的青年，还像他的东拉西扯。”

关于鲁迅对创造社、太阳社的态度，后来的评论也远不如当事人当时的感觉更为准确。在《创造十年》中，郭沫若这样写道："在这儿鲁迅先生又不费力地把创造社来和《论衡》派、鸳鸯蝴蝶派归为了一类，而使文学研究会承继着《新青年》和《终身大事》的正统。似乎创造社之成为文学研究会的‘新敌’，是因为该研究会声援了《新青年》。" "我们的鲁迅先生自始至终是要把创造社的几个流氓打进阿鼻地狱里去的。在未革命之前他们是流氓痞棍，在既革命以后他们还是流氓痞棍！"[①]

考察这场冲突，我们不难看到，虽然矛盾复杂，但的确带有新旧文化冲突的性质。挑战者以最激进的面貌出现，似乎实现了对五四新文化运动的超越，要把文学运动推进到一个新的阶段，即所谓"从文学革命到革命文学"。事实上，他们却陷入了一种貌新而实旧的境地：他们反对的所谓"旧式的作家"，正是以鲁迅为代表的新文学先驱；他们所反对的所谓"旧思想"，正是五四新文化运动中出现的新思想。这些激情满怀的年轻人自以为超越了"五四"新文学和新文化，却没有意识到他们以最激进的面貌出现，努力复活的却是旧传统。

进入30年代之后，鲁迅参加了左联，但是，并没有因此而放弃对"五四"新文化的守护。他加入左联之后的矛盾和痛苦，与左联领导人之间的矛盾，其根本原因都在于他虽然置身于左联之中，却仍然不愿放弃新文化运动中确立的现代性的文化目标。就整个新文化阵营的格局看，30年代的鲁迅已经站在一个极地之侧，但是，正是在这个边缘之处，鲁迅以短兵相接的方式抵抗了各种对新文化的侵袭，顽强地守护着新文化运动的成果和来之不易的现代知识分子话语空间。

---

①郭沫若：《创造十年》，现代书局1932年9月初版。

新文化危机中的胡适

一

20年代末，是中国历史的一个重要转折时期。北伐战争的胜利给中国带来了一个新的政权，但是，从文化上看，一个事实无法否认：新政权建立之后，不但没有推进新文化的发展，而且直接或间接地带来了旧文化的回潮和新文化的危机。

这一切绝非偶然，而是由国民党的指导思想和革命实践所决定的。国民党以孙中山的三民主义为其指导思想，但孙中山这位资产阶级革命家却没有完整地接受西方资产阶级的先进思想体系，因而在其三民主义中保留了许多非现代的因素。正因为这样，它与新文化运动的精神相去甚远。新文化运动的领袖们认为中国传统文化与专制政治是相互适应的，因此，要在中国实现真正的民主共和，就必须引进民主、自由、平等、人权等普世价值，彻底批判旧文化。孙中山却高度赞扬中国传统文化，认为西方的一切新文化在中国都“古已有之”，“殊不知道在欧洲是最新的，在中国就有了几千年了。”[①]五四新文化运动的领袖们无法容忍中国的政治传统对共和国政体的侵蚀，因而努力引进西方现代政治理念。孙中山却说：“欧洲之所以驾乎我们中国之上的，不是政治哲学，完全是物质文明。……至于讲到政治哲学的真谛，欧

①《孙中山选集》，人民出版社1956年，第666页。

洲人还要求之于中国。”[①]五四新文化运动的领袖们发现了旧道德“吃人”的罪恶，因而猛烈批判旧道德。孙中山却努力张扬与专制政治相适应的道德观念，并且抱怨“一般醉心新文化的人”对传统道德的破坏。[②]尤其重要的是，五四新文化运动以人为最终目的和最高价值尺度，因而努力争取个人的自由和人权的保障。孙中山却片面强调民族和国家，而且总以民族和国家的名义要求人们放弃个人自由。他认为中国人的自由已经太多，以致中国成了“一片散沙”，所以当务之急是“打破各人的自由，结成很坚固的团体，像把水和士敏土参加到散沙里头，结成一块坚固石头一样”[③]。他主张自由“万不可再用到个人上去，要用到国家上去。……到了国家能够行动自由，中国便是强盛国家，要这样做，便要大家牺牲自由”[④]。五四新文化运动高举民主的大旗。孙中山却很少有民主观念，因而总是不自觉地就要剥夺公民的民主权利。从《中华革命党总章》的规定，到1924年改组国民党，他一直没有克服那些反民主的观念，有时甚至变本加厉。《中国国民党第一次全国代表大会宣言》中明确写道：“国民党之民权主义，与所谓‘天赋人权’者殊异，而唯求所以适合于现在中国革命之需要，盖民国之民权，唯民国之国民乃能享之，必不轻授此权于反对民国之人，使得借以破坏民国。”[⑤]即使在党内，他一再强化的也是党员对领袖的绝对服从。

在国民党重组和举兵北伐的过程中，由于受到鲍罗廷等人带来的俄式极权主义思想和体制的影响，孙中山的这些思想局限得到了进一步的强化，迅速扩张开来，并且随着北伐战争的胜利而成为占统治地位的思想。因此，无论北伐过程之中，还是北伐胜利之后，国民党的所作所为都在很多方面与新文化运动的目标背道而驰。最为明显的是，以蒋介石为核心的新政权虽然没有完全否定辛亥革命之后出现的民主政治框架，但在这个框架之中，却通过训政的名义建立了一党专制的政权。这种新的统治形式显示着中国政治的一

①《孙中山选集》，人民出版社1956年，第667页。

②同上书，第680页。

③同上书，第721页。

④同上书，第722页。

⑤程思远主编《中国国民党百年风云录》，延边大学出版社1995年，第3405页。

次倒退。因为民国初年的中国政治虽然一直没有走上正轨，但国会和议员的存在却毕竟标志着一种现代政体的形式。国民党一党专制政体的建立，却使执政者成为一个不受制约的集团，这种集团专制与帝王专制距离并不太远，可以说是帝王专制与民主之间的一个中间物，但其本质却依然是专制。在当时的知识分子中，对此不乏清醒的认识。据胡适1929年4月26日日记，马君武曾经这样说："当日有国会时，我们只见其恶，现在回想起来，无论国会怎样腐败，总比没有国会好。"而胡适接着说的是："当日袁世凯能出钱买议员，便是怕议会的一票；曹锟肯出钱买一票，也只是看重那一票，他们至少还承认那一票所代表的权力。这便是民治的起点。现在的政治才是无法无天的政治了。"

因为政府不是民选的结果，而是一个集团的权力自授，合法性存在严重不足。所以，新政权为巩固自身的统治而采取了一系列措施：首先是开动宣传机器，拼命制造舆论，宣扬偶像崇拜，在全社会强化党的意识形态。他们喊口号，贴标语，召开大会，组织游行，发动群众，使党的宣传成为压倒一切的声音，使三民主义成了不容批评的金科玉律，并且试图用以统一人们的思想。他们把孙中山当成偶像，不但不能批评，而且直呼其名也意味着不恭，党的"忠实同志"开口闭口必是"先总理"或"国父"。更重要的是，作为一党专政的执政党，国民党努力把思想文化各领域都置于党的控制之下，使思想和言论的自由空间迅速萎缩，新闻自由受到严重威胁，甚至成为一句空话。其次是实行党化教育，限制自由思想。新政权比较重视教育，并且努力提高教师的薪水，使大学教授的实际生活收入随着币制的改革等一系列措施得到了大幅度提高，但是，与之同时出现的却是党派思想对学校的入侵和教育独立这一现代教育原则的破坏。国民党没有把知识分子完全纳入体制枷锁，却试图通过政治思想工作而对教师和学生的思想自由进行限制。他们要求学校做纪念周，学习"总理遗嘱"，试图通过学校教育灌输党派的信仰，使党的意识形态占领学校，使教育为党派的利益服务。其三是弘扬旧传统，重振旧道德，为向传统寻找资源而大开文化倒车。中央宣传部长叶楚伧就曾亲自撰文，声称"中国本来是一个由美德筑成的黄金世界"，而且要

“由党的力量来挽回风气”。[①]在中国历史上，已经形成一种规律，当统治者致力于巩固自身的统治地位时，总是要努力弘扬传统。这当然并不奇怪，原因正如新文化运动领袖们所一再指出的：中国的传统与专制主义相互适应。

这一切，导致了20世纪中国文化的第一次大幅度后退，使“五四”时期刚刚诞生的新文化面临严重的生存危机。

二

面对国家权力及其意识形态的种种倒行逆施，胡适终于忍无可忍。1929年，他连续发表了《人权与约法》《我们什么时候才可有宪法》《知难行亦不易》《新文化运动与国民党》等文章，展开了全面的抵抗和守护。

胡适与国民党的思想分歧可谓由来已久。早在1922年，胡适就对孙中山进行过公开批评。面对陈炯明的“叛变”，胡适曾说“孙文与陈炯明的冲突是一种主张的冲突。陈氏主张广东自治，造成一个模范的新广东。孙氏主张用广东作根据，做到统一的中华民国”，并且批评孙中山“不惜倒行逆施以求达到他的目的”，“远处失了全国的人心，近处失了广东的人心。孙氏还要依靠海军，用炮击广州城的话来威吓广州的人民，遂不能免这一次的失败”。他还批评国民党人在这一事件中暴露出的旧观念：“极力攻击陈炯明，说他‘悖主’，说他‘叛逆’，说他‘犯上’。我们试问：在一个共和的国家里，什么叫作‘悖主’？什么叫作‘犯上’？至于叛逆，究竟怎样的行为是革命，怎样的行为是叛逆？蔡锷推倒袁世凯，是不是叛逆？”胡适并不是为陈炯明辩护，而是反对抬出“旧道德的僵尸”作为武器。他因此受到国民党的攻击，被称作北洋军阀的走狗，然而，却没有因此而退却，而是对国民党进行了进一步的分析。他说：“在一个公开的政党里，党员为政见上的结合，合则留，不合则散，本是常事。”而国民党却要党员宣誓，带有秘密结社的性质。言外之意，国民党还算不上是现代政党。他质问道：“秘密结社用来维系党员的法子在现代的社会里是否可以持久？”[②]

①胡适：《新文化运动与国民党》，1929年《新月》第2卷第6、7期合刊。

②《胡适文集》第3卷，北京大学出版社1998年，第427—428页。

同时，在南北对立时期，胡适的政治主张也与国民党存在很大的矛盾。国民党一直坚持武力统一，反对联省自治。他们像历史上那些意在夺取天下的英雄们一样，总想以武力打败对手，建立自己的铁打江山。胡适恰恰相反，他从人道出发，希望避免战争，所以主张通过谈判谋求和平统一，而且支持联省自治，甚至指责主张武力统一者是“中国的公贼!”认为“大革命——民主主义的大革命——是一时不会实现的”[①]。

1927年回国之际，胡适虽然选择了南方，却一直担心国民党以军事手段夺取政权之后会在政治上走向独裁和专制，从而文化上走向守旧和倒退。因为这样一种担心，他曾在《几个反理学的思想家》一文中有意把吴稚晖与顾炎武、戴震等人放在一起加以赞美，高度评价吴稚晖对东方文明的激烈否定，并且反复引用孙中山在1920年1月写给同志的信中肯定五四新文化运动的只言片语，如“吾党欲收革命之成功，必有赖于思想之变化”，“此种新文化运动实为最有价值之事”，等等。这不过是企图用国民党元老反传统的行为来堵住国民党思想文化的后退之路，用孙中山对新文化运动的肯定性评价捍卫新文化运动的成果。此举可谓用心良苦，但注定不会有什么效果。因为只言片语毕竟不能代表孙中山的基本思想，吴稚晖在国民党中也只是一个异数。当孙中山的思想被公然与孔孟之道相挂接的时候，这种努力失掉了全部意义。1927年年末，胡适接受蔡元培的邀请出任大学院大学委员会委员。但是，有两项政策使胡适无法与之和谐相处：一是设立劳动大学；二是推行党化教育。因此，在大学委员会，胡适与国民党的党化教育方针发生了尖锐的冲突，甚至连老朋友吴稚晖也当面斥责胡适是“反革命”。[②]但是，站在新文化的立场上，胡适不能容忍以某个党派的意识形态统治人们的思想，更不能容忍通过大学强行灌输党派的政治信仰，从而对青年进行精神奴役。

同时，胡适无法不为新的文化走向而担忧。新国家、新政权、新社会，一切都让人眼花缭乱，但在新的面貌底下，却不难发现腐朽的气息：党的宣传正在以极大的力量谋求思想统一；北京被改为北平，孙文的名字不能喊了；到处是游行、集会、标语、口号，激昂中透露着虚假，狂热中表现着迷

①《胡适文集》第3卷，北京大学出版社1998年，第427—428、437页。

②胡明：《胡适传论》，人民文学出版社1997年，第690页。

信。这一切显然都不是新文化运动希望看到的结果。于是，在1928年，他就写了《名教》一文，揭示新的政治文化面貌之下的迷信和愚昧。他说："试问墙上贴一张'打倒帝国主义'，同墙上贴一张'对我生财'或'抬头见喜'，有什么分别？是不是一个师父传授的衣钵？试问贴一张'活埋田中义一'，同小孩贴一张'雷打王阿毛'，有什么分别？"他甚至毫不客气地指出："墙上贴一张'国民政府是为全民谋幸福的政府'正等于门上写一条'姜太公在此'，有灵则两者都应该有灵，无效则两者同为废纸而已。"

正因为这样，当1929年4月20日国民政府发布保障人权的命令时，胡适终于忍无可忍地暴发了。他在《新月》发表《人权与约法》一文，向新生的国家权威发起了挑战。政府发布保障人权的命令，本应是一件好事，然而，胡适却对这纸命令感到深深的失望。因为政府命令禁止"任何个人或团体"侵犯人权，而事实上正在严重侵犯人权的却正是党和政府机关。胡适认为："个人或团体固然不得以非法行为侵害他人身体自由及财产，但今日我们最感觉痛苦的是种种政府机关或假借政府与党部的机关侵害人民的身体自由及财产。如今日言论出版自由之受干涉，如各地私人财产之被没收，如近日各地电器工业之被没收，都是以政府机关的名义执行的。四月二十日的命令对于这一方面完全没有给人民什么保障。"文章列举了三件事：一、1929年3月，国民党三全大会上，上海党代表陈德征提出一个"严厉处置反革命分子案"的提案。提案认为法律程序过于烦琐，法院受证据束缚，因而使许多现行反革命分子逍遥法外，因此应该"凡经省党部及特别市党部书面证明为反革命分子者，法院或其他法定之受理机关应以反革命罪处分之，如不服得上诉，惟上级法院或其他上级法定之受理机关，如得中央党部之书面证明，即当驳斥之"。二、安徽大学的校长刘文典因为当面顶撞蒋介石而被拘禁。他的家人朋友只能到处奔走求情，决不能到任何法院去控告蒋主席。三、驻唐山的军队随意拘禁商人，严审致残，商会只能求情，求情无效，只能罢市。胡适指出，正是不受约束的权力在严重侵犯着人权。因此，他呼吁中国至少应该有一部训政时期的约法："我们要一个约法来规定政府的权限：过此权限，便是'非法行为'。我们要一个约法来规定人民的'身体、自由及财产'的保障：有侵犯这规定的人权的，无论是一百五十二旅的连长或国民政府的主席，人民都可以控告，都得受法律的制裁。"

接着，胡适又写了《我们什么时候才可有宪法》和《知难行亦不易》，对孙中山的思想提出了挑战。在《我们什么时候才可有宪法》一文中，胡适追究了孙中山在《建国大纲》中只讲训政而不讲约法的错误。按照孙中山的思想，“大多数人民久经束缚，虽骤被解放，初不了知其活动之方式，非墨守其放弃责任之故习，即为人利用，陷于反革命而不自知。”“我中国人民久处于专制之下，奴心已深，牢不可破。不有一度之训政时期，以洗除其旧染之污，奚能享民国主人之权利？”在这一点上，中国政治家的思路如出一辙，在发动革命的时候，往往以热情的赞美和曲意的迎合获取民心，并以“当家做主”相许诺，但在成功之后，却往往以老百姓没有参政能力为借口而剥夺他们参政的权利。对此，胡适说：“民主政治的本身便是一种教育，人民初参政的时候，错误总不能免的，但我们不可因人民程度不够便不许他们参政。人民参政并不需多大的专门知识，他们需要的是参政的经验。”当年袁世凯曾经借口中国人民知识程度太低而反对民主共和，孙中山批判说：“袁世凯之流必以为中国人民知识程度如此，必不能共和。曲学之士亦曰非专制不可也。呜呼，牛也尚能教之耕，马也尚能教之乘，而况于人呼？今使有见幼童将欲入塾读书者，而语其父曰，‘此童子不识字，不可使之入塾读书也’，于理通乎？惟其不识字，故须急于读书也。”到了国民党执政，却原来也是如此。而且思想的根源就在孙中山。胡适把孙中山批判袁世凯的话还给了孙中山和他的国民党，对其以国情为由剥夺公民权利的思想给予了毫不留情的批判。

面对胡适的挑战，国民党立即组织了反击。上海《民国日报》连续刊出批判胡适“反动谬论”的文章；上海市第三区党部全体代表大会形成决议，要求教育部对胡适予以撤职并提请中央与上海市党部严厉制裁；北平、上海、天津、青岛、江苏、南京等省市党部要求查办胡适、严惩胡适甚至缉拿胡适；其罪名是“污辱本党总理，诋毁本党主义，背叛国民政府，阴谋煽惑民众”；“毒害党国人才培养，阻碍三民主义推进”……最后，教育部果然于10月4日发出训令，并且革掉了胡适中国公学校长的职务。同时，国民党中常会于1929年10月21日通过了《各级学校教职员研究党义暂行条例》，规定：“全国各级学校教职员，应依照本条例之规定，对于本党党义作系统的研究，求深切的认识。”甚至规定：“以学期为限，平均每日至少需有半小时之自修研究，每周至少需有一次之集合研究。”[①]

就在这种情况下，胡适又在《新月》发表了《新文化运动与国民党》，旗帜鲜明地指出：“从新文化运动的立场看来，国民党是反动的。”他分析了国民党在文化上的反动立场，深入揭示了这种反动立场的根源。他认为：“国民党的运动是一种极端的民族主义运动，自始便含有保守的性质，故起了一些保守的理论。这种理论便是后来当国时种种反动行为和反动思想的根据了。”“一个当国专政的政党的思想若含有不合时代的反动倾向，他的影响可以阻碍一个文化的进步。”在《人权论集》的《小序》中，他又写道：“我们要建立的是批评国民党的自由和批评孙中山的自由。上帝我们尚且可以批评，何况国民党与孙中山!”

三

面对胡适与新政权及其意识形态的冲突，一个问题值得思考：冲突的焦点何在？根本的分歧是什么？其实不难发现，胡适的全部努力都在于保卫新文化运动的成果，守护新文化运动的方向。双方的分歧集中于以下几点：

一、新政权沿袭中国传统的统治习惯，无视人权的保障，甚至公然侵犯人权；胡适却坚持五四新文化运动的理想，“以科学和人权并重”，坚决捍卫并努力争取人权。公正地说，政府发布保障人权的命令，动机也许是好的。但是，一群缺少现代政治意识的革命家或政客却没有想到法律不仅是约束老百姓的，更应该是约束执政者的。因为中国的政治传统历来是统治者制订法律对付老百姓，而不是公民制订法律限制统治者的。然而，胡适却无法不感到失望，因为按照现代民主政治理念，保障人权首先就是要对执政者的权力进行限制和约束。而在当时，党和政府机关正在严重地侵犯着人权。正如胡适在《人权与约法》中所指出的：“无论什么人，只需贴上‘反动分子’‘土豪劣绅’‘反革命’‘共党嫌疑’等等招牌，便都没有人权的保障。身体可以受侮辱，自由可以完全被剥夺，财产可以任意

①引自《新月》第2卷第6、7期合刊。此文件作为罗隆基《告压迫言论自由者》的《附录》刊出。

宰割，都不是‘非法行为’了。无论什么书报，只需贴上‘反动刊物’的字样，都在禁止之列，都不算侵害自由了。无论什么学校，外国人办的只需贴上‘文化侵略’字样，中国人办的只需贴上‘学阀’‘反动势力’等等字样，也就都可以封禁没收，都不算非法侵害了。”为了说明当时中国的人权状况，他在文章中列举了三件事，都说明党和政府对人权的侵犯：陈德征“严厉处置反革命分子案”的提案如果获得通过，将导致彻底的以党代法，“法院对于这种案子，不需审问，只凭党部的一纸证明，便需定罪处刑。”刘文典因顶撞蒋介石而被拘禁。他的家人朋友只能到处求情，却不能到法院去控告，胡适说：“只能求情而不能控诉，这是人治，不是法治。”唐山驻军随意拘禁商人，而商会只能求情和罢市。胡适说：“在法治之下，国民政府的主席与唐山一百五十二旅的军官都同样的不得逾越法律规定的权限。”胡适所强调的，正是人权平等的真谛。他清楚地看到了专制主义的政治传统是如何笼罩着新的统治者，所以他强烈呼吁，要有一部约法来规定党和政府的权限，以防止执政者滥用权力而侵犯人权。

二、新政权无视信仰自由和思想自由的原则，试图以三民主义统一人们的思想，让全国人民坚持一种主义；胡适却坚持五四新文化运动的理想，反对偶像崇拜，坚持思想解放，捍卫思想自由，反对以某种主义束缚人们的思想和扼杀人们的精神。为了新的统治秩序，新政权开动宣传机器，拼命制造舆论，学习，开会，贴标语，喊口号，以各种手段进行政治教育，并且试图在学校推行党化教育。他们这样做的目的是制造个人迷信，使孙中山成为偶像，使三民主义成为不容怀疑的金科玉律，用以统一全国的思想，使亿万颗大脑僵化于一种主义。这一切都与五四新文化运动争取思想解放的目标背道而驰。站在新文化的立场上，胡适当然不能容忍以某种主义剥夺人们的思想自由，更不能容忍一个党派通过学校对青年进行奴化教育。在《新文化运动与国民党》中，胡适说：“新文化运动的一件大事业就是思想的解放。我们当日批评孔孟，弹劾程朱，反对孔教，否认上帝，为的是要打倒一尊的门户，解放中国的思想。”所以，他不能忍受这样的现实：“思想言论完全失去了自由。上帝可以否认，而孙中山不许批评。礼拜可以不做，而总理遗嘱不可不读，纪念周不可不做。”“我们花了钱买报纸看，却不准看一点确实的新闻，不准读一点负责任的评论。一个负责任的学者说几句负责任的话，讨论一个中国国民应该讨论的问题，便惹起了五六个省市党部出来呈请政府通缉他。”他进一步指出：“今日的国民党到处念诵‘革命尚未成功’，却全不想促进‘思想之变化’！所以他们天天摧残思想自由，压迫言论自由，妄想做到思想统一。殊不知统一的思想只是思想的僵化，不是谋思想的变化。用一个人的言论思想来统一思想，只可以供给一些不思想的人的党义考试夹带品，只可以供给一些党八股的材料，决不能变化思想，决不能靠此‘收革命之成功’。”

三、为了巩固刚刚建立的虽然“新生”却不“现代”的统治秩序，新政权自然要努力从传统中寻找精神资源，所以，必然的选择就是弘扬民族传统；胡适却坚持五四新文化运动的方向，坚持对传统的批判态度，坚决反对通过弘扬传统文化而使传统的专制统治获得现实的合法性。如果说孙中山还保留了许多中国传统的专制主义文化因子的话，蒋介石思想中的传统成分大概更多。众所周知，蒋介石对儒学特别是宋明理学很感兴趣，对曾国藩十分崇拜，而对五四新文化运动一直持有否定性的看法。作为儒家文化的传人，他反复宣讲的是忠孝、仁爱、信义、和平，而不是现代的自由、平等、民主、人权。所以，从孙中山到蒋介石，可谓一脉相承，中宣部长叶楚伧在《由党的力行来挽回风气》中公然宣称“中国本来是一个由美德筑成的黄金世界”，绝非偶然，而是意味着国家权威意识形态对文化发展方向的引导。站在五四新文化运动的立场上，胡适当然无法保持沉默。首先，如果听任这种声音继续扩张，中国文化必然产生更加严重的后退。其次，如果中国本来是一个美德筑成的黄金世界，就根本不需要新文化运动。正因为这样，胡适不顾国民党人的围攻，不顾六省市发出的通缉他的威胁，又发表了《新文化运动与国民党》。面对一个正在获得全面胜利的政党及其强大的国家政权，他坚定地站在新文化运动的立场上，明确指出：“新文化运动的根本意义是承认中国旧文化不适宜于现代的环境，而提倡充分接受世界的新文明。但国民党至今日还在那里高唱‘抵抗文化侵略’！还在那里高谈‘王道’和‘精神文明’！还在那里提倡‘国术’和‘打擂台’！”因此，“国民政府所代表的国民党是反动的。”作为一个无党无派的知识分子，他要以自己的努力，拼命抵抗由于国家政权及其意识形态的力量而导致的文化大倒退。

胡适的斗争算不上胜利，他为此丢掉了上海公学校长职务，《新月》和

《人权论集》也曾被查封，最后只好离开上海到北平。但是，他的抗争在中国知识分子的历史上写下了重重的一笔：当大群知识分子在风暴中如衰草一样东倒西歪的时候，新文化的阵地上还有高高挺立的树。它告诉人们：在五四新文化运动之后，文化上的倒行逆施并非畅行无阻。

1999年1月初稿

第四辑

“借思想文化解决问题”的是与非

一

“五四”启蒙运动一直受到各种误解和非议。其中重要的一点就是它面对时代的复杂问题而选择了思想文化上的革命，试图“借思想文化解决问题”。

改革开放之前的主流意识形态之所以否定启蒙的选择，其主要理由有三：一是启蒙思想属于资产阶级的意识形态，早已失掉了进步意义；二是启蒙运动关注传统的批判与国民性的改造，不但模糊了阶级阵线，而且有轻视群众的倾向；三是思想启蒙与教育救国、科学救国等口号一样，忽视革命斗争，所以不能解决中国的问题。按照当时的主流观点，只有在无产阶级政党的领导下进行革命，才是解决中国问题的唯一正确道路。启蒙运动关注的是思想文化问题，进行的是文化传统的批判和国民性的改造，当然没有抓住“阶级斗争”这一所谓“根本”。从1950年代到1970年代，无论教科书还是学术论著，到处可见对这些基本观点的阐释。在对鲁迅、陈独秀等人的论述中，也随时可见这样的评判：“在处理思想解放与政治革命的关系上，鲁迅虽然也有变革现实的要求，但对于思想解放强调得比较过分，却是不妥当的。从无产阶级观点看来，在民主革命斗争之前，需要有思想启蒙运动，但群众思想的彻底解放，不是单纯的启蒙运动所能奏效的，它必须在革命斗争中，甚至在社会革命取得胜利以后，才能逐步得到彻底的解决。”[①]“陈独秀是把以往中国民主革命的失败，归根于多数国民的觉悟不足；在这里，多少透露了他轻视群众的观点，……把距离基础越远的上层建筑越发看作更根本的东西。这是唯心史观的见解。”[②]

这种认识至今没有根本的改变。论及五四新文化运动，人们仍然常常要进行这样的批评：“新文化运动没有普及到群众中去，没有同广大人民对军阀统治的不满和反抗结合起来，这就限制了它的实际效果。”[③]“《新青年》的作者们以为思想革命能够为新国家打下可靠的基础，这种想法是不符合实际的。”[④]“改造‘国民性’并不是鲁迅个人独有的想法，这是较为普遍地存在于当时先进知识分子中间启蒙主义思想的表现。‘国民性’是一个笼统的概念，把社会革命寄托于精神改造，往往又是启蒙主义者难免的弱点。”[⑤]“陈独秀在创办《青年》杂志时，把自己的事业孤立地放在思想文化方面，而和当时的政治斗争脱节。”[⑥]

但是，“文革”结束之后，毕竟有一些人（仅仅是一小部分）由于“文革”悲剧的提醒而认识到启蒙的必要性，因而重新走上了五四新文化运动的道路。然而，无论是对五四新文化运动的重新认识还是面对现实的文化努力，都刚刚开始就又遇到了新的质疑。这种质疑不仅来自保守的意识形态，而且来自海外汉学界。一种貌似新颖的学说从80年代中期即开始在大陆流行：五四新文化运动是“借思想文化以解决问题”，而“借思想文化作为解决问题的途径，是一种强调必先进行思想和文化改革然后才能实现社会和政治改革的研究问题的基本设定”，这样做的结果是进一步加重了“中国意识

①林志浩：《论鲁迅前期思想的个性主义和进化论思想》，《北京日报》1961年9月21日。

②孙思白：《陈独秀前期思想的解剖》，王树棣等编《陈独秀评论选编》上卷，河南人民出版社1982年，第166—167页。

③王桧林主编《中国现代史》上册，北京师范大学出版社1991年，第14页。

④胡绳：《从鸦片战争到五四运动》，人民出版社1981年，第955页。

⑤唐弢：《中国现代文学史》第1册，人民文学出版社1979年，第83页。

⑥彭明：《五四运动史》，人民出版社1998年，第136页。

的危机"。[①]与上述批评不同的是，这种批评不是指责启蒙运动的改良主义倾向，而是指责它以过于激进的态度对待传统文化。提出这一观点的林毓生先生据说是哈耶克的高足，应是自由主义者，但面对以专制为突出特征的中国传统，却表现出了鲜明的保守倾向。进入90年代之后，在各种保守主义思潮兴起和汇聚的背景上，反省激进主义成为一种新的时髦，五四新文化运动遭到来自各方面的清算。有人认为它全面反传统，导致了中国传统文化的断裂；有人认为它开创了激进主义的传统，给中国带来了悲剧性的后果；有人则断言："'五四'的选择虽然是当时知识精英深思熟虑的结果，然其问题的焦点似乎找错了方向。""'五四'的选择虽然极为重要，但并没有抓住中国问题的关键。"[②]

基本事实任何人都无法否认：五四新文化运动关心的问题的确是文化而不是政治，所做的工作的确是思想启蒙而不是革命宣传。那么，面对这一切，一个问题不得不思考：五四新文化运动的选择究竟是对还是错？致力于启蒙是否犯了方向性的错误？

二

首先需要重新思考的是五四新文化运动的历史定位。长期以来，人们往往把五四新文化运动看作一场政治变革的舆论前奏，史学界的历史分期也把它作为一个新的起点。但是，只要正视历史的事实，就应该承认，与其说五四新文化运动是一段历史的开场锣鼓，不如说是一段历史的收尾工程。虽然它带来了一系列复杂的后果，但它并非一场社会变革的舆论前奏，而是一场大变革之后的文化补课。虽然这场补课没有完成就被打断，但这并不能改变它的性质，也不能改变它的历史地位。五四新文化运动所要解决的问题就是思想文化问题，而不是什么"借思想文化以解决问题"。

众所周知，中国的现代化经历了一个曲折的过程，但就其开始，向前推

①林毓生：《中国意识的危机》，贵州人民出版社1986年，第45页。

②丁守和主编《中国现代启蒙思潮》中册，社会科学文献出版社1999年，第4—5页。

进的线索是清晰的。它的第一个阶段是以洋务运动为代表的经济和技术层面的变革。其主要内容是修铁路、开矿山、办工厂、开启了中国的工业化，带来了经济发展的现代模式。第二个阶段是以戊戌变法和辛亥革命为代表的政治变革。和平渐进的戊戌变法以失败告终，促使更多的人走向了暴力革命，结果是辛亥革命终于推翻了几千年的帝制，为中国带来了一个全新的民主共和体制。只要公正地对待辛亥革命，就应该承认它是一个伟大的奇迹。但正因如此，它也的确是一场条件不甚成熟的革命，这个亚洲最先出现的民主共和国也的确是一个早产婴儿。革命在缺少准备的情况下忽然到来，并且匆匆带来了最为先进的民主共和国体，却没有为这个体制准备下新型的官员和具有新素质的国民。所以，虽然在共和国的体制之下，人们的行为模式却远非共和国国家公务员和公民的模式，而仍然是皇帝时代“为王牧民”的官员与百万草民的模式。当时中国的情形是，革命胜利了，一个现代政治体制建立了，公民的权利已经写进了宪法，然而，从上到下却都不习惯这种新的国体与政体。

作为具体的表现，一方面是作为共和国的总统、总理和各级管理者们，大都刚刚摘去清王朝的顶戴，很难迅速由皇帝的臣民转变成为现代国家的管理者。包括那些作为清王朝专制统治反抗者的革命党人，也并不熟悉现代国家的管理规则，因此，就很难迅速走上国家管理的现代化轨道，而是不自觉地就会按照专制王朝的旧例行事。另一方面是作为理论上已经成为国家主人的人民，绝大多数并不知道自己与国家之间关系的变化，因而既不清楚公民的权利，也不了解公民的义务，更不知道应该如何对待自己的权力代理者——官员。他们仍然以草民自居，习惯性地自居于奴隶地位。就像鲁迅笔下的阿Q走上大堂时一样，官员们并不让他下跪，但他还是自觉地跪下了。也就是说，当时的中国已经建立起现代的国家政治体制，而人们的思想观念和行为方式却远远不能适应。

正是在这种情况下，新文化运动发生了。它致力于旧思想和旧文化的批判，致力于新思想和新文化的引进，要革除陈规陋习，造就新的国民性格。《新青年》的办刊宗旨正如其名字所显示的，就是要培养一代新的青年。他们选择了青年，目的不是煽动他们的政治热情。“批评时政，非其旨也”，这并非陈独秀等人的虚伪，而是他们当初真的不打算讨论政治。考察《新青年》所讨论的问题，它所关心的是孔教问题、伦理问题、贞操问题、婚姻问题、父子问题、教育改良、文学改革……的确离政治甚远。因为他们非常清楚，自己所要做的，是为刚刚完成的政治革命进行一场文化革命的补课。

从中国现代化过程的逻辑图式看，它是从经济改革（洋务运动）到政治改革（从百日维新到辛亥革命）再到文化改革的全过程中的最后一个环节。这个环节并非可有可无。《新青年》集团虽然思想并不完全一致，但在这个问题上，他们基本达成了共识。他们认为：“共和政治，不是推翻皇帝，便算了事。国体改革，一切学术思想亦必同时改革；单换一块共和国招牌，而店中所卖的，还是那些皇帝‘御用’的旧货，绝不得谓为革命成功。法国当未革命之前，就有卢梭、福禄特尔、孟德斯鸠诸人，各以天赋人权平等自由之说，灌入人民脑中；所以打破帝制，共和思想，即深入于一般人心。美国当属英的时候，平等自由民约诸说，已深印于人心，所以甫脱英国的范围，即能建设平民政治。中国革命是以种族思想争来的，不是以共和思想争来的；所以皇帝虽退位，而人人脑中的皇帝尚未退位。所以入民国以来，总统之行为，几无一处不摹仿皇帝。皇帝祀天，总统也礼天；皇帝尊孔，总统也尊孔；皇帝出来地下敷黄土，总统出来地下也敷黄土；皇帝正心，总统也要正心；皇帝身兼‘天地君亲师之众责’总统也想‘身兼天地君亲师之众责’。这就是制度革命思想不革命的铁证。”①

需要特别指出的是：新文化运动是为维护刚刚建立的共和制度而发生的，所以，它的目的不是破坏既有的政治体制，而是维护既有的政治体制。《新青年》集团的主要成员都是共和制度的追求者与维护者。他们非常爱惜来之不易的共和体制，不愿看到它因与中国国情不合而夭亡，所以要改变文化传统以适应共和国体。他们与文化保守主义者的不同在于，他们思考的不是民主共和是否适应中国国情，而是中国国情是否适应民主共和。在现代政治体制与中国文化传统之间，他们选择的是现代政治体制。所以，他们不是像袁世凯和古德诺那样试图去改变政治体制以适应中国国情，而是要改变中国国情以适应政治体制。他们的选择很有点理想主义色彩。这并不奇怪，因为启蒙主义者本来就是理想主义者，如果不是抱定一个理想，就不会从事启

①高一涵：《非“君师主义”》，《新青年》第5卷第6号。

蒙的事业。这种理想主义与实用主义大不相同，实用主义往往顺应国情而选择行动方案，不惜修改甚至放弃或许有过的理想；启蒙主义者却总是为理想的实现而致力于改变现实。他们要通过自己的文化努力去维护民主宪政的本来品格，不愿新生的共和国被文化传统所扭曲或扼杀。正如陈独秀所说："我们要诚心巩固共和国体，非将这班反对共和的伦理文学等等旧思想，完全洗刷得干干净净不可。否则不但共和政治不能进行，就是这块共和招牌，也是挂不住的。"①

鲁迅说过："说起民元的事来，那时确是光明得多，当时我也在南京教育部，觉得中国将来很有希望。自然，那时恶劣分子固然也有的，然而他总失败。一到二年二次革命失败之后，即渐渐坏下去，坏而又坏，遂成了现在的情形。……最初的革命是排满，容易做到的，其次的改革是要国民改革自己的坏根性，于是就不肯了。所以此后最要紧的是改革国民性，否则，无论是专制，是共和，是什么什么，招牌虽换，货色照旧，全不行的。"②民元的光明记忆在鲁迅笔下多次出现，这并非鲁迅因为个人情感而产生的错觉，而是历史曾经展示在人们面前一个美好的开端。作为那场历史变革的参与者，鲁迅等人都无法不珍视那个开端。在新文化运动的高潮中，有人提出要废除新年的庆贺，改10月10日为庆祝中国人开始做"人"的纪念日。钱玄同表示赞同说："若从中华民国自身说，他是公历1911年10月10日产生的，那一日才是中华民国的真纪元。就中国而论，这日是国民做'人'的第一日；就世界而论，这日是人类全体中有四万万人脱离奴籍，独立做'人'的一个纪念日。这真是我们应该欢喜，应该庆贺的日子。"③作为亚洲第一个民主共和国的公民，中国人有理由为之骄傲。尽管它的成长困难重重，但哪一个新生儿是生下来就会飞跑的呢？从文化方面为其清除障碍、保驾护航，正是革命成功之后必要的工作。

新文化运动所从事的正是这样一种工作，它是政治革命完成之后的一场文化补课，要解决的问题就是思想文化问题，而不是"借思想文化以解

①《陈独秀文章选编》上，生活·读书·新知三联书店1984年，第207页。

②《鲁迅全集》第11卷，人民文学出版社1981年，第31页。

③《钱玄同五四时期言论集》，东方出版中心1998年，第135—136页。

决问题"。

三

致力于解决思想文化问题，这是不是新文化运动的局限？面对这个问题，首先需要弄清的是当时的中国究竟需要什么。只有深入了解当时中国的历史进程和实际需要，才能对那一代人的选择做出准确的判断。

众所周知，无论陈独秀、胡适还是鲁迅，都不是不关心政治的人。当他们投身于思想启蒙运动的时候，也并非完全不关心政治。但在当时，他们却从政治转向了思想和文化，从政治革命走向了思想和文化的革命。他们之所以选择思想文化问题作为他们的努力方向，并非是对政治的逃避，而是缘自他们面对的现实。他们的选择是当时中国的现实决定的。当时摆在他们面前的现实是：政治制度方面的问题已经基本解决，迫切需要解决的问题已经不在政治制度层面。虽然共和国的政治生活中有种种荒诞，但已不是单靠政治革命所能够解决的。这是新文化运动倡导者们对当时中国国情的认识，也是他们由政治转向文化并致力于解决思想文化问题的根本原因。

陈独秀在《旧思想与国体问题》中说："自从辛亥年革命以来，我国行了共和政体好几年，前年筹安会忽然想起讨论国体问题，在寻常道理上看起来，虽然是很奇怪，鄙人当时却不以为奇怪。袁氏病殁，帝制取消，在寻常道理上看起来，大家都觉得中国以后帝制应该不再发生，共和国体算得安稳了，鄙人却又不以为然。鄙人怀着此种意见，不是故意与人不同，更不是倾心帝制舍不得抛弃，也并不是说中国宜于帝制不宜于共和。只因为此时，我们中国多数国民口里虽然是不反对共和，脑子里实在装满了帝制时代的旧思想，欧美社会国家的文明制度，连影儿也没有。所以口一张，手一伸，不知不觉都带君主专制臭味；不过胆儿小，不敢像筹安会的人，堂堂正正地说将出来，其实心中见解，都是一样。袁世凯要做皇帝，也不是妄想；他实在见得多数民意相信帝制，不相信共和，就是反对帝制的人，大半是反对袁世凯做皇帝，不是真心从根本上反对帝制。"[①]他甚至认为，那些创造共和、再造

①《陈独秀文章选编》上，生活·读书·新知三联书店1984年，第205页。

共和的人物也往往不知道共和是什么，而是满脑子装的都是帝制时代的旧思想。当时的情况是，袁世凯虽然死了，他所利用的旧思想却依然存在。

李大钊指出："中国人今日的生活全是矛盾生活，中国今日的现象全是矛盾现象。……矛盾生活，就是新旧不调和的生活，就是一个新的，一个旧的，其间相去不知几千万里的东西，偏偏凑在一起，分立对抗的生活。"他列举了一系列现象：过年了，刚过新年，又过旧年；贺年的人，有的鞠躬，有的跪拜；黄昏走在北京的街头，既有旧时代的更夫，又有新时代的巡警；中国已经成为民国，却仍然保留着清室，百姓要负担政府的经费，又要提供清室的费用；制定宪法，一面规定信仰自由，一面规定"孔教为修身大本"，以法律强迫人们尊孔；关于婚姻，一方面订立禁止重婚的刑律，一方面却保留纳妾的习俗……李大钊说："新旧之间，纵的距离太远，横的距离太近，时间的性质差得太多，空间的接触逼得太紧。同时同地不容并有的人物、事实、思想、议论，走来走去，竟不能走到一路来碰头，呈现出两两配映、两两对立的奇观。这就是新的气力太薄，不能努力创造新生活，以征服旧的过处了。"①

在这种情况下，中国需要什么？如果是政治革命，革命的对象是什么？结果又是什么？历史已经证明，在当时情况下，任何革命都往往要破坏刚刚产生的现代国家体制和《临时约法》所设计的基本秩序框架，不是导致战乱，就是导致君主专制制度的复辟，而不可能带来建设性的成果。事实上，从民国诞生到五四新文化运动，革命不止一次地发生了。孙中山发动了"二次革命"，结果众所周知，不仅失败了，而且带来了一系列不良后果。对于民主共和国体而言，袁世凯称帝也是一种"革命"，但结果只能是倒退和混乱。在当时情况下，还有一种革命的可能，就是把溥仪重新扶上皇帝宝座，这种革命张勋尝试过，但也不过是开历史的倒车为社会添乱而已。在已经建立现代政治体制的情况下，新的政治革命只能导致政治上的倒退，而不可能推进历史的进步。一句话，当时的中国需要解决的是思想文化层面上的问题，而不是政治制度层面上的问题。中国所迫切需要的，就是以既有的现代政治体制和经济体制为前提，进行一场现代思想文化的补课。

---

①《李大钊选集》，人民出版社1962年，第97—99页。

新文化运动正是这样一场补课。它适应了时代的要求，从巩固民主共和制度入手，抓住当时最为迫切的问题，以批判传统和改造国民性为手段，致力于培养现代公民，推进人的独立与解放。现代民主政体有许多内在的和外在的标志，其中重要的一点，就是公民是否独立、自由的个体。如果人们还因为种种束缚而不是一个个独立的个体，仅在体制层面上建立起来的民主共和国就缺少坚实的基础。当然，这两者是互为因果的，一方面，如果没有现代民主体制，公民个体的自由就没有保障，自然难以全面养成独立的人格；另一方面，如果只有政治体制框架而没有人格独立的公民作为支撑，共和国的民主就可能是虚假的。原因不难理解，如果国民仍然是低头弯腰的奴才，不仅会重新出现皇帝，而且即使不出现皇帝，最高权力拥有者也会与皇帝相去不远。一旦国家的真正主人难以摆脱奴才的姿态和奴才意识，公仆就自然会成为主子。从这个意义上说，袁世凯的确是中国政治从前现代向现代过渡时期的必然产物。如果历史能够良性运行，这种过渡可能在和平中尽快完成。但可惜的是，国民的状态却为袁世凯们的复辟提供了理由：中国国情特别，国民不适应民主，而适应领导者“为民做主”。正因为这样，新文化运动一方面要造就具有独立人格和自由思想的个人，培养公民的权利意识；一方面必须破除“特别国情”和民族文化传统的神圣性，使人知道传统并非神圣不可改变的，中国人虽然做了几千年的奴隶，但并非命里注定要永远做奴隶。他们以不同的方式告诉人们，在这个新生的国家里，无论男女之间还是长幼之间，人与人之间都应该是平等的，都有自己不可剥夺的权利。大总统不是皇帝，而是国民纳税雇佣的管理者，是人民公仆。“公仆固然不该殃民残民，却也不该‘仁民’‘爱民’。公仆就是有时僭妄起来，不自揣量，施其‘仁爱’；但是做国民的决不该受他的‘仁爱’。”[①]他们提醒人们要学会尊重自己，要知道维护自己的权利，要自觉地冲破传统观念的束缚，成为真正的现代国民，等等。这一切努力所要解决的都是当时中国的现实问题。

新文化运动承担这样的使命，无疑是正确的选择。

---

①《钱玄同五四时期言论集》，东方出版中心1998年，第95页。

四

近几年来，五四新文化运动面临一种新的批评：新文化运动犯了文化决定论的错误。有人认为，“五四”一代人不关心制度的建设和积累，而全心扑在文化上，未免有点舍本而逐末。反对文化决定论，这应该是不错的。如果遇到政治问题而绕道走，的确不值得称道。但是，这种批判与五四新文化运动的实际情况并不符合。

有人说：“其他东西都可以成为讨论与改革的对象，唯有文化除外。被人们称作‘文化’的那样东西不能说没有，但是它太大而且太空，始终在我们的身后，人们向前伸出无数双手，试图抓住它，每一双手抓回来却都是空的。文化确实像空气，人们每天都在呼吸它，却无从把握它。因此我始终弄不懂的是，人们怎么能向空气宣战，有什么必要向空气宣战？如果确实有某种主体宣称他能改造文化，而且是在一代人的时间里重建了一种新文化或摧毁了一种旧文化，那么他非神即兽，肯定不是人能干的事业。从思想史范围说，我近年来产生一个怀疑，难以释怀：从严复、胡适以来的文化讨论，很可能是个百年假问题？”由于这样的基本见解，胡适等人受到了如此指责：“三百年前黄宗羲说‘有治法方有治人’，表面看来不深刻，缺乏哲理深度，属常识性思维，实际上是壁立千仞，顶破了几千年中国文人的习惯思维。他已经摸到了今天只有制度学派才摸到的一个关键点：制度本身能释放出强大的学习功能，能使整个社会行为模式卷入其中而不自觉。可惜这一突破性想法，太不合喜弄文艺、文化的中国文人的习性。到近代，在治法层面稍有挫折，就被胡适等改成‘先有治人再有治法’，实际是先有治‘文’再有治法，去搞文化改造去了。”[①]

这里涉及文化是否可以改造的问题，涉及“有治法方有治人”还是“先有治人才有治法”的问题，问题复杂而且都是大问题，不是三言两语可以说清，因而暂且不论。在此需要说明的是，无论陈独秀还是胡适、鲁迅、李大钊、钱玄同，《新青年》集团的主要成员都不是文化决定论者。他们重视思

①朱学勤：《在文化的脂肪上搔痒》，《读书》1997年第11期。

想文化的变革，但并不忽视政治制度的建设，而且，他们之所以重视思想文化的变革，正是为了维护民主共和制度。

由于对当下现实的关注，人们比以往任何时候都更看重制度建设的积累，这是中国学界的一种新觉悟。但是，在文化与制度的问题上，显然也有一些误识，甚至一些优秀的学者也常常难以幸免。比如，秦晖提出了“文化不可比，制度有优劣”的论点。把文化与制度区别开来，用意无疑是可贵的，但是，一些问题却应该注意；一、如果不从过于狭窄的意义上使用文化这一概念，就应该承认，制度本身就是一种文化。要把制度从文化中区别出来，是非常困难的。二、即使使用狭义的文化概念把制度与文化区别开来，也仍然无法忽视这样的关联：人们长期置身于某种制度之下，就会形成某种与之相适应的文化传统。这种传统显然不利于新制度的建立，甚至在制度变化之后，某些思想观念和行为方式还会成为新的制度建设的阻力。需要特别指出的是，在历史发展的不同时期，情况常常大不相同。一种情况是由于制度制约，人们渴望现代制度而不得，制度便成为历史前进的关键问题。另一种情况是制度框架已经建立，而人们的思想观念和行为方式不能适应新的制度，制度便不再是问题的关键。五四新文化运动所面对的情况属于后一种。在前一种情况下，只要制度的缺口打开，问题就可能迎刃而解；而在后一种情况下，需要解决的却是思想文化方面的问题。

关于二者的关系，陈独秀说得很清楚：“人民程度与政治之进化，乃互为因果，未可徒责一方者也。多数人民程度去共和过远，则共和政体固万无成立之理由。然吾人论政若不以促进共和为鹄的，则上之所教，下之所学，日日背道而驰，将何由而使其民尽成共和之民哉？今日无论何国政治，去完全真正共和尚远。吾闻有已行共和政体，而其民尚未尽成共和之民者，未闻其民皆共和之民，而始行共和政体者。盖共和无止境，非一行共和政体，即共和政治完全告成者。惟其民适于共和者之数加多，则政治上所行共和之量亦自加广耳。以此为的，则日进有功。若虑其民尚未尽成共和之民，遂惮言共和政体，则共和将永无希望。良以非共和政体之下，欲其民尽成共和之民，是南辕北辙，万无达到之理也。”由此可见，新文化运动的领导者决非文化决定论者，他们的文化努力也决不与制度建设相冲突。

“五四”的“反帝反封建”辨析

只要谈到“五四”，人们就会想到“反帝反封建”。因为从中学课本到大学的相关教材，都是这么讲的：“五四”是一场“反帝反封建”的运动，其最主要的特点之一就是“彻底地不妥协地反帝国主义和彻底地不妥协地反封建主义”[①]。从专业的工具书到面对大众的一般词典，也多是这样讲的：“我国人民在十月革命的影响下，在具有初步共产主义思想的革命知识分子领导下所进行的反帝反封建的伟大的政治运动和文化运动。”[②]

这一切都形成于20世纪50年代。但在其开始，说法并不那么肯定，也不那么一致，而且还有一些论证。比如，当时的中国现代文学史教材已经这样认定：“中国现代文学运动是无产阶级领导的，统一战线的，人民大众的，反对帝国主义，反对封建主义，反对官僚资本主义的文学运动。”但对每一点都有说明，对反帝反封建的说明是：“在初期文学运动中，虽说并没有明确提出反帝反封建的口号，但在鲁迅、钱玄同以及后来的茅盾、郭沫若的许多论文中也都充满了这一精神。”[③]1956年由人民文学出版社出版的刘绶松的《中国新文学史初稿》第一章就是《彻底的不妥协的反帝反封建的文化革命》，但论述也颇费周折：一是首先说明新民主主义革命的彻底反帝反封建性质，其次确定新文学的政治归属，然后进行这样的强调：“从‘五四’时期开始的中国新文学运动，从来就是中国新民主主义革命的一部分，以彻

①《中国革命史》，高等教育出版社1993年，第107页。

②《现代汉语词典》，商务印书馆1996年，第1209页。

③丁易：《中国现代文学史略》，作家出版社1955年，第4—9页。

底的不妥协的反帝反封建的英勇姿态出现在中国革命思想战线上的。”二是承认五四新文化运动本身并无反对帝国主义的主题，所以进行了这样的推论：“它是以反对封建主义为其主要内容的；而在中国，由于历史的特殊规定，反对封建主义与反对帝国主义是没有办法可以分割开来的，所以实际上，它又是以反对帝国主义和反对封建主义为其主要内容的。”①但到后来，人们就不再这样费力了，直接陈述，似乎一切都是无需证明的事实。

“文革”过后，解放思想，拨乱反正，学界发生了一系列变化。比如，“无产阶级领导”这一性质受到质疑，“人民大众的”也逐渐让位于“知识分子”，但“反帝反封建”却虽经近三十年的“重写”而未有多少改观。变化是有的，比如多数人不愿重复那些耳熟能详的权威语句，所以费尽心机另寻新词语，但实际内容大多一如既往。再比如，不再勉强把新文化运动说成是反帝的，而是把它与学生运动分开来说：新文化运动是“反封建”的，学生运动是“反帝”的，但合起来仍然是“反帝反封建”。正因为这样，无论是报刊上的文章，还是大学生、硕士生、博士生的论文和考卷，论及“五四”，都要大谈“反帝反封建”。

然而，这个结论真的不存在问题或无需审查吗？显然不是。作为“五四”过去之后的一种概括，它与实际情况有很大的差距。本文无意于判断此类结论的对与错，只是对相关史实和这种说法本身的形成过程做一些考察和辨析。

一、“五四”的“反帝”史实考

首先面对的问题是：“五四”是“反帝”的吗？

众所周知，所谓“五四”，事实上有两个概念：一是狭义的“五四”，即1919年5月4日的学生运动；一是广义的“五四”，包括从1915年开始的以《新青年》为中心的新文化运动。所以应该分开考察。已有学者告诉我们：找遍1915年—1921年新文化运动领袖们的文章和言论，没有发现“反帝”

①刘绶松：《中国新文学史初稿》上，人民文学出版社1956年，第18—19页。

一词，也没有“打倒帝国主义”的口号[①]。老实说，我一直有这样的猜想，却未敢做出这样的结论，因为我没有读遍全部相关文献。我不知道该文作者的考察是否绝无遗漏，但我相信这个结论是比较可靠的。这不只因为我对文章作者的信任，而是基于对时代精神状况的把握和推断：新文化运动的领袖们对西方文化崇慕有加，把西方列强作为学习的榜样，所以是不会轻易反帝的。虽然“帝国主义”一词早已引进，陈独秀等人在《新青年》创刊之前已开始使用，但他们所说的帝国主义与后来的概念有所不同。更为重要的是，他们当时缺乏反帝的动机。因为辛亥革命推翻帝制建立民国之后，中国进入一个更为开放的时期，与西方列强保持了良好的关系，与来华投资、经商、传教和从事卫生、教育事业的外国人没有多少冲突。作为一个新生的国家，外交事务进展比较顺利，唯一不和谐的音符来自日本提出的“二十一条”，这个事件刺痛了国人，引发了国民的反日情绪，但反日目标非常明确，没有人因此迁怒于列强。新文化运动兴起于这样的时刻，陈独秀等人缺乏反帝的意识和动力，这是不难理解的。

正因为这样，五四新文化运动从开始到高潮，都致力于唤醒个人。他们的唤醒个人不同于后来出现的“唤醒民众”或“唤醒大众”。后来的“唤醒”往往是要带领他们完成某种事业，比如“反帝”或“反封建”，而陈独秀、胡适、鲁迅等人的“唤醒”却只是让他们意识到自己是人，应该有自己的价值、尊严和权利。他们从事的是一种“立人”的事业，虽然与“强国”或“救国”并不矛盾，但最终目的却在人而不在国。这是当今学界许多人都不明白或不愿明白的，但在新文化运动领袖们那里，这种关系非常明确：国家是为人而存在的，救国的目的是为了人，这种关系不能颠倒。另一方面，新文化运动是在辛亥革命这场政治革命胜利之后进行的一场文化补课，尽管一开始就不能不面对“二十一条”等事件的干扰，却没有影响陈独秀等人的既定方针，且不说反帝反列强，就是反日也没提上议事日程。所以，考察《新青年》等刊物当时的文章，不见“反帝”的内容和字样，是正常的。即使采用当代学界处理这个问题的主流做法，把列强等同于帝国主义，反列强就是反帝，结论大概仍然一样：新文化运动并不反对列强，也没有“打倒列

---

①商昌宝：《五四是否“反帝”考》，《粤海风》2007年第2期。

强”之类的口号。

那么，“五四”学生运动是否“反帝”呢？不错，“五四”学生运动是一场爱国运动，按照某种逻辑，似乎爱国就应该“反帝”。一些论者也正是这样把二者联系起来，称“五四”为“反帝爱国运动”的。但历史提供的事实是：“五四”学生运动是爱国的，但爱国并不一定“反帝”；“五四”学生运动是反日的，但“反日”与“反帝”显然有别。对于“五四”学生来说，反日情绪由来已久，却只是就事论事，并未上升为“反对帝国主义”，更没有把反抗的目标扩展到其他所谓帝国主义国家。

考查学生的行动，各种原始材料告诉我们，在去赵家楼之前，各校的学生队伍秩序井然，面对外国人和西方列强使馆，学生的举动是彬彬有礼的。尽管不少人对美国总统威尔逊夸下海口而未能兑现心怀不满，对英、法等国为各自的利益而支持日本有所非议，但他们集会游行的目的仍然是“请求”而不是“抗议”。这在他们的宣言和说帖中都表现得非常清楚。《北京学界全体宣言》说：“我们学界今天排队到各公使馆去要求各国出来维持公理。”正因为这样，他们才那样彬彬有礼地向各国使馆递交说帖，而且说帖的语言是那样谦恭而委婉：“大美国公使阁下：吾人闻和平会议传来消息，关于吾中国与日本国际间之处置，有甚悖和平正义者，以最真挚最诚恳之意，陈辞于阁下：……吾人念贵国与我中国素敦睦谊，为此直率陈词，请求贵公使转达此意于本国政府，于和平会议予吾中国以同情之援助。”[①]从这份说帖，可见学生对所谓“帝国主义头子”的基本态度。面对列强，他们不是抗议和声讨，而是请求他们对中国伸出援助之手，在和会上主持公道。只有理解这一点，我们才能理解学生们为什么在东交民巷遇到拦截时没有愤怒，而是高呼“大美国万岁！威大总统万岁！”《每周评论》5月11日的报道说：“到了东交民巷西口，使馆界巡警不放行。先是打电话给美、英、法三国使署，他们都说很欢迎的。到西口的时节，美国兵营的军官也放行了，并且还要让我们从美兵营和美使馆的里面经过。只有巡捕房坚不让走，大家只好在美使署前连呼‘大美国万岁！威大总统万岁！大中华民国万岁！世界永

①《五四爱国运动》上，中国社会科学出版社1979年，第169页。

久和平万岁！’四声，递上说帖。”[1]也只有理解这一点，我们才能理解他们为什么没有以暴力攻击使馆，而把全部的愤怒发泄到了赵家楼。这一切足以说明，“五四”学生爱国运动只是“反日”，并未“反帝”。后人可以批评他们缺少反帝的自觉，但不能改写历史的事实。

考查当时学生的言论，无论是宣言、口号或通电、演讲，都未表现出“反帝”或“反列强”之意。宣言主要是两份：一份是罗家伦临时挥就的《北京学界全体宣言》，正是它提出了“五四”学生运动“外争主权，内除国贼”的纲领，准确有力，旗帜鲜明，具有高度概括性。另一份是许德珩精心撰写的《天安门大会宣言》，爱国之情溢于言表，其中出现了“手枪炸弹”，但所要对付的却不是列强，而是“甘心卖国，肆意通奸”的中国官员。两份宣言都没有反帝的词语，也没有反列强的内容。细查保存下来的全部口号，对外的主题是“外争国权”，但“争”的手段不是“反”，而是这样的“还我青岛”，“头可断，青岛不可失”，“拒绝签字巴黎和约”之类的呼叫。即使对日本，学生的态度也并不激烈。从对内的口号可见，学生们并非不会使用“语言暴力”，如“卖国贼宜判死刑”，“诛卖国贼曹汝霖、陆宗舆、章宗祥”等都出现了，但这种语言暴力只用在卖国贼身上，没有对外使用。考察今天仍能见到的学生演讲内容，情况与口号大致相同，“外争国权”并没有引申为打倒列强。

那么，在学生运动演化为工人和市民参加的运动之后，是不是情况有所变化呢？进入6月，工人、商人和广大市民开始参加这场运动，但运动的性质并没有变，斗争目标也没有变。从上海商业团体的通告、电报等可以看到，他们强调这次举动只是表达爱国热诚，对本国政府有所要求，并无排外之意，希望外国人能够谅解，不要产生误会。上海市学联与各社会团体集会演讲，也都强调罢市不是排外运动，甚至也不是排日，要求与会者劝说他们的朋友协助维护和平和秩序。在上海等地的罢工中，没有出现学生和工人冲击外国工厂的行为。在上海，大学生甚至劝说在外资工厂上班的工人不要罢工，因为中国在巴黎和会的失败与外国企业主关系不大。尽管经历了一系列

① 亿万：《一周中北京的公民大活动》，《每周评论》第21号，1919年5月11日出版。

挫折，学生的目的仍然非常明确：一是希望以美国为首的列强主持公道；二是希望本国政府不要在丧权辱国的合约上签字。所以，面对在华外国人，他们表现了足够的尊重。这是当时美国驻华大使芮施恩的文字可以证明的。

无论是学生还是市民，他们的态度都不是没有根据的。事实众所周知，后来被称作帝国主义的西方列强在"五四"时期没有给中国人留下坏印象。尤其是美国，在和会上并未偏袒日本，也不是没为中国尽力。在这一点上，当时的人们是清楚的，因为当时中国的民主政治虽不成熟，但国事大多透明，政府没有垄断和封锁巴黎和会的消息，所以"和会暂收""五国共管"等方案的提出也是众所周知的。各种努力之所以失败，主要原因在于中日两国之间早有换文，威尔逊总统才表示爱莫能助。即使如此，威尔逊也没有放弃帮助中国的努力。如此情形之下，中国学生自然没理由对列强怀恨。游行队伍高喊"大美国万岁""威大总统万岁"的口号也就不奇怪了。

关于五四运动并不反帝这一点，当时的人们是清楚的。瞿秋白、张太雷等人后来都对"五四"提出过这样的批评："五四运动是纯粹排日的性质而不是反对一般的帝国主义，所以反被英美帝国主义利用以进行他们与日本在中国势力的竞争。"[①]这种批评也从侧面说明了当时的情形。

"五四"学生运动缺乏反帝意识，在许多当事人的回忆中都可以得到证明。虽然1949年之后的回忆大多是按照已经形成的权威结论写的，但仍有不少真实情况的透露。比如，邓颖超说："'五四'爱国运动和新文化运动本身是反帝反封建的性质。但在当时，在我们的思想上还没有弄明确。直到1921年中国共产党成立以后，才明确地指出中国革命是反帝反封建的资产阶级民主革命。我们的认识也才逐渐明确起来。"[②]王统照也说："那时还没用'打倒帝国主义'的口号，集会的主要目的集中在收回山东主权，收回青岛，反抗日本以及惩办卖国的军阀官僚。"[③]张国焘则说："当时一般中国人

①太雷：《五四运动的意义与价值》，《中国青年》第4集第77—78期，1925年5月2日。

②邓颖超：《五四运动的回忆》，《五四运动回忆录》上，中国社会科学出版社1979年，第70页。

③王统照：《回忆北京学生五四爱国运动》，《五四运动回忆录》上，中国社会科学出版社1979年，第246页。

还不知道帝国主义为何物，甚至像胡适这样著名学者也还认为反帝国主义是海外奇谈。”[①]

由此可见，在“五四”当时，无论是新文化运动的领袖们，还是学生运动的头面人物，都没有“反帝”意识，运动中也没有出现反帝的口号。

“反帝”或“反对帝国主义”是在1922年进入中国的，作为一个思潮的形成，是在1925年。那是“五四”过后的事了。

二、“五四”的“反封建”概念辨析

与“反帝”一样，“反封建”也来自事后的追认。而“五四”当时的人们，无论是学生运动的领袖还是新文化运动的领袖，都没有这种说法。关于“五四”反封建之说，首先需要注意的是概念本身。“封建”一词有两个来源：一是本土；二是西方。

作为中国本土的“封建”，是古代的一种政治制度，即“封土建国”，天子把土地分给宗室或功臣，授予爵位，使其在各自的领地上建国。《礼记·王制》记载：“王者之制禄爵，公、侯、伯、子、男凡五等……公、侯田方百里，伯七十里，子、男五十里。”说的就是这种制度。关于这种制度，有人认为自尧舜时代已经存在，但有据可考的基本形态主要在西周。战国时期的齐、楚、燕、韩、赵、魏、秦等国，正是在西周封建基础上形成的。在“封建制度”之下，诸侯拥有封国的土地、人民以及一切资源和收益，同时对周王室承担义务。这种封建制度类似于当代人容易理解的逐级承包，周天子把土地分封给诸侯，诸侯还可以继续分封。

秦统一中国之后，“废封建，立郡县”，建立了皇帝集权的专制制度，封建制度就基本退出了历史舞台。虽然汉代之后仍有某些遗留，但“百代皆行秦政法”，皇帝无论把土地和爵位赐予儿子还是功臣，都常常是“封而不建”“建而不主”，并未改变皇权专制的基本性质。所以，在秦朝之后，中国古义的“封建社会”已不存在。

作为西方的“封建”，由《大英百科全书》可知，封建主义

---

①张国焘：《我的回忆》，东方出版社2004年，第195页。

(feudalism)一词最早出现在17世纪，用于描述中世纪的西欧社会。在各种著作中，它的含义不尽相同，最宽泛的定义涵盖西欧中世纪全部的政治、经济、法律和社会关系体系，最狭义的用法是指封君和封臣之间的契约关系。马克思所说的封建社会(feudal society)指的是实行封建制度的社会，其最根本之处，就是封君和封臣以土地为依托的契约关系：封君给封臣一份土地，为封臣提供保护；作为交换，封臣宣誓对封君忠诚，并承诺进贡和武装保卫的义务。在这种制度中，土地是封建关系赖以建立的纽带。在封君把土地给予某人之前，先要让他成为封臣。这需要一个象征性的仪式，称为"commendation ceremony(嘉奖仪式)"。在誓言中，封臣承诺为封君而战斗，并且对其忠诚。这种仪式完成之后，双方就建立了封建关系，确定了各自的权利和义务。封君不仅给予封臣土地，还必须保护封臣不受伤害。封臣的回报主要有二：一是进贡，二是应召作战。很明显，这是一种契约关系，通过交换，封君得到了保卫者，封臣得到了土地收益，彼此承认应有的权利。正因为这种契约关系的存在，封建社会是很容易进化为以"社会契约"为基础的现代社会的。

中国的情况显然与此不同。尤其是秦汉以后，不但统治者与被统治者之间并无契约，即使是朝廷大臣，说到底不过是皇帝的奴仆；所谓封疆大吏，也是"君叫臣死，臣不得不死"。与西方封建制度比较接近的是西周，但也并不完全相同。正因为这样，对于中国是否存在封建社会、中国的封建社会起止何时，学界一直存在争议。一些史学家认为中国不曾有过严格意义上的封建社会。承认中国有封建社会的学者中，也大多倾向于把中国的封建社会限定于商周。胡适把殷商和西周称作封建时代，把秦汉以后称作专制一尊主义时代(《中国哲学史大纲》，1926)。周谷城认为从周武王灭商到秦统一之前是封建制，秦之后是统于一尊的郡县制(《中国社会之结构》，1930)。瞿同祖从土地、宗法、阶级和政治制度进行研究，也认为封建社会是由周武王建立而由秦始皇结束的(《中国封建社会》，1936)。钱穆在其《国史大纲》序言中说："中国自秦以下，即为中央统一之局，其下郡县相递辖，更无世袭之封君，此不足以言'封建'。"(《国史大纲》，1939)梁漱溟也认为封建制度仅存于周朝，秦汉之后则是官僚政治(《中国文化要义》，1949)。总之，多数学者并不认为中国有西方那样的封建社会，更不认为自秦至清都是封建社会。

但是，根据马克思的看法，人类社会经历了“五个阶段”，表现为“五种形态”。这被一些人认为是人类历史的普遍模式，于是就要在中国历史中找出相应的阶段。其实，相对于奴隶社会而言，寻找封建时代并不难，因为早有西周“封建”之说，如果确定西周为封建时代，是容易被接受的。但是，那样会带来一个问题：按照“五阶段”模式，封建社会之后是资本主义社会，我们能说秦始皇建立的是资本主义制度吗？要证明中国已有两千多年的资本主义社会，显然非常困难。那么，就要为它重新命名，但重新命名就会有违“五阶段”模式。所以，这个断代工程并不顺利。更为重要的是，中国革命的任务已经被确定为“反帝反封建”，如果承认中国的封建社会已经在两千年前结束，反封建就失掉了现实依据。因此，既要符合“五阶段”模式，又要证明反封建的必要，就必须让“封建社会”延伸到当下，在现实中找出“封建”或者是“半封建”。在一些人那里，学术观点是可变的，中国的社会性质也是可变的，但“反封建”任务的正确性却不能怀疑。在这种情况下，所谓学术，只有“削足适履”一途。理解这一点，我们就不难理解当时史学界论争中的种种难解之谜。

适应了这种要求的学者首先是郭沫若。他与多数学者的不同在于，他能够彻底抛开中国固有的“封建”本义，也不拘泥西方“封建”的本义，全力建构中国历史的“五阶段”模式。他把商周看作“奴隶制”，把秦汉以后看作“封建制”，把“土地私有”“地主阶层出现”“专制帝制确立”等与“封建”本义相反的要素作为“封建”的特点，认为秦始皇是开创“封建制度”的“元勋”（《中国古代社会研究》，1930）。翦伯赞等人本来是持西周封建说的，后来也改变观点，称秦孝公“废井田，开阡陌”确立了封建社会。

就在这个基础上，毛泽东于1939年发表了他的见解：“中华民族的发展（这里说的主要是汉族的发展），和世界上许多别的民族同样，曾经经过了若干万年的无阶级的原始公社的生活。而从原始公社崩溃，社会生活转入阶级生活那个时代开始，经过奴隶社会、封建社会，直到现在，已有大约四千年之久。……如果说，秦以前的一个时代是诸侯割据称雄的封建国家，那么，自秦始皇统一中国以后，就建立了专制主义的中央集权的封建国家；同时，在某种程度上仍旧保留着封建割据的状态。"[①]有了这个论断，左翼学者的论争逐渐消失，秦以前和秦以后的两千多年就都成了封建时代。到1949年前后，持不同见解的学者纷纷修改自己的观点，到知识分子思想改造运动之后，学界终于形成"共识"，大、中、小学教科书都以统一口径叙述，造就了当代中国的基本历史知识。

可是，只要真正进入历史，却不能不感到奇怪：真正实行"封建"制度的周朝偏偏被说成是"奴隶社会"，而"废封建"之后的秦汉至明清，反而成了"封建时代"！它导致了"封建"一词的严重混乱。在当代中国，"反封建"的口号一直喊得很响，但"封建"二字却所指不明，既不能按照中国古义理解，又不能按照西方词义理解，而是可以随意泛化。比如，把通过自由买卖而获得土地的地主称作"封建地主"，把不愿加入人民公社的贫农称作"封建势力"，把求神拜佛称作"封建迷信"……在此背景上，"五四"所反对的专制主义也必须与"封建"联在一起，于是出现了"封建专制""封建专制主义"等"五四"那代人从来不曾用过的离奇概念。

我之所以说它离奇，因为稍有历史知识的人们都明白，封建与专制是对立的。关于这一点，近年来已有学者指出："在马恩那里，封建主义和专制主义，这是两个不相兼容的概念"，"专制主义只存在于没有封建主义的东方社会"，"西欧中世纪是典型的封建主义，因此没有专制主义"。[②]"通览马克思论著，尤其是晚年的古代社会史笔记即可发现，他反对历史单线进化论，一贯致力于对中古世界多途演进的研究，不同意以西欧模式套用东方，批评滥用'封建'，认为土地自由买卖的非贵族式土地所有制与封建主义不相兼容，中央集权君主专制与封建主义不相兼容"[③]。

然而，在我们多数人的笔下，在我们的教科书和学术论著中，却仍然大量使用着这些概念。结果是使"五四"反对的东西裹进了"封建"的迷雾之下，很难为一般人知晓。

---

①《毛泽东选集》，人民出版社1967年，第585—587页。

② 北成：《关于"专制君主制"的译名》，《史学理论研究》1996年第2期。

③ 冯天瑜：《"封建"概念辨析》，《社会科学战线》2006年第5期。

三、“五四”的“反帝反封建”的认定过程

“反帝反封建”口号提出的时候，“五四”已经过去几年，所以不可能直接指导“五四”，也无法穿越时间隧道而跻身于“五四”口号之中。“五四”成为“反帝反封建”的运动，经历了一个相当长的追认过程。

根据容易看到的材料，最先把“五四”与反帝反封建联系在一起的是李大钊。1924年5月1日，他在《这一周》中写道：“‘五四’纪念日。这是中国全国学生膺惩中国卖国贼的纪念日，是中国全国学生对于帝国主义行总攻击的纪念日，亦即被压迫的民众向压迫的国家抗争自由的纪念日。”[①]这是关于“五四”反帝反卖国贼的最早论述。接着是瞿秋白。1925年，他在《五四纪念与民族革命运动》中认为五四运动是“辛亥革命以后第二次的民族革命”。“五四运动，一方面反对爱国亲日的官僚和军阀——安福系曹、章、陆等，以革命的群众的直接行动袭击这些反动派；别方面很明显地提出废除二十一条，收回青岛等要求。于是便把辛亥以来反动派与革命派争相‘保障外人的生命财产尊重条约权利’，而求帝国主义者之援助的局面更变了，换句话说，便是把义和团失败之后之‘尊洋主义’的天经地义打破了。这是‘五四’在中国民族运动史上最值得纪念的一点。”[②]在这里，“卖国贼”已开始向“官僚和军阀”转换，反帝的意义被特别强调。

进入30年代，在进行新的文化革命时，瞿秋白对“五四”进行了这样的评价：“‘五四’是中国的资产阶级的文化革命运动。但是，现在中国的资产阶级早已投降了封建残余，作了帝国主义的新走狗，背叛了革命，实行着最残酷的反动政策。”他仍然承认“五四”有“光荣的遗产”，但做出了新的选择：“‘五四’的遗产是什么？是对于封建残余的极端的痛恨，是对于帝国主义的反抗，是主张科学和民权。虽然所有这些抵抗的革命的倾向，都还是模糊的和笼统的，都包含着资产阶级的个人主义，一切种种资产阶级性的自由主义和人道主义。”“因为无产阶级是唯一的彻底反抗封建残余和帝

①《李大钊选集》，人民出版社1962年，第502页。

②瞿秋白：《五四纪念与民族革命运动》，《向导》第113期，1925年5月3日。

国资本主义的阶级，只有它能够反对着资产阶级，批判一切个人主义、人道主义和自由主义等类的腐化的意识，而继承那种极端的深刻的对于封建残余的痛恨。"[①]从中可见，瞿秋白一方面赋予"五四"反帝反封建的性质，将其纳入民族革命的范围，一方面又看到了它的个人主义、自由主义和人道主义，对它进行了否定。有时把自己与"五四"挂接在一起，有时则宣布与"五四"决裂，这是当时多数左翼知识分子对"五四"的矛盾心态。承认"五四"还是不承认"五四"，如何处理左翼文化与"五四"文化的关系，当时尚未定论。所以，包括茅盾等人在内，都有这样的认定："'五四'是中国新兴资产阶级企图组织民众意识的资产阶级的'文化运动'，'五四'的口号完全是资产阶级性，所以无产阶级争取政权的现阶段，虽然同时仍须注力于铲除封建势力，但'五四'在现今却只能发生了反革命的作用。"[②]重要的是，30年代的左翼不能接受"五四"的"爱国"，却能接受"反帝"，因为按照当时的认识，蒋介石的国家是属于帝国主义的。正因为这样，在因中东路事件而引发的中苏冲突中，他们才高喊"武装保卫苏联"和"打倒国民党帝国主义"的口号。然而，这种情况在抗战前夕有所改变，陈伯达、艾思奇等人发起的"新启蒙"运动抛弃了"五四"的个人主义和自由主义，却声称要继承和发展"五四"启蒙运动。他们既反对国民党的专制统治，又强调抗日救亡。如果把蒋介石看作"封建军阀"，"新启蒙"正好适合"反帝反封建"的帽子。

在这个基础上，权威的结论出现了。1939年5月1日，毛泽东发表《五四运动》一文，认为"二十年前的五四运动，表现中国反帝反封建的资产阶级民主革命已经发展到一个新阶段。五四运动成为文化革新运动，不过是中国反帝反封建的资产阶级民主革命的一种表现形式"[③]。三天之后，他又发表题为《青年运动的方向》的讲话，强调"五四"的"反对卖国政府"的精神，肯定五四运动"是为着反帝反封建"的。[④]又过了半年多，1940年1月

---

①瞿秋白：《五四和新的文化革命》，《北斗》第2卷第2期，1932年5月20日出版。

②茅盾：《"五四"运动的检讨》，《文学导报》第1卷第2期，1931年3月5日出版。

③瞿秋白：《五四和新的文化革命》，《北斗》第2卷第2期，1932年5月20日出版。

④《毛泽东选集》，人民出版社1967年，第528页。

15日，毛泽东发表《新民主主义论》，对中国文化革命的历史特点进行总结，涉及“五四”，他集中强调了几点：一、“五四运动是反帝国主义的运动，又是反封建的运动。五四运动的杰出的历史意义，在于它带着为辛亥革命还不曾有的姿态，这就是彻底地不妥协地反帝国主义和彻底地不妥协地反封建主义。”二、“五四运动是在当时世界革命号召之下，是在俄国革命号召之下，是在列宁号召之下发生的。五四运动是当时无产阶级世界革命的一部分。”[①]

至此，关于“五四”的“反帝反封建”的认定全部完成。剩下的就是学者们的具体论证了。

四、“五四”领袖们的异议

“五四”的“反帝反封建”之说在当年的领袖人物中显然未能达成共识。把《新青年》集团和学生领袖放在一起考察可见，多数人没有把“五四”的努力看作反帝反封建，也没有使用这个词语。在他们当中，有人表示坚决反对，有人不予理睬，却没有人接受并使用这一词语。

在反对者中，胡适是有代表性的，他明确表示不赞同，并且对“反帝反封建”本身一再质疑。在反帝运动进入高潮的时候，胡适坚持批判中国传统，并且为所谓“帝国主义文化侵略”而辩护。他列举中国人对女人和孩子的不人道，然后对西方传教士表示感谢：“他们传教之外，还带来了一点新风俗，几个新观点。他们给我们不少的教训，其中最大的一点是教我们把女人当人看待。”[②]“我们深深感谢帝国主义者，把我们从这种黑暗的迷梦里惊醒起来。我们焚香顶礼感谢基督教的传教士带来了一点点的西方新文明和新人道主义，叫我们知道我们这样待小孩子是残忍的，不人道的，野蛮的。”[③]他提倡民族反省，对排外浪潮表示不满：“不要尽说是帝国主义害了我们。那是我们自己欺骗自己的话！我们要睁开眼睛看看日本近六十年的历史。试

①《毛泽东选集》，人民出版社1967年，第659—660页。

②《胡适文集》第4卷，北京大学出版社1998年，第641页。

③同上书，第646页。

想何以帝国主义的侵略压不住日本的发愤自强？何以不平等条约捆不住日本的自由发展？何以我们跌倒了便再也爬不起来？因为我们从不曾悔祸，从不曾彻底痛责自己，从不曾彻底认错。”面对反帝运动中出现的现象，他非常反感地说：“义和团成了应该崇拜的英雄志士，而西洋文明只需‘帝国主义’四个字便可轻轻抹杀！政府下令提倡旧礼教，而新少年高呼‘打倒文化侵略’！”[①]

在胡适认定的“五大仇敌”中，是没有“帝国主义”的，他的理由是“帝国主义不能侵害五鬼不入之国”。面对“贫穷源泉于帝国主义侵略”之说，胡适问道：“难道八十年前的中国真不贫穷吗？”面对“扰乱由于帝国主义操纵”之说，胡适问道：“张献忠、洪秀全又是受了何国的操纵？”面对“帝国主义以鸦片亡我中国”的说法，胡适说：“鸦片固是外国进来，然吸鸦片者究竟是什么人？何以世界的有长进民族都不蒙此害，而此害独钟情于我神州民族？而今满田满地的罂粟，难道都是外国的帝国主义者强迫我们种下的吗？”[②]他认为，把中国的问题推到洋鬼子身上，是一种偷懒的办法，却也是自欺欺人的办法，最终并不能解决中国的问题。

在胡适认定的五大仇敌中，也没有“封建主义”。他的理由是“封建制度早已在二千年前崩坏了”[③]。他说：“有一班人天天对我们说：‘中国革命的对象是封建阶级。’又有一班人天天说：‘中国革命的对象是封建势力。’我们孤陋寡闻的人，就不知道今日中国有些什么封建阶级和封建势力。我们研究这些高喊打倒封建势力的先生们的著作和言论，也寻不着一个明了清楚的指示。”他密切关注关于中国“封建社会”的讨论，举出一个例子：有人在两个月之前发表文章说：中国的封建时代历经黄帝和尧舜禹汤，至周武王完成，到秦毁坏了。两个月之后就完全变了说法，认为封建国家是在秦始皇确立的。中国的“封建社会”是如此让人捉摸不定，那么，作为革命对象的“封建势力”是什么呢？胡适感觉同样摸不着头脑：“去年《大公报》上登着一位天津市党部的某先生的演说，说封建势力是军阀，是官僚，

①《胡适文集》第4卷，北京大学出版社1998年，第27页。

②《胡适文集》第5卷，北京大学出版社1998年，第373页。

③《胡适文集》第4卷，北京大学出版社1998年，第27页。

是留学生。去年某省党部提出一个铲除封建势力的计划，里面所举的封建势力包括一切把持包办以及含有占有性的东西，故祠堂、同乡会、同学会都是封建势力。然而现代的把持包办最含有占有性的政党却不在内。所以我们直到今天还不明白究竟什么东西是封建势力。”[①]

因此，对于反帝反封建的说法，胡适曾经讽刺说：“好像捉妖的道士，先造出狐狸精山魈木怪等等名目，然后画符念咒用桃木宝剑去捉妖。妖怪是收进葫芦里去了，然而床上的病人仍旧在那儿呻吟痛苦。”[②]胡适的说法真是不幸而言中，“反封建”是在1950年代就宣布完成的，但五四新文化运动所反对的那些东西，却不但没有打倒，反而迅速发展起来，就连在“五四”时期已经成了过街老鼠的一些东西，也得以东山再起并招摇过市。

在反帝高潮兴起之际，钱玄同也曾多次表达自己的不同见解。他在《关于反抗帝国主义》一文中说：“咱们被人家侵略，绝对的不应该投降，绝对的应该反抗。这是天经地义，不容丝毫疑惑的。”但他认为重要的问题并不在于外国。他认为重要的是“唤醒国人”，但唤醒国人不是让他们去喊打倒帝国主义，而是反省自身。像胡适一样，钱玄同强调的是反省。他说：“‘人必自侮然后人侮之，家必自毁而后人毁之，国必自伐而后人伐之’；孟老爹这三句话，是颠扑不破的至理名言。帝国主义者侵略咱们，咱们固然应该反抗他们，但断不可一味地愤恨他们……是个国民，才有抵御外侮之义务，奴才配有吗？二千余年以来之中国人既束身于《婢仆须知》之中，则受帝国主义的侵略，固其所也。”[③]他又说，“反抗帝国主义是反抗侵略咱们的强权，绝对不是‘排外’。向咱们施行帝国主义的外国的文化，都比咱们高得多多，咱们不但不应该‘排’它，而且有赶紧将它‘全盘承受’之必要，因为这是现代的世界文化，咱们中华民国也应该受这文化的支配。”[④]

从逻辑上讲，对于“五四”的“反帝反封建”之说，陈独秀和李大钊应该是赞同的，因为那正是他们所建立并领导的政党宣传的，体现着他们所承

①《胡适文集》第5卷，北京大学出版社1998年，第360页。

②同上书，第361页。

③沈永宝编《钱玄同五四时期言论集》，东方出版中心1998年，第344页。

④同上书，第347页。

担的革命任务。可是，情况并不这样简单。尽管陈独秀早在1915年就把传统的弊端称作“封建之遗”，而且在1922年之后积极推动反帝运动，却拒绝把秦以后的时代认作封建时代。在他的言论中，很少出现“反帝反封建”连用的现象，更未说过五四运动是“反帝反封建”。陈独秀表示：“说中国现在还是封建社会和封建势力的统治，把资产阶级的反动性及一切反动行为都归到封建，这不但是说梦话，不但是对于资产阶级的幻想，简直是有意的为资产阶级的辩护士！其实在经济上，中国封建制度之毁坏，土地权归了自由地主与自由农民，政权归了国家，比欧洲任何国家都早。”①他的见解显然也有问题，把革命对象确定为资产阶级也未必正确，但由此可见，作为五四新文化运动的领袖，他并不赞同把针对现实的斗争称作“反封建”。李大钊的情况与陈独秀大致相同，在“五四”过后积极鼓动反帝运动，笔下不乏打倒帝国主义和打倒军阀的口号，并且强调过“五四”学生运动的反帝意义，却从未说过“五四”的“反封建”。他对中国农村经济有过细致的研究，也没有使用“封建”二字。

鲁迅等人则对“反帝反封建”始终未赞一语，所有著作中都不见这个词汇，更没有用它概括过“五四”。

①《陈独秀著作选》第3卷，上海人民出版社1993年，第117页。

是谁发动和领导了五四运动?

这似乎已经是众所周知的“常识”，从教科书到工具书，再到一般的历史著作，都讲得非常清楚，《现代汉语词典》对“五四运动”是这样说的：

> 我国人民在俄国十月革命的影响下，在具有初步共产主义思想的革命知识分子领导下所进行的反帝、反封建的伟大的政治运动和文化运动。1919年5月4日北京学生游行示威，抗议巴黎和会承认日本接管德国侵占我国山东的各种特权的无理决定，运动很快扩大到全国。在五四运动中无产阶级作为觉悟了的独立政治力量登上政治舞台，马克思列宁主义在全国广泛传播，为中国共产党的成立做了准备。[①]

词条文字不多，却把诸要点都写了进去。大半个世纪以来，教科书和权威史家一直如是说：五四运动是在俄国十月革命的影响之下发生的，是无产阶级领导的（或者是初步具有共产主义思想的革命知识分子领导的），是反帝反封建的。用胡绳在《从鸦片战争到五四运动》中的说法，也就是“1919年的五四群众爱国运动是为反对帝国主义对中国的侵略，反对卖国的北洋军阀政府而爆发起来的”[②]。教科书要把这些内容逐个展开，首先从“北洋军阀政府的黑暗统治”讲起，再讲“十月革命对中国的影响”，主要内容是共产主义者李大钊对马克思主义的接受和传播，这就为五四运动的领导者做了

①《现代汉语词典》，商务印书馆1981年，第1209页。

②胡绳：《从鸦片战争到五四运动》，人民出版社1981年，第958页。

铺垫。然后才讲巴黎和会，而对和会的认定必然是帝国主义的“分赃会议”，而中国在巴黎和会上的失败则是帝国主义分赃和军阀政府卖国所致。所以，学生的爱国运动也就有了“反帝”和“反封建”的意义。讲到运动本身，则要遮蔽学生与政府的一致而放大学生与政府的对立，把学生向西方国家的请求改写为“抗议”或“反抗”；对于运动过程的描述，则是努力缩小“五四”而放大“六三”，因为6月3日开始的市民（重要核心力量是商绅，即城市资产阶级）对学生的支援，可以从中抽取出“工人阶级”，作为无产阶级登上历史舞台的证明。这样一来，五四运动这场北京几千名学生的请愿活动，就成了中国现代史的辉煌起点。

我曾呼吁人们回到常情、常理和常识，并且把它作为拨正颠倒的价值观念的一条途径，然而，近来却觉得这途径并不完全可靠，原因是所谓“常情”“常理”和“常识”，都是可以造就的，只要有压倒一切的高音传播，只要有足够长的时间，就可以造就一代或几代人，使“病情”成为“常情”，使“歪理”成为“常理”，使谎言成为“常识”。

五四运动是如何发生的？无论是学生运动还是工人运动，完全自发的情况并不多见，一般都有它的发动者、组织者和领导者。那么，五四运动是谁发动和领导的？当“五四”纵火的嫌犯不再被追究，而日益显示出它的光彩之后，各派力量就开始争夺对它的领导之功。做过国民党中央宣传部长的叶楚伧写过一篇《总理鉴临下的“五四”运动》，认定五四运动是孙中山和国民党领导的[①]，但与事实相去太远，没有几人认可。当然，原因还在于国民党政府没有以此强行统一教科书，以致此说很快成了过眼烟云。1949年之后，台湾的教科书淡化“五四”，自然不再争它的领导权，而大陆的教科书往往致力于争夺阶级或主义的领导权，而不愿落实到个人，有时推出李大钊和陈独秀，讲的却都是他们在文化运动中的作为，而不是他们对学生爱国运动的发动和领导。1919年5月4日的学生爱国运动到底是谁发动和领导的？教科书和权威史著采用的方式是闭口不谈。

然而，五四运动并不完全是自发的，而是有它的发动者，也有它的组织

①《“五四运动”资料特辑》，时代出版社1947年，第13页。

者和领导者。弄清这些，才能更清楚地认识这场运动。

作为五四运动的发动者，事实上是一个小群体，按照出场并发挥作用的先后顺序，应该是以下这四个名字：梁启超、林长民、汪大燮、蔡元培。

先说梁启超。1918年11月，第一次世界大战结束，梁启超即以在野之身，为中国参加即将召开的巴黎和会作了策划。他向大总统徐世昌建议，成立了总统府外交委员会。这个委员会以政界元老、前外交总长并代理过国务总理的汪大燮为委员长，以进步党领导人、前司法总长林长民为事务长，职责主要是处理这一特定时期的外交事务。然后，梁启超带着一批著名专家——政治张君劢、军事蒋百里、经济徐新六、工业丁文江、外交刘崇杰等，于年底动身前往欧洲，目的是“想拿私人资格将我们的冤苦向世界舆论申诉申诉，也算尽一二分国民责任”[①]。1919年2月11日，梁启超一行抵达伦敦，开始了他在欧洲的国民外交活动。

本来，中国人对收回山东主权满怀希望，美国总统也是支持中国的。1919年2月4日《申报》7版《巴黎会议之中国问题》报道说：“美国无线电云，中国赴欧代表提出和议大会修改一千九百十五年中日之条约二十一款，据称中国国民决定将一千九百十五年中日条约提出欧洲和议大会修正，实属最重要之问题……更与美国对于中国主持开放门户之主义亦属矛盾，故美政府对此条约首先声明反对，并将反对之理由照会日本政府，谓于欧洲和议时提出修改云云……”

然而，到了会议进程中，中国愿望的实现却遇到了严重的障碍。梁启超等人是2月18日到达巴黎的，作为中国参加和会代表的会外顾问，他先后会见了美国总统威尔逊及英法等国的代表，请他们支持中国收回德国在山东权益的立场。然而，他不幸地发现，西方对中国的支持同样遇到了障碍，中日交涉的许多内情，连他自己也一直被蒙在鼓里，比如，1918年9月段祺瑞政府与日本签订的秘密借款合同和关于山东问题的换文。3月6日，梁启超致电北京政府总统府外交委员会委员长汪大燮、事务长林长民：“交还青岛，中日对德同此要求，而孰为主体，实为目下竞争之点，查自日本据胶济铁路，数年以来，中国纯取抗议方针，以不承认日本继德国权利为限。本去年

①《欧游心影录·欧行途中》，《饮冰室合集·专集之二十三》，第38页。

九月间，德军垂败，政府究用何意，乃于此时对日换文订约以自缚，此种秘约，有背威尔逊十四条宗旨，可望取消，尚乞政府勿再授人口实。不然千载一时良会，不啻为一二订约之人所败坏，实堪惋惜。超漫游之身，除襄助鼓吹外，于和会实际进行，未尝过问，惟既有所闻，不敢不告，以备当轴参考，乞转呈大总统。”[①]

巴黎和会议定将原来德国在山东的权益全部交给日本。面对这种情形，北京政府派出的中国出席和会首席代表陆征祥准备签字。[②]紧急关头，梁启超于4月24日再次致电汪大燮、林长民，建议他们警醒国民和政府，拒绝在和约上签字。其电文如下：

“汪、林二总长转外协会：对德国事，闻将以青岛直接交还，因日使力争，结果英、法为所动，吾若认此，不啻加绳自缚，请警告政府及国民严责各全权，万勿署名，以示决心。”[③]

国民外交协会1919年4月30日收到的梁启超要求拒绝签字的来电。可以说，正是梁启超的这份电报，点燃了五四运动的导火索。

接着出场的是林长民。

林长民何许人也？今天的一般读者对这个名字也许陌生，但可能熟悉一些与他相关的名字，比如，黄花岗七十二烈士中的林觉民，是他的堂弟；再比如，著名的才女林徽因，是他的女儿。而他自己，其实应该名声更响：1911年辛亥革命爆发，福建独立之后，他以福建省代表到上海参加独立各省代表会议，无论是孙中山十六票当选临时大总统，还是袁世凯十七票当选临时大总统，都有他投出的庄严一票。稍后参议院成立，他不仅是参议员，而且做了秘书长，参与草拟《中华民国临时约法》。1913年任众议院议员，并于4月任秘书长。1917年，张勋复辟被平息之后，出任司法总长……五四运动爆发之际，林长民是总统府外交委员会的事务长，同时又是民间团体“国民外交协会”的理事。国民外交协会是1919年2月16日是成立的。这个协会之所以成立，也像总统府的外交委员会一样，主要原因就是巴黎和会。协

①《梁启超年谱长编》，第879页。

②王芸生编《六十年来的中国与日本》，第7卷，第318—321页。

③《梁启超年谱长编》，第880页。

会推举出熊希龄、汪大燮、梁启超、林长民、范源濂、蔡元培、王宠惠、严修、张謇、庄蕴宽十位理事。从这个名单可见，这个民间组织的主要理事，正是总统府外交委员会的主要领导人。正是这种情况，实现了五四运动中官方与民间的互动。2月21日，在熊希龄、汪大燮和林长民等人的主持下，该会通电发表七点外交主张："一、促进国际联盟之实行；二、撤废势力范围并订定实行方法；三、废弃一切不平等条约及以威迫利诱或秘密缔结之条约、合同及其他国际文件；四、定期撤去领事裁判权；五、力争关税自由；六、取消庚子赔款余额；七、收回租界地域，改为公共通商。"①

4月30日，林长民接到梁启超的电报，5月1日写成《外交警报敬告国人》，当晚间送到《晨报》报馆，总编辑陈博生马上将其刊载于第二天的《晨报》上。

这一天，政府也接到了陆征祥的电报，称如不签约，则对撤废领事裁判权、取消庚子赔款、关税自主、赔偿损失等等有所不利。为此，外交委员会紧急会议，决议拒绝在和约上签字，并拟定一个通知陆征祥拒绝签字的电报稿，由委员长汪大燮和事务长林长民面呈徐世昌签发，徐世昌表示同意，令国务院拍发。

5月2日这一天有两件重要的事：

一是林长民在《晨报》发表《外交警报敬告国民》，文中写道：

> 胶州亡矣！山东亡矣！国不国矣！此噩耗前两日仆即闻之，今得梁任公电乃证实矣！闻前次四国会议时，本已决定德人在远东所得权益，交由五国交还我国，不知如何形势巨变。更闻日本力争之理由无他，但执一九一五年之二十一条条约，及一九一八年之胶济换文，及诸铁路草约为口实。呜呼！二十一条条约，出于协逼；胶济换文，以该约确定为前提，不得径为应属日本之据。济顺、高徐条约，仅属草约，正式合同，并未成立，此皆国民所不能承认者也。国亡无日，愿合四万万民众誓死图之！

①张允侯、张友坤：《在五四运动爆发的一年里》，武汉出版社1989年，第10页。

此文虽短，仅有三百余字，却像一枚重磅炸弹，使国人震惊。从某种意义上说，点燃五四运动这把火的，首先是林长民的这篇文章。

二是得知总理钱能训给巴黎和会代表发密电命令签约的消息。5月1日外交委员会形成拒绝签约的决议，而且经过总统同意而由国务院给代表团发了电报，然而，5月2日，国务总理钱能训却又给代表团又发一密电，让他们在和约上签字。因为林长民有一位同乡在电报处工作，晚间把此事告诉了林长民。得知这个消息已经是夜里，等到第二天，也就是5月3日，林长民到外交委员会报告此事。

听取林长民报告的是外交委员会的委员长汪大燮。于是，点燃五四运动火种的接力棒到了汪大燮手上。

汪大燮得知这个消息，失望而且愤怒，感到事已至此，外交委员会还有什么用？于是愤而辞职，并命令结束外交委员会事务。然而，回家之后，这位外交元老却不能释怀，仍在苦苦思考以什么办法能够阻止签字。最后，经叶景莘提醒，决定去找蔡元培，让学生起来督责政府。

这样一来，发动五四运动的任务就到了蔡元培肩上。关于蔡元培发动学生运动，有人不以为然，理由是蔡元培一直反对学生运动，所以是不可能发动学生上街的。然而，持此说者只注意到蔡元培反对学生运动的一面，没注意他推动学生运动的一面。许多当年北大学生的回忆证明，蔡元培的确参与了运动的发动。据何思源、许德珩等人回忆，5月2日蔡元培即曾在北大饭厅召集学生代表开会，“讲述了巴黎和会帝国主义互相勾结，牺牲中国主权的情况，指出这是国家存亡的关键时刻，号召大家奋起救国。”[①]许多回忆都曾提及，5月3日外交委员会委员长汪大燮向蔡元培透露政府准备同意签字的情况，蔡元培闻讯立即通知罗家伦、傅斯年、康白情、段锡朋等，把拒签和约的希望寄托在爱国青年学生身上[②]。“五四”学生运动发生时胡适不在北京，是多年后才弄清了情况。1929年1月16日，他在日记中写下了这样的话：“巴黎和会中国代表团失败的消息传来，徐世昌主张签字，陆征祥、王正廷、伍朝枢皆主张签字。汪大燮其时为外交委员会主席，他于五月二夜

① 何思源：《五四运动回忆》，《北京文史资料选编》第4辑，第67页。

② 田炯锦：《五四的回忆与平议》，《传记文学》第15卷第3期。

（三夜？）去看蔡元培，告以此时形势，说学生不可不有点表示。蔡赞成其说，故四日有大游行……”①

当时任职于外交委员会的叶景莘在回忆中有更具体叙述：“外交委员会已开会决议，拒绝在巴黎和约上签字，报徐世昌核夺。但五月三日，林长民获悉：国务院已发出密电，令代表团签字。汪大燮焦急，叶景莘建议速告蔡校长。汪大燮即坐马车到东堂子胡同蔡孑民先生家。蔡先生召北大学生代表罗家伦、傅斯年、康白情、段锡朋等，告此消息。”②

当天晚上，北京大学学生和十几所其他学校学生在法科大礼堂召开大会，议决办法四项：“一、联合各界一致力争；二、通电巴黎专使，坚持不签字；三、通电各省，于五月七日国耻纪念举行游街示威运动；四、定于星期（即四日）齐集天安门，举行学界之大示威。”③

五四运动就这样爆发了。

关于“五四”学生运动的发动，对当时的人们来说，并非秘密。这从几个不同侧面的细节可以看到：一、学生运动发生之后，大总统徐世昌曾把林长民召到总统府，对他严加训斥。二、学生运动发生几天之后，陈独秀、李大钊等人主编的《每周评论》曾有这样的报道：“这回北京市民的公愤，全是外交协会林长民等煽动起来的。”④三、日本人认定“五四”反日风潮是有人煽动的，这煽动者首先是林长民和汪大燮。为此，他们向中国政府提出抗议。林长民为了不使政府为难，辞去了外交委员会职务。

①《胡适日记全编》第5卷，安徽教育出版社2001年，第350—351页。

②叶景莘：《五四运动何以爆发于民八之五月四日》，天津《大公报》1948年5月4日。

③《在五四运动爆发的一年里》，第28页。

④《一周中北京的公民大活动》，《每周评论》第21号。

五四运动中学生与政府的关系再考察

翻阅教科书和工具书可以发现，几乎所有的著作都在强调五四运动是一场“反帝反封建”的运动。所谓反帝，是指学生爱国运动中维护国家主权的行为；所谓反封建，既指新文化运动中对传统的批判，又指学生运动中的“反对军阀政府”。权威著作和流行教科书、工具书一直是这样讲的：“1919年的五四群众爱国运动是为反对帝国主义对中国的侵略，反对卖国的北洋军阀政府而爆发的。”[①] “五四运动（May Fourth Movement）1919年5月4日中国发生的一次群众运动，其宗旨在反对帝国主义和北洋军阀政府。”[②] “学生们集合天安门的目的主要是游行示威，向‘总统府’及英、美等帝国主义使馆抗议……”[③]这样一来，五四运动就被描述为与政府对立的革命性的群众运动。然而，只要走近历史现场，就会发现事实完全是另一回事。

一

首先一个事实是：“五四”学生运动之所以发生，不是为了反对“北洋军阀政府”。学生没有把政府作为反对的目标，政府也没有“残酷镇压”或“严厉镇压”，学生与政府的关系并非对立的。

天安门集合之际，面对记者的采访，学生对运动的说明是：“等大家到

①胡绳：《从鸦片战争到五四运动》，人民出版社1981年，第958页。

②《简明不列颠百科全书》，中国大百科全书出版社1986年。

③彭明：《五四运动史》，人民出版社1998年，第274页。

齐，我们就要游街示众，叫我们国民也知道有这种事体。游街后再到东交民巷英、美、法、意各国使馆提出说帖，表示我们的意思。完后还要转到这里，开会商议善后办法。”[①]教育部派一位司长到北大劝阻，希望学生不要游行。学生据理力争，坚持要集会游行，司长最后无话可说，也就不再阻止。步军统领李长泰奉大总统徐世昌之命到集会现场，表示希望学生不要去使馆区，以免引起外交纠纷。学生代表向李统领保证：“我们今天到公使馆，不过是表示我们爱国的意思，一切的行动定要谨慎，老前辈可以放心的。”由此可见，当时学生态度温和，对政府代表非常尊重。而政府也只是劝阻和提醒，并没有坚决制止。当时记者对步军统领李长泰的描述是：“李统领亦无言，旋取下眼镜，细读传单，半晌后对群众曰：那么，任凭汝们走么。可是，千万必要谨慎，别弄起国际交涉来了。言毕，嘱咐警吏数语，即乘汽车而去。”[②]从这些细节看，双方都彬彬有礼，没有争执，没有对抗。

“火烧赵家楼”事件发生，使事件变得复杂起来，并且给“严惩”和“镇压”提供了足够的理由，但是，学生与政府的良好关系仍然没有从根本上遭到破坏，因为学生的不满只是发泄到个别官员的头上，而没有发泄到政府头上，他们烧的是他们认定的“卖国贼”曹汝霖的住宅，而不是总统府或国务院。

大半个世纪以来，教科书总是着力渲染政府对学生的镇压，一些教科书的章节标题就是“五四爱国运动的爆发和反动政府的镇压”[③]然而，事实果真如此吗？三十二人被捕是事实，但军警之所以抓人，并不是因为学生集会和游行，更不是因为他们反对在和约上签字，而是因为有人放火，涉及刑事犯罪。所以，当时的学生作为纵火嫌疑人被拘捕，并无多少怨言，因为他们知道，事实澄清之后他们自然会被释放。

“火烧赵家楼”后来似乎成了“五四”的闪光点，但在当时，无论学生还是先生，都未把它看作是光彩的事。学生领袖傅斯年、罗家伦、段锡朋等，本来计划的是一场文明的游行，并且一直在致力维护良好的秩序。当游

---

①《山东问题中之学生界行动》，《晨报》1919年5月5日。

②同上。

③王桧林主编《中国现代史》，北京师范大学出版社2002年，第19页。

行队伍在东交民巷递交完说帖，有人提议转向赵家楼时，“负总指挥的责任的傅斯年，恐发生意外，极力阻止勿去”[①]学生队伍到达赵家楼时，仍然没有失控，据《字林西报周刊》1919年5月10日的报道：“学生们排着整齐的队伍来到曹汝霖的住宅，很配称作文明国家的学生。”在赵家楼，当匡互生主张放火之际，段锡朋也曾坚决阻止。群众运动出现失控现象，学生领袖无力有效地指挥所参与者，这是可以理解的，个别人的表现并不代表学生整体。

放火事件发生之后，无论学生还是他们的先生，都知道事属违法，没有哪个人像革命造反运动中常常出现的那样蔑视法律、“无法无天”。一个值得注意的事实是：绝大多数学生一见起火就赶紧离开了现场。周予同的回忆透露，“有些同学，尤其是法政专门学校的学生，他们认为放火殴人是超出理性的行动，是违反大会议决案的精神，颇有些非议。”[②]先生们与学生的看法大致相同。北大教师梁漱溟在5月18日《每周评论》上发表《论学生事件》，谴责学生火烧赵家楼、痛打章宗祥的行为，认为不管动机是否正义，本身都触犯了法律，因而不赞成保释，而主张将学生交付法庭，由检察厅提起公诉，审判厅进行审判。他还希望放火的学生前去自首。因为从道理上讲，无论曹汝霖、章宗祥有多少罪恶，学生都不能侵犯他们的自由。时至今日，有人以为梁漱溟太另类，其实，当时他所代表的并非少数人的看法。就连以激进著称的陈独秀，早在梁漱溟发表上述言论之前十天，就在5月7日写给胡适的信中认为“京中舆论，颇袒护学生”，“聚众打人放火，难免违法”。[③]

放火事件发生之后，政府对学生仍然没有镇压。学生火烧赵家楼，有人试图乘机打击一下大学的气焰，所以劝大总统严办学生，并有解散北京大学之说。但大总统没找到严办的法律依据，而且知道那是司法部门的事，并非

①匡互生：《五四运动纪实》，《五四运动回忆录》上，中国社会科学出版社1979年，第307页。

②周予同：《五四回忆片断》，《五四运动回忆录》上，中国社会科学出版社1979年，第268页。

③《陈独秀著作选编》第2卷，上海人民出版社2009年，第94页。

总统权力所能及，加上教育部坚决反对，总统尊重教育部的意见，不但没有严办，而且很快让司法部门释放了全部被捕的学生。教育部长傅增湘、外交委员会委员长汪大燮以及林长民、熊希龄、王宠惠等人，都是当时的政要，却一开始就千方百计保护学生。他们知道放火是违法的，任何人都难以为之辩护，于是就散布消息，说火并不是学生放的，而是赵家楼的电灯出了问题。他们这么做，显然是在为司法部门释放学生提供借口。如果政府存心镇压学生，就不会这样为学生开脱，学生也不会那么轻易地被释放。

而且，学生被捕之后被关押的情况也是值得注意的。5月6日，《晨报》刊有一篇题为《学生界事件昨闻》的文章，其中写到“学生被捕后之况状”：“各学生被捕入警厅后，前夕即由该厅略加讯问，未有结果。闻厅中对于学生尚不苛待，前夕共腾出房子三间，使三十二人者分居之。而学生不愿分居，仍在一处住。昨日由该厅备饭，每餐分为五桌，每桌坐六人或七人。有前往看视者，学生皆告以我辈在此尚未所苦，惟外交问题如何则极为关念。中有托人带信，勉勖同学仍以国家为重者，并谓在厅阅报等尚颇自由云。”5月8日，《晨报》的《北京警察之爱国》中写道：“此次逮捕学生一事，警厅举动极为文明，待遇亦佳，逮诸人释放后，北京全体学生联合会特派代表一人，持函前往致谢。”5月11日，《每周评论》发表《一周中北京的公民大活动》，也报道了被捕学生的情况：“到警厅的第一天，很受罪，行动言语都不自由。第二天早晨吴炳湘去看，待遇就好些，可以在院子里自由活动。第三天给了一份《益世报》。从他们警厅方面看来，也算优待……”被捕学生的伙食，与警厅科员相同。

总之，学生们起来行动，是督促政府而不是反对政府，更不是图谋颠覆政府。政府对学生也没有“残酷镇压”或“严厉镇压”。

二

对于是否在和约上签字，大总统徐世昌本来犹豫不决，但最终的结果，他还是顺应民意，满足了学生运动的全部要求。

五四运动中的主要矛盾，首先表现于主张签约与拒绝签约。这两种不同的主张，源自两种不同的认识，并无根本立场或利益的冲突。无论外交总长陆征祥，还是国务总理钱能训，之所以主张在和约上签字，并非他们不爱国，恰恰相反，正因为他们爱国，为国深思，才有这样的主张，否则，像那些老奸巨猾的官僚，完全可以等待指示而不表达个人见解。他们之所以主张签字，是因为他们认为签字可以确保国家得到庚子赔款等一系列实际利益，而拒绝签字却有极大的风险，弄好了当然可以争回山东权益，但弄不好却可能会把到手的利益也丢掉。所以，一些著作中对他们的批判和否定是很不公正的。

正因为这样，在是否签约问题上，大总统徐世昌一个多月中一直犹豫不决。共和国的总统遇到这样的大事，自然要尊重民意。然而，民意很不一致：一方面是外交总长、国务总理和部分官员倾向于签字；一方面是大学生和梁启超、汪大燮、林长民、蔡元培以及熊希龄、张謇等名流政要反对签字。一方面是资深外交官的审慎思虑；一方面是民众的爱国激情。是同意签字好，还是拒绝签字好，大总统拿不定主意了。5月1日，接受外交委员会的建议命国务院发电报通知代表团拒绝签字；第二天却又默认国务总理钱能训发密电让代表团同意签字；然后是电令代表团签字，几天后却又改为让代表团"相机行事"，直到6月25日，面对国民日益高涨的拒签呼声，才终于下定决心，通知代表团拒签。

当时矛盾的另一焦点，在于是否罢免曹汝霖、陆宗舆、章宗祥。学生认定他们是"卖国贼"，因而要求罢免他们的职务。但在总统和总理看来，他们却没有卖国之罪。当时的陈独秀也说："况且曹、陆、章等未必真有卖国的行为，他们如果卖国，政府怎肯让他们都站在重要的地位？"①所以，火烧赵家楼、殴打章宗祥的事发生之后，曹汝霖立即递交辞呈，大总统徐世昌好言挽留，不但表示安慰，而且给钱重修房子。这在学生看来，当然是偏袒"卖国贼"，但在大总统看来，这些"卖国贼"却像清末的李鸿章一样，不过是"为国事所累"，因为参与签订《民四中日条约》（即所谓"二十一条"，但中国政府从来没有接受和签订过"二十一条"，而是只接受和签订了"二十一条"中的十条）也罢，主持借款也罢，都是国家委派的。这样的官员，若因有人指控"卖国"，政府就轻易将他们免职，于情于理都有点说不过去。

①陈独秀：《对日外交的根本罪恶》，《每周评论》第21号，1919年5月11日。

然而，面对学生和市民日益高涨的呼声，政府还是顺应民意，罢免了曹、陆、章的职务——大总统下令允许他们辞职。这里所显示的，是政府的妥协和让步，是总统和政府不愿与学生和市民对立的态度。

曹、陆、章三人被罢官的确有点冤枉，但由此引起的连带反应却极有意思：6月10日三人辞职，接着是总理钱能训递交辞呈，然后是大总统徐世昌递交辞呈。它告诉我们，当时的总统和总理实在无奈，作为民主共和国的领导人，他们不能像专制国家的君主那样为所欲为，而是必需倾听民众的呼声，必需尊重民意，但是，民众并不了解情况，三位官员并未卖国，总统为了平息事端而让他们辞职，难免有愧对部下之感。所以，总理和总统同时辞职，并不是面对签约难题而试图逃避，而是安慰被免职者的一种方式。由此可以看到当时的总统和总理是多么为难、多么无奈，但他们毕竟做了，一切都是为了顺应民意，满足学生运动的要求。

总理真的辞职了，总统辞职却未获批准。参、众两院议长接到总统辞呈，马上开会走程序，并亲自登门，把辞呈给总统送了回去。就连此前对徐世昌极为不满的段祺瑞，也亲自登门，殷切表示挽留，希望大总统以国事为重。第二天，全国各地挽留大总统的电报像雪片一样飞往北京。值得注意的是，在挽留大总统的事件中，学生与参众两院、各省政府、各群众团体是一致的，没有出现不同的声音。由此可见当时学生对大总统徐世昌的拥护和爱戴。

到6月28日，徐世昌在总统府接见群众代表，表明了政府的态度：中国将不在和约上签字。至此，“五四”学生运动的目标全部实现。无论如何，五四运动的最终结局，是大总统倾听国民的呼声，政府满足了学生的愿望。

三

学生运动没有反对政府，也没有推翻政府的图谋。但考察当时的中国社会，反政府力量是存在的，企图推倒政府者也大有人在。他们曾试图影响和引导学生。

作为反政府的力量，首先是一些前清遗老。自辛亥革命成功之后，他们就一直在诅咒民主共和国，感叹世道败坏，唯恐天下不乱，一有风吹草动，就梦想让民国垮掉，奉溥仪重登皇位。其次是孙中山，自“二次革命”开始，他就开始了讨伐总统、推翻政府的事业，虽然中华民国在袁世凯去世后取消了对他的通缉，回国后的孙中山却仍然致力于推倒“不良政府”或“非法政府”，遇到学生运动的机会，当然不愿放过。

在五四运动中，孙中山多次会见学生，表示他对学生运动的不满，鼓动他们改变方式，停止演讲和游行，直接进行武装暴动。据朱仲华《孙中山和上海五四运动》回忆，五四运动爆发不久，孙中山在上海会见学生代表，就说了这样一番话：“你们搞学生运动，慢吞吞，没用的。应该再大胆一些！不要怕这怕那的，要有牺牲的精神，要有突击的行动，要设法激起群众的怒潮。我已经帮你们请好律师了，是一个很出名的法国律师。你们放胆地干去吧。”[①]据张国焘回忆，1920年1月的一个中午，他与康白情、许德珩、刘清扬一起拜访孙中山。孙中山说：“你们学生反抗北京政府的行动是好的；你们的革命精神也是可佩服的。但你们无非是写文章、开大会、游行请愿、奔走呼号。你们最大的成绩也不过是集合几万人示威游行，罢课、罢工、罢市几天而已。北京政府只要几挺机关枪就可以把几万示威的学生解决掉。现在，我愿意给你们五百条枪，如果你们能找到五百个不怕死的同学托起来，去打北京的那些败类，才算是真正革命。”[②]

然而，当时最激进的学生代表张国焘等也拒绝了孙中山的建议，没有拿起枪去推翻民国政府。因为五四运动的初衷本来就不是推倒政府，而是要以督促的方式帮助政府。他们有不满，但只是不满于政府中的某些官员，要求政府罢免他们，而没有想推翻政府，更不想改变新生的民主共和制度。

不仅学生如此，就连陈独秀等人也是如此。众所周知，陈独秀后来与孙中山走到了一起，共同致力于推翻“北洋军阀政府”，完成苏联人为中国革命规定的“反帝反封建”这一“根本任务”，然而，在五四运动中，他还没有走上这条路。陈独秀在运动中参加过许多活动，写过《北京市民宣言》，提出过一系列民众自决和“平民征服政府”的主张，但他说的征服并非推翻，而是让政府服从平民的意志。五四运动中的陈独秀仍然是维护政府的。

---

①《20世纪上海文史资料文库》第1辑，上海书店出版社1999年，第67页。

②张国焘：《我的回忆》上，东方出版社2004年，第68—69页。

他曾明确告诉人们："我们只要想法子指导政府，不要想法子推倒政府，指导政府不是说空话，是叫他们要明白非遵照人民的公共意见办事不可，是叫他们不敢贪赃枉法卖国殃民。推倒一个政府若是再建一个政府，张王李赵无论谁来组织政府，都是'鲁卫之政'，指导政府是根本的、永久的办法，若是不能指导政府，徒然推倒政府，不过升官图上改换了几个姓名，于实际上并没有什么变化，只添上一些无谓的扰乱罢了。"[①]

总之，在五四运动中，学生自始至终没有喊过推翻政府、打倒大总统之类的口号，他们所做的，只是要求政府和大总统拒绝在和约上签字，并严惩曹汝霖、陆宗舆、章宗祥这三个他们所认定的"卖国贼"。就此而言，学生运动与1915年开始的新文化运动是一致的。创办《新青年》之际，陈独秀就说："批评时政，非其旨也。"所以，新文化运动批判旧伦理，批判旧道德，反孔教，反三纲五常，却不反对政府，不反对新生的民主制度。学生运动也是如此，走上街头，游行示威，呼吁"外争主权，内除国贼"，对日本侵犯中国主权表示愤慨，对"卖国贼"表示愤慨，但并不反对政府，更没有颠覆政府的意图，而且始终没有人把政府称作"反动政府"或"北洋军阀政府"。由此可见，学生爱国运动与新文化运动一样，是为新生的民主共和国补台的，而非拆台的。学生没有站在政府的敌对面，而是正如陈独秀所说，是"做政府的后援"[②]。

从5月4日，到6月28日，五十五天的努力，最后的结果是大总统、外交官、社会名流、海外华人都与学生达成了广泛共识，获得了圆满成功，使五四运动成为中国现代史上最最成功的学生运动。这是学生运动的一个奇迹。究其原因，就是学生所想、所急，事实上也是总统、总理、外交官和一切爱国的人们之所思、所急，学生与政府形成了一种良性互动：学生爱国，在国家危急之际起来做政府的后盾，督责政府维护国家主权；大总统倾听民众的呼声，政府顺应民意，尽管犹豫再三，最后还是罢免了学生所不认可的官员，拒绝在和约上签字。所以，五四运动的光彩，不仅是学生的光彩，不

①陈独秀：《对于国民大会的感想》，《晨报》1919年12月11日。

②陈独秀：《对日外交的根本罪恶》，《每周评论》第21号，1919年5月11日出版。

仅是市民、商会和工人的光彩，同时也是政府的光彩，大总统的光彩，更是民主共和制度的光彩。它显示了群众的力量，同时也显示了制度的力量，应该说，没有民主共和制度，就没有五四运动，更不可能有运动的成功。

因此，五四运动与后来以推翻政府为目标的政治革命无涉。

后来的历史叙述片面夸大学生与政府的对立，抹杀学生与政府的良性互动，开始只是为了适应与“北洋军阀政府”对立的“国民政府”的政治需要，抹黑民国政府，后来则被海峡两岸继承了下来，似乎成了历史的定论。时至今日，一些事实应该澄清了，学界也没必要继续沿袭党国史家为一派之私而建构的历史叙述。

关于“五四”与知识分子的几个问题

——答《吉大先锋》刘洋

刘洋（以下简称刘）：从五四新文化运动开始，中国有了真正现代意义上的知识分子。他们以一种集体的方式呈现了知识分子的“独立之精神，自由之思想”的精神特质。但是，知识分子的这种精神特质却逐渐消失了，直到今天。您如何看待从“五四”以来中国知识分子所走过的道路及其命运？而当代中国没有出现思想、学术巨匠是否与此有关呢？

李新宇（以下简称李）：这是一个很大的问题，“五四”时期中国出现了一群真正的知识分子，后来却一步步消失。描述这条道路大概需要一本书。简单地说，这是中国现代知识分子的悲剧，也是中国现代化进程的悲剧。因为与知识分子的消失相伴随的是逆现代化的历史行进。如果考察其主要原因，大概在于中国现代知识分子的力量太弱小，而传统的力量太强大。一方是从国外留学回来的屈指可数的那么几个人和一小部分追随他们的学生；一方是亿万之众——从工农大众到总统、部长、军阀、党派领袖。力量对比悬殊。本来知识分子可以通过启蒙改变这种状况，但历史没有提供好的机会，所以很快出现的是救亡压倒启蒙和翻身压倒启蒙。最后，他们不能不被吞没。这是一个文化上“农村包围城市”的过程，也是一个民族性战胜世界性、前现代性战胜现代性的过程。当然，知识分子并没有完全被吞没，在大陆也有顾准、张中晓、陈寅恪等，坚守着独立的人格和自由的思想，但是太少了。当代中国没有出现思想、学术上的巨匠，当然与此有关。独立的人格和思想都没有了，何谈“巨匠”！

刘： 批判性是知识分子的本质，这种批判性在“五四”知识分子身上则体现为一种强烈的介入社会的精神；而今天，知识分子的批判性却在减弱，从“广场”退回“书斋”，潜心学术。您如何看待知识分子与社会的关系？您认为知识分子角色的转换是一种发展，还是倒退？可否说是在特定时代中知识分子职能的转化？

李： 首先我想说的是，人们在谈论知识分子特征的时候都在谈其批判性，我本人过去对知识分子特征的概括也是“批判性”与“探索性”。但是，现在我越来越觉得，仅有批判性是不够的，知识分子在坚持批判的同时还必须懂得“价值守护”。回顾历史，我们会发现，你刚才说的知识分子的消失并非全都源自外力，而是同时源自知识分子自身的叛逃。他们随风跑了，没有坚守在“五四”的精神阵地上。而在随风跑的时候，他们仍然在批判，只是把批判的矛头指向了“五四”新文化，比如创造社对鲁迅和胡适的批判，他们在批判中回到了旧营垒，自己却以为实现了对“五四”的越超。其次，一些人退回“书斋”，潜心学术，我以为是正常的，无可指责。无论什么时候，知识分子也不可能都在“广场”上。但是，如果一个时代的知识分子都回到书斋，而且全然没有一点儿公共关怀，那肯定是出问题了。如果那样，肯定不是发展，也不是“职能转化”所能解释的。因为转化不应该是“集体变性”。

刘： 90年代出现否定“五四”的思潮，甚至完全否定其对中国现代化进程的价值和意义。您如何看待这样一种思潮？

李： 其实并不奇怪。每当历史到了一个路口，人们总会有不同的选择。90年代有几个重要的思潮都是与“五四”相矛盾的。一是民族主义思潮。面对世界主流文化的压力，一些人要抵抗所谓“西方中心话语”，而“五四”却主张与世界全面接轨，也就是我们今天说的全球化。二是保守主义思潮。一些人以为中国的问题在于激进主义，于是要坚决反对激进主义，“五四”被说成了激进主义的代表。三是所谓“后现代主义”。一些人追随西方后现代思想家，在中国也开始反思现代化，批判现代性，“五四”因为它的现代性而成了罪魁祸首。我对这些思潮基本持批判态度。如果你有兴趣的话，可以看一看我前年写的《面对世纪末文化思潮对鲁迅的挑战——兼及“五四”

新文化的现实合法性问题》，是由《鲁迅研究月刊》连载的，从2000年第11期到2001年第1期。有些人反对“五四”，是由于对“五四”的误解，所以我认为需要“重申‘五四’精神”。

刘：五四新文化运动是一次新的文化选择，是中国传统文化在外来文化压力下做出的“选择”。而一种“文化选择”可以是自我更新，可以是自我否定从而移植外来文化，可以是与外来文化的融合……您认为“五四”是一种怎样的“选择”？而这种“选择”对中国现代化进程又有哪些影响？

李：我认为五四新文化运动是主张全力世界化的。按照胡适的说法就是“充分世界化”，或“一心一意地现代化”。之所以如此，因为他们认定中国的旧文化是“吃人”的文化，是“侍奉主子”的文化，是“暂时做稳了奴隶”和“想做奴隶而不得”的两个时代轮回的文化。为了中国人能够像人一样生活，必须改变它。新文化运动的几个主要领袖人物都反对“融合”之说，反对调和折中。他们认为中国固有的文化是一个“酱缸”，这个“酱缸”如果得不到清理，任何新东西加进去都要被“同化”，无法实现更新。正因为看到了这一点，他们认为“中西合璧”“熔于一炉”等口号的本质都是守旧的，因而不能表示赞同。“五四”的选择没有对中国产生多少影响。后来中国文化的发展实际是“融合”和“杂凑”。它的结果是一些很不好的东西都被保护了下来，比如皇权崇拜和奴才意识。所谓“中体西用”常常是为皇宫添置几套沙发；所谓“融合”也常常是小脚女人加上高跟鞋的点缀。

刘：从某种程度上说，“五四”是个“思想的‘五四’，精神的‘五四’”；今天则是个经济的时代，物质的时代，人们精神领域呈现一种沙漠化的趋势，一片“旷野的废墟”。对于我们当代大学生，如何延续“五四”种种精神“谱系”呢？

李：我很高兴你有这样的认识，这样的想法，但如何延续呢？很难回答。我想，应该先了解它，穿越教科书的遮蔽，回到历史现场，回到那些领袖人物的著作。如果能够认同的话，就去守护它，就接过他们的问题继续思考，继续他们未竟的事业。